BESTSELLER

Kate Morton creció en las montañas del noreste de Australia, en Queensland. Posee títulos en arte dramático y literatura inglesa y es candidata doctoral en la Universidad de Queensland. Vive con su esposo e hijos en Brisbane. Su primera novela, *La casa de Riverton,* se publicó con enorme éxito en más de treinta países, alcanzó el número uno en muchos de ellos y lleva vendidos más de dos millones de ejemplares en todo el mundo. *El jardín olvidado,* con unas ventas que superan los cuatro millones de ejemplares, supuso la consolidación absoluta de esta espléndida autora y le granjeó el reconocimiento masivo de la crítica y los lectores. *Las horas distantes* fue su tercera novela que, publicada simultáneamente en Australia, Gran Bretaña y Estados Unidos, se convirtió también de inmediato en un best seller. También así su cuarta novela, *El cumpleaños secreto,* en poco tiempo se ha convertido en otro gran éxito, de nuevo avalada por la crítica y los lectores. *El último adiós*, en la estela de los afamados libros que la han precedido, es la más reciente novela de Morton, de quien se estima que las ventas en todo el mundo superan los ocho millones de ejemplares.

www.katemorton.com
www.facebook.com/katemortonauthor
www.facebook.com/katemortonspanish
Twitter: @KateMorton

Biblioteca

KATE MORTON

El cumpleaños secreto

Traducción de
Máximo Sáez

DEBOLS!LLO

Título original: *The Secret Keeper*
Primera edición en Debolsillo: noviembre, 2015

© 2012, Kate Morton
© 2015, Penguin Random House Grupo Editorial, S.A.U.
Travessera de Gràcia, 47-49. 08021 Barcelona
© Máximo Sáez, por la traducción

Printed in Spain – Impreso en España

ISBN: 978-84-663-3106-7 (vol. 1118/4)
Depósito legal: B-21.404-2015

Impreso en Liberdúplex, Sant Llorenç d'Hortons (Barcelona)

P 3 3 1 0 6 7

Penguin
Random House
Grupo Editorial

Para Selva,
amiga, agente, campeona

PARTE

1

LAUREL

1

La Inglaterra rural, una casa de labranza en medio de ninguna parte, un día de verano a comienzos de los años sesenta. Es una casa modesta: entramado de madera, pintura blanca medio descascarillada en la fachada oeste y una planta trepadora que se encarama por las paredes. De la chimenea surge una columna de humo y basta una mirada para saber que algo sabroso se cuece a fuego lento en la cocina. Lo sugiere algo en la disposición del huerto, tan preciso, en la parte trasera de la casa; en el orgulloso resplandor de la iluminación de las ventanas; en la cuidadosa alineación de las tejas.

Una valla rústica rodea la casa, y a ambos lados una puerta de madera separa el cuidado jardín de los prados, más allá de los cuales se extiende la arboleda. Entre los árboles, sobre las piedras, serpentea un arroyo con ligereza, meciéndose entre la luz del sol y la sombra como ha hecho durante siglos, pero no se oye desde aquí. Se halla demasiado lejos. La casa está muy aislada, al final de un camino largo y polvoriento, invisible desde la carretera cuyo nombre comparte.

Aparte de alguna brisa esporádica, todo está inmóvil, todo está en silencio. Un par de aros blancos de juguete, la moda del año pasado, reposan contra el arco que forma una glicina.

Un oso de peluche, con un parche en el ojo y una mirada tolerante y digna, vigila desde su atalaya en la cesta de un carrito de lavandería verde. Una carretilla cargada con macetas espera paciente junto al cobertizo.

A pesar de su quietud, o tal vez por ello, la escena despierta una expectación electrizante, como un escenario de teatro justo antes de la salida de los actores. Cuando todas las posibilidades se extienden ante nosotros y el destino aún no ha adquirido forma alguna, en ese momento...

—¡Laurel! —La voz impaciente de una niña, a cierta distancia—. Laurel, ¿dónde estás?

Y es como si el hechizo se hubiese desvanecido. Las luces de la casa se atenúan; el telón se levanta.

Unas gallinas aparecen de la nada para picotear entre los ladrillos de la huerta, un arrendajo arrastra su sombra por el jardín, un tractor en la pradera cercana despierta a la vida. Y muy por encima de todos, tumbada de espaldas en el suelo de la casa del árbol, una muchacha de dieciséis años aprieta contra el paladar el caramelo de limón que ha estado chupando y suspira.

Era cruel, suponía, dejarles que la siguiesen buscando, pero, con ese calor y el secreto que Laurel albergaba en su interior, el esfuerzo de jugar (y jugar a juegos infantiles) era simplemente demasiado. Además, formaba parte del desafío y, como siempre decía papá, lo justo era justo y nunca aprenderían si no lo intentaban. No era culpa de Laurel que se le diese tan bien encontrar escondites. Ellos eran más jóvenes, cierto, pero tampoco eran bebés.

Y, de todos modos, no quería que la encontrasen. No hoy. No ahora. Lo único que quería era yacer ahí, dejar que el algodón fino de su vestido aletease contra las piernas desnudas, mientras los recuerdos de él iban invadiendo su mente.

Billy.

Cerró los ojos y ese nombre se esbozó con elegancia en la oscuridad de los párpados. Eran letras de neón, un neón de color rosa intenso. Le picaba la piel y giró el caramelo para que el centro hueco hiciese equilibrios sobre la punta de la lengua.

Billy Baxter.

Esa manera en que la miraba por encima de sus gafas de sol negras, esa sonrisa ladeada, ese cabello oscuro a la moda…

Había sido un flechazo, tal como esperaba del amor verdadero. Ella y Shirley se habían bajado del autobús cinco sábados atrás para encontrar a Billy y sus amigos fumando cigarrillos en los escalones del salón de baile. Sus miradas se cruzaron y Laurel dio gracias a Dios por haber decidido que la paga de un fin de semana era un precio justo por un par de medias de nailon nuevas.

—Vamos, Laurel. —Era Iris, cuya voz desfallecía bajo el calor del día—. ¿Por qué no juegas limpio?

Laurel cerró los ojos con más fuerza.

Habían bailado todos los bailes juntos. La banda tocó más rápido, se le soltó el pelo, que había recogido en un moño francés copiado cuidadosamente de la cubierta de *Bunty*, le dolían los pies, pero aun así siguió bailando. Y no se detuvo hasta que Shirley, molesta porque no le había hecho caso, se acercó como si fuese su tía y dijo que estaba a punto de salir el último autobús a casa, por si a Laurel le importaba volver a tiempo (ella, Shirley, estaba convencida de que no le importaba en absoluto). Y entonces, mientras Shirley daba golpecitos con el pie y Laurel se despedía ruborizada, Billy le había agarrado la mano y la acercó a él, y en lo más hondo Laurel supo con una claridad cegadora que este momento, este momento hermoso, estrellado, la había estado esperando durante toda su vida…

—Oh, haz lo que quieras. —El tono de Iris era cortante, enfadado—. Pero no me eches la culpa cuando veas que no queda tarta de cumpleaños.

Pasado el mediodía, el sol había comenzado su descenso y un rayo de calor entró por la ventana de la casa del árbol, coloreando el interior de los párpados de Laurel de color cereza. Se sentó, pero no hizo movimiento alguno para salir de su escondite. Era una amenaza poderosa (la debilidad de Laurel por la tarta de su madre era legendaria), pero vacía. Laurel sabía muy bien que el cuchillo de las tartas yacía olvidado en la mesa de la cocina, extraviado en medio del caos de la familia al reunir cestas de picnic, mantas, limonada con burbujas, toallas de baño, el nuevo transistor y salir a toda prisa de la casa. Lo sabía porque, cuando volvió sobre sus pasos y, con el pretexto de jugar al escondite, se coló dentro de la casa fresca y en penumbra para ir a buscar el paquete, había visto el cuchillo junto al frutero, el lazo rojo en el mango.

El cuchillo era una tradición: había cortado todas las tartas de cumpleaños, los pasteles de Navidad, las tartas para-animar-a-alguien de la familia Nicolson, y su madre no se apartaba nunca de la tradición. Ergo, hasta que alguien fuese a recuperar el cuchillo, Laurel sabía que era libre. Y ¿por qué no? En una casa como la suya, donde los minutos silenciosos eran más raros que un perro verde, donde siempre había alguien que entraba por una puerta o daba un portazo, desperdiciar un momento íntimo era una especie de sacrilegio.

Hoy, sobre todo, necesitaba tiempo para sí misma.

El paquete había llegado con el último reparto del jueves y, en un golpe de suerte, fue Rose quien vio al cartero, no Iris, Daphne o —gracias a Dios— su madre. Laurel supo de inmediato quién lo había enviado. Sus mejillas estaban coloradísimas, pero se las arregló para balbucear unas palabras sobre Shirley y una banda y un álbum que le iban a prestar. Rose ni siquiera percibió ese esfuerzo para embaucarla, pues su atención, poco fiable en el mejor de los casos, ya se había centrado en una mariposa que se posaba en el poste de la cerca.

Más tarde, esa misma noche, cuando se apiñaron frente a la televisión para ver *Juke Box Jury* e Iris y Daphne comparaban los méritos de Cliff Richard y Adam Faith y su padre se lamentaba del falso acento americano de este último, muestra de la decadencia del Imperio británico, Laurel se marchó sigilosamente. Echó el cerrojo al cuarto de baño y se deslizó hasta el suelo, la espalda apoyada con firmeza contra la puerta.

Con los dedos temblorosos, desgarró un lado del paquete.

En su regazo cayó un libro pequeño envuelto en papel de seda. Leyó el título a través del papel, *La fiesta de cumpleaños* de Harold Pinter, y un escalofrío le recorrió la columna vertebral. Laurel fue incapaz de contener un gritito.

Desde entonces, había dormido con el libro en el interior de la funda de la almohada. No es que fuese muy cómodo, pero le gustaba mantenerlo cerca. Necesitaba tenerlo cerca. Era importante.

Había momentos, creía Laurel solemnemente, en los que una persona se veía en una encrucijada, cuando algo ocurría, sin previo aviso, para cambiar el curso de los acontecimientos. El estreno de la obra de Pinter había sido uno de esos momentos. Al enterarse por el periódico, sintió unas ganas inexplicables de asistir. Dijo a sus padres que iba a visitar a Shirley, a quien pidió que guardase el mayor de los secretos, y cogió el autobús a Cambridge.

Fue su primer viaje sola y, mientras veía en la penumbra del Arts Theatre cómo la fiesta de cumpleaños de Stanley se iba convirtiendo en una pesadilla, sintió una elevación del espíritu como nunca había experimentado antes. Era la clase de revelación de la que las ruborizadas señoritas Buxton parecían disfrutar en la iglesia los domingos por la mañana y, aunque Laurel sospechaba que su entusiasmo tenía más que ver con el nuevo y joven rector que con la palabra de Dios, ahí sentada, al borde de una butaca barata, mientras el drama que adquiría vida sobre el escenario le comprimía el pecho y sumaba su vida a la de ella, sintió el calor de su rostro arrebatado y lo supo. No estaba segura de qué exactamente, pero lo supo con una certeza absoluta: en la vida había algo más, algo que aguardaba su llegada.

Se había guardado el secreto para sí misma, sin saber qué hacer con él, sin tener ni idea de cómo explicárselo a otra persona, hasta que la otra noche, con el brazo de él alrededor de ella y la mejilla de ella apoyada firmemente contra su chaqueta de cuero, le confesó todo a Billy…

Laurel sacó la carta del interior del libro y la leyó de nuevo. Era breve, y solo decía que la estaría esperando con la moto al final de la calle el sábado a las dos y media de la tarde… Había un pequeño lugar que quería mostrarle, su lugar preferido en la costa.

Laurel miró el reloj. Quedaban menos de dos horas.

Asintió cuando le habló sobre la interpretación de *La fiesta de cumpleaños* y cómo le había hecho sentirse, habló de Londres y el teatro y las bandas que había visto en clubes nocturnos sin nombre, y Laurel entrevió un mundo de posibilidades. Y entonces la besó, su primer beso de verdad, y una bombilla eléctrica explotó dentro de su cabeza, así que todo se volvió de un blanco ardiente.

Se acercó a donde Daphne había clavado un pequeño espejo de mano y se miró, comparando las líneas negras que había dibujado con esmero en la esquina de ambos ojos. Satisfecha tras comprobar que quedaban bien, Laurel se arregló el flequillo y trató de apaciguar la inquietante sensación de haber olvidado algo importante. Se había acordado de la toalla de baño; ya llevaba puesto el bañador bajo el vestido; había dicho a sus padres que la señora Hodgkins necesitaba que pasase unas horas extra en el salón de belleza, para barrer y limpiar.

Laurel se apartó del espejo y se mordisqueó una uña. No era propio de ella andar a escondidas, no del todo; era una buena chica, todo el mundo lo decía (sus profesores, las madres de sus amigas, la señora Hodgkins), pero ¿qué otra opción tenía? ¿Cómo podría explicárselo a su madre y a su padre?

Sabía con certeza meridiana que sus padres nunca habían sentido el arrebato del amor; no importaban las historias que contaban acerca de cómo se conocieron. Oh, se amaban el uno al otro, pero era un amor de adultos, acogedor, ese que se manifestaba en apretones de hombros e infinitas tazas de té. No... Laurel suspiró acalorada. Se podía decir que ninguno de los dos había conocido el otro tipo de amor, el amor con fuegos artificiales, corazones desbocados y deseos (se ruborizó) carnales.

Una cálida ráfaga de viento vino acompañada del distante sonido de la risa de su madre, y la conciencia, por vaga que fuese, de que su vida se encontraba ante un precipicio le hizo sentir cariño. Mamá querida. Ella no tenía la culpa de que su juventud se desperdiciase en la guerra. De que hubiera tenido casi veinticinco años cuando conoció a papá y se casó con él; de recurrir aún a su talento para hacer barcos de papel cuando uno de ellos necesitaba ánimos; de que para ella el mejor momento del verano hubiese sido ganar el premio del Club de Jardinería, por lo cual su fotografía apareció en los periódicos. (No solo en el periódico local: el artículo había sido publicado en la prensa londinense, en un especial acerca de los acontecimientos regionales. El padre de Shirley, un abogado, lo había recortado con gran placer de su periódico y vino a mostrárselo). Mamá se hizo la timorata y se quejó cuando papá pegó el recorte en la puerta del nuevo frigorífico, pero sin poner mucho empeño, y no lo quitó. No, estaba orgullosa de sus larguísimas judías verdes, muy orgullosa, y a eso exactamente se refería Laurel. Escupió un pequeño trozo de uña. De una manera extraña e indescriptible, era más piadoso engañar a una persona que se enorgullecía de sus judías verdes que obligarla a aceptar que el mundo había cambiado.

Laurel no tenía demasiada experiencia con el engaño. Eran una familia unida, todas sus amigas lo comentaban. Se lo decían a la cara y, lo sabía, lo decían a sus espaldas. Por lo que respectaba a sus conocidos, los Nicolson habían cometido el sospechosísimo pecado de llevarse bien entre sí. Pero, últimamente, las cosas habían sido diferentes. Aunque Laurel cumplía con las formalidades de siempre, había percibido una nueva y extraña distancia. Frunció ligeramente el ceño cuando unos mechones cayeron sobre la mejilla debido a la brisa estival. Por la noche, sentados a la mesa, mientras su padre hacía esas bromas entrañables que no tenían gracia, aunque se reían de todos modos, Laurel sentía que estaba fuera, mirándolo, como si ellos viajasen en el vagón de un tren, compartiendo los viejos ritmos familiares, y solo ella se quedase en la estación mientras los demás se alejaban.

Salvo que era ella quien iba a dejarlos, y pronto. Ya lo tenía investigado: adonde tenía que ir era a la Escuela de Arte Dramático. Se preguntó qué dirían sus padres cuando les contase que quería irse. Ninguno de los dos tenía mucho mundo (su madre ni siquiera había ido a Londres desde el nacimiento de Laurel) y la mera sugerencia de que su hija mayor se planteara mudarse allí, y además para dedicarse a la inestable vida del teatro, con toda probabilidad les causaría una apoplejía.

Abajo, la ropa tendida se meció húmeda. Una pernera de los vaqueros que la abuela Nicolson tanto detestaba («Pareces una ordinaria, Laurel... No hay nada peor que una muchacha que se va con cualquiera») se sacudía contra la otra, lo cual asustó a una gallina, que cloqueó y caminó en círculos. Laurel deslizó las gafas de sol de montura blanca sobre la nariz y se dejó caer contra la pared de la casa del árbol.

El problema era la guerra. Se había acabado hacía más de dieciséis años (toda su vida) y el mundo había seguido adelante. Todo era diferente ahora; las máscaras antigás, los uniformes, las cartillas de racionamiento y todo lo demás solo tenían sentido en el viejo baúl caqui que su padre guardaba en la buhardilla. Por desgracia, algunas personas no parecían darse cuenta de ello; concretamente, toda la población que sobrepasaba los veinticinco años.

Billy le dijo que nunca encontraría las palabras que les hiciesen comprender. Dijo que se trataba de algo llamado brecha generacional y que intentar explicarse era inútil, que era como en ese libro de Alan Sillitoe que llevaba a todas partes en el bolsillo: los adultos no comprendían a sus hijos y, si lo hacían, es que se estaban equivocando en algo.

Un rasgo habitual de Laurel (la chica buena, leal a sus padres) mostró su desacuerdo, pero no ella. En vez de ello, sus pensamientos se centraron en esas noches recientes en que lograba alejarse con sigilo de sus hermanos, cuando salía al atardecer, con una radio oculta bajo la blusa, y subía con el corazón desbocado a la casa del árbol. Ahí, sola, se apresuraba a sintonizar Radio Luxemburgo y se recostaba en la oscuridad, dejando que la música la envolviese. Y a medida que se iba adentrando en el aire inmóvil del campo, cubriendo ese paisaje antiguo con las canciones más modernas, a Laurel se le erizaba la piel con la sublime intoxicación de saberse parte de algo inmenso: una conspiración mundial, un secreto grupal. Una nueva generación de jóvenes, todos a la escucha en este preciso instante, sabedores de que la vida, el mundo, el futuro estaban ahí, esperándolos…

Laurel abrió los ojos y el recuerdo se desvaneció. No obstante, su calidez persistió, y se estiró satisfecha, siguiendo el vuelo de un grajo. Vuela, pajarito, vuela. Así sería ella, en cuanto terminase el colegio. Continuó mirando y solo parpadeó cuando el ave era un punto en el lejano azul, y se dijo a sí misma que, si lograba esta proeza, sus padres verían las cosas a su manera y ante ella se abriría un futuro prometedor.

Sus ojos se humedecieron triunfales y dejó que su mirada se posase en la casa: la ventana de su habitación, el aster que ella y su madre habían plantado sobre el pobre cadáver de Constable, el gato, la rendija entre los ladrillos donde, qué vergüenza, solía dejar notas para las hadas.

Eran recuerdos vagos de un tiempo acabado, de una niña pequeña que recogía caracolas en una charca a orillas del mar, de cenar todas las noches en el cuarto delantero de la pensión que su abuela tenía en la costa, pero eran como un sueño. La casa de labranza había sido su único hogar. Y, aunque no pretendía tener un sillón propio, le gustaba ver a sus padres en sus sillones por la noche; saber, mientras iba quedándose dormida, que se hablaban en susurros al otro lado de esa pared tan fina; que bastaba estirar un brazo para molestar a una de sus hermanas.

Iba a echarlas de menos cuando se fuese.

Laurel parpadeó. Las iba a echar de menos. Fue una certeza súbita y abrumadora. Cayó en su estómago como una piedra. Compartían la misma ropa, le rompían los pintalabios, le rayaban los discos, pero las iba a echar de menos. El ruido y el calor, el movimiento y las riñas, y la alegría aplastante. Eran como una camada de cachorros que retozaban en su habitación compartida. Abrumaban a los visitantes y eso les gustaba. Eran las jóvenes Nicolson: Laurel, Rose, Iris y Daphne; un jardín de hijas, como papá decía extasiado cuando había bebido una cerveza de más. Pilluelas de mil demonios, según proclamaba la abuela tras sus visitas estivales.

Ahora oía el jolgorio y los gritos distantes, los sonidos remotos y acuosos del verano junto al arroyo. Algo dentro de ella se tensó como si hubieran tirado de una cuerda. Podía imaginarlos, igual que el retablo de un cuadro antiguo. Las faldas metidas a los lados de las calzas, persiguiéndose unas a otras a lo largo del riachuelo; Rose se ponía a salvo en las rocas, los delgados tobillos colgando en el agua mientras dibujaba con un palo mojado; Iris, empapada y furiosa por ello; Daphne, con sus tirabuzones, se tronchaba de risa.

Habrían extendido el mantel de picnic a cuadros sobre la orilla cubierta de hierba y su madre estaría cerca, metida hasta las rodillas en la curva donde el agua corría más rápido, para soltar su último barco. Su padre estaría mirando a un lado, con los pantalones enrollados y un cigarrillo en los labios. En su rostro (Laurel lo veía con claridad meridiana), esa expresión tan suya de ligero desconcierto, como si le costase creer que la fortuna le hubiese deparado estar en ese lugar, en ese preciso momento.

Salpicando a los pies de su padre, dando grititos y riendo mientras sus manos, pequeñitas y regordetas, se estiraban en busca del barco de mamá, estaría el bebé. El ojito derecho de todos ellos…

El bebé. Tenía nombre, por supuesto, Gerald, pero nadie lo llamaba así. Era un nombre de adulto y él era todavía un bebé. Hoy cumplía dos años, pero aún tenía una cara redonda y con hoyuelos, los ojos resplandecían traviesos y sus piernas eran gordinflonas y deliciosas. A veces Laurel sentía una tentación casi irresistible de apretujarlas con todas sus fuerzas. Todos competían por ser su favorito y todos clamaban victoria, pero Laurel sabía que su rostro se iluminaba de una manera especial con ella.

Era impensable, por tanto, que se perdiese ni un segundo de su fiesta de cumpleaños. ¿A qué estaba jugando escondida tanto tiempo en la casa del árbol, sobre todo cuando planeaba escaparse junto a Billy más tarde?

Laurel frunció el ceño y sorteó una serie de recriminaciones acaloradas que enseguida se enfriaron hasta formar una decisión. Se enmendaría: bajaría, cogería el cuchillo de cumpleaños de la mesa de la cocina y lo llevaría al arroyo sin perder tiempo. Sería una hija modelo, la perfecta hermana mayor. Si completaba esa tarea antes de que pasaran diez minutos según su reloj, se daría un positivo en esa cartilla de notas imaginaria que siempre llevaba consigo. La brisa soplaba cálida contra su pie descalzo y bronceado cuando, apresurada, pisó el peldaño superior.

Más tarde, Laurel se preguntaría si todo habría sido diferente de haber ido un poco más despacio. Si, quizás, podría haber evitado ese suceso horrible de haber sido más cuidadosa. Pero no lo fue, y no lo evitó. Iba a toda prisa y por eso siempre se culparía a sí misma de lo que ocurriría a continuación. En ese momento, sin embargo, fue incapaz de contenerse. Con la misma intensidad que antes había deseado estar sola, la necesidad de encontrarse en el meollo de la acción la poseyó con un apremio pasmoso.

Había ocurrido a menudo últimamente. Era como la veleta en lo alto del tejado de Greenacres: sus emociones viraban de una dirección a otra según el capricho del viento. Era extraño, y a veces la asustaba, pero en cierto sentido era también emocionante. Como viajar dando bandazos a orillas del mar.

En este caso, fue, además, perjudicial. Pues, en su prisa desesperada por unirse a la fiesta junto al arroyo, se golpeó la rodilla contra el suelo de madera de la casa del árbol. El rasguño escocía e hizo una mueca de dolor al bajar la vista para ver cómo manaba sangre de un rojo sorprendente. En lugar de seguir bajando, subió de nuevo a la casa del árbol para examinar la herida.

Aún estaba ahí sentada, observando su rodilla lastimada, maldiciendo sus prisas y preguntándose si Billy notaría esa costra grande y fea, cómo podría disimularla, cuando percibió un ruido que procedía del bosquecillo. Un ruido susurrante, natural y sin embargo tan distinto de los otros sonidos de la tarde que le llamó la atención. Echó un vistazo por la ventana de la casa del árbol y vio a Barnaby caminando torpón sobre la hierba crecida, las orejas sedosas meciéndose como alas de terciopelo. Su madre caminaba no muy lejos, avanzando a zancadas hacia el jardín, con un vestido de verano tejido a mano. El bebé reposaba cómodamente sobre su cadera, con las piernecitas desnudas debido al calor del día.

Si bien aún estaban a cierta distancia, por un extraño efecto del viento Laurel podía oír con claridad la cantilena que su madre canturreaba. Era una canción que les había cantado a todos ellos, y el bebé reía encantado y gritaba: «¡Más! ¡Más!» (aunque parecía decir: «¡Ma! ¡Ma!»), mientras su madre recorría su tripita con los dedos para hacerle cosquillas en la barbilla. Estaban tan concentrados el uno en el otro, ofrecían un aspecto tan idílico en ese prado soleado que Laurel se debatía entre el goce de haber observado ese momento tan íntimo y la envidia por no formar parte de él.

A medida que su madre descorría el pestillo de la puerta y se acercaba a la casa, Laurel comprendió con desánimo que había ido a buscar el cuchillo de los cumpleaños.

A cada paso de su madre Laurel veía alejarse aún más la oportunidad de redimirse. Se fue enfurruñando, y ese mal humor, que le impidió llamarla o bajar, la dejó clavada en el suelo de la casa del árbol. Ahí permaneció sentada, sufriendo cabizbaja de un modo extrañamente placentero, mientras su madre avanzaba y entraba en la casa.

Uno de los aros de juguete cayó en silencio al suelo, y Laurel interpretó esa acción como una muestra de solidaridad. Decidió quedarse donde estaba. Que la echasen de menos un poco más; ya iría al arroyo cuando estuviese lista. Mientras tanto, iba a leer *La fiesta de cumpleaños* de nuevo al tiempo que imaginaba un futuro lejos de aquí, una vida donde era hermosa y sofisticada, adulta, sin costras.

El hombre, cuando apareció por primera vez, era apenas un borrón en el horizonte, justo al otro extremo del camino. Laurel no llegó a saber con certeza, más adelante, por qué alzó la vista en ese momento. Durante un segundo espantoso, cuando lo percibió caminando hacia la parte trasera de la casa de labranza, Laurel pensó que se trataba de Billy, que había llegado temprano a recogerla. Solo cuando su silueta adquirió forma y comprendió que no era su ropa (pantalones oscuros, mangas de camisa y un sombrero negro de ala anticuada) se permitió un suspiro de alivio.

La curiosidad no tardó en ocupar el lugar del alivio. Las visitas eran poco frecuentes en la casa, menos frecuentes todavía aquellas que llegaban a pie, si bien un recuerdo se ocultaba en un rincón de la mente de Laurel mientras observaba a ese hombre que se acercaba, un extraño sentimiento de *déjà vu* que no lograba explicarse por más que lo intentara. Laurel olvidó su mal humor y, gracias a ese escondite privilegiado, se entregó a mirar de hito en hito.

Apoyó los codos en el alféizar y la barbilla en las manos. No era feo para un hombre de su edad y en su actitud algo sugería la confianza de tener un objetivo. He aquí un hombre que no necesitaba apresurarse. Con certeza, no era alguien conocido, uno de los amigos de su padre venido del pueblo ni un mozo de labranza. Siempre quedaba la posibilidad de que fuese un viajero perdido en busca de indicaciones, pero la casa era una elección improbable, alejada como estaba de la carretera. ¿Y si se trataba de un gitano o un vagabundo? Uno de esos hombres que aparecían por casualidad, que pasaba una mala racha y agradecería cualquier trabajillo que su padre le ofreciese. O (Laurel se entusiasmó ante esa idea terrible) quizás se tratase de ese hombre sobre el cual había leído en el periódico local, ese que los adultos mencionaban nerviosos, que había molestado a los excursionistas y asustado a las mujeres que caminaban solas por una curva oculta río abajo.

Laurel se estremeció, asustándose a sí misma por un instante, y a continuación bostezó. El hombre no era un demonio; ya podía ver su cartera de cuero. Era un vendedor que venía a hablar con su madre acerca de la nueva enciclopedia sin la cual no podrían vivir.

Y, por tanto, apartó la vista.

Pasaron los minutos, no muchos, y lo siguiente que oyó fue el gruñido quedo de Barnaby al pie del árbol. Laurel se acercó a la ventana a toda prisa y vio al spaniel plantado en medio del camino de ladrillo. Estaba frente a la entrada, observando al hombre, ya mucho más cerca, que hurgaba en la puerta de hierro que daba al jardín.

—Calla, Barnaby —dijo la madre desde el interior—. No vamos a tardar mucho. —Salió del vestíbulo en penumbra y se detuvo ante la puerta abierta para susurrar algo al oído del bebé, para besar ese moflete rollizo y hacerle reír.

Detrás de la casa, la puerta cercana al patio de las gallinas chirrió (ese gozne siempre necesitaba aceite) y el perro gruñó de nuevo. Se le erizó el pelo del lomo.

—Basta, Barnaby —dijo su madre—. ¿Qué te pasa?

El hombre dio la vuelta a la esquina y ella miró a un lado. La sonrisa desapareció de su rostro.

—Hola —dijo el desconocido, que se detuvo para pasarse el pañuelo por las sienes—. Qué buen tiempo hace.

La cara del bebé se iluminó de gozo ante el recién llegado y estiró las manos regordetas, abriéndolas y cerrándolas en un saludo entusiasta. Era una invitación que nadie podría rechazar, y el hombre guardó el pañuelo en el bolsillo y se acercó, alzando la mano ligeramente, como si fuese a bendecir al pequeño.

En ese momento su madre se movió con una velocidad asombrosa. Alejó al bebé, depositándolo sin delicadeza en el suelo, detrás de ella. Bajo sus piernecitas desnudas había grava, y para un niño que solo había conocido cariños y atenciones esa impresión fue más de lo que pudo aguantar. Abatido, comenzó a llorar.

A Laurel le dio un vuelco el corazón, pero se quedó helada, incapaz de moverse. Se le puso de punta el vello de la nuca. Estaba observando la cara de su madre y vio una expresión que no había visto nunca antes. Era miedo, comprendió: su madre estaba asustada.

El efecto en Laurel fue instantáneo. Las certezas de toda una vida quedaron reducidas a un humo llevado por el viento. En su lugar surgió una fría alarma.

—Hola, Dorothy —dijo el hombre—. Cuánto tiempo.

Sabía cómo se llamaba su madre. El hombre no era un desconocido.

Habló de nuevo, tan bajo que Laurel no pudo oírlo, y su madre asintió levemente. Continuó escuchando, con la cabeza inclinada a un lado. Alzó la cara al sol y sus ojos se cerraron durante solo un segundo.

Lo siguiente ocurrió muy rápido.

Fue ese resplandor plateado y líquido lo que Laurel recordaría para siempre. La manera en que la luz del sol se reflejó en el filo de metal y la breve e intensa belleza del momento.

A continuación, el cuchillo bajó, ese cuchillo especial, hundiéndose en el pecho del hombre. El tiempo se detuvo y se aceleró a la vez. El hombre gritó y la sorpresa, el dolor y el horror retorcieron su cara; y Laurel se quedó mirando cómo las manos del hombre se dirigían al mango del cuchillo, al lugar donde la sangre le manchaba la camisa, cómo caía al suelo, cómo la brisa cálida arrastraba su sombrero en medio del polvo.

El perro estaba ladrando con fuerza, el bebé lloraba en la grava, la cara roja y reluciente, el pequeño corazón roto, pero para Laurel esos sonidos carecían de intensidad. Los oía perdidos en el galope líquido de su propia sangre desbocada, en el ronco aliento de su respiración entrecortada.

Se había soltado la cinta del cuchillo, que se arrastró hasta las piedras que bordeaban el cantero del jardín. Fue lo último que vio Laurel antes de que sus ojos se llenasen de diminutas estrellas titilantes y poco después todo se volviese negro.

2

Suffolk, 2011

Llovía en Suffolk. En sus recuerdos de niñez no llovía nunca. El hospital estaba al otro lado del pueblo y el coche avanzó lentamente por una calle principal jalonada de charcos antes de girar en la calzada y detenerse tras dar media vuelta. Laurel sacó la polvera, la abrió para mirarse en el espejo y tiró de la piel de una mejilla hacia arriba, observando con calma cómo las arrugas se congregaban y, a continuación, volvían a caer cuando soltaba la piel. Repitió el mismo gesto al otro lado. La gente adoraba sus rasgos. Su agente se lo decía, los directores de *casting* se deshacían en elogios, los maquilladores canturreaban al blandir los cepillos con su juventud deslumbrante. Hacía unos meses, una de esas publicaciones de internet había creado una encuesta en la que invitaba a los lectores a votar por el rostro favorito de la nación, y Laurel había quedado segunda. Sus rasgos, se decía, inspiraban confianza en la gente.

Eso sería muy agradable para ellos. Pero a Laurel le hacía sentirse vieja. Y estaba vieja, pensó al cerrar la polvera. No a la manera de la señora Robinson. Ya habían pasado veinticinco años desde que actuó en *El graduado,* en el National Theatre. ¿Cómo era posible? Alguien había acelerado el maldito reloj cuando no estaba mirando, no cabía otra explicación.

El conductor abrió la puerta y la acompañó bajo el cobijo de un enorme paraguas blanco.

—Gracias, Mark —dijo al llegar al toldo—. ¿Tienes la dirección del viernes?

El hombre dejó en el suelo el bolso de viaje y sacudió el paraguas.

—Una casa de labranza al otro lado del pueblo, carretera estrecha, un camino al final. A las dos en punto, si le parece bien.

Laurel respondió que sí y el hombre asintió, tras lo cual se apresuró bajo la lluvia para llegar al asiento del conductor. El coche se puso en marcha y Laurel observó cómo se alejaba, presa de una súbita nostalgia por viajar en ese interior cálido, agradable y anodino a lo largo de la carretera mojada hacia ninguna parte en concreto. Ir a cualquier lado, en realidad, con tal de no estar ahí.

Laurel contempló la puerta de entrada, pero no cruzó el umbral. En su lugar, sacó los cigarrillos y encendió uno. Dio una calada con más deleite del que sería decoroso. Había pasado una noche malísima. Había tenido sueños inconexos con su madre, y con este lugar, y con sus hermanas cuando eran pequeñas, y con Gerry de niño. Un niño pequeño y entusiasta, que sostenía una nave espacial de hojalata que él mismo había hecho y le decía que algún día iba a inventar una cápsula del tiempo con la que arreglar las cosas. ¿Qué cosas?, había preguntado en el sueño. Vaya, pues todas las cosas que habían salido mal, claro… Ella podría acompañarlo si quería.

Claro que quería.

Las puertas del hospital se abrieron de golpe y salieron dos enfermeras a toda prisa. Una de ellas echó un vistazo a Laurel y sus ojos se abrieron de par en par al reconocerla. Laurel asintió con un gesto parecido a un vago saludo y tiró lo que quedaba del cigarrillo mientras la enfermera se acercaba a su amiga para susurrarle algo al oído.

Rose esperaba en uno de los asientos del vestíbulo y, durante una fracción de segundo, Laurel la miró como habría mirado a una desconocida. Iba envuelta en un chal púrpura de ganchillo que al frente conformaba un lazo rosado, y su pelo rebelde, ya cano, estaba recogido en una trenza que caía sobre un hombro. Laurel sufrió un arrebato de cariño casi insoportable cuando notó que su hermana se había sujetado la trenza con el cordel de la bolsa del pan.

—Rosie —dijo, y ocultó su emoción tras una máscara perfectísima de niña buena, sana y feliz, odiándose un poco por ello—. Dios, parece una eternidad. Somos como un par de barcos en la oscuridad, tú y yo.

Se abrazaron y a Laurel le sobresaltó el aroma a lavanda, tan familiar como fuera de lugar. Era el olor de las tardes de las vacaciones de verano en una habitación del Mar Azul, la pensión de la abuela Nicolson, no el olor de su hermana pequeña.

—Cómo me alegra que hayas podido venir —dijo Rose, que estrechó las manos de Laurel antes de guiarla por el pasillo.

—No me lo habría perdido por nada.

—Claro que no.

—Habría venido antes si no hubiera sido por la entrevista.

—Lo sé.

—Y me quedaría más tiempo de no ser por los ensayos. La película empieza a rodarse en un par de semanas.

—Lo sé. —Rose apretó la mano de Laurel un poco más fuerte, como para realzar sus palabras—. Mamá estará encantada de verte. Está orgullosísima de ti, Lol. Todos lo estamos.

Era angustioso recibir elogios de un familiar, así que Laurel no prestó atención.

—¿Y los otros?

—No han llegado. Iris está en un atasco y Daphne llega por la tarde. Viene directa a casa desde el aeropuerto. Nos llamará cuando esté en camino.

—¿Y Gerry? ¿A qué hora llega?

Era una broma e incluso Rose, la Nicolson amable, la única que no era aficionada a las tomaduras de pelo, no pudo evitar una risita tonta. Su hermano era capaz de construir calendarios de distancias cósmicas para calcular la ubicación de galaxias distantes, pero bastaba preguntarle a qué hora tenía pensado llegar para sumirlo en el desconcierto.

Doblaron la esquina y se encontraron ante una puerta con un rótulo que decía: «Dorothy Nicolson». Rose acercó la mano al pomo de la puerta, pero dudó.

—Tengo que avisarte, Lol —dijo—. Mamá ha ido a peor desde tu última visita. Tiene altibajos. A ratos es ella misma y de repente… —Los labios de Rose temblaron y apretó su largo collar de perlas. Bajó la voz al proseguir—: Se desorienta, Lol, a veces se altera y dice cosas del pasado, cosas que no siempre comprendo… Las enfermeras aseguran que no quiere decir nada, que ocurre a menudo cuando la gente… se encuentra en la fase en la que está mamá. Las enfermeras le dan píldoras que la tranquilizan, pero la dejan muy mareada. No me haría muchas ilusiones hoy.

Laurel asintió. El doctor había dicho algo parecido cuando llamó la semana anterior para preguntar por su estado. Empleó una letanía de eufemismos tediosos —una vida bien vivida, la hora de responder a la llamada final, el sueño eterno— con un tono tan empalagoso que Laurel fue incapaz de contenerse: «¿Quiere decir, doctor, que mi madre se está muriendo?». Lo preguntó con una voz majestuosa, por el mero placer de oír cómo tartamudeaba. La recompensa fue dulce pero breve, pues solo duró hasta que llegó la respuesta.

Sí.

La más traicionera de las palabras.

Rose abrió la puerta («¡Mira a quién he encontrado, ma-maíta!») y Laurel reparó en que estaba conteniendo el aliento.

Durante su infancia hubo una época en la que Laurel tuvo mie-do. De la oscuridad, de los zombis, de los desconocidos que, se-gún la abuela Nicolson, se ocultaban tras las esquinas para raptar a las niñas pequeñas y hacerles cosas indescriptibles. (¿Qué tipo de cosas? Indescriptibles. Siempre era así, una amenaza más te-rrorífica por la escasez de detalles, por la vaga sugerencia de taba-co, sudor y vello en lugares extraños). Tan convincente había sido su abuela que Laurel sabía que era una cuestión de tiempo que el destino la encontrase y cumpliese sus perversos designios.

En ciertas ocasiones, sus mayores miedos se acumulaban, así que se despertaba por la noche gritando porque el zombi del armario la miraba por el ojo de la cerradura, a la espera de co-menzar sus terroríficas obras. «Calla, angelito —la tranquilizaba su madre—. No es más que un sueño. Tienes que aprender a di-ferenciar entre lo que es real y lo que es mentira. A mí me llevó muchísimo tiempo comprenderlo. Demasiado». Y entonces se sentaba junto a Laurel y decía: «¿Y si te cuento una historia sobre una niña pequeña que se escapó para unirse a un circo?».

Era difícil creer que la mujer cuya poderosa presencia de-rrotaba todos los terrores nocturnos era esta misma pálida cria-tura extraviada bajo las sábanas del hospital. Laurel había pen-sado que estaba preparada. Algunos de sus amigos habían muerto, conocía el aspecto de la muerte cuando llegaba la hora, había ganado un premio BAFTA por interpretar a una mujer en las etapas finales de un cáncer. Pero esto era diferente. Se trataba de su madre. Quiso darse la vuelta y echar a correr.

No lo hizo. Rose, de pie junto a la estantería, asintió para darle ánimos, y Laurel se metió en el papel de la hija diligente que está de visita. Se movió con premura para tomar la frágil mano de su madre.

—Hola —dijo—. Hola, amor mío.

Los ojos de Dorothy parpadearon antes de cerrarse de nuevo. Su respiración prosiguió con un ritmo dulce cuando Laurel besó con delicadeza sus mejillas de papel.

—Te he traído algo. No podía esperar a mañana. —Dejó sus cosas en el suelo y sacó un pequeño paquete del bolso. Tras una breve pausa por respeto a las convenciones, comenzó a desenvolver el regalo—. Un cepillo —dijo, dando vueltas al objeto plateado entre los dedos—. Tiene unas cerdas suavísimas, de jabalí, creo; lo encontré en una tienda de antigüedades en Knightsbridge. Les pedí que grabasen tus iniciales, ¿ves?, aquí mismo. ¿Quieres que te cepille el pelo?

No esperaba respuesta, y no recibió ninguna. Con cuidado, Laurel pasó el cepillo a lo largo de esos mechones finos y canosos que formaban una corona sobre la almohada en torno a la cara de su madre, cabellera que en otro tiempo fue abundante, de un castaño muy oscuro, y ahora se disolvía en el aire.

—Ya está —dijo y dejó el cepillo en el estante, de tal modo que la luz daba en la floritura de la «D»—. Ya está.

Por alguna razón, Rose debió de sentirse satisfecha, pues le entregó el álbum que había cogido del estante y le indicó que iba a salir a preparar el té.

Había distintos papeles en las familias: ese era el de Rose, este era el suyo. Laurel se acomodó en un asiento que parecía de enfermos, junto a la almohada de su madre, y abrió el viejo libro con atención. La primera fotografía era en blanco y negro, ya desvaída, con una serie de puntos marrones a lo largo de la superficie. Bajo las manchas, una joven con un pañuelo sobre el pelo había quedado atrapada para siempre en un momento atribulado. Mientras alzaba la vista de lo que estuviese haciendo, levantaba la mano como si quisiese espantar al fotógrafo. Sonreía pícara, molesta y divertida al mismo tiempo, la boca abierta para pronunciar unas palabras ya olvidadas. Una broma, había preferido pensar siempre Laurel, un comentario ingenioso destinado a la persona detrás de la cámara. Era probable que se tratase de uno de los muchos huéspedes de antaño de la abuela: un vendedor ambulante, un veraneante solitario, algún burócrata silencioso de zapatos lustrosos a la espera del fin de la guerra mientras se dedicaba a una tarea segura. Detrás de la mujer, se veía la línea de un mar en calma, si quien veía la fotografía sabía que estaba ahí.

Laurel sostuvo el libro sobre el cuerpo inmóvil de su madre y comenzó:

—Mamá, aquí estás en la pensión de la abuela Nicolson. Es 1944 y la guerra ya toca a su fin. El hijo de la señora Nicolson todavía no ha vuelto, pero volverá. En menos de un mes, la abuela te enviará al pueblo con las cartillas de racionamiento y cuando vuelvas con la compra encontrarás a un soldado sentado a la mesa de la cocina, un hombre al que no has visto antes pero a quien reconoces gracias a la fotografía enmarcada sobre la repisa. Tiene más años cuando lo conoces que en ese retrato, y está más triste, pero viste de la misma manera, con sus pantalones de soldado, y te sonríe y sabes al instante que se trata del hombre a quien has estado esperando.

Laurel pasó la página, usando el pulgar para alisar la esquina de la lámina protectora de plástico, ya amarillenta. Con los años se había vuelto quebradiza.

—Te casaste con un vestido que cosiste tú misma con un par de cortinas de una habitación de invitados que la abuela Nicolson se resignó a sacrificar. Bien hecho, querida mamá; seguro que no fue nada fácil convencerla. Ya sabemos cómo era la abuela con esas cosas. Hubo una tormenta la noche anterior y te preocupaba que lloviese el día de tu boda. Sin embargo, no llovió. Brilló el sol y las nubes se dispersaron y la gente dijo que eso era un buen presagio. Aun así, no corriste riesgos: ahí está el señor Hatch, el deshollinador, a los pies de la escalera de la iglesia para traer suerte. Para él fue un placer darte el gusto: con la suma que papá le pagó compró unos zapatos nuevos para su hijo mayor.

No podía saber con certeza, estos últimos meses, si su madre la escuchaba, si bien la enfermera más amable dijo que no había motivos para pensar lo contrario, y en ocasiones, a medida que avanzaba por el álbum de fotos, Laurel se permitía la libertad de inventar… Nada demasiado discrepante: solo lo consentía cuando su imaginación se desviaba de la acción principal, hacia la periferia. A Iris le parecía mal, decía que esa historia era importante para su madre y que Laurel no tenía derecho a adornar la verdad, pero el doctor se había limitado a encogerse de hombros cuando le comentaron las transgresiones y dijo que lo que de verdad importaba era hablar con ella, no tanto la verdad de lo dicho. Se volvió hacia Laurel con un guiño: «De usted es de la que menos debería esperarse que se atuviese a la verdad, señorita Nicolson».

A pesar de que se había puesto de su lado, a Laurel le ofendió esa supuesta connivencia. Estuvo a punto de explicar la diferencia entre actuar sobre un escenario y decir mentiras en la vida real, para dejarle bien claro a ese doctor impertinente de pelo demasiado negro y dientes demasiado blancos que la verdad importaba en ambos casos, pero comprendió que era inútil mantener una discusión filosófica con alguien que llevaba una pluma con forma de palo de golf en el bolsillo de la camisa.

Pasó de página y se encontró, como siempre, con los retratos de ella misma de bebé. Narró con celeridad sus primeros años (la pequeñísima Laurel durmiendo en una cuna con estrellas y hadas pintadas en la pared; parpadeando adusta en los brazos de su madre; ya un poco crecida, tambaleándose entre los bajíos a orilla del mar) antes de llegar a ese punto en el que dejaba de recitar y comenzaban sus recuerdos. Pasó de página, lo que desató el ruido y las risas de las otras. ¿Era una coincidencia que sus primeros recuerdos estuviesen tan vinculados con sus hermanas? Llegaron una tras otra: se tiraban por la hierba, saludaban por la ventana de la casa del árbol, esperaban en fila ante Greenacres (su casa), bien peinadas e inmóviles, limpísimas y con ropa nueva, para comenzar una excursión ya olvidada.

Las pesadillas de Laurel habían cesado tras el nacimiento de sus hermanas. O, más bien, se habían transformado. Ya no recibía visitas de zombis, monstruos o desconocidos que se ocultaban por el día en el armario; en su lugar, comenzó a soñar con un maremoto que se aproximaba, o con el fin del mundo, o el comienzo de otra guerra, y ella sola tenía que mantener a sus hermanas a salvo. De las cosas que su madre le dijo durante la infancia, era una de las que recordaba con más claridad: «Cuida a tus hermanas. Tú eres la mayor, no las pierdas de vista». Por aquel entonces, no se le ocurrió a Laurel pensar que su madre hablaba por experiencia; que, implícito en esa advertencia, se hallaba el viejísimo dolor por un hermano pequeño a quien perdió durante un bombardeo en la Segunda Guerra Mundial. Los niños podían ser así de egoístas, en especial los felices. Y los Nicolson habían sido niños más felices que la mayoría.

—Aquí estamos en Pascua. Aquí está Dafne en la trona, así que será 1956. Sí, eso es. ¿Ves? Rose tiene el brazo escayolado, el brazo izquierdo esta vez. Iris está haciendo el payaso sonriendo al fondo, pero no por mucho tiempo. ¿Te acuerdas? Esa fue la tarde en que saqueó la nevera y devoró todos los cangrejos. Papá los había traído cuando fue de pesca el día anterior. —Fue la única vez que Laurel lo vio enfadado de verdad. Se había despertado de la siesta, bañado por el sol, con el capricho de comer algún cangrejo y en el frigorífico solo encontró los caparazones huecos. Aún podía ver a Iris escondiéndose tras el sofá, el único lugar donde su padre no podía alcanzarla con sus amenazas de darle una buena zurra (amenaza falsa, pero no por ello menos terrorífica), y negándose a salir. Rogaba a quien pasase cerca que se apiadase y, por favor, por favorcito, le acercase su ejemplar de *Pippi Calzaslargas*. El recuerdo conmovió a Laurel. Había olvidado lo divertida que podía ser Iris cuando no dedicaba todas sus energías a estar enfadada.

Algo se deslizó de la parte trasera del álbum y Laurel lo recogió del suelo. Era una fotografía que no había visto nunca, un retrato a la vieja usanza, en blanco y negro, de dos jóvenes cogidas de los brazos. Se reían de ella dentro de ese marco blanquecino, de pie en una sala de la que colgaban banderitas, a la luz del sol que entraba por una ventana que no quedaba a la vista. Le dio la vuelta en busca de una anotación, pero no había nada escrito salvo la fecha: mayo de 1941. Qué extraño. Laurel se sabía de memoria el álbum familiar y esta fotografía, estas mujeres, no formaban parte de él. Se abrió la puerta y apareció Rose, con dos tazas de té temblando sobre unos platitos.

—¿Has visto esto, Rose? —Laurel alzó la foto.

Rose dejó una taza en la mesilla, miró con los ojos entrecerrados la fotografía y sonrió.

—Sí, claro —dijo—. Apareció hace unos meses en Greenacres… Pensé que podrías buscarle un lugar en el álbum. ¿A que es preciosa? Qué maravilloso es descubrir algo nuevo de mamá, sobre todo ahora.

Laurel miró una vez más la fotografía. Las jóvenes lucían peinados tipo *victory roll** de los años cuarenta, faldas a la altura de la rodilla; de la mano de una de ellas pendía un cigarrillo. Por supuesto, era su madre. Su maquillaje era diferente. Ella era diferente.

—Qué raro —dijo Rose—, nunca pensé en ella así.

—Así, ¿cómo?

—Joven, supongo. Divirtiéndose con una amiga.

---

*El *victory roll* era una maniobra acrobática que hacían los aviones aliados en señal de victoria, y que dio nombre a un peinado con grandes bucles y tirabuzones. *(N. del E.).*

37

—¿No? Me pregunto por qué. —Aunque, por supuesto, lo mismo era cierto para Laurel. En su mente (en la mente de todas ellas, al parecer), la madre había llegado al mundo cuando respondió el anuncio que la abuela había publicado en un periódico en busca de una empleada para todo, para trabajar en la pensión. Conocían lo esencial del pasado anterior: que había nacido y crecido en Coventry, que había ido a Londres justo antes del comienzo de la guerra, que su familia había muerto durante los bombardeos. Laurel sabía, además, que la muerte de su familia la había afectado profundamente. Dorothy Nicolson había aprovechado la menor oportunidad para recordar a sus hijos que la familia lo era todo: ese había sido el mantra de su infancia. Cuando Laurel atravesaba una fase especialmente dura de su adolescencia, su madre la tomó de las manos y dijo: «No seas como yo, Laurel. No esperes demasiado para comprender qué es lo importante. Quizás tu familia te vuelva loca a veces, pero es más importante para ti de lo que puedes imaginarte». No obstante, en cuanto a los detalles de su vida antes de conocer a Stephen Nicolson, Dorothy nunca les aburrió con ellos, y sus hijos nunca se molestaron en preguntar. No había nada raro en ello, supuso Laurel con cierto malestar. Los hijos no exigen que sus padres tengan un pasado y les resulta un tanto increíble, casi embarazoso, que estos aseguren haber tenido una existencia previa. Ahora, sin embargo, al mirar a esta desconocida de los tiempos de la guerra, Laurel lamentó vivamente esa falta de conocimiento.

Durante sus comienzos como actriz, un director muy conocido se había inclinado sobre el guion, se había enderezado las gafas de culo de vaso y le había dicho a Laurel que no tenía el aspecto necesario para interpretar papeles protagonistas. Fue una advertencia dolorosa y Laurel gimió y clamó, tras lo cual dedicó horas a mirarse en el espejo, casi sin querer, antes de cortarse la larga melena en un arrebato de ebria determinación. Sin embargo, fue un momento crucial en su carrera. Era una actriz de carácter. El director la escogió para interpretar a la hermana de la protagonista y recibió sus primeras críticas entusiastas. Al público le maravillaba su capacidad de crear personajes desde dentro, de sumergirse y desaparecer bajo la piel de otra persona, pero no había truco alguno; simplemente, se tomaba la molestia de aprender los secretos del personaje. Laurel sabía mucho acerca de guardar secretos. Sabía también que así se descubría de verdad a la gente, oculta tras sus manchas más negras.

—¿Sabías que nunca la habíamos visto tan joven? —Rose se encaramó al brazo del sillón de Laurel, su aroma a lavanda era más intenso que antes, y cogió la fotografía.

—¿De verdad? —Laurel iba a sacar los cigarrillos, recordó que se encontraba en un hospital y cogió el té en su lugar—. Supongo que sí. —Gran parte del pasado de su madre eran manchas negras. ¿Por qué nunca le había molestado antes? Una vez más, echó un vistazo a la fotografía, a esas dos mujeres que ahora parecían reírse de su ignorancia. Intentó hablar en un tono despreocupado—: ¿Dónde dices que la encontraste, Rose?

—Dentro de un libro.

—¿Un libro?

—En realidad, una obra de teatro: *Peter Pan*.

—¿Mamá salió en una obra? —Su madre había sido muy aficionada a los disfraces y a los juegos improvisados, pero Laurel no recordaba que hubiese actuado en una obra de verdad.

—Eso no lo sé con certeza. El libro era un regalo. Tenía una dedicatoria... Ya sabes, como nos pedía que hiciésemos cuando éramos pequeñas.

—¿Qué decía?

—«Para Dorothy». —Rose entrelazó los dedos en su esfuerzo por recordar—. «Una amistad verdadera es una luz entre las tinieblas. Vivien».

Vivien. El nombre tuvo un efecto extraño en Laurel. Sintió calor y a continuación frío en la piel y le retumbaron las sienes. Por su mente pasó una serie de imágenes vertiginosas: un filo que resplandecía, la cara asustada de su madre, una cinta roja que se desataba. Recuerdos viejos, recuerdos desagradables que el nombre de esa desconocida había avivado por alguna razón.

—Vivien —repitió, hablando más alto de lo que pretendía—. ¿Quién es Vivien?

Rose alzó la vista, sorprendida, pero Laurel no llegó a saber su respuesta, pues Iris entró por la puerta como una exhalación, con una multa de tráfico en la mano. Ambas hermanas se giraron hacia esa poderosa indignación y por tanto nadie notó la brusca respiración de Dorothy, la angustia que se reflejó en su rostro al oír el nombre de Vivien. Cuando las tres hermanas Nicolson se reunieron alrededor de su madre, Dorothy parecía dormir tranquila; en sus rasgos no había indicio alguno de que había abandonado el hospital, ese cuerpo agotado y a sus hijas para viajar en el tiempo hasta una noche oscura de 1941.

3

Londres, mayo de 1941

Dorothy Smitham bajó las escaleras corriendo, tras lo cual deseó buenas noches a la señora White mientras se enfundaba el abrigo. La casera parpadeó tras unas gafas de cristales gruesos cuando pasó, deseosa de continuar su tratado siempre inacabado sobre las flaquezas de los vecinos, pero Dolly no se detuvo. Aminoró el paso solo lo suficiente para echarse un vistazo en el espejo del vestíbulo y aplicar un poco de colorete a las mejillas. Satisfecha con lo que veía, abrió la puerta y salió como una flecha a las tinieblas. Llevaba prisa; no tenía tiempo para la encargada; Jimmy ya estaría en el restaurante y no quería hacerle esperar. Tenían muchas cosas de las que hablar... Cómo ir, qué hacer una vez llegasen, cuándo deberían partir al fin...

Dolly sonrió entusiasmada. Metió la mano en el profundo bolsillo de su abrigo y giró con los dedos la figurilla tallada. La había visto en el escaparate del prestamista el otro día; no era más que una baratija, lo sabía, pero le recordó a él y, ahora más que nunca, mientras Londres se derrumbaba a su alrededor, era importante que las personas supiesen lo mucho que las querías. Dolly se moría de ganas de dárselo: podía imaginar su cara al verla, cómo sonreiría, la abrazaría y le diría, igual que siempre, cuánto la amaba. Ese pequeño Mr. Punch[*] de madera no sería gran cosa, pero era perfecto; a Jimmy siempre le había gustado el mar. A ambos les encantaba.

—¿Disculpe? —Era una voz de mujer y sonó de improviso.

—¿Sí? —respondió Dolly, con la sorpresa reflejada en su voz. La mujer debió de reparar en ella cuando la luz la iluminó por un momento a través de la puerta abierta.

—Por favor, ¿me podría ayudar? Estoy buscando el número 24.

A pesar del apagón y de que era imposible que la viese, Dolly se dejó llevar por la costumbre y señaló con un gesto la puerta situada tras ella.

—Tiene suerte —dijo—. Está justo aquí. Ahora mismo no hay habitaciones libres, me temo, pero pronto habrá. —Su propia habitación, de hecho (si a eso se le podía llamar habitación). Se llevó un cigarrillo a los labios y prendió una cerilla.

—¿Dolly?

En ese momento, Dolly escudriñó la oscuridad. La dueña de la voz se acercaba a ella a toda prisa; sintió una sucesión de movimientos y a continuación la mujer, ya cerca, dijo:

—Eres tú, gracias a Dios. Soy yo, Dolly. Soy...

—¿Vivien? —De pronto reconoció la voz; era una voz familiar y, sin embargo, había algo diferente en ella.

—Pensaba que no iba a encontrarte, que había llegado demasiado tarde.

—¿Demasiado tarde para qué? —titubeó Dolly; no tenían planes para verse esa noche—. ¿Qué pasa?

---

[*] Mr. Punch y Judy son los dos personajes principales de la tradición inglesa de los títeres de cachiporra. A diferencia del resto de tradiciones, Mr. Punch sigue hablando con el peculiar tono de voz que da el uso de la lengüeta; y la historia es cerrada: por lo general se repite sin cambios en todas las representaciones y todos los teatrillos. El argumento es tan violento, con varios asesinatos grotescos y esperpénticos, que, pese a ser una sencilla obra de títeres, claramente teatral y burlesca, su representación ha sido prohibida en varias etapas de la historia inglesa. (N. del E.).

—Nada... —Vivien comenzó a reírse y el sonido, metálico y desconcertante, erizó la espalda de Dorothy—. Es decir, todo.

—¿Has estado bebiendo? —Dolly nunca había visto a Vivien comportarse así; no quedaba ni rastro del usual gesto de elegancia, del perfecto autocontrol.

La otra mujer no respondió, no exactamente. El gato del vecino saltó de un muro cercano y cayó con un ruido sordo en el cuchitril de la señora White. Tras el sobresalto, Vivien susurró:

—Tenemos que hablar..., rápido.

Dolly ganó tiempo dando una calada honda al cigarrillo. Por lo general, le habría encantado sentarse junto a ella y mantener una conversación abriendo su corazón, pero no en ese momento, no esa noche. Estaba impaciente por irse.

—No puedo —dijo—. Estaba a punto de...

—Dolly, por favor.

Dolly metió la mano en el bolsillo y tocó la figurilla de madera. Jimmy ya habría llegado; estaría preguntándose dónde estaba y echaría un vistazo a la puerta cada vez que se abriera, con la esperanza de verla. Detestaba hacerle esperar, sobre todo ahora. Pero aquí estaba Vivien, que se había subido a la escalera, tan seria, tan nerviosa, y la miraba por encima del hombro, entre súplicas y explicaciones sobre lo importante que era que hablasen... Dolly suspiró, rindiéndose de mala gana. No podía dejar a Vivien así, no ahora que estaba tan alterada.

Se dijo a sí misma que Jimmy lo comprendería, que a su extraña manera él también se había encariñado de Vivien. Y en ese momento tomó una decisión que sería fatídica para todos ellos.

—Vamos —dijo, apagando el cigarrillo y tomando a Viven del brazo, con amabilidad—. Vamos adentro.

Al entrar en la casa y subir las escaleras, Dolly pensó que Vivien habría venido a disculparse. Era lo único que se le ocurría para explicar la inquietud de la otra mujer, la pérdida de su habitual compostura; Vivien, con su riqueza y su clase, no era el tipo de mujer dada a pedir disculpas. Al pensarlo Dolly se puso nerviosa. No era necesario: por lo que a ella respectaba, todo ese episodio lamentable ya formaba parte del pasado. Habría preferido no volver a mencionarlo.

Llegaron al final del pasillo y Dolly abrió la puerta de su dormitorio. Al apretar el interruptor una luz mortecina emanó de una bombilla solitaria, que reveló una cama estrecha, un armario pequeño, un lavabo resquebrajado cuyo grifo goteaba. Dolly sintió una súbita vergüenza cuando vio su habitación a través de los ojos de Vivien. Qué vulgar le parecería, acostumbrada a las estancias de esa casa resplandeciente de Campden Grove, con sus arañas de vidrio tubular y cubrecamas de piel de cebra.

Se quitó su viejo abrigo y se dio la vuelta para colgarlo en el gancho que había detrás de la puerta.

—Lamento que haga tanto calor aquí dentro —dijo, con un tono que intentaba sonar despreocupado—. No hay ventanas, es una pena. Los apagones son más fáciles de sobrellevar así, pero no viene muy bien para ventilar la habitación. —Bromeaba con la esperanza de aligerar el ambiente, de mejorar su estado de ánimo, pero no lo logró. No podía dejar de pensar en Vivien, ahí de pie, detrás de ella, buscando un lugar en el que sentarse—. Tampoco hay sillas, me temo. —Llevaba semanas pensando en hacerse con una, pero corrían tiempos difíciles y ella y Jimmy habían decidido ahorrar todo lo posible, así que prefirió apañarse sin ella.

Se dio la vuelta y, en cuanto vio la cara de Vivien, se olvidó de la falta de muebles.

—Dios mío —dijo, los ojos abiertos de par en par, al observar la mejilla amoratada de su amiga—. ¿Qué te ha pasado?

—Nada.—Vivien, que ahora caminaba de un lado a otro, hizo un gesto impaciente—. Un accidente por el camino. Me tropecé con una farola. Qué estúpida, corriendo como de costumbre.—Era cierto: Vivien siempre iba demasiado rápido. Era una peculiaridad suya que a Dorothy le resultaba simpática: sonreía al ver una dama tan refinada y bien vestida apresurándose como una chiquilla. Esa noche, sin embargo, todo era diferente. El atuendo de Vivien no combinaba, tenía una carrera en las medias, su pelo era un desastre…

—Ven —dijo Dolly, que acompañó a su amiga hacia la cama, satisfecha por haberla hecho tan bien por la mañana—. Siéntate.

Las sirenas antiaéreas comenzaron con sus bramidos y maldijo entre dientes. Era lo último que necesitaban. El refugio era una pesadilla: todos amontonados como sardinas, las camas húmedas, el olor fétido, los ataques de histeria de la señora White, y ahora, con Vivien en este estado…

—No hagas caso —dijo Vivien, como si leyese los pensamientos de Dolly. De repente su voz fue la de la señora de la casa, acostumbrada a impartir órdenes—: Quédate. Esto es más importante.

¿Más importante que ir al refugio? A Dolly le dio un vuelco el corazón.

—¿Es por el dinero? —dijo en voz baja—. ¿Necesitas que te lo devuelva?

—No, no, olvida el dinero.

El lamento de la sirena era ensordecedor y despertó en Dolly una vaga ansiedad que era imposible aplacar. No sabía exactamente por qué, pero sabía que tenía miedo. No quería estar allí, ni siquiera con Vivien. Quería ir corriendo por las calles a oscuras a donde sabía que Jimmy la estaba esperando.

—Jimmy y yo… —comenzó, antes de que Vivien la interrumpiese.

—Sí —dijo, y su cara se iluminó como si acabase de recordar algo—. Sí, Jimmy.

Dolly sacudió la cabeza, confundida. ¿Qué pasaba con Jimmy? Las palabras de Vivien no tenían sentido. Quizás debería llevarla a ella también… Podrían lanzarse a las calles mientras la gente aún correteaba hacia el refugio. Irían directas a Jimmy, él sabría qué hacer.

—Jimmy —dijo Vivien de nuevo, más fuerte—. Dolly, se ha ido…

La sirena la interrumpió justo en ese momento y la palabra «ido» dio saltos por toda la habitación. Dolly esperó a que Vivien añadiese algo, pero oyeron que alguien daba unos golpes frenéticos a la puerta.

—Doll, ¿estás ahí? —Era Judith, otra inquilina, sin aliento tras haber bajado corriendo—. Vamos al refugio.

Dolly no respondió, y ni ella ni Vivien hicieron ademán de marcharse. Esperó hasta que los pasos se alejaron por el pasillo, tras lo cual se apresuró a sentarse junto a la otra mujer.

—Te equivocas —dijo muy rápido—. Lo vi ayer y hemos quedado esta noche. Nos vamos juntos, no se habría ido sin mí… —Podría haber dicho muchas más cosas, pero no lo hizo. Vivien la miraba y algo en esa mirada dio vida a una ligera duda que se adentró entre las fisuras de la confianza de Dolly. Sacó otro cigarrillo del bolso y lo encendió con dedos temblorosos.

Vivien comenzó a hablar y, mientras el primer bombardero de la noche resoplaba en lo alto, Dolly se preguntó si existía al menos una pequeñísima posibilidad de que la otra mujer estuviese en lo cierto. Parecía impensable, pero la desazón en su voz, su extraña actitud y esas cosas que decía… Dolly se mareó; hacía mucho calor ahí dentro, no podía controlar la respiración.

Fumó con avidez mientras fragmentos del relato de Vivien se entremezclaban con sus propios pensamientos febriles. Una bomba cayó en algún lugar cercano, causando una explosión enorme, y un sonido agudísimo inundó la habitación. A Dolly le dolieron los oídos y se le erizó el pelo de la nuca. Hubo una época en que disfrutaba saliendo durante un bombardeo: era emocionante y no sentía miedo alguno. Sin embargo, ya no era esa jovencita atontada y esos días sin preocupaciones parecían haber ocurrido hacía siglos. Echó un vistazo a la puerta y deseó que Vivien se detuviese. Deberían ir al refugio o a buscar a Jimmy; no debían quedarse ahí sentadas, esperando. Quería correr, esconderse; quería desaparecer.

A medida que el pánico de Dolly aumentaba, el de Vivien dio la impresión de disminuir. Ahora hablaba en un tono sosegado, frases en voz baja que a Dolly le costaba oír acerca de una carta y una fotografía, acerca de hombres malvados, hombres peligrosos que habían salido en busca de Jimmy. El plan había salido mal de una forma espantosa, dijo Vivien: él se había sentido humillado; Jimmy no había podido ir al restaurante; lo había esperado y no había venido; fue entonces cuando comprendió que se había ido de verdad.

Y de repente las piezas dispersas coincidieron en el mismo lugar del laberinto y Dolly comprendió.

—Es culpa mía —dijo, y su voz fue poco más que un susurro—. Pero... yo no sé cómo..., la fotografía..., habíamos decidido que no, que no era necesario, ya no. —La otra mujer supo qué quería decir; era por Vivien por quien habían abandonado el plan. Dolly agarró el brazo de su amiga—. Nada de esto tenía que haber ocurrido, y ahora Jimmy...

Vivien asentía, su cara era la viva imagen de la compasión.

—Escúchame —dijo—. Es muy importante que me escuches. Saben dónde vives y van a venir a buscarte.

Dolly no quiso creerlo; estaba asustada. Las lágrimas corrieron por sus mejillas.

—Es culpa mía —se oyó decir a sí misma una vez más—. Todo es culpa mía.

—Dolly, por favor. —Había llegado un nuevo escuadrón de bombarderos, y Vivien tuvo que gritar para hacerse oír; tomó las manos de Dolly entre las suyas—. La culpa es tan mía como tuya. De todos modos, ahora nada de eso importa. Van a venir. Quizás ya estén de camino. Por eso estoy aquí.

—Pero yo…

—Tienes que irte de Londres, tienes que irte ahora, y no debes volver. No van a dejar de buscarte, nunca…

Una explosión y el edificio entero se estremeció y tembló; las bombas cada vez caían más cerca y, aunque no había ventanas, un fantasmagórico destello anegó la habitación, muchísimo más potente que la mortecina luz de la bombilla.

—¿Tienes algún familiar al que puedas acudir? —insistió Vivien.

Dolly negó con la cabeza y una imagen de su familia acudió a su mente: su madre y su padre, su pobre hermanito, las cosas tal como eran, antes. Una bomba pasó silbando y los cañones respondieron desde tierra.

—¿Amigos? —gritó Vivien en medio de las explosiones.

Una vez más, Dolly negó con la cabeza. No quedaba nadie, nadie en quien pudiese confiar, nadie salvo Vivien y Jimmy.

—¿Hay algún lugar al que puedas ir? —Otra bomba, un «cesto de pan» Molotov, a juzgar por el sonido, cuyo impacto fue tan estridente que Dolly tuvo que leer los labios de Vivien cuando le rogó—: Piensa, Dolly. Tienes que pensar.

Cerró los ojos. Podía oler el fuego; habría caído cerca una bomba incendiaria; los agentes de la brigada antiaérea intentarían apagar el fuego con sus bombas de mano. Dolly oyó a alguien gritando, pero cerró los ojos con todas sus fuerzas y trató de concentrarse. Sus pensamientos se esparcían como despojos dentro del laberinto oscuro de su mente; no podía ver nada. La tierra se estremecía bajo sus pies; el aire estaba demasiado cargado para respirar.

—¿Dolly?

Había más aviones, cazas, no solo bombarderos, y Dolly se imaginó a sí misma en la azotea de Campden Grove, observando cómo se esquivaban y abatían por todo el cielo, las luces verdes de los rastreadores que iban a su acecho, los incendios en la lejanía. No hacía mucho le habría parecido emocionante.

Recordó esa noche con Jimmy, cuando se vieron en el Club 400 y bailaron y rieron; cuando fueron a casa en medio de un bombardeo, los dos juntos. Daría cualquier cosa por estar ahí de nuevo, acostados el uno al lado del otro, susurrando en la oscuridad mientras las bombas caían a su alrededor, haciendo planes para el futuro, la casa de labranza, los niños que tendrían, la costa. La costa…

—Envié una solicitud de trabajo hace unas semanas —dijo de repente, alzando la cabeza—. Fue Jimmy quien lo encontró. —La carta de la señora Nicolson, de la pensión Mar Azul, estaba en la mesilla, junto a la almohada, y Dolly la cogió con un movimiento repentino y se la entregó a Vivien con manos temblorosas.

—Sí. —Vivien echó un vistazo a la oferta—. Perfecto. Ahí es donde tienes que ir.

—No quiero ir sola. Nosotros…

—Dolly…

—Íbamos a ir juntos. No tenía que ocurrir así. Él me iba a esperar. —Dolly estaba llorando. Vivien estiró una mano para consolarla, pero las dos mujeres se movieron al tiempo y el contacto fue de una brusquedad inesperada.

Vivien no se disculpó; tenía el rostro serio. Dolly comprendió que ella también estaba asustada, pero dejaba sus miedos a un lado, tal como haría una hermana mayor, para adoptar el tono severo y amable que Dolly necesitaba oír en esos momentos.

—Dorothy Smitham —dijo—, tienes que salir de Londres y tienes que irte ya.

—No creo que pueda.

—Yo sé que puedes. Eres una superviviente.

—Pero Jimmy… —Otra bomba pasó siseando y explotó. Un grito aterrorizado se escapó de la garganta de Dolly antes de que pudiera contenerlo.

—Ya basta. —Vivien tomó el rostro de Dolly entre sus manos, con firmeza, y esta vez no le dolió en absoluto. Sus ojos desbordaban amabilidad—. Quieres a Jimmy, lo sé; y él también te quiere… Dios mío, claro que lo sé. Pero tienes que escucharme.

Había algo muy relajante en la mirada de la otra mujer y Dolly logró bloquear el ruido de un avión que caía, los cañonazos de la defensa antiaérea, los pensamientos horribles de edificios y personas aplastados, destruidos.

Se acurrucaron juntas y Dolly escuchó a Vivien, que dijo:

—Esta noche ve a la estación de ferrocarril y cómprate un billete. Tienes que ir… —Una bomba cayó en las cercanías con una explosión estruendosa y Vivien se puso rígida antes de continuar rápidamente—: Sube al tren y no te bajes hasta el final del trayecto. No mires atrás. Acepta el trabajo, sal adelante, vive una buena vida.

Una buena vida. Era justo de lo que Dolly y Jimmy solían hablar. El futuro, la casa, los niños riendo y las gallinas satisfechas… Por las mejillas de Dolly rodaron las lágrimas mientras Vivien decía:

—Tienes que irte. —Ella también lloraba porque, por supuesto, echaría de menos a Dolly… Las dos se echarían de menos—. Aprovecha esta segunda oportunidad, Dolly; piensa que es una oportunidad. Después de todo lo que has pasado, después de todo lo que has perdido…

Y Dolly comprendió en ese momento, por difícil que fuese aceptarlo, que Vivien tenía razón: tenía que irse. Una parte de ella quería gritar que no, acurrucarse como una pelota y llorar por todo lo que había perdido, por todo lo que no había salido como esperaba, pero no iba a hacerlo. No podía.

Dolly era una superviviente, lo había dicho Vivien y Vivien debía de saberlo: al fin y al cabo, ella se había sobrepuesto a unos comienzos durísimos para crearse una nueva vida. Y, si Vivien podía hacerlo, Dolly no iba a ser menos. Había sufrido mucho, pero todavía le quedaban cosas por las que vivir: encontraría cosas por las que vivir. Era el momento de ser valiente, de ser mejor de lo que había sido hasta ahora. Dolly había hecho cosas de las que se avergonzaba; sus ideas grandiosas no habían sido más que sueños de una jovencita tonta, reducidos a cenizas entre los dedos; pero todo el mundo merecía una segunda oportunidad, todo el mundo era digno de ser perdonado, incluso ella: lo había dicho Vivien.

—Lo haré —dijo, mientras una sucesión de bombas caía con poderosas sacudidas—. Lo haré.

La luz de la bombilla osciló, pero no se apagó. Giró en el cable, arrojando sombras por las paredes, y Dolly sacó su pequeña maleta. No hizo caso al ensordecedor ruido de fuera, el humo de los incendios de la calle que se filtraba, la neblina que le dejaba los ojos llorosos.

No había muchas cosas que quisiese llevar. Nunca había poseído muchas cosas. Lo único que de verdad quería en aquella habitación no lo podía tener. Dolly dudó al pensar en dejar a Vivien; se acordó de lo que estaba escrito en *Peter Pan* («Una amistad verdadera es una luz entre las tinieblas») y las lágrimas se asomaron a sus ojos una vez más.

Pero no había elección; tenía que irse. El futuro se extendía ante ella: una segunda oportunidad, una nueva vida. Todo lo que tenía que hacer era aceptarlo, y no mirar atrás. Ir a la costa, como habían planeado, y comenzar de nuevo.

Apenas oía el ruido de los aviones ahora, el estruendo de las bombas, la artillería antiaérea. La tierra temblaba con cada explosión y del techo se desprendía el polvo de yeso. La cadena de la puerta hizo un ruido, pero Dolly no lo oyó. Ya había hecho la maleta: estaba lista para irse.

Se quedó de pie, mirando a Vivien, y, a pesar de su firme decisión, vaciló.

—¿Y tú? —dijo Dolly y durante un segundo se le ocurrió que quizás podrían ir juntas, que tal vez Vivien la acompañase al fin y al cabo. De una forma extraña, era la respuesta perfecta, lo único que cabía hacer: ambas habían desempeñado su papel, y nada habría ocurrido si Dolly y Vivien no se hubiesen conocido.

Era un pensamiento estúpido, por supuesto: Vivien no necesitaba una segunda oportunidad. Aquí tenía todo lo que deseaba. Una casa preciosa, riqueza, belleza… En efecto, Vivien le entregó la oferta de empleo de la señora Nicolson y sonrió en la llorosa despedida. Las dos mujeres sabían que era la última vez que se verían.

—No te preocupes por mí —dijo Vivien, cuando un bombardero tronó sobre ellas—. Voy a estar bien. Voy a ir a casa.

Dolly sostuvo la carta con firmeza y, con un gesto final y decidido, se dirigió a su nueva vida, sin saber qué le depararía el futuro pero decidida, de repente, a hacerle frente.

4

Suffolk, 2011

Las hermanas Nicolson dejaron el hospital en el coche de Iris. Aunque era la hija mayor y por costumbre le correspondía el privilegio del asiento delantero, Laurel iba sentada en la parte de atrás, junto a los pelos del perro. Era la mayor, pero su fama complicaba la situación y no estaba dispuesta a que sus hermanas pensasen que se creía superior. De todos modos, prefería la parte de atrás. Exenta del deber de conversar, era libre de concentrarse en sus propios pensamientos.

Había dejado de llover y brillaba el sol. Laurel se moría de ganas de preguntar a Rose acerca de Vivien (había oído el nombre antes, estaba segura; más aún, sabía que guardaba alguna relación con ese terrible día de 1961), pero permaneció callada. El interés de Iris, una vez despertado, podía ser sofocante y Laurel no estaba preparada para hacer frente a un interrogatorio. Mientras sus hermanas charlaban delante, ella observó los prados ante los que pasaban. Las ventanas estaban subidas, pero casi podía oler la hierba recién cortada y oír la llamada de la grajilla. No hay paisaje más vívido que el de la infancia. No importaba dónde se encontrase o qué aspecto tuviese, esas imágenes y esos sonidos quedaban grabados de forma diferente a los posteriores. Pasaban a formar parte de la persona, ineludibles.

Los últimos cincuenta años se evaporaron y Laurel vio una versión fantasmal de sí misma volando entre los setos en su bicicleta verde, una Malvern Star, con una de sus hermanas sentada sobre el manillar. Piel bronceada, piernas de vello rubio, rodillas cubiertas de heridas. Fue hace mucho tiempo. Fue ayer.

—¿Es para la televisión?

Laurel alzó la vista para encontrarse a Iris guiñándole un ojo en el espejo retrovisor.

—¿Perdona? —dijo.

—La entrevista, esa que te tiene tan ocupada.

—Oh, eso. En realidad, es una serie de entrevistas. Todavía me queda rodar una el lunes.

—Sí, Rose dijo que ibas a volver a Londres pronto. ¿Es para la televisión?

Laurel hizo un ligero ruido de asentimiento.

—Uno de esos programas biográficos, de una hora más o menos. Va a incluir entrevistas con otras personas (directores y actores con los que he trabajado) junto con secuencias antiguas, cosas de infancia...

—¿Has oído, Rose? —dijo Iris con un tono cortante—. Cosas de infancia. —Se alzó del asiento del coche para torcer mejor el gesto en el espejo retrovisor—. Te agradecería que evitases las fotos de familia en las que aparezco total o parcialmente desnuda.

—Qué lástima —dijo Laurel, que apartó un pelo blanco del pantalón negro—. Me he quedado sin mi mejor material. ¿De qué voy a hablar ahora?

—Con un cámara enfocándote, seguro que se te ocurre algo.

Laurel ocultó una sonrisa. Las demás personas la respetaban muchísimo; era reconfortante pelearse con una experta.

Rose, sin embargo, que siempre prefería la paz, comenzaba a inquietarse.

—Mira, mira —dijo, sacudiendo las manos ante un edificio demolido en las afueras de la ciudad—. El emplazamiento para el nuevo supermercado. ¿Os lo imagináis? Como si no bastase con tres.

—Vaya, qué ridículo...

Con la irritada Iris distraída con elegancia, Laurel pudo recostarse en el asiento y mirar de nuevo por la ventana. Cruzaron el pueblo, enfilaron la calle principal cuando se estrechó hasta convertirse en una carretera rural y siguieron sus suaves curvas. Era una secuencia tan familiar que Laurel habría sabido dónde se encontraba con los ojos cerrados. La conversación en la parte delantera decayó a medida que la carretera se estrechaba y se cernían más árboles sobre ellas, hasta que al fin Iris activó el intermitente y giraron en el camino llamado Greenacres Farm.

La casa estaba donde siempre, en la parte superior de la cuesta, mirando al prado. No era de extrañar: las casas tienen la costumbre de permanecer donde las construyeron. Iris aparcó en una zona llana, donde había vivido el viejo Morris Minor de su padre hasta que su madre consintió en venderlo.

—Esos aleros están un poco maltrechos —dijo.

Rose estaba de acuerdo:

—Dan un aspecto triste a la casa, ¿verdad? Venid y os mostraré las últimas goteras.

Laurel cerró la puerta del coche, pero no siguió a sus hermanas. Se metió las manos en los bolsillos y se quedó de pie, observando todo el panorama: del jardín a las macetas agrietadas y todo lo que había en medio. La cornisa por la que solían bajar a Daphne en una cesta, la terraza en la que colgaron las cortinas del viejo dormitorio para formar un proscenio, la buhardilla donde Laurel aprendió ella sola a fumar.

La idea surgió de súbito: la casa la recordaba.

Laurel no se consideraba una romántica, pero era una sensación tan poderosa que, por un momento, no le costó creer que esa combinación de tablas de madera y ladrillos rojos, de tejas veteadas y ventanas de forma extraña, era capaz de recordarla. La estaba observando, podía sentirlo, por cada panel de cristal, rememorando para tratar de encajar a esta mujer madura, con su traje de diseño, en la joven que fantaseaba ante fotografías de James Dean. ¿Qué pensaría, se preguntó, de la persona en la que se había convertido?

Qué idiotez, claro: la casa no pensaba. Las casas no recordaban a la gente; de hecho, no recordaban casi nada. Era ella quien recordaba la casa y no al revés. Y ¿por qué no habría de hacerlo? Había sido su casa desde que tenía dos años; había vivido ahí hasta los diecisiete. Es cierto que había pasado algún tiempo desde su última visita; a pesar de sus viajes más o menos habituales al hospital, no había vuelto a Greenacres, porque siempre estaba ocupada. Laurel echó un vistazo hacia la casa del árbol. Había hecho lo posible para mantenerse ocupada.

—¿Tanto tiempo ha pasado que hasta has olvidado dónde está la puerta? —dijo Iris desde el recibidor. Desapareció dentro de la casa, pero su voz flotaba tras ella—: No me lo digas… ¡Estás esperando a que el mayordomo venga a llevar tus maletas!

Laurel puso los ojos en blanco como una adolescente, cogió la maleta y se dirigió a la casa. Siguió el mismo camino de piedra que su madre había descubierto un luminoso día de verano sesenta y tantos años atrás…

En cuanto lo vio, Dorothy Nicolson supo que Greenacres era el lugar donde criar a sus hijos. No tenía intención de buscar una casa. La guerra había terminado unos pocos años atrás, no disponían de capital alguno y su suegra había consentido amablemente en alquilarles una habitación en su establecimiento (a cambio de ciertos quehaceres diarios, claro: ¡no era la benefi-cencia!). Dorothy y Stephen solo habían ido de picnic.

Era uno de esos raros días libres a mediados de julio; más raro aún, la madre de Stephen se había ofrecido a cuidar de la pequeña Laurel. Despertaron a primera hora del alba, echaron una cesta y una manta en el asiento de atrás, y condujeron el Morris Minor hacia el oeste, sin más planes que seguir el cami-no que les apeteciese. Lo hicieron durante un tiempo (la mano de ella en la pierna de él, el brazo de él sobre los hombros de ella, el aire cálido soplando a través de las ventanas abiertas) y así habrían continuado de no ser por un pinchazo.

Pero la rueda se pinchó, así que aminoraron la marcha y aparcaron a un lado de la carretera para revisar los daños. Ahí esta-ba, claro como el agua: un clavo granuja que sobresalía de la llanta.

No obstante, eran jóvenes, y estaban enamorados, y no te-nían tiempo libre a menudo, así que no les estropeó el día. Mien-tras su marido reparaba el neumático, Dorothy subió por una colina verde, en busca de un lugar donde extender el mantel del picnic. Y ahí, al completar la subida, vio la casa de Greenacres.

Nada de esto era producto de la imaginación de Laurel. Los hermanos Nicolson se sabían de memoria la historia de la adquisición de Greenacres. El agricultor viejo y escéptico que se rascó la cabeza cuando Dorothy llamó a su puerta, las aves que anidaban en la chimenea del salón mientras el agricultor ser-vía té, los agujeros del suelo con tablones sobre ellos como puen-tes estrechos. Y, lo que era más importante, nadie dudó respecto a la inmediata certeza de su madre: debía vivir en ese lugar.

La casa, les había explicado muchas veces, habló con ella, ella escuchó y resultó que se comprendían muy bien. Greena-cres era una vieja dama imperiosa, un poco ajada, cómo no, gru-ñona a su manera, pero ¿quién no lo sería? El deterioro, perci-bió Dorothy, ocultaba una dignidad antigua y grandiosa. La casa era orgullosa y estaba sola; era ese tipo de lugar que florece con risas de niños y el amor de una familia y el olor a cordero asado en el horno. Tenía buenos huesos, robustos, y la voluntad de mirar al futuro y no al pasado, de dar la bienvenida a una nueva familia y crecer junto a ellos, de adaptarse a sus nuevas costumbres. A Laurel le llamó la atención, como no lo había hecho antes, que la descripción que su madre hacía de la casa podría haber sido un autorretrato.

Laurel se limpió los zapatos en el felpudo y entró. Las tablas del suelo crujían como siempre, los muebles estaban donde tenían que estar y, sin embargo, algo parecía diferente. El aire estaba viciado y había un olor que no era el de costumbre. Olía a cerrado, comprendió, lo cual era comprensible, pues la casa había permanecido vacía desde que Dorothy había ingresado en el hospital. Rose venía a cuidar de todo cuando su horario de abuela se lo permitía y su marido Phil hacía lo que podía, pero nada era comparable a vivir en la casa. Era inquietante, pensó Laurel conteniendo un escalofrío, lo rápido que la presencia de una persona podía ser borrada, con qué facilidad la civilización daba paso a la barbarie.

Se aconsejó a sí misma no estar tan alicaída y añadió sus maletas, por la fuerza de la costumbre, a la pila bajo la mesa del salón. A continuación se dirigió, sin pensar, a la cocina. Este era el lugar donde hacían los deberes, donde le ponían las tiritas y lloraban cuando se les rompía el corazón; el primer sitio al que iban al volver a casa. Rose e Iris ya estaban ahí.

Rose dio al interruptor de la luz que había junto a la nevera y los cables zumbaron. Se frotó las manos de buen humor.

—¿Preparo un poco de té?

—No se me ocurre nada mejor —dijo Iris, que se quitó los zapatos y estiró los dedos de los pies como una bailarina impaciente.

—He traído vino —dijo Laurel.

—Salvo eso. Olvida el té.

Mientras Laurel cogía la botella de su maleta, Iris sacó las copas del aparador.

—¿Rose? —Sostuvo la copa en alto, parpadeando enérgica tras sus gafas de ojos de gata. Tenía los ojos del mismo gris oscuro que su pelo.

—Oh. —Rose miró de un lado a otro con gesto preocupado—. Oh, no sé, son solo las cinco.

—Vamos, querida Rosie —dijo Laurel, hurgando en un cajón de cubiertos un poco pegajosos en busca de un abrebotellas—. Tiene un montón de antioxidantes. —Tras sacarlo, juntó los extremos horteras del sacacorchos—. Es casi medicinal.

—Bueno..., vale.

Laurel quitó el corcho y comenzó a servir. La costumbre la llevó a alinear las copas para asegurarse de servir la misma cantidad en las tres. Sonrió al caer en la cuenta: vaya regreso a la infancia. En cualquier caso, Iris estaría contenta. La igualdad podría ser un gran escollo para cualquier hermano, pero era una obsesión para los que estaban en medio. «Deja de contar, florecilla —solía decir su madre—. A nadie le cae bien una chiquilla que espera más que el resto».

—Solo una copita, Lol —dijo Rose con cautela—. No quiero ponerme hasta arriba antes de que venga Daphne.

—Entonces, ¿sabes algo de ella? —Laurel entregó la copa más llena a Iris.

—Antes de salir del hospital... ¿No lo he dicho? Desde luego, ¡qué memoria! Va a llegar a las seis, si el tráfico se lo permite.

—Supongo que debería ir preparando algo para cenar si viene tan pronto —dijo Iris, que abrió la despensa y, de rodillas sobre un taburete, observó las fechas de caducidad—. Si dependiera de vosotras, no habría más que tostadas y té.

—Yo te ayudo —dijo Rose.

—No, no. —Iris negó con un gesto sin darse la vuelta—. No hace falta.

Rose echó un vistazo a Laurel, quien le entregó una copa de vino y señaló la puerta. No tenía sentido discutir. Formaba ya parte de las tradiciones de la familia: Iris siempre cocinaba, siempre sentía que se aprovechaban de ella y los demás la dejaban disfrutar de su martirio, pues era una de esas pequeñas cortesías que se conceden entre hermanas.

—Bueno, si insistes… —dijo Laurel, que se sirvió un pelín más de pinot en la copa.

Mientras Rose subía para comprobar que la habitación de Daphne estaba en orden, Laurel salió a tomar el vino fuera. La lluvia de antes había dejado el aire limpio y Laurel respiró hondo. El columpio de jardín le llamó la atención y se sentó en él, meciéndose con los tacones, lentamente. El balancín había sido un regalo de todos ellos por el octogésimo cumpleaños de su madre y Dorothy declaró de inmediato que debía situarse bajo el gran roble. Nadie señaló que había otros lugares en el jardín con mejores vistas. Quizás un extraño habría pensado que se encontraba ante poco más que un prado vacío, pero los Nicolson comprendían que esa insulsez era ilusoria. En alguna parte entre los movedizos tallos de hierba se encontraba el lugar donde su padre cayó y murió.

Los recuerdos eran materia resbaladiza. Los recuerdos de Laurel la situaban esa tarde aquí, en este mismo lugar, con la mano alzada para proteger del sol sus entusiastas ojos de adolescente mientras observaba la pradera, a la espera de verlo volver del trabajo para salir corriendo, enlazar su brazo con el de él y acompañarle caminando hacia casa. En sus recuerdos lo veía al avanzar a zancadas sobre la hierba; al detenerse a ver la puesta de sol, para contemplar las nubes rosadas, para decir, como siempre: «Cielo nocturno y rojo, pastor sin enojo»; y al ponerse rígido y jadear; al llevarse la mano al pecho; al tropezar y caer.

Pero no había sido así. Cuando ocurrió se encontraba al otro lado del mundo, tenía cincuenta y seis años en lugar de dieciséis y se vestía para una ceremonia de entrega de premios en Los Ángeles, preguntándose si sería la única persona que asistiera cuya cara se sostenía sin rellenos y una buena dosis de botulina. No supo nada de la muerte de su padre hasta que Iris llamó y dejó un mensaje en el teléfono.

No, fue otro hombre a quien había visto caer y morir una tarde soleada cuando tenía dieciséis años.

Laurel encendió un cigarrillo con una cerilla, mirando el horizonte con el ceño fruncido mientras guardaba la caja de nuevo en el bolsillo. La casa y el jardín estaban iluminados por el sol, pero los campos lejanos, más allá de la pradera, cerca de los bosques, empezaban a quedar en sombra. Miró hacia arriba, más allá de las barras de hierro forjado del columpio, hacia donde se veía el suelo de la casa del árbol entre las hojas. La escalera todavía estaba ahí, trozos de madera clavados en el tronco, unos cuantos torcidos ahora. Alguien había colocado una hilera de cuentas rosas y púrpuras al final de un peldaño; uno de los nietos de Rose, supuso.

Laurel había bajado muy despacio ese día.

Dio una profunda calada al cigarrillo, recordando. Se había despertado sobresaltada en la casa del árbol y había recordado de repente al hombre, el cuchillo, la cara aterrorizada de su madre y, a continuación, se había dirigido a la escalera.

Entonces, cuando llegó a la altura del suelo de la casa, se quedó agarrada al peldaño con ambas manos, la frente contra el rugoso tronco del árbol, a salvo en el inmóvil sosiego del momento, sin saber adónde ir o qué hacer a continuación. Absurdamente, se le ocurrió que debería dirigirse al arroyo, junto a sus hermanas, el bebé y su padre con el clarinete y la sonrisa perpleja…

61

Tal vez fue entonces cuando se dio cuenta de que ya no podía oírles.

En ese momento se dirigió a la casa, apartando la vista, con los pies descalzos a lo largo del sendero de piedras calientes. Por un instante miró de refilón y pensó que había algo grande y blanco junto al jardín, algo que no debería estar ahí, pero bajó la cabeza, apartó la vista y caminó más rápido, con la pueril y alocada esperanza de que quizás, si no lo miraba y no lo veía, podría llegar a la casa, cruzar el umbral y todo volvería a ser como siempre.

Estaba conmocionada, por supuesto, pero no era consciente de ello. La poseyó una calma prodigiosa, como si llevase una capa, una capa mágica que le permitía escabullirse de la vida real, al igual que un personaje de cuento de hadas que vuelve para encontrar el castillo dormido. Se detuvo para recoger el aro del suelo antes de entrar.

En la casa reinaba un silencio sobrecogedor. El sol estaba detrás del techo y la entrada se hallaba en sombra. Esperó junto a la puerta abierta para que los ojos se acostumbraran. Se oía un chisporroteo a medida que el caño del desagüe se enfriaba, un ruido que representaba el verano, las vacaciones, los ocasos largos y cálidos con polillas revoloteando en torno a las luces.

Alzó la vista hacia la escalera alfombrada y supo que sus hermanas no estaban ahí. El reloj del vestíbulo marcaba los segundos y se preguntó, por un momento, dónde estarían todos: mamá, papá y también el bebé, y si la habrían dejado sola con eso que había bajo esa sábana blanca. Al pensarlo, un escalofrío recorrió su espalda. A continuación, oyó un ruido sordo en la sala de estar, volvió la cabeza, y ahí estaba su padre, de pie ante la chimenea apagada. Estaba curiosamente rígido, una mano al costado, la otra formando un puño sobre la repisa de madera, y dijo:

—Por el amor de Dios, mi esposa tiene suerte de estar viva.

La voz de un hombre sonó fuera del escenario, más allá de la puerta, donde Laurel no podía verlo:

—Lo comprendo, señor Nicolson, igual que espero que comprenda que solamente hacemos nuestro trabajo.

Laurel se acercó de puntillas. Se detuvo antes de llegar a la luz que se derramaba por la puerta abierta. Su madre estaba en el sillón, acunando al bebé en brazos. Estaba dormido; Laurel podía ver su perfil angelical, sus mejillas sonrosadas aplastadas contra el hombro de su madre.

Había otros dos hombres en la habitación, un tipo calvo en el sofá y uno joven junto a la ventana que tomaba notas. Policías, comprendió. Por supuesto, eran policías. Algo terrible había sucedido. La sábana blanca en el jardín soleado.

El hombre de más edad dijo:

—¿Lo reconoció, señora Nicolson? ¿Es alguien con quien se había relacionado antes? ¿Alguien a quien había visto, aunque fuese de lejos?

La madre de Laurel no respondió, al menos nada que pudiese oír. Estaba susurrando tras la nuca del bebé y sus labios se movían suavemente contra su pelo fino. Papá habló con rotundidad en su nombre.

—Por supuesto que no —dijo—. Como ya le ha dicho, no lo había visto nunca. Por lo que a mí respecta, deberían estar comparando su descripción con la del tipo del periódico, ese que ha estado molestando a los excursionistas.

—Vamos a seguir todas las pistas, señor Nicolson, puede estar seguro de ello. Pero ahora mismo hay un cadáver en su jardín y solo su esposa sabe cómo ha llegado ahí.

Papá se irritó.

—Ese hombre atacó a mi mujer. Fue en defensa propia.

—¿Vio lo ocurrido, señor Nicolson?

Había un indicio de impaciencia en la voz del policía de más edad que asustó a Laurel. Dio un paso atrás. No sabían que estaba ahí. No era necesario que la descubriesen. Podría escabullirse, subir las escaleras, con cuidado de no hacer ruido al pisar, acurrucarse en la cama. Podría abandonarlos a las misteriosas maquinaciones del mundo de los adultos y dejarles que la encontraran al acabar y le dijeran que todo estaba bien...

—Repito: ¿estaba usted ahí, señor Nicolson? ¿Vio lo ocurrido?

... Pero Laurel se vio arrastrada al salón, con el contraste de su luz encendida y el vestíbulo en penumbra, su extraño retablo, el aura de la voz tensa de su padre, su postura, que se proyectaba en las sombras. Había algo en ella, siempre lo hubo, que exigía inclusión, que trataba de ayudar cuando no le habían pedido ayuda, que se resistía a dormir por miedo a perderse algo.

Estaba conmocionada. Necesitaba compañía. No podía evitarlo. En cualquier caso, Laurel salió de los bastidores al centro de la escena.

—Yo estaba ahí —dijo—. Lo vi.

Papá alzó la vista, sorprendido. Posó los ojos sobre su esposa y luego volvió a mirar a Laurel. Su voz sonaba diferente cuando habló, ronca, apresurada, casi como un bufido:

—Laurel, ya basta.

Todas las miradas se dirigieron a ella: la de mamá, la de papá, la de esos hombres. Las siguientes líneas de su diálogo, Laurel lo sabía, eran cruciales. Evitó la mirada de su padre y comenzó:

—El hombre fue hacia la casa. Intentó agarrar al bebé.

—¿O acaso no lo había hecho? Estaba segura de que eso era lo que había visto.

Papá frunció el ceño.

—Laurel...

Habló más rápido ahora, con decisión. (Y ¿por qué no? Ya no era una niña que se refugiaba en su dormitorio a la espera de que los adultos arreglasen las cosas: era uno de ellos; tenía un papel que interpretar; era importante). El foco la iluminó y Laurel sostuvo la mirada del hombre de más edad.

—Hubo un forcejeo. Lo vi. El hombre atacó a mi madre y luego…, y luego se cayó al suelo.

Durante un minuto, nadie habló. Laurel miró a su madre, que ya no susurraba al bebé, sino que contemplaba por encima de su cabecita un lugar sobre el hombro de Laurel. Alguien había hecho té. Laurel recordaría ese detalle a lo largo de los años venideros. Alguien había hecho té, pero nadie se lo había bebido. Las tazas permanecían intactas en las mesas del salón, había otra en la repisa. El reloj del vestíbulo marcó la hora.

Al fin, el hombre calvo cambió de postura en el sofá y se aclaró la garganta.

—Te llamas Laurel, ¿verdad?

—Sí, señor.

Papá suspiró, y fue una gran corriente de aire, el sonido de un globo al desinflarse. Su mano hizo un gesto señalando a Laurel y dijo:

—Mi hija. —Parecía derrotado—. La mayor.

El hombre en el sofá la observó. Sus labios dibujaron una sonrisa que no alargó su mirada.

—Creo que sería mejor que entrases, Laurel —dijo—. Siéntate y empieza desde el principio. Cuéntanos todo lo que viste.

5

Laurel dijo la verdad al policía. Se sentó con cautela al otro lado del sofá, esperó el reacio permiso de su padre y comenzó a describir la tarde. Todo lo que había visto, tal como había sucedido. Había estado leyendo en la casa del árbol y se detuvo para observar al hombre que se acercaba.

—¿Por qué te quedaste mirándolo? ¿Había algo raro en su conducta? —El tono y la expresión del policía no dejaban entrever lo que quería averiguar.

Laurel frunció el ceño, deseosa de recordar cada detalle y ser una buena testigo. Sí, pensó que tal vez sí lo había. No es que gritase o corriese o hiciese algo obvio, pero aun así era (miró el techo, tratando de evocar la palabra exacta) *siniestro*. Lo dijo una vez más, complacida ante esa palabra tan expresiva. Era un tipo siniestro y ella tuvo miedo. No, no podía explicar exactamente por qué, pero así fue.

¿No era posible que lo que ocurrió después influyese en su primera impresión? ¿Que le pareciese más peligroso de lo que realmente era?

No, estaba segura. Sin duda, había algo en ese hombre que daba miedo.

El joven policía garabateó en su cuaderno. Laurel suspiró. No se atrevía a mirar a sus padres por miedo a perder el coraje.

—Y cuando el hombre llegó a la casa, ¿qué pasó entonces?

—Dio la vuelta a la esquina con mucho más cuidado que un visitante normal (a hurtadillas) y luego mi madre salió con el bebé.

—¿Tu madre lo llevaba en brazos?

—Sí.

—¿Llevaba algo más?

—Sí.

—¿Qué?

Laurel se mordió el interior de la mejilla, recordando el destello de plata.

—Llevaba el cuchillo de los cumpleaños.

—¿Reconociste el cuchillo?

—Es el que usamos en ocasiones especiales. Tiene una cinta roja atada alrededor del mango.

No hubo cambio alguno en la actitud del policía, aunque esperó un momento antes de proseguir:

—Y ¿qué ocurrió a continuación?

Laurel estaba preparada.

—El hombre los agredió.

Surgió una duda pequeña y molesta, como un rayo de luz que oculta un detalle en una fotografía, cuando Laurel describió al hombre avanzando hacia el bebé. Vaciló un momento, mirándose las rodillas, mientras se esforzaba por ver la acción en su mente. Y continuó. El hombre había extendido el brazo hacia Gerry, eso lo recordaba, y estaba segura de que tenía ambas manos en alto, para arrebatar a su hermano de los brazos de su madre. Fue entonces cuando mamá había dejado a Gerry en un lugar seguro. Y luego el hombre fue a agarrar el cuchillo, intentó quedárselo y hubo un forcejeo...

—¿Y luego?

La pluma del joven agente rayaba el cuaderno al anotar todo lo que decía Laurel. Era un sonido fuerte y Laurel tenía calor; el salón se había caldeado, sin duda. Se preguntó por qué papá no abría una ventana.

—¿Y luego?

Laurel tragó saliva. Tenía la boca seca.

—Luego mi madre bajó el cuchillo.

Salvo por esa pluma presurosa, en el salón reinó el silencio. Laurel lo vio todo con claridad en su mente: el hombre, ese hombre horrible de rostro lúgubre y manos enormes, agarraba a mamá, con la intención de herir al bebé a continuación…

—¿Y el hombre cayó al suelo de inmediato?

La pluma dejó de rasgar. Junto a la ventana, el joven policía la estaba mirando por encima del cuaderno.

—¿El hombre cayó al suelo enseguida?

—Eso creo. —Laurel asintió vacilante.

—¿Eso crees?

—No recuerdo nada más. Ahí fue cuando me desmayé, supongo. Me desperté en la casa del árbol.

—¿Cuándo?

—Ahora mismo. Y después he venido aquí.

El policía de más edad inspiró despacio, no del todo silenciosamente, y, a continuación, expulsó el aire.

—¿Recuerdas algo más que debamos saber? ¿Algo que hayas visto u oído? —Se pasó la mano por la calva. Sus ojos eran de un azul muy claro, casi gris—. Tómate tu tiempo: hasta el detalle más pequeño podría ser importante.

¿Se había olvidado de algo? ¿Había visto u oído algo más? Laurel lo pensó bien antes de responder. Creía que no. No, estaba segura de que eso era todo.

—¿Nada de nada?

Dijo que no. Papá tenía las manos en los bolsillos y sus ojos bullían bajo las cejas.

Los dos policías intercambiaron una mirada, el más maduro inclinó la cabeza ligeramente y el más joven cerró el cuaderno. El interrogatorio había terminado.

Más tarde, Laurel, sentada sobre la repisa de la ventana de su dormitorio, se mordía las uñas y miraba a los tres hombres junto a la puerta. No hablaban mucho, pero a veces el policía de más edad decía algo y papá respondía, señalando diversos objetos en el horizonte que se oscurecía. Podría haber sido una conversación sobre métodos de cultivo, o el calor estival, o los usos tradicionales de las tierras de Suffolk, pero Laurel dudó que tratasen alguno de esos temas.

Una furgoneta avanzó por el camino y el policía más joven fue a su encuentro, dando zancadas sobre la hierba y señalando con gestos hacia la casa. Laurel vio a un hombre surgir del asiento del conductor y una camilla salió por la parte de atrás; la sábana (no tan blanca, según veía ahora, con manchas de un rojo que era casi negro) ondeó al recorrer el jardín. Subieron la camilla y la furgoneta se alejó. Los policías se marcharon y papá entró en casa. La puerta se cerró: lo oyó a través del suelo. Unas botas salieron despedidas (una, dos) y, a continuación, oyó los pasos de unos pies descalzos en la sala de estar que se acercaban a su madre.

Laurel corrió las cortinas y dio la espalda a la ventana. Los policías se habían ido. Había dicho la verdad; había descrito con exactitud sus recuerdos, todo lo ocurrido. Entonces, ¿por qué se sentía así? Rara, insegura.

Se acostó en su cama, con las manos, como si rezase, entre las rodillas, acurrucada. Cerró los ojos, pero los abrió de nuevo para dejar de ver ese destello plateado, la sábana blanca, la cara de su madre cuando el hombre dijo su nombre…

Laurel se puso en tensión. El hombre había dicho el nombre de mamá.

No se lo había contado a la policía. Le habían preguntado si recordaba algo más, algo que hubiese visto u oído, y les había respondido que no, que nada. Pero había algo, hubo algo.

Se abrió la puerta y Laurel se incorporó rápidamente, casi temiendo que el agente hubiera vuelto para leerle la cartilla. Pero era solo su padre, que había venido a decirle que iba a buscar a sus hermanas a la casa de los vecinos. Habían acostado al bebé y su madre estaba descansando. Vaciló en la puerta, dando golpecitos contra la jamba. Cuando habló de nuevo, su voz sonó ronca:

—Ha sido una conmoción lo ocurrido esta tarde, una conmoción espantosa.

Laurel se mordió el labio. Muy dentro de ella, un sollozo amenazó con salir a la superficie.

—Tu madre es una mujer valiente.

Laurel asintió.

—Es una superviviente, y tú también lo eres. Estuviste bien con esos policías.

Laurel balbuceó. En los ojos le ardían lágrimas frescas:

—Gracias, papá.

—La policía dice que es probable que se trate del hombre de los periódicos, el que ha estado causando problemas junto al arroyo. La descripción coincide, y nadie más habría venido a molestar a tu madre.

Era lo que ella había pensado. Cuando lo vio por primera vez, ¿no se había preguntado si no sería el mismo del que hablaban los periódicos? Laurel de repente se sintió más ligera.

—Escucha bien, Lol. —Su padre se llevó las manos a los bolsillos. Las sacudió un momento antes de continuar—. Tu madre y yo hemos hablado y creemos que es buena idea no contar lo que pasó a los más pequeños. No hay necesidad, y pedirles que comprendan algo así es demasiado. Si hubiera dependido de mí, tú habrías estado a cientos de kilómetros de distancia, pero no fue así y eso no se puede cambiar.

—Lo siento.

—No tienes que pedir perdón. No es tu culpa. Has ayudado a la policía y también a tu madre, ahora todo se ha acabado. Un hombre malvado ha venido a nuestra casa, pero ya está todo solucionado. Todo va a ir bien.

No era una pregunta, no exactamente, pero sonó como si lo fuese, y Laurel respondió:

—Sí, papá. Todo va a ir bien.

Él sonrió con un solo lado de la boca.

—Eres buena chica, Laurel. Voy a buscar a tus hermanas. Todo esto quedará entre nosotros, ¿vale? Buena chica.

Y así lo hicieron. Se convirtió en el gran evento nunca mencionado de la historia de su familia. Las hermanas no debían saberlo, y Gerry era demasiado pequeño para recordarlo, aunque resultó que se equivocaban al respecto.

Las otras comprendieron, por supuesto, que algo inusual había ocurrido: se las habían llevado sin mayores contemplaciones de la fiesta de cumpleaños y las habían dejado frente al nuevo televisor Decca de un vecino; sus padres permanecieron extrañamente sombríos durante semanas; y un par de policías comenzaron a realizar visitas periódicas que conllevaban puertas cerradas y voces graves y quedas. Sin embargo, todo adquirió sentido cuando papá les habló del pobre vagabundo que había muerto en la pradera durante el cumpleaños de Gerry. Era triste, pero, como les explicó, esas cosas ocurrían a veces.

Laurel, mientras tanto, comenzó a morderse las uñas con entusiasmo. La investigación policial concluyó en cuestión de semanas: la edad del hombre y su aspecto coincidían con las descripciones del acosador del picnic, la policía dijo que no era inusual en estos casos que la violencia fuese en aumento con el tiempo y el testimonio de Laurel dejó claro que su madre había actuado en legítima defensa. Un robo que acabó mal; una madre que se libró por poco; nada que mereciese la pena difundir en la prensa. Por fortuna, en aquellos tiempos la discreción era la norma y un acuerdo entre caballeros podía llevar un titular a la página tres. Cayó el telón, la representación terminó.

Y aun así... Si bien la vida de su familia había regresado a la programación habitual, la de Laurel permanecía estática. La sensación de estar separada de los demás se fue agravando y se volvió inexplicablemente inquietante. El suceso se repetía en su mente sin pausa y, debido a su papel en la investigación policial y a lo que había dicho —peor aún, lo que no había contado—, el pánico a veces era tan intenso que apenas podía respirar. Fuese a donde fuese en Greenacres (dentro de la casa o en el jardín), se sentía atrapada por lo que había visto y hecho. Los recuerdos la cercaban por todas partes; eran ineludibles; lo peor era que el suceso que les daba vida era totalmente inexplicable.

Cuando se presentó a la prueba de la Escuela de Arte Dramático y logró una plaza, Laurel hizo caso omiso a sus padres, quienes le rogaron que se quedase en casa, esperase un año y acabase los estudios, que pensase en sus hermanas y el hermanito, que la adoraba más que a nadie. En vez de ello, hizo el equipaje, tan escaso como le fue posible, y dejó a todos atrás. Su vida cambió de dirección al instante, de la misma manera que una veleta gira en círculos durante una tormenta inesperada.

Laurel se acabó el vino y observó un par de grajos volando bajo sobre la pradera de papá. Alguien había accionado el gigante interruptor de luces y el mundo se iba sumergiendo en la oscuridad. Todas las actrices tienen sus palabras favoritas, y «carencia»… figuraba entre las de Laurel. Era un placer pronunciarla, esa sensación de caída melancólica y ese tono desvalido inherentes al sonido de la palabra, aun siendo tan similar a cadencia, de la cual adquiría su musicalidad.

Era esa hora del día que asociaba sobre todo con la infancia, con su vida antes de ir a Londres: el regreso de su padre a casa después de haber trabajado todo el día en la granja, su madre secando a Gerry con una toalla junto a la estufa, sus hermanas riéndose mientras Iris exhibía su repertorio de imitaciones (qué ironía que Iris acabase convertida en la figura más imitable de la infancia: la directora del colegio), ese instante de transición en que se encendían las luces de casa y todo olía a jabón, y la cena ya estaba servida en la gran mesa de roble. Incluso ahora, Laurel percibía de manera inconsciente el giro natural del día. Era lo más cerca que había estado de sentir nostalgia de casa en su propio hogar.

Algo se movió en la pradera, en el sendero que su padre solía recorrer cada día, y Laurel se puso rígida; pero era tan solo un coche, un coche blanco (ahora lo veía mejor) que giró en el camino. Se puso en pie, sacudiendo las últimas gotas de la copa. Hacía frío y Laurel se abrazó a sí misma. Caminó lentamente hacia la puerta. La conductora encendió y apagó los faros con una energía que solo podía proceder de Daphne y Laurel alzó una mano para saludar.

6

Laurel dedicó gran parte de la cena a observar la cara de su hermana pequeña. Se había hecho algo, y lo había hecho bien, y el resultado era fascinante. «Una magnífica crema hidratante nueva», respondería Daphne si le preguntasen y, como Laurel no deseaba oír mentiras, se abstuvo de curiosear. En vez de ello, asintió mientras Daphne jugueteaba con sus rizos rubios y las cautivaba con historias del programa *Desayunos en L. A.*, donde era la mujer del tiempo y coqueteaba con un presentador llamado Chip. Las pausas en ese monólogo de parlanchina eran escasas y, cuando al fin tuvieron ocasión, Rose y Laurel la aprovecharon al unísono.

—Tú primero —dijo Laurel, que inclinó su copa de vino (vacía una vez más, según comprobó) hacia su hermana.

—Solo iba a decir que quizás deberíamos hablar un poco sobre la fiesta de mamá.

—Estoy de acuerdo —dijo Iris.

—Tengo algunas ideas —dijo Daphne.

—Claro que sí.

—Cómo no.

—Nosotras…

—Yo…

—¿Qué estabas pensando, Rosie? —dijo Laurel.

—Bueno —Rose, quien siempre pasaba apuros bajo la presión de sus hermanas, comenzó con una tos—, tendrá que ser en el hospital, una pena, pero pensaba que podríamos intentar que fuese especial para ella. Ya sabéis cómo se siente con los cumpleaños.

—Justo lo que iba a decir —indicó Daphne, que contuvo un pequeño hipo tras las uñas rosadas—. Y, al fin y al cabo, va a ser el último.

Se hizo el silencio entre las mujeres, con la grosera excepción del reloj suizo, hasta que Iris lo rompió con un sollozo.

—Eres una… insensible —dijo, acariciando las puntas de su melena cana—. Desde que te mudaste a Estados Unidos.

—Solo quería decir…

—Creo que todas sabemos lo que querías decir.

—Pero es la verdad.

—Precisamente por eso no hacía falta que lo dijeses.

Laurel observó a sus hermanas. Iris tenía el gesto torcido, Daphne parpadeaba con sus afligidos ojos azules, Rose retorcía su trenza con tal angustia que amenazaba con partirla. Si entrecerraba los ojos, podría verlas de niñas. Suspiró ante la copa.

—Tal vez podríamos llevar algunas de las cosas favoritas de mamá —dijo—. Poner unos discos de la colección de papá. ¿En algo así pensabas, Rosie?

—Sí —dijo Rose, con una gratitud enervante—. Sí, eso sería perfecto. Pensaba que incluso podríamos contar alguna historia de las que solía inventar para nosotras.

—Como la de la puerta al fondo del jardín que daba al país de las hadas.

—Y los huevos de dragón que encontraba en el bosque.

—Y esa vez que se escapó para unirse al circo.

—¿Os acordáis —dijo Iris de repente— del circo que tuvimos aquí?

—Mi circo —dijo Daphne, quien sonrió detrás de su copa de vino.

—Bueno, sí —intervino Iris—, pero solo porque...

—Porque tuve un sarampión horrible y me perdí el circo de verdad cuando vino al pueblo. —Daphne se rio con placer al recordarlo—. Mamá pidió a papá que montase una tienda al final del prado, ¿recordáis?, y vosotras fuisteis los payasos. Laurel era el león, y mamá la equilibrista.

—No se le daba nada mal —dijo Iris—. Casi no se cayó de la cuerda floja. Seguro que practicó durante semanas.

—O a lo mejor era verdad que había estado en el circo —dijo Rose—. De mamá casi me lo creo.

Daphne suspiró satisfecha.

—¿A que tuvimos mucha suerte de tener una madre como la nuestra? Tan juguetona, casi como si no hubiese crecido de verdad; no como todas esas otras madres tan aburridas. Yo presumía de ella cuando venían a casa mis amigas de la escuela.

—¿Tú? ¿Presumías? —Iris fingió sorpresa—. Vaya, eso no parece...

—En cuanto a la fiesta de mamá... —Rose movió una mano, deseosa de evitar otra disputa—, he pensado que podría hacer una tarta Victoria, su favo...

—¿Os acordáis —dijo Daphne con un entusiasmo repentino— de ese cuchillo, el de la cinta...?

—La cinta roja —dijo Iris.

—... Y el mango de hueso. Insistía en usarlo, en todos los cumpleaños.

—Decía que era mágico, que concedía deseos.

—¿Sabéis? Yo me lo creí un montón de tiempo. —Daphne apoyó el mentón en la mano con un bonito suspiro—. Me pregunto qué fue de ese cuchillo tan viejo y raro.

—Desapareció —dijo Iris—. Ahora lo recuerdo. Un año no lo vi y, cuando le pregunté, mamá me dijo que lo había perdido.

—Sin duda ocupó su lugar junto a los mil bolígrafos y horquillas desaparecidos en esta casa —dijo Laurel enseguida. Se aclaró la garganta—. Qué sed. ¿Alguien quiere más vino?

—¿No sería maravilloso si lo encontráramos? —oyó decir al cruzar el vestíbulo.

—¡Qué espléndida idea! Lo podríamos llevar para cortar la tarta...

Laurel llegó a la cocina y, por tanto, se salvó de los entusiastas preparativos de la búsqueda. («No pudo ir muy lejos», las animaba Daphne).

Dio al interruptor de la luz y la habitación despertó a la vida como un viejo y fiable criado que hubiera trabajado más tiempo del recomendable. Sin más personas que ella, con la tenue media luz del tubo fluorescente, la cocina parecía más triste de lo que Laurel recordaba; el mosaico de lechada era gris y una capa grasienta de polvo cubría las tapas de los frascos. Tenía la incómoda sensación de que aquello probaba lo mal que veía su madre. Debería haber contratado a alguien para que limpiase. ¿Cómo no lo había pensado antes? Y ya que estaba flagelándose (¿por qué parar ahí?), debería haberla visitado más a menudo y haber limpiado la casa ella misma.

La nevera, al menos, era nueva; Laurel se había encargado de ello. Cuando el viejo Kelvinator al fin murió en acto de servicio, Laurel compró por teléfono un sustituto desde Londres: con ahorro de energía y una lujosa máquina de hielo que su madre nunca usaba.

Laurel encontró la botella de Chablis que había traído y cerró la puerta. Un poco demasiado fuerte, quizás, pues un imán se cayó y un trozo de papel dio vueltas hasta el suelo. El papel desapareció bajo la nevera y Laurel soltó una palabrota. Se puso a cuatro patas para palpar entre el polvo. Era un recorte de prensa del *Sudbury Chronicle* y aparecía una fotografía de Iris, con su aspecto de directora, vestida de tweed marrón y con unas mallas negras frente a su colegio. A pesar de la excursión, el recorte seguía en buen estado y Laurel buscó un hueco donde ponerlo. Era más fácil decirlo que hacerlo. La nevera de los Nicolson siempre había sido un lugar muy concurrido, incluso antes de que se empezaran a vender imanes con el propósito expreso de abarrotar: cualquier cosilla digna de atención acababa en la gran puerta blanca para deleite de la familia. Fotografías, elogios, tarjetas y, por supuesto, las apariciones en los medios de comunicación.

El recuerdo llegó de ninguna parte, una mañana de verano de 1961, un mes antes de la fiesta de cumpleaños de Gerry: los siete estaban sentados a la mesa del desayuno untando mermelada de fresa en las tostadas mientras papá recortaba un artículo del periódico local; la fotografía de Dorothy, sonriente, sosteniendo la judía ganadora; papá lo pegó a la nevera más tarde, mientras los demás limpiaban.

—¿Estás bien?

Laurel se dio la vuelta para ver a Rose de pie en el umbral.

—Muy bien. ¿Por qué?

—Estabas tardando mucho tiempo. —Arrugó la nariz y observó a Laurel con atención—. Y debo decir que estás un poco paliducha.

—Eso es por esta luz —dijo Laurel—. Le da a una un encantador aspecto de tísica. —Se afanó con el sacacorchos, dando la espalda a Rose para que no viese su expresión—. Espero que vayan bien los planes para la Gran Búsqueda del Cuchillo.

—Oh, sí. De verdad, cuando esas dos se juntan…

—Si pudiéramos aprovechar esa energía y emplearla para algo positivo…

—Pues sí.

Se alzó una ráfaga de vapor cuando Rose abrió el horno para echar un vistazo a la tarta de frambuesa, uno de los orgullos de su madre. El dulce olor a frutas llenó el aire y Laurel cerró los ojos.

Tardó meses en reunir el valor necesario para preguntar por el episodio. Tan firme era la determinación de sus padres de mirar al futuro, de negar el suceso, que tal vez nunca lo habría hecho si no hubiera comenzado a soñar con el hombre. Pero soñaba con él todas las noches, y siempre el mismo sueño. El hombre, a un lado de la casa, llamaba a su madre por su nombre...

—Tiene buena pinta —dijo Rose, que sacó la bandeja del horno—. Quizás no esté tan rico como el de ella, pero no debemos esperar milagros.

Laurel había encontrado a su madre en la cocina, en este mismo lugar, unos días antes de ir a Londres. Se lo preguntó sin rodeos: «¿Por qué ese hombre sabía cómo te llamabas, mamá?». Se le encogió el estómago a medida que las palabras salían de sus labios, y una parte de ella, lo comprendió mientras esperaba la respuesta, rezaba para que su madre le dijese que se había equivocado. Que lo había oído mal y el hombre no había dicho nada semejante.

Dorothy no respondió de inmediato. En vez de eso, fue a la nevera, abrió la puerta y husmeó en el interior. Laurel se quedó observando su espalda durante un tiempo que se le hizo eterno y casi había perdido la esperanza cuando su madre al fin comenzó a hablar.

—El periódico —dijo—. La policía dice que habría leído ese artículo del periódico. Lo llevaba en la cartera. Así es como llegó hasta aquí.

Fue una explicación muy convincente.

Es decir, Laurel quería que fuese convincente, y por tanto lo fue. El hombre había leído el periódico, había visto la fotografía de su madre y salió en su busca. Y, si en un rincón de su mente una vocecilla preguntaba «¿Por qué?», Laurel la acallaba. Ese hombre estaba loco... ¿Quién podría adivinar sus motivos? Y, en cualquier caso, ¿qué importancia tenía? Todo había terminado. Siempre que no mirase muy de cerca sus delicados hilos, el tapiz se sostenía. La imagen permanecía intacta.

Al menos, así había sido… hasta ahora. Era increíble que, después de cincuenta años, bastasen una vieja fotografía y un nombre de mujer para que el tejido de la ficción de Laurel comenzara a deshilacharse.

La bandeja del horno volvió a su sitio con un sonido metálico y Rose dijo:

—Quedan cinco minutos.

Laurel se sirvió vino e intentó mostrarse despreocupada:

—¿Rosie?

—¿Hum?

—Esa fotografía de hoy, la del hospital. La mujer que le dio el libro a mamá…

—Vivien.

—Sí. —Laurel tembló ligeramente al dejar la botella. Ese nombre tenía un efecto extraño sobre ella—. ¿Mamá te habló alguna vez de ella?

—Un poco —dijo Rose—. Después de encontrar la foto. Eran amigas.

Laurel recordó la fecha de la fotografía: 1941.

—Durante la guerra.

Rose asintió, doblando el trapo de cocina en un pulcro rectángulo.

—No dijo gran cosa. Solo que Vivien era australiana.

—¿Australiana?

—Vino de niña, no estoy segura de por qué exactamente.

—¿Cómo se conocieron?

—No lo dijo.

—¿Por qué no la hemos conocido?

—Ni idea.

—Qué raro que no la haya mencionado antes, ¿verdad? —Laurel tomó un sorbo de vino—. Me pregunto por qué.

Sonó el temporizador del horno.

—Quizás discutieron. Dejaron de hablarse... No sé. —Rose se quitó las manoplas—. Pero ¿por qué estás tan interesada?

—No lo estoy. De verdad.

—Entonces, a comer —dijo Rose, sosteniendo el plato de la tarta con ambas manos—. Esto tiene una pin...

—Se murió —dijo Laurel con súbita convicción—. Vivien murió.

—¿Cómo lo sabes?

—Quiero decir —Laurel tragó saliva y rectificó rápidamente—, tal vez murió. Había una guerra. Es posible, ¿no crees?

—Todo es posible. —Rose tanteó la corteza con un tenedor—. Por ejemplo, este glaseado tan respetable. ¿Lista para enfrentarte a las otras?

—En realidad... —Laurel sintió una necesidad urgente y lacerante de subir, de examinar sus recuerdos—, tenías razón antes. No me siento bien.

—¿No quieres tarta?

Laurel negó con la cabeza, cerca ya de la puerta.

—Ya es tarde para mí, me temo. Sería terrible enfermar mañana.

—¿Quieres que te lleve algo? ¿Paracetamol, una taza de té?

—No —dijo Laurel—. No, gracias. Excepto, Rose...

—¿Sí?

—La obra.

—¿Qué obra?

—*Peter Pan*..., el libro donde estaba la foto. ¿Lo tienes a mano?

—Qué rara eres —dijo Rose con una sonrisa torcida—. Tendré que buscarlo. —Meneó la cabeza ante la tarta—. Pero más tarde, ¿vale?

—Claro, no hay ninguna prisa, ahora voy a descansar. Que aproveche. ¿Rosie?

—¿Sí?

—Lamento enviarte sola al campo de batalla.

Fue la mención de Australia. Cuando Rose contó lo que le había dicho su madre, una bombilla se encendió dentro de Laurel y supo por qué Vivien era importante. Recordó, además, dónde había escuchado por primera vez el nombre, hacía ya muchísimos años.

Mientras sus hermanas disfrutaban del postre y perseguían un cuchillo que nunca encontrarían, Laurel fue a la buhardilla en busca de su baúl. Había un baúl para cada uno; Dorothy había sido estricta en ese tema. Era por la guerra, les confesó una vez papá: todo lo que Dorothy amaba fue destruido cuando aquella bomba cayó en la casa de su familia en Coventry y redujo su pasado a escombros. Se empeñó en que sus hijos nunca sufrieran la misma suerte. Quizás no fuese capaz de protegerlos contra el sufrimiento, pero iba a dejarles bien claro dónde encontrar sus fotografías del colegio cuando las buscasen. La pasión de su madre por las cosas, por sus pertenencias —objetos que podía sostener entre las manos y se convertían en profundos símbolos—, rayaba en lo obsesivo; su entusiasmo de coleccionista era tan desbordante que resultaba difícil no seguir su ejemplo. Todo se guardaba, no tiraba nada, las tradiciones se respetaban religiosamente. Por ejemplo, el cuchillo.

El baúl de Laurel se encontraba junto al radiador roto que papá no llegó a arreglar. Supo que era el suyo antes de leer su nombre en la tapa. Las correas de cuero curtido y la hebilla rota eran un claro indicativo. El corazón le dio un vuelco al verlo, sabedora de lo que iba a encontrar dentro. Qué extraño que un objeto en el que no había pensado durante décadas se dibujase con tanta precisión en su mente. Sabía exactamente lo que buscaba, cómo sería al tacto, qué emociones saldrían a la superficie al verlo. Mientras desataba las correas, se arrodilló junto a Laurel la débil huella de sí misma de aquellos años.

El baúl olía a polvo, a humedad y a una vieja colonia cuyo nombre había olvidado pero cuya fragancia le hizo sentir que tenía dieciséis años una vez más. Estaba lleno de papeles: diarios, fotografías, cartas, boletines escolares, un par de patrones para coser pantalones capri, pero Laurel no se detuvo a mirarlos. Sacó una pila tras otra, tras echar un rápido vistazo.

A la izquierda, hacia la mitad del baúl, encontró lo que buscaba: un librito sin encanto alguno y, sin embargo, para Laurel, rebosante de recuerdos.

Hacía unos años le habían ofrecido el papel de Meg en *La fiesta de cumpleaños*, su gran oportunidad de actuar en el teatro de Lyttelton, pero Laurel no aceptó. No recordaba otra ocasión en que hubiese antepuesto su vida personal a su carrera. Alegó un rodaje por esas fechas, lo cual no era del todo improbable pero tampoco era cierto. Fue una mentirijilla necesaria. No habría podido hacerlo. La obra estaba indisolublemente unida al verano de 1961; la había leído una y otra vez cuando ese muchacho (no lograba recordar su nombre, qué absurdo, si estuvo loca por él) se la regaló. Había memorizado los diálogos, impregnando las escenas con su ira y frustración acumuladas. Y entonces el hombre recorrió el camino de entrada a la granja y todo acabó tan embrollado en sus recuerdos que ver cualquier parte de esa obra la ponía enferma.

Aún ahora tenía la piel húmeda y el pulso acelerado. Menos mal que no era la obra lo que necesitaba, sino lo que había dentro. Todavía estaban ahí, lo notó gracias a los bordes ásperos de papel que sobresalían entre las páginas. Eran dos artículos de prensa: el primero, del periodicucho local, informaba de forma más bien vaga sobre la muerte de un hombre en Suffolk; el segundo era un obituario de *The Times*, recortado a escondidas del periódico que el padre de su amiga traía consigo al volver de

Londres. «Mira —le dijo una noche en que Laurel visitó a Shirley—. Un artículo sobre ese tipo, el que murió cerca de tu casa el año pasado, Laurel». Era un extenso reportaje, pues al final resultó que el hombre no era el típico sospechoso; hubo una época, mucho antes de presentarse en Greenacres, en que alcanzó cierta distinción e incluso elogios. No tuvo hijos, pero sí estuvo casado una vez.

La bombilla solitaria que se mecía en lo alto no emitía bastante luz para leer, así que Laurel cerró el baúl y se llevó el libro.

Le habían asignado el cuarto de su infancia (otro hecho implícito en la compleja jerarquía de los hermanos) y la cama estaba lista, con sábanas limpias. Alguien (Rose, supuso) había subido ya su maleta, pero Laurel no la deshizo. Abrió las ventanas de par en par y se sentó en la repisa.

Con un cigarrillo entre los dedos, Laurel sacó los artículos del libro. Dejó a un lado el del periódico local y cogió en su lugar el obituario. Echó un vistazo a las líneas, a la espera de que sus ojos hallaran lo que sabía que estaba ahí.

Tras recorrer un tercio de la página, el nombre la sobresaltó. Vivien.

Laurel retrocedió para leer la frase entera: «Jenkins se casó en 1938 con Vivien Longmeyer, nacida en Queensland (Australia), pero criada en Oxfordshire por un tío». Un poco más abajo lo halló: «Vivien Jenkins falleció en 1941 en Notting Hill durante un intenso ataque aéreo».

Dio una honda calada al cigarrillo y notó que le temblaban los dedos.

Era posible, por supuesto, que hubiera dos Vivien, ambas nacidas en Australia. Era posible que esa amiga de su madre de los años de la guerra no guardase relación alguna con la Vivien cuyo marido había muerto ante la puerta de su casa. Pero no era probable.

Y si su madre conocía a Vivien Jenkins, seguramente conoció también a Henry Jenkins. «Hola, Dorothy. Cuánto tiempo», dijo, y Laurel vio el miedo en el rostro de su madre.

La puerta se abrió y apareció Rose.

—¿Te sientes mejor? —dijo, arrugando la nariz ante el humo del tabaco.

—Es medicinal —dijo Laurel, que hizo un gesto tembloroso con el cigarrillo antes de sacarlo por la ventana—. No se lo digas a mamá, no quiero que me castigue.

—Tu secreto está a salvo conmigo. —Rose se acercó y le entregó un pequeño libro—. Está en mal estado, me temo.

Rose se quedaba corta. La cubierta del libro colgaba de unos hilillos, y la tela verde del interior estaba descolorida por la suciedad; tal vez, a juzgar por el olor vagamente ahumado, incluso por el hollín. Laurel pasó las páginas con cuidado hasta llegar a la portadilla. En el frontispicio, escrita en tinta negra, figuraba la siguiente dedicatoria: «Para Dorothy. Una amistad verdadera es una luz entre las tinieblas. Vivien».

—Seguro que era importante para ella —dijo Rose—. No se hallaba en la estantería junto a los otros libros; estaba en su baúl. Lo había guardado ahí todos estos años.

—¿Has mirado en su baúl? —Su madre tenía ideas muy fijas acerca del respeto a la intimidad.

Rose se sonrojó.

—No me mires así, Lol; ni que hubiese abierto el candado con una lima. Me pidió que le llevase el libro hace un par de meses, justo antes de ir al hospital.

—¿Te dio la llave?

—A regañadientes, y solo cuando la pillé intentando subir por la escalera ella misma.

—No me digas.

—Sí te digo.

—Es incorregible.

—Es como tú, Lol.

Rose hablaba con amabilidad, pero sus palabras estremecieron a Laurel. Un recuerdo la asaltó: esa noche que dijo a sus padres que se iba a Londres a estudiar a la Escuela de Arte Dramático. Se mostraron conmocionados y descontentos, dolidos al saber que había ido a sus espaldas a las pruebas de admisión, inflexibles respecto a que era demasiado joven para irse de casa, preocupados por que no acabase sus estudios. Se sentaron con ella en la mesa de la cocina y hablaron por turnos para exponer sus argumentos razonables con voces exageradamente sosegadas. Laurel intentó parecer aburrida hasta que al fin acabaron.

—De todas formas, voy a ir —dijo con la vehemencia malhumorada propia de una adolescente confusa y resentida—. Nada de lo que digáis me va a hacer cambiar de opinión. Es lo que quiero.

—Eres demasiado joven para saber lo que quieres en realidad —dijo su madre—. Las personas cambian, maduran, toman decisiones mejores. Te conozco, Laurel…

—No me conoces.

—Sé que eres una cabezota. Sé que eres testaruda y estás decidida a ser diferente, que estás llena de sueños, como yo a tu edad…

—No me parezco a ti en nada —respondió Laurel, y sus palabras rasgaron como un cuchillo la ya tambaleante compostura de su madre—. Yo nunca haría las cosas que tú haces.

—¡Ya basta! —Stephen Nicolson pasó un brazo alrededor de su esposa. Con un gesto indicó a Laurel que se fuese a la cama, pero le advirtió que la conversación no había terminado ni mucho menos.

Furiosa, Laurel dejó pasar las horas tumbada en la cama; no sabía dónde estaban sus hermanas, pero las habían llevado a algún lugar para ponerla en cuarentena. No recordaba haber discutido antes con sus padres y se sentía, al mismo tiempo, eufórica y abatida. No le parecía posible que la vida volviese a ser como antes.

Aún estaba ahí, acostada en la oscuridad, cuando se abrió la puerta y alguien caminó en silencio hacia ella. Laurel sintió que el borde de la cama se hundía cuando esa persona se sentó y entonces oyó la voz de su madre. Había estado llorando, comprendió Laurel, e intuir, saber que ella era la causa, la llevó a rodearla con los brazos con la intención de no soltarla nunca.

—Lamento que hayamos discutido —dijo Dorothy, cuyo rostro bañaba la luz de la luna—. Es extraño cómo cambian las cosas. Nunca pensé que alguna vez discutiría con mi hija. Yo solía meterme en líos cuando era joven... Siempre me sentí diferente a mis padres. Los quería, por supuesto, pero creo que no sabían muy bien qué hacer conmigo. Pensaba que yo lo sabía todo y no escuchaba ni una palabra de lo que me decían.

Laurel sonrió levemente, sin saber qué depararía la conversación, pero aliviada porque sus entrañas no se agitaban como lava ardiente.

—Nos parecemos tú y yo —continuó su madre—. Supongo que por eso me da tanto miedo que cometas los mismos errores que yo.

—Pero yo no estoy cometiendo un error. —Laurel se sentó erguida, apoyada en las almohadas—. ¿Es que no lo ves? Yo quiero ser actriz: una escuela de interpretación es el lugar perfecto para mí.

—Laurel...

—Imagina que tienes diecisiete años, mamá, y tienes toda la vida por delante. ¿Se te ocurre un lugar donde ibas a estar mejor que en Londres? —Fue un error decirlo: Dorothy nunca había mostrado el menor interés en ir a Londres.

Se hizo un silencio y fuera un mirlo llamó a sus amigos.

—No —dijo Dorothy al fin, con delicadeza, un poco triste, mientras acariciaba las puntas del pelo de Laurel—. No, supongo que no.

A Laurel le sorprendía ahora haber estado entonces tan absorta en sí misma que ni siquiera se había preguntado cómo había sido su madre a los diecisiete años, qué deseaba y cuáles eran esos errores que tanto temía que su hija repitiese.

Laurel alzó el libro que le había dado Rose y dijo, con una voz más trémula de lo que le habría gustado:

—Qué extraño ver algo de ella de antes.

—¿De antes de qué?

—De antes de nosotras. Antes de esta casa. Antes de que fuese nuestra madre. Imagínate, cuando le regalaron este libro, cuando se hizo esta fotografía junto a Vivien, ella no tenía ni idea de que nosotras estábamos en algún lugar a la espera de existir.

—No me extraña que salga tan feliz en la foto.

Laurel no se rio.

—¿Alguna vez has pensado en ella, Rose?

—¿En mamá? Claro…

—No en mamá, me refiero a esta joven. Era una persona diferente por aquel entonces, con una vida de la que no sabemos nada. ¿Alguna vez te has preguntado qué quería, qué pensaba de las cosas… —Laurel miró a su hermana— o qué secretos guardaba? —Rose sonrió dubitativa y Laurel negó con la cabeza—. No me hagas caso. Estoy un poco sensiblera esta noche. Es por volver aquí, supongo. A este viejo cuarto. —Se forzó a hablar con una dicha que no sentía—: ¿Recuerdas cómo roncaba Iris?

Rose se rio.

—Más que papá, ¿a que sí? Me pregunto si sigue igual.

—Supongo que pronto lo sabremos. ¿Ya te vas a la cama?

—He pensado que debería tomar un baño antes de que ellas acaben y Daphne acapare el espejo. —Bajó la voz y se levantó la piel del párpado—. ¿Se ha hecho…?

—Eso parece.

Rose puso una cara que significaba «qué rara es la gente» y cerró la puerta al salir.

La sonrisa de Laurel desapareció mientras los pasos de su hermana se alejaban por el pasillo. Se volvió a mirar el cielo nocturno. La puerta del baño se cerró y las tuberías comenzaron a sisear en la pared detrás de ella.

—Hace cincuenta años —dijo Laurel a unas estrellas distantes—, mi madre mató a un hombre. Ella aseguró que fue en defensa propia, pero yo lo vi. Ella alzó el cuchillo y lo bajó y el hombre cayó al suelo de espaldas, donde la hierba estaba aplastada y florecían las violetas. Ella lo conocía, tenía miedo y no tengo ni idea de por qué.

De repente, Laurel pensó que cada ausencia de su vida, cada pérdida y tristeza, cada pesadilla en la oscuridad, cada melancolía inexplicable adoptaba la forma tenebrosa de esa pregunta sin respuesta que la acompañaba desde que tenía dieciséis años: el secreto nunca mencionado de su madre.

—¿Quién eres, Dorothy? —preguntó entre dientes—. ¿Quién eras antes de ser nuestra madre?

7

El tren Coventry-Londres, 1938

Dorothy Smitham tenía diecisiete años cuando supo a ciencia cierta que la habían robado cuando era bebé. Era la única explicación posible. Descubrió la verdad, clara como el agua, una mañana de un sábado a las once, al observar a su padre girar el lápiz entre los dedos, pasarse la lengua lentamente por el labio inferior y, a continuación, anotar en su pequeño libro de contabilidad negro la cantidad exacta que había pagado al taxista por llevar a la familia (3 chelines y 5 peniques) y el equipaje (otros 3 peniques) a la estación. Esa lista lo mantendría ocupado la mayor parte de su estancia en Bournemouth y, al regresar a Coventry, dedicaría una noche gozosa, en la que todos ellos ejercerían de testigos reacios, a analizar su contenido. Crearía tablas, establecería comparaciones con los resultados del año pasado (y los de la década anterior, si tenían suerte), contraerían compromisos para hacerlo mejor la próxima vez, antes de volver, restaurado por el descanso anual, a su asiento de contable en H. G. Walker Ltd., fabricantes de bicicletas, a trabajar muy en serio un año más.

La madre de Dolly iba sentada en un rincón del vagón, hurgándose la nariz con un pañuelo de algodón. Era un toqueteo furtivo, el pañuelo oculto casi siempre dentro de la mano, al cual seguía en ocasiones un esquivo vistazo a su marido para asegurarse de que nada lo había molestado y seguía absorto con sombrío regocijo en su librito. Solo Janice Smitham era capaz de resfriarse antes de las vacaciones de verano con tan asombrosa regularidad. Era casi admirable, y Dolly quizás habría aplaudido el compromiso de su madre con la tradición de no ser por los estornudos que lo acompañaban (tan sumisos, tan arrepentidos), por los cuales debía contener las ganas de clavarse el lápiz de su padre en los oídos. Su madre pasaría esas semanas junto al mar como todos los años: esforzándose para que el padre se sintiese el rey de los castillos de arena, agobiada con el corte del bañador de Dolly y preocupada por si Cuthbert hacía amigos entre «chicos bien».

Pobrecito Cuthbert. Había sido un bebé glorioso, lleno de carcajadas y sonrisas que eran todo encías y un llanto casi adorable siempre que Dolly salía del cuarto. Cuanto más crecía, sin embargo, era cada vez más evidente que le esperaba un destino aciago: convertirse en el álter ego del señor Arthur Smitham. Lo cual significaba, por desgracia, que, a pesar del cariño, Dolly y Cuthbert no podían ser de la misma sangre, lo que planteaba una cuestión: ¿quiénes eran sus verdaderos padres y cómo había acabado con estos desgraciados?

¿Serían artistas circenses? ¿Una espectacular pareja de equilibristas? Era una posibilidad; se miró las piernas, relativamente largas y esbeltas. Siempre se le habían dado bien los deportes: el señor Anthony, el profesor de Educación Física, la escogía todos los años para el primer equipo de hockey; y, cuando ella y Caitlin apartaron la alfombra del salón de la madre de Caitlin y pusieron un disco de Louis Armstrong en el gramófono, Dolly sabía que no eran imaginaciones suyas que fuese la mejor bailarina. Ahí estaba (Dolly cruzó las piernas y se alisó la falda): elegancia natural, la prueba definitiva.

—¿Puedo comprar un caramelo en la estación, padre?

—¿Un caramelo?

—En la estación. En esa pequeña pastelería.

—No lo sé, Cuthbert.

—Pero, padre...

—Hay que pensar en las cuentas.

—Pero, madre, usted dijo...

—Vamos, vamos, Cuthbert. Tu padre es el que sabe.

Dolly centró la atención en los prados que pasaban a toda velocidad. Artistas circenses, tenía que ser eso. Destellos de luz y lentejuelas y madrugadas bajo la carpa, ya vacía pero aún impregnada de la admiración colectiva de un público entregado. *Glamour*, diversión, romances; sí, eso sería.

Esos fascinantes orígenes explicarían también las feroces advertencias de sus padres cada vez que Dolly estaba a punto de «llamar la atención». «La gente se va a quedar mirando, Dorothy —siseaba la madre si el dobladillo estaba demasiado alto, su carcajada era demasiado sonora o el pintalabios demasiado rojo—. Vas a conseguir que se queden mirando. Ya sabes qué piensa tu padre al respecto». Y, efectivamente, Dolly lo sabía. Como a su padre le gustaba recordar, la sangre se hereda y el vicio se pega, razón por la cual vivía con miedo de que la bohemia, al igual que fruta podrida, echase a perder el decoro que él y su madre habían alzado con tanto esmero en torno a su hija robada.

Dolly sacó un caramelo de menta del bolsillo, se lo metió en la boca y apoyó la cabeza contra la ventana. Cómo habrían llevado a cabo el robo era un asunto de lo más desconcertante. Por muchas vueltas que le diese, Arthur y Janice Smitham no tenían pinta de ladrones. Imaginarlos avanzando sigilosamente hacia un cochecito desatendido y arrebatar un bebé dormido era, sin duda, complicado. Las personas que robaban, ya fuese por necesidad o por codicia, deseaban el objeto apasionadamente. Arthur Smitham, por el contrario, era partidario de arrancar la palabra «pasión» del diccionario, por no hablar del alma de sus compatriotas, y, ya puestos, desterraría también el verbo «desear». ¿Una excursión al circo? Vaya, vaya, eso olía a diversión innecesaria.

Lo más probable (el caramelo se partió en dos) era que hubiesen descubierto a Dolly ante la puerta de casa y fuese el deber, más que el deseo, lo que la condujo a la familia Smitham.

Se recostó en el asiento del vagón y cerró los ojos; lo podía ver con claridad. El embarazo secreto, la amenaza del dueño, el tren del circo en Coventry. Por un tiempo la joven pareja lucha con valor por sus propios medios, criando a la niña con una dieta de amor y esperanza; pero, por desgracia, sin trabajo (al fin y al cabo, no hay tanta demanda de equilibristas) y sin dinero para comprar comida, la desesperación los atenaza. Una noche, al pasar por el centro de la ciudad, con el bebé ya demasiado débil para llorar, una casa les llama la atención. Una escalera más limpia y reluciente que el resto, una luz en el interior y el aroma sabroso del asado de Janice Smitham (sin duda, una delicia) que se escapaba bajo la puerta. Supieron qué tenían que hacer...

—Pero no puedo esperar. ¡No puedo!

Dolly abrió un ojo lo suficiente como para observar a su hermano saltando de una pierna a otra en medio del vagón.

—Venga, Cuthbert, ya casi hemos llegado...

—Pero ¡tengo que ir al baño ya!

Dolly cerró los ojos de nuevo, más fuerte que antes. Era cierto, no la historia de esa pareja joven y trágica, en realidad no se la creía, sino la parte acerca de ser especial. Dolly siempre se había sentido diferente, como si estuviese más viva que otras personas, y el mundo, la suerte o el destino, fuese lo que fuese, tuviese grandes planes para ella. Ahora, además, tenía una prueba, una prueba científica. El padre de Caitlin, que era médico y seguro que entendía de estas cosas, lo había dicho, mientras jugaban al Blotto en el salón: había levantado una tras otra unas cartas con manchas de tinta y a su vez Dolly había dicho lo primero que se le ocurría. «Formidable», masculló tras su pipa cuando iban por la mitad; y «fascinante», con un ligero movimiento de la cabeza; luego, «vaya, yo nunca...», y una risilla con la que estaba demasiado guapo para ser el padre de una amiga. Solo la mirada fulminante de Caitlin le impidió seguirlo a su estudio cuando el doctor Rufus declaró que sus respuestas eran excepcionales y sugirió hacer (no, insistió en hacer) nuevas pruebas.

Excepcionales. Dolly llevó la palabra a los confines de su mente. Excepcionales. No era uno de ellos, de esos vulgares Smitham, y, desde luego, no se iba a convertir en uno. Su vida iba a ser radiante y maravillosa. Iba a salir bailando de ese comportamiento «decoroso» con el cual su madre y su padre deseaban atraparla. Tal vez incluso se escapara a un circo a probar suerte bajo la gran carpa.

El tren aminoró la marcha al acercarse a la estación de Euston. Las casas de Londres se veían borrosas por la ventana y Dolly tembló de emoción. ¡Londres! Qué laberinto de ciudad (por lo menos, así la describía la introducción de la *Guía de Londres*, de Ward Lock & Co's, que tenía escondida en el cajón, junto a unas braguitas), repleta de teatros y de vida nocturna y personas grandiosas con vidas magníficas.

Cuando Dolly era más joven, su padre solía ir a Londres por cuestiones de trabajo. Ella lo esperaba esas noches mirando por la balaustrada cuando su madre pensaba que ya estaba dormida, impaciente por verlo. La llave sonaba en la cerradura, y ella contenía la respiración, y entonces él entraba. Cuando la madre recogía su abrigo, a su alrededor había un aura de haber estado en Un Lugar, de ser Más Importante que antes. Dolly nunca habría osado preguntarle por el viaje; aun así, sospechaba que la verdad sería una mala imitación de sus fantasías. No obstante, miró a su padre, con la esperanza de que le devolviera la mirada, de ver en sus ojos una prueba de que él también sentía la atracción de la gran ciudad ante la que pasaban.

Él no la miró. Arthur Smitham solo tenía ojos para su libro de contabilidad, ya en la contraportada, donde había anotado con esmero el horario de los trenes y el número de los andenes. Las comisuras de su boca se retorcieron y Dolly se desanimó. Se preparó para el pánico que se avecinaba, pues era inevitable por mucho que saliesen con tiempo, por mucho que hiciesen el mismo viaje cada año, por mucho que en todas partes los viajeros fuesen en tren de A a B y de B a C sin volverse locos. Como era de esperar (se estremeció de forma preventiva), ahí llegaba ese conmovedor grito de batalla:

—Todos juntos mientras buscamos un taxi. —Qué valeroso intento del líder para irradiar calma ante las tribulaciones que les aguardaban. Tanteó el estante del equipaje en busca de su sombrero.

—Cuthbert —se preocupó su madre—, dame la mano.

—No quiero…

—Cada uno es responsable de su equipaje —prosiguió el padre, cuya voz se alzó en una rara muestra de sentimiento—: Agarrad bien los palos y las raquetas. Y no os quedéis rezagados detrás de pasajeros con cojera o bastones. No debemos permitir que nos detengan.

Un hombre bien vestido que viajaba en el mismo vagón miró con recelo a su padre y Dolly se preguntó (y no era la primera vez) si sería posible desaparecer si lo deseaba con todas sus fuerzas.

La familia Smitham tenía el hábito, perfeccionado y consolidado gracias a años de vacaciones idénticas junto al mar, de salir justo después del desayuno. Hacía ya mucho tiempo, su padre había descartado alquilar una caseta de playa, declarando que era un lujo innecesario que alentaba la vanidad, por lo cual era indispensable salir temprano si deseaban hallar un espacio digno antes de la llegada de las multitudes. Esa mañana, la señora Jennings los había entretenido en el comedor Bellevue un poco más de lo habitual, pues tardó demasiado en preparar el té y se hizo un lío terrible con la tetera de repuesto. Su padre se iba poniendo cada vez más nervioso (sentía la llamada de sus zapatos de lona blanca, a pesar de las tiritas que se vio obligado a ponerse en los talones por los esfuerzos del día anterior), pero era impensable interrumpir a la anfitriona, y Arthur Smitham nunca hacía cosas impensables. Al final fue Cuthbert quien los salvó a todos. Echó un vistazo al reloj de buque, encima de la fotografía enmarcada del embarcadero, se tragó un huevo escalfado entero y exclamó:

—¡Caramba! ¡Ya son las nueve y media!

Ni siquiera la señora Jennings podía discutir eso, así que se dirigió hacia la cocina y les deseó que pasasen una buena mañana.

—¡Y qué día hace!, ¡qué día tan perfecto!

En efecto, era un día casi perfecto, uno de esos días veraniegos de cielo despejado y brisa ligera y cálida, y cómo dudar que algo emocionante esperaba a la vuelta de la esquina. Un autobús llegaba al mismo tiempo que ellos al paseo marítimo, y el señor Smitham apresuró a su familia, en su afán de imponerse a la muchedumbre. Con los aires de amo y señor de quien había reservado su estancia en febrero y había pagado en marzo, el señor y la señora Smitham no veían con buenos ojos a los excursionistas de un día. Eran impostores y caraduras, que ocupaban su playa, hacinaban su muelle y les obligaban a hacer cola para comprar sus helados.

Dorothy se quedó unos pasos atrás mientras el resto de la familia, capitaneada por su intrépido líder, pasaba ante el quiosco para cortar el paso a los invasores. Subieron las escaleras con la majestuosidad de los vencedores y ocuparon un lugar junto al muro de piedra. Su padre dejó la cesta del picnic en el suelo, metió los pulgares en la cintura del pantalón y echó un vistazo a izquierda y derecha antes de declarar que era un buen lugar. Añadió, con una sonrisa de satisfacción:

—Y no está ni a cien pasos de la entrada. Ni a cien pasos.

—Podríamos saludar a la señora Jennings desde aquí —dijo la madre, siempre dispuesta a aprovechar la oportunidad de complacer a su marido.

Dorothy atinó a sonreír sin ganas, tras lo cual centró su atención en extender bien la toalla. Por supuesto, en realidad no podían ver Bellevue desde donde estaban sentados. En contra de lo que indicaba su nombre (escogido con una inusual *joie de vivre* por la adusta señora Jennings, quien había vivido un buen mes en París), el edificio se encontraba en medio de Little Collins Street, que daba al paseo marítimo. La *vue*, por tanto, no era precisamente *belle* (fragmentos grises del centro de la ciudad en las habitaciones delanteras, los desagües gemelos de una casa en las traseras), pero tampoco era francés el edificio, de manera que ponerse quisquilloso, según Dorothy, no tenía mucho sentido. Se puso crema Pond's fría en los hombros y se escondió tras la revista, echando vistazos por encima de las páginas a las personas, más ricas y lustrosas, que descansaban y reían en los balcones de las casetas de playa.

Había una muchacha en especial. Era rubia, de piel bronceada, y le salían unos hoyuelos adorables cuando reía, lo cual hacía a menudo. Dolly no podía dejar de mirarla. Esos movimientos felinos en el balcón, cálidos y confiados, estirando el brazo para acariciar primero a este amigo, luego a este otro; esa inclinación del mentón, la sonrisa, mordiéndose el labio, que reservaba para el tipo más apuesto; ese ligero mecerse de su vestido de satén plateado cuando soplaba la brisa. La brisa. Incluso la naturaleza conocía las reglas. Mientras Dolly se asaba en el puesto de la familia Smitham y las gotas de sudor invadían su cabello y volvían pegajoso su traje de baño, ese vestido plateado ondeaba tentadoramente en lo alto.

—¿Quién se apunta a jugar al cricket?

Dolly se guareció detrás de su revista.

—¡Yo! ¡Yo! —dijo Cuthbert, saltando de un pie (ya quemado) al otro—. Me pido tirar, papá, me pido tirar. ¿Puedo? ¿Puedo? Por favor, por favor, por favor.

La sombra del padre supuso un breve alivio del calor.

—¿Dorothy? Siempre pides el primer turno.

La mirada traspasó el bate que le ofrecía, la rotundidad del vientre de su padre, el trocito de huevo revuelto que pendía del bigote. Y en su mente apareció una imagen de esa muchacha hermosa y risueña en su vestido plateado, bromeando y coqueteando con sus amigos, sin un solo padre a la vista.

—Creo que hoy no; gracias, papá —dijo en voz baja—. Me va a dar dolor de cabeza.

Los dolores de cabeza arrastraban el olorcillo de esos «asuntos de mujeres» y el señor Smitham frunció los labios, con asombro y desagrado. Asintió, retrocediendo lentamente.

—Descansa entonces; eh, no hagas muchos esfuerzos…

—¡Vamos, papá! —exclamó Cuthbert—. Bob Wyatt está saliendo al redil. A ver si le enseñas cómo se hace.

Ante semejante grito de batalla, su padre no pudo sino actuar. Se dio la vuelta y caminó ufano por la playa, el bate sobre el hombro, a la alegre usanza de alguien mucho más joven, más en forma. El juego comenzó y Dolly se encogió aún más contra el muro. Lo bien que jugaba Arthur Smitham al cricket formaba parte de la Gran Leyenda Familiar, por lo cual el partidillo estival era una institución sagrada.

En cierto modo, Dolly se odiaba por la manera en que estaba actuando (al fin y al cabo, quizás era la última vez que venía a las vacaciones familiares anuales), pero era incapaz de sacudirse este mal humor. A medida que pasaba el tiempo el abismo que la separaba de su familia iba aumentando. No era que no los quisiese; era solo que se les daba demasiado bien, incluso a Cuthbert, volverla loca. Siempre se había sentido diferente, no era nada nuevo, pero últimamente las cosas habían empeorado. Su padre había comenzado a hablar durante la cena acerca de lo que iba a suceder cuando Dolly terminase los estudios. En septiembre habría un puesto vacante en la secretaría de la fábrica de bicicletas… Y, después de unos treinta años de servicio, él bien podría mover los hilos para que la dirección de secretaría contratase a Dolly. Su padre siempre sonreía y guiñaba un ojo al decirlo, como si estuviera haciendo un favor enorme a Dolly y ella debiera sentirse agradecida. En realidad, era pensarlo y querer gritar como la heroína de una película de terror. No se le ocurría nada peor. Más aún, no podía creerse que, después de diecisiete años, Arthur Smitham, su propio padre, la conociese tan mal.

De la arena llegó un grito de «¡seis!» y Dolly miró por encima de su *Woman's Weekly* para ver a su padre girar el bate sobre el hombro como si fuese un mosquete y asestar el golpe entre unos portillos improvisados. Junto a ella, de Janice Smitham surgían unos gritos de ánimo nerviosos, con indecisas exclamaciones de «¡buen espectáculo!» y «¡muy bien hecho!», contrarrestadas enseguida con gritos desesperados de «cuidado», «no tan rápido» o «respira, Cuthbert, recuerda tu asma», mientras el muchacho perseguía la pelota hacia el agua. Dolly observó el pulcro peinado de su madre, el corte sensato de su traje de baño, las precauciones que había tomado para presentarse ante el mundo de la forma menos llamativa posible, y suspiró con una perplejidad apasionada. Nada la irritaba más que el que su madre fuese incapaz de comprender nada acerca del futuro de su hija.

Cuando se dio cuenta de que su padre hablaba en serio respecto a la fábrica de bicicletas, tuvo la esperanza de que su madre sonreiría cariñosa ante esa sugerencia, antes de señalar que su hija se podía dedicar a cosas mucho más interesantes. Porque, si bien Dolly se divertía imaginando que la habían robado poco después de nacer, en realidad no lo creía. Nadie que la viese junto a su madre podría haber pensado tal cosa por mucho tiempo. Janice y Dorothy Smitham tenían el mismo cabello castaño, los mismos pómulos prominentes y el mismo busto generoso. Y, tal como Dolly había aprendido recientemente, tenían algo más importante en común.

Había estado buscando su palo de hockey en los estantes del garaje cuando hizo el descubrimiento: una caja de zapatos azul al fondo del estante superior. La caja le resultó familiar al instante, pero Dolly tardó unos segundos en recordar por qué. En el recuerdo su madre estaba sentada al borde de la cama en la habitación que compartía con su padre, la caja azul en el regazo y un aire de nostalgia en el rostro a medida que iba mirando el contenido. Era un momento íntimo y Dolly supo instintivamente que debía esfumarse, pero más adelante se preguntó por esa caja, tratando de imaginar qué contendría para que su madre tuviera ese aspecto soñador y ensimismado, y pareciese joven y anciana al mismo tiempo.

Ese día, sola en el garaje, Dolly había levantado la tapa de la caja y todo fue revelado. Estaba llena de pequeños restos de otra vida: programas de actuaciones de canto, premios de certámenes musicales, certificados que proclamaban que Janice Williams era la cantante de voz más hermosa. Había incluso un artículo de periódico con la fotografía de una joven inteligente, de mirada idealista y hermosa figura y el aspecto de alguien que iba a ver mundo, que, a diferencia del resto de las chicas de su clase, no iba a contentarse con esa vida aburrida y vulgar que se esperaba de ellas.

Salvo que sí lo había hecho. Dolly se quedó mirando esa fotografía mucho tiempo. Su madre había poseído un talento (un talento real, que la convertía en un ser especial), pero, tras dieciséis años viviendo en la misma casa, Dolly nunca había oído cantar a Janice Smitham. ¿Qué podría haber silenciado a esa joven que una vez dijo a un periodista: «Cantar es lo que más me gusta en el mundo; me hace sentir que podría volar. Un día me gustaría cantar en un escenario para el rey»?

Dolly sospechaba que conocía la respuesta.

—¡Sigue así, muchacho! —exclamó su padre a Cuthbert al otro lado de la playa—. Estate atento, ¿eh? Ponte derecho.

Arthur Smitham: el contable por excelencia, el paladín de la fábrica de bicicletas, el protector de todo lo que era bueno y correcto. El enemigo de lo excepcional.

Dolly suspiró al verlo retroceder dando tumbos, preparándose para lanzar la pelota a Cuthbert. Podía haber vencido a su madre, haberla convencido para que renunciara a todo lo que la hacía especial, pero no le haría lo mismo a Dolly. Se negaba a permitirlo.

—Madre… —dijo de repente, dejando la revista sobre el regazo.

—¿Sí, cariño? ¿Te apetece un sándwich? Tengo aquí un poco de paté de gambas.

Dolly respiró hondo. No podía creerse que iba a decirlo, ahora, aquí, sin más, pero se dejó llevar por el viento:

—Madre, no quiero ir a trabajar con padre a la fábrica de bicicletas.

—¿Oh?

—No.

—Oh.

—No creo que pueda soportar hacer lo mismo todos los días, escribir cartas llenas de bicicletas y referencias a pedidos, y lúgubres «le saluda muy atentamente».

—Ya veo. —Su madre pestañeó con un gesto inexpresivo y hermético en el rostro.

—Sí.

—Y ¿qué te propones hacer?

Dolly no estaba segura de cómo responder a esa pregunta. No había pensado en los detalles, pero sabía que había algo ahí fuera esperándola.

—No sé. Solo... Bueno, la fábrica de bicicletas no es un lugar para alguien como yo, ¿no opinas lo mismo?

—¿Y por qué no?

No quería tener que decirlo. Quería que su madre lo supiese, lo aceptase, lo pensase por sí misma sin que se lo dijese. Dolly no encontraba palabras, mientras la decepción forcejeaba con todas sus fuerzas contra la esperanza.

—Es hora de sentar la cabeza, Dorothy —dijo su madre con amabilidad—. Ya eres casi una mujer.

—Sí, pero eso es exactamente...

—Olvida esas ideas infantiles. Ya ha pasado la hora de todo eso. Quería decírtelo él mismo, sorprenderte, pero tu padre ya ha hablado con la señora Levene y ha concertado una entrevista.

—¿Qué?

—No tenía que decirte nada, pero te van a recibir la primera semana de septiembre. Eres una muchacha muy afortunada por tener un padre con tanta influencia.

—Pero yo...

—Tu padre es el que sabe. —Janice Smitham extendió el brazo para dar unos golpecitos en la pierna de Dolly, pero no llegó a tocarla—. Ya verás. —Había un rastro de miedo detrás de esa sonrisa pintada, como si supiese que estaba traicionando a su hija de alguna manera, pero no se atreviese a pensar cómo.

Dolly ardía por dentro; quería zarandear a su madre y recordarle que ella también había sido excepcional una vez. Quería que le explicase por qué había cambiado, decirle (aun sabiendo lo cruel que sería) que ella, Dolly, tenía miedo, que no soportaba pensar que lo mismo podría sucederle a ella. Pero entonces…

—¡Cuidado!

Se oyó un alarido procedente de la costa de Bournemouth, por lo que Dolly centró su atención en la orilla del mar y Janice Smitham se libró de una conversación que no quería tener.

Allí, en un traje de baño que parecía salido de *Vogue*, estaba la Chica, previamente la del Vestido Plateado. Su boca formaba una grácil mueca y se frotaba un brazo. La otra gente hermosa había formado un grupo que era un espectáculo de contrición y gestos comprensivos y Dolly aguzó el oído para comprender lo que había ocurrido. Vio cómo un chico, más o menos de su edad, se agachaba para coger algo en la arena y se enderezada sosteniendo en alto (Dolly se llevó la mano a la boca con solemnidad) una pelota de cricket.

—Lo siento mucho, chavales —dijo su padre.

Los ojos de Dolly se abrieron de par en par: ¿qué diablos estaba haciendo ahora? Dios santo, no se estaría acercando, ¿verdad? Pues sí (las mejillas le ardían), eso era exactamente lo que estaba haciendo. Dolly quiso desaparecer, ocultarse, pero era incapaz de apartar la mirada. Su padre se detuvo junto al grupo e hizo una rudimentaria imitación de golpear con el bate. Los demás asintieron con la cabeza y escucharon, el chico que tenía la pelota dijo algo y la niña se tocó el brazo, se encogió de hombros levemente y sonrió con esos hoyuelos a su padre. Dolly suspiró; al parecer, el desastre había sido evitado.

Pero entonces, quizás deslumbrado por el *glamour* que lo rodeaba, su padre olvidó irse y, en cambio, se giró y señaló un lugar de la playa, así que la atención colectiva de todos ellos se centró en donde estaban sentadas Dolly y su madre. Janice Smitham, con tan poca elegancia que su hija quiso morir, comenzó a ponerse en pie antes de pensarlo mejor, no atinar a sentarse y elegir en su lugar quedarse agazapada. En esa postura levantó la mano para saludar.

Algo dentro de Dolly se encogió y murió. Las cosas no podrían haber ido peor.

Sin embargo, de repente, empeoraron.

—¡Mirad aquí! ¡Miradme!

Todos miraron. Cuthbert, con la paciencia de un mosquito, se había cansado de esperar. Olvidado el partidillo de cricket, paseó por la playa hasta llegar junto a uno de los burros del hotel. Con un pie ya en el estribo, forcejeaba para montarse en el animal. Mirar era doloroso, pero Dolly miró; miraba (lo confirmó un vistazo) todo el mundo.

El espectáculo de Cuthbert abrumando al pobre burro fue la última gota. Sabía que debería haberle ayudado, pero Dolly no podía, no esta vez. Murmuró algo acerca de un dolor de cabeza y un exceso de sol, agarró la revista y se apresuró hacia el triste consuelo de su pequeña habitación con vistas al desagüe.

Detrás del quiosco, un hombre joven de pelo largo y traje raído lo había visto todo. Había estado dormitando bajo el sombrero cuando el grito de «¡cuidado!» lo arrancó del sueño. Se frotó los ojos con el dorso de las manos y miró alrededor para descubrir de dónde procedía el grito, y fue entonces cuando los vio por la zona del embalse, al padre y al hijo que habían jugado al cricket toda la mañana.

Se había formado una especie de alboroto, y el padre saludaba a un grupo en el bajío, esos jóvenes ricos, según vio, que tanta importancia se daban en una caseta cercana. La caseta estaba vacía, salvo por un trozo de tela plateada que se mecía en una barandilla del balcón. El vestido. Había reparado en ese vestido antes: era difícil no reparar en él, lo cual sin duda era su razón de ser. No era un vestido de playa, era más propio de una pista de baile.

—¡Mirad aquí! —exclamó alguien—. ¡Miradme! —Y el joven, obediente, miró. Por lo visto, el niño que había estado jugando al cricket estaba empeñado en parecer un burro encima de un burro. El resto de la multitud contemplaba el espectáculo.

Menos él. Él tenía otras cosas que hacer. La chica guapa de labios con forma de corazón y unas curvas que despertaban un doloroso deseo estaba sola: se había separado de su familia y se dirigía a la playa. El joven se levantó, echándose la mochila sobre el hombro y calándose el sombrero. Había estado esperando una oportunidad como esta y no tenía intención de desperdiciarla.

8

Dolly no lo vio al principio. No veía casi nada. Estaba demasiado ocupada limpiándose las lágrimas de humillación y desesperanza mientras caminaba por la playa hacia el paseo marítimo. Todo era un remolino furioso de arena y gaviotas y rostros sonrientes y detestables. Sabía que no se reían de ella, en realidad no, pero no le importaba en absoluto. Su jovialidad era un ataque personal; todo era cien veces peor así. Dolly no podía ir a trabajar a esa fábrica de bicicletas; simplemente no podía. ¿Casarse con una versión joven de su padre y, poco a poco, convertirse en su madre? Era inconcebible... Oh, estaría bien para ellos, que se conformaban con lo que tenían, pero Dolly aspiraba a algo más... Si bien aún no sabía a qué ni dónde encontrarlo.

Se paró en seco. Una ráfaga de viento, más fuerte que las anteriores, eligió precisamente ese momento, cuando pasó junto a la caseta de la playa, para levantar el vestido de satén, desasirlo de la barandilla y dejarlo caer sobre la arena. Se posó justo delante de ella, un lujo de plata derramada. Vaya, suspiró incrédula, la muchacha rubia de los hoyuelos no se habría molestado en colgarlo bien. Pero ¿cómo podía ser tan poco cuidadosa con una prenda de semejante belleza? Dolly negó con la cabeza; una muchacha que tenía en tan poca estima sus bienes a duras penas los merecía. Era el tipo de vestido que podría haber llevado una princesa… o una estrella de cine estadounidense, una modelo en una revista, una heredera de vacaciones en la Riviera francesa… Si Dolly no hubiese aparecido en ese momento, quizás habría seguido su vuelo por la arena hasta perderse para siempre.

Volvió a soplar el viento y el vestido siguió dando vueltas por la playa, desapareciendo detrás de las casetas. Sin dudarlo un momento, Dolly se lanzó tras él; la muchacha había sido una insensata, era cierto, pero Dolly no iba a consentir que ese divino pedazo de plata corriese peligro.

Podía imaginar lo agradecida que se sentiría la muchacha cuando se lo devolviese. Dolly explicaría lo sucedido, con delicadeza, para que la muchacha no se sintiese aún peor de lo que ya estaría, y ambas comenzarían a reírse y a decir qué suerte, y la muchacha invitaría a Dolly a una limonada fría, una limonada de verdad, no esa bebida acuosa que la señora Jennings servía en Bellevue. Hablarían y descubrirían que tenían muchísimo en común y al fin el sol se escondería tras el horizonte y Dolly diría que tenía que irse y la chica sonreiría decepcionada, antes de animarse y acariciar el brazo de Dolly. «¿Por qué no te vienes con nosotros mañana por la mañana? —preguntaría—. Algunos vamos a jugar un poco al tenis en la playa. Será divertidísimo… Di que vas a venir».

Ya con prisas, Dolly rodeó la esquina de la caseta en busca del vestido plateado, solo para descubrir que ya había cesado de dar vueltas, doblado entre los tobillos de alguien. Era un hombre con sombrero, que se agachó a recoger el vestido y, cuando sus dedos rodearon el tejido, junto a la arena que se desprendía del satén cayeron las esperanzas de Dolly.

Por un instante, Dolly pensó que podría asesinar al hombre del sombrero, gozar arrancándole las piernas y los brazos.

Le latía con furia el corazón, le ardía la piel y se le nubló la vista. Miró atrás, al mar: a su padre, que avanzaba impávido hacia el pobre y desconcertado Cuthbert; a su madre, todavía petrificada en esa actitud de doliente súplica; a los otros, los acompañantes de la muchacha rubia, que ahora reían, dándose palmadas en las rodillas y señalando esa escena ridícula.

El burro soltó un rebuzno lastimero y perplejo, que reflejó con tal perfección los sentimientos de Dolly que, antes de saber qué estaba haciendo, masculló al hombre:

—¡Un momento! —Estaba a punto de robar el vestido de la muchacha rubia y solo Dolly podía detenerlo—. Usted. ¿Qué cree que está haciendo? —El hombre alzó la vista, sorprendido, y cuando Dolly vio ese apuesto rostro bajo el sombrero por un momento se sintió aturdida. Se quedó ahí, respirando rápido, preguntándose qué hacer, pero, en cuanto las comisuras de la boca del hombre comenzaron a moverse de forma sugerente, lo supo de inmediato—. Ya se lo he dicho. —Dolly estaba mareada, presa de unos nervios extraños—. ¿Qué cree que está haciendo? Ese vestido no es suyo.

El joven abrió la boca para hablar y justo en ese momento un policía de apellido desafortunado, el agente Suckling, quien había estado paseando su corpulento cuerpo por la playa, llegó junto a ellos.

El agente Suckling había estado recorriendo el paseo marítimo toda la mañana, sin quitar ojo a esta playa. Se había fijado en esa niña morena en cuanto llegó y la había estado observando desde entonces. Se apartó solo un momento por ese endiablado asunto del burro, pero, cuando volvió la vista, la niña había desaparecido. El agente Suckling tardó unos tensos minutos en encontrarla de nuevo, detrás de las casetas, inmersa en lo que parecía sospechosamente una discusión acalorada. La acompañaba ni más ni menos que ese joven tosco que había estado agazapado tras el quiosco toda la mañana.

Con la mano apoyada en la porra, el agente Suckling andaba a empellones por la playa. Su avanzar sobre la arena era más desgarbado de lo que le hubiera gustado, pero persistió. Al acercarse la oyó decir: «Ese vestido no es suyo».

—¿Va todo bien? —preguntó el agente, que metió tripa en cuanto se detuvo. De cerca era incluso más hermosa de lo que había imaginado. Labios carnosos de comisuras juguetonas. Cutis de melocotón, suave, tierno; lo notó con una simple mirada. Rizos lustrosos que enmarcaban una cara con forma de corazón. Añadió—: ¿La está molestando este hombre, señorita?

—Oh. Oh, no, señor. De ningún modo. —Tenía el rostro encarnado y el agente Suckling comprendió que estaba ruborizándose. No solía tratar con hombres de uniforme, supuso. Era todo un encanto—. Este caballero estaba a punto de devolverme algo.

—¿Es eso cierto? —Miró al joven con cara de pocos amigos, observando la insolente expresión, el aire desenvuelto, los pómulos prominentes y los ojos negros y arrogantes. Esos ojos le otorgaban un aspecto claramente extranjero, un aspecto irlandés, y el agente Suckling entrecerró los suyos. El joven cambió de postura y emitió un pequeño ruido, similar a un suspiro, cuyo carácter quejumbroso enfadó al agente de forma desproporcionada. Dijo de nuevo, esta vez en voz más alta—: ¿Es eso cierto?

Siguió sin recibir respuesta alguna y la mano del agente Suckling agarró la porra con más fuerza. Apretó los dedos en torno a esa forma tan familiar. A veces pensaba que era el mejor compañero que había tenido, sin duda alguna el más constante. Con la punta de los dedos palpaba gratos recuerdos y fue casi una decepción cuando el joven, intimidado, asintió.

—Bien —dijo el agente—. Deprisa. Devuelva a la joven dama lo que le pertenece.

—Gracias, agente —dijo Dorothy—. Qué amable es usted. —Y sonrió una vez más, lo que despertó una sensación nada desagradable en los pantalones del agente—. Se lo llevó el viento, como ve.

El agente Suckling se aclaró la garganta y adoptó su expresión más policial.

—Muy bien, señorita —dijo—. Permítame que la acompañe a casa. Para dejar atrás el viento y el peligro.

Dolly logró eludir los concienzudos cuidados del agente Suckling cuando llegaron a la puerta de entrada de Bellevue. Por unos momentos la situación se volvió peliaguda (habló de acompañarla al interior y tomar una buena taza de té para «calmar esos nervios»), pero Dolly, tras un ímprobo esfuerzo, logró convencerlo de que sería una lástima desperdiciar su talento en tareas tan triviales, por lo que debería volver a hacer la ronda.

—Al fin y al cabo, agente, seguro que hay mucha gente que necesita su protección.

Dolly le agradeció profusamente la ayuda (él sostuvo su mano un poco más de lo necesario al despedirse) y, con grandes aspavientos, abrió la puerta y entró. No llegó a cerrar la puerta del todo y miró por la rendija al hombre, que volvía pavoneándose al paseo. Solo cuando se había convertido en un punto en la lejanía Dolly guardó el vestido plateado debajo de un cojín y salió de nuevo, por el mismo camino que había venido.

El joven andaba merodeando, a la espera de Dolly, apoyado contra el pilar de una de las casas de huéspedes más elegantes. Dolly ni siquiera le echó un vistazo al pasar a su lado y siguió caminando, los hombros erguidos, la cabeza bien alta. Él la siguió por la calle (ella lo notó) hasta un pequeño camino que se alejaba zigzagueando de la playa. Dolly sintió que sus latidos se aceleraban y, como los sonidos del mar se iban apagando contra las frías paredes de piedra de los edificios, también podía oírlos. Continuó caminando, más rápido que antes. Sus playeras dejaban marcas en el asfalto, su respiración se entrecortaba, pero no se detuvo y no miró atrás. Conocía un lugar, una oscura encrucijada donde una vez se perdió de niña, escondida para el mundo mientras su madre y su padre la llamaban y temían lo peor.

Dolly se paró al llegar, pero no se dio la vuelta. Se quedó ahí, muy quieta, a la escucha, esperando, hasta que él estuvo justo detrás de ella, hasta que sintió su aliento en la nuca y su cercanía le encendió la piel.

El hombre tomó su mano y ella se quedó sin aliento. Permitió que la girase, despacio, hacia él, y ella esperó, sin palabras, mientras él se llevó la muñeca de ella a la boca y la rozó con los labios para darle un beso que la estremeció desde lo más hondo.

—¿Qué haces aquí? —susurró Dorothy.

—Te echaba de menos. —Los labios aún tocaban su piel.

—Solo han pasado tres días.

El hombre se encogió de hombros, y ese mechón de pelo oscuro que se negaba a quedarse en su lugar cayó sobre la frente.

—¿Has venido en tren?

El hombre asintió una vez.

—¿Solo te vas a quedar un día?

Asintió de nuevo, con media sonrisa.

—¡Jimmy! Si es un viaje larguísimo.

—Tenía que verte.

—¿Y si me hubiese quedado con mi familia en la playa? Y si no hubiese vuelto sola, ¿qué?

—Te habría visto de todos modos, ¿a que sí?

Dolly negó con la cabeza, encantada, pero disimulándolo.

—Mi padre te va a matar si lo descubre.

—Creo que podría con él.

Dolly se rio; él siempre la hacía reír. Era una de las cosas que más le gustaban de él.

—Estás loco.

—Por ti.

Y también eso. Estaba loco por ella. El estómago de Dolly dio una voltereta.

—Vamos —dijo—. Hay un camino por aquí que va al campo. Ahí nadie nos va a ver.

—¿Te das cuenta de que me podrían haber detenido por tu culpa?

—¡Oh, Jimmy! No seas tonto.

—No viste la cara de ese policía... Estaba dispuesto a encerrarme y tirar la llave. Y mejor que ni hable sobre cómo te miraba. Jimmy volvió la cabeza para contemplarla, pero ella no le devolvió la mirada. La hierba estaba crecida y suave donde se habían tumbado y ella miraba al cielo, tarareando algún baile entre dientes y dibujando rombos con los dedos. Jimmy recorrió su perfil con la mirada: el delicado arco de la frente, la inclinación entre las cejas que se alzaba de nuevo para formar esa nariz resuelta, la repentina caída y la curva completa del labio superior. Dios, qué hermosa era. Ante ella su cuerpo entero se convertía en un doloroso deseo, y debía contenerse con todas sus fuerzas para no saltar encima de ella, agarrarla de los brazos y besarla como un loco.

Pero no lo hizo, nunca lo hacía, no así. Jimmy se mantenía casto aunque casi le costara la vida. Ella era aún una colegiala y él un hombre adulto, diecinueve años él, diecisiete ella. Dos años quizás no fuesen mucho, pero procedían de mundos diferentes. Ella vivía en una casa pulcra e intachable, con una familia pulcra e intachable; él había abandonado los estudios a los trece años, para cuidar de su padre, mientras trabajaba en lo que fuese para llegar a fin de mes. Había sido enjabonador en la barbería por cinco chelines a la semana, ayudante del panadero por siete y seis peniques, cargador en unas obras fuera de la ciudad por la voluntad; después, a casa por la noche para cocinar las sobras de la carnicería para su padre. Se ganaba la vida, no podían quejarse. Siempre había disfrutado con sus fotografías; pero ahora, por razones que Jimmy no entendía y no quería entender por temor a echarlo todo a perder, también tenía a Dolly, y el mundo era un lugar más radiante; con certeza, no iba a correr el riesgo de ir demasiado rápido y estropearlo todo.

Aun así, era muy difícil. Desde que la vio por primera vez, sentada con sus amigas en una mesa del café de la esquina, había estado perdido. Había alzado la vista para entregar su pedido al tendero, y ella le había sonreído, como si fueran viejos amigos, y luego se había reído y se sonrojó ante su taza de té, y él supo que nunca, aunque viviera cien años, volvería a ver nada tan hermoso. Fue la emoción electrizante del amor a primera vista. Esa risa de ella que le recordaba la alegría pura de la infancia; ese olor a azúcar caliente y aceite para bebé; el oleaje de sus senos bajo el vestido de algodón... Jimmy movió la cabeza, frustrado, y se concentró en una ruidosa gaviota que volaba bajo hacia el mar.

El horizonte era de un azul intachable, soplaba una brisa ligera y el olor a verano estaba por todas partes. Suspiró y todo quedó atrás: el vestido plateado, el agente de policía, la humillación de haber sido considerado una amenaza para ella. No tenía sentido. Era un día demasiado perfecto para discutir y, de todos modos, no había llegado a pasar nada. Nadie había salido malparado. Los jueguecitos de Dolly lo confundían, no comprendía su necesidad de fantasear y no le gustaba demasiado, pero ella era feliz así, de modo que Jimmy le seguía la corriente.

Como si quisiese demostrar a Dolly que no guardaba rencor, Jimmy se incorporó de repente y sacó su fiel Brownie de la mochila.

—¿Y si te hago una fotografía? —dijo, rebobinando el carrete de película—. ¿Un pequeño recuerdo de nuestra cita junto al mar, señorita Smitham? —Ella se animó, tal como él esperaba (a Dolly le encantaba que la fotografiasen) y Jimmy miró alrededor para comprobar la posición del sol. Caminó hasta el otro extremo del pequeño descampado donde la familia Smithan había ido de picnic.

Dolly se había sentado y se estiraba como una gata.

—¿Te gusta así? —dijo. El sol bañaba sus mejillas y sus labios estaban rojos por las fresas que le había comprado en un puesto callejero.

—Perfecto —dijo, y era cierto: estaba perfecta—. Una luz maravillosa.

—¿Y qué te gustaría exactamente que hiciese bajo esta luz maravillosa?

Jimmy se rascó la barbilla y fingió reflexionar profundamente.

—¿Qué quiero que hagas? Piensa lo que vas a decir, Jimmy, es tu gran oportunidad, no la estropees… Piensa, maldita sea, piensa… —Dolly se rio, y él también. Entonces Jimmy se rascó la cabeza y dijo—: Quiero que seas tú misma, Doll. Quiero recordar este día tal como es. Si no puedo verte durante otros diez días, al menos así puedo llevarte en mi bolsillo.

Ella sonrió, con un enigmático y leve movimiento de los labios, y asintió.

—Un recuerdo mío.

—Exactamente —respondió—. Solo un momento, estoy arreglando la configuración. —Bajó la lente Diway y, como lucía tanto el sol, ajustó el diafragma para reducir la apertura. Mejor prevenir que lamentar. Por el mismo motivo, sacó un paño del bolsillo y frotó bien el cristal.

—Muy bien —dijo, y cerró un ojo y con el otro miró por el visor—. Estamos list… —Jimmy casi dejó caer la cámara, pero no osó alzar la vista.

Dolly lo miraba fijamente desde el centro del visor. El pelo, ondeado, mecido por el viento, rozaba su cuello, pero se había desabrochado el vestido y lo había dejado caer por los hombros. Sin desviar la mirada de la cámara, comenzó a bajarse el tirante del traje de baño, lentamente, por el brazo.

Dios. Jimmy tragó saliva. Debía decir algo; sabía que debía decir algo. Hacer una broma, ser ingenioso, ser inteligente. Pero ante Dolly, sentada así, la barbilla levantada, los ojos desafiantes, la curva del pecho expuesta... En fin, diecinueve años de habla se evaporaron al instante. Incapaz de recurrir a su ingenio, Jimmy hizo aquello en lo que siempre confiaba. Tomó la fotografía.

—Revélalas tú mismo —dijo Dolly, que se abotonaba el vestido con dedos temblorosos. El corazón de Dolly estaba desbocado y se sentía resplandeciente y viva, extrañamente poderosa. Su osadía, la cara de Jimmy al verla, lo difícil que le resultaba, incluso ahora, mirarla a los ojos sin sonrojarse... Era embriagador todo ello. Más que eso: era una prueba. Prueba de que ella, Dorothy Smitham, era excepcional, tal como había dicho el doctor Rufus. Su destino no era una fábrica de bicicletas, por supuesto que no; su vida iba a ser extraordinaria.

—¿Crees que permitiría que otro hombre te viese así? —dijo Jimmy, que prestaba una atención exorbitada a las correas de las que colgaba su cámara.

—No a propósito.

—Lo mataría primero. —Lo dijo con delicadeza y su voz, que se resquebrajó un poco con ese tono posesivo, derritió a Dolly. Se preguntó si sería capaz. ¿Pasaban esas cosas realmente? No en el mundo del que procedía Dolly, con sus semiadosados que imitaban con orgullo el estilo Tudor en esos nuevos barrios sin alma. No podía imaginarse a Arthur Smitham arremangándose para defender el honor de su esposa; pero Jimmy no era como su padre. Era lo opuesto: un trabajador de brazos fuertes, cara sincera y una sonrisa que surgía de la nada y le dejaba un nudo en el estómago. Ella fingió que no había oído, le quitó la cámara y la miró fijamente, con un gesto demasiado pensativo.

Sosteniéndola en una mano, ella le dedicó una mirada juguetona y dijo:

—Vaya, es una herramienta muy peligrosa lo que lleva aquí, señor Metcalfe. Piense en todas las cosas que podría captar aunque los demás no quieran.

—¿Como qué?

—Vaya —Dolly alzó un hombro—, personas haciendo cosas que no deberían, una inocente colegiala descarriada por culpa de un hombre más maduro… Piensa qué diría el padre de esa pobre muchacha si lo supiese. —Se mordió el labio inferior, nerviosa, aunque intentaba que no se notase, y se acercó más, casi tocando ese antebrazo firme y bronceado. Se había formado una corriente de electricidad entre ellos—. Alguien se podría meter en un lío si se lleva mal contigo y tu Box Brownie.

—Entonces, mejor que te lleves bien conmigo. —Le lanzó una sonrisa, pero desapareció con la misma rapidez con que había aparecido.

Jimmy no apartó la vista y Dolly notó que su respiración se aceleraba. En torno a ellos el ambiente había cambiado. En ese momento, bajo la intensidad de su mirada, todo había cambiado. La balanza del control se había inclinado y Dolly daba vueltas. Tragó saliva, insegura y entusiasmada. Algo iba a suceder, algo que ella había desencadenado, y era incapaz de evitarlo. No quería evitarlo.

Un ruido, un pequeño suspiro entre los labios entreabiertos, y Dolly se desvaneció.

Los ojos de él seguían clavados en ella y extendió la mano para acariciar el pelo detrás de su oreja. Dejó la mano ahí, donde estaba, pero sujetó con mayor firmeza la parte posterior del cuello. Dolly se dio cuenta de que le temblaban los dedos. La proximidad la hizo sentirse joven de repente, fuera de lugar, y abrió la boca para decir algo (¿para decir qué?), pero él negó con la cabeza, con un movimiento rápido, y Dolly desistió. A Jimmy le palpitaba un músculo de la mandíbula. Respiró hondo y, a continuación, la acercó hacia él.

Dolly había imaginado una y mil veces su primer beso, pero nunca había soñado que sería así. En el cine, entre Katherine Hepburn y Fred MacMurray, parecía bastante agradable, y Dolly y su amiga Caitlin habían practicado con los brazos para saber qué hacer llegado el momento, pero esto fue diferente. Había calor, peso y urgencia; podía saborear el sol y las fresas, oler la sal en su piel, sentir la presión del calor a medida que el cuerpo de él se estrechaba contra el suyo. Lo más emocionante de todo era notar cuánto la deseaba, su respiración irregular, su cuerpo fuerte y musculoso, más alto que ella, más grande, forcejeando contra su propio deseo.

Jimmy se apartó del beso y abrió los ojos. Se rio entonces, aliviado y sorprendido, y su risa fue un sonido cálido y ronco.

—Te quiero, Dorothy Smitham —dijo, apoyando la frente contra la de ella. Tiró con suavidad de uno de los botones del vestido—. Te quiero y algún día me voy a casar contigo.

Dolly no dijo nada al bajar por la colina, pero los pensamientos se agolpaban en su mente. Le iba a pedir que se casara con él: el viaje a Bournemouth, el beso, la fuerza de lo que había sentido... ¿A qué otra cosa podían deberse? Lo comprendió con una claridad abrumadora y deseó que dijese aquellas palabras en voz alta, que se volviese oficial. Hasta los dedos de los pies se estremecían de emoción.

Era perfecto. Iba a casarse con Jimmy. ¿Cómo no había pensado en ello cuando su madre le preguntó qué quería hacer en lugar de trabajar en la fábrica de bicicletas? Era lo único que quería hacer. Lo que debía hacer.

Dolly miró a un lado, observando la feliz distracción del rostro de Jimmy, su silencio inusual, y supo que estaba pensando lo mismo; que se esforzaba en encontrar la mejor manera de pedirlo. Dorothy estaba eufórica; quería saltar y girar y bailar.

No era la primera vez que decía que quería casarse con ella; ya habían bromeado con ese tema antes, se habían dicho entre susurros «Te imaginas si...» en rincones de cafés en penumbra en esas partes de la ciudad a las que sus padres nunca iban. Era un tema siempre emocionante; nunca mencionada pero implícita en sus descripciones de la casa de labranza y la vida que compartirían, había una sugerencia de puertas cerradas, de una cama compartida y una promesa de libertad (física y moral) irresistible para una colegiala como Dolly, cuya madre seguía planchando y almidonando las camisas de su uniforme.

La cabeza le daba vueltas al imaginarse así, junto a él, y se agarró del brazo de Jimmy al salir de los campos soleados y avanzar por un callejón sombrío. Cuando notó el contacto, él se detuvo y la llevó contra el muro de piedra de un edificio cercano.

Jimmy sonrió en las sombras, nerviosamente, pensó ella, y dijo:

—Dolly.

—Sí. —Iba a ocurrir. Dolly apenas podía respirar.

—Hay algo de lo que quería hablar contigo, algo importante.

Ella sonrió, y su rostro era tan glorioso en su esperanzada entrega que Jimmy sintió un ardor en el pecho. No podía creer que por fin lo hubiera hecho, besarla como siempre había querido, y había sido tan dulce como en sus fantasías. Lo mejor de todo fue que ella le devolvió el beso; había un futuro en ese beso. Procedían de lados opuestos de la ciudad, pero no eran tan diferentes, no en lo que importaba, no en lo que sentían el uno por el otro. Las manos de ella eran suaves entre las suyas cuando dijo lo que había tenido en mente todo el día:

—El otro día recibí una llamada de teléfono de Londres, de un hombre llamado Lorant.

Dolly asintió para darle ánimos.

—Va a lanzar una revista llamada *Picture Post*, dedicada a imprimir fotografías que cuentan historias. Vio mis fotografías en *The Telegraph*, Doll, y me ha pedido que vaya a trabajar para él.

Esperó a que Dolly diese un grito de alegría, saltase, lo agarrase de los brazos con emoción. Era el trabajo con el que soñaba desde que descubrió la vieja cámara y el trípode de su padre en la buhardilla, la caja llena de fotografías sepia. Pero Dolly no se movió. Su sonrisa se había torcido, petrificada.

—¿A Londres? —dijo.

—Sí.

—¿Te vas a ir a Londres?

—Sí. Ya sabes, donde el palacio enorme, el reloj enorme, la nube de humo enorme.

Trataba de ser gracioso, pero Dolly no se rio; pestañeó un par de veces y dijo sin respirar:

—¿Cuándo?

—En septiembre.

—¿Te vas a quedar a vivir ahí?

—Y a trabajar. —Jimmy vaciló; algo iba mal—. Una revista de fotografía —dijo vagamente, antes de fruncir el ceño—. ¿Doll?

El labio inferior de Dorothy había comenzado a temblar y Jimmy pensó que quizás iba a llorar.

—¿Doll? ¿Qué pasa? —Jimmy se alarmó.

No obstante, Dorothy no lloró. Dejó caer los brazos a los costados y luego los subió de nuevo para posar las manos en las mejillas.

—Íbamos a casarnos.

—¿Qué?

—Tú dijiste… y yo pensé…, pero luego…

Estaba enfadada con él y Jimmy no sabía por qué. Ella gesticulaba con ambas manos, tenía las mejillas sonrosadas y hablaba de forma acelerada, sin separar las palabras, de modo que Jimmy solo comprendió «casa», «padre» y, qué curioso, «fábrica de bicicletas».

Jimmy intentó seguir sus palabras, pero no lo logró, y se sentía desvalido cuando al fin Dolly dio un enorme suspiro y plantó las manos en las caderas, con un aspecto tan exhausto, tan indignado que no supo qué hacer salvo tomarla entre los brazos y acariciarle el pelo como habría hecho con un niño. Podría haber ocurrido cualquiera cosa, por lo que Jimmy sonrió al notar que se calmaba. Las emociones de Jimmy eran muy estables y las pasiones de Dolly lo pillaban desprevenido a veces. Sin embargo, eran embriagadoras: nunca estaba satisfecha si era posible estar encantada, no se molestaba si podía enfurecerse.

—Pensaba que querías casarte conmigo —dijo, levantando la cara para mirarlo—, pero, en vez de eso, te vas a Londres.

Jimmy no pudo contener la risa.

—«En vez de eso», no, Doll. El señor Lorant me va a pagar y voy a ahorrar todo lo que pueda. Casarme contigo es lo que más quiero en el mundo… ¿Me estás tomando el pelo? Solo quiero hacerlo bien.

—Pero ya está bien, Jimmy. Nos queremos; queremos estar juntos. La casa…, las gallinas y la hamaca, los dos bailando juntos y descalzos…

Jimmy sonrió. Le había hablado a Dolly acerca de la infancia de su padre en la granja, esos mismos relatos de aventuras que lo hipnotizaban de niño, pero ella los había adornado y hecho suyos. Le fascinaba cómo una simple verdad en sus manos se transformaba en algo maravilloso gracias a los luminosos hilos de su increíble imaginación. Jimmy le acarició la mejilla.

—Aún no puedo comprar una casa, Doll.

—Una caravana de gitanos, entonces. Con margaritas en las cortinas. Y una gallina… Quizás dos, para que no se sienta sola.

No pudo evitarlo: la besó. Era joven, era romántica y era suya.

—No será mucho tiempo, Doll, y tendremos todo lo que hemos soñado. Voy a trabajar muchísimo… Espera y verás.

Un par de gaviotas cruzaron graznando sobre el callejón, y él pasó los dedos por sus brazos, cálidos por el sol. Ella dejó que le agarrase la mano y él la estrechó con fuerza, tras lo cual la llevó hacia el mar. Le encantaban los sueños de Dolly, su espíritu contagioso; Jimmy nunca se había sentido tan vivo antes de conocerla. Pero era a él a quien correspondía actuar con sensatez en cuanto al futuro, ser bastante precavido para ambos. No podía consentir que cayesen en las garras de sus fantasías y sueños. Jimmy era inteligente, todos sus profesores se lo habían dicho, cuando aún iba a la escuela, antes de que su padre empeorase. Además, aprendía rápido; tomaba prestados libros de la biblioteca Boots y casi los había leído todos. Lo único que le había faltado era una oportunidad y ahora, al fin, ahí la tenía.

Recorrieron el resto del callejón en silencio, hasta que volvieron a ver el paseo marítimo, rebosante de viandantes, ya acabados los sándwiches de paté de gamba, de regreso a la arena. Jimmy se detuvo y agarró a Dolly la otra mano también, entrelazando los dedos.

—Entonces… —dijo en voz baja.

—Entonces…

—Te veo dentro de diez días.

—No si yo te veo antes.

Jimmy sonrió y se inclinó para darle un beso de despedida, pero un niño pasó corriendo, gritando y persiguiendo una pelota que rodaba por el callejón, y se estropeó el momento. Se apartó de ella, extrañamente avergonzado por la intrusión del muchacho.

—Supongo que debería volver. —Dolly señaló con un gesto el paseo marítimo.

—No te metas en líos, ¿vale?

Ella se rio y, a continuación, le plantó un beso justo en los labios. Con una sonrisa que lo dejó contrito, Dorothy volvió corriendo hacia la luz. El dobladillo de su vestido ondeaba contra las piernas desnudas.

—Doll —la llamó, justo antes de que desapareciese. Ella se volvió y el sol dibujó un halo oscuro sobre su cabello—. No necesitas ropa de lujo, Doll. Tú eres mil veces más hermosa que esa chica.

Dorothy sonrió (al menos él pensó que sonreía, pero su rostro estaba en la sombra), levantó una mano, saludó y se fue.

Entre el sol, las fresas y el hecho de haber corrido para no perder el tren, Jimmy durmió durante la mayor parte del viaje de regreso. Soñó con su madre, el mismo sueño que había tenido durante años. Estaban en la feria, los dos juntos, viendo el espectáculo de magia. El mago acababa de encerrar a su atractiva ayudante dentro de la caja (siempre tan similar a los ataúdes que su padre hacía en W. H. Metcalfe & Sons, Pompas Fúnebres) cuando su madre se agachó y dijo: «Va a intentar que mires a otro lado, Jim. Va a intentar distraer la atención del público. No apartes la mirada». Jimmy, que tendría unos ocho años, asintió muy serio y abrió los ojos de par en par. Se negó a parpadear, ni siquiera cuando los ojos comenzaron a escocerle. Pero hizo algo mal, pues la puerta de la caja se abrió y (¡zas!) la mujer ya no estaba, había desaparecido, y Jimmy, por alguna razón, se lo había perdido. Su madre se rio y Jimmy se sintió raro, preso del frío, las piernas temblorosas, pero cuando alzó la vista su madre ya no estaba junto a él. Ahora estaba dentro de la caja, le decía que debía de haber soñado despierto, y su perfume era tan fuerte que...

—El billete, por favor.

Jimmy se despertó sobresaltado y la mano se dirigió directamente a la mochila, que había dejado en el asiento. Aún estaba ahí. Gracias a Dios. Qué insensatez quedarse dormido así, sobre todo porque ahí llevaba la cámara. No podía permitirse el lujo de perderla; la cámara de Jimmy albergaba la llave de su futuro.

—Le he pedido el billete, señor. —Los ojos del inspector se entrecerraron como una rendija.

—Sí, disculpe. Un momento. —Lo sacó del bolsillo y se lo entregó para que lo perforase.

—¿Sigue hasta Coventry?

—Sí, señor.

Con el ligero pesar de no haber descubierto a un tramposo, el inspector le devolvió el billete y saludó tocándose el ala del sombrero antes de proseguir su camino.

Jimmy sacó de la mochila el libro de la biblioteca, pero no leyó. Exaltado por los recuerdos de Dolly y del día, por las ideas respecto a Londres y el futuro, era incapaz de concentrarse en *De ratones y hombres*. Aún se sentía un poco confuso acerca de lo sucedido entre ellos. Había querido impresionarla con la noticia, no molestarla (era casi un sacrilegio decepcionar a alguien tan cívica y ardiente como Doll), pero Jimmy sabía que había hecho lo correcto.

Ella no querría casarse con un hombre que no tuviese nada, no realmente. Doll adoraba las «cosas»: baratijas, adornos, recuerdos que coleccionar. Hoy la había estado observando y había visto cómo miraba a esos jóvenes de la playa, a la muchacha del vestido plateado; sabía que, a pesar de fantasear con la granja, anhelaba la emoción, el *glamour* y todas las cosas que el dinero podía comprar. ¿Y por qué no? Era hermosa, divertida, encantadora; tenía diecisiete años. Dolly no sabía qué era vivir con carencias, y no debía averiguarlo. Merecía un hombre capaz de ofrecerle lo mejor de todo, no una vida con las sobras más baratas de la carnicería y una gota de leche condensada en el té porque no podían permitirse el azúcar. Jimmy trabajaba muchísimo para convertirse en ese hombre y, en cuanto lo lograse, por Dios, iba a casarse con ella y nunca la abandonaría.

Pero no antes.

Jimmy sabía por experiencia qué deparaba el destino a las personas que no tenían nada y se casaban por amor. Su madre había desobedecido a su adinerado padre al casarse con el padre de Jimmy, y fueron muy felices durante algún tiempo. Pero no duró mucho. Jimmy aún recordaba su confusión al despertarse y descubrir que su madre se había ido. «Desapareció sin más», oyó a la gente susurrando por la calle, y Jimmy recordó ese espectáculo de magia que habían visto juntos la semana anterior. Maravillado, se imaginaba a su madre al desaparecer, la cálida carne de su cuerpo desintegrada en partículas de aire ante su mirada. Si alguien era capaz de realizar esa magia, pensó Jimmy, era su madre.

Al igual que en tantos asuntos importantes de la infancia, fueron sus compañeros quienes le mostraron la luz, mucho antes de que un adulto se dignase a hacerlo. «Jimmy Metcalfe tenía una madre cabizbaja; se escapó con un rico y dejó al pobre sin una migaja». Jimmy cantó en casa la cancioncilla que había oído en el recreo, pero su padre tenía poco que decir al respecto; estaba cada vez más delgado y consumido, y había comenzado a pasar mucho tiempo junto a la ventana, fingiendo que esperaba al cartero por una importante carta de negocios. Daba golpecitos en la mano de Jimmy y decía que todo iba a salir bien, que los dos se las arreglarían juntos, que todavía se tenían el uno al otro. A Jimmy le ponía nervioso que su padre dijese eso una y otra vez, como si tratase de convencerse a sí mismo en vez de a su hijo.

Jimmy apoyó la frente contra la ventanilla del tren y contempló los raíles que pasaban a toda velocidad. Su padre. El anciano era el único escollo en sus planes londinenses. No podía quedarse solo en Coventry, no en su estado actual, pero era un sentimental cuando se trataba de la casa donde Jimmy había crecido. Últimamente, su padre había comenzado a desvariar. A veces Jimmy lo encontraba poniendo la mesa para la madre de Jimmy o, peor aún, sentado ante la ventana, como solía hacer antes, esperando que volviera a casa.

El tren se detuvo en la estación de Waterloo y Jimmy se echó la mochila al hombro. Ya encontraría una solución. Lo sabía. El futuro se extendía ante él y Jimmy se había exigido estar a la altura de las circunstancias. Con la cámara firmemente en la mano, saltó del vagón y se dirigió al metro para volver a Coventry.

Mientras tanto, de pie ante el espejo del armario de su habitación, en Bellevue, Dolly contemplaba un magnífico vestido plateado de satén. Iba a devolverlo más tarde, por supuesto, pero habría sido un crimen no probárselo primero. Se enderezó y se observó un momento a sí misma. El movimiento de los senos al respirar, el contorno del escote, la forma en que el vestido ondeaba con vida propia por toda su piel. No se parecía a nada que hubiese llevado antes, a nada que hubiese visto en el aburrido armario de su madre. Ni siquiera la madre de Caitlin tenía un vestido como este. Dolly se había transfigurado.

Ojalá Jimmy pudiese verla ahora, así. Dolly se tocó los labios y se quedó sin aliento al recordar el beso, el peso de sus ojos al mirarla, su gesto al tomar la fotografía. Había sido su primer beso de verdad. Ahora era una persona diferente a la que había sido por la mañana. Se preguntó si sus padres se darían cuenta, si era evidente para todos que un hombre como Jimmy, un adulto con callos, de manos endurecidas por el trabajo, fotógrafo en Londres, la había mirado con deseo y la había besado con toda el alma.

Dolly se alisó el vestido sobre las caderas. Saludó con una leve sonrisa a un invisible conocido. Se rio de un chiste mudo. Y así, tras un giro repentino, se dejó caer en esa cama estrecha, con los brazos abiertos. «Londres», dijo en voz alta a la pintura descascarillada del techo. Dolly había tomado una decisión, y la emoción casi la ahogaba. Iba a ir a Londres; se lo diría a sus padres en cuanto se acabasen las vacaciones y estuviesen de vuelta en Coventry.

Su madre y su padre odiarían la idea, pero era la vida de Dolly y se negaba a sucumbir ante los convencionalismos; una fábrica de bicicletas no era lugar para ella; iba a hacer exactamente lo que quisiese. Una gran aventura la esperaba en el ancho mundo. Dolly solo tenía que ir y encontrarla.

E ra un día gris y sombrío, y Laurel se alegró de haber traído su mejor abrigo. Los productores del documental se habían ofrecido a enviarle un coche, pero Laurel declinó la oferta: el hotel no estaba muy lejos y prefería caminar. Y era cierto. Le gustaba caminar, siempre le había gustado, y ahora tenía la ventaja adicional de complacer a los médicos. Hoy, sin embargo, estaba más que encantada de ir a pie; con un poco de suerte, el aire fresco la ayudaría a aclarar sus pensamientos. Sentía unos nervios poco habituales respecto a la entrevista de la tarde. Bastaba pensar en esas luces cegadoras, el ojo imperturbable de la cámara, las amables preguntas de la joven periodista para que Laurel buscase en el bolso un cigarrillo. Qué difícil era complacer a los médicos.

Se paró en la esquina de Kensington Church Street para encender una cerilla y, mientras la apagaba, echó un vistazo al reloj. Habían acabado los ensayos de la película antes de lo previsto y la entrevista no empezaba hasta las tres. Pensativa, dio una calada al cigarrillo; si se apresuraba, aún tenía tiempo para un pequeño rodeo. Laurel miró hacia Notting Hill. No estaba lejos, no tardaría mucho; aun así, dudó. Se sentía en una especie de encrucijada y una serie de tenebrosas consecuencias acechaba tras una decisión aparentemente sencilla. Pero no, estaba exagerando: por supuesto, debía ir y echar un vistazo. Sería una estupidez no ir, ahora que estaba tan cerca. Abrazada a su bolso, se alejó con brío de High Street. («No cojáis fresas, princesas —solía decir su madre—, no os entretengáis». Solo porque las palabras le divertían).

Laurel se había sorprendido a sí misma mirando la cara de su madre durante la fiesta de cumpleaños, como si así pudiera encontrar respuestas al enigma. (¿Cómo conociste a Henry Jenkins, mamá? Sospecho que no erais buenos amigos). Habían celebrado la fiesta el jueves por la mañana en el jardín del hospital: hizo buen tiempo y, como señaló Iris, después del triste despojo de verano que habían tenido, habría sido un crimen no aprovechar el sol.

Qué maravillosa cara la de su madre. De joven había sido hermosa, mucho más hermosa que Laurel, más que cualquiera de sus hijas, con la posible excepción de Daphne. Con certeza, los directores no la habrían arrinconado en papeles de carácter. Pero la belleza (esa belleza que es un don de la juventud) nunca dura, y su madre había envejecido. Tenía el cutis agrietado, cubierto de nuevas manchas, junto a misteriosas irregularidades; sus huesos parecían haber disminuido a medida que se iba encogiendo y el pelo se iba disolviendo en la nada. Pero la cara persistía, los rasgos de niña traviesa, incluso ahora. Sus ojos, aunque cansados, tenían el fulgor de una persona acostumbrada a divertirse, y las comisuras de su boca se alzaban como si acabara de recordar un chiste. Era el tipo de rostro que atraía a los desconocidos, encandilados, deseosos de conocerla mejor. Con un ligero movimiento de la mandíbula, te hacía sentir que ella también había sufrido, que todo iría mejor simplemente por estar junto a ella; esa era su verdadera belleza: su presencia, su alegría, su magnetismo. Eso, y sus espléndidas ganas de fantasear.

—Mi nariz es demasiado grande para mi cara —dijo una vez cuando Laurel era pequeña, mientras escogía un vestido—. Los talentos que me dio Dios se han echado a perder. Habría sido una excelente perfumera. —Se apartó del espejo y sonrió, juguetona, un gesto ante el cual a Laurel, expectante, siempre se le aceleraba un poco el corazón—. ¿Sabes guardar un secreto?

Sentada en un extremo de la cama de sus padres, Laurel asintió y su madre se inclinó de tal modo que la punta de su nariz tocaba la naricita de Laurel.

—Eso es porque yo antes era un cocodrilo. Hace mucho tiempo, antes de ser tu mamá.

—¿De verdad? —preguntó Laurel, boquiabierta.

—Sí, pero era agotador. Todo el rato mordiendo y nadando. Y las colas pueden ser muy pesadas, sobre todo cuando están mojadas.

—¿Por eso te convertiste en una dama?

—No, qué va. Las colas pesadas no son agradables, pero no, eso no es un motivo para eludir tus deberes. Un día estaba a las orillas de un río…

—¿En África?

—Pues claro. No creerás que hay cocodrilos aquí en Inglaterra, ¿verdad?

Laurel negó con la cabeza.

—Allí estaba yo, tomando el sol, cuando pasó una niña con su mamá. Iban agarradas de la mano y me di cuenta de cuánto me gustaría hacer lo mismo. Así que lo hice. Me convertí en una persona. Y luego te tuve a ti. Todo salió bastante bien, tengo que decirlo, salvo por esta nariz.

—Pero ¿cómo? —Laurel, maravillada, parpadeó—. ¿Cómo te convertiste en una persona?

—Bueno… —Dorothy se volvió hacia el espejo y enderezó los tirantes—. No puedo contarte todos mis secretos, ¿a que no? No todos a la vez. Vuelve a preguntármelo algún día. Cuando seas mayor.

—Mamá siempre tuvo una gran imaginación.

—Vaya, no le quedaba más remedio —dijo Iris con un resoplido mientras conducía de vuelta a casa tras la fiesta de cumpleaños—. Tenía que aguantarnos a todas nosotras. Cualquier otra mujer se habría vuelto loca de remate. —Lo cual, tuvo que reconocer Laurel, era cierto. A ella le habría pasado. Cinco niños chillones y peleones, una casa con goteras nuevas cada vez que llovía, pájaros que anidaban en las chimeneas. Era igual que una pesadilla.

Salvo que no lo había sido. Había sido perfecto. Esa vida hogareña sobre la que escribían los novelistas sentimentales en esos libros que los críticos tachaban de nostálgicos. (Hasta que pasó lo del cuchillo. Así mejor, habrían sermoneado los críticos). Laurel se recordaba vagamente alzando la vista de los profundos abismos de su adolescencia para preguntarse cómo alguien podría contentarse con una vida tan insípida. Por aquel entonces no se había inventado la palabra «bucólico», no al menos para Laurel, que en 1958 estaba demasiado ajetreada con Kingsley Amis para perder el tiempo con los queridos brotes de mayo. Pero nunca deseó que sus padres cambiasen. La juventud es una fase arrogante y creer, sin razón alguna, que sus padres eran menos aventureros que ella le había venido muy bien. Ni por un momento se paró a considerar que quizás había algo más que ese aspecto de esposa y madre feliz; que quizás, de joven, estaba decidida a no convertirse en su propia madre; que quizás, incluso, podría estar escondiéndose de una parte de su pasado.

Ahora, sin embargo, el pasado la cercaba por todas partes. En el hospital, al ver la foto de Vivien, se había apoderado de Laurel y no la había soltado desde entonces. La esperaba a la vuelta de cada esquina; murmuraba en su oído al caer la noche. Se iba acumulando, adquiriendo más peso cada día, atraía malos sueños y cuchillos que destellaban, y niños pequeños con cohetes de estaño que prometían volver, arreglar las cosas. No podía concentrarse en nada más, ni en la película que empezaría a rodar la próxima semana ni en la serie de entrevistas para el documental que estaba grabando. Nada importaba salvo descubrir la verdad acerca del pasado de su madre.

Y existía un pasado secreto. Si a Laurel le quedaban dudas, su madre acababa de confirmarlo. En la fiesta de su nonagésimo cumpleaños, mientras sus tres bisnietas tejían collares de margaritas, y su nieto ataba un pañuelo en la rodilla sangrante de su hijo, y sus hijas confirmaban que todos tenían suficiente tarta y té, y alguien gritaba «¡Que hable! ¡Que hable!», Dorothy Nicolson sonrió beatífica. Las rosas tardías se sonrojaron en los arbustos detrás de ella, y juntó las manos, jugueteando distraída con los anillos ya demasiado grandes para esos nudillos. Y entonces suspiró.

—Qué suerte tengo —dijo con una voz parsimoniosa y desvencijada—. Miraos, mirad a todos mis niños. Qué agradecida estoy, soy afortunada por tener... —Sus labios temblaron y sus párpados se cerraron y los otros se apresuraron en torno a ella con besos y gritos de «¡Mamá, cariño, cielo!», así que nadie la oyó decir—: ... Una segunda oportunidad.

Nadie salvo Laurel. Y escrutó esa cara adorable, familiar, llena de secretos. En busca de respuestas. Respuestas que se ocultaban ahí; no le cabía duda. Porque las personas que han vivido vidas monótonas e inocentes no dan las gracias por haber recibido una segunda oportunidad.

Laurel giró en Campden Grove y se encontró con un montón de hojas secas. Los barrenderos aún no habían llegado y Laurel se alegró. Caminó por donde había más hojas y entró en un bucle temporal en el que estaba aquí y ahora y, a la vez, en su infancia, a los ocho años, jugando en el bosque detrás de Greenacres. «Llenad la bolsa hasta arriba, niñas. Queremos que nuestras llamas lleguen a la luna». Era mamá, en una noche de hogueras. Laurel y Rose llevaban botas Wellington y bufanda, Iris era un bebé envuelto en mantas que parpadeaba en el cochecito. Gerry, quien de todos ellos sería el que más amase esos bosques, no era más que un susurro, una lejana luciérnaga en el cielo rosado. Daphne, que aún no había nacido, hacía sentir su presencia, nadando, girando y saltando en el vientre de su madre: «¡Estoy aquí! ¡Estoy aquí! ¡Estoy aquí!». («Eso ocurrió cuando estabas muerta», solían decirle cuando hablaban de algo acaecido antes de su nacimiento. La alusión a la muerte no la molestaba, pero sí la idea de que ese espectáculo ruidoso persistía sin ella).

A mitad de camino, junto a Gordon Place, Laurel se detuvo. Allí estaba, el número 25. Entre el 24 y el 26, como debía ser. La casa era similar a las otras, de estilo victoriano, blanca con verjas negras en el balcón del primer piso y la ventana de una buhardilla en el tejado de pizarra. Un cochecito de bebé, que bien podría servir de módulo lunar, reposaba en el camino de entrada y una guirnalda de calabazas de Halloween, dibujadas por un niño, colgaba de una ventana baja. No había placa alguna en la entrada, solo el número de la calle. Evidentemente, nadie se había molestado en sugerir a Patrimonio que la estancia de Henry Ronald Jenkins en el 25 de Campden Grove debía señalarse para la posteridad. Laurel se preguntó si los residentes actuales sabían que su casa había pertenecido a un escritor célebre. Probablemente no, y ¿por qué deberían saberlo? En Londres no era extraño habitar en una casa donde había vivido una celebridad, y la fama de Henry Jenkins había sido fugaz.

No obstante, Laurel lo había encontrado en internet. Ahí el problema era el opuesto: uno no podía escapar de esa red ni por todo el amor y el dinero de Inglaterra. Henry Jenkins era uno de los millones de fantasmas que vagaban ahí dentro, espectros extraviados hasta que alguien tecleaba la combinación exacta de letras y resucitaban por un instante. En Greenacres, Laurel había intentado navegar por la red con su nuevo teléfono, pero, justo cuando averiguó dónde debía introducir los términos de la búsqueda, se quedó sin batería. Tomar prestado el portátil de Iris con un fin tan clandestino era impensable, así que pasó la última hora en Suffolk en un silencio angustioso, mientras ayudaba a Rose a limpiar el moho de la lechada del baño.

Cuando Mark, el chófer, vino el viernes, tal como habían acordado, estuvieron hablando en tono afable acerca del tráfico, la próxima temporada teatral, la probabilidad de que las obras terminasen a tiempo para los Juegos Olímpicos, a lo largo de todo el trayecto por la M11. Tras llegar a salvo a Londres, Laurel se obligó a quedarse en la penumbra, con la maleta, a decir adiós al coche hasta que desapareció de la vista y, a continuación, subió con calma las escaleras, abrió el apartamento sin vacilar y entró. Cerró la puerta en silencio y entonces, solo entonces, en la seguridad de su sala de estar, soltó la maleta y se quitó la máscara. Sin ni siquiera detenerse para dar las luces, encendió el portátil y escribió el nombre en Google. En esa fracción de segundo que tardaron en aparecer los resultados, Laurel recuperó el viejo hábito de morderse las uñas.

La página de Wikipedia sobre Henry Jenkins no era muy detallada, pero contenía una bibliografía y una breve nota biográfica (nació en Londres, 1901; se casó en Oxford, 1938; vivió en el 25 de Campden Grove, en Londres; murió en Suffolk, 1961); había una lista de sus novelas en unas cuantas librerías de segunda mano (Laurel compró dos); y se le mencionaba en páginas tan variopintas como la «Lista de antiguos alumnos de Nordstrom» y «Más extraño que la ficción: misteriosas muertes literarias». Laurel obtuvo información acerca de su obra (ficción semiautobiográfica; interés por escenarios lúgubres y antihéroes de clase obrera, hasta esa historia de amor de 1939 que fue su gran éxito), descubrió que había trabajado para el Ministerio de Información durante la guerra, pero había mucho más material sobre su desenmascaramiento como el «acosador del picnic de Suffolk». Se enfrascó en la lectura, página a página, al borde de un ataque de pánico, a la espera de un nombre familiar o una dirección que la sobresaltase.

No ocurrió. No se mencionaba en ningún lugar a Dorothy Nicolson, madre de una actriz galardonada con el Oscar y el (segundo) Rostro Favorito de Inglaterra, Laurel Nicolson; no había referencias geográficas específicas salvo «una pradera en las afueras de Lavenham: Suffolk»; ni rumores sensacionalistas acerca de cuchillos de cumpleaños, bebés llorando o fiestas de familia junto a un arroyo. Por supuesto. Por supuesto, no los había. La caballerosa falsedad de 1961 había sido apuntalada por los historiadores de la red: Henry Jenkins fue un autor que había gozado de un gran éxito antes de la Segunda Guerra Mundial, pero entró en decadencia poco después. Perdió dinero, influencia, amigos y, a la sazón, su sentido de la decencia; en su lugar, logró caer en la infamia, pero incluso eso se había desvanecido. Laurel leyó la misma triste historia una y otra vez, y esa imagen dibujada a lápiz se volvió más permanente con cada lectura. Casi comenzó a creer esa ficción.

Pero entonces pinchó en un nuevo enlace. Un enlace en apariencia inofensivo a una página llamada «El Museo Imaginario de Rupert Holdstock». La fotografía apareció en la pantalla como un rostro en la ventana: Henry Jenkins, inconfundible, si bien más joven que cuando lo vio en el camino. La piel de Laurel se volvió fría y caliente. Ninguno de los artículos de prensa de la época incluía una fotografía; era la primera vez que veía ese rostro desde aquella tarde en la casa del árbol.

No pudo contenerse; realizó una búsqueda de imágenes. En 0,27 segundos Google había formado un mosaico con fotografías idénticas de proporciones ligeramente diferentes. Visto así, en esa multitud de caras, era macabro. (¿O se debía a sus recuerdos? El chirrido de la bisagra de la puerta y el gruñido de Barnaby; la hoja blanca teñida de rojo). Una fila tras otra de retratos en blanco y negro: vestimenta formal, bigote negro, cejas pobladísimas que enmarcaban una mirada tan directa que asustaba. «Hola, Dorothy. —Todos esos finos labios parecieron moverse en la pantalla—. Cuánto tiempo».

Laurel cerró el portátil y la habitación quedó a oscuras.

Se negó a mirar de nuevo a Henry Jenkins, pero pensó en él, y pensó en esta casa, a la vuelta de la esquina de la suya, y, cuando llegó el primer libro por correo urgente y se sentó a leerlo, de principio a fin, pensó, además, en su madre. *La doncella ocasional* era la octava novela de Henry Jenkins, publicada en 1940, y narraba la historia de amor entre un respetado autor y la doncella de su esposa. La muchacha (Sally, se llamaba) era un tanto descarada y el protagonista un tipo torturado cuya esposa era hermosa pero gélida. No era un mal libro, una vez que se acostumbró a esa prosa pomposa: los personajes estaban bien elaborados y el dilema del narrador era atemporal, en especial cuando Sally y la esposa se hacían amigas. Al final el narrador se encontraba a punto de acabar el romance, pero lo atormentaban las posibles repercusiones. La pobre muchacha se había obsesionado con él, cómo no, y ¿quién podía culparla? Como escribió el propio Henry Jenkins (es decir, el protagonista), era muy buen partido.

Laurel miró de nuevo a la ventana de la buhardilla del 25 de Campden Grove. Se sabía que Henry Jenkins se inspiraba en su propia vida al escribir; su madre había trabajado durante un tiempo de doncella (así llegó a la pensión de la abuela Nicolson); su madre y Vivien habían sido amigas; su madre y Henry Jenkins, al final, sin duda alguna, no. ¿Era demasiado aventurado pensar que la historia de Sally era la de Dorothy? ¿Había vivido Dorothy en esa pequeña habitación, bajo ese techo? ¿Se había enamorado de su patrón y había sufrido un desengaño? ¿Explicaría eso lo que Laurel presenció en Greenacres, la furia de una mujer despreciada y todo eso?

Tal vez.

Mientras Laurel se preguntaba cómo iba a averiguar si una joven llamada Dorothy había trabajado para Henry Jenkins, la puerta de entrada del número 25 (que era roja; una persona con una puerta así debía de ser muy simpática) se abrió, y una maraña de ruidos, de piernas rollizas y gorros con pompón salió a la calle. En general a nadie le gusta que un desconocido escudriñe su hogar, así que agachó la cabeza y hurgó en el bolso, a fin de aparentar ser una mujer perfectamente normal y no alguien que había perseguido fantasmas toda la tarde. Aun así, al igual que cualquier entrometido que se precie, se las arregló para seguir la acción y observó a una mujer que salió con un bebé en cochecito, tres personas bajitas entre las piernas y (madre mía) otra vocecilla infantil que cantaba a sus espaldas, aún en la casa.

La mujer bajaba el cochecito por las escaleras a paso de cangrejo y Laurel vaciló. Estaba a punto de ofrecerle ayuda cuando un quinto niño, más alto que los otros, pero que no tendría más de cinco o seis años, salió de la casa y se adelantó. Juntos, él y la madre bajaron el cochecito. La familia se dirigió hacia Kensington Church Street, las niñas dando saltitos delante, pero el muchacho se entretuvo. Laurel lo observó. Le gustaba cómo se movían sus labios, como si canturrease para sí mismo, y cómo movía las manos, que el niño observaba con la cabeza inclinada, bien estiradas, ondeando como hojas al caer. No prestaba atención alguna a su entorno y ese ensimismamiento era cautivador. Le recordó a Gerry de niño.

Al querido Gerry. Nunca había sido normal su hermano. No dijo una sola palabra durante los seis primeros años de su vida, y las personas que no lo conocían muy a menudo conjeturaban que era un retrasado. (Las personas habituadas a las ruidosas hermanas Nicolson veían su silencio como algo inevitable). Esos desconocidos también se habían equivocado. Gerry no era retrasado, era inteligente..., de una inteligencia implacable. Inteligente como un científico. Recopilaba hechos y pruebas, verdades y teoremas, y respuestas a preguntas que a Laurel ni siquiera se le habían ocurrido, acerca del tiempo, del espacio y la materia. Cuando al fin se decidió a comunicarse mediante palabras, en voz alta, fue para preguntar qué pensaban del plan de los ingenieros para evitar que la torre de Pisa se derrumbase (había aparecido en las noticias algunas noches antes).

—¡Julian!

El recuerdo de Laurel se desvaneció y alzó la vista para ver a la madre del pequeño, que lo llamaba como si estuviera en otro planeta:

—Ju-liante.

El chico guio su mano izquierda a un aterrizaje seguro antes de alzar la vista. Sus ojos se encontraron con los de Laurel y se abrieron de par en par. Sorprendido al principio, pero la sorpresa dio paso a algo diferente. Le sonaba su cara, comprendió Laurel; sucedía a menudo, no siempre de forma acertada. (¿La conozco? ¿Nos hemos visto antes? ¿Trabaja en el banco?).

Asintió con la cabeza y comenzó a alejarse, hasta que el niño soltó:

—Eres la señora de papá.

—*Ju-lian*.

Laurel se giró hacia ese extraño hombrecito.

—¿Qué has dicho?

—Eres la señora de papá.

Pero, antes de poder preguntarle qué quería decir, el niño se había ido, tropezándose, en busca de su madre, ambas manos navegando en las corrientes invisibles de Campden Grove.

10

Laurel llamó a un taxi en Kensington High Street.

—¿Adónde, cariño? —dijo el conductor cuando ella entró como pudo para resguardarse de una lluvia repentina.

—Soho... Charlotte Street Hotel, muchísimas gracias.

Se hizo el silencio, acompañado de una mirada indagadora en el espejo retrovisor, y cuando el coche se incorporó al tráfico:

—Me suena su cara. ¿A qué se dedica?

«Eres la señora de papá...». ¿Qué diablos significaba eso?

—Trabajo en un banco.

Cuando el taxista se enfrascó en una diatriba contra los banqueros y la crisis financiera, Laurel fingió concentrarse en la pantalla de su teléfono móvil. Recorrió al azar los nombres de su libreta de direcciones y se detuvo al llegar a Gerry.

Había llegado tarde a la fiesta de mamá, rascándose la cabeza y tratando de recordar dónde había dejado el regalo. Nadie esperaba otra cosa de Gerry, y todas se sintieron tan encantadas como siempre al verlo. A sus cincuenta y dos años seguía siendo un niño adorable y atolondrado que usaba pantalones estrafalarios y el jersey que Rose le había tejido hacía treinta navidades. Se armó un gran alboroto cuando el resto de las hermanas compitieron para ofrecerle té y pasteles. E incluso mamá se despertó de su sopor y, por un momento, su rostro viejo y cansado se trasfiguró gracias a la deslumbrante sonrisa que había reservado para su único hijo.

De todos sus hijos, era a él a quien más echaba de menos. Laurel lo sabía porque la enfermera más amable se lo había dicho. Se detuvo junto a Laurel en el pasillo mientras preparaban la fiesta y dijo:

—Quería hablar con usted.

Laurel, siempre dispuesta a alzar la guardia, respondió:

—¿Qué pasa?

—No se asuste, nada malo. Es solo que su madre ha estado preguntando por alguien. Un hombre, creo. ¿Jimmy? ¿Podría ser? Quería saber dónde estaba, por qué no había venido a visitarla.

Tras reflexionar, Laurel negó con la cabeza y dijo la verdad a la enfermera. No creía que su madre conociese a alguien llamado Jimmy. No añadió que ella no era la hija indicada para responder ese tipo de preguntas, que tenía hermanas mucho más diligentes. (Aunque no Daphne. Gracias a Dios por Daphne. En una familia de hijas, era una suerte no ser la peor).

—No se preocupe. —La enfermera sonrió tranquilizadora—. Ha tenido sus altibajos últimamente. No es extraño que se sientan confundidos al final.

Laurel se estremeció al oír esa generalización y la terrible crudeza de la palabra «final», pero apareció Iris con una tetera rota y su enfado contra Inglaterra, así que dejó las cosas como estaban. Más tarde, cuando fumaba a hurtadillas en el pórtico del hospital, Laurel comprendió la confusión: por supuesto, el nombre que mamá repetía era Gerry, no Jimmy.

El taxista pegó un volantazo en Brompton Road y Laurel se agarró al asiento.

—Obras —explicó el hombre, que bordeó la parte posterior de Harvey Nichols—. Apartamentos de lujo. Han pasado doce meses y aún sigue ahí esa maldita grúa.

—Qué irritante.

—Ya los han vendido todos, ¿sabe? Cuatro millones cada uno. —Silbó entre dientes—. Cuatro millones... Con eso me compraba una isla.

Laurel sonrió de manera, esperaba, no muy alentadora (detestaba verse envuelta en conversaciones sobre el dinero de otras personas) y se acercó el teléfono a la cara.

Sabía por qué estaba pensando en Gerry, por qué veía el parecido en los rostros de niños desconocidos. Habían estado muy unidos, pero la situación cambió cuando él cumplió diecisiete años. Se quedó a vivir en Londres con Laurel cuando iba de camino a Cambridge (una beca completa, anunciaba Laurel a todos sus conocidos, y a veces a quienes no conocía también) y lo pasaron bien: siempre lo pasaban bien juntos. Tras ver *Los caballeros de la mesa cuadrada*, fueron a cenar curry en la misma calle. Más tarde, aún saboreando un delicioso tikka masala, ambos subieron por la ventana del cuarto de baño, llevando almohadas y una manta a rastras, y compartieron un porro en la azotea de Laurel.

Era una noche especialmente clara (¿a que hay más estrellas que de costumbre?) y abajo, en la calle, el jolgorio lejano y reconfortante de las otras personas. Al fumar Gerry se volvía inusualmente parlanchín, lo que no representaba problema alguno para Laurel porque él la maravillaba. Había tratado de explicarle el origen de todo, y señalaba los cúmulos de estrellas y las galaxias e imitaba el efecto de las explosiones con esas manos delicadas y febriles mientras Laurel entrecerraba los ojos, volvía borrosas las estrellas y se dejaba hundir en sus palabras como si fuesen agua. Se había extraviado en una corriente de nebulosas, penumbras y supernovas, y no notó que su monólogo había terminado hasta que le oyó decir «Lol», con insistencia, como si hubiese dicho esa palabra más de una vez.

—¿Eh? —Cerró un ojo, luego el otro, y las estrellas saltaron por el cielo.

—Hace tiempo que quiero preguntarte algo.

—¿Eh?

—Madre mía. —Gerry se rio—. Cuántas veces he repetido esto en mi cabeza y ahora no me salen las malditas palabras. —Se pasó los dedos por el pelo, frustrado, y emitió un ruido animal y etéreo—. ¡Vaya! Vale, aquí va: quería preguntarte si sucedió algo, Lol, cuando éramos niños. Algo... —Su voz se convirtió en un susurro—: Algo violento.

Laurel comprendió. Una especie de sexto sentido le había acelerado el pulso; tenía muchísimo calor. Gerry lo recordaba. Siempre habían creído que era demasiado pequeño, pero lo recordaba.

—¿Violento? —Se incorporó, pero no se volvió a mirarlo. No se sintió capaz de mirarlo a los ojos y mentir—. ¿Aparte de las trifulcas de Iris y Daphne en el baño?

Gerry no se rio.

—Sé que es estúpido, pero a veces siento algo.

—¿Sientes algo?

—Lol...

—Porque si te quieres poner sentimental, deberías hablar con Rose...

—Dios.

—Podría conseguirte un médium ahora mismo si quieres...

Gerry le tiró una almohada.

—Hablo muy en serio, Lol. Me está volviendo loco. Te pregunto a ti porque sé que me vas a decir la verdad.

Sonrió un poco, porque la seriedad no era un hábito entre ellos, y Laurel pensó en lo muchísimo que lo quería una vez más. Sabía con certeza que no habría querido más ni a su propio hijo.

—Es como si estuviese a punto de recordar algo, solo que no recuerdo qué. Como si no quedase ni rastro de lo sucedido, pero las emociones, el arrebato y el miedo, o al menos sus sombras, persistiesen aún. ¿Sabes lo que quiero decir?

Laurel asintió. Sabía exactamente qué quería decir.

—¿Y bien? —Levantó un hombro, con incertidumbre, y lo bajó de nuevo, casi derrotado, aunque ella aún no lo había decepcionado—. ¿Pasó algo? Lo que fuese.

¿Qué podría haber dicho ella? ¿La verdad? Claro que no. Había ciertas cosas que no se decían a la ligera a un hermano pequeño, a pesar de la tentación. No en la víspera de su ingreso en la universidad, no en la azotea de un edificio de cuatro plantas. No, ni siquiera cuando sintió de súbito que se trataba de lo que más quería decirle.

—Nada que recuerde, Ge.

Gerry no volvió a preguntar y no hizo señal alguna de no creerla. Al cabo de un tiempo, le volvió a explicar las estrellas, los agujeros negros y el origen de todo, y a Laurel le dolió el corazón, desbordante de amor y algo parecido al remordimiento. Evitó mirarlo de cerca porque había algo en sus ojos, justo entonces, que le recordaba al hermoso bebé que lloró cuando Dorothy lo dejó en la grava, bajo la glicina, y pensó que no sería capaz de soportarlo.

Al día siguiente, Gerry partió hacia Cambridge, y ahí se quedó, convertido en un estudiante galardonado, innovador, gran explorador del universo. Se veían a veces y se escribían cuando podían —relatos garabateados a toda prisa de sus travesuras entre bastidores (ella) y notas cada vez más crípticas bosquejadas en las servilletas de la cafetería (él)—, pero nunca volvió a ser lo mismo. Se había cerrado una puerta antes de que Laurel supiese que estaba abierta. Laurel no estaba segura de si era cosa suya o si, por el contrario, esa noche en la azotea él también advirtió la grieta que había fracturado silenciosamente la superficie de su amistad. Se había arrepentido de no contárselo, pero eso fue mucho más tarde. Pensó que estaba haciendo lo correcto, protegerlo, pero ahora no estaba tan segura.

—Muy bien, cariño, Charlotte Street Hotel. Son doce libras.

—Gracias. —Laurel guardó el teléfono en el bolso y le dio al taxista un billete de diez y otro de cinco. Se le ocurrió que, aparte de su madre, Gerry quizás era la única persona con quien podría hablar de ello; él estuvo ahí, también, ese día; estaban unidos, el uno al otro y a lo que habían visto.

Laurel abrió la puerta y casi golpeó a su agente, Claire, quien la esperaba en la acera con un paraguas.

—Vaya, Claire, qué susto me has dado —dijo mientras el taxi se alejaba.

—Es parte del sueldo. ¿Cómo estás? ¿Todo bien?

—Muy bien.

Se besaron en las mejillas y se apresuraron a entrar en el hotel, cálido y seco.

—Todavía están preparándose —dijo Claire, que sacudió el paraguas—. Las luces y todo eso. ¿Quieres tomar algo en el restaurante mientras esperamos? ¿Té o café?

—¿Una ginebra?

—No la necesitas. —Claire arqueó una fina ceja—. Ya has hecho esto cientos de veces y yo voy a estar a tu lado. Si parece que el periodista piensa en desviarse del guion, me lanzaré contra él como una leona.

—Una idea muy agradable.

—Soy una leona estupenda.

—No lo dudo.

Acababan de servirles una taza de té cuando una joven con coleta y una camiseta que decía «Y qué» se acercó a la mesa y anunció que estaba todo listo. Con un gesto, Claire llamó a una camarera, quien dijo que le llevaría el té, y tomaron el ascensor hasta la sala.

—¿Todo bien? —dijo Claire cuando se cerraron las puertas de la recepción.

—Todo bien —aseguró Laurel, y trató de creerlo con todas sus fuerzas.

Los productores del documental habían reservado la misma habitación que antes: no era lo ideal grabar una sola conversación a lo largo de una semana, así que debían prestar atención al pequeño problema de la continuidad (razón por la cual Laurel había traído, tal como le indicaron, la blusa de la última vez).

El productor fue a saludarlas a la puerta y el director de vestuario guio a Laurel al adjunto, donde habían montado una plancha. Se le hizo un nudo en el estómago y tal vez se notó, pues Claire preguntó:

—¿Quieres que vaya contigo?

—Claro que no —replicó Laurel, que echó a un lado los recuerdos de su madre, Gerry y los oscuros secretos del pasado—. Creo que soy perfectamente capaz de vestirme sola.

El entrevistador («Llámame Mitch») sonrió encantado al verla y señaló con un gesto el sillón situado junto a un maniquí de costurera.

—Me alegra mucho que hayamos podido hacer esto de nuevo —dijo, estrechando su mano entre las suyas con brío—. Nos encanta cómo está quedando. He visto partes del rodaje de la semana pasada, es buenísimo. Tu episodio va a ser uno de los más destacados de la serie.

—Me alegra oírlo.

—Hoy no necesitamos gran cosa… Solo hay unas cosillas que me gustaría tratar, si no es molestia. Para que no queden puntos negros cuando hagamos el montaje.

—Por supuesto. —Nada le gustaba tanto como explorar sus puntos negros, salvo quizás las ortodoncias.

Unos minutos más tarde, maquillada, con micrófono, Laurel se sentó en el sillón y esperó. Al fin se encendieron las luces y un ayudante comparó el escenario con fotografías de la semana anterior; se pidió silencio y alguien sostuvo una claqueta enfrente de la cara de Laurel. La claqueta soltó una dentellada.

Mitch se inclinó hacia delante en su asiento.

—Y acción —dijo el cámara.

—Señora Nicolson —comenzó Mitch—, hemos hablado mucho de los buenos y malos momentos de su carrera teatral, pero los espectadores quieren conocer los orígenes de sus héroes. ¿Nos podría hablar de su infancia?

El guion era bastante claro; Laurel lo había escrito ella misma. Érase una vez, en una casa en el campo, una niña con una familia perfecta: un montón de hermanas, un hermano y una madre y un padre que se amaban casi tanto como amaban a sus hijos. La infancia de esa niña fue dulce y tranquila, llena de espacios soleados y juegos improvisados y, cuando los años cincuenta acabaron entre bostezos y los sesenta comenzaron a bailotear, Laurel fue hacia las luces brillantes de Londres y llegó en plena revolución cultural. Le había sonreído la suerte (la gratitud quedaba muy bien en las entrevistas), no se había rendido nunca (solo los memos atribuían su buena fortuna únicamente al azar), no había parado de trabajar desde que salió de la escuela de arte dramático.

—Su infancia parece idílica.

—Supongo que lo fue.

—Perfecta, incluso.

—Ninguna familia es perfecta. —Laurel tenía la boca seca.

—¿Cree que su infancia la moldeó como actriz?

—Eso creo. A todos nos moldea nuestro pasado. ¿No es eso lo que dicen? Los expertos, los que parecen saberlo todo.

Mitch sonrió y garabateó en el cuaderno que tenía en la rodilla. Su pluma rasgaba la superficie del papel y, al verlo, a Laurel le asaltó un recuerdo. Tenía dieciséis años y estaba sentada en la sala de estar de Greenacres mientras un policía anotaba sus palabras...

—Es la mayor de cinco hermanos: ¿se enzarzaban en batallas para llamar la atención? ¿Tuvo que idear estratagemas para hacerse notar?

Laurel necesitaba un poco de agua. Miró a su alrededor en busca de Claire, quien se había desvanecido.

—No, qué va. Al tener tantas hermanas y un hermano pequeño aprendí a desaparecer en un segundo plano. —Con tal habilidad, que podía escabullirse de un picnic familiar mientras jugaban al escondite.

—Como actriz no se dedica precisamente a desaparecer en un segundo plano.

—Pero el secreto de actuar no reside en llamar la atención o en lucirse, sino en la observación. —Una vez un hombre le había dicho eso a la entrada de artistas. Laurel salía de una obra, aún estremecida por las emociones de la actuación, y él la esperó para decirle cuánto le había gustado. «Tiene un gran talento para la observación —dijo—. Oídos, ojos y corazón, todo al unísono». Esas palabras le resultaron familiares. Sería una cita de alguna obra, pero Laurel no podía recordar cuál.

Mitch ladeó la cabeza.

—¿Es usted una buena observadora?

Qué extraño recordarlo ahora, a ese hombre en la puerta. Esa cita que no lograba ubicar, tan familiar, tan esquiva. Casi la había vuelto loca durante un tiempo. También ahora estaba a punto de lograrlo. Sus pensamientos eran un embrollo. Tenía sed. Ahí estaba Claire, observando en la penumbra, junto a la puerta.

—¿Señora Nicolson?

—¿Sí?

—¿Es usted una buena observadora?

—Oh, sí. —Sí, claro. Escondida en la casa del árbol, en completo silencio. El corazón de Laurel se aceleró. El calor de la habitación, todas esas personas mirándola, las luces…

—Ha dicho antes, señora Nicolson, que su madre era una mujer fuerte. Sobrevivió a la guerra, perdió a su familia en un bombardeo, comenzó de nuevo. ¿Cree que heredó esa fortaleza? ¿Es eso lo que le permitió sobrevivir, e incluso prosperar, en un oficio tan difícil?

La línea siguiente era sencilla; Laurel la había dicho muchas veces antes. Sin embargo, las palabras no salían. Se sentó como un pez aturdido en cuya boca seca las palabras se convertían en serrín. Sus pensamientos se desbordaban —la casa de Campden Grove, la fotografía de Dorothy y Vivien, ambas sonrientes, su vieja madre en la cama de un hospital— y el tiempo se espesó de tal modo que los segundos parecían años. El cámara se enderezó, los asistentes comenzaron a cuchichear, pero Laurel seguía atrapada bajo esas luces deslumbradoras, incapaz de ver más allá del resplandor, y en su lugar veía a su madre, la joven de esa foto que había dejado Londres en el año 1941, huyendo de algo, en busca de una segunda oportunidad.

Sintió un toque en la rodilla. Mitch, con expresión preocupada: ¿necesitaba un descanso?, ¿quería tomar agua?, ¿aire fresco?, ¿le podía ayudar en algo?

Laurel atinó a asentir.

—Agua —dijo—. Un vaso de agua, por favor.

Y Claire apareció a su lado.

—¿Qué pasa?

—Nada, solo que hace un poco de calor aquí.

—Laurel Nicolson, soy tu agente y, más importante, una de tus mejores amigas. No me hagas preguntártelo de nuevo, ¿vale?

—Mi madre —dijo Laurel, mordiéndose un labio que comenzaba a temblar— no está bien.

—Vaya, cariño… —La mujer tomó la mano de Laurel.

—Se está muriendo, Claire.

—Dime qué necesitas.

Laurel dejó que los párpados se cerrasen. Necesitaba respuestas, la verdad, saber con certeza que su familia feliz, su infancia entera, no fueron mentira.

—Tiempo —dijo al cabo—. Necesito tiempo. No queda mucho.

Claire le estrechó la mano.

—Entonces, tómate un tiempo.

—Pero el rodaje…

—No lo pienses más. Ya me ocupo yo de todo.

Mitch llegó con un vaso de agua fresca. Se quedó ahí, nervioso, mientras Laurel bebía.

—¿Todo bien? —dijo Claire a Laurel y, cuando asintió, se giró hacia Mitch—. Una pregunta más y luego, por desgracia, tenemos que irnos. La señora Nicolson tiene otro compromiso.

—Por supuesto. —Mitch tragó saliva—. Espero no haber… Por supuesto, no pretendía ofender…

—No seas tonto, claro que no nos has ofendido. —Claire sonrió con la misma calidez de un invierno ártico—. Vamos a continuar, ¿vale?

Laurel dejó el vaso y se preparó. Tras quitarse ese gran peso de encima, halló la claridad de una decisión firme: durante la Segunda Guerra Mundial, mientras las bombas caían sobre Londres y los esforzados habitantes se las arreglaban como podían y pasaban las noches amontonados en refugios con goteras, se morían de ganas de comer una naranja, maldecían a Hitler y anhelaban el fin de la devastación, al tiempo que unos descubrían un valor que no sabían que tenían y otros experimentaban un miedo que antes ni imaginaban, la madre de Laurel había sido uno de ellos. Había tenido vecinos, y probablemente amigos, había cambiado cupones por huevos y se había emocionado al encontrar un par de medias, y en medio de todo esto su camino se había cruzado con el de Vivien y Henry Jenkins. Una amiga a la que perdería y un hombre al que acabaría matando.

Algo terrible había sucedido entre ellos (era la única explicación de ese hecho aparentemente inexplicable), algo tan horrible que justificase lo que hizo su madre. En el poco tiempo que quedaba, Laurel tenía intención de descubrirlo. Era posible que no le gustase lo que iba a averiguar, pero era un riesgo que estaba dispuesta a asumir. Era un riesgo que necesitaba asumir.

—Última pregunta, señora Nicolson —dijo Mitch—. La semana pasada hablamos acerca de su madre, Dorothy. Dijo usted que era una mujer fuerte. Sobrevivió a la guerra, perdió a su familia en un bombardeo de Coventry, se casó con su padre y comenzó de nuevo. ¿Cree que heredó esa fortaleza? ¿Es eso lo que le permitió sobrevivir, e incluso prosperar, en un oficio tan difícil?

Esta vez Laurel estaba preparada. Dijo su parte a la perfección, sin necesidad del apuntador:

—Mi madre fue una superviviente; todavía es una superviviente. Si he heredado la mitad de su valor, me puedo considerar una mujer muy afortunada.

PARTE

2

DOLLY

11

Londres, diciembre de 1940

Demasiado fuerte, niña tonta. ¡Demasiado fuerte, maldita sea! —La vieja descargó el mango del bastón, que produjo un golpe sordo a su lado—. ¿Necesito recordarte que soy una *dama* y no un caballo de tiro al que hay que herrar?

Dolly sonrió con dulzura y se alejó un poco, fuera del peligro. Había varias cosas de su trabajo que no le gustaban, pero no se lo habría pensado dos veces si le hubieran preguntado qué era lo peor de ser la señorita de compañía de lady Gwendolyn Caldicott: limpiarle las uñas de los pies. Esa tarea semanal parecía sacar lo peor de ambas, pero era un mal necesario, así que Dolly lo llevaba a cabo sin queja. (Al menos, en el momento; más tarde, en la sala de estar, junto a Kitty y las otras, se quejaba con tal lujo de detalles que tenían que rogarle, con lágrimas de tanto reír, que parase).

—Ya está —dijo, guardando la lima en su funda y frotándose los dedos—. Perfecto.

—¡Ejem! —Lady Gwendolyn se enderezó el turbante con una mano, de tal modo que derramó la ceniza de la colilla que sostenía olvidada en la mano. Miró por encima del hombro a lo largo del vasto océano de su cuerpo ataviado con gasas mientras Dolly levantaba esos pulcros piececitos para examinarlos—. Espero que así esté bien —dijo, tras lo cual refunfuñó acerca de los viejos tiempos, cuando una tenía una criada de verdad a su entera disposición.

Dolly adhirió una sonrisa a la cara y fue a buscar los periódicos. Hacía poco más de dos años que había salido de Coventry y el segundo año prometía ser mucho mejor que el primero. Qué ingenua era cuando llegó... Jimmy la ayudó a encontrar una pequeña habitación (en un barrio mejor que el suyo, añadió él con una sonrisa) y un puesto en una tienda de vestidos; al poco tiempo, comenzó la guerra y Jimmy desapareció. «La gente quiere historias del frente —le explicó antes de partir hacia Francia, sentados juntos cerca del lago Serpentine, mientras él jugaba con barquitos de papel y ella fumaba taciturna—. Alguien tiene que contarlas». Para Dolly lo más emocionante o sofisticado de ese primer año fueron los vistazos ocasionales a las mujeres elegantes que pasaban por John Lewis de camino a Bond Street, y las miradas absortas de los otros inquilinos en la pensión de la señora White cuando, acabada la cena, se reunían en el salón y rogaban a Dolly que les contase una vez más cómo su padre le había gritado cuando se fue de casa, cómo le dijo que nunca más mancharía esa puerta. Se sentía interesante e intrépida al describir cómo había cerrado la puerta detrás de sí, cómo se había pasado la bufanda sobre el hombro y se había dirigido a la estación sin mirar atrás, hacia la casa de su familia, ni una sola vez. Pero más tarde, ya en la cama estrecha de su pequeña habitación a oscuras, los recuerdos la estremecían tanto como el frío.

Todo cambió, sin embargo, cuando perdió el puesto de vendedora en John Lewis. (Un estúpido malentendido, en realidad: ¿qué culpa tenía Dolly si algunas personas no apreciaban la sinceridad? Y era indiscutible que las faldas cortas no sientan bien a todo el mundo). Fue el doctor Rufus, el padre de Caitlin, quien acudió al rescate. Al conocer el incidente, mencionó que un conocido buscaba una señorita de compañía para una tía suya.

—Una anciana tremenda —dijo durante un almuerzo en el Savoy. Cada mes, cuando visitaba Londres, invitaba a Dolly a un festín, por lo general cuando su esposa andaba de compras con Caitlin—. Un tanto excéntrica, creo, solitaria. Nunca se recuperó una vez que su hermana se mudó para casarse. ¿Te llevas bien con los ancianos?

—Sí —dijo Dolly, concentrada en su cóctel de champán. Era la primera vez que bebía uno y estaba un poco mareada, si bien de una forma inesperadamente agradable—. Eso creo. ¿Por qué no? —Lo cual fue respuesta más que satisfactoria para el risueño doctor Rufus. Le escribió una recomendación y habló con su amigo; incluso se ofreció a llevarla en coche a la entrevista. El sobrino habría preferido cerrar la casa solariega durante la guerra, explicó el doctor Rufus al acercarse a Kensington, pero su tía lo había impedido. Ese vejestorio obstinado (en verdad había que admirar su espíritu, dijo) se había negado a ir con la familia de un sobrino a la seguridad de una casa de campo, se negó en redondo y amenazó con llamar a su abogado si no la dejaban en paz.

Desde entonces, durante los diez meses que había trabajado para lady Gwendolyn, Dolly había escuchado esa historia muchísimas veces. La anciana, quien se regodeaba evocando las pequeñas ofensas que había sufrido, dijo que esa rata de sobrino trató de llevársela —«en contra de mi voluntad»—, pero insistió en permanecer «en este lugar, donde siempre he sido feliz. Aquí es donde crecimos Henny Penny y yo. Tendrán que sacarme con los pies por delante si quieren que me vaya de aquí. Me atrevo a decir que, incluso en ese caso, sabría cómo atormentar a Peregrine, si tuviese la osadía». A Dolly, por su parte, le emocionaba la postura de lady Gwendolyn, pues, gracias a esa insistencia en quedarse, Dolly vivía ahora dentro de esa maravillosa mansión en Campden Grove.

Y era sin duda maravillosa. La fachada del número 7 era clásica: tres pisos y un sótano, estuco blanco con acabados en negro, separada de la acera por un pequeño jardín; el interior, sin embargo, era sublime. Paredes empapeladas con diseños de William Morris, espléndido mobiliario que soportaba la mugre divina de generaciones, estantes que gruñían bajo el peso exquisito del cristal, la plata y la porcelana. No podía ser mayor el contraste con la pensión de la señora White, en Rillington Place, donde Dolly había entregado más de la mitad de su salario semanal de vendedora a cambio del privilegio de dormir en lo que antes era un armario, impregnado de un olor permanente a picadillo de carne. En cuanto cruzó por primera vez el umbral de la casa de lady Gwendolyn, Dolly supo que haría todo lo posible, que se entregaría por completo, con tal de vivir entre esos muros.

Y lo logró. La única pega fue lady Gwendolyn: el doctor Rufus estaba en lo cierto cuando la calificó de excéntrica; se le olvidó mencionar que había estado marinándose en los amargos jugos del abandono durante casi tres décadas. Los resultados eran un tanto aterradores, y los primeros seis meses Dolly no dudó de que su patrona tenía la tentación de enviarla a B. Cannon & Co. para que la convirtieran en cola de pegar. Ahora la comprendía mejor: lady Gwendolyn podía ser brusca en ocasiones, pero era su forma de ser. Dolly también había descubierto recientemente, con gran satisfacción, que, en cuanto a la señorita de compañía se trataba, esa rudeza enmascaraba un afecto real.

—¿Leemos los titulares de la prensa? —preguntó Dolly en tono jovial, de vuelta al pie de la cama.

—Como quiera. —Lady Gwendolyn se encogió de hombros y dio unos golpecitos con una zarpa húmeda a la otra, sobre la panza—. A mí me da igual una cosa que la otra.

Dolly abrió la última edición de *The Lady* y buscó las páginas de sociedad; se aclaró la garganta, adoptó un tono de reverencia adecuado y comenzó a leer las andanzas de personas cuyas vidas eran como sueños. Era un mundo desconocido para Dolly; ah, había visto casas grandiosas a las afueras de Coventry y en ocasiones su padre hablaba, dándose importancia, acerca de un pedido especial para una de las «mejores familias», pero las historias que contaba lady Gwendolyn (cuando estaba de humor) sobre las aventuras vividas junto a su hermana, Penelope (visitaban el Café Royal, vivieron juntas un tiempo en Bloomsbury, posaron para un escultor enamorado de ambas), no estaban al alcance de las fantasías más alocadas de Dolly, lo cual era mucho decir.

Mientras Dolly leía sobre la actualidad de los mejores y más brillantes, lady Gwendolyn, recostada placenteramente sobre las almohadas de satén, fingía desinterés mientras escuchaba absorta cada palabra. Era siempre lo mismo; tal era su curiosidad que nunca resistía mucho tiempo.

—Cielo santo. Parece que las cosas no les van nada bien al señor y la señora Horsquith.

—Divorcio, ¿a que sí? —La anciana resopló.

—Lo dice entre líneas. Ella se ha ido otra vez con ese tipo, el pintor.

—No es ninguna sorpresa. Qué falta de discreción la de esa mujer, siempre sometida a sus espantosas —el labio de lady Gwendolyn se arqueó al escupir el culpable— pasiones. —Salvo que dijo *pesiones*, pronunciación encantadora y elegante que Dolly gustaba de practicar cuando se sabía sola—. Igual que su madre antes que ella.

—¿Quién dijo que era?

Lady Gwendolyn plantó los ojos en el medallón burdeos del techo.

—De verdad, estoy segura de que Lionel Rufus no dijo que fueses tan lenta. No apruebo totalmente a las mujeres inteligentes, pero, ciertamente, no voy a tolerar una necia. ¿Es usted una necia, señorita Smitham?

—Creo que no, lady Gwendolyn.

—Ejem —dijo, en un tono que sugería que aún no había llegado a una conclusión definitiva.

—La madre de lady Horsquith, lady Prudence Dyer, fue una parlanchina pesadísima que nos tenía aburridísimos a todos con sus proclamas sobre el voto femenino. Henny Penny solía imitarla de maravilla: era divertidísima cuando le venía en gana. Como suele ocurrir, lady Prudence agotó la paciencia de la gente hasta tal punto que nadie toleraba ni un minuto más su compañía. Sea egoísta, sea grosera, sea audaz o malvada, pero nunca, Dorothy, nunca sea tediosa. Al cabo de un tiempo, desapareció sin más.

—¿Desapareció?

Con una floritura, lady Gwendolyn movió la muñeca, perezosa, y la ceniza cayó como polvo mágico.

—Se fue en barco a la India, Tanzania, Nueva Zelanda… Quién sabe. —Su boca se comprimió como si hiciese un mohín y pareció masticar algo; un pedacito de comida atrapado entre los dientes o una información secreta y jugosa, era difícil de adivinar. Hasta que, al fin, con una sonrisa pícara, añadió—: Dios, claro, y un pajarito me confesó que vivía con un nativo en un horror de lugar llamado Zanzíbar.

—No puede ser.

—Pues sí. —Lady Gwendolyn dio una calada tan enfática al cigarrillo que sus ojos se estrecharon como ranuras de dos peniques. Para ser una mujer que no se había aventurado fuera de su tocador en los treinta años transcurridos desde la partida de su hermana, se mantenía muy bien informada. Había muy pocas personas en las páginas de *The Lady* que no conociese, y se le daba de maravilla que hiciesen precisamente lo que ella deseaba. Incluso Caitlin Rufus se había casado con su marido por decreto de lady Gwendolyn: un vejete aburrido, decían, pero riquísimo. Caitlin, a su vez, se había convertido en la peor clase de pesada y dedicaba horas a lamentar la estupidez que había sido casarse («Tú muy bien, Doll») y comprar una casa justo cuando los mejores tapices eran retirados de las tiendas. Dolly había visto al esposo una o dos veces y llegó a la conclusión de que debía de haber mejor manera de adquirir riquezas que casarse con un hombre que creía que una partidita de *whist* y un revolcón con la doncella tras las cortinas del comedor eran los mejores pasatiempos.

Lady Gwendolyn movió la mano con impaciencia para que Dolly continuara y Dolly obedeció con prontitud:

—Oh, vaya, aquí hay una más alegre. Lord Dumphee se ha prometido con la honorable Eva Hastings.

—¿Qué hay de alegre en un compromiso?

—Nada, por supuesto, lady Gwendolyn. —Se trataba de un tema en el que convenía ir con tiento.

—Estará bien para una muchacha tonta enganchar su rueda al vagón del marido, pero quedas avisada, Dorothy: a los hombres les gusta cierto deporte y todos quieren el mejor premio, pero ¿y una vez que lo logran? Ahí es cuando la diversión y los juegos se terminan. Los juegos de él, la diversión de ella. —Giró la muñeca—. Continúe, lea el resto. ¿Qué dice?

—Hay una fiesta para celebrar el compromiso este sábado por la noche.

Esa noticia despertó un gruñido que delataba cierto interés.

—¿En la mansión Dumphee? Gran lugar. Henny Penny y yo una vez asistimos ahí a un baile. Al final todos se quitaron los zapatos y bailaron en la fuente… Porque se va a celebrar en la mansión Dumphee, ¿no es así?

—No. —Dolly estudió el anuncio—. No parece ser el caso. Van a dar una fiesta solo por invitación en el Club 400.

Mientras lady Gwendolyn lanzaba una encendida diatriba contra la vulgaridad de esos lugares («¡clubes nocturnos!»), Dolly fantaseó. Solo había ido una vez al 400, con Kitty y unos soldados amigos de ella. Al fondo de los sótanos, al lado de donde antes se hallaba el teatro Alhambra, en Leicester Square, reinaba el rojo oscuro, íntimo y profundo hasta donde alcanzaba la vista: la seda en las paredes, los lujosos bancos con una única vela encendida, las cortinas de terciopelo que se derramaban como vino hasta la alfombra escarlata.

Hubo música, risas y soldados por todas partes, y parejas que se mecían soñadoras en la pequeña pista de baile sumida en la penumbra. Y cuando un soldado, con demasiado whisky en las entrañas y una incómoda protuberancia en el pantalón, se inclinó hacia ella y le explicó, con una excitada torpeza, todas las cosas que le haría cuando estuviesen a solas, Dolly vio por encima del hombro un grupo de jóvenes guapos (más elegantes, más hermosos, más de todo que el resto de los presentes), los cuales se adentraban tras un cordón rojo, donde les recibía un hombre menudo de bigote negro y enorme. («Luigi Rossi —dijo Kitty con aire de entendida mientras bebían una copa de ginebra con limón bajo la mesa de la cocina, de vuelta en Campden Grove—. ¿No lo conocías? Él lleva todo el tinglado»).

—Ya basta —dijo lady Gwendolyn, que aplastó la colilla del cigarrillo en el envase abierto de pomada que había en la mesilla—. Estoy cansada y no me siento bien… Necesito uno de mis caramelos. Ah, me temo que ya no me queda mucho. Apenas pegué ojo anoche, con todo ese ruido, ese ruido espantoso.

—Pobre lady Gwendolyn —dijo Dolly, que dejó *The Lady* y sacó la bolsa de caramelos de fruta de la gran dama—. La culpa es de ese asqueroso señor Hitler, de verdad que sus bombarderos…

—No me refiero a los bombarderos, niña tonta. Hablo de ellas. Las otras, con sus risitas —se estremeció teatralmente y bajó la voz— infernales.

—Oh —dijo Dolly—. Ellas.

—Qué grupo de niñas más espantoso —declaró lady Gwendolyn, que aún no las conocía—. Niñas oficinistas, encima, tecleando para los ministerios... Seguro que van rápido. ¿Qué estarían pensando los del departamento de Guerra? Comprendo, cómo no, que necesitan un lugar, pero ¿tiene que ser aquí? ¿En mi preciosa casa? Peregrine está fuera de sus cabales... ¡Qué cartas he recibido! No soporta que esas criaturas vivan entre las reliquias de la familia. —La contrariedad de su sobrino casi le dibujó una sonrisa, pero la profunda amargura en el corazón de lady Gwendolyn la extinguió. Estiró la mano para agarrar la muñeca de Dolly—. ¿No estarán viéndose con hombres en mi casa, Dorothy?

—Oh, no, lady Gwendolyn. Conocen su opinión al respecto, me aseguré yo misma.

—Porque no lo consentiría. No habrá fornicación bajo mi techo.

Dolly asintió con sobriedad. Esta era, lo sabía, la gran espina en el áspero corazón de su señora. El doctor Rufus le había explicado todo sobre la hermana de lady Gwendolyn, Penelope. Habían sido inseparables cuando eran jóvenes, dijo, con tal parecido, tanto en aspecto como en modales, que la mayoría de la gente las tenía por gemelas, si bien una era dieciocho meses mayor. Iban a bailes, a pasar fines de semana en casas de campo, siempre juntas..., pero entonces Penelope cometió el crimen por el cual su hermana no la perdonaría nunca. «Se enamoró y se casó —dijo el doctor Rufus, dando una calada al puro con la satisfacción del narrador que ha llegado al punto culminante—. Y, de esa forma, rompió el corazón de su hermana».

—No, no —dijo Dolly, con voz tranquilizadora—. Eso no va a ocurrir, lady Gwendolyn. Antes de que se dé cuenta, la guerra habrá terminado y todas volverán por donde han venido. —Dolly no tenía ni idea de si eso era cierto; por su parte, esperaba que no: esa casa enorme era demasiado silenciosa por las noches, y Kitty y las otras la entretenían un poco, pero qué iba a decir, sobre todo con la anciana tan alterada. Pobrecita, debía de ser horrible perder una alma gemela. Dolly era incapaz de imaginar su vida sin la suya.

Lady Gwendolyn se recostó contra la almohada. La diatriba contra los clubes nocturnos y sus vilezas, sus vívidas imaginaciones de las babilónicas andanzas que ahí se vivían, los recuerdos de su hermana y el riesgo de fornicación bajo su propio techo..., todo había hecho mella. Estaba agotada y demacrada, tan arrugada como el globo cautivo que había caído en Notting Hill el otro día.

—Vamos, lady Gwendolyn —dijo Dolly—. Mire este precioso caramelo que he encontrado. Vamos a saborearlo y descansar un rato, ¿vale?

—Bueno, vale —refunfuñó la anciana—. Pero una hora más o menos, Dorothy. No me dejes dormir pasadas las tres... No quiero perderme nuestra partida de cartas.

—Ni pensarlo —dijo Dolly, que depositó el caramelo entre los labios fruncidos de su señora.

Mientras la anciana chupaba de modo frenético, Dolly se acercó a la ventana para correr las cortinas. Al desatar los lazos de las cortinas, su atención se centró en la casa de enfrente, y lo que vio le dio un vuelco al corazón.

Vivien estaba ahí de nuevo. Sentada ante su escritorio tras la ventana, inmóvil como una estatua salvo por los dedos de una mano, que retorcían el final de su largo collar de perlas. Dolly saludó con entusiasmo, deseosa de ser vista por la otra mujer, pero ella no alzó la vista: estaba absorta en sus propios pensamientos.

—¿Dorothy?

Dolly parpadeó. Vivien (se escribía igual que Vivien Leigh, qué suerte) era quizás la mujer más bella que jamás había visto. Tenía un rostro con forma de corazón, pelo castaño oscuro resplandeciente con su peinado *victory roll* y labios carnosos pintados de escarlata. Sus ojos eran amplios, coronados por unas cejas espectaculares, como las de Rita Hayworth o Gene Tierney, pero no era ese el secreto de su belleza. No eran las faldas ni las blusas elegantes que vestía, era el modo en que las llevaba, con sencillez, sin darles importancia; era el collar de perlas que rodeaba el cuello con ligereza, el Bentley marrón que solía conducir antes de donarlo, como un par de botas viejas, al servicio de ambulancias. Era esa historia trágica que Dolly había descubierto a cuentagotas: niña huérfana, criada por un tío, casada con un apuesto y rico autor llamado Henry Jenkins, que tenía un puesto importante en el Ministerio de Información.

—¿Dorothy? Ven a estirar las sábanas y trae la mascarilla.

Normalmente, Dolly habría sentido envidia por vivir tan cerca de una mujer semejante, pero con Vivien era diferente. Dolly había deseado, toda su vida, tener una amiga como ella. Alguien que la comprendiese de verdad (no como la aburrida Caitlin o la frívola Kitty), alguien con quien pudiese pasear del brazo por Bond Street, elegante y animada, mientras la gente se volvía a mirarlas y cuchicheaba sobre esas beldades morenas y de piernas esbeltas, qué encanto tan natural. Y ahora, al fin, había encontrado a Vivien. Desde la primera vez que se cruzaron, caminando por Grove, cuando se miraron y sonrieron (una sonrisa reservada, comprensiva, cómplice), quedó claro para ambas que tenían mucho en común y serían grandes amigas.

—¡Dorothy!

Dolly se sobresaltó y se apartó de la ventana. Lady Gwendolyn había acabado en medio de una maraña de gasa púrpura y almohadas de pato y rezongaba, acalorada, en el centro.

—No encuentro mi mascarilla por ningún lado.

—Vamos —dijo Dolly, que echó otro vistazo a Vivien antes de correr las cortinas—. A ver si la encontramos juntas.

Después de una breve pero exitosa búsqueda, apareció la mascarilla, aplastada y caliente bajo el considerable muslo izquierdo de lady Gwendolyn. Dolly retiró el turbante bermellón y lo colocó sobre el busto de mármol de la cómoda, tras lo cual puso la máscara en la cabeza de su señora.

—Con cuidado —advirtió lady Gwendolyn—. Me vas a cortar la respiración si la pasas así sobre la nariz.

—Oh, cielos —dijo Dolly—. No querríamos que pase eso.

—¡Ejem! —La anciana dejó que la cabeza se hundiese entre las almohadas y su rostro pareció flotar sobre el resto de su cuerpo, una isla en un mar de pliegues cutáneos—. Setenta y cinco años, todos ellos larguísimos, y ¿de qué me han servido? Abandonada por mis seres más queridos, lo más cercano que tengo es una muchacha que me cobra por las molestias.

—Vaya, vaya —dijo Dolly, como a un niño díscolo—, ¿qué molestias? Ni de broma hable así, lady Gwendolyn. Ya sabe que la seguiría cuidando aunque no me pagase ni un penique.

—Sí, sí —refunfuñó la anciana—. Bueno. Ya vale.

Dolly arropó con las mantas a lady Gwendolyn. La anciana apoyó el mentón sobre el satén ribeteado y dijo:

—¿Sabes qué debería hacer?

—¿Qué, lady Gwendolyn?

—Debería dejar todas mis cosas para ti. Así aprendería una lección el manipulador de mi sobrino. Al igual que su padre, ese jovencito está dispuesto a robarme todo lo que me es preciado. Me tienta llamar a mi abogado y hacerlo oficial.

Qué decir ante esos comentarios; naturalmente, era emocionante saber que lady Gwendolyn la tenía en tan alta estima, pero mostrarse complacida habría sido terriblemente vulgar. Desbordante de orgullo, Dolly se apartó y se puso a alisar el turbante de la anciana.

Fue el doctor Rufus quien informó a Dolly de las intenciones de lady Gwendolyn. Habían ido a uno de sus almuerzos hacía unas semanas y, tras una larga charla acerca de la vida social de Dolly («¿Y de novios, Dorothy? Sin duda, una joven como tú debe de tener decenas de pretendientes. Mi consejo: busca un tipo maduro con un buen trabajo, alguien que te pueda ofrecer todo lo que te mereces»), le preguntó cómo le iba en Campden Grove. Cuando le dijo que pensaba que todo iba bien, él movió el whisky, de modo que los cubitos de hielo tintinearon, y le guiñó un ojo.

—Mejor que bien, por lo que oigo. Recibí una carta de Peregrine Wolsey la semana pasada. Escribió que su tía se había encariñado tanto con «mi muchacha», como él dijo —el doctor Rufus pareció adentrarse en sus propias ensoñaciones hasta que recobró la compostura y continuó—, que le preocupaba su herencia. Estaba molestísimo conmigo por haberte enviado a casa de su tía. —Se rio, pero Dolly solo atinó a sonreír pensativa. No dejó de pensar acerca de lo que le había contado el resto de ese día ni a lo largo de toda la semana.

El hecho es que Dolly le había dicho la verdad al doctor Rufus. Tras un inicio titubeante, lady Gwendolyn, cuya reputación (acrecentada por sus propios relatos) de despreciar a todos los seres humanos era sobradamente conocida, se había quedado prendada de su joven acompañante. Lo cual era una gran noticia. Lástima que Dolly hubiese tenido que pagar un precio tan alto por el afecto de la anciana.

La llamada telefónica llegó en noviembre; la cocinera respondió y exclamó que era para Dorothy. Ahora era un recuerdo doloroso, pero Dolly se alegró tanto al saber que la llamaban por teléfono en esa grandiosa mansión que bajó las escaleras a toda prisa, agarró el receptor y adoptó su tono más solemne: «Diga. Al habla Dorothy Smitham». Y entonces oyó a la señora Potter, amiga de su madre, vecina de Coventry, que hablaba a gritos sobre su familia: «Todos muertos, todos. Una bomba incendiaria… No hubo tiempo para ir al refugio».

Se abrió un abismo en el interior de Dolly en ese momento: era como si, en vez de estómago, tuviese un gran torbellino esférico de dolor, desamparo y miedo. Dejó caer el teléfono, y se quedó ahí, en el enorme vestíbulo del número 7 de Campden Grove; se sentía diminuta y sola, a merced de los caprichos del viento. Todas las partes de Dolly, los recuerdos de diferentes momentos de su vida, cayeron como una baraja de cartas, desordenadas, cuyos dibujos ya palidecían. La ayudante de la cocinera llegó en ese momento y dijo: «Buenos días», y Dolly quiso gritarle que era un día horrendo, que todo había cambiado, ¿o acaso no lo veía aquella estúpida? Pero no lo hizo. Le devolvió la sonrisa y dijo: «Buenos días», y se obligó a subir las escaleras, donde lady Gwendolyn repicaba con furia su campanilla de plata y tanteaba en busca de las gafas que había perdido en un descuido.

Al principio, Dolly no habló con nadie acerca de su familia, ni siquiera con Jimmy, quien, por supuesto, lo sabía y se moría de ganas de consolarla. Cuando Dolly le dijo que estaba bien, que esto era una guerra y todos sufrían pérdidas, Jimmy pensó que trataba de ser valiente, pero no era el valor lo que silenciaba a Dolly. Sus emociones eran tan complejas, tan descarnados los recuerdos de su salida de la casa que consideró mejor no empezar a hablar por miedo a lo que podría decir y sentir. No había visto a sus padres desde que se fue a Londres: su padre le había prohibido hablar con ellos a menos que fuese a «empezar a comportarse de forma decente», pero su madre le había escrito cartas secretas, con frecuencia si no con cariño, en la más reciente de las cuales insinuaba un viaje a Londres para ver por sí misma «esa mansión y a esa gran dama que tanto mencionas». Pero ya era demasiado tarde para todo eso. Su madre jamás conocería a lady Gwendolyn, ni entraría en el número 7 de Campden Grove, ni vería que la vida de Dolly era un gran éxito.

En cuanto al pobre Cuthbert… Para Dolly era demasiado doloroso pensar en él. Recordó también su última carta, palabra por palabra: cómo describía con todo detalle el refugio que estaban construyendo en el jardín, las fotografías de Spitfires y Hurricanes que coleccionaba para decorar el interior, qué planes tenía para los pilotos alemanes que capturase. Qué orgulloso y engañado estaba, qué emocionado con la parte que iba a desempeñar en la guerra, tan regordete y desgarbado, tan feliz y pequeño, y ahora se había ido. La tristeza que embargó a Dolly, la soledad de saberse huérfana, era tan inmensa que no vio más alternativa que dedicarse a trabajar para lady Gwendolyn y no hablar más de ello.

Hasta que un día la anciana se puso a evocar la bonita voz que tuvo de niña, y Dolly se acordó de su madre y de esa caja azul oculta en el garaje, llena de sueños y recuerdos que ahora no eran más que escombros, y rompió a llorar, ahí mismo, al borde de la cama de la anciana, con la lima en la mano.

—¿Qué te ocurre? —dijo lady Gwendolyn, cuya boca, tan pequeña, se quedó abierta de par en par, muestra de la impresión recibida, como si Dolly se hubiese quitado la ropa y empezase a bailar por la habitación.

Sorprendida en un momento de descuido, Dolly se lo contó todo a lady Gwendolyn. Su madre, su padre y Cuthbert, cómo eran, qué cosas decían, cómo la sacaban de sus casillas, cómo su madre le cepillaba el pelo y Dolly se resistía, los viajes a la playa, el cricket y el burro. Por último, Dolly confesó cómo se fue de la casa, sin pararse apenas cuando su madre la llamó —Janice Smitham, quien habría preferido pasar hambre antes que alzar la voz cerca de los vecinos— y salió corriendo con el libro que le había comprado como regalo de despedida.

—Ejem —dijo lady Gwendolyn cuando Dolly terminó de hablar—. Es doloroso, sin duda, pero no eres la primera que pierde a su familia.

—Lo sé. —Dolly respiró hondo. El eco de su propia voz parecía recorrer la habitación, y Dolly se preguntó si estaba a punto de ser despedida. A lady Gwendolyn no le gustaban los arrebatos (a menos que fueran suyos).

—Cuando me despojaron de Henny Penny, pensé que iba a morir.

Dolly asintió, esperando, aún, la caída del hacha.

—Pero tú eres joven; vas a salir adelante. Solo tienes que mirarla a ella, al otro lado de la calle.

Era cierto: al final, la vida de Vivien se había convertido en un camino de rosas, pero había unas cuantas diferencias entre ambas.

—Ella tenía un tío rico que se hizo cargo de ella —dijo Dolly en voz baja—. Es una heredera, casada con un escritor famoso. Y yo soy… —Se mordió el labio inferior, para no llorar de nuevo—. Yo soy…

—Bueno, no estás completamente sola, ¿a que no, niña tonta?

Lady Gwendolyn alzó la bolsa de caramelos y, por primera vez, ofreció uno a Dolly. Tardó un momento en captar lo que la anciana estaba sugiriendo, pero, cuando lo hizo, Dolly ya había metido la mano, tímidamente, dentro de la bolsa para sacar un dulce enorme, rojo y verde. Lo sostuvo en la mano, los dedos cerrados alrededor, consciente de que se derretía contra su palma caliente. Dolly respondió solemnemente:

—La tengo a usted.

Lady Gwendolyn resopló y apartó la vista.

—Nos tenemos la una a la otra, supongo —dijo con la voz aflautada por la emoción imprevista.

Dolly llegó a su dormitorio y añadió el número más reciente de *The Lady* al montón de ejemplares. Más tarde, echaría un vistazo y recortaría las mejores fotos para pegarlas dentro de su Libro de Ideas, pero ahora tenía cosas más importantes de las que ocuparse.

Se puso a gatas y tanteó bajo la cama en busca del plátano que le había dado el señor Hopton, el verdulero, que lo había «encontrado» para ella bajo el mostrador. Tarareando una melodía para sí misma, salió sigilosa por la puerta hacia el pasillo. En un sentido estricto, no existía razón alguna para ser sigilosa (Kitty y las otras estaban ocupadas aporreando máquinas de escribir en el Ministerio de Guerra, la cocinera hacía cola en una carnicería armada con un puñado de cartillas de racionamiento y lady Gwendolyn roncaba plácidamente en la cama), pero era mucho más divertido esfumarse que caminar. Sobre todo porque disponía de una maravillosa hora de libertad por delante.

Subió corriendo las escaleras, sacó la llavecita que había duplicado y entró en el vestidor de lady Gwendolyn. No ese cuchitril diminuto donde Dolly escogía una bata por las mañanas para cubrir el cuerpo de la gran señora; no, no, ese no. El vestidor constaba de un amplio espacio que albergaba innumerables vestidos, zapatos, abrigos y sombreros, de una calidad que Dolly rara vez había visto salvo en las páginas de sociedad. Sedas y pieles colgaban en enormes armarios empotrados, y zapatos de raso hechos a medida reposaban coquetos en los imponentes estantes. Las cajas circulares de sombreros, que lucían con orgullo los nombres de las sombrererías de Mayfair (Schiaparelli, Coco Chanel, Rose Valois), se alzaban hacia el techo en columnas tan altas que se había instalado una escalera blanca con el fin de poder sacarlos.

En el arco de la ventana, con unas lujosas cortinas de terciopelo que rozaban la alfombra (siempre echadas contra los aviones alemanes), una mesilla albergaba un espejo ovalado, un juego de cepillos de plata de ley y una serie de fotografías con marcos lujosos. Mostraban a un par de jóvenes, Penelope y Gwendolyn Caldicott, la mayoría retratos oficiales con el nombre del estudio en la esquina inferior, pero unos pocos tomados en el momento mientras asistían a esta o aquella fiesta de la alta sociedad. Había una fotografía en particular que siempre llamaba la atención de Dolly. Las dos hermanas Caldicott eran mayores que en las otras (treinta y cinco por lo menos) y habían sido fotografiadas por Cecil Beaton en una magnífica escalera de caracol. Lady Gwendolyn estaba de pie con una mano en la cadera mirando a la cámara, mientras su hermana echaba un vistazo a algo (o alguien) que no estaba a la vista. Era una fotografía de la fiesta en la que Penelope se enamoró, la noche en la que el mundo de su hermana se derrumbó.

Pobre lady Gwendolyn; no sabía que su vida iba a cambiar para siempre esa noche. Y estaba tan bonita…; era imposible creer que esa anciana había sido tan joven o tan deslumbrante. (Dolly, tal vez como cualquier joven, ni siquiera imaginaba que a ella le esperaba la misma suerte). Era una muestra, pensó melancólica, de cómo la pérdida y la traición podían corroer a una persona, tanto por dentro como por fuera. El vestido de noche de satén que lady Gwendolyn llevaba en la fotografía era de un color oscuro y luminoso, tan ajustado que realzaba con ligereza sus curvas. Dolly registró los armarios hasta que al fin lo encontró, tendido en una percha entre muchos otros: cuál fue su placer al descubrir que era de un rojo intenso, el más magnífico de los colores.

Fue el primer vestido de lady Gwendolyn que se probó, pero, desde luego, no el último. No, antes de la llegada de Kitty y las otras, cuando las noches de Campden Grove le pertenecían y podía hacer lo que le viniese en gana, Dolly pasó mucho tiempo aquí, con una silla bajo el picaporte, mientras se quedaba en ropa interior y jugaba a los disfraces. A veces también se sentaba a la mesa y se esparcía nubes de talco en el escote desnudo, husmeaba en los cajones con broches de diamantes, se peinaba con el cepillo de cerdas de jabalí… ¡Lo que habría dado a cambio de un cepillo como ese, con su nombre grabado a lo largo del mango...!

Sin embargo, hoy no tenía tiempo para todo eso. Dolly se sentó con las piernas cruzadas en el sofá de terciopelo, bajo la araña de luz, y peló el plátano. Cerró los ojos al dar el primer mordisco, con un suspiro de satisfacción suprema. Era cierto: las frutas prohibidas (o al menos racionadas) eran las más dulces. Lo comió entero, saboreando cada bocado, tras lo cual dejó la cáscara delicadamente en el asiento de al lado. Gratamente saciada, Dolly se limpió las manos y acometió la tarea. Había hecho una promesa a Vivien y tenía intención de cumplirla.

Arrodillada junto a los estantes de vestidos que se mecían, sacó el sombrerero de su escondite. Ya había dado un primer paso el día anterior, al meter el casquete junto a otro y usar la caja vacía para albergar el pequeño montoncito de tela que había reunido. Era una de esas cosas que Dolly imaginaba que habría hecho por su madre si todo hubiese ido de otro modo. El Servicio Voluntario de Mujeres, a cuyas filas se había sumado recientemente, recogía prendas para remendarlas y ajustarlas, y Dolly anhelaba hacer su parte. De hecho, deseaba que quedasen encantados con su contribución y, ya que estaba en ello, ayudar a Vivien, quien organizaba la unidad.

En la última reunión, hubo un debate acalorado acerca de todo lo que era necesario ahora que los ataques aéreos eran más frecuentes (vendas, juguetes para los niños sin hogar, pijamas de hospital para soldados) y Dolly había ofrecido un montón de ropa para cortar en retazos y arreglar lo que hiciese falta. Mientras las otras discutían sobre quién era la mejor costurera y qué patrón debían emplear para las muñecas de trapo, Dolly y Vivien (¡a veces tenía la impresión de que eran las únicas que no habían cumplido cien años!) intercambiaron una mirada cómplice y siguieron trabajando en silencio, murmurando cuando necesitaban más hilo u otro pedazo de material, y trataron de hacer caso omiso de las acaloradas disputas que las rodeaban.

Fue preciso pasar tiempo juntas; era una de las principales razones por las cuales Dolly se había inscrito en el Servicio Voluntario de Mujeres (la otra, la esperanza de que la Oficina de Empleo no la reclutase para algo horroroso, como fabricar municiones). Ahora que lady Gwendolyn estaba tan apegada a ella (se negaba a conceder a Dolly más de un domingo al mes) y Vivien vivía atrapada en el ajetreado horario de esposa perfecta y voluntaria, era casi imposible que se viesen.

Dolly, que trabajaba con rapidez, estudiaba una blusa más bien sosa a fin de decidir si la marca Dior que lucía dentro de la costura le ayudaría a evitar la reencarnación en forma de venda, cuando la sobresaltó un golpe procedente de abajo. La puerta se cerró y enseguida la cocinera llamó a gritos a la chica que venía por la tarde a ayudar con la limpieza. Dolly miró el reloj de pared. Eran casi las tres y, por tanto, hora de despertar al oso durmiente. Cerró el sombrerero y lo escondió, se alisó la falda y se preparó para pasar otra tarde jugando a las solteronas.

—Otra carta de tu Jimmy —dijo Kitty, que la blandió ante Dolly cuando entró en el salón por la noche. Estaba sentada con las piernas cruzadas en la *chaise longue* mientras, junto a ella, Betty y Susan hojeaban un viejo ejemplar de *Vogue*. Habían apartado el piano de cola hacía meses, para horror de la cocinera, y la cuarta muchacha, Louisa, ataviada apenas con ropa interior, llevaba a cabo una desconcertante serie de ejercicios calisténicos sobre la alfombra de Besarabia.

Dolly encendió un cigarrillo y dobló las piernas bajo su cuerpo en el viejo sillón de cuero. Las demás siempre dejaban ese sillón a Dolly. Nadie lo había admitido nunca, pero su posición como doncella de lady Gwendolyn le confería cierto prestigio entre el personal de la casa. Si bien solo había vivido en el 7 de Campden Grove uno o dos meses más que ellas, las chicas siempre acudían a Dolly, con todo tipo de preguntas acerca de cómo eran las costumbres o si les permitía explorar la casa. Al principio le había divertido, pero ahora no entendía por qué: así era como tenían que comportarse.

Con un cigarrillo en la boca, abrió el sobre. Era una carta breve, escrita, decía, de pie en un tren del ejército abarrotado en el que iban como sardinas, y Dolly recorrió esos garabatos en busca de lo importante: había tomado fotografías de los desastres de la guerra en algún lugar del norte, estaba de regreso en Londres unos días y se moría de ganas de verla. ¿Estaba libre el sábado por la noche? Dolly casi gritó de placer.

—Ahí está el que se ha llevado el gato al agua —dijo Kitty—. Vamos, cuéntanos qué dice.

Dolly siguió sin mirarlas. La carta no era picante, ni mucho menos, pero qué mal había en hacerles pensar que sí, sobre todo a Kitty, que siempre les contaba detalles morbosos sobre sus últimas conquistas.

—Es personal —dijo al fin, con una enigmática sonrisa para rematar el efecto.

—Qué aguafiestas. —Kitty hizo un mohín—. Mira que guardarte un atractivo piloto de la RAF solo para ti... Y ¿cuándo lo vamos a conocer?

—Sí —intervino Louisa, con las manos en las caderas, inclinando el torso—. Tráelo una noche para que veamos si es el tipo indicado para nuestra Doll.

Dolly observó el busto palpitante de Louise, que sacudía las caderas de un lado a otro. No recordaba bien cómo habían llegado a la conclusión de que Jimmy era piloto, una idea surgida hacía muchos meses que dejó sin palabras a Dolly. No las sacó de su error y ahora ya parecía demasiado tarde.

—Lo siento, niñas —dijo, doblando la carta por la mitad—. Está demasiado ocupado: vuela en misiones secretas, cosas de la guerra, en realidad no puedo divulgar los detalles... Y, aunque no fuese así, ya conocéis las reglas.

—Oh, vamos —dijo Kitty—. La vieja criticona no lo sabrá nunca. La última vez que bajó, los carruajes aún estaban de moda, y nosotras no vamos a decir ni pío.

—Sabe más de lo que crees —dijo Dolly—. Además, créeme. Soy lo más parecido que tiene a una familia, pero me despediría en cuanto sospechase que ando con un hombre.

—¿Y eso sería tan malo? —dijo Kitty—. Podrías venir a trabajar con nosotras. Una sonrisa y mi supervisor te contrataría en un santiamén. Un poco pegajoso, pero muy divertido cuando sabes cómo manejarlo.

—¡Oh, sí! —dijeron Betty y Susan, que tenían una curiosa habilidad para hablar al unísono. Alzaron la mirada de su revista—. Ven a trabajar con nosotras.

—¿Y abandonar mi tortura diaria? Ni loca.

Kitty se rio.

—Estás loca, Doll. Estás loca o eres valiente, no estoy segura.

Dolly se encogió de hombros; desde luego no iba a hablar de sus razones para quedarse con una cotilla como Kitty.

En vez de eso, cogió su libro. Estaba en la mesilla donde lo había dejado la noche anterior. Era un libro nuevo, su primer libro (con la excepción de un tomo nunca leído de *El libro de las tareas domésticas de la señora Beeton,* que una vez su madre dejó esperanzada en sus manos). Fue un domingo libre a Charing Cross Road con la intención de comprárselo a un librero.

La musa rebelde. Kitty se inclinó para leer la portada.

—¿Ese no te lo has leído ya?

—Sí, dos veces.

—¿Tan bueno es?

—Pues sí.

Kitty arrugó su bonita nariz.

—No soy de leer libros.

—¿No? —Tampoco Dolly, normalmente no, pero Kitty no necesitaba saberlo.

—¿Henry Jenkins? Ese nombre me resulta familiar… Oh, vaya, ¿no es el tipo que vive al otro lado de la calle?

Dolly hizo un vago gesto con el cigarrillo.

—Creo que vive por aquí cerca.

Por supuesto, esa era la principal razón por la que había elegido el libro. En cuanto lady Gwendolyn mencionó que Henry Jenkins era muy conocido en los círculos literarios por incluir tal vez demasiada realidad en sus novelas («Podría mencionar a un tipo furioso por ver sus trapos sucios a la vista de todos. Amenazó con llevarlo a los tribunales, pero murió antes de poder hacerlo —era propenso a los accidentes, al igual que su padre—. Por fortuna para Jenkins…»), la curiosidad de Dolly se volvió tan incisiva como una lima. Tras una minuciosa charla con el librero, adivinó que *La musa rebelde* era una historia de amor sobre un apuesto autor y su esposa, mucho más joven, así que Dolly le entregó con entusiasmo sus queridos ahorros. Dolly pasó una deliciosa semana con los ojos clavados en el matrimonio Jenkins, con lo cual aprendió todo tipo de detalles que nunca se habría atrevido a preguntar a Vivien.

—Un tipo de muy buen ver —dijo Louisa, tumbada ahora sobre la alfombra, con la espalda arqueada como una cobra para mirar a Dolly—. Está casado con esa morena, esa que siempre va por ahí como si tuviese un palo metido en el…

—Oh —gritaron Betty y Susan, con los ojos abiertos—. Ella.

—Una mujer con suerte —dijo Kitty—. Yo mataría por tener un marido así. ¿Os habéis fijado en cómo la mira? Como si ella fuese la perfección en persona y él no se creyese su suerte.

—No me importaría nada que me echase una ojeadita —dijo Louisa—. ¿Cómo creéis que podríamos conocer a un hombre así?

Dolly sabía la respuesta, sabía cómo Vivien había conocido a Henry, pues salía en el libro, pero no lo reveló. Vivien era su amiga. Hablar acerca de Vivien así, saber que las otras también se habían fijado en ella, que habían conjeturado, preguntado y extraído sus propias conclusiones indignó de tal modo a Dolly que las orejas le ardían. Era como si hurgasen en algo que le pertenecía, algo precioso, íntimo, importante, como si fuese un sombrerero que contenía ropa usada.

—He oído que ella no está del todo bien —dijo Louisa—. Por eso nunca le quita los ojos de encima.

Kitty se burló:

—A mí me parece que no tiene ni un resfriado. Todo lo contrario. La he visto en el comedor del SVM de Church Street cuando llego por la noche. —Bajó la voz y las otras chicas se inclinaron para escucharla—: He oído que era porque a ella se le van los ojos detrás de los hombres.

—¡Oh! —Betty y Susan susurraron juntas—. ¡Un amante!

—¿No os habéis fijado en lo cuidadosa que es? —continuó Kitty, ante el embeleso de sus oyentes—. Siempre lo saluda en la puerta cuando él llega a casa, vestida de punta en blanco, y le pone un vaso de whisky en la mano. ¡Por favor! Eso no es amor, eso es una conciencia culpable. Oídme bien: esa mujer oculta algo y creo que todas sabemos qué.

Dolly ya no lo soportaba más; de hecho, no podía estar más de acuerdo con lady Gwendolyn cuando decía que, cuanto antes se fuesen del 7 de Campden Grove, mejor. Sin duda, qué poco sofisticadas eran.

—Vaya, es tardísimo —dijo, cerrando el libro—. Me voy a bañar.

Dolly esperó a que el agua alcanzase los diez centímetros y cerró el grifo con el pie. Metió el dedo gordo dentro del grifo para impedir que gotease. Sabía que debía pedir a alguien que lo arreglase, pero ¿a quién? Los fontaneros estaban demasiado ocupados con los incendios y las cañerías reventadas para preocuparse por un pequeño goteo y, de todos modos, siempre parecía arreglarse solo. Apoyó el cuello en el borde frío de la bañera, de tal modo que los rulos y las horquillas no cayeran sobre la cara. Se había cubierto el pelo con un pañuelo para que el vapor no lo encrespase: vana ilusión, por supuesto; Dolly no recordaba la última vez que había visto vapor durante un baño.

Miró al techo mientras llegaba música de baile de la radio de abajo. Era un baño precioso, con baldosas blancas y negras y muchos pasamanos y grifos metálicos y brillantes. El horroroso sobrino de lady Gwendolyn, Peregrine, sufriría un ataque si viese las braguitas, los sostenes y las medias tendidas en un cordel. Ese pensamiento agradó a Dolly.

Estiró un brazo fuera de la bañera y sostuvo el cigarrillo en una mano, *La musa rebelde* en la otra. Manteniendo ambos fuera del agua (no era difícil, diez centímetros no cubrían mucho), pasó páginas hasta encontrar la escena que estaba buscando. Humphrey, ese escritor inteligente pero desdichado, ha recibido una invitación de su viejo director para volver al colegio y hablar a los chicos sobre literatura, a lo cual seguiría una cena en el hogar del maestro. Tras excusarse con los comensales y salir de la residencia para volver paseando por el jardín en penumbra al lugar donde había aparcado el coche, piensa en el rumbo que ha tomado su vida, los lamentos y el «cruel paso del tiempo», cuando llega al viejo lago y algo le llama la atención:

Humphrey atenuó la luz de la linterna y se quedó donde esta-
ba, inmóvil y en silencio, entre las sombras de la sala de baños.
En un claro cercano a la ribera del lago, colgaban unos faroles
de vidrio de las ramas y las velas oscilaban en la brisa cálida de
la noche. Una muchacha, en el umbral de la edad adulta, esta-
ba en medio de las luces, los pies descalzos y apenas un sencillísi-
mo vestido de verano que le llegaba a las rodillas. Su pelo
moreno y ondulado caía suelto sobre los hombros y la luz de la
luna bañaba la escena y daba lustre a su perfil. Humphrey vio
que sus labios se movían, como si recitase un poema entre dientes.

Era un rostro exquisito, pero fueron las manos las que le
cautivaron. Mientras el resto de su cuerpo permanecía en una
inmovilidad perfecta, sus dedos formaban frente al pecho los
pequeños pero elegantes movimientos de una persona que teje
hilos invisibles.

Había conocido a otras mujeres, a mujeres hermosas que
halagaban y seducían, pero esta joven era diferente. Su concen-
tración la volvía más bella, la pureza de sus intenciones recor-
daba a la de un niño, si bien ella era ya, sin duda, una mujer.
Encontrarla en estos parajes naturales, observar el libre movi-
miento de su cuerpo, el intenso romanticismo de su rostro, lo
hechizaron.

Humphrey salió de las sombras. La joven lo vio, pero no se
sobresaltó. Sonrió como si lo hubiese estado esperando y señaló
con un gesto el lago.

—Hay algo mágico en el hecho de nadar a la luz de la luna,
¿no cree?

Dolly llegó al final de un capítulo y al final de su cigarrillo, así que se deshizo de ambos. El agua estaba quedándose
fría y quería lavarse antes de que se volviese gélida. Se enjabonó
los brazos pensativa y, al aclararse, se preguntó si eso era lo que
Jimmy sentía por ella.

Dolly salió de la bañera y cogió una toalla del estante. De forma inesperada, se vio en el espejo y se quedó muy quieta, tratando de imaginar qué vería un desconocido al mirarla. Cabello castaño, ojos castaños (no demasiado juntos, menos mal), naricilla respingona. Sabía que era bonita, lo sabía desde que tenía once años y el cartero comenzó a comportarse de forma extraña al verla en la calle, pero ¿era su belleza de un tipo distinto de la de Vivien? ¿Se habría detenido un hombre como Henry Jenkins, embelesado, para verla susurrar a la luz de la luna?

Porque, por supuesto, Viola (el personaje del libro) era Vivien. Aparte de las similitudes biográficas, estaba esa descripción de la joven, a la luz de la luna, junto al lago, los labios carnosos, los ojos felinos, esa mirada fija en algo que nadie podía ver. Vaya, si así era como Dolly veía a Vivien desde la ventana de lady Gwendolyn.

Se acercó al espejo. Oía su respiración en el baño en silencio. ¿Qué habría sentido Vivien, se preguntó, al saber que había cautivado a un hombre como Henry Jenkins, mayor, con más experiencia y miembro de los mejores círculos literarios y de la alta sociedad? Habría sido como volverse una princesa cuando le pidió la mano, cuando la alejó de la monotonía de su vida cotidiana y se la llevó de vuelta a Londres, a una vida en la que dejó atrás a la joven medio asilvestrada para ser una belleza de collares de perlas, Chanel n.º 5, deslumbrante del brazo del marido en los clubes y restaurantes más lujosos. Esa era la Vivien que Dolly conocía; y, sospechaba, a la que más se parecía.

Toc, toc.

—¿Queda algún superviviente ahí dentro? —La voz de Kitty, al otro lado de la puerta, pilló a Dolly por sorpresa.

—Un minuto —replicó.

—Ah, bien, estás ahí. Empezaba a pensar que te habías ahogado.

—No.

—¿Vas a tardar mucho?

—No.

—Es que son casi las nueve y media, Doll, y he quedado con un espléndido piloto en el Club Caribe. En Biggin Hill, toda la noche. ¿No te apetece ir a bailar? Dijo que iba a llevar a algunos amigos. Uno de ellos preguntó por ti en concreto.

—No esta noche.

—¿Me has oído bien? He dicho pilotos, Doll. Heroicos y valientes.

—Ya tengo uno de esos, ¿recuerdas? Además, haré mi turno en el comedor del SVM.

—¿Es que las solteronas, viudas y marimachos no pueden vivir sin ti ni una noche? —Dolly no respondió y, al cabo de un momento, Kitty dijo—: Bueno, como quieras. Louisa se muere de ganas de ocupar tu lugar.

Como si eso fuese posible, pensó Dolly.

—Diviértete —dijo, y esperó a que los pasos de Kitty se alejaran.

Solo cuando la oyó bajando las escaleras desató el nudo del pañuelo y se lo quitó. Sabía que tendría que volver a arreglarse el pelo, pero no le importó. Comenzó a quitarse los rulos, que dejaba en el lavabo vacío. A continuación, se peinó con los dedos, pasando el pelo en torno a los hombros en suaves ondas.

Listo. Giró la cabeza de lado a lado; comenzó a susurrar entre dientes (Dolly no se sabía ningún poema, pero supuso que la letra de una canción de moda, *Chattanooga Choo Choo*, sería suficiente); levantó las manos y movió los dedos ante ella como si tejiera hilos invisibles. Dolly sonrió al verse. Era igual que la Viola del libro.

12

Al fin sábado por la noche, y Jimmy se peinaba el pelo hacia atrás, intentando convencer a un mechón del flequillo para que se quedara en su sitio. Sin Brylcreem era una batalla perdida, pero no había podido permitirse un nuevo frasco este mes. En su lugar, empleaba agua y zalamerías, pero los resultados no eran alentadores. La luz de la bombilla parpadeó y Jimmy miró hacia arriba, con la esperanza de que aguantase un poco más; ya había robado luces para el salón y las del baño serían las siguientes. No le apetecía bañarse en la oscuridad. La luz flaqueó y Jimmy se sumió en la penumbra, mientras se oía a lo lejos la música de la radio de abajo. Cuando recuperó la intensidad, se animó de nuevo y comenzó a silbar al compás de *In the Mood*, de Glenn Miller.

El traje pertenecía a su padre, de los días de W. H. Metcalfe & Sons, y era mucho más formal que la ropa de Jimmy. Se sintió un poco tonto, para qué negarlo: estaban en guerra y si ya era bastante malo, o eso pensaba, no ir de uniforme, mucho peor era ir de galán barato. Pero Dolly había dicho que se vistiese bien: «¡Como un caballero, Jimmy!», había escrito en la carta, un caballero de verdad..., y su guardarropa no le ofrecía muchas opciones. El traje los acompañó cuando se mudaron de

Coventry, justo antes del inicio de la guerra; era uno de los pocos vestigios del pasado de los que Jimmy no pudo prescindir. Y menos mal: Jimmy sabía que era mejor no decepcionar a Dolly cuando se le metía una idea en la cabeza, más aún últimamente. En las últimas semanas, desde que perdió a su familia, se había creado una distancia entre ellos; ella evitaba su compasión: adoptaba un gesto valiente y se ponía rígida si trataba de abrazarla. Ni siquiera mencionaba sus muertes y desviaba la conversación hacia su señora, de quien hablaba de forma mucho más afectuosa que antes. Jimmy se alegraba de que hubiese encontrado a alguien que la ayudase a sobrellevar el dolor, cómo no; pero habría preferido que esa persona fuese él.

Negó con la cabeza. Qué granuja engreído era, compadeciéndose de sí mismo cuando Dolly trataba de superar esa enorme pérdida. Aun así, era impropio de ella encerrarse en sí misma; Jimmy tenía miedo: era como si el sol quedase oculto tras las nubes, y así pudiese vislumbrar lo fría que sería su existencia sin ella. Por eso esta noche era tan importante. La carta que le había enviado, su insistencia en que fuese todo encopetado… Era la primera vez, desde el bombardeo de Coventry, que la veía animada y no quería estropearlo. Jimmy volvió su atención al traje. No podía creer que le quedase tan bien: cuando su padre vestía esa prenda, Jimmy tenía la impresión de que era un gigante. Ahora cabía la posibilidad de que hubiese sido solo un hombre.

Jimmy se sentó en la manta desgastada de su estrecha cama y cogió los calcetines. Uno de ellos tenía un agujero que llevaba semanas pensando en zurcir, pero le dio la vuelta para que quedase abajo y decidió que así ya no quedaba mal. Desperezó los dedos de los pies y contempló los zapatos, pulidos, en el suelo, y luego miró el reloj. Aún quedaba una hora para la cita. Se había preparado demasiado pronto. No era de extrañar; Jimmy estaba inquieto como un gato.

Encendió un cigarrillo y se tumbó en la cama, con un brazo detrás de la cabeza. Había algo duro debajo de él; metió la mano bajo la almohada y sacó *De ratones y hombres*. Era un ejemplar de la biblioteca, el mismo que había sacado en el verano del 38, pero Jimmy prefirió pagar el libro perdido antes que devolverlo. Le gustaba la novela, pero no era ese el motivo por el que se la quedó. Jimmy era supersticioso: era el libro que llevaba ese día a la orilla del mar y bastaba mirar la portada para despertar sus más dulces recuerdos. Además, era el lugar perfecto para guardar su posesión más preciada. Escondida ahí dentro, donde nadie salvo él miraría nunca, estaba la fotografía de Dolly en ese campo junto al mar. Jimmy la sacó y alisó una esquina doblada. Dio una calada y soltó el humo, mientras recorría con el pulgar el contorno de su cabello, el hombro, la curva de sus senos…

—¿Jimmy? —Su padre hurgaba en el cajón de los cubiertos al otro lado de la pared. Jimmy sabía que debía ayudarle a encontrar lo que buscaba. Sin embargo, dudó. Gracias a esas búsquedas el anciano tenía algo que hacer, y Jimmy sabía por experiencia que era bueno que un hombre estuviese ocupado.

Volvió a fijarse en la fotografía, como ya había hecho un millón de veces. Se sabía de memoria hasta el menor de los detalles: cómo ensortijaba el pelo alrededor de un dedo, la inclinación de la barbilla, esa mirada desafiante tan propia de Dolly, siempre actuando con más audacia de la que sentía («Un recuerdo mío». Y cómo olvidarla así); casi podía oler la sal y sentir el sol en la piel, el peso de su cuerpo arqueado bajo el suyo cuando la besó…

—¿Jimmy? No encuentro la cosa esa, Jim. Jimmy suspiró y se dispuso a ser paciente.

—¡Muy bien, papá! —exclamó—. Enseguida voy. —Sonrió compungido a la fotografía: no se sentía del todo cómodo contemplando los senos desnudos de su chica mientras su padre refunfuñaba al otro lado de la pared. Jimmy guardó el retrato entre las páginas del libro y se incorporó.

Se puso los zapatos y se ató los cordones, se quitó el cigarrillo de los labios y miró alrededor de las paredes de su pequeña habitación; desde el comienzo de la guerra no había dejado de trabajar, y el papel verde descolorido estaba cubierto con impresiones de sus mejores fotografías, o al menos sus favoritas. Eran las que había tomado en Dunkerque: un grupo de hombres tan exhaustos que apenas se tenían en pie, que se pasaban el brazo sobre los hombros, uno con un vendaje sucio que le cubría el ojo, y caminaban penosamente, en silencio, con la vista en el suelo, sin pensar en nada salvo el siguiente paso; un soldado dormido en la playa, sin botas, abrazado a una mugrienta cantimplora como si le fuese la vida en ello; unos barcos a la desbandada, aviones que disparaban en las alturas y hombres que habían logrado alejarse solo para caer tiroteados en el agua al intentar escapar del infierno.

Estaban las fotografías que había tomado en Londres desde el comienzo de los bombardeos. Jimmy contempló una serie de retratos en la pared más lejana. Se levantó y fue a echar un vistazo más de cerca. Una familia en el East End cargaba los restos de sus posesiones en una carretilla; una mujer en delantal tendía la ropa en una cocina donde faltaba la cuarta pared, un espacio íntimo de repente hecho público; una madre que leía cuentos a sus seis hijos en el refugio Anderson; el panda de peluche con la mitad de la pierna arrancada; la mujer sentada en una silla con una manta sobre los hombros y una llamarada detrás de ella, donde antes estaba su casa; un anciano que buscaba a su perro entre los escombros.

Esas imágenes lo obsesionaban. A veces sentía que les estaba robando un trozo del alma, que les arrebataba un momento íntimo al tomar la fotografía; pero Jimmy no se tomaba esa transacción a la ligera: quedaban unidos, él y los retratados. Lo observaban desde las paredes y se sentía en deuda con ellos, no solo por haber sido testigo de un instante perpetuado, sino también por la responsabilidad incesante de mantener vivas sus historias. A menudo Jimmy escuchaba los sombríos anuncios de la BBC: «Tres bomberos, cinco policías y ciento cincuenta y tres civiles han perdido la vida» (qué palabras tan pulcras, tan medidas, para describir el horror que había experimentado la noche anterior), y veía las mismas líneas en el periódico, pero eso sería todo. Ya no había tiempo para nada más esos días, no tenía sentido dejar flores o escribir epitafios, pues todo ocurriría de nuevo a la noche siguiente, y a la siguiente. La guerra no dejaba espacio para el dolor personal ni los recuerdos, a los que se habituó de niño en la funeraria de su padre, pero le gustaba pensar que sus fotografías ayudarían a dejar constancia de ello. Un día, cuando ya todo hubiese terminado, tal vez esas imágenes sobrevivirían y las personas del futuro dirían: «Así fue como ocurrió».

Cuando Jimmy llegó a la cocina, su padre ya había olvidado la búsqueda de esa cosa misteriosa y estaba sentado a la mesa, vestido con pantalones de pijama y una camiseta. Daba de comer al canario las migajas de galletas rotas que Jimmy le había comprado muy baratas.

—Toma, Finchie —decía, metiendo el dedo entre las barras de la jaula—. Aquí tienes, Finchie, precioso. Qué buen muchacho. —Giró la cabeza cuando oyó a Jimmy detrás de él—. ¡Hola! Qué elegante, chico.

—En realidad, no, papá.

Su padre lo miraba de arriba abajo y Jimmy rezó en silencio para que no se diese cuenta de la procedencia del traje. A su padre no le habría importado prestárselo (era generoso en extremo), pero era probable que le trajese recuerdos confusos que lo alterarían.

Al final su padre se limitó a asentir con aprobación.

—Estás muy guapo, Jimmy —dijo, con el labio inferior temblando con emoción paternal—. Muy guapo, claro que sí. Qué orgulloso estoy.

—Muy bien, papá, poco a poco —dijo Jimmy con amabilidad—. Me voy a poner cabezón si no tienes cuidado. Y no te gustaría vivir conmigo así.

Su padre, que aún asentía, sonrió levemente.

—¿Dónde está tu camisa, papá? ¿En tu dormitorio? Voy a buscarla, no sea que te resfríes.

Su padre arrastró los pies tras él, pero se detuvo en medio del pasillo. Todavía estaba ahí cuando Jimmy volvió de la habitación, con una expresión desconcertada en el rostro, como si tratara de recordar por qué se había levantado. Jimmy lo agarró del codo y lo guio con cuidado a la cocina. Le ayudó a ponerse la camisa y a sentarse en su asiento habitual; se confundía si utilizaba otro.

La tetera seguía medio llena y Jimmy la volvió a poner a hervir. Era un alivio tener gas de nuevo; unas noches atrás una bomba incendiaria alcanzó la red de suministro y el padre de Jimmy lo pasó mal por tener que acostarse sin su taza de té con leche. Jimmy echó una porción bien medida de hojas de té, con cuidado de no excederse. Quedaban pocas existencias en Hopwood y no quería arriesgarse a quedarse sin té.

—¿Vas a volver a tiempo para la cena, Jimmy?

—No, papá. Hoy voy a salir hasta tarde, ¿recuerdas? Te he dejado unas salchichas en la cocina.

—Vale.

—Salchichas de conejo, qué se le va a hacer, pero te he encontrado algo especial para el postre. Jamás lo adivinarías: ¡una naranja!

—¿Una naranja? —Un recuerdo fugaz iluminó la cara del anciano—. Una vez tuve una naranja en Navidad, Jimmy.

—¿De verdad, papá?

—Cuando yo era un chiquillo, en la granja. Qué naranja más grande y hermosa. Mi hermano Archie se la comió cuando yo no miraba.

La tetera comenzó a silbar y Jimmy la retiró del fuego. Su padre lloraba en silencio, como siempre que mencionaba a Archie, su hermano mayor, muerto en las trincheras hacía veinticinco años o más, pero Jimmy hizo caso omiso. Con el tiempo había aprendido que las lágrimas de su padre por las penas de antaño se secaban tan rápido como venían, que lo mejor era continuar con buen humor.

—Bueno, esta vez no, papá —dijo—. Nadie se va a comer esta salvo tú. —Sirvió un buen chorro de leche en la taza de su padre. Le gustaba el té con mucha leche, una de las pocas cosas que no escaseaban gracias al señor Evans y a las dos vacas que tenía en el granero, al lado de su tienda. El azúcar era otra historia, y Jimmy echó una pequeña ración de leche condensada en su lugar. Lo removió y llevó la taza en un platillo a la mesa—. Escucha, papá, las salchichas están hechas en la sartén para cuando tengas hambre, no es necesario que enciendas el fogón, ¿está bien? —Su padre movía las migas de Finchie por el mantel—. ¿Está bien, papá?

—¿Qué has dicho?

—Tus salchichas ya están cocinadas, no enciendas el fogón.

—Muy bien. —Su padre bebió un sorbo de té.

—Tampoco hace falta abrir los grifos, papá.

—¿Qué has dicho, Jim?

—Yo te ayudo a limpiarte cuando vuelva.

Su padre miró a Jimmy, perplejo por un instante, y dijo:

—Estás muy guapo, muchacho. ¿Vas a salir esta noche?

—Sí, papá. —Jimmy suspiró.

—A un lugar elegante, ¿a que sí?

—Solo voy a ver a alguien.

—¿Una amiga?

Jimmy no pudo contener una sonrisa ante la discreción de la palabra escogida por su padre.

—Sí, papá. Una amiga.

—¿Alguien especial?

—Mucho.

—Tráela a casa un día de estos. —Los ojos de su padre reflejaron por un momento su vieja astucia y picardía y Jimmy sintió una súbita nostalgia del pasado, cuando él era el niño y su padre era quien lo cuidaba. Se avergonzó de inmediato: tenía veintidós años, por el amor de Dios, ya estaba mayor para añorar la infancia. Su vergüenza no hizo sino aumentar cuando su padre sonrió, entusiasta pero inseguro, y dijo—: Trae a esa joven a casa una noche, Jimmy. Deja que tu madre y yo veamos si es bastante buena para nuestro hijo.

Jimmy se agachó para besar a su padre en la cabeza. Ya no se molestaba en explicar que su madre se había ido, que los había dejado solos hacía más de una década por un tipo con un coche elegante y una casa enorme. ¿Para qué decírselo? El viejo era feliz pensando que acababa de salir para esperar en las colas del racionamiento y ¿quién era Jimmy para recordarle la realidad? La vida ya era bastante cruel; no era necesario que la verdad la estropease aún más.

—Cuídate, papá —dijo—. Voy a cerrar con llave al salir, pero la señora Hamblin, la vecina, tiene la llave y te ayudará a ir al refugio cuando empiece el bombardeo.

—Nunca se sabe, Jimmy. Ya son las seis y ni rastro de Adolf. Quizás se ha tomado la noche libre.

—No apostaría por ello. Hay una luna llena que parece la linterna de un ladrón. La señora Hamblin vendrá a buscarte en cuanto suene la alarma.

Su padre jugueteaba con el borde de la jaula de Finchie.

—¿Todo bien, papá?

—Sí, sí. Todo bien, Jimmy. Diviértete y deja de preocuparte tanto. Este vejestorio no va a ir a ninguna parte. No me pasó nada en el último, no me va a pasar nada en este.

Jimmy sonrió y tragó ese bulto que últimamente llevaba siempre en la garganta, una bola de amor y tristeza a la que no podía dar palabras, una tristeza que abarcaba mucho más que a su padre enfermo.

—Así se habla, papá. Que disfrutes del té y de la radio. Estaré de vuelta antes de que notes que me he ido.

Dolly se apresuraba por una calle en Bayswater, a la luz de la luna. Dos noches atrás había caído una bomba en una galería de arte con un ático lleno de pinturas y barnices, y su dueño ausente no había tomado ninguna medida, por lo que todavía era un caos: ladrillos y trozos de madera carbonizada, puertas y ventanas arrancadas, montañas de cristales rotos por todas partes. En la azotea del número 7, donde solía sentarse, Dolly había visto el incendio, las llamaradas imponentes a lo lejos, feroces y espectaculares, que enviaban columnas de humo contra el cielo encendido.

Dirigió la linterna tapada al suelo, esquivó un saco de arena, casi se tropezó con un agujero causado por una explosión y tuvo que esconderse de un guardia diligente en exceso cuando tocó el silbato y le dijo que debería ser una chica sensata y entrar: ¿es que no veía esa luna de bombarderos en lo alto?

Al comienzo, Dolly había tenido miedo de las bombas como todo el mundo, pero últimamente disfrutaba al salir durante un bombardeo. Cuando se lo dijo, a Jimmy le preocupó que, después de lo ocurrido a su familia, Dolly buscara compartir su destino, pero no se trataba de eso, en absoluto. Era algo estimulante, y Dolly experimentaba una curiosa ligereza, un sentimiento muy similar a la euforia, al correr a lo largo de las calles por la noche. No habría querido estar en ningún otro lugar salvo en Londres; esta era su vida, esta guerra, nada así había ocurrido antes, y probablemente nunca volvería a suceder. No, Dolly ya no tenía ni pizca de miedo de ser alcanzada por una bomba; era difícil de explicar, pero, por alguna razón, sabía que no era ese su destino.

Afrontar el peligro y descubrir que no sentía miedo era emocionante. Dolly estaba radiante, y no era la única; una atmósfera especial se había apoderado de la ciudad y a veces parecía que todos en Londres estaban enamorados. Esta noche, no obstante, si se apresuraba entre los escombros era por algo que trascendía la emoción habitual. En realidad, no necesitaba ir corriendo: había salido con tiempo, tras administrar a lady Gwendolyn sus tres copitas de jerez de cada noche, que bastaban para abandonarla en los brazos de un sueño gozoso y dejarla ahí incluso en medio de los ataques aéreos más estrepitosos (la anciana era demasiado grandiosa y melancólica para acudir al refugio), pero Dolly estaba tan emocionada por lo que había hecho que caminar le resultaba físicamente imposible; impulsada por la fuerza de su propia audacia, podría haber corrido cien millas sin cansarse.

No lo hizo. Al fin y al cabo, tenía que pensar en sus medias. Era el último par que no tenía carreras y no había nada como los escombros tras un bombardeo para echar a perder unas buenas medias; Dolly lo sabía por experiencia. En ese caso, se vería obligada a dibujar líneas en la parte posterior de la pierna con un lápiz de cejas, al igual que la ordinaria Kitty. No, muchísimas gracias. Deseosa de no correr riesgo alguno, cuando un autobús aparcó cerca de Marble Arch, Dolly subió a bordo.

Había un pequeño resquicio al fondo, que ocupó, e intentó no oler el aliento salado de un hombre pomposo que soltaba un discurso sobre el racionamiento de la carne y la mejor manera de sofreír el hígado. Dolly resistió la tentación de decirle que la receta parecía repugnante y, en cuanto giraron en Piccadilly Circus, se bajó de nuevo.

—Diviértete, cielo —dijo un hombre de avanzada edad vestido con el uniforme de la brigada antiaérea mientras el autobús comenzaba a alejarse.

Dolly respondió con un gesto de la mano. Un par de soldados de permiso, que cantaban *Nellie Dean* con voces ebrias, la tomaron del brazo al pasar, uno a cada lado, y la llevaron dando un pequeño giro. Dolly se rio y le dieron un beso en las mejillas, uno a cada lado, tras lo cual dijeron adiós y prosiguieron felices su camino.

Jimmy la esperaba en la esquina de Charing Cross Road y Long Acre; Dolly lo vio a la luz de la luna, justo donde dijo que estaría, y se detuvo en seco. No cabía duda: Jimmy Metcalfe era un hombre apuesto. Más alto de lo que recordaba, un poco más delgado, pero el mismo pelo oscuro peinado hacia atrás, y esos pómulos que le daban el aspecto de estar a punto de decir algo divertido o ingenioso. No era, desde luego, el único hombre guapo que había conocido, claro que no (en estos tiempos era casi un deber patriótico hacerles ojitos a los soldados de permiso), pero tenía algo, tal vez una cualidad oscura, animal, una fuerza tanto física como de carácter que lanzaba el corazón de Dolly latiendo contra las costillas.

Era tan buena persona, tan honesto y franco que al estar con él Dolly se sentía la ganadora de una carrera. Al verlo esta noche, vestido con un traje negro, tal y como le había indicado, quiso gritar de puro gozo. Qué bien le quedaba: de no haberlo conocido, Dolly habría supuesto que se trataba de un verdadero caballero. Sacó el pintalabios y el espejo de mano del bolso, cambió de postura para que le diese la luz de la luna, y acentuó el arco de los labios. Imitó el movimiento de un beso ante el espejo y lo cerró.

Echó un vistazo al abrigo marrón por el que se había decidido, preguntándose de qué serían los ribetes; de visón, supuso, aunque tal vez fuesen de zorro. No era exactamente la última moda (tampoco lo era hace dos décadas), pero la guerra restaba importancia a ese tipo de cosas. Además, en realidad la ropa carísima nunca pasaba de moda; eso aseguraba lady Gwendolyn, y sabía mucho acerca de eso. Dolly olisqueó la manga. El olor a naftalina era abrumador cuando había rescatado el abrigo del vestidor, pero lo colgó de la ventana del cuarto de baño mientras se bañaba y lo roció con tanto perfume en polvo como podía permitirse, con lo cual había mejorado mucho. Apenas se notaba, con ese olor a quemado que impregnaba el aire de Londres por aquel entonces. Se ajustó el cinturón, con cuidado para que ocultase un agujero de polilla en la cintura, y se dio una pequeña sacudida. Estaba tan emocionada que sentía un nervioso hormigueo; no podía esperar a que Jimmy la viese. Dolly enderezó el broche de diamantes que había clavado a la suave piel del cuello, echó los hombros hacia atrás y se arregló los rizos de la nuca. Tras respirar hondo, salió de las sombras: una princesa, una heredera, una joven con el mundo a sus pies.

Hacía frío, y Jimmy acababa de encender un cigarrillo cuando la vio. Tuvo que mirar dos veces para asegurarse de que era Dolly quien se acercaba: el abrigo elegante, los rizos oscuros que resplandecían a la luz de la luna, las zancadas de esas largas piernas que taconeaban confiadas sobre la acera. Era una visión: tan hermosa, fresca y refinada que a Jimmy se le encogió el corazón. Había madurado desde la última vez que la vio. Más aún, comprendió de repente, al contemplar su porte y *glamour*, incómodo en el viejo traje de su padre, que había madurado lejos de él…, al alejarse de él. Percibió esa distancia como una sacudida.

Dolly llegó, sin palabras, rodeada de perfume. Jimmy quiso ser ingenioso, quiso ser sofisticado, quiso decirle que ella era la perfección en persona, la única mujer del mundo a la que podría amar. Quería decir la palabra justa que permitiese salvar esa horrenda nueva distancia que se abría entre ellos de una vez y para siempre; contarle los avances que había logrado en el trabajo, la opinión entusiasta de su editor cuando hablaban por la noche, tras cumplir el plazo de impresión, acerca de las oportunidades que le esperaban cuando acabase la guerra, la fama que podía alcanzar, el dinero que ganaría. Sin embargo, esa belleza y el contraste con la guerra y su crueldad, los cientos de noches que conciliaba el sueño imaginando su futuro, su pasado en Coventry y ese picnic junto al mar cada vez más lejano... Todo se juntó para aturdirlo, y las palabras no salieron. Atinó a sonreír a medias y luego, sin pensárselo dos veces, la agarró del pelo y la besó.

El beso fue como un pistoletazo de salida. Dolly sintió al unísono una bienvenida calma y una poderosa oleada de emoción acerca del porvenir. Sus planes, ya que era ella quien los había creado, la habían carcomido por dentro toda la semana y ahora, al fin, había llegado el momento. Dolly deseaba impresionarlo, mostrarle cómo había crecido, que ya era una mujer de mundo y no la colegiala de sus primeras citas. Se concedió un momento de descanso, para imaginarse dentro del papel, antes de apartarse para mirar su rostro.

—Hola —dijo, en el mismo tono susurrante de Escarlata O'Hara.

—Vaya, hola.

—Qué curioso encontrarte aquí. —Bajó los dedos despacio por las solapas del traje—. Y qué elegante.

Jimmy se encogió de hombros.

—¿Qué? ¿Este trapo viejo?

Dolly sonrió, pero intentó no reírse (siempre la hacía reír).

—Bueno —dijo, echándole un vistazo—, supongo que deberíamos empezar. Tenemos mucho que hacer esta noche, señor Metcalfe.

Pasó el brazo por el de Jim y trató de no arrastrarlo por Charing Cross Road hacia la cola serpenteante del Club 400. Se lanzaron adelante como pistolas disparadas al este y los reflectores se alzaron hacia el cielo como las escaleras de Jacob. Un avión cruzó las alturas cuando estaban casi a la puerta, pero Dolly hizo caso omiso; ni un escuadrón entero habría bastado para que cediese su lugar en la cola. Llegaron a lo alto de las escaleras, donde oyeron la música, las charlas, las risas, y una energía intensa, ajena al sueño, embriagó a Dolly de tal manera que hubo de sujetarse firmemente al brazo de Jimmy para no caerse.

—Te va a encantar —dijo—. Ted Heath y su banda son divinos y el señor Rossi, que dirige el lugar, es un encanto.

—¿Has estado aquí?

—Oh, claro, un montón de veces. —Una ligerísima exageración (había estado una vez), pero él era mayor que ella y tenía un trabajo importante en el que viajaba y conocía a todo tipo de personas y, a pesar de todo, ella era suya, y quería desesperadamente que pensase que era más sofisticada que la última vez, más deseable. Dolly se rio y le apretó el brazo—. Oh, vamos, Jimmy, no te pongas así. Kitty nunca me perdonaría si no le hiciese compañía a veces; ya sabes que yo solo te quiero a ti. —Al final de las escaleras pasaron junto a un guardarropa y Dolly se detuvo para dejar su abrigo. Su corazón latía a martillazos; cuánto había anhelado este momento, para el que había practicado tanto, y ahora, al fin, había llegado. Recordó todas las historias de lady Gwendolyn, las cosas que hacían juntas ella y Penelope, los bailes, las aventuras, los hombres apuestos que las cortejaban por todo Londres, y le dio la espalda a Jimmy y dejó caer el abrigo. Cuando Jimmy lo cogió, Dolly giró sobre sí misma, despacio, como en sus sueños, tras lo cual posó para mostrar (redoble de tambores, damas y caballeros) el Vestido.

Era rojo, elegante, incandescente, diseñado para realzar cada curva del cuerpo de una mujer, y Jimmy casi dejó caer el abrigo al verlo. Recorrió su figura con la mirada hasta llegar al suelo, tras lo cual subió de nuevo; el abrigo salió de su mano y lo sustituyó un vale, sin que supiese cómo.

—Estás… —comenzó—. Doll, estás… Ese vestido es increíble.

—¿Qué? —Alzó un hombro, imitando el gesto anterior de Jimmy—. ¿Este trapo viejo? —Sonrió, convertida en Dolly de nuevo, y dijo—: Venga. Vamos a entrar —Entonces Jimmy supo que era el único lugar donde quería estar.

Dolly echó un vistazo más allá del cordón rojo, a la sala de baile pequeña y atestada, a la mesa que Kitty había llamada la «mesa real», justo al lado de la banda; pensó que tal vez vería a Vivien (Henry Jenkins era amigo de lord Dumphee y ambos aparecían retratados juntos en *The Lady* a menudo), pero la inspección inicial no reveló ningún rostro conocido. No importaba: la noche era joven; los Jenkins quizás apareciesen más tarde. Condujo a Jimmy hacia el fondo de la sala, entre las mesas redondas, tras la gente que cenaba, bebía y bailaba, hasta que al fin llegaron al señor Rossi y el inicio de la zona acordonada.

—Buenas noches —dijo al verlos, juntando las manos y haciendo una ligera reverencia—. ¿Están aquí por la fiesta de los Dumphee?

—Qué club tan maravilloso —ronroneó Dolly, sin responder a la pregunta—. Cuánto tiempo, demasiado… Lord Sandbrook y yo precisamente estábamos diciendo que deberíamos venir a Londres más a menudo. —Miró a Jimmy, sonriendo de modo alentador—. ¿No es así, querido?

El ceño del señor Rossi amenazaba con fruncirse mientras se devanaba los sesos para ubicarlos, pero no duró mucho. Gracias a los años pasados al timón de su club nocturno, sabía cómo mantener el rumbo del buque de la alta sociedad y a los pasajeros halagados y satisfechos.

—Querida lady Sandbrook —dijo, tomando la mano de Dolly, cuyo dorso rozó con los labios—, estábamos sumidos en las tinieblas sin usted, pero ya está aquí y por fin la luz nos ilumina. —Centró su atención en Jimmy—. Y usted, lord Sandbrook. Espero que le haya ido bien.

Jimmy no dijo nada y Dolly contuvo el aliento; sabía qué pensaba de sus «jueguecitos», como él los llamaba, y sintió en la espalda que su mano se volvía rígida en cuanto comenzó a hablar. Para ser sinceros, esa incertidumbre era uno de los alicientes de la aventura. Hasta que respondió, todo se agigantó: mientras esperaba su respuesta, Dolly oyó los latidos de su corazón, un feliz chillido entre la multitud, la rotura de una copa en alguna parte, los compases de la banda al comenzar otra canción…

El italiano bajito que lo había llamado por el apellido de otro hombre aguardaba con suma atención la respuesta, y Jimmy tuvo una súbita visión de su padre, en casa vestido con su pijama de rayas, las paredes empapeladas con un verde tristón, Finchie en la jaula entre galletas rotas. Sentía la mirada fija de Dolly, que lo instaba a interpretar su papel; sabía que lo observaba, sabía qué deseaba que dijese, pero un peso aplastante le impedía contestar asumiendo un apellido como ese. Habría sido una deslealtad con su pobre padre, cuya mente erraba perdida, que esperaba a una esposa que no volvería nunca y lloraba a un hermano muerto hacía veinticinco años, y que había dicho al ver ese apartamento espantoso cuando llegaron a Londres: «Está realmente bien, Jimmy. Buen trabajo, muchacho: tu papá y tu mamá no podrían estar más orgullosos».

Miró a un lado, a la cara de Dolly, y vio lo que esperaba ver: la esperanza, innegable, perceptible en cada uno de sus rasgos. Estos juegos de ella lo exasperaban, y no era la razón menos importante que, cada vez más, resaltaba la distancia entre lo que ella quería de la vida y lo que él podía ofrecerle. Sin embargo, no hacían daño a nadie. Nadie iba a salir herido esta noche porque Jimmy Metcalfe y Dorothy Smitham pasasen al otro lado de un cordón rojo. Y lo deseaba, se había tomado tantas molestias con el vestido y todo, le había convencido para ir con traje: los ojos, a pesar del maquillaje abundante, estaban tan abiertos y expectantes como los de una niña, y cómo la quería, no podía defraudarla, no, por culpa de su propio orgullo insensato. No por una vaga idea según la cual su precaria posición social era algo de lo que enorgullecerse, y menos aún cuando era la primera vez desde la muerte de su familia que Dolly volvía a ser ella misma.

—Señor Rossi —dijo con una amplia sonrisa, dando un firme apretón de manos al hombrecillo—. Qué enorme alegría volver a verlo, amigo. —Era la voz más refinada de la que era capaz sin previo aviso; esperaba que fuese suficiente.

Estar en el otro lado resultaba tan maravilloso como Dolly había soñado. Era glorioso, al igual que las historias de lady Gwendolyn. No se trataba de diferencias obvias —las alfombras rojas y paredes cubiertas de seda eran iguales, las parejas bailaban mejilla con mejilla a ambos lados del cordón, los camareros llevaban comidas y bebidas de un lado a otro— y, de hecho, una observadora menos perspicaz ni habría percibido que había dos lados, pero Dolly lo sabía. Y cómo se alegraba de encontrarse en este.

Por supuesto, una vez encontrado el Santo Grial, no sabía muy bien qué hacer a continuación. A falta de una idea mejor, Dolly se hizo con una copa de champán, tomó a Jimmy de la mano y se dejó caer en una lujosa banqueta situada junto a la pared. Realmente, si dijera la verdad, mirar era suficiente: el constante carrusel de coloridos vestidos y rostros sonrientes la apasionaba. Un camarero se acercó y les preguntó qué deseaban, a lo que Dolly respondió que huevos y tocino, y llegaron al instante, su copa de champán nunca pareció vaciarse, la música no paraba.

—Es como un sueño, ¿a que sí? —dijo radiante—. ¿No son todos maravillosos?

A lo cual Jimmy, tras una pausa para encender una cerilla, respondió con un evasivo: «Cómo no». Dejó la cerilla encendida en un cenicero y dio una calada al cigarrillo.

—¿Y tú cómo estas, Doll? ¿Qué tal lady Gwendolyn? ¿Aún al mando de los nueve círculos del infierno?

—Jimmy, no hables así. Sé que quizás me quejase un poco al principio, pero en realidad es un encanto una vez que la conoces. Me llama mucho últimamente, hemos llegado a estar muy unidas, a nuestra manera. —Dolly se acercó para que Jimmy le encendiese un cigarrillo—. A su sobrino le preocupa que me deje la casa en el testamento.

—¿Quién te ha dicho eso?

—El doctor Rufus.

Jimmy gruñó de manera ambigua. No le gustaba que mencionase al doctor Rufus; por mucho que Dolly le asegurase que el médico era amigo de su padre y que era demasiado viejo, en realidad, para interesarse por ella de esa manera, Jimmy torcía el gesto y cambiaba de tema. Tomó su mano sobre la mesa.

—¿Y Kitty? ¿Cómo está?

—Oh, bueno, Kitty... —Dolly vaciló, recordando esas opiniones infundadas sobre Vivien y sus amoríos—. Está en plena forma; por supuesto, las mujeres como ella siempre lo están.

—¿Las mujeres como ella? —repitió Jimmy socarronamente.

—Quiero decir que le vendría bien prestar más atención a su trabajo y menos a lo que ocurre en la calle y en los clubes nocturnos. Supongo que algunas personas no pueden contenerse. —Miró a Jimmy—. No te caería bien, creo.

—¿No?

Dolly negó con la cabeza y dio una calada.

—Es una chismosa y, tengo que decirlo, inclinada a la indecencia.

—¿Indecencia? —Divertido, una sonrisa juguetona se asomaba a sus labios—. Vaya, vaya...

Dolly hablaba en serio: Kitty tenía el hábito de meter a sus amigos por la noche a hurtadillas; ella creía que Dolly no lo sabía, pero, qué diablos, con el ruido que armaban, debería haber estado sorda para no darse cuenta.

—Ah, sí, claro —dijo Dolly. En la mesa había una solitaria vela que parpadeaba en su vaso y ella la giraba, distraída, de un lado a otro.

Todavía no había hablado con Jimmy acerca de Vivien. No sabía por qué, exactamente; no se debía a que temiese que él no aprobase su relación con Vivien, claro que no, pero el instinto le pedía que mantuviese esa amistad naciente en secreto, como algo solo suyo. Esta noche, sin embargo, al verlo en persona, un poco achispada debido a ese champán dulce, Dolly sintió la necesidad de contarle todo.

—En realidad —dijo, nerviosa de repente—, no sé si lo he mencionado en mis cartas, pero he hecho una nueva amiga.

—¿Sí?

—Sí, Vivien. —Bastaba decir su nombre para que Dolly sintiese un poco de felicidad—. Casada con Henry Jenkins, ya sabes, el escritor. Viven al otro lado de la calle, en el número 25, y nos hemos hecho buenas amigas.

—¿Es eso cierto? —Jimmy se rio—. Qué extraña coincidencia, pero acabo de leer uno de sus libros.

Tal vez Dolly habría preguntado cuál, pero no estaba escuchando; en su mente se arremolinaban todas las cosas que quería decir acerca de Vivien y se había callado hasta ahora.

—De verdad, es alguien muy especial, Jimmy. Hermosa, por supuesto, pero no de una forma llamativa y vulgar; y es muy amable, siempre está ayudando al SVM… Te hablé de ese comedor que organizamos para los militares, ¿no? Eso pensaba. Además, comprende lo que pasó… a mi familia, en Coventry. Ella también es huérfana, ¿sabes?, criada por su tío tras la muerte de sus padres, en un gran colegio cerca de Oxford, construido en la finca familiar. ¿He dicho ya que es una heredera? Es la propietaria de la casa de Campden Grove, no el marido, es toda suya… —Dolly se detuvo a respirar, pero solo porque no estaba segura de los detalles—. Y no es que no pare de hablar de eso; ella no es una parlanchina de esas.

—Parece fantástica.

—Lo es.

—Me gustaría conocerla.

—Bu-bueno —balbuceó Dolly—, un día de estos. —Dio una calada al cigarrillo, preguntándose por qué sentía algo parecido al pavor ante esa sugerencia. Entre las muchas posibilidades que había previsto, no figuraba que Vivien y Jimmy se conociesen; por un lado, Vivien era muy reservada; por otro, bueno, Jimmy era Jimmy. Un encanto, por supuesto, inteligente y amable…, pero no la clase de persona que Vivien vería con buenos ojos, no para ser el novio de Dolly. No porque Vivien fuese una desalmada, sino porque pertenecía a otra clase, no a la de ellos, pero Dolly, bajo la protección de lady Gwendolyn, había aprendido lo suficiente para que la aceptase alguien como

Vivien. Dolly detestaba mentir a Jimmy, pues lo quería; pero no estaba dispuesta a herir sus sentimientos por decir las cosas claras. Posó la mano en su brazo y retiró una pelusa de la desgastada manga de la chaqueta.

—Todo el mundo está demasiado ocupado por la guerra, ¿verdad? No hay mucho tiempo para quedar con nadie.

—Podría ir a…

—Jimmy, escucha: ¡es nuestra canción! ¿Bailamos? Anda, vamos a bailar.

Su pelo olía a perfume, ese olor embriagador que había notado al llegar, casi abrumador por su intensidad y sus promesas, y Jimmy podría haberse quedado así para siempre, con la mano en la parte baja de su espalda, la mejilla contra la de ella, ambos cuerpos moviéndose despacio. Le tentó olvidar sus evasivas cuando le propuso conocer a su amiga; sospechó que la distancia entre ellos no se debía solo a la pérdida de su familia, sino que esta Vivien, la vecina ricachona, quizás tenía algo que ver. Con toda probabilidad no sería nada: a Dolly le gustaban los secretos, siempre le habían gustado. Y, de todos modos, ¿qué importaba, aquí y ahora, mientras durase la música?

No importaba, por supuesto, pero nada dura para siempre y la canción, traicionera, terminó. Jimmy y Dolly se separaron para aplaudir y fue entonces cuando Jimmy percibió a un hombre de fino bigote observándolos desde el borde de la pista de baile. Este sencillo hecho no habría sido motivo de alarma, pero, además, el hombre mantenía una conversación con Rossi, quien se rascaba la cabeza con una mano mientras hacía gestos exagerados con la otra y consultaba una lista.

La lista de invitados, comprendió Jimmy, que se sobresaltó. ¿Qué otra cosa podía ser?

Había llegado el momento de hacer mutis por el foro. Jimmy tomó a Dolly de la mano y la llevó lejos, con aire despreocupado. Era muy posible, calculó, si se movían con rapidez y discreción, que pudiesen escabullirse bajo el cordón rojo, fundirse con la multitud y hacer una escapada silenciosa.

Dolly, por desgracia, tenía otros planes; una vez en la pista de baile, no estaba dispuesta a irse.

—Jimmy, no —decía—, no, escucha, es *Moonlight Serenade*.

Jimmy comenzó a explicarse y miró atrás, hacia el hombre de fino bigote, solo para descubrir que estaba casi a su lado, con un cigarro entre los dientes y la mano tendida.

—Lord Sandbrook —dijo el hombre a Jimmy, con la sonrisa amplia y confiada de quien guarda montones de dinero bajo la cama—, es un placer, viejo amigo.

—Lord Dumphee. —Jimmy sintió una punzada de dolor—. Enhorabuena a usted y a… su novia. Una fiesta estupenda.

—Sí, bueno, me habría gustado algo más íntimo, pero ya conoce a Eva.

—Sí, cómo no. —Jimmy se rio nervioso.

Lord Dumphee dio una calada al puro, que soltó humo como una locomotora; entrecerró los ojos muy ligeramente, y Jimmy comprendió que su anfitrión también daba palos de ciego, haciendo lo posible por ubicar a sus misteriosos visitantes.

—Son amigos de mi prometida —dijo.

—Sí, eso es…

—Cómo no, cómo no —asentía lord Dumphee. Y a continuación hubo más caladas, más humo y, justo cuando Jimmy pensó que estaban a salvo—: Será mi memoria, claro (pésima, amigo, la culpa es de la guerra y todas estas malditas noches sin dormir), pero no creo que Eva haya mencionado nunca a los Sandbrook. ¿Son viejos amigos?

—Oh, sí. Ava y yo nos conocimos hace muchísimo tiempo.

—Eva.

—Eso he dicho. —Jimmy empujó a Dolly hacia delante—. ¿Conoce a mi esposa, lord Dumphee, conoce a…?

—Viola —dijo Dolly, que sonrió como una mosquita muerta—. Viola Sandbrook. —Tendió la mano y lord Dumphee se sacó el puro para besarla. Se apartó, pero sin soltar la mano, que sostuvo en alto, y sus ojos recorrieron con avidez el vestido y todas las curvas de su figura.

—¡Querido! —La llamada provenía del otro lado de la sala—. Querido Jonathan.

Lord Dumphee soltó la mano de Dolly al instante.

—Ah —dijo, como un colegial a quien sorprende la niñera viendo fotografías de mujeres desnudas—, aquí viene Eva.

—Vaya, qué tarde es —dijo Jimmy. Agarró la mano de Dolly y la estrechó con fuerza para hacerle saber sus intenciones. Ella le devolvió el gesto enseguida—. Discúlpeme, lord Dumphee —dijo—. Mi más sincera enhorabuena, pero Viola y yo hemos de coger un tren.

Y, sin más preámbulos, salieron a toda prisa. Dolly contuvo la risa a duras penas mientras corrían y zigzagueaban entre el gentío, se detenían ante el guardarropa para que Jimmy mostrase el vale y recogiese el abrigo de lady Gwendolyn, antes de precipitarse escaleras arriba, que subieron de dos en dos peldaños, hacia el fresco de una noche oscura de Londres.

Alguien los persiguió por el Club 400 (Dolly volvió la vista y vio a un hombre de cara enrojecida que jadeaba como un sabueso) y no se detuvieron hasta dejar atrás Litchfield Street, mezclarse con la muchedumbre que salía del teatro de St. Martin's y hallar refugio en la diminuta Tower Lane. Solo entonces se dejaron caer sobre la pared de ladrillo, ambos sin aliento, riendo a carcajadas.

—Su cara… —dijo Dolly, que casi no podía respirar—. Oh, Jimmy, creo que no lo voy a olvidar jamás. Cuando hablaste del tren, se quedó tan…, tan perplejo.

Jimmy se reía también: era un sonido cálido en la oscuridad. Ahí, donde estaban, la oscuridad era impenetrable; ni siquiera la luna llena había logrado adentrarse en ese estrecho callejón con su luz plateada. Dolly estaba aturdida, desbordante de vida y felicidad, y esa energía especial de haber sido otra persona. No había nada que la exaltase de ese modo: ese momento invisible en el que dejaba de ser Dolly Smitham y se convertía en otra. No importaba quién fuese; era el escalofrío de la actuación lo que adoraba, el placer sublime de la mascarada. Era como adentrarse en la vida de otra persona. Robarla por un tiempo.

Dolly miró el cielo estrellado. Durante los apagones había muchas más estrellas; era una de las cosas más bellas relacionadas con la guerra. Se oían enormes estallidos que retumbaban en la distancia, los cañones antiaéreos que replicaban como podían; pero en lo alto las estrellas seguían centelleando por todo lo que valía la pena. Eran como Jimmy, comprendió, fieles, perseverantes, algo en lo que confiar para toda la vida.

—Harías cualquier cosa por mí, ¿a que sí? —dijo con un suspiro de satisfacción.

—Ya sabes que sí.

Había dejado de reírse y, raudo como el viento, en el callejón cambió el ambiente. «Ya sabes que sí». Lo sabía, y saberlo la encandiló y asustó al mismo tiempo. O, más bien, cómo reaccionó su cuerpo. Al oír esa respuesta, Dolly sintió un desgarro en la parte baja del vientre. Tembló. Sin pensar, buscó su mano en la oscuridad.

Era cálida, suave, grande, y Dolly se la llevó a la boca para darle un beso en los nudillos. Oyó la respiración de Jimmy y Dolly acompasó su respiración con la de él.

Se sentía valiente, madura, poderosa. Se sentía bella y viva. Con el corazón desbocado, tomó su mano y se la llevó al pecho.

En la garganta de Jimmy, un sonido delicado, un suspiro.

—Doll...

Lo silenció con un beso. No podía consentir que hablase, no ahora; quizás nunca volviese a reunir el valor. Haciendo memoria de todo lo que había oído a las risueñas Kitty y Louisa en la cocina del número 7, Dolly bajó la mano para posarla en su cinturón. La dejó caer un poco más.

Jimmy gimió, se inclinó para besarla, pero ella movió los labios para susurrarle al oído:

—¿Es verdad que harías cualquier cosa por mí?

Él asintió contra el cuello de ella y respondió:

—Sí.

—¿Y si llevas a esta joven a casa y la dejas a salvo en la cama?

Jimmy se incorporó mucho después de que Dolly se quedara dormida. Había sido una noche gloriosa y no quería que se acabara tan pronto. No quería que nada rompiese el hechizo. Una bomba se estrelló en las cercanías y los marcos de las fotografías vibraron en la pared. Dolly se movió en sus sueños y Jimmy posó una mano en su cabeza con ternura.

Apenas habían hablado al volver a Campden Grove, ambos demasiado conscientes del significado implícito en sus palabras, de haber cruzado una línea y encontrarse en un rumbo del que no podrían desviarse. Jimmy nunca había estado en el lugar donde Dolly vivía y trabajaba; era una rareza suya: la anciana, explicaba, tenía ideas muy tajantes al respecto, y Jimmy siempre lo había respetado.

Cuando llegaron al número 7, ella lo dejó pasar entre los sacos de arena por la puerta principal, que cerró con delicadeza tras ellos. Dentro de la casa estaba a oscuras, más aún que en la calle debido a las cortinas, y Jimmy casi se tropezó antes de que Dolly encendiera una pequeña lámpara de mesa a los pies de la escalera. La bombilla emitió un inestable círculo de luz sobre la alfombra y la pared, y Jimmy vislumbró por primera vez qué grandiosa era esta casa de Dolly en realidad. No se entretuvieron, lo cual le alegró, pues tanto lujo era desconcertante. Era una muestra de todo lo que quería ofrecerle pero no podía, y no logró evitar la ansiedad al verla tan cómoda aquí.

Dolly se desabrochó las correas de los zapatos de tacón alto, los enganchó con un dedo y lo tomó de la mano. Con un dedo en los labios y la cabeza inclinada, comenzó a subir la escalera.

—Yo voy a cuidar de ti, Doll —susurró Jimmy cuando llegaron a su dormitorio. Ya no tenían más cosas que decirse el uno al otro y estaban de pie, junto a la cama, a la espera de que alguien hiciese algo. Ella se rio cuando lo dijo, pero esa risa delató sus nervios y él la quiso aún más por ese indicio de incertidumbre juvenil. Había ido a contrapié desde que Dolly lo invitó a la cama en ese callejón, pero ahora, al oírla reír así, al percibir su temor, Jimmy volvió a estar a cargo de la situación y de repente el mundo recuperó el orden.

Una parte de él quería arrancarle el vestido, pero, en vez de ello, deslizó un dedo por debajo de uno de los finos tirantes. Su piel estaba cálida, a pesar del frío de la noche, y sintió que se estremecía al tocarla. Ese movimiento sutil y repentino le cortó la respiración.

—Voy a cuidar de ti —dijo de nuevo—. Para siempre.

—Ella no se rio esta vez, y Jimmy se agachó para besarla. Dios, qué dulce era. Desabotonó el vestido rojo, bajó los tirantes de los hombros y lo dejó caer con delicadeza al suelo. Ella se quedó de pie, mirándolo fijamente, los senos subiendo y bajando al compás de su aliento entrecortado, y sonrió, una de esas sonrisas insinuantes de Dolly que lo provocaban y le hacían sufrir, y, antes de que Jimmy supiese lo que estaba ocurriendo, le sacó la camisa de los pantalones…

Estalló otra bomba y cayó polvo de yeso de las molduras, por encima de la puerta. Jimmy encendió un cigarrillo mientras los cañones antiaéreos respondían al ataque. Las pestañas de Dolly, aún dormida, eran negras contra las mejillas húmedas. Jimmy le acarició el brazo con ternura. Qué tonto había sido, qué tonto de remate, al negarse a casarse con ella cuando casi se lo había rogado. Y aquí estaba él, enojado por la distancia entre ellos, sin detenerse un instante a pensar en su parte de culpa. Esas viejas ideas a las que se aferraba acerca del matrimonio y el dinero. Al verla esta noche, no obstante, al verla como no la había visto antes, al comprender qué fácil sería perderla en este nuevo mundo de ella, todo se volvió claro. Tenía suerte de que lo hubiese esperado, de que aún sintiese lo mismo. Jimmy sonrió, acariciándole el cabello oscuro y resplandeciente; estar aquí, junto a ella, era prueba suficiente.

Al principio tendrían que vivir en su apartamento: no era lo que había soñado para Dolly, pero su padre ya se había adaptado y no tenía mucho sentido mudarse en medio de una guerra. Cuando todo acabase podría alquilar algo en un barrio mejor, tal vez incluso hablar con el banco sobre un préstamo para su propio hogar. Jimmy había ahorrado un poco de dinero (durante años había guardado los centavos sueltos en una jarra) y su editor creía en sus fotografías.

Dio una calada al cigarrillo.

De momento, tendrían una boda de guerra, y no había nada de lo que avergonzarse. Era romántico, pensó: el amor en los tiempos de lucha. Dolly estaría bellísima en cualquier caso, sus amigas podrían ser las damas de honor (Kitty y la nueva, Vivien, cuya sola mención lo inquietaba) y tal vez lady Gwendolyn Caldicott, en lugar de sus padres; además, Jimmy ya tenía el anillo perfecto. Había pertenecido a su madre, y lo guardaba en una caja de terciopelo negro al fondo del cajón de su dormitorio. Lo había dejado cuando se fue, junto a una nota en la que explicaba por qué, sobre la almohada donde dormía su padre. Jimmy lo había cuidado desde entonces; al principio, para devolvérselo cuando regresase; más tarde, para recordarla; pero, cada vez más, a medida que pasaban los años, para poder comenzar de nuevo junto a la mujer que amaba. Una mujer que no lo abandonara.

Jimmy había adorado a su madre cuando era niño. Había sido su ídolo, su primer amor, la gran luna resplandeciente cuyos ciclos mantenían su diminuto espíritu humano bajo su poder. Solía contarle un cuento, recordó, cada vez que no podía dormir. Era acerca de La Estrella del Ruiseñor, un barco, decía, un barco mágico: un viejo galeón de velas amplias y mástil poderoso y seguro, que navegaba por los mares del sueño, noche tras noche, en busca de aventuras. Solía sentarse junto a él a un lado de la cama, acariciándole el pelo y tejiendo cuentos sobre la nave invencible, y su voz, mientras hablaba de esos viajes maravillosos, lo calmaba como nada más podía calmarlo. Hasta que se encontrase flotando en las orillas del sueño, en ese barco que lo llevaba hacia la gran estrella de Oriente, no se reclinaría a susurrarle al oído: «Ya te vas, cariño. Te veré esta noche en La Estrella del Ruiseñor. ¿Me vas a esperar? Vamos a vivir una gran aventura».

Durante mucho tiempo, lo creyó. Tras marcharse con el otro, ese ricachón de lengua sibilina y automóvil grande y costoso, se contó ese cuento a sí mismo cada noche, con la certeza de verla en sus sueños, donde la agarraría y la traería de vuelta a casa.

Pensó que nunca habría una mujer a la que amase tanto. Y entonces conoció a Dolly.

Jimmy se terminó el cigarrillo y miró el reloj; eran casi las cinco. Tenía que irse si quería llegar a tiempo para cocer el huevo del desayuno de su padre.

Se levantó tan silenciosamente como pudo, se puso el pantalón y se abrochó el cinturón. Se entretuvo un momento para contemplar a Dolly, tras lo cual se agachó para darle el más ligero de los besos. «Te veré en La Estrella del Ruiseñor», dijo en voz baja. Aunque se movió, Dolly no llegó a despertarse, y Jimmy sonrió.

Bajó por las escaleras y salió al frío gris invernal que precedía el amanecer en Londres. La nieve flotaba en el aire, podía olerla, y sopló grandes bocanadas de niebla al caminar, pero Jimmy no tenía frío. No esta mañana. Dolly Smitham lo amaba, se iban a casar y nunca nada más volvería a salir mal.

13

Greenacres, 2011

Al sentarse a cenar judías cocidas con tostadas, a Laurel le llamó la atención que quizás era la primera vez que estaba a solas en Greenacres. Ni mamá ni papá se ocupaban de sus cosas en otra habitación, ni las hermanas frenéticas hacían crujir el suelo de arriba y no había ni bebé ni animales. Ni siquiera una gallina empollando fuera. Laurel vivía sola en Londres, como había hecho la mayor parte del tiempo durante cuarenta años; estaba a gusto en su propia compañía. Esta noche, sin embargo, rodeada de las vistas y los sonidos de la infancia, sintió una soledad cuya hondura la sorprendió.

—¿Seguro que vas a estar bien? —preguntó Rose por la tarde, antes de irse. Se había quedado en la sala de entrada, retorciendo el extremo de un largo collar de abalorios africanos, la cabeza inclinada hacia la cocina—. Porque podría quedarme, ya sabes. No sería ninguna molestia. ¿Me quedo? Voy a llamar a Sadie para decirle que no puedo ir.

No era muy habitual que Rose se preocupase por ella, y Laurel se sorprendió.

—Qué tontería —dijo, tal vez un poco áspera—, no hagas eso. Voy a estar de maravilla.

Rose no acababa de convencerse.

—No sé, Lol, es que... no es muy propio de ti llamar así, sin razón aparente. Sueles estar tan ocupada, y ahora... —El collar parecía a punto de deshacerse en sus manos—. ¿Qué te parece si llamo a Sadie y le digo que nos vemos mañana? No es ninguna molestia.

—Rose, por favor... —Laurel sabía manifestar su exasperación de forma adorable—, por el amor de Dios, ve a ver a tu hija. Ya te lo he dicho, estoy aquí solo para descansar un poco antes de comenzar el rodaje de *Macbeth*. Para serte sincera, me hacía ilusión disfrutar de un poco de paz y tranquilidad.

Y era cierto. Laurel agradecía que Rose hubiese venido con las llaves, pero en su cabeza se arremolinaba tanto lo que ya sabía como lo que necesitaba averiguar acerca del pasado de su madre, así que quería poner en orden sus pensamientos. Ver el coche de Rose desaparecer por el camino la colmó de intensas expectativas. Parecía ser el comienzo de algo. Al fin estaba aquí; lo había hecho, abandonar su vida londinense para llegar al fondo del gran secreto de su familia.

Ahora, sin embargo, a solas en la sala de estar con un plato de comida como toda compañía y una larga noche que se extendía ante ella, Laurel comprobó que su certeza decaía. Deseó haber sopesado mejor la oferta de Rose; el amable parloteo de su hermana era lo mejor para evitar que sus pensamientos se adentrasen en las tinieblas; ahora, a Laurel le habría venido bien esa ayuda. El problema eran los fantasmas, pues en realidad no estaba sola, pululaban por todas partes: ocultos tras las esquinas, subiendo y bajando por las escaleras, ruidosos sobre los azulejos del baño. Niñas pequeñas, descalzas, vestidas con canesú, que crecían desgarbadas; la figura delgada de papá que silbaba en las sombras; y, sobre todo, mamá, en todas partes al mismo tiempo, que era la casa, Greenacres, cuya pasión y energía impregnaba cada tabla de madera, cada panel de vidrio, cada piedra.

Se encontraba en un rincón de la sala ahora mismo… Laurel la veía ahí, envolviendo un regalo de cumpleaños para Iris. Era un libro sobre historia antigua, una enciclopedia para niños, y Laurel recordó la impresión que le causaron esas hermosas ilustraciones, en blanco y negro, que retrataban misteriosos lugares de un pasado remoto. El libro, como objeto, le pareció muy importante a Laurel, y se sintió celosa cuando Iris lo desenvolvió en la cama de sus padres a la mañana siguiente, cuando comenzó a pasar las páginas con celo de propietaria y colocó la cinta de lectura. Los buenos libros inspiraban dedicación y un deseo creciente de poseerlos, especialmente a Laurel, que no tenía muchos.

No habían sido una familia muy aficionada a los libros (a la gente le sorprendía saberlo), pero nunca prescindieron de los cuentos. Papá se mostraba pletórico de anécdotas durante la cena y Dorothy Nicolson era ese tipo de madre que inventaba sus propios cuentos de hadas en lugar de leerlos.

—¿Alguna vez te he hablado —dijo una vez a la pequeña Laurel, que se resistía a dormir— de La Estrella del Ruiseñor?

Laurel negó con la cabeza, entusiasmada. Le gustaban las historias de mamá.

—¿No? Vaya, eso lo explica todo. Me preguntaba por qué nunca te veía por ahí.

—¿Dónde, mamá? ¿Qué es la estrella del ruiseñor?

—Vaya, es el camino a casa, por supuesto, angelito. Y, además, es el camino hacia allá.

—¿El camino adónde? —Laurel estaba confundida.

—A todos los lugares… A cualquier lugar. —Sonrió entonces, de esa manera que siempre alegraba a Laurel por estar cerca de ella, y se inclinó, como si fuera a decir un secreto. Su cabello oscuro caía sobre un hombro. A Laurel le encantaba escuchar secretos; además, se le daba muy bien guardarlos, así que prestó suma atención cuando mamá dijo—: La Estrella del

Ruiseñor es un gran barco que zarpa cada noche de las orillas del sueño. ¿Has visto alguna vez una foto de un barco pirata, uno de velas blancas y escaleras de soga meciéndose al viento?

Laurel asintió esperanzada.

—Entonces, lo vas a reconocer nada más verlo, pues es así. El mástil más recto que puedas imaginar, y una bandera en lo alto, de color plateado, con una estrella blanca y un par de alas en el centro.

—¿Cómo podría subir a bordo, mami? ¿Tengo que ir nadando? —Laurel no era una nadadora muy diestra.

Dorothy se rio.

—Eso es lo mejor de todo. Lo único que tienes que hacer es desearlo y, cuando te quedes dormida esta noche, te verás en esas cálidas cubiertas, a punto de zarpar hacia una gran aventura.

—¿Y tú estarás ahí, mamá?

Dorothy tenía la mirada ausente, una expresión misteriosa que adoptaba a veces, como si recordase algo que le hiciese sentirse un poco triste. Pero entonces sonrió y alborotó el pelo de Laurel.

—Claro que sí, tesoro. ¿Es que crees que te dejaría ir sola?

En la lejanía, un tren tardío entró silbando en la estación y Laurel dejó escapar un suspiro. Dio la impresión de retumbar de una pared a otra y Laurel consideró encender la televisión, solo por tener un poco de ruido. Sin embargo, mamá se había negado rotundamente a comprar un aparato nuevo con mando a distancia, así que sintonizó BBC Radio 3 en la vieja radio y cogió el libro.

Era su segunda novela de Henry Jenkins, *La musa rebelde*, y, a decir verdad, le estaba resultando árida. De hecho, empezaba a sospechar que el autor era un machista redomado. Sin duda, el protagonista, Humphrey (tan irresistible como el galán de su otro libro), tenía algunas ideas cuestionables acerca de la mujer. La adoración era una cosa, pero él parecía considerar a su esposa, Viola, como una preciada posesión; no tanto una mujer de carne y hueso como un espíritu burlón al cual había capturado y que, por tanto, le debía su salvación. Viola era un «ser de la naturaleza» venido a Londres para ser civilizado (por Humphrey, cómo no), pero a quien la ciudad no debía «corromper». Laurel puso los ojos en blanco, impaciente. Deseaba que Viola recogiese sus bonitas faldas y saliese corriendo tan rápido y tan lejos como pudiese.

No lo hizo, por supuesto: accedió a casarse con su héroe; al fin y al cabo, era la historia de Humphrey. Al principio a Laurel le había gustado la joven, pues parecía una heroína vívida y digna, impredecible y fresca, pero, cuanto más leía, menos quedaba de ella. Laurel comprendió que se mostraba injusta: la pobre Viola era apenas adulta y, por tanto, inocente de sus discutibles criterios. Y, en realidad, ¿qué sabría Laurel? Nunca había logrado mantener una relación más de dos años. No obstante, el matrimonio de Viola con Humphrey no se correspondía con su idea de un bonito romance. Persistió durante otros dos capítulos, que llevaron a la pareja a Londres, donde Viola entró en su jaula dorada, antes de perder la paciencia y cerrar el libro con un gesto de frustración.

Apenas eran las nueve, pero Laurel decidió que ya era bastante tarde. Estaba cansada después de viajar durante todo el día y quería despertarse temprano para llegar al hospital a buena hora y, con suerte, encontrar a su madre en su mejor momento. El marido de Rose, Phil, le había prestado un coche (un Mini de 1960, verde como un saltamontes) y Laurel iba a dirigirse al pueblo en cuanto estuviese lista. Con *La musa rebelde* bajo el brazo, lavó el plato y se metió en la cama, abandonando la planta baja a los fantasmas de Greenacres.

—Está de suerte —dijo una enfermera antipática cuando Laurel llegó por la mañana, con un tono que parecía lamentar esa buena suerte—. Su madre está despierta y en plena forma. La fiesta de la semana pasada la dejó agotada, ya sabe, pero las visitas de la familia parecen sentarle de maravilla. Aunque intente no animarla demasiado. —Sonrió con una llamativa falta de calidez y centró la atención en unas carpetas de plástico.

Laurel se resignó a no bailar danzas irlandesas y se dirigió al pasillo. Llegó a la puerta de su madre y llamó con delicadeza. Como no hubo respuesta, abrió con cuidado. Dorothy se encontraba recostada en el sillón, y la primera impresión de Laurel fue que estaba dormida. Al acercarse, en silencio, comprendió que su madre se hallaba despierta y prestaba atención a algo que sostenía en las manos.

—Hola, mamá —dijo Laurel.

La anciana se sobresaltó y giró la cabeza. Su mirada parecía perdida entre brumas, pero sonrió al distinguir a su hija.

—Laurel —dijo en voz baja—. Creía que estabas en Londres.

—Y estaba. Pero me voy a quedar aquí un tiempecito.

Su madre no le preguntó por qué y Laurel se cuestionó si, al llegar a cierta edad, cuando se tomaban tantas decisiones a sus espaldas y tantos detalles permanecían ocultos, las sorpresas ya no eran desconcertantes. Se preguntó si también ella descubriría un día que la claridad absoluta no era posible ni deseable. Qué espantosa perspectiva. Apartó la bandeja y se sentó en la silla de vinilo.

—¿Qué tienes ahí? —Señaló con la cabeza el objeto que tenía su madre en el regazo—. ¿Es una fotografía?

La mano de Dorothy tembló al sostener el pequeño marco plateado. Aun siendo viejo y maltrecho, estaba reluciente. Laurel no recordaba haberlo visto antes.

—De Gerry —dijo su madre—. Un regalo de cumpleaños.

Era el regalo perfecto para Dorothy Nicolson, la patrona de todos los viejos desechos, lo cual era típico de Gerry. Justo cuando parecía ajeno por completo al mundo y a todos sus habitantes, mostraba una lucidez asombrosa. Laurel sintió una punzada al pensar en su hermano: le había dejado un mensaje en el buzón de voz de la universidad (tres, de hecho), desde que tomó la decisión de irse de Londres. En el más reciente, a última hora de la noche, tras tomarse media botella de tinto, habló con más claridad, se temía, que en los anteriores. Le dijo que estaba en casa, en Greenacres, decidida a averiguar qué sucedió «cuando éramos niños», que las otras hermanas no lo sabían todavía y que necesitaba su ayuda. Parecía una buena idea en ese momento, pero no había recibido respuesta alguna.

Laurel se puso las gafas de lectura para observar de cerca la fotografía de tonos sepia.

—Una boda —dijo, fijándose en la disposición de unos desconocidos de atuendos formales detrás del cristal moteado—. No conocemos a nadie, ¿verdad?

Su madre no respondió, no exactamente.

—Qué cosa tan preciosa —dijo, negando con la cabeza, con una tristeza parsimoniosa—. Una tienda de la beneficencia, ahí es donde la encontró. Esas personas… deberían estar en la pared de una casa, no al fondo de una caja de cosas tiradas… Es terrible, ¿verdad, Laurel?, cómo apartamos a la gente.

Laurel mostró su acuerdo.

—Es una foto preciosa, ¿verdad? —dijo, pasando un dedo por el cristal—. Eran tiempos de guerra, por el tipo de ropa, aunque él no lleva uniforme.

—No todo el mundo llevaba uniforme.

—¿Haraganes, quieres decir?

—Había otros motivos. —Dorothy tomó de nuevo la fotografía. La estudió una vez más, tras lo cual extendió una mano temblorosa para dejarla junto a la fotografía enmarcada de su propia boda, tan austera.

Al mencionar la guerra, Laurel sintió, ante la oportunidad que se presentaba, el vértigo de la expectativa. No iba a encontrar otro momento mejor para charlar sobre el pasado de su madre.

—¿Qué hiciste en la guerra, mamá? —preguntó con una despreocupación estudiada.

—Estuve en el Servicio Voluntario de Mujeres.

Así, sin más. Ni rastro de duda, ni reticencia, ni nada que sugiriese que era la primera vez que madre e hija abordaban el tema. Laurel se agarró con ímpetu a ese hilo de la conversación.

—Es decir, ¿tejías calcetines y servías comida a los soldados?

Su madre asintió.

—Teníamos una cantina en una cripta. Servíamos sopa… A veces íbamos en una cantina móvil.

—¿Qué? ¿Por las calles, esquivando las bombas?

Otro ligero gesto con la cabeza.

—Mamá… —Laurel no encontraba palabras. Una respuesta, había recibido una respuesta—. Qué valiente eras.

—No —dijo Dorothy, con un tono sorprendentemente cortante. Le temblaron los labios—. Había personas mucho más valientes que yo.

—Nunca habías hablado de esto.

—No.

¿Por qué no?, quiso indagar Laurel. *Dime.* ¿Por qué era todo un gran secreto? Henry Jenkins y Vivien, la infancia de su madre en Coventry, los años de guerra antes de conocer a papá… ¿Qué había sucedido para que su madre se aferrase a esa segunda oportunidad con todas sus fuerzas, para convertirla en una persona capaz de matar al hombre que amenazaba con revivir su pasado? En vez de ello, Laurel dijo:

—Ojalá te hubiese conocido entonces.

Dorothy sonrió débilmente.

—Habría sido difícil.

—Ya sabes lo que quiero decir.

Su madre cambió de postura en la silla. El malestar se reflejó en las líneas de su frente acartonada.

—No creo que te hubiese caído muy bien.

—¿Qué quieres decir? ¿Por qué no?

La boca de Dorothy se retorció, como si las palabras se negasen a salir.

—¿Por qué no, mamá?

Dorothy se obligó a sonreír, pero una sombra, en su voz y en sus ojos, desmentía esa sonrisa.

—Las personas cambian a medida que van envejeciendo… Se vuelven más sabias, toman decisiones mejores… Yo soy muy vieja, Laurel. Para alguien que ha vivido tanto como yo, es imposible no arrepentirse de… cosas que hizo en el pasado…, cosas que le habría gustado hacer de otro modo.

El pasado, el arrepentimiento, las personas que cambian… Laurel sintió la emoción de haber llegado al fin. Procuró hablar con ligereza, como una hija cariñosa que pregunta a su anciana madre acerca de su vida.

—¿Qué cosas, mamá? ¿Qué habrías hecho de otro modo?

Pero Dorothy ya no estaba escuchando. Su mirada se extraviaba en la lejanía; sus dedos se afanaban recorriendo los bordes de la manta que le cubría el regazo.

—Mi padre solía decirme que me iba a meter en líos si no tenía cuidado…

—Todos los padres dicen eso —aseguró Laurel con cautela y ternura—. No me cabe duda de que no hiciste nada peor que el resto de nosotros.

—Trató de avisarme, pero yo nunca lo escuché. Pensé que sabía lo que me hacía. Fui castigada por mis malas decisiones, Laurel… Lo perdí todo…, todo lo que amaba.

—¿Cómo? ¿Qué pasó?

Pero el discurso anterior, y los recuerdos que trajo consigo, dejaron agotada a Dorothy y se desplomó sobre los cojines. Sus labios se movieron un poco, pero no emitieron sonido alguno y, al cabo de un momento, se dio por vencida y giró la cabeza hacia la ventana empañada.

Laurel estudió el perfil de su madre y deseó haber sido otro tipo de hija, disponer de más tiempo, poder volver atrás y comenzar de nuevo, no dejarlo todo para el final y encontrarse sentada junto al lecho de su madre con tantos espacios en blanco por rellenar.

—Oh, vaya —dijo con alegría, probando una táctica diferente—, Rose me mostró algo muy especial. —Buscó el álbum de familia en el estante y sacó la fotografía de su madre y Vivien. A pesar de todos sus intentos por mantener la compostura, notó que le temblaban los dedos—. Estaba en un baúl, creo, en Greenacres.

Dorothy tomó la fotografía que le ofrecía y la miró.

En el pasillo se abrieron y cerraron unas puertas, un timbre sonó a lo lejos, los coches frenaban y aceleraban en la rotonda.

—Erais amigas —comentó Laurel.

Su madre asintió, vacilante.

—Durante la guerra.

Asintió de nuevo.

—Se llamaba Vivien.

Esta vez Dorothy alzó la vista. En su cara arrugada se reflejó fugazmente la sorpresa, seguida de algo más. Laurel estaba a punto de explicarse acerca del libro y su dedicatoria cuando su madre, en voz tan baja que Laurel casi no lo oyó, dijo:

—Murió. Vivien murió en la guerra.

Laurel recordó haberlo leído en el obituario de Henry Jenkins.

—En un bombardeo —dijo.

Su madre no mostró señal alguna de haberla oído. De nuevo miraba la fotografía, fijamente. Tenía los ojos bañados en lágrimas y de repente sus mejillas estaban húmedas.

—Casi no me reconozco —dijo con una voz débil y remota.

—Fue hace muchísimo tiempo.

—En otra vida. —Dorothy sacó un pañuelo arrugado de algún lugar y lo apretó contra las mejillas.

Su madre aún hablaba en voz queda tras el pañuelo, pero Laurel no comprendió todas las palabras: hablaba de bombas y el ruido y de tener miedo de volver a empezar. Se acercó, con un hormigueo en la piel al presentir que las respuestas estaban al alcance.

—¿Qué has dicho, mamá?

Dorothy se volvió hacia Laurel y la miró asustada, como si hubiera visto un fantasma. Agarró la manga de Laurel; cuando habló, su voz estaba crispada.

—Hice algo, Laurel —susurró—, durante la guerra… No pensaba con claridad, todo salió terriblemente mal… No sabía qué otra cosa hacer y parecía el plan perfecto, que lo arreglaría todo, pero él lo descubrió… y se enfadó.

A Laurel le dio un vuelco el corazón. Él.

—¿Por eso vino ese hombre, mamá? ¿Por eso vino ese día, en el cumpleaños de Gerry? —Se le comprimió el pecho. Una vez más, tenía dieciséis años.

Su madre aún agarraba la manga de Laurel, tenía la cara pálida y su vocecilla oscilaba como un junco:

—Me encontró, Laurel… Nunca dejó de buscarme.

—¿Por lo que hiciste en la guerra?

—Sí. —Apenas audible.

—¿Qué fue, mamá? ¿Qué hiciste?

La puerta se abrió y apareció la enfermera Ratched con una bandeja.

—La hora de comer —dijo bruscamente, colocando la mesa en su sitio. Llenó a medias un vaso de plástico con té tibio y comprobó que quedaba agua en la jarra—. Toca el timbre cuando hayas terminado, cielo —canturreó con voz atronadora—. Cuando vuelva, te ayudo a ir al baño. —Echó un vistazo a la mesa para asegurarse de que todo estaba en orden—. ¿Necesitas algo más antes de que me vaya?

Dorothy estaba aturdida, exhausta, y sus ojos exploraron el rostro de la mujer.

La enfermera sonrió de buen humor, se agachó para estar más cerca.

—¿Necesitas algo más, cielo?

—Oh. —Dorothy pestañeó y ofreció una sonrisa desconcertada y tenue que rompió el corazón a Laurel—. Sí, sí, por favor. Necesito hablar con el doctor Rufus…

—¿El doctor Rufus? Querrás decir el doctor Cotter, cielo.

La confusión se extendió como una sombra por su rostro pálido y dijo:

—Sí. —Su sonrisa eran aún más tenue—. Por supuesto, el doctor Cotter.

La enfermera, tras asegurarle que se lo pediría en cuanto pudiese, se volvió hacia Laurel con una mirada cómplice y se dio unos golpecitos en la frente con un dedo. Laurel resistió la tentación de estrangular con la correa del bolso a la mujer, que recorría la habitación haciendo ruido con el calzado de suela blanda.

La espera para que se marchara fue interminable: recogió las tazas usadas, tomó notas en el historial médico, se detuvo para hacer comentarios ociosos sobre la lluvia. Laurel estaba a punto de perder la paciencia cuando al fin se cerró la puerta detrás de ella.

—¿Mamá? —comenzó, más alto de lo que le hubiera gustado.

Dorothy Nicolson miró a su hija. Había una agradable inexpresividad en su rostro y Laurel se sobresaltó al comprender que había caído en el olvido lo que tanto le urgía decir antes de la interrupción. Se había retirado, allá donde los viejos secretos descansan. La frustración fue abrumadora. Podría preguntar de nuevo, por ejemplo: «¿Qué hiciste para que ese hombre te persiguiese? ¿Tenía algo que ver con Vivien? Por favor, dímelo, para olvidarme de toda esta historia», pero esa cara tan querida, esa cara anciana y agotada, la miraba ahora en un estado de leve perplejidad y una leve sonrisa se dibujó cuando dijo:

—¿Sí, Laurel?

Reuniendo toda la paciencia de la que era capaz (mañana, lo intentaría de nuevo mañana), Laurel le devolvió la sonrisa y dijo:

—¿Te ayudo con la comida, mamá?

Dorothy no comió mucho; se había marchitado durante la última media hora y una vez más a Laurel le impresionó lo frágil que era. El sillón verde, que habían traído de casa, era bastante humilde, y Laurel había visto a su madre ahí sentada muchísimas veces a lo largo de los años. No obstante, las proporciones del sillón habían cambiado en los últimos meses y era ahora una cosa descomunal que devoraba a mamá como un oso hambriento.

—¿Y si te cepillo el pelo? —dijo Laurel—. ¿Te gustaría?

El fantasma de una sonrisa se esbozó en los labios de Dorothy, que asintió levemente.

—Mi madre solía cepillarme el pelo.

—¿De verdad?

—Fingía que no me gustaba, quería ser independiente, pero era maravilloso.

Laurel sonrió mientras alcanzaba el cepillo de un estante detrás de la cama; lo pasó suavemente entre esas pelusas de diente de león y trató de imaginar a su madre de niña. Aventurera sin duda, traviesa en ocasiones, pero su forma de ser inspiraría cariño. Laurel supuso que nunca lo sabría, no a menos que su madre se lo contase.

Los párpados de Dorothy, finos como el papel, se cerraron y de vez en cuando se contraían ante las misteriosas imágenes que se formaban bajo esa oscuridad. Su respiración se volvió más pausada mientras Laurel le acariciaba el pelo y, cuando adquirió el ritmo del sueño, Laurel dejó el cepillo tan silenciosamente como pudo. Cubrió bien el regazo de su madre con la manta de ganchillo y la besó con ternura en la mejilla.

—Adiós, mamá —susurró—. Vuelvo mañana.

Estaba saliendo de puntillas, con cuidado de no mover demasiado el bolso ni hacer ruido con los zapatos, cuando una voz somnolienta dijo:

—Ese muchacho.

Laurel se giró, sorprendida. Los ojos de su madre aún estaban cerrados.

—Ese muchacho, Laurel —farfulló.

—¿Qué muchacho?

—Ese con el que andas..., Billy. —Sus ojos brumosos se abrieron y giró la cabeza hacia Laurel. Levantó un dedo y habló con una voz suave y triste—: ¿Es que crees que no me entero? ¿Es que crees que yo no fui joven una vez? ¿Que no sé qué es soñar con un muchacho apuesto?

Laurel comprendió que su madre ya no estaba en la habitación del hospital, que estaba de vuelta en Greenacres, hablando con su hija adolescente. Era un hecho desconcertante.

—¿Me estás escuchando, Laurel?

Tragó saliva, encontró la voz:

—Te estoy escuchando, mami. —Hacía mucho tiempo que no llamaba a su madre así.

—Si te pide que te cases con él y tú lo quieres, entonces di que sí... ¿Me comprendes?

Laurel asintió. Se sintió extraña, aturdida, acalorada. Las enfermeras le habían dicho que últimamente su madre divagaba entre el presente y el pasado como un sintonizador de radio que pierde el canal, pero ¿qué la había traído hasta aquí? ¿Por qué ese interés por un joven al que apenas había conocido, un idilio fugaz de Laurel de hace muchísimo tiempo?

Dorothy movió los labios uno contra el otro, suavemente, y dijo:

—He cometido tantos errores..., tantos errores. —Las lágrimas bañaban sus mejillas—. Amor, Laurel, esa es la única razón para casarse. Por amor.

Laurel necesitó entrar en los baños del pasillo del hospital. Abrió el grifo, juntó las manos y se echó agua en la cara; apoyó las palmas en el lavabo. Cerca del desagüe había unas grietas finísimas, que se fundieron cuando su visión se volvió borrosa. Laurel cerró los ojos. Le latía el pulso como un taladro contra los oídos. Dios, estaba perturbada.

No era el mero hecho de que le hablara como si fuera adolescente, de haber borrado al instante cincuenta años, el conjuro de la juventud de antaño, la lejana sensación del primer amor que la rodeaba. Eran las palabras en sí, el apremio en la voz de su madre, la sinceridad que sugería que lo que ofrecía a su hija adolescente era su propia experiencia. Que presionaba a Laurel para que tomase las decisiones que ella, Dorothy, no había tomado..., para que evitase los mismos errores que ella cometió.

Pero no tenía sentido. Su madre había querido a su padre; Laurel lo sabía con la misma certeza con que sabía su nombre. Habían estado casados cinco décadas y media antes de la muerte de él, sin ni siquiera un atisbo de crisis matrimonial. Si Dorothy se había casado por alguna otra razón, si había lamentado esa decisión todos esos años, lo había disimulado de maravilla. ¿Era posible prolongar en el tiempo una actuación semejante? Por supuesto que no. Además, Laurel había escuchado cientos de veces cómo sus padres se conocieron y se enamoraron; había visto cómo su madre miraba arrobada a su padre mientras él evocaba cómo supo al instante que su destino era estar juntos.

Laurel alzó la vista. La abuela Nicolson tuvo sus dudas. Laurel notó desde el principio cierta tirantez entre su madre y su abuela: la formalidad con que se hablaban, los labios fruncidos de la mujer mayor al contemplar a su nuera cuando pensaba que nadie la estaba mirando. Y entonces, cuando Laurel tenía quince años más o menos y estaban de visita en la pensión de la abuela Nicolson junto el mar, oyó algo que no debería haber oído. Una mañana pasó demasiado tiempo al sol y volvió temprano con un intenso dolor de cabeza y los hombros muy quemados. Estaba acostada en su habitación a oscuras, con una toallita húmeda en la frente y una sensación opresora en el pecho, cuando la abuela Nicolson y la señorita Perry, una anciana inquilina, pasaron por el pasillo.

—Tienes que estar muy orgullosa de él, Gertrude —decía la señorita Perry—. Claro que sí, siempre ha sido un buen muchacho.

—Sí, vale su peso en oro, mi Stephen. Es de más ayuda de lo que lo fue su padre. —La abuela se detuvo, a la espera del resoplido de conformidad que se avecinaba, tras lo cual prosiguió—: Y bondadoso, también. Incapaz de ver una perra callejera y no cuidarla.

Fue entonces cuando Laurel comenzó a interesarse. Las palabras acarreaban los ecos de conversaciones anteriores, y desde luego la señorita Perry parecía saber exactamente a qué se refería la abuela.

—No —dijo—. El pobre no tenía la menor oportunidad. No con una tan bonita como ella.

—¿Bonita? Bueno, supongo, si te gustan así. Un poco demasiado... —la abuela hizo una pausa, y Laurel se estiró para oír qué palabra arrojaba—, un poco demasiado madura, para mi gusto.

—Oh, sí —se retractó la señorita Perry enseguida—, madura en exceso. Sabía quién era un buen partido nada más verlo, ¿eh?

—Pues sí.

—Sabía a quién echarle el guante.

—Sin duda.

—Y pensar que se podía haber casado con una buena vecina, como Pauline Simmonds, que vive ahí mismo. Siempre pensé que debía de estar loca por él.

—Por supuesto que lo estaba —masculló la abuela—, ¿y quién podría culparla? Pero no contábamos con Dorothy, ¿verdad? La pobre Pauline no tenía la menor posibilidad, no con una como esa, que tenía las cosas muy claras.

—Qué lástima. —La señorita Perry sabía bien qué le tocaba decir—. Qué lástima más grande.

—Lo embrujó, vaya que sí. Mi querido muchacho ni lo vio venir. Él creía que ella era una joven inocente, claro, ¿y quién podría culparlo? Apenas unos meses después de volver de Francia ya estaban casados. Le sorbió los sesos. Es una de esas personas que siempre logra lo que quiere, ¿a que sí?

—Y lo quería a él.

—Quería escapar, y mi hijo le dio la oportunidad. En cuanto se casaron, ella lo arrastró lejos de sus seres queridos para comenzar de nuevo en esa casa medio en ruinas. Me culpo a mí misma, por supuesto.

—Pero ¡no deberías!

—Yo fui quien la trajo a esta casa.

—Estábamos en guerra, era casi imposible contratar a alguien de confianza… ¿Cómo ibas a saberlo?

—Pues es eso, precisamente. Debería haberlo sabido: tenía que haberme propuesto saberlo. Fui demasiado confiada. Al menos, al principio. Hice algunas pesquisas sobre ella, pero solo después, y para entonces ya era demasiado tarde.

—¿Qué quieres decir? ¿Demasiado tarde para qué? ¿Qué averiguaste?

Pero el hallazgo de la abuela Nicolson, fuese lo que fuese, siguió siendo un misterio para Laurel, pues salieron del pasillo antes de que su abuela respondiese. En realidad, a Laurel no le preocupó demasiado por aquel entonces. La abuela Nicolson era una mojigata a la que le gustaba ser el centro de atención y martirizar a su nieta, pues, en cuanto miraba a un chico en la playa, se lo decía a sus padres. En cuanto a lo que la abuela creía haber descubierto acerca de su madre, pensó Laurel, acostada en la oscuridad, maldiciendo el dolor de cabeza, no sería más que una exageración o una mentira.

Ahora, sin embargo (Laurel se secó la cara y las manos), ya no estaba tan segura. Las sospechas de la abuela (que Dorothy buscaba una escapatoria, que no era tan inocente como parecía, que se había casado por conveniencia) parecían concordar, de algún modo, con lo que su madre le acababa de contar.

¿Huía Dorothy Smitham de un compromiso roto cuando apareció en la pensión de la señora Nicolson? ¿Era eso lo que la abuela había descubierto? Era posible, pero debía de haber algo más. Quizás una relación habría bastado para que su abuela se agriara (qué poco se necesitaba para eso), pero, con certeza, su madre no lo seguiría lamentando sesenta años más tarde (y se sentía culpable, creía Laurel: hablaba de errores, de no haberlo pensado bien), a menos que, tal vez, hubiese huido sin decirle nada a su novio. Pero ¿por qué, si lo amaba tanto, habría hecho tal cosa? ¿Por qué no se casó con él? Y ¿qué tenía que ver todo esto con Vivien y Henry Jenkins?

Había algo que se le escapaba; muchas cosas, probablemente. Dejó escapar un suspiro de exasperación que retumbó por las paredes del baño. La frustración se apoderó de ella. Cuántos indicios dispares que no significaban nada por sí mismos. Laurel arrancó un pedazo de papel higiénico y frotó el maquillaje que se le había corrido bajo los ojos. El misterio era como el comienzo de un juego infantil de unir los puntos o una constelación en el cielo nocturno. Su padre una vez los llevó a observar el cielo cuando Laurel era pequeña. Acamparon en lo alto del bosque del Ciego y, mientras esperaban que el ocaso terminase y surgiesen las estrellas, les contó que una vez se perdió de niño y siguió las estrellas para volver a casa.

—Solo hay que buscar los dibujos —dijo, ajustando el telescopio en el trípode—. Si alguna vez estáis solas en la oscuridad, os mostrarán el camino de vuelta.

—Pero yo no veo ningún dibujo —protestó Laurel, que frotaba los mitones y escudriñaba las estrellas, que titilaban en el cielo.

Papá sonrió con cariño.

—Eso es porque te estás fijando en las estrellas —dijo— y no en el espacio que hay en medio. Tienes que trazar las líneas en tu mente, así es como se ve el dibujo completo.

Laurel se observó en el espejo del hospital. Parpadeó y ese recuerdo adorable de su padre se disolvió. Lo reemplazó un repentino dolor de tristeza mortal: cómo lo echaba de menos, se estaba haciendo vieja, su madre decaía.

Tenía un aspecto desastroso. Laurel sacó el peine y se arregló el pelo como pudo. Era un comienzo. Encontrar dibujos en las constelaciones nunca fue su punto fuerte. Fue Gerry quien los impresionó a todos al darle sentido al cielo nocturno; ya de pequeño señalaba imágenes y formas donde Laurel solo veía estrellas dispersas.

Los recuerdos de su hermano arremetieron contra Laurel. Deberían estar juntos en esta búsqueda, maldita sea. Era de ambos. Sacó el teléfono y miró si tenía llamadas perdidas.

Nada. Todavía nada.

Recorrió la libreta de direcciones hasta llegar al número de su despacho y llamó. Esperó mordiéndose las uñas y lamentando (no por primera vez) que su hermano se negase en redondo a comprarse un móvil, mientras sonaba y sonaba un teléfono lejano sobre un escritorio desordenado de Cambridge. Al fin, un clic seguido de un mensaje: «Hola, ha llamado a Gerry Nicolson. En estos momentos estoy en otra galaxia. Por favor, deje su número».

Sin embargo, no prometía que fuese a llamar, observó Laurel, irónica. No dejó mensaje. Tendría que seguir sola por ahora.

14

Londres, enero de 1941

Dolly entregó el enésimo tazón de sopa y sonrió al joven bombero, quien dijo unas palabras que no oyó. Las risas, las charlas y la música de piano eran atronadoras pero, a juzgar por su gesto, había sido una insinuación. Sonreír nunca le hacía mal a nadie, así que Dolly sonrió y, cuando el joven tomó la sopa y se fue en busca de un lugar donde sentarse, Dolly al fin tuvo su recompensa: un respiro entre todas esas bocas hambrientas para sentarse y descansar sus pies agotados.

La estaban matando. Tardó en salir de Campden Grove, pues la bolsa de caramelos de lady Gwendolyn había «desaparecido» y la anciana cayó presa de un colosal malestar. Los caramelos aparecieron al fin, aplastados contra el colchón bajo el grandioso trasero de la gran dama; pero Dolly ya iba tan mal de tiempo que hubo de correr hasta Church Street con un par de zapatos de raso cuya única función era ser admirados. Llegó sin aliento y con los pies doloridos, solo para que sus esperanzas de entrar sigilosamente entre los soldados de parranda se derrumbaran. A medio camino la divisó la jefa de la sección, la señora Waddingham, una mujer de hocico animal y una grave afección de eccema por lo que siempre iba enguantada y de mal humor, incluso cuando hacía buen tiempo.

—Tarde otra vez, Dorothy —dijo con los labios prietos como el culo de un perro salchicha—. Ve a la cocina a servir sopa; hemos estado toda la tarde con el agua al cuello.

Dolly conocía esa sensación. Peor aún, un rápido vistazo confirmó que sus prisas habían sido en vano: Vivien ni siquiera estaba ahí. Lo cual no tenía sentido, pues Dolly había comprobado con atención que compartían el mismo turno; es más, había saludado a Vivien desde la ventana de lady Gwendolyn hacía apenas una hora, cuando la vio salir del número 25 con su uniforme del SVM.

—Vamos, niña —dijo la señora Waddingham, que le metió prisa con un gesto de las manos enguantadas—. A la cocina. La guerra no va a esperar por una niña como tú, ¿a que no?

Dolly contuvo las ganas de derribar a la mujer con un fuerte golpe en la tibia, pero decidió que no sería recatado. Suprimió una sonrisa (a veces imaginarlo era tan placentero como hacerlo) y asintió servilmente a la señora Waddingham.

Habían montado un comedor en la cripta de la iglesia de Santa María y la «cocina» era un pequeño nicho con corrientes de aire en el cual una mesa de caballetes, cubierta con una falda y banderas del Reino Unido, servía de mostrador. Había un pequeño lavabo en un rincón, y una cocina de queroseno para mantener la sopa caliente; lo mejor de todo, por lo que a Dolly respectaba, era un banco junto a la pared.

Echó un último vistazo a su alrededor para asegurarse de que nadie notaría su ausencia: la sala estaba llena de militares satisfechos, un par de conductores de ambulancia jugaban al tenis de mesa y el resto de las chicas del SVM mantenían sus agujas de tejer y sus lenguas bien ocupadas en un rincón lejano. La señora Waddingham estaba entre ellas, de espaldas a la cocina, y Dolly decidió incurrir en el riesgo de despertar la ira del dragón. Dos horas era demasiado tiempo para estar de pie. Se sentó y se quitó los zapatos; con un suspiro de dulce alivio, arqueó los dedos de los pies, despacio, adelante y atrás.

Los miembros del SVM no debían fumar en la cantina (la normativa contra incendios), pero Dolly hurgó en el bolso y sacó un paquete nuevo y reluciente que había comprado al señor Hopton, el tendero. Los soldados fumaban todo el rato (quién iba a prohibírselo), y una nube perenne de tabaco gris pendía del techo; Dolly pensó que nadie notaría si la nube crecía un poquito. Se puso cómoda en el suelo de baldosas y encendió la cerilla, entregándose por fin a evocar ese hecho trascendental acaecido por la tarde.

Había comenzado de un modo más bien anodino: Dolly tuvo que ir de compras después de comer y, a pesar de que se avergonzaba al recordarlo ahora, la tarea la puso de muy mal humor. Por aquel entonces no era fácil encontrar caramelos, pues el azúcar estaba racionado, pero lady Gwendolyn no aceptaba un no como respuesta y Dolly se vio obligada a husmear en los callejones de Notting Hill en busca de un amigo de un tío de un señor, quien (se rumoreaba) todavía tenía contrabando a la venta. Acababa de llegar al número 7 dos horas más tarde y se estaba quitando la bufanda y los guantes cuando sonó el timbre.

Con el día que estaba teniendo, Dolly esperó ver a una chusma de niños malcriados recogiendo chatarra de los Spitfire; en vez de eso, se encontró con un hombre menudo de fino bigote y con una marca de nacimiento que le cubría una mejilla. Llevaba un enorme maletín negro de piel de cocodrilo, repleto a más no poder, cuyo peso parecía causarle cierta molestia. Un vistazo a su pulcro peinado bastó, sin embargo, para percibir que no era de los que admitían que algo les irritaba.

—Pemberly —dijo bruscamente—. Reginald Pemberly, abogado, vengo a ver a lady Gwendolyn Caldicott. —Se inclinó para añadir, con voz sigilosa—: Se trata de una cuestión urgente.

Dolly había oído hablar del señor Pemberly («Un ratoncito de hombre, nada que ver con su padre. Pero sabe cómo mantener la contabilidad, así que le permito que lleve mis cuentas…»), pero no lo había visto antes. Lo dejó entrar, a resguardo de la helada, y se apresuró escaleras arriba para averiguar si lady Gwendolyn se alegraría de verlo. Nada la alegraba, en realidad, pero cuando se trataba de dinero siempre estaba alerta, por lo que, a pesar de hundir las mejillas con desdén taciturno, hizo un gesto con su porcina mano para indicar que le daba permiso para entrar en sus aposentos.

—Buenas tardes, lady Gwendolyn —resopló el hombre (había tres tramos de escaleras, al fin y al cabo)—. Lamento visitarla tan de repente, pero es por el bombardeo, ya ve. Recibí un fuerte golpe en diciembre, y he perdido todos mis documentos y archivos. Una terrible molestia, como puede imaginar, pero lo estoy recuperando todo… A partir de ahora, lo voy a llevar todo encima. —Dio unos golpecitos al maletín atiborrado.

Pidieron a Dolly que se retirase y pasó la siguiente media hora en su dormitorio, con pegamento y tijeras en la mano, actualizando su Libro de Ideas y echando vistazos al reloj con creciente ansiedad a medida que se acercaba la hora de su turno en el SVM. Al final, la campanilla repiqueteó arriba y acudió de nuevo a los aposentos de su señora.

—Acompañe al señor Pemberly a la puerta —dijo lady Gwendolyn, que hizo una pausa debido al aparatoso hipo— y luego vuelve a acostarme. —Dolly sonrió y asintió, y, mientras esperaba a que el letrado cargase el maletín, la anciana, con su despreocupación habitual, añadió—: Esta es Dorothy, señor Pemberly, Dorothy Smitham. La joven de quien le hablaba.

Hubo un cambio inmediato en la actitud del abogado.

—Es un placer conocerla —dijo con gran deferencia, tras lo cual abrió la puerta y dejó pasar a Dolly. Mantuvieron una conversación cordial al bajar las escaleras y, cuando llegaron a la puerta principal y estaban despidiéndose, él se volvió hacia ella y dijo, con un atisbo de asombro—: Ha hecho algo notable, señorita. Creo que no había visto jamás a la estimada lady Gwendolyn tan alegre, no desde ese espantoso asunto con su hermana. Vaya, ni siquiera me alzó la mano, no digamos ya el bastón. Qué espléndido. No es de extrañar que tenga debilidad por usted. —Y entonces sorprendió a Dolly con un sutil guiño.

«Algo notable..., no desde el espantoso asunto con su hermana..., tenga debilidad por usted». Sentada en las losas de la cripta cantina, Dolly sonrió dulcemente al evocar la escena. Era difícil de asimilar. El doctor Rufus había insinuado que lady Gwendolyn quizás cambiase su testamento para mencionar a Dolly y la anciana siempre hacía comentarios jocosos en este sentido, pero hablar con su abogado, explicarle cuánto apreciaba a su joven acompañante, decirle que ya eran casi fami...

—Hola. —Una voz familiar interrumpió los pensamientos de Dolly—. ¿Qué hay que hacer para que te atiendan por aquí?

Dolly alzó la vista, sobresaltada, y vio a Jimmy, quien se inclinaba sobre el mostrador para mirarla. Se rio, y ese mechón de pelo moreno le cayó sobre los ojos.

—Haciendo novillos, ¿eh, señorita Smitham?

A Dolly se le heló la sangre.

—¿Qué haces aquí? —dijo, poniéndose en pie.

—Pasaba por aquí. Trabajo. —Señaló la cámara que llevaba al hombro—. Se me ocurrió entrar para llevarme a mi chica.

Dolly se llevó un dedo a los labios y le pidió silencio mientras apagaba el cigarrillo en la pared.

—Dijimos que nos veríamos en Lyons Corner House —susurró al tiempo que se apresuraba hacia el mostrador y se alisaba la falda—. Todavía no he terminado mi turno, Jimmy.

—Ya veo que estás muy ocupada. —Sonrió, pero Dolly siguió seria.

Echó un vistazo hacia la sala abarrotada. La señora Waddingham aún cotorreaba sobre hacer punto y no había ni rastro de Vivien... Aun así, era arriesgado.

—Ve sin mí —dijo en voz baja—. Yo iré en cuanto pueda.

—No me importa esperar; así puedo ver a mi chica en acción. —Se inclinó sobre el mostrador para besarla, pero Dolly se apartó.

—Estoy trabajando —dijo, a modo de explicación—. Voy de uniforme. No sería correcto. —Jimmy no parecía totalmente convencido por esa súbita dedicación al protocolo, y Dolly intentó una táctica diferente—: Escucha —dijo, tan bajo como pudo—. Ve y siéntate... Toma, un poco de sopa. Yo acabo aquí, busco mi abrigo y nos vamos. ¿Vale?

—Vale.

Lo observó al marcharse, y no suspiró aliviada hasta que encontró sitio, al otro lado de la sala. A Dolly le cosquilleaban los dedos debido a los nervios. ¿Qué diablos estaba pensando al venir aquí cuando ella le había dicho muy claro que se veían en el restaurante? Si Vivien hubiese estado trabajando como estaba previsto, Dolly no habría tenido más remedio que presentarlos, lo cual habría sido un desastre para Jimmy. Una cosa era en el 400, gallardo y apuesto en el papel de lord Sandbrook, pero aquí, esta noche, vestido con su ropa habitual, andrajosa y sucia tras pasarse la noche trabajando entre bombardeos... A Dolly le dio un escalofrío al pensar qué diría Vivien al descubrir que Dolly tenía semejante novio. Peor aún: ¿qué pasaría si se enterase lady Gwendolyn?

Por ahora (y no había sido fácil), Dolly había conseguido ocultar la existencia de Jimmy a ambas mujeres, al igual que había evitado abrumar a Jimmy con detalles de su vida en Campden Grove. Pero ¿cómo iba a separar sus dos mundos si se empeñaba en hacer lo contrario de lo que le pedía? Volvió a enfundar los pies en esos zapatos tan preciosos como malsanos y se mordió el labio inferior. Era complicado, y jamás sería capaz de explicárselo, aunque él no lo entendería de todos modos, pero solo quería no herir sus sentimientos. Él no tenía cabida aquí, en la cantina, ni en el número 7 de Campden Grove ni detrás del cordel rojo del 400. Tampoco ella.

Dolly lo miró mientras tomaba la sopa. Qué bien lo pasaban juntos, como esa noche en el 400 y luego en su habitación, pero las personas de esta otra vida suya no debían saber que habían estado juntos de esa manera, ni Vivien, ni mucho menos lady Gwendolyn. El cuerpo entero de Dolly ardió con ansiedad al imaginar qué pasaría si su señora descubriese a Jimmy. Cómo se le rompería el corazón de nuevo por el temor de perder a Dolly tal y como había perdido a su hermana…

Con un suspiro atribulado, Dolly salió del mostrador y fue a buscar el abrigo. Tendría que hablar con él, encontrar una forma delicada de hacerle comprender que era lo mejor para ambos si iban un poco más despacio. No estaría contento, lo sabía: odiaba fingir; era una de esas personas de principios aburridísimos acostumbradas a ver las cosas con excesiva rigidez. Pero lo acabaría aceptando; sabía que lo haría.

Dolly casi comenzaba a sentirse optimista cuando llegó a la despensa a coger su abrigo, pero la señora Waddingham le desinfló el ánimo:

—Nos vamos pronto, ¿eh, Dorothy? —Sin darle tiempo a responder, la mujer husmeó el aire, recelosa, y añadió—: ¿Es a tabaco a lo que huelo aquí?

Jimmy se metió la mano en el bolsillo del pantalón. Aún se hallaba ahí, esa cajita de terciopelo negro, en el mismo sitio donde estaba las últimas veinte veces que lo había comprobado. El gesto comenzaba a convertirse en una obsesión, así que, cuanto antes pusiese el anillo en el dedo de Dolly, mejor. Había repasado la escena innumerables veces en su mente, pero todavía estaba nerviosísimo. El problema era que quería que todo fuese perfecto, y Jimmy no creía en la perfección, no después de todo lo que había visto, ese mundo resquebrajado lleno de muerte y de dolor. Dolly, sin embargo, sí creía, de modo que haría todo lo posible.

Había tratado de reservar mesa en uno de los restaurantes de lujo con los que ella fantaseaba últimamente, el Ritz o el Claridge's, pero resultó que estaban llenos y todas sus explicaciones y ruegos cayeron en saco roto. Al principio, Jimmy se sintió decepcionado, irritado por la vieja sensación de querer ser más rico, estar mejor situado. Se recuperó, no obstante, y decidió que así era mejor: esa exuberancia, de todos modos, no era su estilo, y en una noche tan importante Jimmy no quería sentir que estaba fingiendo ser algo que no era. En cualquier caso, tal como bromeó su jefe, con el racionamiento servían el mismo filete en el Claridge's que en el Lyons Corner House, solo que más caro.

Jimmy volvió la vista al mostrador, pero Dolly ya no estaba ahí. Supuso que había ido a buscar el abrigo y a pintarse los labios o una de esas cosas que las mujeres pensaban que tenían que hacer para estar guapas. Él habría preferido que no lo hiciese: no necesitaba maquillaje ni ropas caras. Eran como capas, pensaba a veces Jimmy, con las cuales ocultar la esencia de una persona, donde era vulnerable y real y, por tanto, hermosa para él. Las complejidades y las imperfecciones de Dolly formaban parte de lo que amaba en ella.

Se rascó la parte superior del brazo y se preguntó qué había ocurrido antes, por qué había actuado de forma tan extraña al verlo. La había sorprendido, lo sabía, al aparecer sin previo aviso y llamarla cuando ella pensaba que estaba sola, a escondidas con un cigarrillo y esa sonrisa soñadora y abstraída. Por lo general, a Dolly le encantaban las sorpresas (era la persona más valiente, más atrevida que conocía, y nada la asustaba), pero, sin duda, se había mostrado esquiva al verlo. No parecía la misma joven que había bailado con él por las calles de Londres la otra noche, y que lo llevó a su cuarto.

A menos que tuviese algo detrás del mostrador que no quisiera que viese (Jimmy sacó el paquete de cigarrillos y se llevó uno a los labios), una sorpresa para él, quizás, algo que le quería mostrar en el restaurante. O tal vez la había sorprendido recordando la noche que compartieron: eso explicaría por qué se sobresaltó, casi avergonzada, cuando alzó la vista y lo vio ahí. Jimmy encendió una cerilla, pensativo. Era imposible adivinarlo y, mientras no fuese parte de uno de sus juegos (no esta noche, por Dios, tenía que permanecer al mando esta noche), supuso que no tenía mayor importancia.

Metió la mano en el bolsillo y negó con la cabeza, pues, por supuesto, la caja del anillo aún estaba en el mismo lugar que hacía dos minutos. Esa obsesión se estaba volviendo ridícula; necesitaba encontrar una forma de distraerse hasta que ese maldito anillo estuviese en el dedo de Dolly. Jimmy no había traído un libro, así que sacó la carpeta negra donde guardaba las fotografías. No solía llevarla consigo cuando salía a trabajar, pero acababa de salir de una reunión con su editor y no había tenido tiempo de ir a casa.

Se fijó en su fotografía más reciente, tomada en Cheapside el sábado por la noche. Era de una niña pequeña, de cuatro o cinco años, calculaba, enfrente de la cocina de la iglesia del barrio. Su ropa quedó destrozada en el mismo bombardeo que mató a su familia, y el Ejército de Salvación no disponía de ropa infantil. Vestía unos enormes bombachos, una rebeca de mujer y unos zapatos de claqué. Eran de color rojo y a la niña le encantaban. Las señoras de St. John's se afanaban al fondo en busca de galletas para la pequeña, quien movía los pies como Shirley Temple cuando Jimmy la vio, mientras la mujer que la cuidaba contemplaba la puerta con la esperanza de que un familiar de la niña apareciese milagrosamente, entero, intacto y listo para llevarla a casa.

Jimmy había tomado muchísimas fotografías de guerra, las paredes de su habitación y sus recuerdos estaban cubiertos de desconocidos que desafiaban la destrucción y la pérdida; esta misma semana había estado en Bristol, Portsmouth y Gosport; pero había algo en esa niña (ni siquiera sabía su nombre) que Jimmy no podía olvidar. Algo que no quería olvidar. Esa cara diminuta, tan feliz con tan poco tras haber sufrido la que sin duda sería su mayor pérdida, una ausencia que se prolongaría durante años para cambiar su vida entera. Jimmy lo sabía bien: todavía buscaba entre los rostros de las víctimas de las bombas a su madre.

Esas tragedias pequeñas y personales no significaban nada ante el horror incomparable de la guerra; la niña y sus zapatos de claqué fácilmente podrían acabar ocultos como el polvo bajo la alfombra de la historia. Esa fotografía, no obstante, era real; captaba un instante y lo preservaba para el futuro, como un insecto en ámbar. Le recordaba a Jimmy por qué su labor, registrar la verdad de la guerra, era importante. Necesitaba recordarlo a veces, en noches como esta, cuando miraba alrededor de la sala y sentía el intenso desasosiego de no llevar uniforme.

Jimmy apagó el cigarrillo en el tazón de la sopa que alguien, amablemente, había dejado para ese propósito. Miró el reloj (habían transcurrido quince minutos desde que se sentó) y se preguntó por qué tardaba Dolly. Justo cuando se planteaba si recoger sus cosas e ir a buscarla, percibió una presencia a sus espaldas. Se volvió, esperando ver a Doll, pero no era ella. Era otra persona, alguien a quien no había visto nunca.

Al fin Dolly consiguió eludir a la señora Waddingham y estaba cruzando la cocina, preguntándose cómo unos zapatos tan similares a un sueño podían hacer tanto daño, cuando alzó la vista y el mundo dejó de girar. Había llegado Vivien.

Estaba de pie junto a una de las mesas.

Enfrascada en una conversación.

Con Jimmy.

El corazón de Dolly comenzó a latir con fuerza y se escondió detrás de un pilar, a un lado de la encimera de la cocina. Intentó no ser vista y verlo todo. Con los ojos abiertos de par en par, miró entre los ladrillos y comprendió, horrorizada, que era peor de lo que había pensado. No solo estaban hablando, sino, por la forma en que señalaban con gestos hacia la mesa (Dolly se puso de puntillas y se estremeció), al lugar donde se encontraba, abierta, la carpeta de Jimmy, solo cabía deducir que hablaban de sus fotografías.

Una vez se las enseñó a Dolly, que quedó consternada. Eran terribles, nada que ver con las que solía tomar en Coventry, de puestas de sol, árboles y preciosas casas en medio del prado; ni eran tampoco como los noticiarios de guerra que ella y Kitty iban a ver al cine, con retratos sonrientes de militares que regresaban, cansados y sucios pero triunfantes; de niños que saludaban en las estaciones de ferrocarril; de mujeres incondicionales que repartían naranjas a los alegres soldados. Las fotos de Jimmy eran de hombres de cuerpos quebrantados y mejillas oscuras y hundidas, de ojos que habían visto demasiadas cosas que no deberían haber visto. Dolly no supo qué decir; habría deseado que ni siquiera se las hubiese mostrado.

¿En qué estaría pensando al enseñárselas a Vivien? Ella, bella y perfecta, era la última persona que debería ser perturbada por toda esa fealdad. Dolly quiso proteger a su amiga; una parte de ella anhelaba volar hasta ahí, cerrar la carpeta y poner fin a todo aquello, pero fue incapaz. Jimmy quizás la besase de nuevo o, peor aún, tal vez dijese que era su novia y Vivien pensaría que estaban comprometidos. Lo cual no era así, no oficialmente; habían hablado de ello, por supuesto, cuando eran adolescentes, pero de eso hacía ya mucho tiempo. Ya no eran críos, y la guerra cambiaba las cosas, cambiaba a las personas. Dolly tragó saliva; este momento era lo que más temía y, ahora que había sucedido, no le quedaba más remedio que esperar en un limbo insoportable hasta que todo acabase.

Tuvo la impresión de que pasaron horas antes de que Jimmy cerrase la carpeta y Vivien se diese la vuelta. Dolly suspiró aliviada, pero enseguida fue presa del pánico. Su amiga venía por el pasillo entre las mesas, con el ceño ligeramente fruncido, mientras se dirigía a la cocina. Dolly tenía muchas ganas de verla, pero no así, no antes de saber qué le había dicho Jimmy, palabra por palabra. A medida que Vivien se acercaba a la cocina, Dolly tomó una decisión súbita. Se agachó y se escondió detrás del mostrador, fingiendo buscar algo bajo una cenefa roja y verde de Navidad con la actitud de alguien que lleva a cabo un acto importantísimo. En cuanto sintió que Vivien había pasado, Dolly cogió el bolso y se apresuró hacia donde Jimmy la esperaba. No pensaba más que en sacarlo de la cantina antes de que Vivien los viese juntos.

Al final no fueron a Lyons Corner House. Había un restaurante en la estación de tren, un edificio sencillo con las ventanas cerradas con tablas y un agujero de barrena tapado con un cartel que decía: «Más abierto de lo habitual». Cuando llegaron, Dolly declaró que no podía dar un solo paso más.

—Tengo ampollas, Jimmy —dijo, a punto de romper a llorar—. Vamos a entrar aquí, ¿vale? Está helando… Seguro que nieva esta noche.

Dentro, gracias al cielo, hacía más calor, y el camarero los guio a un rincón agradable, junto a un radiador. Jimmy fue a colgar el abrigo de Dolly, quien se quitó el gorro del SVM, que dejó junto a la sal y la pimienta. Una de las horquillas se le había clavado en la cabeza toda la tarde y se frotó con energía mientras se quitaba esos zapatos lamentables. Antes de volver, Jimmy se detuvo a hablar en voz baja con el camarero que los había atendido, pero a Dolly le preocupaba demasiado qué habría dicho a Vivien para extrañarse. Sacó un cigarrillo y encendió la cerilla con tal fuerza que se partió. Tenía la certeza de que Jimmy ocultaba algo: se había comportado de un modo extraño desde que salieron de la cantina y ahora, al volver a la mesa, apenas podía mirarla a los ojos sin apartar la vista enseguida.

En cuanto Jimmy se sentó, el camarero trajo una botella de vino y comenzó a servirles dos copas. Ese sonido borboteante pareció dominar la escena, de un modo embarazoso, y Dolly miró más allá de Jimmy para fijarse en el resto de la sala. En un rincón, tres camareros rezongaban aburridos mientras el barman limpiaba la barra. Tan solo había otra pareja, que hablaba en susurros sobre la mesa al compás de una canción de Al Jolson que sonaba en el gramófono del bar. La mujer, que daba la impresión de estar dispuesta a todo, como Kitty con su nuevo novio (piloto, o eso había dicho), pasaba una mano por la camisa del hombre y se reía de sus bromas.

El camarero posó la botella en la mesa y adoptó un tono distinguido al anunciar que no disponían de menú esa noche debido a la escasez, pero que el chef les prepararía un *menu du jour*.

—Vale —dijo Jimmy, casi sin mirarlo—. Sí, gracias.

El camarero se fue y Jimmy se encendió un cigarrillo, tras lo cual sonrió a Dolly brevemente antes de centrar la atención en algo que flotaba por encima de la cabeza de ella.

Dolly ya no podía aguantar más. Tenía un nudo en el estómago y debía saber qué le había contado a Vivien, si la había mencionado a ella.

—Bueno —dijo.

—Bueno.

—Me preguntaba…

—Hay algo que…

Ambos se detuvieron y dieron una calada al cigarrillo. Se observaron a través de una nube de humo.

—Tú primero —dijo Jimmy con una sonrisa, abriendo las manos y mirándola a los ojos de una manera que a Dolly le habría parecido excitante de no estar tan nerviosa.

Dolly eligió sus palabras con tiento.

—Te vi —dijo, echando la ceniza en el cenicero—, en la cantina. Estabas hablando. —El gesto de Jimmy era difícil de interpretar; la observaba con suma atención—. Con Vivien —añadió.

—¿Esa era Vivien? —preguntó Jimmy, los ojos abiertos de par en par—. ¿Tu nueva amiga? No me di cuenta… No me dijo su nombre. Oh, Doll, si hubieses llegado antes nos podrías haber presentado.

Parecía sinceramente decepcionado, y Dolly dejó escapar un pequeño suspiro de alivio. No sabía el nombre de Vivien. Quizás ella tampoco supiese el suyo, ni por qué se encontraba en la cantina esa noche. Intentó hablar en un tono despreocupado.

—¿De qué estabais hablando?

—De la guerra. —Se encogió de hombros y dio una calada nerviosa al cigarrillo—. Ya sabes. Lo de siempre.

Estaba mintiendo, notó Dolly: a Jimmy no se le daba bien mentir. Tampoco disfrutaba de la conversación; había contestado muy rápido, demasiado rápido, y ahora evitaba su mirada. ¿De qué podrían haber hablado para que estuviese tan evasivo? ¿Habían hablado de ella? Oh, Dios… ¿Qué habría dicho?

—La guerra —repitió Dolly, haciendo una pausa para darle la oportunidad de explicarse. No lo hizo. Le ofreció una sonrisa quebradiza—. Es un tema de conversación muy amplio.

El camarero llegó a la mesa y dejó dos humeantes platos ante ellos.

—Sucedáneo de vieiras —afirmó con grandiosidad.

—¿*Sucedáneo* de vieiras? —farfulló Jimmy.

La boca del camarero se retorció y su gesto se agrietó un poco.

—Alcachofas, creo, señor —dijo en voz baja—. El cocinero las cultiva en su huerto.

Jimmy contempló a Dolly, al otro lado del mantel blanco. No era esto lo que había planeado, declararse en un tugurio vacío, tras invitarla a una alcachofa arrugada y a un vino amargo, y enfadarla hasta la exasperación. Entre ambos se hizo el silencio y la caja del anillo pesaba sobremanera en el bolsillo del pantalón de Jimmy. No quería discutir, no quería nada salvo deslizar el anillo en ese dedo, no solo porque la ataba a él (lo cual, cómo no, deseaba), sino porque era el símbolo de algo bueno y verdadero. Comió desganado.

No podía haberlo estropeado más si lo hubiera intentado. Peor aún: no se le ocurría cómo arreglarlo. Dolly estaba enfadada porque sabía que no le había dicho todo, pero esa mujer, Vivien, le había pedido que no se lo contase a nadie. Más aún, se lo había suplicado y algo en su mirada le impulsó a cerrar la boca y asentir. Arrastró la alcachofa por una tristísima salsa blanca.

Tal vez no se refería a Dolly. Qué idea: al fin y al cabo, eran amigas. Dolly quizás se riese si se lo contase, moviendo la mano y diciendo que ya lo sabía. Jimmy tomó un sorbo de vino, pensándolo bien, preguntándose qué habría hecho su padre en la misma situación. Intuía que su padre habría respetado la promesa hecha a Vivien, pero, después de todo, él había perdido a la mujer que amaba. Jimmy no estaba dispuesto a permitir que le ocurriese lo mismo.

—Tu amiga —dijo con ligereza, como si no hubiera habido ningún roce entre ellos—, Vivien, vio una fotografía mía.

Dolly prestó atención, pero no dijo nada.

Jimmy tragó, se prohibió pensar en su padre, esos discursos que había soltado a Jimmy cuando era pequeño acerca del valor y el respeto. Esta noche no tenía otra opción, tenía que decir la verdad y, en realidad, ¿qué tenía de malo?

—Era de una niña pequeña cuya familia murió la otra noche durante un bombardeo en Cheapside. Era triste, Doll, tristísimo, estaba sonriendo, ¿sabes?, y llevaba… —Se detuvo e hizo un gesto con la mano; por su expresión, sabía que Dolly estaba perdiendo la paciencia—. No importa… Lo que pasa es que tu amiga la conocía. Vivien la reconoció al ver la foto.

—¿Cómo?

Era la primera palabra que pronunciaba desde que les sirvieron la comida y, aunque no se trataba exactamente de un perdón sin reservas, Jimmy se sintió aliviado.

—Me dijo que tiene un amigo, un médico, que dirige un pequeño hospital privado en Fulham. Cedió una parte al cuidado de huérfanos de la guerra y ella le ayuda a veces. Ahí es donde conoció a Nella, la niña de la fotografía. La han llevado ahí, pues nadie se presentó a buscarla.

Dolly lo observaba, esperando que continuara, pero a Jimmy no se le ocurría qué más decir.

—¿Eso es todo? —dijo Dolly—. ¿No le dijiste nada acerca de ti?

—Ni siquiera mi nombre. No hubo tiempo. —En la distancia, en algún lugar de la oscura y fría noche de Londres, hubo una serie de explosiones. Jimmy se preguntó de repente a quién alcanzarían las bombas, quién estaría gritando ahora mismo de dolor, pena y horror.

—¿Y ella no dijo nada más?

Jimmy negó con la cabeza.

—No acerca del hospital. Quise preguntarle si podía ir con ella un día, llevar algo para Nella…

—¿Y no lo hiciste?

—No tuve ocasión.

—¿Y esa era la única razón por la que estabas tan evasivo…, porque Vivien te dijo que ayuda a su amigo el doctor en el hospital?

Se sintió tonto ante la cara de incredulidad de Dolly. Sonrió, se encogió un poco y se maldijo a sí mismo por tomarse las cosas siempre tan en serio, por no darse cuenta de que Vivien había exagerado las cosas y, por supuesto, Dolly ya lo sabía… Se había agobiado por nada. Dijo, sin mucha convicción:

—Me rogó que no se lo dijera a nadie.

—Oh, Jimmy —dijo Dolly, riéndose mientras le acariciaba el brazo suavemente—. Vivien no se refería a mí. Hablaba de otras personas, de desconocidos.

—Lo sé. —Jimmy sujetó la mano de ella, sintió la suavidad de sus dedos—. He sido un tonto por no darme cuenta. Esta noche soy una sombra de mí mismo. —De repente, fue consciente de encontrarse al borde de algo; de que el resto de su vida, su vida en común, comenzaba al otro lado—. De hecho —dijo, con la voz resquebrajada solo un poco—, hay algo que quiero preguntarte, Doll.

Dolly sonreía distraída mientras Jimmy le acariciaba la mano. Un amigo, un doctor, un hombre… Kitty estaba en lo cierto: Vivien tenía un amante, y de repente todo tuvo sentido. La discreción, las ausencias frecuentes de la cantina del SVM, la expresión distante al sentarse en la ventana del número 25 de Campden Grove, fantaseando. Dijo «Me pregunto cómo se conocieron» al mismo tiempo que Jimmy arrancaba: «Hay algo que quiero preguntarte, Doll».

Era la segunda vez que hablaban al unísono esa noche, y Dolly se rio.

—Tenemos que dejar de hacer esto —dijo. Se sintió inesperadamente lúcida y risueña, capaz de reírse toda la noche. Quizás era el vino. Había bebido más de la cuenta. Qué alivio: cuando comprendió que Jimmy no se había dado a conocer, la euforia la embargó—. Solo quería decir…

—No. —Jimmy llevó un dedo a los labios de Dolly—. Déjame acabar, Doll. Tengo que acabar.

Su expresión la tomó por sorpresa. No la veía a menudo: decidida, casi apremiante, y, a pesar de morirse de ganas de saber más acerca de Vivien y su amigo el doctor, Dolly cerró la boca.

Jimmy deslizó la mano a un lado para acariciarle la mejilla.

—Dorothy Smitham —dijo, y algo dentro de ella se sobresaltó por la forma en que mencionó su nombre. Se derritió—. Me enamoré de ti la primera vez que te vi. ¿Recuerdas, en esa cafetería en Coventry?

—Llevabas un saco de harina.

Jimmy se rio.

—Un verdadero héroe. Ese soy yo.

Dolly sonrió y apartó el plato vacío. Encendió un cigarrillo. Hacía frío, notó: el radiador había dejado de funcionar.

—Bueno, era un saco muy grande.

—Te he dicho antes que no hay nada que no haría por ti.

Ella asintió con la cabeza. Lo había dicho, muchas veces. Era entrañable, y no quería interrumpirle diciéndolo una vez más, pero Dolly no sabía cuánto tiempo más podría contener las preguntas sobre Vivien.

—Lo digo de verdad, Doll. Haría cualquier cosa que me pidieses.

—¿Le podrías pedir al camarero que compruebe la calefacción?

—Hablo en serio.

—Yo también. De repente hace muchísimo frío. —Se abrazó a sí misma—. ¿No lo notas? —Jimmy no respondió: estaba demasiado ocupado hurgando en el bolsillo del pantalón en busca de algo. Dolly vislumbró al camarero y trató de captar su atención. Pareció verla, pero se giró y se dirigió hacia la cocina. Notó entonces que la otra pareja había desaparecido y que eran los únicos clientes del restaurante—. Creo que deberíamos irnos —dijo a Jimmy—. Ya es tarde.

—Solo un momento.

—Pero hace frío.

—Olvida el frío.

—Pero, Jimmy...

—Estoy intentando pedirte que te cases conmigo, Doll. —Se sorprendió a sí mismo, Dolly lo notó por la expresión, y se rio—. Y, al parecer, lo estoy enfangando todo... Nunca lo había hecho antes. No tengo intención de hacerlo de nuevo. —Se levantó del asiento y se arrodilló ante ella, respirando hondo—. Dorothy Smitham —dijo—, ¿me concedes el honor de convertirte en mi esposa?

Dolly aguardó a comprender, a que se saliese del personaje y comenzase a reírse. Sabía que se trataba de una broma: fue él quien insistió en Bournemouth en que esperasen hasta haber ahorrado bastante dinero. En cualquier momento empezaría a reír y le preguntaría si quería postre. Pero no lo hizo. Se quedó donde estaba, mirándola.

—¿Jimmy? —dijo—. Te van a salir sabañones ahí abajo. Levanta, vamos.

No lo hizo. Sin apartar la mirada, levantó la mano izquierda y dejó ver un anillo entre los dedos. Era una alianza de oro con una pequeña piedra... Demasiado viejo para ser nuevo, demasiado nuevo para ser una antigüedad. Había traído utilería, comprendió, parpadeando perpleja. Era de admirar, qué bien estaba interpretando su papel. Ojalá pudiese decir lo mismo de ella, pero la había pillado desprevenida. Dolly no estaba acostumbrada a que Jimmy iniciase un juego (eso le correspondía a ella) y no estaba segura de que le gustase.

—Deja que me lave el pelo y piense en ello —bromeó.

Un mechón del pelo de Jimmy había caído sobre un ojo y este movió la cabeza para retirarlo. En su rostro no había ni el atisbo de una sonrisa mientras la contemplaba un momento, como si estuviera poniendo en orden sus pensamientos.

—Te estoy pidiendo que te cases conmigo, Doll —dijo, y ante esa voz, de una sinceridad sólida, ante la falta de subterfugios y dobles sentidos, Dolly sintió el primer barrunto de sospecha de que tal vez hablaba en serio.

Pensaba que estaba bromeando. Jimmy casi se rio al darse cuenta. Sin embargo, no se rio; se apartó el pelo de los ojos y pensó en cómo lo había invitado a su cuarto la otra noche, cómo lo miraba mientras su vestido rojo caía al suelo, alzando el mentón y sosteniéndole la mirada, y él se sintió joven, poderoso, feliz de estar vivo en ese momento, en ese lugar, junto a ella. Pensó en cómo se incorporó más tarde, incapaz de dormir debido a la certeza dichosa de que una joven como ella estaba enamorada de él, cómo supo, al verla dormida, que la amaría durante toda la vida, y que se harían viejos juntos, sentados en unos cómodos sillones en su casa, los hijos ya adultos y lejos, y se turnarían para preparar el té.

Quería contárselo todo, recordárselo, para que viese con la misma claridad que él, pero Jimmy sabía que Dolly era diferente, que a ella le gustaban las sorpresas y no necesitaba ver el final cuando aún estaban en el inicio. En cambio, cuando todos sus pensamientos se habían amontonado como hojas secas, dijo con sencillez:

—Cásate conmigo, Doll. Todavía no soy un hombre rico, pero te quiero, y no quiero desperdiciar otro día más sin ti. —Y entonces vio cómo su rostro cambiaba, y vio en las comisuras de la boca y en el ligero desplazamiento de las cejas que al fin había comprendido.

Mientras Jimmy esperaba, Dolly exhaló un suspiro largo y lento. Cogió el sombrero y le dio vueltas por el ala, con el ceño ligeramente fruncido. Siempre había sentido predilección por la pausa dramática, razón por la cual él no se preocupó al observar la línea perfecta de su perfil, como había hecho en esa colina junto al mar; al decir ella: «Oh, Jimmy», con una voz que no era del todo suya; al volverse hacia él y ver una lágrima fresca rodando por su mejilla.

—Mira que pedirme eso; mira que pedirme eso precisamente ahora.

Antes de que Jimmy pudiese preguntarle qué quería decir, Dolly pasó junto a él como una exhalación, golpeándose la cadera contra otra mesa en su huida apresurada, y desapareció en el frío y la oscuridad de ese Londres sumido en la guerra, sin hacer ademán de mirar atrás. Solo después, cuando pasaron los minutos y ella no había regresado, Jimmy al fin comprendió lo que había sucedido. Y se vio a sí mismo de repente, como desde lo alto, como si se encontrase en una fotografía suya: un hombre que había perdido todo, arrodillado a solas en el suelo sucio de un restaurante lúgubre donde hacía demasiado frío.

M ás tarde, Laurel se preguntaría cómo era posible que
hubiese tardado tanto en buscar el nombre de su madre en Google. Sin embargo, por lo que sabía de Dorothy Nicolson, era imposible sospechar ni por un segundo que apareciese en internet.

No esperó a llegar a la casa de Greenacres. Se sentó en
el coche, que se hallaba aparcado junto al hospital, sacó el
teléfono y tecleó «Dorothy Smitham» en la ventana de búsqueda. Lo hizo demasiado rápido, por supuesto, lo escribió
mal y hubo de comenzar de nuevo. Tras armarse de valor ante lo que pudiese encontrar, pulsó la tecla. Había 127 resultados. Una página estadounidense sobre genealogía, una
Thelma Dorothy Smitham que buscaba amigos en Facebook,
una entrada de las páginas amarillas de Australia y, a mitad
de página, una mención en el archivo sobre la guerra de la
BBC, con el subtítulo *Una telefonista de Londres recuerda la
Segunda Guerra Mundial.* El dedo de Laurel tembló al selec-
cionar esa opción.

La página contenía los recuerdos de la guerra de una mujer
llamada Katherine Frances Barker, quien había trabajado como
telefonista para el Ministerio de Guerra en Westminster duran-

te los bombardeos. Según una nota en la cabecera del texto, fue Susanna Barker quien lo había enviado en nombre de su madre. En la parte superior aparecía la fotografía de una anciana vivaz que posaba con cierta coquetería en un sofá con reposacabezas de ganchillo. El pie de foto decía:

> *Katherine* Kitty *Barker, descansando en casa. Cuando estalló la guerra, Kitty se mudó a Londres, donde trabajó como telefonista. Kitty se hubiera alistado en la Marina Real, pero las comunicaciones se consideraban un servicio esencial y no se lo permitieron.*

El artículo era bastante largo y Laurel lo leyó por encima en busca del nombre de su madre. Lo encontró unos párrafos más abajo.

> *Yo crecí en Midlands y no tenía familia en Londres, pero durante la guerra había servicios para encontrar alojamiento a los trabajadores de la guerra. Comparada con otras, yo tuve suerte, pues me enviaron a la casa de una mujer de cierta importancia. La casa estaba en el número 7 de Campden Grove, en Kensington, y, aunque tal vez no lo crea, el tiempo que pasé ahí durante la guerra fue muy feliz. Había otras tres oficinistas, y un par de mujeres del personal de lady Gwendolyn Caldicott que se habían quedado cuando estalló la guerra, una cocinera y una muchacha llamada Dorothy Smitham, que era una especie de señorita de compañía de la señora de la casa. Nos hicimos amigas, Dorothy y yo, pero perdimos el contacto cuando me casé con mi marido, Tom, en 1941. Las amistades se forjaban enseguida durante la guerra (supongo que eso no es sorprendente) y con frecuencia me pregunto qué fue de mis amigos de entonces. Espero que sobrevivieran.*

Laurel se sentía extasiada. Era increíble el efecto de ver el nombre de su madre, su nombre de soltera, por escrito. Especialmente en un documento como este, que hacía referencia al periodo y al lugar que más despertaban su curiosidad.

Leyó el párrafo de nuevo y su entusiasmo no decayó. Dorothy Smitham había sido real. Trabajó para una mujer llamada lady Gwendolyn Caldicott y vivió en el número 7 de Campden Grove (la misma calle de Vivien y Henry Jenkins, observó Laurel con un estremecimiento), y había tenido una amiga llamada Kitty. Laurel buscó la fecha de la publicación del artículo: el 25 de octubre de 2008... Una amiga que muy posiblemente aún vivía y estaría dispuesta a hablar con Laurel. Cada descubrimiento era una estrella más en el cielo enorme y oscuro que formaba el dibujo que llevaría a Laurel a casa.

Susanna Barker invitó a Laurel a visitarla por la tarde. Encontrarla resultó tan sencillo que Laurel, que nunca había creído en los golpes de suerte, sintió una razonable desconfianza. Bastó teclear los nombres de Katherine Barker y Susanna Barker en la página del directorio de Numberway y, a continuación, marcó los números resultantes. Dio en el clavo a la tercera. «Mi madre juega al golf los jueves y charla con los estudiantes de la escuela primaria del barrio los viernes —dijo Susanna—. Pero hoy tiene un hueco en su agenda a las cuatro». Laurel aceptó la sugerencia con mucho gusto, y ahora seguía las minuciosas instrucciones de Susanna a lo largo de unos campos verdes empapados a las afueras de Cambridge.

Una mujer gordita y jovial, con una mata de pelo cobrizo encrespado por la lluvia, la esperaba junto a la puerta principal. Llevaba una alegre rebeca amarilla sobre un vestido pardo y empuñaba un paraguas con ambas manos con una actitud de educada ansiedad. A veces, pensaba la actriz que Laurel llevaba dentro («Oídos, ojos y corazón, todos al unísono»), era posible saberlo todo acerca de una persona gracias a un solo gesto. La mujer del paraguas era nerviosa, digna de confianza y agradecida.

—Vaya, hola —dijo con voz cantarina cuando Laurel se acercó al cruzar la calle. Su sonrisa dejó al descubierto unas enormes encías resplandecientes—. Soy Susanna Barker y es un placer enorme conocerla.

—Laurel. Laurel Nicolson.

—Cómo no, ya sé quién es. Venga, venga, por favor. Qué horror de tiempo, ¿verdad? Mi madre dice que es porque maté una araña en casa. Qué tonta soy, ya debería haber aprendido. Siempre llueve por eso, ¿no es cierto?

Kitty Barker era más lista que el hambre y aguda como la espada de un pirata.

—La hija de Dolly Smitham —dijo, dando un golpecito en la mesa con sus puños diminutos—. Qué maravillosa sorpresa. —Cuando Laurel intentó presentarse, explicar cómo había hallado el nombre de Kitty en internet, la frágil mano se agitó con impaciencia y su dueña bramó—: Sí, sí, mi hija ya me lo ha dicho… Se lo contaste por teléfono.

Laurel, quien había sido acusada de ser brusca más de una vez, concluyó que el tono eficiente de la mujer era refrescante. Supuso que, a los noventa y dos años, ya no se tenían pelos en la lengua ni se perdía el tiempo con nimiedades. Sonrió y dijo:

—Señora Barker, mi madre nunca habló mucho acerca de la guerra cuando era niña… Imagino que deseaba olvidarlo todo, pero ahora está enferma y es importante para mí averiguar todo lo posible acerca de su pasado. Pensé que tal vez usted podría hablarme un poco de Londres durante la guerra, en particular acerca de la vida de mi madre por aquel entonces.

Kitty Barker estaba más que dispuesta a cumplir su deseo. En otras palabras: se lanzó con presteza a satisfacer la primera parte del ruego de Laurel con una conferencia sobre la guerra, mientras su hija servía té y pastas.

Laurel prestó toda su atención durante un rato, pero comenzó a distraerse cuando resultó evidente que a Dorothy Smitham solo le correspondía un papel muy secundario en esa historia. Observó los recuerdos de la guerra que se alineaban en la pared del salón, carteles que imploraban a la gente que no derrochase al ir de compras y no olvidase las legumbres.

Kitty seguía describiendo los accidentes que se podían sufrir durante el apagón y, mientras Laurel contemplaba el avance de la aguja del reloj, que marcaba la media hora, su atención se desvió hacia Susanna Barker, que observaba a su madre embelesada y movía los labios para repetir cada palabra en silencio. La hija de Kitty ya había oído estas anécdotas muchísimas veces, intuyó Laurel, y de repente comprendió a la perfección la mecánica: los nervios de Susanna, su deseo de complacer, la reverencia con que hablaba de su madre. Kitty era lo opuesto a su madre: había creado de los años de la guerra una mitología de la cual su hija nunca podría escapar.

Tal vez todos los niños cayesen presos, de un modo u otro, del pasado de sus padres. Al fin y al cabo, ¿a qué podría aspirar la pobre Susanna en comparación con las historias de heroísmo y sacrificio de su madre? Por primera vez, Laurel agradeció a sus padres haber evitado a sus hijos una carga tan insufrible. (Por el contrario, Laurel era presa de una historia de su madre que no existía. Era imposible no apreciar la ironía).

Algo dichoso ocurrió entonces: mientras Laurel perdía la esperanza de averiguar nada importante, Kitty hizo un alto en su relato para regañar a Susanna por haber tardado demasiado tiempo en servir el té. Laurel aprovechó la oportunidad para centrar la conversación de nuevo en Dorothy Smitham.

—Qué tremenda historia, señora Barker —dijo, recurriendo a su tono más señorial—. Fascinante... Qué dechado de valor. Pero ¿qué hay de mi madre? ¿Me podría hablar un poco de ella?

Evidentemente, las interrupciones no formaban parte del ritual, y un silencio anonadado planeó sobre la reunión. Kitty inclinó la cabeza como si tratara de adivinar el motivo de tal descaro, mientras Susanna, con sumo cuidado, evitó la mirada de Laurel mientras servía temblorosa el té.

Laurel se negó a hacerse la tímida. Esa pequeña niña que llevaba dentro disfrutó al interrumpir el monólogo de Kitty. Le caía bien Susanna, cuya madre era una prepotente; a Laurel le habían enseñado a hacer frente a ese tipo de personas. Prosiguió de buen humor:

—¿Ayudaba mi madre en la casa?

—Dolly hacía su parte —admitió Kitty a regañadientes—. En la casa todas hacíamos turnos para sentarnos en la azotea con un cubo de arena y una bomba de mano.

—¿Y hacía vida social?

—Se lo pasó bien, como todas nosotras. Estábamos en guerra. Una tenía que disfrutar donde pudiese.

Susanna le ofreció una bandeja con leche y azúcar, pero Laurel la rechazó con un gesto.

—Supongo que dos jóvenes bonitas como ustedes tendrían un montón de pretendientes.

—Por supuesto.

—¿Sabe si hubo alguien especial para mi madre?

—Había un tipo —dijo Kitty, que tomó un sorbo de té negro—. Por más que lo intento, no logro recordar su nombre.

—Laurel tuvo una idea: se le ocurrió de repente. El jueves pasado, durante la fiesta de cumpleaños, la enfermera dijo que su madre había preguntado por alguien, extrañada por no haber recibido su visita. En ese momento, Laurel supuso que la enfermera había oído mal, que preguntaba por Gerry; ahora, sin embargo, tras haber visto cómo su madre vagaba entre el presente y el pasado, Laurel supo que se había equivocado.

—Jimmy —dijo—. ¿Se llamaba Jimmy?

—¡Sí! —dijo Kitty—. Sí, eso es. Ahora lo recuerdo, solía bromear con ella y decirle que tenía su propio Jimmy Stewart. No es que yo lo conociese, ojo; solo me figuraba su aspecto por lo que me había dicho.

—¿No llegó a conocerlo? —Era extraño. Dorothy y Kitty habían sido amigas, habían vivido juntas, eran jóvenes... ¿Presentarse a los novios no era parte de las reglas del juego?

—Ni siquiera una vez. Era muy particular respecto a eso. Él era piloto y estaba demasiado ocupado para hacer visitas. —La boca de Kitty se frunció de forma taimada—. O eso decía ella, al menos.

—¿Qué quiere decir?

—Solo que mi Tom era piloto y él, sin duda, tenía tiempo para visitarme, ya sabe a qué me refiero. —Rio diabólicamente y Laurel sonrió para mostrar que sí, que la comprendía a la perfección.

—¿Cree que mi madre tal vez mintió? —insistió.

—Mentir exactamente, no, pero adornar la verdad... Con Dolly siempre era difícil saberlo. Tenía una gran imaginación.

Laurel lo sabía muy bien. Aun así, le parecía extraño que mantuviese en la sombra al hombre a quien amaba. Los jóvenes enamorados solían querer gritarlo al viento desde los tejados y su madre nunca había sido dada a ocultar sus emociones.

A menos que, por algún motivo, la identidad de Jimmy debiese permanecer en secreto. Estaban en guerra... Tal vez fuera un espía. Sin duda, eso explicaría la reserva de Dorothy, la imposibilidad de casarse con el hombre al que amaba, su propia huida. Relacionar a Henry y Vivien Jenkins en ese caso iba a ser un poco más problemático, a menos que Henry hubiese descubierto que Jimmy representaba una amenaza para la seguridad nacional.

—Dolly nunca trajo a Jimmy a casa porque la vieja señora, la dueña de la casa, no veía con buenos ojos que recibiéramos visitas de hombres —dijo Kitty, que pinchó con una aguja el globo de la grandiosa teoría de Laurel—. La vieja lady Gwendolyn tenía una hermana... De jóvenes eran como uña y carne; vivían en la casa de Campden Grove y siempre iban juntas a todas partes. Todo se echó a perder cuando la más joven se enamoró y se casó. Se mudó a otro lugar con su marido y su hermana nunca la perdonó. Se encerró en su dormitorio durante décadas y se negó a ver a nadie. Odiaba a la gente, aunque evidentemente no a la madre de usted. Estaban muy unidas; Dolly fue leal a la vieja y respetó esa regla. No tenía problemas en romper casi todas las demás, ojo (nadie como ella para obtener nailon y pintalabios en el mercado negro), pero respetó esa como si su vida dependiese de ello.

Algo en la forma de expresar ese último comentario dio que pensar a Laurel.

—¿Sabe usted? Ahora que lo pienso, creo que eso fue el comienzo de todo. —Kitty frunció el ceño debido al esfuerzo de escudriñar el túnel de los viejos recuerdos.

—¿El comienzo de qué? —dijo Laurel, con un hormigueo expectante en las manos.

—Su madre cambió. Dolly era divertidísima cuando llegamos a Campden Grove, pero luego se volvió muy rara queriendo hacer feliz a la vieja.

—Bueno, lady Gwendolyn era quien pagaba. Supongo que...

—Había algo más. Comenzó a decir sin parar que la vieja la consideraba de la familia. Empezó a actuar como una niña rica, además, y nos trataba como si no fuéramos lo bastante buenas para ella... Hasta hizo nuevos amigos.

—Vivien —dijo Laurel, de repente—. Se refiere a Vivien Jenkins.

—Ya veo que su madre sí le ha hablado de ella —dijo Kitty, con un movimiento mordaz de los labios—. Se olvidó del resto de nosotras, cómo no, pero no de Vivien Jenkins. No me sorprende, por supuesto, no me sorprende en absoluto. Era la esposa de un escritor, sí, y vivía al otro lado de la calle. Bien presumida, guapa, claro, eso no se podía negar, pero fría. No se dignaba a pararse y hablar con una en la calle. Una terrible influencia para Dolly..., pensaba que Vivien era el no va más.

—¿Se veían a menudo?

Kitty cogió un bollito y echó una cucharada de mermelada reluciente encima.

—¿Cómo iba a saber yo esos detalles? —preguntó con aspereza, untando la mermelada roja—. A mí nunca me invitaron a ir con ellas y Dolly ya había dejado de contarme sus secretos por entonces. Supongo que por eso no supe que algo iba mal hasta que fue demasiado tarde.

—¿Demasiado tarde para qué? ¿Qué iba mal?

Kitty echó una porción de nata en el bollito y observó a Laurel.

—Algo pasó entre ellas, entre su madre y Vivien, algo malo. A principios de 1941; lo recuerdo porque acababa de conocer a mi Tom... Quizás por eso no me molestó tanto. Dolly siempre tenía un humor de perros: despotricaba todo el tiempo, se negaba a salir con nosotras, evitaba a Jimmy. Como si fuese una persona diferente, sí... Ni siquiera iba a la cantina.

—¿La cantina del SVM?

Kitty asintió, preparada para dar un delicado mordisco al bollito.

—Le encantaba trabajar ahí, siempre se escabullía para hacer un turno a escondidas... Qué valiente su madre, nunca tuvo miedo de las bombas… Pero de repente dejó de ir. Y no volvía ni por todo el té de China.

—¿Por qué no?

—No lo dijo, pero sé que tuvo que ver con esa, con la que vivía al otro lado de la calle. Las vi juntas el día que discutieron, ¿sabe?; yo volvía del trabajo, un poco antes de lo normal debido a una bomba sin estallar que apareció cerca de mi oficina, y vi a su madre saliendo de la casa de los Jenkins. ¡Vaya! ¡Qué mirada tenía! —Kitty negaba con la cabeza—. Ni bombas ni nada… Por su mirada, pensé que era Dolly quien estaba a punto de estallar.

Laurel tomó un sorbo de té. Se le ocurría una situación en la que una mujer dejaría de ver tanto a su amiga como a su novio al mismo tiempo. ¿Jimmy y Vivien habían tenido una aventura? ¿Por eso su madre había roto el compromiso y había huido para comenzar una nueva vida? Sin duda, explicaría el enojo de Henry Jenkins, aunque no con Dorothy; y tampoco concordaba con los recientes lamentos de su madre por el pasado. No había nada que lamentar por haber comenzado de nuevo: era un acto de valentía.

—¿Qué cree que pasó? —apremió con delicadeza, posando la taza en la mesa.

Kitty alzó esos hombros huesudos, pero había algo taimado en el gesto.

—Dolly nunca le dijo nada al respecto, ¿verdad? —Su expresión de sorpresa disimulaba un placer profundo. Suspiró teatralmente—. Bueno, supongo que siempre le gustó guardar secretos. No todas las madres e hijas están tan unidas, ¿verdad?

Susanna resplandeció; su madre dio un bocado al bollito.

Laurel tenía la poderosa sensación de que Kitty ocultaba algo. Siendo la mayor de cuatro hermanas, sabía muy bien cómo sonsacárselo. No había muchos secretos que resistiesen la tentación de la indiferencia.

—Ya le he robado mucho tiempo, señora Barker —dijo, mientras doblaba la servilleta y dejaba la cuchara en su sitio—. Gracias por hablar conmigo. Ha sido una gran ayuda. Si recuerda algo más que pueda explicar lo que sucedió entre Vivien y mi madre, hágamelo saber. —Laurel se levantó y metió la silla bajo la mesa. Se dirigió hacia la puerta.

—¿Sabe? —dijo Kitty, que la siguió—. Hay algo más, ahora que lo pienso.

No fue fácil, pero Laurel consiguió contener una sonrisa.

—¿Sí? —dijo—. ¿Qué es?

Kitty se chupó los labios como si estuviera a punto de hablar en contra de su voluntad y no supiese muy bien qué le había impulsado a ello. Exigió a Susanna que se llevara la tetera y, cuando se hubo ido, llevó a Laurel de vuelta a la mesa.

—Le he hablado del mal humor de Dolly —dijo—. Espantoso. Muy sombrío. Y duró todo el tiempo que pasamos en Campden Grove. Luego, una noche, un par de semanas después de mi boda, mi marido había vuelto al servicio y yo quedé con algunas de las muchachas del trabajo para ir a bailar. A Dolly casi ni le pregunté (había estado muy pesada últimamente), pero se lo dije y, aunque no me lo esperaba, decidió venir.

»Llegó al club de baile vestida de punta en blanco y riéndose como si ya le hubiese dado al whisky. Además, trajo a una amiga con ella, una chica de Coventry, Caitlin o algo así, muy estirada al principio pero que enseguida entró en calor… Con Doll no había otra opción. Era una de esas personas llenas de vida, que provocaba ganas de divertirse con su mera presencia.

Laurel sonrió levemente al reconocer a su madre en esa descripción.

—Esa noche, sin duda, se lo estaba pasando muy bien, déjeme que lo diga. Tenía una mirada alocada y se reía y bailaba y decía unas cosas muy raras. A la hora de marcharnos, me agarró por los brazos y me dijo que tenía un plan.

—¿Un plan? —Laurel sintió que se le erizaban todos los pelos de la nuca.

—Dijo que Vivien Jenkins le había hecho algo repugnante, pero que tenía un plan para arreglarlo todo. Ella y Jimmy iban a vivir felices para siempre; todos iban a recibir su merecido.

Era lo mismo que su madre le había dicho en el hospital. Pero el plan no había salido como tenía previsto y no llegó a casarse con Jimmy. En cambio, Henry Jenkins se había enfurecido. Laurel tenía el corazón desbocado, pero hizo lo posible para parecer indiferente.

—¿Le dijo en qué consistía el plan?

—No y, para ser sincera, no le di demasiada importancia entonces. Las cosas eran diferentes con la guerra. La gente decía y hacía cosas que ni se les habrían ocurrido en otras circunstancias. Nunca sabía una qué le depararía el día siguiente, ni siquiera si llegarías a verlo… Esa incertidumbre disminuía los escrúpulos de las personas. Y su madre siempre tuvo un don para lo teatral. Me imaginé que toda esa palabrería sobre la venganza no era más que eso: palabrería. Más tarde me pregunté si habló más en serio de lo que yo pensaba.

Laurel se acercó un poco.

—¿Más tarde?

—Se desvaneció en el aire. Esa noche, en el club de baile, fue la última vez que la vi. Nunca más supe de ella, ni una palabra, y no respondió a ninguna de mis cartas. Pensé que tal vez la había herido una bomba, hasta que recibí una visita de una mujer mayor, justo después del fin de la guerra. Era muy misteriosa: preguntaba por Doll, quería saber si había algo «innombrable» en su pasado.

Laurel vio la habitación oscura y fresca de la abuela Nicolson.

—¿Una mujer alta, guapa, que parecía haber estado chupando limones?

Kitty arqueó una sola ceja.

—¿Una amiga de usted?

—Mi abuela. Por parte de padre.

—Ah —Kitty sonrió mostrando los dientes—, la suegra. No lo dijo, solo dijo que había contratado a su madre y estaba comprobando sus antecedentes. Entonces, al final se casaron, su padre y su madre... Él debía de estar loco por ella.

—¿Por qué? ¿Qué le dijo a mi abuela?

Kitty pestañeó, la viva imagen de la inocencia.

—Yo estaba dolida. Como no sabía nada de ella, me había preocupado, pero entonces descubrí que se había ido sin más, sin decir palabra. —Hizo un vago gesto con la mano—. Quizás adorné la verdad un poquito, dije que Dolly había tenido unos pocos novios más de los que tuvo, cierta afición a la bebida... Nada grave.

Pero más que suficiente para explicar la actitud de la abuela Nicolson: lo de los novios ya era bastante malo, pero ¿la afición a la bebida? Eso era casi un sacrilegio.

De repente, Laurel se sintió impaciente por salir de esa casa atestada de recuerdos y estar a solas con sus pensamientos. Le dio las gracias a Kitty Barker y comenzó a recoger sus cosas.

—Dele recuerdos a su madre, ¿vale? —dijo Kitty, que acompañó a Laurel a la puerta.

Laurel le aseguró que lo haría y se puso el abrigo.

—No tuve la oportunidad de despedirme. Me acordé de ella a lo largo de los años, sobre todo cuando supe que había sobrevivido a la guerra. No había nada que hacer... Dolly era muy decidida, una de esas chicas que siempre consiguen lo que quieren. Si quería desaparecer, nadie podía impedirlo ni encontrarla.

Salvo Henry Jenkins, pensó Laurel cuando Kitty Barker cerró la puerta detrás de sí. Había sido capaz de encontrarla y Dorothy se aseguró de que sus razones para buscarla desaparecieran junto a él aquel día en Greenacres.

Laurel se sentó en el Mini verde, frente a la casa de Kitty Barker, con el motor en marcha. Deseó que la calefacción caldeara rápidamente el interior del coche. Ya eran las cinco pasadas y la oscuridad había comenzado a cernirse a su alrededor. Los chapiteles de la Universidad de Cambridge relucían contra el cielo oscuro, pero Laurel no los vio. Estaba demasiado concentrada en imaginar a su madre (a esa joven de la fotografía que había encontrado) en un club de baile, agarrando a Kitty Barker por las muñecas para decirle en un tono impetuoso que tenía un plan, que iba a arreglar las cosas. «¿Qué era, Dorothy? —masculló Laurel entre dientes, mientras buscaba un cigarrillo—. ¿Qué diablos hiciste?».

Su teléfono móvil sonó mientras hurgaba en el bolso, y lo sacó, con la súbita esperanza de que fuese Gerry, para devolverle por fin sus llamadas.

—¿Laurel? Soy Rose. Phil tiene una reunión esta noche, y he pensado que te vendría bien un poco de compañía. Podría llevar la cena, quizás una película.

Laurel, decepcionada, vaciló, intentando encontrar una excusa. Se sentía mal por mentir, especialmente a Rose, pero aún no estaba preparada para compartir esta búsqueda, al menos no con sus hermanas; ver una comedia romántica y charlar mientras se devanaba los sesos para desenmarañar el pasado de su madre sería agobiante. Una lástima: le habría encantado entregar el embrollo a alguien y decir: «A ver qué puedes hacer con esto»; pero la carga era suya y, aunque acabaría contando todo a sus hermanas, se negaba a hacerlo (en realidad, no podía) hasta saber bien qué debía decir.

Se mesó los cabellos, rastreando en su cerebro un motivo para no aceptar la cena (Dios, qué hambre tenía, ahora que pensaba en ello) y en ese momento distinguió las orgullosas torres de la universidad, majestuosas en la sombría distancia.

—¿Lol? ¿Estás ahí?

—Sí. Sí, aquí estoy.

—No se oye muy bien. Te estaba preguntando si querías que te preparase algo de cenar.

—No —dijo Laurel enseguida, vislumbrando de repente el borroso perfil de una buena idea—. Gracias, Rosie, pero no. ¿Te parece bien si te llamo mañana?

—¿Va todo bien? ¿Dónde estás?

Cada vez había más interferencias y Laurel tuvo que gritar:

—Todo va bien. Es que… —Sonrió cuando su plan adquirió forma, claro y nítido—. No voy a estar en casa esta noche, voy a llegar tarde.

—¡Ah!

—Eso me temo. Acabo de recordar, Rose, que hay alguien a quien tengo que ir a ver.

16

Londres, enero de 1941

Las dos últimas semanas habían sido terribles, y a Dolly no le quedó más remedio que culpar a Jimmy. Si no hubiera estropeado todo al forzar tanto las cosas… Justo cuando estaba decidida a pedirle que fuesen más discretos, él le pidió la mano, y dentro de ella se abrió una grieta que se negaba a cerrarse. A un lado estaba Dolly Smitham, la joven ingenua de Coventry, quien pensaba que casarse con su novio y vivir para siempre en una granja junto a un arroyo era el colmo de sus deseos; al otro lado, Dorothy Smitham, amiga de la sofisticada y rica Vivien Jenkins, heredera y dama de compañía de lady Gwendolyn Caldicott, una mujer madura que ya no necesitaba fantasear con el futuro pues sabía muy bien qué aventuras le esperaban.

Eso no significaba que a Dolly no le desgarrara salir así del restaurante, entre las miradas y los cuchicheos de los camareros; pero intuía que, de haberse quedado un momento más, habría dicho que sí, solo para que se levantase. Y ¿dónde habría acabado en ese caso? ¿En un apartamento diminuto con Jimmy y el señor Metcalfe, preocupada por encontrar la próxima jarra de leche? ¿Cómo habría acabado con lady Gwendolyn? La anciana había sido muy amable con Dolly, casi pensaba en ella como parte de la familia; ¿cómo iba a soportar que la abandonaran por segunda vez? No, Dolly había hecho lo correcto. El doctor Rufus fue comprensivo cuando comenzó a llorar durante uno de sus almuerzos: ella era joven, dijo, tenía la vida entera por delante, no había motivo alguno para atarse tan pronto.

Kitty (por supuesto) percibió que algo iba mal y reaccionó haciendo desfilar a su piloto ante el umbral del número 7 a la menor oportunidad, sacando a relucir su anillo de compromiso y haciendo preguntas incómodas respecto al paradero de Jimmy. En comparación, su tarea en la cantina era casi un alivio. Al menos lo habría sido si Vivien se hubiera presentado alguna vez para animarla. Se habían visto solo una vez desde la noche en que Jimmy llegó sin previo aviso. Vivien estaba donando una caja de ropa y Dolly se disponía a acercarse para saludarla cuando la señora Waddingham le ordenó que regresara a la cocina bajo amenaza de muerte. Bruja. Casi merecía la pena inscribirse en la oficina de empleo para no tener que volver a ver a esa mujer. Lástima que fuese una posibilidad remota. Dolly había recibido una carta del Ministerio de Trabajo, pero cuando lady Gwendolyn se enteró, de inmediato tomó medidas para que los funcionarios del más alto nivel comprendiesen que Dolly le resultaba indispensable en su estado actual y no podía prescindir de ella para que se fuera a hacer bombas de humo.

Un par de bomberos cuyos rostros estaban cubiertos de hollín negro llegaron al mostrador y Dolly forzó una sonrisa que dibujó un hoyuelo en cada mejilla mientras servía la sopa en dos tazones.

—Una noche ajetreada, ¿eh, muchachos? —comentó.

—Las malditas mangueras están heladas —contestó el hombre más bajo—. Tendrías que verlo. Apagamos las llamas en una casa y hay carámbanos colgando al lado, donde ha caído agua.

—Qué horror —dijo Dolly, y los dos hombres se mostraron de acuerdo, antes de arrastrarse hacia una mesa y dejarla sola una vez más en la cocina.

Apoyó el codo en la encimera y el mentón en las manos. Sin duda, Vivien estaba ocupada últimamente con ese doctor suyo. Dolly se llevó una desilusión cuando Jimmy se lo contó (habría preferido enterarse por boca de Vivien), pero comprendió la necesidad de guardar el secreto. A Henry Jenkins no le habría hecho ninguna gracia que su esposa tantease el terreno: bastaba una mirada para saberlo. Si alguien escuchase las confidencias de Vivien o viese algo sospechoso y se lo contase al marido, ocurriría un desastre. No era de extrañar que insistiese en que Jimmy no contase a nadie lo que le había dicho.

—¿Señora Jenkins? ¡Oiga, señora Jenkins!

Dolly alzó la vista en el acto. ¿Había llegado Vivien cuando no estaba mirando?

—Oh, señorita Smitham —la voz perdió parte de su alborozo—, es usted.

Maud Hoskins, pulcra como un alfiler, se hallaba ante el mostrador, con un camafeo al cuello, rígido como el alzacuello de un rector. Vivien no estaba a la vista y a Dolly se le encogió el corazón.

—Solo yo, señora Hoskins.

—Sí —rezongó la anciana—, ya lo veo. —Echó un vistazo en derredor como gallina azorada que da picotazos, y dijo—: Vaya, vaya, supongo que no la habrá visto..., es decir, a la señora Jenkins.

—Déjeme pensar. —Dolly, pensativa, se dio unos golpecitos en los labios mientras, bajo el mostrador, sus pies se deslizaban dentro de los zapatos—. No, no creo haberla visto.

—Qué lástima. Tengo algo para ella, ¿sabe? Supongo que lo perdió la última vez que estuvo aquí, y lo he guardado con la esperanza de encontrarme con ella. Pero lleva días sin venir.

—¿De verdad? No me había dado cuenta.

—Toda la semana sin venir. Espero que no le haya pasado nada malo.

Dolly pensó en decirle a la señora Hoskins que veía a Vivien todos los días, sana y salva, desde la ventana del dormitorio de lady Gwendolyn, pero decidió que eso plantearía más preguntas de las que respondía.

—Seguro que está bien.

—Supongo que tiene razón. Tan bien como se puede estar en estos tiempos tan difíciles.

—Sí.

—Pero es una molestia. Voy a Cornualles, a quedarme con mi hermana un tiempo, y quería devolverlo antes de irme. —La señora Hoskins miró a su alrededor dubitativa—. Supongo que tendré que…

—¿Dejármelo a mí? Claro que sí. —Dolly sacó a relucir su sonrisa más cautivadora—. Yo me encargo de dárselo.

—Oh… —La señora Hoskins la escudriñó desde detrás de las gafas—. No había pensado… No sé si debería dejarlo.

—Señora Hoskins, por favor. Me alegra poder ayudarla. Voy a ver a Vivien pronto, sin duda.

La anciana exhaló un suspiro breve y recatado, fijándose en que Dolly había empleado el nombre de pila de Vivien.

—Bueno —dijo, ahora con un tono de admiración en la voz—. Si está segura…

—Estoy segurísima.

—Gracias, señorita Smitham. Muchísimas gracias. Sin duda sería todo un alivio. Es una pieza bastante valiosa, creo. —La señora Hoskins abrió el bolso y sacó un pequeño paquete de papel de seda. Lo dejó en la mano extendida de Dolly, al otro lado del mostrador—. Lo he envuelto para que esté a buen recaudo. Tenga cuidado, querida… No queremos que caiga en malas manos, ¿verdad?

Dolly no abrió el paquete hasta llegar a casa. Tuvo que contenerse para no rasgar el papel en cuanto la señora Hoskins se dio la vuelta. Lo guardó en el bolso y ahí permaneció hasta que se acabó su turno y regresó a toda prisa a la casa de Campden Grove.

Cuando cerró la puerta de la habitación tras de sí, la curiosidad de Dolly se había convertido en un dolor físico. Se metió en la cama, con los zapatos y todo, y sacó el pequeño paquete del bolso. Al desenvolverlo, algo cayó sobre su regazo. Dolly lo cogió y dio vueltas entre los dedos: era un delicado medallón oval que pendía de una cadena de oro rosa. Notó que uno de los eslabones se había abierto un poco, con lo cual su compañero había quedado libre. Ensartó el final del círculo abierto en el siguiente eslabón, tras lo cual, con sumo cuidado, lo cerró con la uña.

Ya estaba: arreglado. Y muy bien, además; era difícil ver dónde estaba la abertura. Dolly sonrió satisfecha y centró su atención en el medallón. Era del tipo empleado para guardar fotografías, comprendió, mientras pasaba el pulgar sobre el grabado de formas curvadas. Cuando Dolly al fin logró abrirlo, se encontró con una fotografía de cuatro pequeños, dos niñas y dos niños, sentados en unas escaleras de madera, con los ojos entrecerrados ante el sol deslumbrante. La fotografía había sido cortada en dos para encajarla en los dos paneles del marco.

Dolly reconoció a Vivien al instante, la niña más pequeña, de pie con un brazo apoyado en el pasamanos, la otra mano en el hombro de uno de los niños, un pequeño de apariencia sencilla. Eran sus hermanos, comprendió Dolly, en su casa, en Australia, un retrato tomado, obviamente, antes de que enviaran a Vivien a Inglaterra. Antes de conocer a su tío y convertirse en una mujer adulta en una torre en la finca familiar, el mismo lugar donde conocería al apuesto Henry Jenkins. Dolly se estremeció de placer. Era como un cuento de hadas…, de hecho, como el libro de Henry Jenkins.

Sonrió al ver a Vivien de niña. «Ojalá te hubiera conocido entonces», dijo Dolly en voz baja, aunque resultaba absurdo, pues era mucho mejor conocerla ahora, tener la oportunidad de ser Dolly y Viv de Campden Grove. Observó el rostro de la pequeña, identificó la versión infantil de los rasgos que admiraba tanto en la mujer y pensó en lo extraño que era querer tanto a alguien a quien conocía desde hacía tan poco tiempo.

Cerró el medallón y notó que en la parte posterior había algo grabado, en intrincada caligrafía. «Isabel», leyó en voz alta. ¿La madre de Vivien, tal vez? Dolly no recordaba si sabía el nombre de la madre de Vivien, pero tenía sentido. Era una de esas fotografías que una madre guardaba cerca del corazón: toda su prole junta, sonriendo al fotógrafo ambulante. Dolly era demasiado joven para pensar en niños, pero supo que, cuando los tuviese, llevaría una fotografía similar a esta.

Una cosa era indudable: este medallón debía de ser importantísimo para Vivien si había pertenecido a su madre. Dolly tendría que protegerlo con su propia vida. Pensó un momento y una sonrisa se extendió por su rostro: vaya, lo guardaría en el lugar más seguro que conocía. Dolly desabrochó el cierre, se pasó el collar bajo el cabello y lo cerró alrededor del cuello. Suspiró satisfecha, alegre, cuando el medallón se deslizó bajo la blusa y el frío metal se encontró con su piel cálida.

Dolly se quitó los zapatos y tiró el sombrero a la silla que estaba junto a la ventana, se dejó caer sobre las almohadas y cruzó los pies. Encendió un cigarrillo y lanzó anillos de humo hacia el techo, imaginando cómo se emocionaría Vivien cuando le devolviese el medallón. Probablemente tomaría a Dolly entre los brazos, la abrazaría y la llamaría «querida amiga», y sus encantadores ojos negros se bañarían en lágrimas. Invitaría a Dolly a sentarse junto a ella en el sofá y charlarían de todo un poco. Dolly presentía que Vivien incluso le hablaría del otro, de su amigo el doctor, una vez que pasasen un tiempo juntas.

Sacó el medallón de entre los senos y miró el bello diseño de la superficie. La pobre Vivien estaría desolada, pensando que lo había perdido para siempre. Dolly se preguntó si debería decirle de inmediato que el collar estaba a salvo (¿quizás una carta por la ranura de la puerta?), pero pronto descartó la idea. No disponía de papel, no sin el monograma de lady Gwendolyn, lo cual no resultaba muy apropiado. En cualquier caso, era mejor dárselo en mano. La pregunta crucial era qué debería ponerse.

Dolly se tumbó bocabajo y sacó el Libro de Ideas de su escondite, bajo la cama. *El libro de las tareas domésticas de la señora Beeton* no había despertado el interés de Dolly cuando se lo regaló su madre, pero el papel valía su peso en oro y las páginas del libro habían demostrado ser la guarida ideal para sus fotografías favoritas de *The Lady*. Dolly las había recortado y pegado encima de las normas y las recetas de la señora Beeton durante más de un año. Las hojeó, prestando suma atención al atuendo de las mujeres más distinguidas, en busca de prendas similares a las que había visto en el vestidor. Se detuvo en una imagen reciente. Era Vivien, fotografiada en un acto benéfico en el Ritz, gloriosa en un delicado vestido de seda fina. Pensativa, Dolly recorrió con el dedo el contorno del canesú y la falda: había uno igual arriba; con unas ligeras modificaciones, sería perfecto. Se sonrió al imaginarse lo guapa que estaría al cruzar la calle a paso vivo para tomar el té con Vivien Jenkins.

Tres días más tarde, en un gesto de amabilidad tan poco característico, lady Gwendolyn soltó la bolsa de caramelos y pidió a Dolly que corriese las cortinas y la dejara a solas para echarse la siesta. Eran casi las tres de la tarde y Dolly no esperó a que se lo dijera dos veces. Tras comprobar que la anciana se sumía en el letargo, se enfundó el vestido amarillo que tenía preparado y cruzó la calle de buen humor.

Ya en el escalón superior, preparada para tocar el timbre, Dolly imaginó la cara de Vivien al abrir la puerta y encontrarse con ella; esa sonrisa de alivio, agradecida, cuando se sentaran a tomar el té y le mostrara el medallón. Podía haber bailado de alegría.

Tras una pausa para acicalarse el pelo y saborear el momento, Dolly tocó el timbre.

Esperó a la escucha de sonidos reveladores al otro lado de la puerta. Esta se abrió y una voz dijo: «Hola, cari...».

Dolly no pudo contenerse y dio un paso hacia atrás. Henry Jenkins estaba de pie delante de ella, más alto de cerca de lo que pensaba, gallardo como todos los hombres poderosos. En su actitud había una cualidad casi brutal, que se desvaneció al instante, por lo que Dolly supuso que lo había imaginado debido a la sorpresa. Sin duda, en todas sus fantasías, tan numerosas, nunca previó algo así. Henry Jenkins tenía un trabajo importante en el Ministerio de Información y rara vez se encontraba en casa de día. Dolly abrió la boca y la cerró de nuevo; se sentía intimidada ante su corpulencia y su expresión sombría.

—¿Sí? —dijo él. Su tez estaba ligeramente sonrosada y Dolly sospechó que había estado bebiendo—. ¿Viene en busca de retazos? Porque ya hemos donado todo lo que podíamos dar.

Dolly recuperó la voz.

—No, no, lo siento —dijo—. No he venido en busca de telas. He venido a ver a Vivien..., a la señora Jenkins. —Al fin: su aplomo regresaba. Sonrió al hombre—. Soy amiga de su esposa.

—Ya veo. —Su sorpresa era evidente—. Una amiga de mi esposa. ¿Y cómo se llama esta amiga de mi esposa?

—Dolly... Quiero decir, Dorothy. Dorothy Smitham.

—Bueno, Dorothy Smitham, supongo que será mejor que entre, ¿no le parece? —Se apartó e hizo una señal con la mano.

Según se adentraba en la casa de Vivien, Dolly reparó en que, a pesar de todo el tiempo que había vivido en Campden Grove, esta era la primera vez que traspasaba el umbral del número 25. Por lo que veía, tenía la misma disposición que el número 7: un vestíbulo con un tramo de escaleras que conducían a la primera planta y una puerta a la izquierda. Mientras seguía a Henry Jenkins hacia la sala de estar, no obstante, vio que las semejanzas acababan ahí. Era evidente que la decoración del número 25 procedía de este siglo y, en contraste con el mobiliario de caoba, pesado y barroco, y las paredes atestadas de lady Gwendolyn, esta casa era toda luz y ángulos agudos.

Era magnífica: el suelo era de parqué y del techo colgaba un conjunto de arañas de luz de vidrio esmerilado. Alineadas en las paredes había unas llamativas fotografías de arquitectura contemporánea y el sofá verde lima tenía una piel de cebra plegada en un reposabrazos. Qué elegante, qué moderno… A Dolly casi le entraron moscas en la boca al observarlo todo.

—Siéntese. Por favor —dijo Henry Jenkins, que señaló un sillón junto a la ventana. Dolly se sentó y alisó el dobladillo del vestido antes de cruzar las piernas. De repente, se sintió avergonzada por su atuendo. Era bastante favorecedor, para su época, pero sentada aquí, en esta espléndida sala, daba la impresión de ser una pieza de museo. Se había creído tan elegante en el vestidor de lady Gwendolyn, girando ante el espejo; ahora, solo veía los ribetes y los volantes anticuados… Qué diferentes, en realidad (¿cómo es posible que no lo notase antes?), de las pulcras líneas de los vestidos de Vivien.

—Le ofrecería té —dijo Henry Jenkins, que se atusó las puntas del bigote de una forma extraña que resultaba encantadora—, pero nos hemos quedado sin doncella esta semana. Una gran decepción… Fue sorprendida robando.

Estaba mirándole las piernas, comprendió Dolly con un arrebato de emoción. Sonrió, un poco incómoda (al fin y al cabo, era el esposo de Vivien), pero también halagada.

—Lo siento —dijo, y en ese momento recordó algo que le había oído decir a lady Gwendolyn—: Qué difícil es encontrar buen personal estos días.

—Sin duda. —Henry Jenkins se encontraba junto a una maravillosa chimenea, revestida de azulejos blancos y negros, como un tablero de ajedrez. Miró a Dolly, burlón, y dijo—: Dígame, ¿de qué conoce a mi esposa?

—Nos conocimos en el Servicio Voluntario de Mujeres, y resulta que tenemos mucho en común.

—Qué horarios más intempestivos tienen. —Sonrió, pero no se trataba de una sonrisa espontánea, y su morosidad, la forma en que la miraba, indicaron a Dolly que había algo que quería saber, que ella le dijese. No se le ocurría qué podría ser, así que le devolvió la sonrisa y guardó silencio. Henry Jenkins miró el reloj—. Hoy, por ejemplo. En el desayuno, mi esposa me dijo que acabaría a las dos. He venido a casa temprano para darle una sorpresa, pero ya son las tres menos cuarto y ni rastro de ella. Imagino que habrá surgido algo, pero es inevitable preocuparse.

La irritación se reflejaba en sus palabras, y Dolly comprendió por qué: era un hombre importante con un trabajo crucial del que había salido solo para quedarse con las manos cruzadas mientras su esposa se paseaba por la ciudad.

—¿Tenía cita para ver a mi esposa? —preguntó de repente, como si se le acabara de ocurrir que para Dolly también era un inconveniente el retraso de Vivien.

—Oh, no —dijo en el acto. Parecía ofendido y Dolly quiso tranquilizarlo—: Vivien no sabía que iba a venir. Le he traído algo, algo que ha perdido.

—¿Sí?

Dolly sacó el collar del bolso y lo sostuvo con delicadeza entre los dedos. Se había pintado las uñas para la ocasión con el último Coty Crimson de Kitty.

—Su medallón —dijo en voz baja, tendiendo la mano para recogerlo—. Lo llevaba puesto el día que nos conocimos.

—Es un collar precioso.

—Lo lleva desde niña. No importa qué le regale, por bonito o sofisticado que sea, que no se pone otro collar que este. Lo lleva incluso con su collar de perlas. No recuerdo que se lo haya quitado nunca y, sin embargo —estudió la cadena—, está intacto, así que esta vez lo ha hecho. —Miró de soslayo a Dolly, quien se encogió levemente bajo la intensidad de esa mirada. ¿Miraba así a Vivien, se preguntó, cuando le alzaba el vestido, cuando apartaba el medallón para besarla?—. ¿Ha dicho que lo había encontrado? —continuó—. Me pregunto dónde.

—Yo… —Los pensamientos de Dolly la ruborizaron—. Me temo que no lo sé… No fui yo quien lo encontró, solo me lo dieron para que se lo devolviese a Vivien. Por nuestra cercanía.

Él asintió lentamente.

—Me pregunto, señora Smitham…

—Señorita Smitham.

—Señorita Smitham. —Sus labios se movieron, en un atisbo de sonrisa que sirvió para ruborizarla aún más—. A riesgo de parecer impertinente, me pregunto por qué no se lo devolvió a mi esposa en la cantina del SVM. Con certeza, habría sido más conveniente para una dama ocupada como usted.

Una dama ocupada. A Dolly le gustó cómo sonaba.

—No es impertinente en absoluto, señor Jenkins. Como sabía lo importante que es para Vivien, quería dárselo cuanto antes. Nuestros turnos no siempre coinciden, ya ve.

—Qué extraño. —Pensativo, cerró el puño en torno al medallón—. Mi esposa se presenta al servicio todos los días.

Antes de que Dolly pudiese responder que nadie iba a la cantina todos los días, que estaban anotados todos los turnos y había una señora Waddingham muy estricta, sonó una llave en la cerradura de la puerta.

Vivien estaba en casa.

Tanto Dolly como Henry miraron fijamente la puerta cerrada de la sala, escuchando los pasos en el vestíbulo. La alegría desbordó el corazón de Dolly, que se imaginó lo feliz que sería Vivien cuando Henry le mostrase el collar, cuando le explicase que Dolly se había encargado de traerlo; cómo la embargaría la gratitud y, sí, el amor, y una sonrisa radiante le iluminaría la cara y diría: «Henry, cariño. Me alegra que por fin hayas conocido a Dorothy. Llevo mucho tiempo pensando en invitarte a tomar el té, querida, pero con este ajetreo ha sido imposible». Y entonces bromearía sobre la estricta tirana de la cantina, y ambas se morirían de la risa, y Henry sugeriría que saliesen a cenar juntos, quizás a su club…

Se abrió la puerta del salón y Dolly se sentó en el borde del asiento. Henry se movió con celeridad para tomar a su esposa entre los brazos. Fue un abrazo duradero, romántico, como si él se anegase en el aroma de ella, y Dolly comprendió, con una pizca de envidia, que Henry Jenkins amaba a su esposa apasionadamente. Ya lo sabía, por supuesto, tras haber leído *La musa rebelde*, pero aquí, en el salón, observándolos, no le quedó duda alguna. ¿En qué estaría pensando Vivien, viéndose con ese doctor cuando un hombre como Henry la quería tanto?

El doctor. Dolly miró a Henry, que tenía los ojos cerrados mientras apretaba con firmeza la cabeza de Vivien contra su pecho; la estrechaba con el ardor que cabría esperar tras meses de ausencia en los que se temió lo peor; y Dolly, de repente, comprendió que lo sabía. Los nervios por el retraso de Vivien, las preguntas incómodas a Dolly, el tono frustrado con el que hablaba de su adorada esposa… Lo sabía. Es decir, lo sospechaba. Y había albergado la esperanza de que Dolly confirmase o disipase sus sospechas. «Oh, Vivien —pensó, entrelazando los dedos mientras miraba a la espalda de la mujer—, ten cuidado».

Henry se apartó al fin y alzó el mentón de su mujer para mirarla fijamente a la cara.

—¿Has tenido un buen día, mi amor?

Vivien esperó hasta que la soltó, tras lo cual se quitó el sombrero del SVM.

—Ajetreado —dijo, alisándose el pelo con unas palmaditas. Dejó el sombrero en una mesilla, junto a una fotografía enmarcada del día de su boda—. Estamos recolectando bufandas y la demanda es enorme. Está tardando más de lo que debería. —Hizo una pausa y prestó atención al ala de su sombrero—. No sabía que estarías en casa tan temprano; habría salido a tiempo para estar contigo.

Él sonrió, desdichado, pensó Dolly, y dijo:

—Quería darte una sorpresa.

—No lo sabía.

—No tenías que saberlo. Por eso es una sorpresa, ¿no? Pillar a una persona desprevenida. —La agarró del codo y giró levemente su cuerpo para que mirase hacia el salón—. Hablando de sorpresas, cariño, tienes una invitada. La señorita Smitham ha venido a saludarte.

Dolly se puso en pie, el corazón a punto de estallar. Por fin había llegado el gran momento.

—Tu amiga ha venido a verte —continuó Henry—. Hemos tenido una deliciosa charla sobre el buen trabajo que haces en el SVM.

Vivien pestañeó al mirar a Dolly, con un gesto del todo inexpresivo, y dijo:

—No conozco a esta mujer.

A Dolly se le cortó la respiración. El salón comenzó a dar vueltas.

—Pero, cariño —dijo Henry—, claro que sí. Te ha traído esto. —Sacó el collar del bolsillo y lo dejó en las manos de su esposa—. Te lo quitarías y se te olvidó.

Vivien le dio la vuelta, abrió el medallón y miró las fotografías.

—¿Por qué tenía mi collar? —dijo, con un tono tan gélido que estremeció a Dolly.

—Yo… —A Dolly le dio vueltas la cabeza. No comprendía lo que estaba ocurriendo, por qué Vivien se comportaba así; después de todas esas miradas, breves, sin duda, pero cargadas de sentimiento, de camaradería; después de todas las veces que se habían observado la una a la otra desde la ventana; después de todo lo que Dolly había imaginado para su futuro. ¿Era posible que Vivien no hubiese entendido, que no supiese lo que significaban la una para la otra, que no soñase también con Dolly y Viv?—. Estaba en la cantina. La señora Hoskins lo encontró y me pidió que se lo devolviera, cuando supo que éramos… —Cuando supo que éramos almas gemelas, excelentes amigas, espíritus afines—. Cuando supo que éramos vecinas.

Las cejas perfectas de Vivien se arquearon y observó a Dolly. Hubo un momento de cavilación y su expresión cambió, de forma sutil.

—Sí. Ahora caigo. Esta mujer es la criada de lady Gwendolyn Caldicott.

Dijo esas palabras con una significativa mirada a Henry, quien cambió de actitud al instante. Dolly recordó el desdén con el cual había hablado de su doncella, a quien habían despedido por robar. Miró esa joya preciosa y dijo:

—¿No es una amiga, entonces?

—Claro que no —dijo Vivien, como si la mera idea la repugnase—. No tengo ninguna amiga a la que no conozcas, Henry, querido. Ya lo sabes.

Miró perplejo a su esposa y asintió fríamente.

—Me pareció extraño, pero insistió mucho. —A continuación, se volvió hacia Dolly, con la duda y la irritación reflejadas en un ceño fruncido que le arrugaba la frente. Se sentía decepcionado, percibió Dolly; peor aún, su expresión estaba teñida de desprecio—. Señorita Smitham —dijo—, le agradezco que haya devuelto el collar de mi esposa, pero ya es hora de que se vaya.

A Dolly no se le ocurrió nada que decir. Estaba soñando, no cabía duda: nada de esto era lo que había imaginado, lo que se merecía, la vida que estaba destinada a vivir. Se despertaría y se encontraría a sí misma riéndose junto a Vivien y Henry mientras tomaban un vaso de whisky y hablaban de las aflicciones de la vida cotidiana, y ella y Vivien, juntas en el sofá, se mirarían la una a la otra y se reirían de la señora Waddingham, y Henry sonreiría con cariño y diría: «Qué par, qué par tan incorregible y encantador».

—¿Señorita Smitham?

Atinó a asentir, recogió el bolso y se escabulló entre ambos de vuelta al vestíbulo.

Henry Jenkins la siguió, dudando brevemente antes de abrirle la puerta de par en par. Su brazo le cortó el camino y Dolly no tuvo más remedio que quedarse donde estaba y esperar a que se decidiese a dejarla marchar. Tuvo la impresión de que Henry estaba pensando qué decir.

—¿Señorita Smitham? —Habló como hablaría a una niña tonta o, peor aún, a una criada insignificante que había olvidado cuál era su lugar, entregada a fantasías rebuscadas y sueños de una vida que no le correspondían. Dolly fue incapaz de mirarlo a los ojos; se sintió desfallecer—. Sal corriendo, sé buena —dijo—. Cuida de lady Gwendolyn y no te metas en más problemas.

Caía el crepúsculo y, al otro lado de la calle, Dolly vio a Kitty y Louisa, que llegaban del trabajo. Kitty alzó la vista y su boca dibujó una «O» al ver lo que estaba ocurriendo, pero Dolly no tuvo ocasión de sonreír, saludar o alegrar la cara. ¿Cómo hacerlo, ahora que todo estaba perdido? ¿Cuando todos sus deseos, todas sus esperanzas habían sido aplastados con tal crueldad?

17

Universidad de Cambridge, 2011

Había dejado de llover y la luna asomaba entre jirones de nubes. Tras haber visitado la biblioteca de la Universidad de Cambridge, Laurel estaba sentada frente a la capilla de Clare College, a la espera de ser atropellada por un ciclista. No un ciclista cualquiera; tenía en mente a uno en concreto. El oficio de vísperas estaba a punto de terminar; había escuchado en un banco situado bajo cerezo durante media hora, embelesada por el órgano y las voces. En cualquier momento, sin embargo, todo se detendría y por las puertas saldría la gente, en busca de sus bicicletas apiladas en las rejillas de metal al lado de la entrada, y partiría en todas direcciones. Uno de ellos, esperaba Laurel, sería Gerry; era algo que siempre habían compartido, su amor por la música (ese tipo de música que les permitía vislumbrar respuestas a preguntas que desconocían hasta ese momento) y, en cuanto llegó a Cambridge y vio los carteles que anunciaban el oficio de vísperas, supo que esa era la mejor oportunidad de encontrar a su hermano.

En efecto, pocos minutos después de la asombrosa conclusión de *Regocijo en el cordero,* de Britten, mientras el público comenzaba a salir en parejas y grupos por las puertas de la capilla, un hombre caminaba solo. Una figura alta y desgarbada, cuya aparición en lo alto de las escaleras dibujó una sonrisa en los labios de Laurel, pues una de las bendiciones más sencillas de la vida era, sin duda, conocer a alguien tan bien que bastaba una mirada fugaz para identificarlo incluso al otro lado de un patio a oscuras. La figura subió a la bicicleta y se impulsó con un pie, tambaleándose un poco hasta adquirir ritmo.

Laurel salió a la calle cuando se acercó, saludando y llamándolo por su nombre. Casi la derribó antes de pararse y mirarla perplejo a la luz de la luna. La sonrisa más encantadora iluminó su rostro y Laurel se preguntó por qué no venía de visita más a menudo.

—Lol —dijo—. ¿Qué haces aquí?

—Quería verte. He intentado llamarte; te he dejado mensajes.

—El contestador —Gerry negaba con la cabeza— no dejaba de pitar y esa maldita lucecita roja no paraba de encenderse y apagarse. No funcionaba, creo… Lo tuve que desenchufar.

Era una explicación tan propia de Gerry que, a pesar de lo exasperante que había sido no poder hablar con él, de lo mucho que le había preocupado que estuviese molesto con ella, Laurel no pudo más que sonreír.

—Bueno —dijo—, así tengo una excusa para visitarte. ¿Ya has ido a cenar?

—¿Cenar?

—Ingerir alimentos. Una engorrosa costumbre, lo sé, pero intento hacerlo todos los días.

Gerry se mesó esa maraña de pelo oscuro, como si tratase de recordar.

—Vamos —dijo Laurel—. Yo invito.

Gerry caminó con la bicicleta al lado y hablaron de música mientras se dirigían a una pequeña pizzería construida en un boquete del muro con vistas al Arts Theatre. El mismo lugar, recordó Laurel, donde vio, siendo adolescente, *La fiesta de cumpleaños*, de Pinter.

Estaba tenuemente iluminado, a la luz de unas candelas que parpadeaban en unas ampollas de cristal sobre los manteles a cuadros rojos y blancos. El lugar se encontraba lleno de comensales, pero Gerry y Laurel se sentaron a una mesa libre al fondo, justo al lado del horno de la pizzería. Laurel se quitó el abrigo y un joven de larga cabellera rubia, que formaba tirabuzones en las sienes, les tomó el pedido: pizzas y vino. Volvió en cuestión de minutos con una botella de Chianti y dos vasos.

—Bueno —dijo Laurel, que sirvió el vino—, no sé si atreverme a preguntarte en qué has estado trabajando.

—Hoy mismo he terminado un artículo sobre los hábitos alimentarios de las galaxias adolescentes.

—Hambrientas, ¿no?

—Muchísimo, parece.

—Y mayores de trece años, supongo.

—Un poco. Entre tres y cinco mil millones de años después del Big Bang.

Laurel observó a su hermano, que habló con entusiasmo acerca del telescopio de la ESO en Chile («Es para nosotros lo que un microscopio para los biólogos») y explicó que esas vagas manchas en el cielo eran en realidad galaxias distantes, y había algunas («Es increíble, Lol») cuyo gas parecía no rotar («Ninguna teoría actual lo predice»), y Laurel asintió, si bien se sintió un poco culpable porque en realidad no estaba escuchando en absoluto. Pensaba en cómo, cuando Gerry se entusiasmaba, sus palabras se atropellaban, como si su boca fuese incapaz de seguir el ritmo de esa mente prodigiosa; cómo se detenía para respirar solo cuando no le quedaba más remedio; cómo abría las manos de forma expresiva y estiraba los dedos, pero con precisión, como si sostuviese estrellas en las yemas. Eran las manos de papá, pensó Laurel al mirarlo; los pómulos de papá y la misma mirada amable detrás de las gafas. De hecho, había mucho de Stephen Nicolson en su único hijo. No obstante, Gerry había heredado la risa de su madre.

Dejó de hablar y se bebió el vaso de vino de un trago. A pesar del nerviosismo que atenazaba a Laurel debido a esta búsqueda, en especial por la conversación que se avecinaba, era tan sencillo estar con Gerry que le hacía anhelar algo que no sabía explicar. Recordó cómo solían ser las cosas entre ellos, y deseó saborear ese eco lejano antes de echarlo a perder con su confesión.

—Y ¿qué viene a continuación? —dijo—. ¿Qué puede competir con los hábitos alimentarios de las galaxias adolescentes?

—Voy a crear el mapa más reciente de todo.

—Veo que sigues contentándote con objetivos pequeñitos.

Gerry sonrió.

—Va a ser pan comido... No voy a incluir todo el espacio, solo el cielo. Solo unos quinientos sesenta millones de estrellas, galaxias y otros objetos, y ya.

Laurel sopesaba ese número cuando llegaron las pizzas y el aroma del ajo y la albahaca le recordó que no había comido desde el desayuno. Almorzó con la voracidad de una galaxia adolescente, convencida de que jamás un alimento había sido tan sabroso. Gerry le preguntó acerca de su trabajo y, entre bocado y bocado, Laurel le habló del documental y la nueva versión de *Macbeth* que estaba filmando.

—O, al menos, dentro de poco. Me he tomado un tiempo libre.

Gerry alzó una mano enorme.

—Espera... ¿Tiempo libre?

—Sí.

—¿Qué pasa? —Gerry inclinó la cabeza.

—¿Por qué todo el mundo me pregunta lo mismo?

—Porque nunca te tomas tiempo libre.

—Qué tontería.

—¿Es una broma? —Gerry arqueó las cejas—. Me han dicho que a veces no las pillo.

—No, no es una broma.

—Entonces, tengo que informarte de que toda la evidencia empírica contradice tu afirmación.

—¿Evidencia empírica? —se burló Laurel—. Por favor. No sabes ni hablar. ¿Cuándo fue la última vez que tú te tomaste unas vacaciones?

—Junio de 1985, boda de Max Seerjay en Bath.

—¿Entonces?

—No he dicho que yo sea diferente. Tú y yo somos iguales, los dos casados con nuestro trabajo: por eso sé que algo va mal. —Se pasó la servilleta de papel por los labios y se reclinó contra la pared de ladrillo color carbón—. Tiempo libre anómalo, visita anómala… Deduzco que hay una relación entre ambas cosas.

Laurel suspiró.

—Suspiro ahogado. La prueba que necesitaba. ¿Me quieres decir qué ocurre, Lol?

Dobló la servilleta por la mitad un par de veces. Era ahora o nunca; todo este tiempo había deseado la compañía de Gerry en este viaje; era hora de invitarlo a bordo.

—¿Te acuerdas de esa vez que te quedaste conmigo en Londres? —dijo—. ¿Justo antes de venir aquí?

Gerry respondió con una cita de *Los caballeros de la mesa cuadrada*:

—«Por favor. Esta es una ocasión feliz».

—«No peleemos sobre quién mató a quién». —Laurel sonrió—. Me encanta esa película. —Movió un pedazo de aceituna de un lado a otro del plato, evasiva, tratando de encontrar las palabras adecuadas. Imposible, pues no existían, no en realidad, solo cabía lanzarse al vacío—. Me preguntaste algo, esa noche en la azotea; me preguntaste si ocurrió algo cuando éramos niños. Algo violento.

—Lo recuerdo.

—¿De verdad?

Gerry asintió con un solo movimiento, enérgico.

—¿Recuerdas lo que dije?

—Me dijiste que no se te ocurría nada.

—Sí. Eso. Eso dije —concedió, en voz baja—. Pero te mentí, Gerry. —No añadió que lo hizo por su propio bien ni que pensaba que era lo correcto. Ambas aclaraciones eran ciertas, pero ¿qué importaba ahora? No quería excusarse, de ningún modo; había mentido y se merecía todos los reproches que le hiciese... Y no solo por ocultar la verdad a Gerry, sino por lo que dijo a esos policías—. Mentí.

—Ya sé que mentiste —dijo Gerry, que se acabó la corteza.

Laurel parpadeó.

—¿Lo sabías? ¿Cómo?

—No me miraste al decirlo y me llamaste Ge. Dos cosas que nunca haces a menos que estés confusa. —Se encogió de hombros para quitarle importancia—. La mejor actriz del país, quizás; pero presa fácil para mis poderes de deducción.

—Y la gente dice que eres despistado.

—¿Eso dicen? No tenía ni idea. Qué decepción. —Se sonrieron, pero con cautela, y Gerry dijo—: ¿Quieres contármelo ahora, Lol?

—Sí. Muchísimo. ¿Aún quieres saberlo?

—Sí. Muchísimo.

Laurel asintió.

—Vale, muy bien. Muy bien. —Y comenzó desde el principio: una niña en la casa del árbol un día del verano de 1961, un desconocido en el camino, un pequeño en brazos de su madre. Describió con especial detalle cómo la madre adoraba a esa criatura, la pausa en la puerta solo para sonreírle, respirar ese aroma lácteo y hacerle cosquillas en los pies regordetes; pero en ese momento el hombre del sombrero entró en escena y el foco lo iluminó a él. El caminar furtivo al pasar junto a la puerta lateral, el perro que supo antes que nadie que se acercaba algo lúgubre, los ladridos con que avisó a la madre, quien se giró y vio al hombre y, mientras la niña en la casa del árbol miraba, se asustó en el acto.

Al llegar a esa parte de la historia con cuchillos, sangre y un niño pequeño llorando en la grava, Laurel pensó, mientras escuchaba su voz como si no procediera de su boca y observaba el rostro de su hermano ya adulto, qué extraño era mantener una conversación tan íntima en un lugar público y, sin embargo, qué necesarios eran el ruido y las voces de este lugar para poder contarla. Aquí, en una pizzería de Cambridge, entre estudiantes que reían y bromeaban en torno a ellos, jóvenes estudiosos con toda la vida por delante, Laurel se sintió segura y protegida, más cómoda, capaz de pronunciar palabras que se le habrían atragantado en el silencio de su habitación universitaria, palabras como:

—Lo mató, Gerry. El hombre, se llamaba Henry Jenkins, murió ahí, frente a nuestra casa.

Gerry había escuchado con suma atención, con la vista clavada en el mantel y un gesto que no revelaba nada. Un músculo se estremeció en su mandíbula en sombra y asintió, más para admitir el fin de la historia que para responder a la narración. Laurel esperó, se terminó el vaso de vino y sirvió un poco más para ambos.

—Bueno —dijo—. Eso es todo. Eso es lo que vi.

Al cabo de un momento, Gerry la miró.

—Supongo que eso lo explica —dijo.

—¿Explica qué?

A Gerry le temblaron los dedos, llenos de energía nerviosa, mientras hablaba.

—De niño solía ver algo, por el rabillo del ojo, una sombra oscura que me asustaba sin razón aparente. Es difícil de describir. Me daba la vuelta y no había nada ahí, solo esta terrible sensación de haber mirado demasiado tarde. Mi corazón latía a toda prisa y yo no tenía ni idea de por qué. Una vez se lo conté a mamá; me llevó a un oculista.

—¿Por eso te pusieron gafas?

—No, resulta que yo era miope. Las gafas no me ayudaron con la sombra, pero al menos las caras de la gente dejaron de ser borrosas.

Laurel sonrió. Gerry no. El científico estaba aliviado, Laurel lo sabía, por disponer de la aclaración de un suceso antes inexplicable, pero el hijo de una madre querida no se iba a calmar tan fácilmente.

—Las buenas personas hacen cosas malas —dijo, y se mesó un mechón de pelo—. Dios. Qué horrible cliché.

—Pero es cierto —dijo Laurel, que quería consolarlo—. Lo hacen. Y a veces con buenos motivos.

—¿Qué motivos? —La miró y fue un niño de nuevo, con unas ganas desesperadas de que Laurel lo explicase todo. Lo sintió por él… Un minuto antes era feliz contemplando las maravillas del universo, al siguiente su hermana le decía que su madre había matado a un hombre—. ¿Quién era ese tipo, Lol? ¿Por qué lo hizo?

De la manera más directa posible (con Gerry era mejor recurrir a su sentido de la lógica), Laurel le explicó lo que sabía acerca de Henry Jenkins: que era escritor, casado con una amiga de su madre, Vivien, durante la guerra. También le contó lo que le había dicho Kitty Barker, que hubo un terrible desencuentro entre Dorothy y Vivien a principios de 1941.

—Y piensas que esa discusión está relacionada con lo que sucedió en Greenacres en 1961 —dijo—. De lo contrario, no lo mencionarías.

—Sí. —Laurel recordó el relato de Kitty sobre la noche que salió con su madre, el modo en que se comportaba, las cosas que decía—. Creo que mamá estaba molesta por lo que sucedió entre ellas e hizo algo para castigar a su amiga. Creo que su plan (fuese el que fuese) salió mal, mucho peor de lo que esperaba, pero ya era demasiado tarde para arreglar las cosas. Mamá huyó de Londres, y Henry Jenkins estaba tan furioso por lo ocurrido que vino a buscarla veinte años más tarde. —Laurel se preguntó cómo una persona podía describir esas espeluznantes teorías con tal franqueza y sentido común. A ojos de un observador, Laurel parecería tranquila y dispuesta a llegar hasta el fondo del asunto; no reveló ni rastro de la profunda angustia que la carcomía por dentro. Sin embargo, bajó la voz para añadir—: Me pregunto si mamá sería responsable de la muerte de Vivien.

—Santo Dios, Lol.

—Si tuvo que convivir con los remordimientos todo este tiempo y la mujer que conocemos es el resultado de ello; si el resto de su vida fue su expiación.

—¿Convirtiéndose en la madre perfecta de sus hijos?

—Sí.

—Lo cual dio resultado hasta que Henry Jenkins vino a ajustar cuentas.

—Sí.

Gerry se quedó callado, el ceño ligeramente fruncido, pensativo.

—¿Y bien? —insistió Laurel, que se inclinó hacia él—. Tú eres el científico… ¿Tiene sentido esa teoría?

—Es verosímil —dijo Gerry, que asintió, despacio—. No es difícil de creer que los remordimientos motiven un cambio. Ni que un marido trate de vengar una afrenta contra su esposa. Y si lo que hizo a Vivien fue bastante grave, entiendo que pensase que su única opción era silenciar a Henry Jenkins de una vez y para siempre.

A Laurel se le encogió el corazón. En el fondo, comprendió, se había aferrado a la remota esperanza de que Gerry se riese, agujereare su teoría con el temible filo de su poderoso cerebro y le dijese que necesitaba un buen descanso y dejar de leer a Shakespeare durante un tiempo.

No lo hizo. Su lado racional había tomado las riendas, y dijo:

—Me pregunto qué pudo haber hecho a Vivien para lamentarlo tanto.

—No lo sé.

—Fuese lo que fuese, creo que estás en lo cierto —prosiguió—. Salió peor de lo que ella esperaba. Mamá nunca habría hecho daño a una amiga a propósito.

Laurel ofreció una respuesta evasiva, recordando cómo su madre había hundido el cuchillo en el pecho de Henry Jenkins sin titubear.

—No lo habría hecho, Lol.

—No, yo tampoco lo habría creído… al principio. Pero ¿has pensado que tal vez solo estamos poniendo excusas porque es nuestra madre y la conocemos y la queremos?

—Es probable —concedió Gerry—, pero no pasa nada. La conocemos bien.

—O eso creemos. —Kitty Barker había dicho algo que Laurel era incapaz de olvidar, sobre la guerra y la exaltación de las pasiones; la amenaza de la invasión, el miedo y la oscuridad, noches y noches de escasas horas de sueño—. ¿Y si fuese una persona diferente por aquel entonces? ¿Y si la presión de los bombardeos la hubiese trastornado? ¿Y si cambió después de casarse con papá y tenernos a nosotros? Después de tener una segunda oportunidad.

—Nadie cambia tanto.

Sin previo aviso, el cuento del cocodrilo se abrió paso en la mente de Laurel. «¿Por eso te convertiste en una dama, mamá?», preguntó, y Dorothy respondió que había abandonado sus costumbres de cocodrilo cuando se convirtió en madre.

¿Era demasiado rebuscado pensar que ese cuento era una metáfora, que su madre estaba confesando que había cambiado de algún modo? ¿O le estaba dando demasiada importancia a un relato que solo pretendía entretener a una niña? Evocó a Dorothy aquella tarde, de espaldas al espejo, enderezando los tirantes de ese precioso vestido, mientras una Laurel de ocho años se preguntaba, con los ojos abiertos de par en par, cómo habría ocurrido esa maravillosa transformación. «Vaya —le dijo su madre—, no puedo contarte todos mis secretos, ¿a que no? No todos a la vez. Vuelve a preguntármelo algún día. Cuando seas mayor».

Y eso era lo que pretendía hacer Laurel. De repente tuvo calor, los otros comensales se reían y se hacinaban en el salón, y el horno de la pizzería emitía oleadas de aire caliente. Laurel abrió la cartera y sacó dos billetes de veinte y uno de cinco, que dejó bajo la cuenta, y acalló las protestas de Gerry con un gesto.

—Ya te lo dije, invito yo —aclaró. No añadió que era lo menos que podía hacer, tras haber esparcido su oscura obsesión en ese mundo estrellado en el que él vivía—. Venga —dijo, poniéndose el abrigo—. Vamos a dar un paseo.

La charla de los restaurantes se desvaneció tras ellos cuando cruzaron el patio del King's College de camino al Cam. Todo estaba tranquilo junto al río y Laurel oyó las barcas, que se mecían suavemente sobre la superficie plateada por la luna. Una campana sonó a lo lejos, severa y estoica, y en una habitación alguien practicaba con el violín. La música, hermosa y triste, atenazó el corazón de Laurel y supo, de repente, que había cometido un error al venir.

Gerry no había dicho gran cosa desde que salieron del restaurante. Caminaba en silencio junto a ella, llevando la bicicleta con una mano. La cabeza gacha, tenía la mirada clavada en el suelo. Laurel creyó que la carga del pasado se volvería más ligera al compartirla, convencida de que Gerry debía saberlo, que él también estaba unido a esa monstruosidad que había presenciado. Pero por aquel entonces era poco más que un bebé, una persona diminuta, y ahora era un hombre dulce, el favorito de su madre, incapaz de aceptar que ella hubiese hecho algo terrible. Laurel estaba a punto de reconocerlo, de pedir disculpas y restar importancia a ese interés obsesivo, cuando Gerry dijo:

—¿Y ahora qué hacemos? ¿Tenemos alguna pista?

Laurel le miró de reojo.

Se había parado bajo la luz amarillenta de una farola y se subió las gafas por el puente de la nariz.

—¿Qué? No ibas a dejar las cosas así, ¿verdad? Evidentemente, tenemos que averiguar qué ocurrió. Es parte de nuestra historia, Lol.

Laurel no podía recordar otro momento en que lo hubiese querido tanto como ahora.

—Algo hay —dijo, con la respiración entrecortada—. Ahora que lo dices. Fui a visitar a mamá esta mañana, estaba muy confusa y pidió a la enfermera que llamase al doctor Rufus cuando lo viese.

—No es algo tan extraño en un hospital, ¿verdad?

—No por sí mismo, salvo que su médico se llama Cotter, no Rufus.

—¿Un lapsus?

—No creo. Lo dijo con mucha seguridad. Además… —La misteriosa imagen de un joven llamado Jimmy, antaño amado por su madre, llorado ahora, acudió a la mente de Laurel—. No es la primera vez que habla de alguien a quien conocía de antes. Creo que el pasado se confunde en su cabeza; creo que casi quiere que sepamos las respuestas.

—¿Le preguntaste al respecto?

—No acerca del doctor Rufus, pero sí sobre otras cosas. Respondió con bastante franqueza, pero la conversación la alteró. Hablaré con ella de nuevo, claro, pero, si hay otra manera, estoy dispuesta a probar.

—Estoy de acuerdo.

—Fui a la biblioteca antes para ver si era posible encontrar los detalles de un médico en activo en Coventry y quizás también en Londres en los años treinta y cuarenta. Solo disponía del apellido y no sabía qué tipo de médico era, así que el bibliotecario sugirió que comenzase con la base de datos de *The Lancet*.

—¿Y?

—Encontré a un doctor Lionel Rufus. Gerry, estoy casi segura de que es él: vivió en Coventry durante esos años y publicó artículos acerca de la psicología de la personalidad.

—¿Crees que fue paciente suya? ¿Que mamá sufría algún tipo de trastorno por aquel entonces?

—No tengo ni idea, pero pienso averiguarlo.

—Yo me encargo —dijo Gerry de repente—. Hay gente a la que puedo preguntar.

—¿De verdad?

Gerry asentía con la cabeza, y sus palabras se atropellaron con entusiasmo al decir:

—Vuelve a Suffolk. En cuanto sepa algo, te llamo.

Era más de lo que Laurel se había atrevido a esperar… No, no lo era: era exactamente lo que estaba esperando. Gerry iba a ayudarla; juntos, averiguarían lo que realmente había ocurrido.

—Sabes que quizás descubras algo terrible. —No quería asustarlo, pero tenía que avisarle—. Algo que convertiría en mentira todo lo que creíamos saber acerca de ella.

Gerry sonrió.

—Actriz hasta los tuétanos. ¿No es ahora cuando me dices que las personas no son una ciencia, que los personajes son contradictorios y una nueva variable no refuta todo el teorema?

—Solo te aviso. Prepárate para lo peor, hermanito.

—Siempre estoy preparado —dijo con una sonrisa—, y aún confío en nuestra madre.

Laurel alzó las cejas, deseosa de compartir esa fe. Pero ella había visto lo sucedido ese día en Greenacres, sabía de qué era capaz su madre.

—No es muy científico por tu parte —le reprendió—, no cuando todo señala a la misma conclusión.

Gerry tomó su mano.

—¿Es que el hambre de las galaxias adolescentes no te ha enseñado nada, Lol? —dijo con ternura y Laurel sintió un arrebato de amor protector, pues veía en sus ojos lo mucho que necesitaba creer que todo saldría bien, y ella sabía en lo más hondo que eso no era muy probable—. Nunca descartes la posibilidad de una respuesta que no predicen las teorías actuales.

18

Londres, finales de enero de 1941

A Dolly no le cabía duda de que nunca la habían humillado tanto en toda su vida. Aunque llegase a los cien años, sabía que no olvidaría cómo la habían mirado Henry y Vivien Jenkins cuando se fue, esas expresiones burlonas que distorsionaban sus rostros bellos y espantosos. Casi habían logrado convencer a Dolly de que no era más que la criada de la vecina, de visita con un vestido viejo tomado del vestuario de su señora. Casi. Pero Dolly estaba hecha de buena madera. Como el doctor Rufus le decía siempre: «Eres una entre un millón, Dorothy, de verdad que sí».

En su último almuerzo, dos días después de lo sucedido, él se reclinó en su asiento en el Savoy y la observó tras un puro. «Dime, Dorothy —dijo—, ¿por qué crees que esa mujer, esa tal Vivien Jenkins, fue tan desdeñosa contigo?». Dolly negó con la cabeza, reflexiva, antes de decir lo que pensaba: «Creo que cuando nos vio a los dos juntos, al señor Jenkins y a mí, así, en el salón… —Dolly apartó la vista, un poco avergonzada por las miradas de Henry Jenkins—. Bueno, me había vestido con especial esmero ese día, ¿sabes?, y sospecho que Vivien no lo soportó». Él asintió, admirado, y sus ojos se estrecharon mientras se acariciaba el mentón. «Y ¿cómo te sentiste tú, Dorothy, cuando te despreció de ese modo?». Dolly pensó que iba a ponerse a llorar cuando el doctor Rufus formuló esa pregunta. No obstante, se contuvo; sonrió valerosa, clavándose las uñas en las palmas de la mano, orgullosa de su dominio de sí misma, y dijo: «Me sentí muy avergonzada, doctor Rufus, y muy, muy dolida. Creo que nunca me habían tratado tan vilmente, y menos aún alguien a quien solía considerar mi amiga. De verdad, me sentí…».

—¡Para! ¡Para ahora mismo! —En la soleada habitación del número 7 de Campden Grove, Dolly se sobresaltó cuando lady Gwendolyn soltó una pequeña patada y gritó—: Me vas a arrancar el dedo si no tienes cuidado, niña tonta.

Dolly observó con contrición el pequeño triángulo blanco donde tenía que encontrarse la uña del dedo meñique de la anciana. Había sido por estar pensando en Vivien. Dolly había empleado la lima más rápido y más fuerte de lo aconsejable.

—Lo lamento muchísimo, lady Gwendolyn —dijo—. Voy a tener más cuidado…

—Ya he tenido bastante. Tráeme mis golosinas, Dorothy. He pasado una noche nauseabunda. Malditas recetas… ¡Morcillo de ternera con lombarda guisada para cenar! No me extraña que diese vueltas y más vueltas y soñase cosas horrendas.

Dolly obedeció y esperó con paciencia mientras la anciana husmeaba en la bolsa en busca del caramelo de menta más grande.

La vergüenza no tardó en convertirse en humillación y escarnio para dar paso a la ira. Vaya, Vivien y Henry Jenkins casi la llamaron ladrona y mentirosa cuando solo pretendía devolver el precioso collar de Vivien. Era una ironía casi insoportable que Vivien (la que se escabullía a espaldas de su marido y mentía a todos los que se preocupaban por ella, rogando a los demás que no revelasen sus secretos) condenase así a Dolly, que siempre salía en su defensa cuando las otras hablaban mal de ella.

Bueno... (Dolly, el ceño fruncido, decidida, guardó la lima de uñas y limpió el tocador), eso se había acabado. Dolly tenía un plan. No había hablado con lady Gwendolyn, aún no, pero cuando la anciana supiese lo que había sucedido (que su joven amiga había sido traicionada, igual que ella), Dolly estaba segura de que recibiría su bendición. Iban a dar una gran fiesta cuando la guerra terminase, una gran mascarada con trajes, faroles y tragafuegos. Acudirían las personas más fabulosas, publicarían fotografías en *The Lady* y se hablaría de ello en los años venideros. Dolly podía ver a los invitados que llegaban a Campden Grove, vestidos de punta en blanco, desfilando ante el número 25, donde Vivien Jenkins miraría desde la ventana, excluida.

Mientras tanto, hacía lo posible para rehuirlos. A ciertas personas, sabía ahora Dolly, habría sido mejor no haberlas conocido. Evitar a Henry Jenkins no era difícil (Dolly apenas lo veía en el mejor de los casos) y logró mantenerse alejada de Vivien al retirarse del SVM. En realidad, había supuesto un alivio: de golpe se había librado de la señora Waddingham y podía dedicar más tiempo a mantener feliz a lady Gwendolyn. Menos mal, habida cuenta de los eventos. La otra mañana, a una hora en que normalmente habría estado trabajando en la cantina, Dolly masajeaba las piernas doloridas de lady Gwendolyn cuando sonó el timbre. La anciana giró la muñeca hacia la ventana y dijo a Dolly que echara un vistazo para ver quién había venido a molestarlas esta vez.

Al principio a Dolly le preocupó que se tratase de Jimmy (había venido ya unas cuantas veces, gracias a Dios cuando no había nadie más en casa, por lo que había evitado una escena), pero no era él. Al mirar por la ventana, cuyo cristal cruzaba la cinta contra las explosiones, Dolly vio a Vivien Jenkins, que miraba por encima del hombro, como si fuese indigno de ella llamar al número 7 y la avergonzase incluso encontrarse ante su puerta. La piel de Dolly se acaloró, pues supo al instante por qué había venido Vivien. Era justo el tipo de crueldad mezquina que Dolly esperaba de ella: iba a informar a lady Gwendolyn de los hábitos de ladronzuela de su «criada». Dolly podía imaginarse a Vivien, sentada elegantemente en el polvoriento sillón de cretona, junto a la cabecera de la anciana, las piernas cruzadas, inclinada hacia delante con aire de conspiradora, para lamentar la calidad del servicio. «Qué difícil es encontrar a alguien en quien se pueda confiar, ¿no es así, lady Gwendolyn? Vaya, nosotros también hemos sufrido contratiempos últimamente...».

Mientras Dolly observaba a Vivien, que aún lanzaba miradas a sus espaldas, de pie ante el umbral, la gran dama ladró desde la cama:

—Bueno, Dorothy, no voy a vivir para siempre. ¿Quién es?

Dolly contuvo los nervios y señaló, con un tono tan despreocupado como le fue posible, que era solo una mujer de aspecto antipático que recogía ropa para la caridad. Cuando lady Gwendolyn dio un resoplido y dijo: «¡Que no entre! No va a poner sus dedos mugrientos en mi vestidor», Dolly obedeció con gusto.

Pum. Dolly se sobresaltó. Sin darse cuenta, se había acercado a la ventana y contemplaba distraída el número 25. *Pum, pum.* Se dio la vuelta para ver a lady Gwendolyn con la mirada clavada en ella. Las mejillas de la anciana estaban hinchadas para dar cabida al caramelo enorme y golpeaba el suelo con el bastón para llamar la atención.

—¿Sí, lady Gwendolyn?

La anciana se pasó los brazos alrededor del cuerpo y fingió tiritar, helada.

—¿Tiene un poco de frío?

Asintió una vez, dos veces.

Dolly disimuló un suspiro con una sonrisa condescendiente (acababa de retirar las mantas porque se quejaba del calor) y se dirigió a la cabecera.

—Vamos a ver si podemos ponernos cómodas, ¿vale?

Lady Gwendolyn cerró los ojos y Dolly comenzó a extender las mantas, pero era más fácil decirlo que hacerlo. La vieja mujer se retorcía con el bastón, de modo que la cama era una maraña, y la manta estaba atrapada bajo su otra pierna. Dolly fue a toda prisa al otro lado de la cama y tiró con todas sus fuerzas para soltarla.

Más tarde, al recordar la escena, culparía al polvo de lo que sucedería a continuación. En ese momento, sin embargo, estaba demasiado ocupada empujando y dando tirones para notarlo. Por fin, la manta quedó libre y Dolly la sacudió, tras lo cual la subió hasta arriba para cubrir la barbilla de la mujer. Mientras recogía el dobladillo, Dolly estornudó con un ímpetu inusualmente llamativo. ¡Aaa-chúúúús!

La sacudida estremeció a lady Gwendolyn, que abrió los ojos de par en par.

Dolly pidió disculpas, frotándose la nariz, cosquilleante. Parpadeó para aclararse la vista y, entre brumas, vio que la gran dama agitaba los brazos; sus manos aleteaban como un par de pajarillos atemorizados.

—¿Lady Gwendolyn? —dijo, acercándose. La cara de la anciana estaba roja como una remolacha—. Lady Gwendolyn, querida, ¿qué ocurre?

De la garganta de lady Gwendolyn surgió un ruido áspero y la piel se oscureció como una berenjena. Se señalaba la garganta con aspavientos desmedidos. Algo le impedía hablar...

El caramelo de menta, comprendió Dolly con angustia; se había atravesado en la garganta de la anciana como un tapón. Dolly no supo qué hacer. Estaba desesperada. Sin pensar, metió los dedos en la boca de lady Gwendolyn, en un intento de extraer el dulce.

No lo consiguió.

Dolly sufrió un ataque de pánico. Tal vez si le diese unas palmaditas en la espalda o le apretase la tripa…

Intentó ambas cosas, el corazón desbocado, los latidos retumbando en los oídos. Trató de levantar a lady Gwendolyn, pero era tan pesada, el camisón de seda tan resbaladizo…

—Todo va bien —se oyó decir Dolly a sí misma mientras forcejeaba para no soltarla—. Todo va a salir bien.

Lo dijo una y otra vez, apretando con todas sus fuerzas, mientras lady Gwendolyn bregaba y se retorcía en sus brazos.

—Todo va bien, todo va a salir bien, todo va bien.

Hasta que al fin Dolly se quedó sin aliento y dejó de hablar, momento en el que reparó en que la anciana se había vuelto más pesada, que ya no agonizaba ni boqueaba en busca de aire, que reinaba una calma muy poco natural.

Todo quedó en silencio en el majestuoso dormitorio, salvo por la respiración de Dolly y el inquietante chirrido de la cama que salió de debajo de su señora muerta, y dejó que el cuerpo aún cálido se sumiese en su postura habitual.

Cuando llegó el médico, se situó al borde de la cama y decretó que se trataba de «un caso claro de extinción natural». Miró a Dolly, quien sostenía la fría mano de lady Gwendolyn y se limpiaba los ojos con un pañuelo, y añadió:

—Siempre había padecido de una debilidad del corazón. Tuvo escarlatina de niña.

Dolly contempló la cara de lady Gwendolyn, más severa aún tras la muerte, y asintió. No había mencionado ni el caramelo ni el estornudo; no le pareció necesario. Las cosas no cambiarían, ya no, y habría parecido una necia balbuceando sobre caramelos y polvo. De todos modos, el dulce ya se había disuelto antes de que el médico se abriese camino entre los escombros de los últimos bombardeos.

—Vamos, vamos, chiquilla —dijo el doctor, que dio unas palmaditas en la mano de Dolly—. Sé que le tenía cariño. Y ella a usted, debo decir. —Y se caló el sombrero, cogió el maletín y dijo que dejaría el nombre de la funeraria preferida de la familia Caldicott en la mesa de abajo.

La lectura del testamento de lady Gwendolyn tuvo lugar en la biblioteca del número 7 de Campden Grove el 29 de enero de 1941. En sentido estricto, no había necesidad alguna de una lectura pública; el señor Pemberly habría preferido una discreta carta a los herederos (el abogado sufría de un terrible miedo escénico), pero lady Gwendolyn, con su instinto para el drama, había insistido. No sorprendió a Dolly, quien, como una de los beneficiarios, recibió la invitación de asistir a la lectura. El odio de la anciana contra su único sobrino no era ningún secreto, y qué mejor manera de castigarlo desde la tumba que despojarlo de la herencia y obligarlo a asistir a la humillación pública de ver el legado en manos de otra persona.

Dolly se vistió con esmero, tal como habría querido lady Gwendolyn, deseosa de interpretar el papel de digna heredera, pero sin aparente esfuerzo.

Estaba nerviosa mientras esperaba a que el señor Pemberly comenzase. El pobre hombre tartamudeaba y balbuceaba durante los artículos preliminares, la marca de nacimiento más roja que nunca al recordar a los presentes (Dolly y lord Wolsey) que los deseos de su cliente, ratificados por él mismo, abogado titulado e imparcial, eran definitivos e inapelables. El sobrino de lady Gwendolyn era un bulldog enorme y Dolly deseó que estuviese escuchando con atención esas pomposas advertencias. Por lo que se imaginaba, no iba a estar demasiado feliz cuando cayese en la cuenta de lo que había hecho su tía.

Dolly tenía razón. Lord Peregrine Wolsey estaba a punto de sufrir una apoplejía cuando se terminó de leer el testamento. En el mejor de los casos, era un caballero impaciente y, mucho antes de que el señor Pemberly acabase el preámbulo, ya le salía humo de las orejas. Dolly lo oía rezongar y resoplar ante cada frase que no empezaba: «A mi sobrino, Peregrine Wolsey, lego...». Al final, sin embargo, el abogado respiró hondo, sacó un pañuelo para secarse la frente y pasó a administrar la generosidad de su cliente.

—«Yo, Gwendolyn Caldicott, que por el presente revoco todos los testamentos previos por mí realizados, lego a la esposa de mi sobrino, Peregrine Wolsey, la mayor parte de mi vestuario, y a mi sobrino, el contenido del vestidor de mi difunto padre».

—¿Qué? —rugió tan de repente que escupió el puro—. ¿Qué diablos significa esto?

—Por favor, señor Wolsey —se trastabilló el señor Pemberly, cuya marca se oscureció hasta un púrpura furioso—, le ruego, po-po-por favor, que guarde silencio un mo-mo-momento más mientras a-a-acabo.

—Le voy a demandar, gusano mugriento. Sé que era usted, cuchicheando al oído de mi tía...

—Señor Wolsey, po-po-por favor, se lo ruego.

El señor Pemberly continuó con la lectura, alentado por un gesto amable de Dolly:

—«Lego el resto de mis bienes y patrimonio, incluyendo la casa del número 7 de Campden Grove, en Londres, con la excepción de los pocos artículos mencionados en lo sucesivo, al albergue de animales Kensington». —El hombre alzó la vista—. Le ha sido imposible al representante de dicho albergue asistir hoy... —Más o menos en ese momento, Dolly dejó de oír nada salvo el ruido ensordecedor de las campanas de la traición.

Lady Gwendolyn, por supuesto, había dejado una disposición para «mi joven acompañante, Dorothy Smitham», pero Dolly estaba demasiado conmocionada para escuchar. Solo más tarde, en la intimidad de su propio dormitorio, al estudiar la carta que el señor Pemberly había dejado en sus manos temblorosas mientras sorteaba las amenazas de lord Wolsey, comprendió que su herencia constaba de una pequeña selección de abrigos del vestidor. Dolly reconoció los artículos mencionados al instante. Con la excepción de un abrigo de piel blanco más bien ajado, los había donado todos en las sombrereras que regalaba con alegría al dispositivo del SVM organizado por Vivien Jenkins.

Dolly estaba lívida de rabia. Le hervía la sangre. Después de todo lo que había hecho por esa anciana, las numerosas indignidades que hubo de soportar (esas uñas de los pies, esas orejas que debía limpiar), las raciones diarias de veneno que había aguantado. No lo había sufrido con gusto (ni Dolly trataría de negarlo), pero lo había sufrido de todos modos, y al final para nada. Lo había dado todo por lady Gwendolyn; creyó que era como de la familia; le habían hecho creer que una gran herencia le aguardaba, el señor Pemberly más recientemente, pero también lady Gwendolyn en persona. Dolly no lograba entender qué habría motivado ese cambio de opinión.

A menos que... La respuesta cayó como un hacha, rápida y fatídica. Las manos de Dolly comenzaron a temblar y la carta del abogado rodó por el suelo. Por supuesto, todo encajaba a la perfección. Vivien Jenkins, esa mujer rencorosa, había visitado a lady Gwendolyn después de todo; era la única explicación posible. Debió de sentarse junto a la ventana, a la espera de una ocasión propicia, una de esas raras ocasiones de las últimas semanas en que a Dolly no le quedó más remedio que salir de la casa para hacer un recado. Vivien había esperado y luego se lanzó sobre su presa; se sentó junto a lady Gwendolyn, llenando la cabeza de la anciana de mentiras sórdidas acerca de Dolly, quien no había hecho nada salvo velar por los intereses de la gran dama.

El primer acto del albergue de animales Kensington como propietario del número 7 de Campden Grove fue ponerse en contacto con el Ministerio de Guerra y solicitar que se buscase otro alojamiento para las oficinistas. La vivienda se iba a convertir de inmediato en una clínica veterinaria y centro de rescate. La medida no preocupó a Kitty y Louisa, las cuales se casaron con sendos pilotos a principios de febrero, con escasos días de diferencia; las otras dos chicas pasaron tan desapercibidas en la muerte como en la vida, pues el 30 de enero las alcanzó una bomba mientras iban juntas del brazo a un baile en Lambeth.

De modo que solo quedaba Dolly. No era fácil encontrar alojamiento en Londres, no para alguien acostumbrado a lo mejor de la vida, y Dolly miró tres miserables tugurios antes de regresar a la pensión de Notting Hill en la que había vivido dos años atrás, en sus días de tendera, cuando Campden Grove era apenas un nombre en un plano y no el origen de los mayores sueños y decepciones de su vida. La señora White, la viuda propietaria del 24 de Rillington Place, estaba encantada de ver a Dolly de nuevo (aunque «ver» era una descripción demasiado optimista: sin sus gafas, la viejecita estaba ciega como un murciélago), más encantada aún de informarla de que su antigua habitación estaba disponible…, en cuanto pagara la señal y le entregara su libreta de racionamiento, por supuesto.

No era de extrañar que la habitación aún estuviese libre. Ni siquiera en el Londres de los tiempos de la guerra, pensó

Dolly, habría personas tan desesperadas como para pagar un buen dinero por dormir entre estas paredes. Era más una improvisación, en realidad, que un cuarto: lo que quedaba cuando la habitación de una casa era dividida en dos mitades desiguales. La ventana correspondió a la otra parte, lo cual dejó un área diminuta y lúgubre, muy similar a un armario, del lado de la pared de Dolly. Había espacio para una cama estrecha, una mesilla, un pequeño lavabo y poco más. No obstante, sin apenas luz ni ventilación, el precio era bajo y Dolly no necesitaba mucho espacio: todo lo que poseía cabía en la maleta con la que salió de la casa de sus padres tres años antes.

Una de las primeras cosas que hizo al llegar fue colocar sus dos libros, *La musa rebelde* y el Libro de Ideas de Dorothy Smitham, en el único estante, encima del lavabo. Una parte de ella no quería ni volver a ver el libro de Jenkins, pero tenía tan pocos bienes y a Dolly le gustaban tanto los objetos especiales que no logró prescindir de él. Al menos, no todavía. En cambio, dio la vuelta al libro, de modo que el lomo quedase contra la pared. Aun así, el estante ofrecía un aspecto tristón, de modo que Dolly añadió la cámara Leica que Jimmy le había regalado en un cumpleaños. La fotografía no llegó a despertar su interés (exigía demasiada inmovilidad y paciencia), pero la habitación era tan inhóspita y desolada que habría alardeado con orgullo del inodoro, de haberlo tenido. Al fin, tomó el abrigo de piel que había heredado y lo colgó de una percha que dejó en el gancho de la puerta: así lo veía bien desde cualquier lado del exiguo cuarto. Ese viejo abrigo blanco se había convertido en un emblema de todos los sueños de Dolly que habían acabado hechos jirones. Lo contemplaba, se soliviantaba y descargaba toda la furia que sentía contra Vivien Jenkins en esas pieles ajadas.

Dolly encontró trabajo en una fábrica de municiones cercana, pues la señora White no habría dudado en echarla a la calle en caso de no pagar el importe semanal, y porque era ese el tipo de trabajo que se podía hacer sin prestarle la menor atención. Con lo cual, la mente de Dolly podía regodearse en las afrentas sufridas. Llegaba a casa por la noche, se forzaba a engullir el estofado de ternera de la señora White, tras lo cual dejaba al resto de las jóvenes, que se reían juntas de sus novios y gritaban a lord Haw-Haw cuando aparecía en la radio, y se dirigía a su angosto lecho, donde fumaba el último paquete de cigarrillos y pensaba en todo lo que había perdido: la familia, lady Gwendolyn, Jimmy… Evocaba, también, cómo Vivien había dicho: «No conozco a esta mujer» (sus recuerdos siempre volvían a esas palabras) y veía a Henry Jenkins señalando la puerta, y sentía de nuevo olas de calor y frío a lo largo del cuerpo.

Y así era un día tras otro, hasta que una noche, a mediados de febrero, ocurrió algo diferente. La mayor parte del día fue como los otros: Dolly trabajó dos turnos en la fábrica y se detuvo a comprar la cena en un restaurante cercano, por la sencilla razón de que no aguantaba los estofados infames de la señora White. Se quedó ahí sentada, en un rincón, hasta la hora del cierre, observando a los otros comensales tras el humo del cigarrillo, en especial a las parejas y sus besos robados sobre los manteles, que reían como si el mundo fuera un buen lugar. Dolly apenas recordaba sentirse así, rebosante de alegría, felicidad y esperanza.

De regreso a la pensión, atajando por un estrecho callejón mientras los bombarderos sonaban en la distancia, Dolly se tropezó en pleno apagón (se había dejado la linterna en Campden Grove cuando hubo de marcharse, por culpa de Vivien) y cayó en el boquete de una explosión. Dolly se torció el tobillo y la rodilla manchó de sangre la nueva carrera de sus mejores medias, pero fue su orgullo lo que se llevó el peor golpe. Tuvo que recorrer el camino de regreso a la pensión de la señora White (Dolly se negaba a llamarlo hogar: no era su casa, pues su casa le había sido arrebatada… por culpa de Vivien) cojeando, sumida en el frío y la oscuridad, y, cuando al fin llegó a la puerta, ya estaba cerrada a cal y canto. El toque de queda era algo que la señora White se tomaba a rajatabla; no por Hitler (si bien albergaba el temor de que el 24 de Rillington Place figurase entre sus principales objetivos), sino para dar ejemplo a los inquilinos más bohemios. Dolly apretó los puños y cojeó hacia el callejón lateral. Sentía un dolor punzante en la rodilla e hizo una mueca de dolor al trepar por la pared, sirviéndose del viejo cerrojo de hierro para apoyarse. Durante el apagón la oscuridad era más intensa de lo habitual y aquella noche no había luna, pero, de alguna manera, consiguió encaramarse en lo alto de la montaña de escombros del jardín de atrás para llegar a la ventana del pestillo roto. Tan silenciosamente como le fue posible, Dolly presionó con el hombro hasta que el cerrojo cedió y pudo entrar.

El vestíbulo apestaba a aceite rancio y frituras de carne barata, y Dolly contuvo el aliento al subir las escaleras mugrientas. Cuando llegó a la primera planta, notó una fina franja de luz bajo la puerta de la señora White. Nadie sabía con certeza qué ocurría detrás de esa puerta, salvo que era rara la noche que la luz de la señora White se apagaba antes de que entrara la última chica. Por lo que Dolly imaginaba, quizás se comunicara con los muertos o enviara mensajes cifrados por radio a los alemanes, y francamente no le importaba. Mientras la mantuviese ocupada en tanto que los inquilinos más tunantes volvían a hurtadillas, todo el mundo estaba contento. Dolly continuó a lo largo del pasillo, con especial cuidado de evitar los tablones más ruidosos, abrió la puerta de la habitación y se encerró en el interior, a salvo.

Solo entonces, con la espalda apoyada contra la puerta, Dolly se entregó al fin al dolor punzante que se había acumulado dentro del pecho durante toda la noche. Sin ni siquiera soltar el bolso en el suelo, comenzó a llorar como una niña, lágrimas ardientes de vergüenza, dolor e ira. Se miró la ropa andrajosa, la rodilla herida, la sangre mezclada con arena por todas partes; intentó contener las lágrimas para observar la habitación espantosa, diminuta y parca, la colcha con agujeros, el lavabo con manchas marrones alrededor del desagüe; y comprendió, con una certeza aplastante, que no había nada en su vida que fuese bueno, bello o verdadero. Sabía, además, que todo era culpa de Vivien Jenkins…, todo: la pérdida de Jimmy, la indigencia de Dolly, el trabajo tedioso en la fábrica. Incluso el percance de esta noche (la rodilla desgarrada y las medias rotas, llegar a la pensión cuando ya estaba cerrada, sufrir la humillación de entrar a hurtadillas en un lugar donde pagaba un dineral) no habría sucedido si Dolly no se hubiese fijado en Vivien, si no se hubiese ofrecido a devolver ese collar, si no hubiese tratado de ser una buena amiga de esa mujer indigna.

La mirada llorosa de Dolly se posó en el estante que contenía su Libro de Ideas. Vio el lomo del libro doblado hacia dentro y en su interior el dolor aumentó hasta estallar. Dolly se abalanzó sobre el libro. Se sentó en el suelo, con las piernas cruzadas, y los dedos pasaron frenéticos las páginas hasta llegar a la parte donde había recogido y pegado, con tanto cariño, las fotografías de sociedad de Vivien Jenkins. Eran fotografías que miraba absorta antaño, que memorizó y le sirvieron de modelo en cada detalle. No podía creer lo estúpida que había sido, cómo se había engañado.

Con todas sus fuerzas, Dolly arrancó esas páginas del libro. Las rasgó como una gata salvaje, redujo la imagen de esa mujer a los jirones más diminutos; canalizó toda su rabia en esa tarea. Esa Vivien Jenkins que miraba a la cámara con discreción *(ras)*, sin ofrecer nunca una sonrisa plena *(ras)*, a ver cómo se sentía cuando la trataban como a un trozo de basura *(ras)*.

Dolly estaba lista para continuar con el destrozo (con mucho gusto lo habría hecho toda la noche) cuando algo le llamó la atención. Se quedó de piedra y miró más de cerca el trozo que tenía entre manos, con la respiración entrecortada… Sí, ahí estaba.

En una de las fotografías, el medallón se había salido del interior de la blusa de Vivien y era claramente visible, sobre el volante de seda. Dolly tocó ese lugar con un dedo y dio un grito helado al experimentar el dolor del día que devolvió el medallón.

Tras dejar ese fragmento en el suelo, junto a ella, Dolly apoyó la cabeza contra el colchón y cerró los ojos.

La cabeza le daba vueltas. La rodilla le dolía. Estaba exhausta.

Sin abrir los ojos, sacó el paquete de cigarrillos y encendió uno, que fumó abatida.

La herida aún estaba fresca. Dolly recreó de nuevo la escena entera: Henry Jenkins, que abre la puerta de modo imprevisto, las preguntas que le hizo, su sospecha evidente acerca del paradero de su esposa.

¿Qué habría ocurrido, se preguntó, si hubiesen dispuesto de un poco más de tiempo juntos? Ese día tuvo en la punta de la lengua corregirlo, explicarle cómo eran los turnos en la cantina. ¿Y si lo hubiese hecho? Podría haber dicho: «No, señor Jenkins, me temo que eso no es posible. No sé qué le dirá, pero Vivien no aparece por la cantina más de, eh…, una vez por semana».

Pero Dolly no dijo ni una palabra al respecto. Había desaprovechado su única oportunidad de decir a Henry Jenkins que no eran imaginaciones suyas, que su esposa se dedicaba a otros asuntos más de lo que le habría gustado. Había desaprovechado su única oportunidad de sumir a Vivien Jenkins en medio de un estupendo embrollo. Ya no era posible decírselo ahora. Henry Jenkins ni se dignaría a mirar a Dolly dos veces, no ahora que, gracias a Vivien, la consideraba una criada ladronzuela, no ahora que vivía en semejante precariedad y, ciertamente, no sin prueba alguna.

Era una situación desesperada… Dolly expulsó una larga y triste columna de humo. A menos que viese a Vivien abrazada a un hombre, a menos que lograse una fotografía de la pareja, una imagen que confirmase los miedos de Henry, era inútil. Y Dolly no tenía tiempo para esconderse en callejones oscuros, explorar hospitales desconocidos y encontrarse, casi de milagro, en el sitio justo, en el momento adecuado. Quizá, si supiese dónde y cuándo Vivien se vería con su doctor…, pero ¿qué posibilidades tenía?

Dolly dio un grito ahogado y se incorporó como un resorte. Era tan simple que podría haberse reído. Y se rio. Todo este tiempo mortificada por la injusticia, deseando poder arreglarlo todo, y siempre había tenido la oportunidad perfecta justo delante de las narices.

19

Dice que quiere volver a casa.

Laurel se frotó los ojos con una mano y tanteó la mesilla con la otra. Por fin encontró las gafas.

—¿Quiere qué?

La voz de Rose recorrió la línea de nuevo, más despacio esta vez y con una paciencia excesiva, como si hablase con alguien que aún estuviese aprendiendo a hablar inglés.

—Me lo dijo esta mañana. Quiere volver a casa. A Greenacres. —Otra pausa—. En vez de seguir en el hospital.

—Ah. —Laurel pasó las gafas por debajo del teléfono y echó un vistazo por la ventana. Dios, cuánta luz—. Quiere volver a casa. ¿Y el médico? ¿Qué dice?

—Voy a hablar con él cuando acabe las visitas, pero… Oh, Lol —bajó la voz—, la enfermera me ha dicho que cree que ya le ha llegado la hora.

Sola en la habitación de su niñez, observando cómo la luz de la mañana se extendía por el papel descolorido de las paredes, Laurel suspiró. La hora. No era necesario preguntar a qué se refería la enfermera.

—Entonces…

—Sí.

—Tiene que volver a casa.

—Sí.

—Y la cuidamos aquí. —No hubo respuesta y Laurel dijo—: ¿Rose?

—Estoy aquí. ¿Lo dices de verdad, Lol? ¿Te vas a quedar?, ¿tú también vas a estar ahí?

Laurel habló mientras intentaba encenderse un cigarrillo:

—Claro que lo digo de verdad.

—Estás rara. ¿Estás… llorando, Lol?

Sacudió la cerilla y se quitó el cigarrillo de los labios.

—No, no estoy llorando. —Otra pausa y Laurel casi oyó a su hermana retorcer, preocupada, las cuentas del collar. Dijo, más amable esta vez—: Rose, estoy bien. Va a salir bien. Lo vamos a hacer juntas, ya verás.

Rose emitió un pequeño ruido apagado, quizás para asentir, quizás para mostrar sus dudas, y cambió de tema:

—¿Volviste bien anoche?

—Sí. Un poco más tarde de lo que esperaba. —De hecho, eran ya las tres de la madrugada cuando volvió a casa. Había ido con Gerry a su habitación después de la cena y pasó gran parte de la noche formulando conjeturas acerca de su madre y Henry Jenkins. Decidieron que, mientras Gerry buscaba al doctor Rufus, Laurel investigaría a la evasiva Vivien. Al fin y al cabo, era la piedra angular entre su madre y Henry Jenkins, y quizás la razón por la cual él emprendió la búsqueda de Dorothy Nicolson en 1961.

Entonces, tuvo la impresión de que era una misión factible; ahora, sin embargo, a la luz del día, Laurel no estaba tan segura. El plan poseía la endeble consistencia de un sueño. Se miró la muñeca y se preguntó vagamente dónde habría dejado el reloj.

—¿Qué hora es, Rosie? Qué luz tan indiscreta.

—Son las diez pasadas.

¿Las diez? Oh, Dios. Se había quedado dormida.

—Rosie, voy a colgar, pero voy directa al hospital. ¿Vas a estar ahí?

—Hasta el mediodía, que voy a la guardería a recoger a la pequeña de Sadie.

—Vale. Te veo ahora… Vamos juntas a hablar con el médico.

Rose estaba con el médico cuando Laurel llegó. En la recepción una enfermera dijo a Laurel que la esperaban y le indicó la dirección de la cafetería. Rose habría estado buscándola con la mirada, pues la saludó con la mano incluso antes de que Laurel entrase. Laurel se abrió paso entre las mesas y, al acercarse, vio que Rose había estado llorando, y no poco. Había pañuelos de papel arrugados por toda la mesa y tenía manchas negras bajo los ojos húmedos. Laurel se sentó junto a ella y saludó al doctor.

—Le decía a su hermana —afirmó, precisamente en el tono profesional y atento que Laurel habría utilizado para interpretar a una doctora que debía dar noticias malas e inevitables— que, en mi opinión, hemos agotado todos los posibles tratamientos. No les sorprenderá, creo, si les digo que ahora lo importante es controlar el dolor y mantenerla tan cómoda como sea posible.

Laurel asintió.

—Mi hermana me ha dicho que nuestra madre quiere volver a casa, doctor Cotter. ¿Es eso posible?

—No nos parece un problema. —Sonrió—. Naturalmente, si desease quedarse en el hospital, nos gustaría complacer ese deseo… De hecho, la mayoría de nuestros pacientes permanecen con nosotros hasta el final…

El final. La mano de Rose buscó la de Laurel bajo la mesa.

—Pero si están dispuestas a cuidar de ella en casa…

—Lo estamos —dijo Rose en el acto—. Claro que sí.

—… En ese caso, creo que ahora es probablemente el mejor momento para hablar de la vuelta a casa.

Los dedos de Laurel le cosquillearon por la falta de un cigarrillo. Dijo:

—A nuestra madre no le queda mucho. —Más que una pregunta, era una afirmación, parte del proceso de asimilación de Laurel, pero el médico respondió de todos modos.

—Me he llevado sorpresas antes —dijo—, pero, para responder a su pregunta, no, no le queda mucho tiempo.

—Londres —dijo Rose, mientras caminaban juntas por el pasillo del hospital hacia la habitación de su madre. Habían pasado quince minutos desde que se despidieron del doctor, pero Rose aún empuñaba un pañuelo húmedo—. Una reunión de trabajo, ¿es eso?

—¿Trabajo? ¿Qué trabajo? Ya te lo he dicho, Rose, estoy de vacaciones.

—Ojalá no hablaras así, Lol. Me pones nerviosa cuando dices esas cosas. —Rose levantó una mano para saludar a una enfermera que pasaba.

—¿Qué cosas?

—Tú, de vacaciones. —Rose se detuvo y se estremeció; su pelo, lanoso y encrespado, tembló con ella. Llevaba una túnica vaquera con un broche en forma de huevo frito—. No es natural, no es normal. Ya sabes que no me gustan los cambios… Me preocupan.

Laurel no pudo contener la risa.

—No hay nada de qué preocuparse, Rosie. Solo voy a Euston a mirar un libro.

—¿Un libro?

—Para una investigación que estoy haciendo.

—¡Ja! —Rose comenzó a caminar de nuevo—. ¡Una investigación! Sabía que no habías dejado de trabajar del todo. Oh,

Lol, qué alivio —dijo, pasándose la mano por la cara manchada de lágrimas—. Tengo que decirlo, me siento mucho mejor.

—Muy bien —dijo Laurel, sonriendo—, me alegra haber servido de ayuda.

Fue idea de Gerry iniciar las pesquisas en la Biblioteca Británica. Sus indagaciones nocturnas en Google solo habían proporcionado páginas del rugby galés y otros callejones sin salida en remotos y curiosos rincones de la red, pero la biblioteca, insistió Gerry, no les defraudaría. «Tres millones de artículos nuevos al año, Lol —dijo mientras rellenaba el formulario—. Eso son nueve kilómetros de estanterías; seguro que tienen algo». Se entusiasmó al describir el servicio en línea —«Te envían por correo copias de lo que encuentres»—, pero Laurel pensó (perversamente, aseguró Gerry con una sonrisa) que era más fácil ir en persona. La perversidad no tenía nada que ver: Laurel había actuado en series policiacas y sabía que a veces no quedaba más remedio que patear la ciudad para buscar pistas. ¿Y si la información que hallaba conducía a otras pistas? Mucho mejor encontrarse in situ que tener que hacer otro pedido electrónico y esperar; mucho mejor hacer que esperar.

Llegaron a la puerta de Dorothy y Rose la abrió. Su madre estaba dormida en la cama, aparentemente más delgada y débil que la mañana anterior, y a Laurel le impresionó que su deterioro fuera cada vez más rápido. Las hermanas se sentaron juntas un rato, observando el dulce movimiento del pecho de Dorothy, y Rose sacó un paño del bolso y comenzó a limpiar las fotografías enmarcadas.

—Supongo que deberíamos meterlas en una caja —dijo en voz baja—. Para llevarlas a casa.

Laurel asintió.

—Son muy importantes para ella estas fotos. Siempre lo han sido, ¿a que sí?

Laurel asintió de nuevo, pero no dijo nada. Al mencionar las fotografías sus pensamientos volvieron al retrato de Dorothy y Vivien en Londres durante la guerra. Databa de mayo de 1941, el mismo mes en que su madre empezó a trabajar en la pensión de la abuela Nicolson y Vivien Jenkins murió en un ataque aéreo. ¿Dónde se hicieron la fotografía?, se preguntó. ¿Y quién la hizo? ¿Era el fotógrafo alguien a quien las dos conocían? ¿Henry Jenkins, quizás? ¿O el novio de mamá, Jimmy? Laurel frunció el ceño. La mayor parte del enigma aún estaba fuera de su alcance.

La puerta se abrió en ese momento y los sonidos del mundo exterior irrumpieron tras la enfermera de su madre: gente que reía, timbres estridentes, llamadas de teléfono. Laurel miró a la enfermera, que se movía eficazmente por la habitación, comprobando el pulso de Dorothy, la temperatura, anotando cosas en el historial que colgaba de la cama. Sonrió amablemente a Laurel y a Rose cuando terminó y les dijo que iba a guardar el almuerzo de su madre por si acaso se despertaba con hambre. Laurel le dio las gracias y la enfermera se marchó, cerrando la puerta detrás de sí. La habitación se sumió de nuevo en la quietud y el silencio de una sala de espera. Pero ¿a qué esperaban? No era de extrañar que Dorothy quisiese volver a casa.

—¿Rose? —dijo Laurel de repente, observando cómo su hermana limpiaba los marcos de las fotografías.

—¿Hum?

—Cuando te pidió que le buscases ese libro, el de la fotografía, ¿se te hizo raro mirar dentro de su baúl? —O, para ser más precisos, ¿había algo ahí dentro que pudiese ayudar a Laurel a resolver el misterio? Se preguntó si habría alguna manera de indagar sin poner a Rose sobre aviso.

—En realidad, no. No lo pensé mucho, para serte sincera. Fui tan rápido como pude, por miedo a que subiera detrás de mí las escaleras si tardaba demasiado. Por fortuna, fue razonable y permaneció en la cama. —Rose se quedó sin aliento.

—¿Qué? ¿Qué pasa?

Rose suspiró aliviada, apartándose el pelo de la frente.

—No, nada —dijo, con un gesto de la mano—. Es que no podía recordar qué había hecho con la llave. Ella estaba un poco insufrible; se alteró mucho cuando vio que había encontrado el libro. Estaba contenta, creo (eso supongo, al menos fue ella quien pidió el libro), pero también estaba insolente, bastante irascible; ya sabes cómo se pone.

—Pero ¿al final lo recordaste?

—Ah, sí, claro… La volví a dejar en la mesilla. —Movió la cabeza y sonrió sin malicia—. De verdad, a veces me pregunto dónde tengo la cabeza.

Laurel le devolvió la sonrisa. Su querida e inocente Rose.

—Lo siento, Lol… ¿Me ibas a preguntar algo… sobre el baúl?

—Oh, no, no era nada. Era hablar por hablar.

Rose miró al reloj y anunció que tendría que irse a buscar a su nieta a la guardería.

—Vuelvo esta noche y creo que Iris viene mañana por la mañana. Entre las tres deberíamos tener todo preparado para llevárnosla el sábado… ¿Sabes? Casi me hace ilusión. —Pero en ese momento su gesto se ensombreció—. Imagino que es terrible sentir eso, dadas las circunstancias.

—No creo que haya reglas al respecto, Rosie.

—No, supongo que tienes razón. —Rose se agachó para besar a Laurel en la mejilla y se fue, dejando tras ella el rastro de su aroma de lavanda.

Con Rose en la habitación, otro cuerpo en movimiento, era distinto. Sin ella, Laurel fue incluso más consciente de lo apagada e inmóvil que se había quedado su madre. Su teléfono señaló la llegada de un mensaje y lo miró de inmediato, agradecida por estar en contacto con el mundo exterior de nuevo. Se trataba de un correo electrónico de la Biblioteca Británica, que confirmaba que el libro que había solicitado estaría disponible a la mañana siguiente y le recordaba que llevase su identificación para obtener un pase de lectora. Laurel lo leyó dos veces y guardó el teléfono a regañadientes en el bolso. El mensaje le había ofrecido un bienvenido momento de distracción; ahora estaba de vuelta al principio, en la quietud aletargada de una habitación de hospital.

No lo aguantaba más. El doctor había dicho que su madre probablemente dormiría toda la tarde debido a los sedantes, pero Laurel sacó el álbum de fotos de todos modos. Se sentó cerca de la cabecera y comenzó por el principio, por esa fotografía tomada cuando Dorothy era una mujer joven que trabajaba para la abuela Nicolson en una pensión junto al mar. Hizo un recorrido a lo largo de los años narrando la historia de la familia, escuchando el reconfortante sonido de su propia voz, con la vaga idea de que hablar así, en un tono normal, de alguna forma preservaría la vida dentro de la habitación.

Al fin, llegó a una fotografía de Gerry durante su segundo cumpleaños. Era temprano, mientras preparaban el picnic juntos en la cocina, antes de salir al arroyo. La adolescente Laurel (qué flequillo) tenía a Gerry apoyado en la cadera y Rose le hacía cosquillas en la barriguita, para hacerle reír y gorjear; el dedo de Iris aparecía en la fotografía señalando algo (enfadada, sin duda), y mamá estaba al fondo, con la mano en la cabeza contemplando el contenido de la cesta. En la mesa (el corazón de Laurel casi se detuvo, no lo había notado antes) se encontraba el cuchillo. Junto al jarrón de dalias. «No lo olvides, mamá —pensó Laurel—. Lleva el cuchillo y no tendrás que volver a casa. No ocurrirá nada. Yo bajaré de la casa del árbol antes de que el hombre recorra el camino y nadie sabrá que vino ese día».

Pero era una lógica infantil. ¿Quién podría asegurar que Henry Jenkins no habría vuelto si la casa se hubiese encontrado vacía? Y quizás su siguiente visita habría sido peor. Quizás hubiese muerto la persona equivocada.

Laurel cerró el álbum. Había perdido las ganas de narrar el pasado. Entonces alisó la sábana y dijo:

—Anoche fui a ver a Gerry, mamá.

De la nada, como si fuese un sonido traído por el viento:

—Gerry…

Laurel miró los labios de su madre. Aún estaban entreabiertos. Los ojos, cerrados.

—Eso es —dijo, ansiosamente—, Gerry. Fui a verlo a Cambridge. Está muy bien, siempre tan inteligente. Está haciendo un mapa del cielo, ¿lo sabías? ¿Alguna vez pensaste que ese pequeño nuestro haría cosas tan increíbles? Dice que están pensando en enviarlo a investigar durante algún tiempo a Estados Unidos, lo que sería una oportunidad magnífica.

—Oportunidad… —Mamá exhaló la palabra. Tenía los labios secos. Laurel buscó la taza de agua y llevó con delicadeza la pajita a su boca.

Su madre bebió trabajosamente, solo un poco. Abrió los ojos levemente.

—Laurel —dijo en voz baja.

—Estoy aquí, no te preocupes.

Los delicados párpados de Dorothy se estremecieron por el esfuerzo de permanecer abiertos.

—Parecía… —Su respiración era poco profunda—. Parecía inofensivo.

—¿El qué?

Más que caer, las lágrimas habían comenzado a filtrarse por sus ojos. Las profundas arrugas de su rostro se llenaron de luz. Laurel sacó un pañuelo de la caja y lo pasó por las mejillas de su madre, con la ternura con que limpiaría a una niña pequeña atemorizada.

—¿Qué parecía inofensivo, mamá? Dímelo.

—Era una oportunidad, Laurel. Yo tomé… Yo tomé…

—¿Qué tomaste? —¿Una joya, una fotografía, *la vida de Henry Jenkins?*

Dorothy apretó la mano de Laurel con más fuerza y abrió los ojos llorosos tanto como pudo. Había una nueva nota de desesperación en su voz cuando continuó, y decisión, como si hubiera estado esperando mucho tiempo para decir estas cosas y, a pesar del esfuerzo sobrecogedor, iba a decirlas.

—Era una oportunidad, Laurel. No pensé que fuese a hacer daño a nadie, la verdad es que no. Solo quería…, pensé que merecía… lo que era justo. —Al oír la respiración ronca de Dorothy, un escalofrío recorrió la espalda de Laurel. Sus siguientes palabras se extendieron como una tela de araña—: ¿Crees en la justicia, en que si nos roban deberíamos poder tomar algo para nosotros mismos?

—No lo sé, mamá. —A Laurel le dolía ver a su madre, esa mujer anciana y enferma que había expulsado monstruos y disipado lágrimas, consumida por la culpa y el arrepentimiento. Quería desesperadamente reconfortarla; con la misma intensidad, deseaba saber qué había hecho. Dijo con ternura—: Supongo que depende de lo que nos hayan robado y de lo que nos proponemos tomar.

La intensidad de la expresión de su madre se disolvió y sus ojos bañados en lágrimas se dirigieron a la luz de la ventana.

—Todo —dijo—. Sentí que lo había perdido todo.

Esa misma tarde, Laurel se sentó a fumar en medio de la buhardilla de Greenacres. El suelo de madera era suave bajo ella, sólido, y el último sol de la tarde caía por la diminuta ventana de cuatro cristales iluminando como un foco el baúl cerrado de su madre. Laurel dio una lenta calada al cigarrillo. Llevaba sentada allí media hora, a solas con el cenicero, la llave del baúl y su conciencia. Fue muy sencillo encontrarla, guardada donde dijo Rose, al fondo del cajón de la mesilla de su madre. Laurel no tenía más que introducirla en el candado, girar, y lo sabría.

Pero ¿qué es lo que sabría? ¿Más acerca de esa oportunidad que Dorothy había vislumbrado? ¿Qué era lo que había tomado o había hecho?

No era que esperase encontrar una confesión por escrito; nada de eso. Solo que era un lugar importante, casi obvio, donde buscar pistas respecto al misterio de su madre. Sin duda, si ella y Gerry estaban dispuestos a recorrer el país molestando a la gente en busca de información que les ayudase a rellenar los espacios en blanco, sería un descuido evidente no empezar por casa. Y, en realidad, no suponía una mayor invasión de la intimidad de su madre que las indagaciones que ya habían hecho en otros lugares. Abrir el baúl no era peor que hablar con Kitty Barker o perseguir las notas del doctor Rufus o ir a la biblioteca mañana en busca de Vivien Jenkins. Aun así, sentía que era peor.

Laurel observó el candado. Con su madre fuera de casa, Laurel casi logró convencerse de que no era tan importante: al fin y al cabo, mamá había dejado a Rose que le buscase el libro, y ella no tenía favoritos (excepto en lo que se refería a Gerry, pero era una debilidad que todas ellas compartían); por tanto, a mamá no le importaría que Laurel echase un vistazo. Un razonamiento endeble, tal vez, pero era todo lo que tenía. Y una vez que Dorothy volviese a Greenacres todo se echaría a perder. Era del todo imposible, Laurel lo sabía, proseguir la búsqueda mientras su madre estuviera abajo. Era ahora o nunca.

—Lo siento, mamá —dijo Laurel, que apagó el cigarrillo con un gesto decidido—, pero tengo que saberlo.

Se levantó despacio y, al acercarse al borde inclinado de la buhardilla, se sintió gigantesca. Se arrodilló para meter la llave y abrir el candado. Había llegado el momento, lo sintió en lo más hondo; aunque no abriera la tapa, ya había cometido el crimen.

Ya puestos, ¿no sería mejor hacerlo del todo? Laurel se levantó y comenzó a levantar la tapa del viejo baúl; aun así, no miró. Las bisagras de cuero chirriaban por el poco uso y Laurel contuvo el aliento. Era de nuevo una niña que quebrantaba una regla escrita a fuego. Se mareó un poco. Y la tapa se abrió, tanto como era posible. Laurel apartó la mano y las bisagras se tensaron por el peso. Tras respirar hondo para hacer acopio de valor, cruzó el Rubicón y miró.

Había algo encima, un sobre, viejo y un poco amarillento, dirigido a Dorothy Nicolson, en Greenacres. El sello era de color verde oliva y mostraba a una joven Isabel durante su coronación; Laurel sintió un temblor repentino al ver esa imagen de la reina, como si fuera importante aunque no supiese el motivo. No figuraba la dirección del remitente y se mordió el labio cuando abrió el sobre y una tarjeta color crema cayó del interior. Había una palabra escrita en tinta negra: «Gracias». Laurel le dio la vuelta y no vio nada más. Sacudió la tarjeta a un lado y otro, pensativa.

A lo largo de los años muchas personas habrían tenido motivos para dar las gracias a su madre, pero hacerlo así, de forma tan anónima (sin dirección, sin nombre alguno), era, sin duda, extraño; que Dorothy la guardase bajo llave, más extraño todavía. Y eso probaba, pensó Laurel, que su madre sabía muy bien quién la había enviado; más aún, que el motivo por el cual esa persona estaba agradecida era un secreto.

Todo ello era sumamente misterioso (tanto que el corazón de Laurel se aceleró), pero no necesariamente significativo en su búsqueda. (Por otra parte, existía la posibilidad de que fuese la pista crucial, pero Laurel no tenía manera alguna de saberlo, no por ahora; no a menos que le preguntase a su madre directamente, y no tenía intención de hacerlo. De momento).

Devolvió la tarjeta al sobre, que deslizó por un lado del baúl, donde cayó junto a una pequeña figurilla de madera; Laurel comprendió con una sonrisa que se trataba del títere Mr. Punch, lo que le recordó las vacaciones en la pensión de la abuela.

Había otro objeto en el baúl tan grande que casi ocupaba todo el espacio. Parecía una manta, pero cuando Laurel lo sacó y lo extendió, vio que era un abrigo de piel ajado que antaño sería blanco. Laurel lo sostuvo por los hombros, al igual que habría mirado una chaqueta en una tienda.

Al otro lado de la buhardilla había un armario con espejo. Solían jugar dentro de ese armario cuando eran niños, al menos Laurel; a los otros les daba miedo, con lo cual era el lugar ideal para esconderse cuando necesitaba la libertad de desaparecer dentro de sus historias inventadas.

Laurel llevó el abrigo hacia el armario y deslizó los brazos dentro de las mangas. Se contempló a sí misma, girando lentamente de un lado a otro. El abrigo caía por debajo de las rodillas, con botones al frente y un cinturón en medio. Por la atención a los detalles, por la línea, era de un corte bello, a pesar de lo que pensaba de los abrigos de pieles. Laurel estaba dispuesta a apostar que alguien había pagado mucho dinero por este abrigo, cuando era nuevo. Se preguntó si fue su madre y, en ese caso, cómo se lo habría podido permitir una joven que trabajaba como doncella.

Al observar su reflejo, la asaltó un recuerdo lejano. No era la primera vez que Laurel se ponía el abrigo. Fue un día de lluvia, cuando era niña. Habían vuelto loca a su madre toda la mañana, subiendo y bajando las escaleras, y Dorothy las desterró a la buhardilla para que jugaran a disfrazarse. Las niñas Nicolson disponían de un enorme vestidor que su madre reponía con viejos sombreros, camisetas y bufandas, cosas curiosas que encontraba por ahí y que la magia infantil podía convertir en algo fascinante.

Mientras sus hermanas se vestían con los favoritos de siempre, Laurel vio una bolsa en un rincón de la buhardilla, de la que salía algo blanco y peludo. Sacó el abrigo y se lo puso al instante. Se situó ante este mismo espejo, a admirarse, sorprendida de lo majestuosa que se veía: como una pérfida pero maravillosa Reina de las Nieves.

Laurel era una niña y, por tanto, no se fijó en los claros de la piel, ni en las manchas oscuras en torno al dobladillo; pero sí reconoció el suntuoso poder inherente a semejante prenda. Pasó unas horas maravillosas ordenando a sus hermanas que entrasen en las jaulas, bajo la amenaza de soltar los lobos contra ellas si no obedecían, a lo que seguía una carcajada maléfica. Cuando su madre las llamó para que bajasen a comer, Laurel estaba tan encariñada con el abrigo y su curioso poder que ni pensó en quitárselo.

La expresión de Dorothy cuando vio a su hija mayor llegar a la cocina fue difícil de interpretar. No se mostró satisfecha, pero tampoco gritó. Fue peor que eso. Su rostro perdió el color y habló con voz temblorosa. «Quítatelo —dijo—. Quítatelo ahora mismo». Como Laurel no reaccionó, su madre se acercó enseguida y comenzó a quitarle el abrigo por los hombros, murmurando acerca del calor que hacía, del abrigo tan largo, de la escalera a la buhardilla, demasiado inclinada para llevar tal cosa. Vaya, tenía suerte de no haber tropezado y haberse matado. Se quedó mirando a Laurel entonces, el abrigo de piel entre los brazos, y su mirada fue casi una acusación, mezcla de angustia y de traición, casi miedo. Durante un momento único y terrible, Laurel pensó que su madre iba a llorar. No lo hizo; mandó a Laurel que se sentase a la mesa y desapareció, llevándose el abrigo consigo.

Laurel no volvió a verlo. Una vez preguntó por él, unos meses más tarde, cuando necesitaba un disfraz para la escuela, pero Dorothy se limitó a decir, sin mirarla a los ojos: «¿Esa cosa vieja? La tiré. No era más que comida para las ratas de la buhardilla».

Pero ahí estaba, oculto en el baúl de su madre, bajo llave durante décadas. Laurel suspiró pensativa y metió las manos en los bolsillos del abrigo. Uno de ellos tenía un agujero y sus dedos se colaron en la parte de dentro. Tocó algo; parecía la esquina de un trozo de cartón. Laurel lo agarró y lo sacó a través del orificio.

Era un trozo de cartulina blanca, limpio, rectangular, con algo impreso. La tinta estaba descolorida y Laurel tuvo que acercarse al último rayo de sol para descifrar las palabras. Era un billete de tren, comprendió, con un trayecto solo de ida desde Londres hasta la estación más cercana al pueblo de la abuela Nicolson. La fecha que figuraba en el billete era el 23 de mayo de 1941.

20

Londres, febrero de 1941

Jimmy recorría Londres apresurado, con un brío poco habitual en su caminar. Habían pasado semanas desde que supo de Dolly por última vez (se había negado a recibirlo cuando intentó visitarla en Campden Grove y no había respondido a sus cartas), pero ahora, por fin, esto. Podía sentir la carta en el bolsillo, el mismo donde llevaba el anillo esa noche horrible… Deseó que no fuese un mal augurio. La carta llegó a la oficina del periódico a principios de semana: era una sencilla nota que imploraba verlo en el banco de un parque en Kensington Gardens, cerca de la estatua de Peter Pan. Necesitaba hablar con él acerca de un asunto, un asunto que sería de su agrado.

Había cambiado de opinión y quería casarse con él. Tenía que ser eso. Jimmy trató de ser cauteloso, pues odiaba llegar a conclusiones precipitadas, no cuando había sufrido tanto tras su rechazo, pero no lograba refrenar sus pensamientos (ni, admitió, sus esperanzas). ¿Qué otra cosa podía ser? Un asunto que sería de su agrado: solo se le ocurría una posibilidad. Por Dios, a Jimmy le vendría muy bien una buena noticia.

Habían sido bombardeados diez días antes. Fue un acto inesperado. Últimamente había reinado la calma, lo cual resultaba más inquietante que el peor de los bombardeos (toda esa quietud y paz lograban enervar a la gente), pero el 18 de enero una bomba solitaria cayó sobre el apartamento de Jimmy. Volvía a casa tras pasar la noche trabajando y vio los estragos al girar la esquina. Dios, cómo contuvo el aliento al correr hacia el incendio y las ruinas. No percibía nada salvo su propia voz y su cuerpo, que respiraba y bombeaba sangre, mientras se abría paso a través de los escombros, llamando a su padre a gritos, y se maldijo por no haber encontrado un lugar más seguro, por no haber estado ahí cuando el viejo más lo necesitaba. Cuando Jimmy encontró la jaula aplastada de Finchie, prorrumpió en un insólito ruido animal de dolor y tristeza, un grito del que Jimmy no se sabía capaz. Y a continuación vivió la espantosa experiencia de habitar una de sus fotografías, pero esta vez la casa en ruinas era su casa, los bienes destruidos, sus bienes, el ser querido que se había ido para siempre, su padre, y supo entonces, a pesar de los elogios encendidos de sus editores, que había fracasado miserablemente en su intento de capturar la verdad de estos momentos: el miedo, el pánico y la sorprendente realidad de haberlo perdido todo súbitamente.

Se apartó y cayó de rodillas, como un peso muerto, y vio a la señora Hamblin, la vecina de al lado, que lo saludaba aturdida desde el otro lado de la calle. Se acercó a ella, la tomó entre sus brazos y dejó que sollozara en su hombro, y él también lloró, lágrimas ardientes, de impotencia, ira y dolor. Y entonces ella levantó la cabeza y preguntó: «¿Has visto ya a tu padre?», y Jimmy respondió: «No lo he encontrado», y ella señaló calle abajo. «Se fue con la Cruz Roja, creo. Un médico joven y encantador le ofreció una taza de té, ya sabes cuánto le gusta el té, y él...».

Jimmy no se quedó para oír el resto. Comenzó a correr hacia la iglesia, donde sabía que se encontraba la Cruz Roja. Irrumpió por la puerta principal y vio a su padre casi de inmediato. El anciano estaba sentado a la mesa, una taza de té frente a él y Finchie en el antebrazo. La señora Hamblin lo había llevado al refugio a tiempo, y Jimmy creyó que jamás volvería a sentirse tan agradecido. Le habría regalado el mundo si pudiese, así que era una lástima no poseer nada digno de ser regalado. Había perdido todos sus ahorros en la explosión, junto con todo lo demás. Lo único que le quedaba era la ropa que vestía y la cámara que llevaba consigo. Y gracias a Dios… ¿Qué habría hecho sin ella?

Jimmy se apartó el pelo de los ojos al acercarse. Tenía que dejar de pensar en su padre, en ese alojamiento angosto y temporal. El viejo lo volvía vulnerable y hoy no quería ser débil. No podía permitírselo. Hoy debía mantener el control, la dignidad, quizás incluso mostrarse un poco distante. Quizás era un rasgo de orgullo excesivo, pero quería que Dolly lo viese y supiese que había cometido un error. Esta vez no se había engalanado torpemente con el traje de su padre (imposible), pero había hecho un esfuerzo.

Giró en la calle y entró en el parque. Caminó sobre el césped, ahora transformado en huertos para la victoria, junto a los caminos que parecían desnudos sin sus verjas de hierro, y se preparó para verla de nuevo. Ella siempre había tenido un gran poder sobre él: con solo una mirada era capaz de doblegar su voluntad. Esos ojos, desbordantes de alegría, que lo habían observado sobre una taza de té en un café de Coventry; esa forma de los labios al sonreír, un poco burlona a veces, pero, Dios, qué emocionante era verla, tan llena de vida. Se estaba animando solo con pensar en ella y, para contenerse, se concentró en recordar con detalle cuánto le había herido, cómo lo humilló (la expresión de los camareros al ver a Jimmy solo en el restaurante, aún con el anillo en la mano; nunca olvidaría esas miradas, cómo se habrían reído de él cuando se fue). Jimmy se tropezó con el bordillo del camino. Dios. Debía mantener el control, sofocar el optimismo y la nostalgia, protegerse contra la posibilidad de una nueva decepción.

Lo intentó con todas sus fuerzas, pero llevaba demasiado tiempo queriéndola, supuso (más tarde, de vuelta en casa, cuando cavilaba acerca de los acontecimientos del día), y el amor convertía en tontos a los hombres, todo el mundo lo sabía. Un ejemplo perfecto: sin pensar hacerlo, en contra de su voluntad, cuando Jimmy Metcalfe se acercó al lugar del encuentro, comenzó a correr.

Dolly estaba sentada en el banco, exactamente donde dijo que estaría. Jimmy la vio primero y se paró en seco, respiró y se alisó el cabello, la camisa, enderezó la espalda, sin quitarle ojo de encima. Su entusiasmo inicial enseguida se convirtió en asombro. Tan solo habían pasado tres semanas (si bien parecían tres años debido a las circunstancias de la separación), pero había cambiado. Era Dolly, era hermosa, pero algo ocurría, lo supo incluso antes de acercarse. De repente, Jimmy se sintió desconcertado; estaba preparado para mostrarse fuerte, petulante incluso, pero al verla ahí sentada, abrazada a sí misma, la mirada gacha, más menuda de lo que recordaba..., eso era lo último que se esperaba y le pilló desprevenido.

Ella lo vio entonces, sonrió y un brillo vacilante le iluminó el rostro. Jimmy le devolvió la sonrisa y se dirigió hacia ella, preguntándose qué diablos habría ocurrido; si alguien le habría hecho daño, tanto como para arrebatarle el temple, y supo al instante que sería capaz de matarlo en ese caso.

Dolly se puso en pie cuando él se acercó, y se abrazaron, los huesos de ella finos como los de un pájaro bajo sus manos. No iba bien abrigada; había estado nevando a ratos, y su abrigo de piel, viejo y ajado, no era suficiente. Dolly tardó en desprenderse de Jimmy (quien se había sentido tan dolido, tan furioso por la manera en que lo había tratado, por su negativa a explicarse, quien se había prometido a sí mismo no dejar de pensar en esa amargura cuando la viese hoy) y él se descubrió a sí mismo acariciándole el pelo igual que a una niña perdida y vulnerable.

—Jimmy —dijo Dolly al fin, el rostro aún contra su camisa—. Oh, Jimmy…

—Chisss —dijo Jimmy—. Vamos, no llores.

Pero siguió llorando, y las lágrimas no parecían tener final, y Dolly se agarró a los costados de Jimmy con ambas manos, de modo que Jimmy se sintió preocupado y excitado al mismo tiempo. Dios, ¿cómo podía ser tan tonto?

—Oh, Jimmy —dijo Dolly de nuevo—. Lo siento mucho. Qué vergüenza.

—¿De qué hablas, Dolly? —La agarró de los hombros y Dolly, reticente, le devolvió la mirada.

—Cometí un error, Jimmy —dijo Dolly—. He cometido muchos. No te debería haber tratado así. Esa noche en el restaurante, lo que hice…, dejarte, irme así. Lo siento muchísimo.

Jimmy no llevaba pañuelo, pero tenía el paño de las gafas, que utilizó para secarle las mejillas.

—No espero que me perdones —dijo—. Y sé que no podemos volver atrás en el tiempo, lo sé muy bien, pero tenía que decirlo. Me he sentido muy culpable y necesitaba pedirte perdón en persona para que vieses que lo decía de verdad. —Parpadeó entre lágrimas y dijo—: Lo digo de verdad, Jimmy. Lo siento muchísimo.

Jimmy asintió. Debía decir algo, pero estaba demasiado sorprendido y conmovido para encontrar las palabras adecuadas. Pareció ser suficiente, pues ella sonrió, más ampliamente ahora, como respuesta. Jimmy vio un destello de su antigua vitalidad en esa sonrisa y deseó preservarla dentro de ese momento para que no desapareciese de nuevo. Necesitaba que la hicieran feliz, comprendió. No era una cuestión de expectativas egoístas, sino un simple rasgo de diseño; al igual que un piano o un arpa, ella funcionaba mejor en cierta sintonía.

—Vaya —dejó escapar un suspiro de alivio—, ya lo he dicho.

—Lo has dicho —aceptó Jimmy, con la voz entrecortada, y no pudo evitar recorrer su labio superior con el dedo.

Ella juntó los labios para besarlo y cerró los ojos. Sus pestañas resaltaban oscuras y húmedas contra sus mejillas.

Se quedó así un rato, como si ella también quisiera detener, de alguna manera, el movimiento del mundo. Cuando al fin se apartó, lo miró con timidez.

—Bueno —dijo.

—Bueno. —Jimmy sacó los cigarrillos y le ofreció uno. Dolly lo aceptó con alegría.

—Me has leído la mente. Se me han acabado.

—Qué raro en ti.

—¿Sí? Bueno, he cambiado, supongo.

Lo dijo como si tal cosa, pero cuadraba tan bien con todo lo que había visto Jimmy al llegar que este frunció el ceño. Encendió dos cigarrillos y señaló con un gesto el camino por el que había venido.

—Deberíamos irnos —dijo—, nos acusarán de espionaje si nos quedamos aquí hablando en susurros.

Caminaron de regreso hacia donde solían estar las puertas, hablando como corteses desconocidos acerca de nada importante. Cuando llegaron a la calle se detuvieron, ambos a la espera de que el otro decidiese qué hacer a continuación. Dolly tomó la iniciativa, volviéndose hacia él para decir:

—Me alegra que hayas venido, Jimmy. No me lo merecía, pero gracias. —En su voz había un tono concluyente, que al principio Jimmy no detectó, pero, cuando ella sonrió con valentía y le dio la mano, comprendió que se iba. Que había pedido disculpas, que lo había hecho para complacerlo, y ahora se iba a ir.

Y en ese instante Jimmy vio la verdad como una luz brillante. Lo único que le complacería sería casarse con ella, llevarla consigo, cuidarla, arreglar las cosas.

—Doll, espera…

Se había pasado el bolso por el hombro y comenzaba a alejarse, pero volvió la vista atrás cuando Jimmy habló.

—Ven conmigo —continuó—, no trabajo hasta más tarde. Vamos a comer algo.

Antaño Jimmy habría hecho las cosas de otro modo, lo habría planeado todo para que saliese a la perfección, pero ahora no. Al diablo con el orgullo y la perfección; tenía demasiada prisa. Había visto que nada dura en la vida… Una bomba y todo se había acabado. Esperó solo hasta que hicieron el pedido a la camarera y, tras hacer acopio de valor, dijo:

—Mi oferta, Doll, sigue en pie. Te quiero, siempre te he querido. No quiero nada más que casarme contigo.

Dolly se quedó mirándolo, con los ojos abiertos por la sorpresa. Y quién podría culparla: acababa de ponderar las ventajas de los huevos respecto al conejo, y ahora esto.

—¿De verdad? ¿Incluso después de…?

—Incluso después de eso. —Jimmy extendió la mano sobre la mesa y Dolly puso sus pequeñas manos encima. Sin su abrigo blanco, Jimmy vio que en sus brazos, pálidos y delgados, había arañazos. La miró de nuevo a la cara, más decidido que nunca a cuidar de ella—. No puedo ofrecerte un anillo, Doll —dijo, entrelazando los dedos con los de ella—. Mi apartamento fue bombardeado y lo he perdido todo; por un momento pensé que había perdido a mi padre también. —Dolly asintió levemente, al parecer aturdida todavía, y Jimmy continuó hablando. Tenía la vaga sensación de dispersarse, de hablar demasiado, de no decir las palabras justas, pero no podía detenerse—. No fue así, gracias a Dios. Es un superviviente, mi padre, estaba con la Cruz Roja cuando lo encontré, a sus anchas, con una taza de té. —Jimmy sonrió fugazmente ante el recuerdo y luego negó con la cabeza—. Bueno, lo que quería decir es que he perdido el anillo. Pero te compraré uno nuevo en cuanto pueda.

Dolly tragó saliva y habló con una voz suave y triste.

—Oh, Jimmy —dijo—, ¡en qué poca estima debes de tenerme para creer que eso me importa!

Ahora le tocó a Jimmy sorprenderse.

—¿No te importa?

—Por supuesto que no. No necesito un anillo para estar unida a ti. —Dolly le estrechó las manos y sus ojos resplandecieron entre lágrimas—. Yo también te quiero, Jimmy. Siempre te he querido. ¿Qué puedo hacer para convencerte de ello?

Comieron en silencio, turnándose para alzar la vista y sonreírse. Cuando acabaron, Jimmy encendió un cigarrillo y dijo:

—Supongo que tu vieja dama no querrá que te cases en Campden Grove.

El rostro de Dolly se descompuso.

—¿Doll? ¿Qué pasa?

Se lo contó entonces: lady Gwendolyn había muerto y ella, Dolly, ya no vivía en Campden Grove, sino otra vez en esa pequeña habitación de Rillington Place. Le explicó también que no le había dejado nada y que trabajaba turnos muy largos en una fábrica de municiones para pagarse la pensión.

—Pero pensaba que lady Gwendolyn te iba a dejar algo en el testamento —dijo Jimmy—. ¿No era eso lo que me dijiste, Doll?

Doll miró hacia la ventana, con una expresión amarga que borró la felicidad de hacía unos momentos.

—Sí —dijo—. Me lo prometió, pero eso era antes. Antes de que las cosas cambiasen.

Por su gesto demacrado, Jimmy supo que lo ocurrido entre Dolly y su señora era el motivo del desánimo que había percibido antes.

—¿Qué cosas, Doll? ¿Qué cambió?

Dolly no quería contarlo, y era evidente porque se negaba a mirarlo, pero Jimmy necesitaba saberlo. Era egoísta, pero la quería, iba a casarse con ella y se negó a dejar que se saliese con la suya. Se sentó en silencio, dejando claro que esperaría tanto como hiciese falta, y Dolly debió de darse cuenta de que no aceptaría un no por respuesta, pues, al fin, suspiró.

—Una mujer intervino, Jimmy, una mujer poderosa. La tomó contra mí y se empeñó en destrozarme la vida. —Apartó la vista de la ventana y lo miró a él—. Yo estaba sola. No tenía ninguna posibilidad contra Vivien.

—¿Vivien? ¿La de la cantina? Creía que erais amigas.

—Yo también —dijo Dolly, que sonrió con tristeza—. Al principio, según creo, lo éramos.

—¿Qué pasó?

Dolly tembló bajo esa fina blusa blanca y miró la mesa; su gesto era muy comedido, y Jimmy se preguntó si le avergonzaba lo que le iba a contar.

—Fui a devolverle algo, un collar que había perdido, pero cuando llamé a la puerta no estaba en casa. Me recibió su esposo... Te he hablado de él, Jimmy, el escritor. Me pidió que entrara y la esperara, y acepté. —Bajó la cabeza y sus rizos temblaron suavemente—. Quizás no debería haberlo hecho, no sé, porque, cuando Vivien llegó a casa y me vio, se puso furiosa. Lo vi en su expresión, sospechaba que nosotros... Bueno, ya te lo puedes imaginar. Traté de explicarme, estaba segura de que me comprendería, pero entonces... —Volvió a mirar la ventana y un débil rayo de luz le iluminó el pómulo—. Bueno..., digamos que me equivoqué.

El corazón de Jimmy comenzó a latir con fuerza; sentía indignación, pero también miedo.

—¿Qué hizo, Doll?

La garganta de Dolly se movió, un movimiento rápido, ascendente y descendente, y Jimmy pensó que iba a llorar. En vez de llorar, sin embargo, se volvió hacia él, y su expresión (tan triste, tan herida) resquebrajó algo en su interior. Su voz era apenas un susurro:

—Inventó mentiras terribles acerca de mí, Jimmy. Dijo que yo era una falsa delante de su marido, pero luego fue mucho peor: le dijo a lady Gwendolyn que yo era una ladronzuela y no debía confiar en mí.

—Pero eso es, eso es… —Estaba estupefacto, indignado por lo sucedido—. Es despreciable.

—Lo peor de todo, Jimmy, es que es una mentirosa. Tiene una aventura desde hace meses. ¿Recuerdas cuando en la cantina te habló de ese doctor amigo suyo?

—¿Ese tipo que dirige el hospital infantil?

—No es más que una ficción… Quiero decir, el hospital es real, el doctor también, pero es su amante. Lo utiliza para encubrirse, para que a nadie le extrañe que vaya de visita.

Jimmy notó que Dolly estaba temblando y ¿quién podría culparla? ¿A quién no le molestaría descubrir que una amiga la ha traicionado de forma tan cruel?

—Doll, lo siento.

—No hace falta que me compadezcas —dijo, tratando de ser valiente con tal desesperación que Jimmy sintió dolor—. Fue un golpe muy duro, pero me he prometido a mí misma que no me dejaría vencer.

—Esa es mi chica.

—Lo que pasa…

La camarera llegó para llevarse los platos y miró a ambos mientras se hacía un lío con el cuchillo de Jimmy. Pensaba que estaban discutiendo, se percató Jimmy; se habían quedado callados cuando ella se acercó, Doll había girado la cabeza rápidamente mientras Jimmy apenas atinaba a responder a los habituales comentarios de la camarera («El Big Ben no se ha retrasado ni un segundo»; «Mientras San Pablo siga en pie…»).

Miró de soslayo a Dolly, quien hizo lo posible por ocultar el rostro. No obstante, Jimmy veía su perfil y notó que su labio inferior había comenzado a temblar.

—Eso es todo —dijo, tratando de deshacerse de la camarera—. Eso es todo, gracias.

—¿No quieren pudin? Les aconsejo que…

—No, no, eso es todo.

—Como quieran. —La camarera resopló y giró sobre sus talones.

—¿Doll? —dijo Jimmy, una vez que se quedaron a solas—. ¿Ibas a decir algo?

Tenía los dedos sobre la boca para contener el llanto.

—Lo que pasa es que quería a lady Gwendolyn, Jimmy, la quería como a una madre. Y pensar que se fue a la tumba pensando que yo era una mentirosa y una ladrona… —Se vino abajo y las lágrimas comenzaron a rodar por sus mejillas.

—Chisss. Vamos, no llores, por favor. —Se sentó junto a ella, besando las lágrimas a medida que caían—. Lady Gwendolyn sabía lo que sentías por ella. Se lo demostrabas todos los días. ¿Y sabes qué?

—¿Qué?

—Estabas en lo cierto. No vas a consentir que Vivien te derrote. Yo lo voy a impedir.

—Oh, Jimmy. —Jugueteó con el botón suelto de la blusa, girándolo alrededor del hilo—. Eres muy amable, pero ¿cómo? ¿Cómo voy a salir ganando contra alguien como ella?

—Viviendo una vida larga y feliz.

Dolly parpadeó.

—Conmigo. —Jimmy sonrió, pasándose un mechón por detrás de la oreja—. Vamos a vencerla juntos al casarnos, ahorrar y mudarnos a la costa o al campo, lo que prefieras, como siempre hemos soñado; vamos a vencerla siendo felices para siempre. —La besó en la punta de la nariz—. ¿Verdad?

Pasó un momento y Doll asintió despacio, un poco vacilante, pensó Jimmy.

—¿Verdad, Doll?

Esta vez ella sonrió. Si bien de forma sutil y la sonrisa desapareció con la misma celeridad con que había aparecido. Suspiró y posó la mejilla en la mano.

—No quiero ser desagradecida, Jimmy. Ojalá pudiésemos hacerlo antes, desaparecer ya mismo y comenzar de nuevo. A veces pienso que es la única manera para que me ponga mejor.

—No tardará mucho, Doll. Trabajo todo el tiempo, tomo fotografías cada día y mi editor es optimista acerca de mi futuro. Creo que si...

Dolly dio un grito ahogado y lo agarró de la muñeca. Jimmy se detuvo en seco.

—Fotografías —dijo Doll, con la respiración entrecortada—. Oh, Jimmy, me has dado una idea, un modo de tenerlo todo y ahora mismo (la costa y todo lo demás), y podemos dar una lección a Vivien al mismo tiempo. —Tenía los ojos resplandecientes—. Eso es lo que quieres, ¿no? Irnos juntos, iniciar una nueva vida.

—Ya sabes que sí, pero el dinero, Doll, yo no tengo...

—No me estás escuchando. ¿Es que no ves que eso es exactamente lo que digo, que sé cómo conseguir el dinero?

Tenía los ojos clavados en él, resplandecientes, casi ardientes, y aunque no le había contado el resto de la idea, algo dentro de él comenzó a hundirse. Jimmy se negó a permitirlo. No iba a consentir que nada echase a perder este día feliz.

—¿Recuerdas —preguntó, sacando uno de los cigarrillos de Jimmy del paquete— que una vez me dijiste que harías cualquier cosa por mí?

Jimmy observó cómo encendía la cerilla. Recordaba haberlo dicho; recordaba haberlo dicho muy en serio. Pero ese brillo en los ojos de Doll, mientras los dedos no atinaban con la caja de cerillas, lo llenó de aprensión. No sabía qué iba a decir a continuación, pero sospechaba que no quería oírlo.

Dolly dio una calada al cigarrillo y dejó escapar una densa columna de humo.

—Vivien Jenkins es una mujer muy rica, Jimmy. También es una mentirosa y una adúltera que se empeñó en hacerme daño, en volver a mis seres queridos en mi contra y robarme la herencia que me prometió lady Gwendolyn. Pero la conozco, y sé que tiene una debilidad.

—¿Sí?

—Un marido apasionado a quien destrozaría el corazón descubrir que ella le es infiel.

Jimmy asintió como si fuese una máquina programada para responder.

—Sé —prosiguió Dolly— que suena extraño, Jimmy, pero escúchame. ¿Y si alguien se hiciese con una fotografía que mostrase a Vivien y a ese hombre juntos?

—¿Qué pasaría? —Su voz era inexpresiva, no parecía suya.

Dolly lo miró y una sonrisa nerviosa se dibujó en sus labios.

—Sospecho que pagaría un montón de dinero para quedarse la foto. Lo bastante para que dos jóvenes enamorados que merecen un poco de suerte se puedan escapar juntos.

Se le ocurrió a Jimmy entonces, mientras se esforzaba por comprender lo que le estaba diciendo, que todo esto formaba parte de uno de los juegos de Dolly. Que en cualquier momento iba a abandonar el personaje, se moriría de la risa y diría: «¡Jimmy, es una broma, por supuesto! Pero ¿qué piensas que soy?».

Pero no lo hizo. En vez de eso, cogió su mano y la besó con ternura.

—Dinero, Jimmy —susurró, llevando la mano de él a su mejilla caliente—. Es lo que solías decir. Bastante dinero para

casarnos y comenzar de nuevo, y vivir felices para siempre...
¿Acaso no es eso lo que siempre has deseado?

Lo era, por supuesto, Dolly lo sabía bien.

—Se lo merece, Jimmy. Tú mismo lo has dicho: se merece
pagar por lo que ha hecho. —Dolly dio una calada al cigarrillo
y habló rodeada de humo con un ritmo febril—: Ella fue quien
me convenció para que rompieses contigo, ¿lo sabías? Me indis-
puso en tu contra, Jimmy. Me hizo pensar que no deberíamos
estar juntos. ¿Es que no lo ves, todo el daño que nos ha hecho?

Jimmy no sabía qué sentir. Despreciaba lo que estaba pro-
poniendo. Se despreció a sí mismo por no decírselo. Se oyó decir:

—Supongo que quieres que sea yo el que tome la fotografía, ¿verdad?

Dolly le sonrió.

—Oh, no, Jimmy, qué va. Eso conlleva demasiados riesgos, y habría que esperar a sorprenderlos en el acto. Mi idea es
mucho más sencilla, es un juego de niños en comparación.

—Bueno —dijo Jimmy, mirando fijamente la banda de
metal que cruzaba la mesa—. ¿De qué se trata, Doll? Dime.

—Yo voy a sacar la fotografía. —Tiró de un botón de Jimmy, juguetona, y el botón se quedó entre sus dedos—. Y tú
vas a salir en ella.

21

Londres, 2011

No había tráfico en la autopista y, antes de las once, Laurel conducía por Euston Road en busca de un lugar donde aparcar. Lo encontró junto a la estación, donde dejó el Mini verde. Perfecto: la Biblioteca Británica estaba a un paso, y había vislumbrado la marquesina azul y negra de un Caffè Nero a la vuelta de la esquina. Toda la mañana sin cafeína y su cerebro amenazaba con derretirse.

Veinte minutos más tarde, una Laurel mucho más concentrada avanzaba por el vestíbulo gris y blanco de la biblioteca hacia la Oficina de Registro del Lector. Una joven, con una tarjeta de identificación que decía «Bonny», no pareció reconocerla y, viendo su reflejo al entrar por la puerta de cristal, Laurel lo interpretó como un cumplido. Tras haber pasado la mayor parte de la noche dando vueltas, entre una maraña de conjeturas acerca de lo que su madre habría tomado de Vivien Jenkins, se despertó tarde y apenas dispuso de diez minutos para ir de la cama al coche. Su velocidad fue encomiable, pero era consciente de que no salía en su mejor estado. Intentó arreglarse un poco el pelo y cuando Bonny dijo: «¿Puedo ayudarla en algo?», Laurel respondió: «Querida, eso espero». Sacó el trozo de papel en el que Gerry había escrito su número de lectora.

—Creo que me espera un libro en la sala de lectura de Humanidades.

—Vamos a comprobarlo, ¿vale? —dijo Bonny, que escribió algo en el teclado—. Voy a necesitar un carné de identidad con su dirección actual para completar el registro.

Laurel se lo entregó y Bonny sonrió.

—Laurel Nicolson. Como la actriz.

—Sí —concedió Laurel—. Ni más ni menos.

Bonny le entregó un pase y señaló hacia una escalera de caracol.

—Tiene que ir a la segunda planta. Vaya al escritorio, el libro debería estar ahí.

Así lo hizo. Aunque lo que encontró fue un caballero de lo más solícito, ataviado con un chaleco de punto rojo y una poblada barba blanca. Laurel explicó lo que estaba buscando, le mostró la hoja que le habían dado en la recepción y enseguida el hombre se dirigió a los estantes detrás de él y dejó sobre el mostrador un fino tomo encuadernado en cuero negro. Laurel leyó el título entre dientes y experimentó un escalofrío expectante: *Henry Jenkins: La vida, el amor y la pérdida de un escritor.*

Encontró un asiento en un rincón y se sentó, abrió el libro e inhaló el glorioso aroma polvoriento del papel, lleno de posibilidades. No era un libro demasiado largo. Lo había publicado una editorial que Laurel no conocía y el diseño era muy poco profesional: la tipografía y su tamaño, los márgenes inexistentes y las fotografías escasas y de mala calidad; en gran medida, también parecía que los extractos de las novelas de Henry Jenkins servían de relleno. Pero era un punto de partida, y Laurel estaba impaciente por comenzar. Echó un vistazo al índice y su corazón latió con fuerza cuando vio un capítulo titulado «Vida de casado», que había despertado su interés en el listado de internet.

Pero Laurel no se dirigió directamente a la página noventa y siete. Últimamente, cada vez que cerraba los ojos, aparecía la oscura silueta del hombre de sombrero negro, grabada en su retina, recorriendo el camino iluminado por el sol. Tamborileó con los dedos en la página del índice. Aquí estaba su oportunidad de conocerlo mejor, de añadir color y detalles a esa silueta que le ponía los pelos de punta, tal vez incluso descubrir el motivo de lo que hizo su madre ese día. Laurel había tenido miedo antes, cuando buscó a Henry Jenkins en la red, pero esto, este librito más bien insignificante, no le imponía el mismo respeto. La información que contenía se había publicado hacía mucho tiempo (en 1963, según vio en la página de créditos), lo cual significaba, debido a un desgaste natural, que probablemente quedaban muy pocos ejemplares, la mayoría perdidos en rincones oscuros y poco frecuentados. Este ejemplar en concreto había permanecido oculto durante décadas entre miles y miles de libros olvidados; si Laurel encontraba algo en su interior que no le gustase, simplemente lo cerraría y lo devolvería a su lugar. Y nunca más hablaría de él. Vaciló, pero solo un instante, antes de hacer acopio de valor. Con un hormigueo en los dedos, se dirigió rápidamente al prólogo. Tras respirar hondo, para contener una emoción súbita y extraña, comenzó a leer acerca de ese desconocido del camino.

Cuando Henry Ronald Jenkins tenía seis años de edad, vio a un hombre recibir una paliza a manos de policías que casi le costó la vida, en una calle de Yorkshire, su aldea. El hombre, según se cuchicheaba entre los aldeanos, vivía cerca, en Denaby, un «infierno en la tierra» ubicado en el valle de los Riscos, la que muchos consideraban «la peor aldea de Inglaterra». Fue un incidente que el joven Jenkins no olvidaría jamás, y en su primera novela, A merced de los diamantes negros, *publicada en 1928, dio vida a uno de los personajes más memorables*

de la literatura británica de entreguerras: un hombre de sinceridad y dignidad inquietantes, cuyo sufrimiento generó una
enorme empatía tanto entre el público como en la crítica.

En el capítulo inicial de Diamantes negros, la policía, equi-
pada con botas con punteras de acero, se lanza contra el desafortunado protagonista, Walter Harrison, un hombre
analfabeto pero trabajador cuyas frustraciones personales le han
llevado a promover el cambio social, lo cual, en última instan-
cia, es la causa de su muerte prematura. Jenkins habló del evento real y la profunda influencia en su obra —«y en mi
alma»— durante una entrevista radiofónica con la BBC en
1935: «Ese día comprendí, al ver a un hombre reducido a la
nada por agentes uniformados, que en nuestra sociedad existen
los débiles y los poderosos, y que la bondad no interviene al
decidir a qué grupo pertenecemos». Era un tema que apareció
en muchas obras posteriores de Henry Jenkins. Diamantes negros fue declarada una obra maestra y, debido a las entusiastas
críticas iniciales, se convirtió en un éxito editorial. Sus primeras
obras, en particular, recibieron elogios por su verosimilitud y
por los retratos inquebrantables de la vida de la clase obrera,
que incluía descripciones implacables de la pobreza y la violencia física.

El propio Jenkins creció en una familia de clase obrera. Su
padre era un supervisor de bajo nivel en las minas Fitzwilliams;
era un hombre severo que bebía en exceso («pero solo los sábados») y que trataba a su familia «como a los subordinados en
las minas». Jenkins fue el único de los seis hermanos que salió
de la aldea y rebasó las expectativas sociales. Acerca de sus padres, Jenkins dijo: «Mi madre fue una mujer bella, pero vani-
dosa también, y decepcionada por su suerte; carecía de una idea
realista respecto a cómo mejorar su situación, y su frustración
la convirtió en una persona amargada. Acosaba a mi padre, a
quien importunaba sin cesar por lo primero que se le ocurría; él

era un hombre de gran fuerza física, pero demasiado débil en otros sentidos para estar casado con una mujer como ella. La nuestra no era una familia feliz». Cuando el entrevistador de la BBC le preguntó si la vida de sus padres le había proporcionado material para sus novelas, Jenkins se rio y dijo: «Más que eso: me dieron un ejemplo perfecto de un mundo del cual quería huir fuese como fuese».

Y logró huir. A pesar de esos orígenes humildes, Jenkins, gracias a su precoz inteligencia y tenacidad, consiguió salir de las minas y conquistar el mundo literario. Cuando The Times le preguntó acerca de ese ascenso meteórico, Jenkins reconoció el mérito de un maestro de escuela, Herbert Taylor, por alentar su capacidad intelectual y animarle a presentarse a los exámenes para lograr becas en las mejores escuelas privadas. A los diez años de edad, Jenkins obtuvo una plaza en el pequeño pero prestigioso colegio Nordstrom, en Oxfordshire. Dejó la casa familiar en 1911, para subir solo a bordo de un tren hacia el sur desconocido. Henry Jenkins jamás volvería a Yorkshire.

Si bien ciertos antiguos alumnos de colegios privados, en especial aquellos cuyo origen social era distinto del resto, hablan de una horrible experiencia escolar, Jenkins nunca se explayó sobre el tema y se limitó a decir: «Ser admitido en un colegio como Nordstrom cambió mi vida en el mejor de los sentidos». Su maestro, Jonathan Carlyon, dijo de Jenkins: «Era increíblemente trabajador. Aprobó los exámenes finales con notas brillantes y fue a la Universidad de Oxford al año siguiente, la primera universidad que había escogido». Aun reconociendo la inteligencia de Jenkins, Allen Hennessy, compañero en Oxford y también escritor, habló en tono jocoso de otros talentos a los que recurría: «Nunca he conocido a un hombre con tanto carisma como Jenkins —afirmó—. Si te gustaba una chica, enseguida aprendías que lo mejor era no presentársela a Harry Jenkins. Solo tenía que clavar en ella una de sus famosas miradas y tus posibilidades se desvanecían». Lo cual no quiere decir que Jenkins abusase de sus «poderes»: «Era guapo y encantador, disfrutaba de la atención de las mujeres, pero nunca fue un rompecorazones», declaró Roy Edwards, editor de Jenkins en Macmillan.

Fuese cual fuese el efecto de Jenkins sobre el sexo débil, su vida personal no gozó de la misma trayectoria que su carrera editorial. En 1930, su compromiso con la señorita Eliza Holdstock se rompió, sobre lo cual se negó a hablar en público, antes de casarse finalmente, en 1938, con Vivien Longmeyer, la sobrina de su maestro en el colegio Nordstrom. A pesar de una diferencia de edad de veinte años, Jenkins consideró que ese matrimonio fue «el momento más sublime de mi vida», y la pareja se instaló en Londres, donde disfrutaron de una feliz vida doméstica antes de la Segunda Guerra Mundial. Durante los sucesos previos a la declaración de la guerra, Jenkins comenzó a trabajar para el Ministerio de Información; cumplió con su función de forma sobresaliente, hecho que no sorprendió a quienes lo conocían bien. Como dijo Allen Hennessy: «Todo lo que hacía [Jenkins], lo hacía a la perfección. Era deportista, inteligente, encantador… El mundo está hecho para hombres como él».

En cualquier caso, el mundo no siempre es amable con hombres como Jenkins. Tras la muerte de su joven esposa en un ataque aéreo durante las últimas semanas del bombardeo de Londres, Jenkins sufrió un dolor tan profundo que su vida comenzó a desmoronarse. No volvió a publicar más libros; de hecho, junto a otros muchos detalles de la última década de su vida, sigue siendo un misterio si volvió a escribir. Cuando murió en 1961, la fama de Henry Ronald Jenkins había caído tan bajo que el suceso apenas se mencionó en esos periódicos que antaño lo describieron como «un genio». A principios de la década de 1960 se rumoreó que Jenkins era responsable de los actos de ultraje contra la moral pública cuyo autor era conocido como «el acosador del picnic»; sin embargo, las acusaciones nun-

ca han sido probadas. Independientemente de si Jenkins era
culpable o no de semejante obscenidad, que este hombre antes
célebre fuese objeto de esas conjeturas ilustra la profundidad de
su caída. El muchacho de quien su maestro dijo ser «capaz
de lograr todo lo que se propusiese» murió sin nada ni nadie.
La pregunta eterna para los admiradores de Henry Jenkins es
cómo pudo acabar así un hombre que lo tuvo todo; un final con
trágicas semejanzas al de su personaje Walter Harrison, cuyo
destino fue también una muerte solitaria y silenciosa tras una
vida en la cual el amor y la pérdida llegaron a entrelazarse.

Laurel se recostó en la silla de la biblioteca y soltó la respiración que había contenido. No había nada ahí que no hubiese visto en Google, y el alivio fue extraordinario. Se le había
quitado un gran peso de encima. Mejor aún, a pesar de la referencia al indigno final de Jenkins, no se mencionaba en absoluto a Dorothy Nicolson ni Greenacres. Gracias a Dios. Laurel
no se había dado cuenta de lo nerviosa que estaba por lo que
pudiese encontrar. Lo más desconcertante en el prólogo fue
ese retrato de un hombre cuyo éxito no se debía más que a su
arduo trabajo y su gran talento. Laurel esperaba descubrir algo que justificase el odio enconado que sentía contra el hombre
del camino.

Se preguntó si existía la posibilidad de que el biógrafo se
hubiese equivocado por completo. Quién sabe; todo era posible. Sin embargo, a pesar de ese breve consuelo, Laurel puso los
ojos en blanco. Su arrogancia no conocía límites: tener una co-
razonada era una cosa, suponer que sabía más sobre Henry Jenkins que la persona que había investigado y escrito su vida, algo
muy distinto.

Había una fotografía de Jenkins en el frontispicio del libro
y volvió a mirarla, decidida a ver más allá del carácter amena-
zante otorgado por sus prejuicios y descubrir al escritor encan-

tador y carismático descrito en el prólogo. Era más joven en esta fotografía que en la que había visto en internet y Laurel tuvo que admitir que era guapo. De hecho (pensó al observar esos rasgos bien definidos), le recordaba a un actor de quien estuvo enamorada. Habían interpretado una obra de Chéjov en los años sesenta y vivieron un romance apasionado. No acabó bien (rara vez acababan bien los amoríos del teatro), pero, oh, fue deslumbrante e intenso mientras duró.

Laurel cerró el libro. Tenía las mejillas acaloradas y experimentó una hermosa sensación de nostalgia. Vaya. Eso sí que no se lo esperaba. Y era un tanto incómodo, dadas las circunstancias. Tras acallar una ligera inquietud, Laurel se recordó a sí misma su objetivo y abrió el libro por la página noventa y siete. Respiró hondo para concentrarse y comenzó el capítulo titulado «Vida de casado».

Si Henry Jenkins había tenido mala suerte hasta ahora en sus relaciones personales, todo estaba a punto de cambiar para mejor. En la primavera de 1938, el director de su colegio, el señor Jonathan Carlyon, invitó a Jenkins a que volviese a Nordstrom para hablar a los estudiantes acerca de los sinsabores de la vida literaria. Fue allí, al pasear por la finca de noche, donde Jenkins conoció a la sobrina del director, Vivien Longmeyer, una belleza de diecisiete años de edad. Jenkins describió el encuentro en La musa rebelde, *una de sus novelas más exitosas, que marcó una clara ruptura con los descarnados temas de su obra anterior.*

Qué opinaba Vivien Jenkins acerca de que los detalles de su noviazgo y los inicios de su matrimonio fuesen expuestos al público sigue siendo un misterio, como lo es ella misma. La joven señora Jenkins apenas comenzaba a dejar su huella en el mundo cuando su vida terminó trágicamente durante el bombardeo de Londres. Lo que se sabe, gracias a su marido, que adoraba sin duda a esta «musa rebelde», es que fue una mujer de belleza y encanto extraordinarios, por quien los sentimientos de Jenkins quedaron claros desde el principio.

A continuación se reproducía un largo fragmento de *La musa rebelde* en el cual Henry Jenkins narraba de modo apasionado el cortejo a su joven esposa. Como había sufrido recientemente el libro entero, Laurel pasó las páginas para retomar el hilo de la biografía, que se centró en la vida de Vivien:

Vivien Longmeyer era hija de la única hermana de Jonathan Carlyon, Isabel, quien se fugó de Inglaterra con un soldado australiano tras la Primera Guerra Mundial. Neil e Isabel Longmeyer se establecieron en una pequeña comunidad de leñadores de Mount Tamborine, al sureste de Queensland, y Vivien fue la tercera de sus cuatro hijos. Durante los primeros ocho años de su vida, Vivien Longmeyer vivió una modesta existencia colonial, hasta que la enviaron a Inglaterra para que la criase su tío materno en el colegio que había construido en la finca de la familia.

Las primeras menciones de Vivien Longmeyer se deben a la señorita Katy Ellis, una prestigiosa educadora, a quien se le encargó acompañar a la niña durante el viaje a Inglaterra en 1929. Katy Ellis la mencionó en sus memorias, Nacida para enseñar, *lo cual sugiere que fue este encuentro lo que despertó su interés por educar a los jóvenes que habían sobrevivido a un trauma.*

«La tía australiana de la niña me advirtió, al explicarme mi cometido, que era retrasada y que no me sorprendiese si no se comunicaba conmigo durante el viaje. Yo era joven, y por tanto todavía no estaba preparada para censurarla por esa falta de compasión que rayaba en la crueldad, pero ya confiaba lo suficiente en mis impresiones para no aceptar esa valoración.

Vivien Longmeyer no sufría retraso alguno, lo supe en cuanto la vi; sin embargo, también comprendí por qué su tía la había descrito de ese modo. Vivien era capaz, lo cual podía ser inquietante, de quedarse muchísimo tiempo inmóvil, con el rostro (que nunca era inexpresivo, sin duda) encendido por pensamientos eléctricos, pero de tal forma que cualquier observador se sentía excluido.

»Yo misma había sido una niña imaginativa, a menudo reprendida por mi padre, un estricto pastor protestante, por fantasear y escribir en mi diario (un hábito que no he abandonado) y vi con claridad que Vivien tenía una intensa vida interior, dentro de la cual se escabullía. Además, parecía lógico y comprensible que una niña que sufría la pérdida simultánea de su familia, su casa y su país natal buscara necesariamente preservar las pequeñas certezas de su identidad interiorizándolas.

»En el transcurso de nuestro largo viaje por mar, fui capaz de ganarme la confianza de Vivien y entablamos una relación que persistió durante muchos años. Mantuvimos correspondencia con afectuosa frecuencia hasta su trágica y prematura muerte en la Segunda Guerra Mundial y, si bien nunca fui su maestra o consejera de forma oficial, me alegra decir que nos hicimos amigas. No tuvo muchos amigos: aunque despertaba en otras personas el deseo de ser amados por ella, Vivien nunca estableció relaciones con facilidad ni a la ligera. Al mirar atrás, considero que uno de los grandes logros de mi carrera fue que me confiase con tanto detalle el mundo privado que se había construido para sí misma. Era un lugar "seguro" al cual se retiraba si se sentía asustada o sola, y tuve el honor de poder mirar detrás de ese velo».

La descripción de Katy Ellis del «mundo privado» de Vivien coincide con las descripciones de la Vivien adulta: «Era atractiva, y mirarla era un placer, pero en realidad era muy difícil decir que la conocías»; «Te hacía sentir que había más bajo la superficie de lo que saltaba a la vista»; «En cierto modo, su

carácter independiente la convertía en un imán: no parecía
necesitar a nadie». Tal vez fue «ese aspecto extraño, casi mís-
tico», lo que llamó la atención de Henry Jenkins esa noche en
Nordstrom. O tal vez fuese el hecho de que ella, al igual que
él, había sobrevivido a una infancia marcada por una violen-
cia trágica y pronto se encontrase en un mundo poblado por
personas de procedencia muy distinta a la suya. «A nuestra
manera, los dos éramos seres marginales —declaró Henry Jen-
kins a la BBC—. Nuestro destino era estar juntos. Lo supe en
cuanto le puse los ojos encima. Verla caminar hacia mí por el
pasillo, sublime con su vestido blanco, fue la conclusión, en
cierto sentido, de un viaje que comenzó cuando llegué al co-
legio Nordstrom».

A continuación, se reproducía una fotografía de ambos, de
mala calidad, tomada el día de su boda, al salir de la capilla del colegio. Vivien miraba a Henry, con su velo de encaje ondeando
en la brisa, mientras él la llevaba del brazo y sonreía mirando a
la cámara. Las personas, aglomeradas a su alrededor para arro-
jarles arroz en la escalera de la capilla, eran felices, pero la fotografía entristeció a Laurel. Las fotografías viejas a menudo tenían ese efecto en ella; al fin y al cabo, era hija de su madre, y
resultaba muy aleccionador ver las caras sonrientes de personas
que no sabían todavía qué les depararía el destino. Más aún en
un caso como este, donde Laurel conocía muy bien los horrores
que acechaban a la vuelta de la esquina. Había sido testigo de
la violenta muerte de Henry Jenkins y sabía, además, que la joven Vivien Jenkins, tan esperanzada en la fotografía de su boda,
estaría muerta apenas tres años después.

No cabe duda alguna de que Henry Jenkins adoraba a su
esposa hasta el punto de adularla. No era ningún secreto lo
que ella significaba para él: la llamaba su «gracia» o su «salva-

ción» y, en más de una ocasión, expresó que no merecería la pena vivir sin ella. Esa afirmación sería tristemente premonitoria, pues, tras la muerte de Vivien el 23 de mayo de 1941, el mundo de Henry Jenkins comenzó a desmoronarse. A pesar de trabajar en el Ministerio de Información y de poseer un conocimiento detallado de las numerosas víctimas civiles de los bombardeos, Jenkins nunca aceptó que la muerte de su mujer se debiese a una causa tan común. Ahora bien, las extravagantes afirmaciones de Jenkins —que la muerte de Vivien fue provocada, que fue víctima de siniestros estafadores, que de lo contrario nunca se habría encontrado en el edificio bombardeado— fueron el primer indicio de una locura que acabaría consumiéndolo. Se negó a aceptar la muerte de su mujer como un simple accidente de guerra y juró «atrapar a los responsables y llevarlos ante la Justicia». Jenkins fue hospitalizado tras una crisis nerviosa a mediados de los cuarenta, pero, por desgracia, no se curó nunca de su obsesión, vivió al margen de la sociedad y, a la sazón, murió solo en 1961, convertido en un indigente y un hombre destrozado.

Laurel cerró el libro de golpe, como si quisiese impedir que el contenido se escapase de entre las cubiertas. No quería leer más sobre las sospechas de Henry Jenkins respecto a la muerte de su mujer, ni sobre su promesa de encontrar a los responsables. Tenía la sensación apremiante y desagradable de que Jenkins había cumplido con su palabra, y que ella, Laurel, había presenciado el resultado. Pues su madre, con su «plan perfecto», era la persona a la que Henry Jenkins culpaba de la muerte de su mujer, ¿o no? La «siniestra estafadora» que pretendía «tomar» algo de Vivien, que fue responsable de atraer a Vivien al lugar de su muerte, donde de lo contrario nunca habría estado.

Con un estremecimiento involuntario, Laurel miró detrás de ella. De repente sintió que llamaba la atención, como si la espiaran unos ojos invisibles. Su estómago pareció haberse convertido en líquido. Era la culpa, comprendió, culpa por asociación. Pensó en su madre en el hospital, en las palabras con que había expresado el remordimiento, el deseo de «tomar» algo, el agradecimiento por su «segunda oportunidad»: eran estrellas, todas ellas, en la oscuridad del cielo nocturno; a Laurel tal vez no le gustaban las formas que comenzaba a distinguir, pero no podía negar su existencia.

Miró la portada negra, aparentemente inofensiva, de la biografía. Su madre conocía todas las respuestas, pero no fue la única; Vivien también las supo. Hasta este momento, Vivien había sido un susurro: una cara sonriente en una fotografía, un nombre en la dedicatoria de un libro viejo, una quimera hundida entre las grietas de la historia ya olvidada.

Pero era importante.

Laurel tuvo la súbita convicción de que el plan de Dorothy fracasó por Vivien. Que algo intrínseco en el carácter de esa mujer la convertía en la peor persona con quien involucrarse.

La descripción de Katy Ellis de la niña que fue Vivien era afectuosa, pero Kitty Barker había descrito a una mujer «bien presumida», una «pésima influencia», superior y fría. ¿Habían desgarrado a Vivien los traumas de su infancia, la habían endurecido y convertido en esa clase de mujer, hermosa y rica, cuyo poder residía en su frialdad, su reserva, su inaccesibilidad? La información en la biografía de Henry Jenkins (cómo fue incapaz de sobreponerse a su muerte y cómo había buscado durante décadas a los responsables) ciertamente sugería una mujer de carácter sumamente cautivador.

Con una leve sonrisa de suficiencia, Laurel abrió la biografía una vez más y pasó las páginas hasta encontrar lo que buscaba. Ahí estaba. Con mano un poco temblorosa por la emoción, anotó el nombre de Katy Ellis y el título de su autobiografía, *Nacida para enseñar*. Tal vez Vivien no necesitase (o no tuviese) muchos amigos, pero había escrito cartas a Katy Ellis, cartas en las cuales (¿o era demasiado esperar?) habría confesado sus secretos más oscuros. Existía la posibilidad de que aquellas cartas aún existiesen en algún lugar: muchas personas no guardaban su correspondencia, pero Laurel estaba dispuesta a apostar a que la señorita Katy Ellis, prestigiosa educadora y autora de su autobiografía, no era así.

Porque, cuantas más vueltas le daba, más evidente se volvía: Vivien era la clave. Encontrar información sobre esta figura esquiva era la única manera de aclarar el plan de Dorothy y, más importante, qué salió mal. Y ahora (Laurel sonrió) la tenía agarrada por el borde de su sombra.

PARTE

3

VIVIEN

22

Mount Tamborine (Australia), 1929

En realidad, Vivien fue castigada por la gran desgracia de ser sorprendida en la tienda del señor McVeigh en Main Street. Su padre no quería hacerlo, cualquiera lo habría notado. Era un hombre de corazón bondadoso que había perdido el temple durante la Gran Guerra y, a decir verdad, siempre había admirado el asombroso carácter de su hija menor. Pero las reglas eran las reglas, y el señor McVeigh no dejaba de soltar bravatas respecto a lo que haría con una vara y esa niña, y las diferencias entre mimar y dar, y una multitud había comenzado a aglomerarse y, diablos, hacía un calor insufrible... Aun así, era inconcebible que ningún hijo suyo recibiese una tunda, no por su mano, y menos aún por hacer frente a un abusón como ese Jones. De modo que hizo lo único que podía hacer: le prohibió en público ir a la excursión. Escogió ese castigo de forma precipitada y más tarde se convirtió en motivo de profundo pesar y frecuentes discusiones con su esposa, pero ya no había vuelta atrás. Demasiadas personas le habían oído decirlo. En cuanto las palabras salieron de la boca de su padre y llegaron a sus oídos, Vivien supo, a pesar de tener solo ocho años, que no había nada que hacer salvo levantar el mentón y cruzarse de brazos para mostrar a todos que le importaba un rábano, que ni siquiera tenía ganas de ir.

Lo cual explicaba que se encontrase en casa, sola, el día más caluroso del verano de 1929, mientras su familia se dirigía al picnic anual en Southport. Durante el desayuno recibió severas indicaciones de su padre, una lista de cosas que hacer y una lista aún más larga de cosas que no debía hacer, unos apretones de mano un tanto angustiados de la madre cuando pensaba que no la miraban, una dosis preventiva de aceite de ricino para todos los pequeños (ración doble para Vivien, que la necesitaba más), tras lo cual, con el frenesí de los preparativos de última hora, se montaron en un Ford Lizzie y se dirigieron al camino de cabras.

La casa se quedó en silencio sin ellos. Y, por alguna razón, más oscura. Y las motas de polvo pendían inmóviles en el aire sin el habitual movimiento de los cuerpos que las arrastraban a su alrededor. La mesa de la cocina, donde habían reído y discutido minutos antes, estaba limpia, sin platos, y en su lugar había un nutrido surtido de tarros con la mermelada de mamá y el cuaderno que había dejado papá para que Vivien escribiese notas de disculpa al señor McVeigh y Paulie Jones. De momento, había escrito: «Querido señor McVeigh», había tachado el «Querido» y había escrito «Para» encima, y se quedó sentada mirando la página en blanco, preguntándose cuántas palabras necesitaría para llenarla. Les rogó que apareciesen antes de que papá llegase a casa.

Cuando se hizo evidente que la nota no se iba a escribir sola, Vivien dejó la pluma, estiró los brazos por encima de la cabeza, movió los pies descalzos adelante y atrás, y estudió el resto de la cocina: las fotografías enmarcadas de la pared, los muebles de caoba, el diván con su tapete de ganchillo. Este era el Interior, pensó con desagrado, el lugar de los adultos y los deberes, donde se limpiaban dientes y cuerpos, de los «Silencio» y «No corras», de peines y encajes y mamá tomando el té con la tía Ada, y las visitas del reverendo y el médico. Era sepulcral y aburrido y siempre intentaba evitarlo y, sin embargo (Vivien se mordisqueó dentro de la boca, entusiasmada por una idea), hoy el Interior le pertenecía, a ella y solo a ella, y seguramente sería la única vez.

Primero, Vivien leyó el diario de su hermana Ivy, luego repasó los recortes de prensa de Robert y estudió la colección de canicas de Pippin; por último, dirigió su atención al guardarropa de su madre. Introdujo los pies en el fresco interior de unos zapatos que pertenecían a ese tiempo remoto previo a su nacimiento, frotó el suave tejido de la mejor blusa de mamá contra la mejilla, se pasó por el cuello los collares de perlas brillantes de la caja de nogal que había sobre la cómoda. En el cajón revolvió las monedas egipcias que su padre había traído de la guerra, los documentos, cuidadosamente doblados, que lo eximían del servicio, un paquete de cartas atadas con una cinta, y un trozo de papel titulado *Certificado de matrimonio,* con los nombres reales de mamá y papá, cuando mamá era «Isabel Carlyon» de «Oxford (Inglaterra)» y no una de ellos.

Las cortinas de encaje ondearon y el dulce olor de Fuera se coló por la ventana de guillotina abierta: eucaliptos, mirto limón y mangos demasiado maduros que comenzaban a abrasarse en el preciado árbol de su padre. Vivien guardó los papeles en el cajón y se puso en pie de un salto. El cielo estaba despejado, azul como el mar y liso como la piel de un tambor. Las hojas de la parra resplandecían a la brillante luz del sol, las plumerías centelleaban rosas y amarillas, y las aves se llamaban unas a otras en la selva, detrás de la casa. Iba a hacer un calor insoportable, comprendió Vivien con satisfacción, y luego caería una tormenta. Le encantaban las tormentas: las nubes furiosas y las primeras gotas gordas, el olor a sed de la tierra roja y la lluvia torrencial contra las paredes mientras papá caminaba de arriba abajo por la veranda, con la pipa en la boca y un brillo en los ojos, tratando de contener la emoción mientras las palmeras gemían y se doblaban.

Vivien giró sobre los talones. Ya había explorado bastante; era inconcebible desperdiciar otro precioso segundo en el Interior. Se detuvo en la cocina solo el tiempo necesario para empaquetar el almuerzo que mamá le había preparado y encontrar unas galletas Anzac. Una fila de hormigas rodeaba el fregadero y subía por la pared. Ellas también sabían que la lluvia se avecinaba. Sin ni siquiera echar un vistazo a la disculpa no escrita, Vivien salió bailando a la veranda. Nunca caminaba si podía evitarlo.

Hacía calor fuera y, aun así, el aire era húmedo. Sus pies ardieron de inmediato sobre los tablones de madera. Era un día perfecto para ir al mar. Se preguntó dónde estarían los otros ahora, si ya habrían llegado a Southport, si las mamás, los papás y los niños estarían nadando y riendo y preparando las comidas, o si su familia se habría montado en uno de esos barcos de recreo. Había un nuevo embarcadero, según Robert, quien había estado espiando a los antiguos compañeros del ejército de papá, y Vivien se imaginó a sí misma lanzándose al agua y hundiéndose como una nuez de macadamia, tan rápido que su piel hormigueaba y la fría agua del mar le obstruía la nariz.

Podría bajar a la cascada de las Brujas para darse un chapuzón, pero en un día así ese estanque entre rocas no se podía comparar con el océano salado; además, no debía salir de casa, y seguro que algún chismoso del pueblo la delataba. Peor aún, si Paulie Jones estuviese ahí, bronceando esa tripa blancucha y descomunal como la de una ballena vieja, creía que no sería capaz de contenerse. Que se atreviese a insultar a Pippin una vez más, a ver qué sucedía. Que se atreviese, le diría Vivien. Que se atreviese el muy cobarde.

Abriendo los puños, ojeó el cobertizo. El viejo Mac estaba ahí, trabajando en las reparaciones, y por lo general merecía la pena visitarlo, pero su padre le había prohibido molestarlo con sus preguntas. Ya tenía bastante trabajo que hacer, y papá no le pagaba un dinero que no tenía para beber té y cotorrear con una niña que aún no había hecho sus deberes. El viejo Mac sabía que ella se hallaba en casa y estaría atento por si había problemas, pero, a menos que estuviese enferma o sangrando, el cobertizo le estaba vedado.

Lo cual solo le dejaba un lugar al que ir.

Vivien bajó las escaleras correteando, cruzó el jardín, rodeó la huerta, donde mamá intentaba obstinadamente cultivar rosas y papá le recordaba con cariño que no estaban en Inglaterra, y entonces, tras dar tres excelentes volteretas seguidas, se dirigió al arroyo.

Vivien había ido ahí desde que aprendió a caminar, serpenteando entre los árboles plateados, recogiendo las flores de las acacias, con cuidado de no pisar las hormigas saltadoras o las arañas, mientras se alejaba cada vez más de las personas y los edificios, los maestros y las reglas. Era su lugar favorito en todo el mundo; le pertenecía; era parte de ella y ella era parte de él.

Hoy tenía más ganas de lo habitual de llegar al fondo. Más allá del primer escarpado, donde comenzaba la pendiente y se alzaban los montículos de las hormigas, agarró el paquete del almuerzo y se lanzó a la carrera, gozando de los latidos del corazón contra el tórax, la terrorífica velocidad de sus piernas, que avanzaban, avanzaban bajo ella hasta casi tropezar, y se agachaba para esquivar las ramas, saltaba de roca en roca, resbalaba entre montones de hojas secas.

Los pájaros látigo clamaban en lo alto, los insectos zumbaban, la cascada del barranco del Muerto borbotaba. A medida que corría, la luz y los colores se deshacían en fragmentos, como en un caleidoscopio. El monte estaba vivo: los árboles se hablaban con voces resecas y viejas, miles de ojos invisibles se abrían en las ramas y los troncos caídos, y Vivien sabía que, si se detuviese y apretase la oreja contra el suelo, oiría a la tierra llamándola, cantando melodías de tiempos remotos. Sin embargo, no se detuvo; se moría de ganas de llegar al arroyo que serpenteaba por el desfiladero.

Nadie más lo sabía, pero el arroyo era mágico. Había un recodo en concreto, donde la ribera formaba un círculo escarpado; el cauce se había formado hacía millones de años, cuando la tierra suspiró y se desplazó y las grandes rocas afiladas se juntaron, de modo que lo que era plano en los márgenes de pronto se había vuelto profundo y oscuro en el centro. Y ahí fue donde Vivien hizo el descubrimiento.

Estaba pescando con los tarros de vidrio que había robado de la cocina de mamá y guardaba en un leño carcomido, detrás de los helechos. Vivien almacenaba todos sus tesoros dentro de ese leño. Siempre había algo que descubrir entre las aguas del arroyo: anguilas y renacuajos, cubos viejos y oxidados de los días de la fiebre del oro. Una vez, llegó a encontrar una dentadura postiza.

El día que descubrió las luces, Vivien estaba tumbada bocabajo sobre una roca, con los brazos estirados dentro del agua, tratando de atrapar el renacuajo más grande que había visto jamás. Lanzó la mano y falló, lanzó la mano y falló, tras lo cual se estiró aún más, de modo que su rostro casi tocaba el agua. Y fue entonces cuando las notó, varias, todas naranjas y titilantes, observándola desde el fondo del estanque. Al principio pensó que se trataba del sol, y miró hacia arriba, a los lejanos trozos de cielo, para comprobarlo. No lo era. El cielo se reflejaba sin duda en la superficie del agua, pero esto era diferente. Estas luces eran profundas, más allá de los juncos y el musgo que cubría la ensenada. Eran otra cosa. Eran otro lugar.

Vivien pensó mucho en esas luces. No era dada a aprender en los libros (eso era cosa de Robert, y de mamá), pero se le daba bien hacer preguntas. Tanteó al viejo Mac y luego a papá, hasta que al fin se encontró con el negro Jackie, el rastreador de papá, que sabía más que nadie acerca del monte. Dejó de hacer lo que estaba haciendo y se plantó una mano en la parte baja de la espalda, arqueando su cuerpo nervudo.

—¿Viste las luces al fondo del estanque?, ¿a que las viste?

Vivien asintió y él la miró fijamente, sin parpadear. Al cabo, una leve sonrisa se esbozó en sus labios.

—¿Alguna vez has tocado el fondo de ese estanque?

—Qué va. —Espantó a una mosca que tenía en la nariz—. Demasiado profundo.

—Yo tampoco. —Se rascó bajo el ala del sombrero y, a continuación, hizo ademán de retomar su trabajo. Antes de hundir la pala en la tierra, giró la cabeza—. ¿Por qué estás tan segura de que tiene fondo, si no lo has visto con tus propios ojos?

Y fue entonces cuando Vivien comprendió: había un agujero en el arroyo que llegaba al otro lado del mundo. Era la única explicación posible. Había oído hablar a papá de cavar un agujero hasta China, y lo había encontrado. Un túnel secreto, un camino al centro de la tierra (el lugar de donde habían surgido la magia, la vida y el tiempo) y más allá, hasta las estrellas de un cielo distante. La pregunta era: ¿qué iba a hacer con él?

Explorarlo, ni más ni menos.

Vivien se detuvo de golpe sobre la gran roca plana que hacía de puente entre el monte y el arroyo. Hoy el agua estaba inmóvil, espesa y turbia en los bajíos de la ribera. Una capa de lodo arrastrada por la corriente se había asentado en la superficie como una piel grasienta. El sol brillaba justo encima y la tierra se cocía. Las ramas de los imponentes árboles del caucho crujían con el calor.

Vivien escondió el almuerzo bajo los helechos que cubrían la roca; en la maleza fría, algo se arrastró, invisible.

Al principio, el agua estaba fría en torno a sus tobillos desnudos. Vadeó el bajío, con los pies tanteando las rocas viscosas, que de repente se volvían afiladas. Su plan consistía en vislumbrar las luces y comprobar que aún estaban donde debían, tras lo cual iba a bucear tan hondo como pudiese para verlas mejor. Durante semanas había practicado cómo contener la respiración, y había traído una pinza de madera de mamá para taponarse la nariz, pues Robert pensaba que, si el aire no se escapaba por las fosas nasales, aguantaría más tiempo.

Cuando llegó a la cresta, donde el peñón formaba una pendiente, Vivien se asomó al agua oscura. Tardó unos segundos, con los ojos entrecerrados y muy agachada, pero al fin... ¡ahí estaban!

Sonrió y casi perdió el equilibrio. Sobre la cresta un par de cucaburras se reían.

Vivien se apresuró de vuelta a la orilla del estanque, escurriéndose a veces por las prisas. Corrió por la roca plana, chapoteando, y hurgó entre sus cosas en busca de la pinza.

Mientras decidía cómo ponérsela, notó algo negro en el pie. Una sanguijuela: una cosa rechoncha y enorme. Vivien se agachó, la agarró con el pulgar y el índice y tiró con todas sus fuerzas. El bicho, resbaladizo, no se desprendió.

Se sentó y lo intentó de nuevo, pero, por mucho que apretase o tirase, no se movía. Entre sus dedos, el cuerpecillo era viscoso, húmedo y blando. Hizo acopio de valor, cerró los ojos y dio un último empellón.

Vivien maldijo con todas las palabras prohibidas («¡Mierda! ¡Puñetero! ¡Capullo! ¡Guarro!») que había acumulado tras ocho años de escuchar a hurtadillas en el cobertizo de papá. La sanguijuela se despegó, pero la sangre manó en abundancia.

La cabeza le dio vueltas y se alegró de estar sentada. Podía ver al viejo Mac decapitando gallinas sin problemas; llevó el dedo cercenado de su hermano Pippin a la casa del doctor Farrell cuando se lo rebanó un hacha; destripaba el pescado mejor y más rápido que Robert cuando acampaban en el río Nerang. Al ver su propia sangre, sin embargo, quedó desvalida.

Con pasos vacilantes, se acercó al agua y metió el pie, que movió de un lado a otro. Cada vez que lo retiraba, la sangre seguía manando. No le quedaba más remedio que esperar.

Se sentó en la roca y abrió el almuerzo. Ternera en rodajas del asado de anoche, cuya salsa, fría, brillaba en la superficie; patata y ñame, que comió con los dedos; una porción de pudin con la mermelada fresca de mamá untada en lo alto; tres galletas Anzac y una sanguina, recién cogida del árbol.

Una caterva de cuervos se materializó en las sombras mientras comía. Los cuervos la observaban con ojos distantes, sin pestañear. Cuando terminó, Vivien les arrojó las últimas migajas y oyó un aletear pesado en su busca. Se limpió el vestido y bostezó.

Su pie por fin había dejado de sangrar. Deseaba explorar el agujero al fondo del estanque, pero de repente se sintió cansada; cansada en exceso, como la niña de ese cuento que mamá les leía a veces con una voz remota que se volvía más extraña con cada palabra. Vivien se sentía rara al oír esa voz: era elegante y, si bien Vivien admiraba a mamá por ello, al mismo tiempo se ponía celosa de esa parte de su madre que no le pertenecía.

Vivien bostezó una vez más, tanto que le dolieron los ojos.

¿Y si se acostase, solo un ratito?

Gateó hasta el borde de la roca y se deslizó bajo las hojas de los helechos, de modo que, cuando se dio la vuelta para tumbarse de espaldas, el último fragmento del cielo había desaparecido. Bajo ella había hojas suaves y frescas, los grillos chirriaban en la maleza y una rana, en algún lugar, pasaba la tarde entre resuellos.

Era un día cálido y Vivien era pequeña, así que no fue sorprendente que se quedase dormida. Soñó con las luces del estanque, con el tiempo que tardaría en llegar a China a nado y con un largo muelle de madera, desde el cual sus hermanos se arrojaban al agua. Soñó con la tormenta que se avecinaba y papá en la veranda, y el cutis inglés de su madre, pecoso tras un día a orillas del mar, y la mesa a la hora de cenar esa noche, con todos ellos a su alrededor.

El sol ardiente se arqueaba sobre la superficie de la tierra, la luz variaba a lo largo del monte, la humedad volvía tirante la piel del tambor y unas pequeñas gotas de sudor aparecieron en la frente de la niña. Los insectos chasqueaban y chirriaban, la niña dormida se movió cuando una hoja de helecho le hizo cosquillas en la mejilla, y entonces…

—¡Vivien!

… Su nombre sonó de repente, bajando por la ladera, atravesando la maleza para llegar a ella.

Se despertó con un sobresalto.

—¿Vi-vien?

Era la tía Ada, la hermana mayor de papá.

Vivien se sentó y se apartó los mechones de pelo húmedo de la frente con el dorso de la mano. Las abejas zumbaban cerca. Vivien bostezó.

—Señorita, si está aquí, por el amor de Dios, muéstrese.

A Vivien no le importaba demasiado ser obediente, pero la voz de su tía, por lo común imperturbable, estaba tan perturbada que sucumbió a la curiosidad y salió de debajo de los helechos, con las cosas del almuerzo. El día ya no era tan luminoso; las nubes cubrían el cielo azul y el desfiladero se encontraba ahora en sombras.

Con una mirada triste al arroyo y la promesa de volver tan pronto como pudiese, se dirigió a casa.

La tía Ada estaba sentada en la escalera de atrás, con la cabeza entre las manos, cuando Vivien surgió de la floresta. Un sexto sentido le diría que tenía compañía, pues miró a un lado, parpadeando, con la misma expresión de perplejidad que si un duende del bosque se hubiese plantado ante ella.

—Ven aquí, criatura —dijo al fin, haciendo señas con una mano mientras se levantaba.

Vivien caminó lentamente. En su estómago había una sensación extraña y pesada para la cual no tenía nombre, pero que algún día reconocería como pavor. Las mejillas de la tía Ada estaban teñidas de un rojo brillante y parecía a punto de perder el control: daba la impresión de que iba a comenzar a gritar o a tirar a Vivien de las orejas, pero no hizo nada de eso y en su lugar rompió a llorar diciendo:

—Por Dios, entra y lávate toda esa mugre de la cara. ¿Qué pensaría tu pobre madre?

Vivien volvió al Interior. Desde entonces, su vida estaría llena de Interiores. La primera semana negra, cuando las cajas de madera, o ataúdes, como las llamaba la tía Ada, fueron colocadas en la sala de estar; esas largas noches en las cuales las paredes de su dormitorio se hundían en las tinieblas; los días sofocantes, con adultos que susurraban y chasqueaban la lengua ante lo repentino de todo, y mojaban de sudor la ropa ya húmeda por la lluvia que caía tras las ventanas empañadas.

Se había hecho un nido junto a una pared, resguardada entre el aparador y el sillón de papá, y ahí se quedó. Las palabras y las frases zumbaban como mosquitos en el aire viciado… («Un Ford Lizzie… Justo por el precipicio… quemados… apenas se les reconocía»), pero Vivien se tapó las orejas y pensó en el túnel del estanque y en la gran sala de máquinas que había en el centro, donde se hacía girar el mundo.

Durante cinco días se negó a abandonar ese lugar, y los adultos lo consintieron y le trajeron platos con comida y movían la cabeza con una tristeza amable, hasta que al fin, sin aviso previo, sin advertencia alguna, la línea invisible de la clemencia se tambaleó y la llevaron a rastras de vuelta al mundo.

Ya había llegado la estación de lluvias por entonces, pero un día el sol brilló y percibió los tenues indicios de su antiguo yo, que salía a hurtadillas al patio soleado para encontrar al viejo Mac en el cobertizo. Este dijo muy poco; posó una mano huesuda y enorme en su hombro y apretó con fuerza, y entonces le dio un martillo para que le ayudase con la valla. A medida que avanzaba el día, pensó en visitar el arroyo, pero no lo hizo, y luego volvieron las lluvias y la tía Ada llegó con unas cajas, donde metió lo que había en casa. Los zapatos favoritos de su hermana, los de satén, que se habían pasado toda la semana en la alfombra, en el mismo lugar donde los había lanzado de una patada cuando mamá dijo que eran demasiado elegantes para el picnic, acabaron en una caja con los pañuelos de papá y su cinturón viejo. Poco después Vivien vio un letrero en el patio que decía «Se vende» y se encontró durmiendo en un suelo extraño, mientras sus primos la miraban con curiosidad desde sus camas.

La casa de la tía Ada era diferente a la suya. La pintura de la pared no estaba descascarillada, no había hormigas deambulando por los asientos, las flores del jardín no desbordaban los floreros. Era una casa donde estaba prohibido terminantemente cualquier tipo de mancha. «Un lugar para cada cosa y cada cosa en su lugar», solía decir la tía Ada, con una voz estridente como una cuerda de violín demasiado tensa.

Mientras la lluvia continuaba fuera, Vivien se acostumbró a tumbarse bajo el sofá de la habitación buena, apoyada en el rodapié. Había un rasguño en el forro de arpillera, que no se veía desde la puerta, y acurrucarse ahí era como volverse invisible. Era reconfortante la base desgarrada de ese sofá, le recordaba a su casa, su familia, su dichoso desorden. Ahí es donde estuvo más cerca de llorar. La mayoría de las veces, sin embargo, se concentraba solo en la respiración, en inhalar la menor cantidad de aire posible y expulsarlo sin mover apenas el pecho. Horas (días enteros) pasaban así, la lluvia gorgoteando por el desagüe, los ojos de Vivien cerrados y el tórax inmóvil; a veces, casi podía convencerse a sí misma de haber detenido el tiempo.

La mayor virtud de esa habitación, sin embargo, era que estaba vedada. Vivien fue informada de esta regla en su primera noche en la casa: la habitación buena era solo para las visitas que recibía la tía en persona, solo cuando el estatus del invitado lo exigiese, y Vivien asintió solemne cuando se lo dijeron, para mostrar que sí, que había comprendido. Y lo había comprendido, a la perfección. Nadie usaba la habitación, lo que significaba que, una vez terminadas las tareas de limpieza, podía confiar en que estaría a solas entre esas paredes.

Y así había sido, hasta hoy.

El reverendo Fawley había estado sentado en el sillón junto a la ventana durante los últimos quince minutos mientras la tía Ada se afanaba con el té y los pasteles. Vivien estaba atrapada bajo el sofá, más concretamente, inmovilizada por la depresión formada por el trasero de su tía.

—Señora Frost, no es necesario recordarle qué recomendaría el Señor —dijo el reverendo en ese tono empalagoso que solía reservar para el Niño Jesús—. «No os olvidéis de mostrar hospitalidad, pues por ella algunos, sin saberlo, hospedaron ángeles».

—Si esa niña es un ángel, entonces yo soy la reina de Inglaterra.

—Sí, bueno —el piadoso tintineo de una cuchara de porcelana—, la niña ha sufrido una gran pérdida.

—¿Más azúcar, reverendo?

—No…, gracias, señora Frost.

La base del sofá se hundió más con el suspiro de su tía.

—Todos hemos sufrido una gran pérdida, reverendo. Cuando pienso en mi querido hermano, pereciendo así…, esa enorme caída, todos ellos, el Ford que se salió por el borde del precipicio… Harvey Watkins, que los encontró, dijo que estaban tan quemados que no sabía lo que estaba mirando. Fue una tragedia…

—Una terrible tragedia.

—Aun así. —Los zapatos de la tía Ada se movieron por la alfombra y Vivien vio la punta de uno rascando el juanete atrapado en el otro—. No puede quedarse aquí. Tengo seis míos, y ahora mi madre va a vivir con nosotros. Ya sabe cómo está desde que el doctor tuvo que amputarle una pierna. Soy una buena cristiana, reverendo, voy a la iglesia todos los domingos, pongo mi granito de arena para recaudar fondos para la Pascua, pero no puedo con esto.

—Ya veo.

—Ya lo sabe usted, no es una niña fácil.

Hubo una pausa en la conversación mientras sorbían el té y sopesaban las asperezas propias del carácter de Vivien.

—Si hubiese sido cualquier otro —la tía Ada dejó la taza en el platillo—, incluso el pobre y simple Pippin…, pero no puedo con esto. Perdóneme, reverendo, sé que es pecado decirlo, pero no puedo mirar a la niña sin culparla de todo lo que ha ocurrido. Debería haber ido con ellos. Si no se hubiese metido en líos y no la hubiesen castigado… Salieron temprano, ¿sabe?, porque mi hermano no quería dejarla sola tanto tiempo, siempre fue un bonachón… —Se deshizo en un llanto lastimoso y Vivien pensó qué feos podían ser los adultos, qué débiles. Tan acostumbrados a conseguir lo que querían que no sabían nada acerca de ser valientes.

—Vamos, vamos, señora Frost. Vamos, vamos.

Era un llanto turbio y trabado, como el de Pippin cuando quería llamar la atención de mamá. El asiento del reverendo cru-

jió y sus pies se aproximaron. Entregó algo a la tía Ada, pues
ella dijo «Gracias» en medio de las lágrimas y se sonó la nariz.

—No, quédeselo —dijo el reverendo, que volvió a su lugar. Se sentó con un suspiro—. Me pregunto, no obstante, qué
será de la niña.

La tía Ada se sorbió la nariz con unos ruiditos que señalaban su recuperación y osó sugerir:

—He pensado que tal vez la escuela de la iglesia de Toowoomba...

El reverendo cruzó los tobillos.

—Creo que la monjas cuidan bien a las niñas —prosiguió
la tía Ada—. Con firmeza pero con justicia, y la disciplina no le
vendría nada mal... David e Isabel siempre fueron demasiado
blandengues.

—Isabel —dijo el reverendo de repente, inclinándose hacia delante—. ¿Qué hay de la familia de Isabel? ¿No hay nadie
a quien escribir?

—Me temo que nunca habló mucho acerca de ellos...
Aunque, ahora que lo dice, tenía un hermano, creo.

—¿Un hermano?

—Un maestro de escuela, en Inglaterra. Cerca de Oxford,
creo.

—Entonces...

—¿Entonces?

—Sugiero que comencemos por ahí.

—¿Quiere decir... por establecer contacto con él? —La
voz de la tía Ada parecía aliviada.

—Hay que intentarlo, señora Frost.

—¿Le envío una carta?

—Yo mismo le escribo.

—Oh, reverendo...

—A ver si convenzo a ese hombre de actuar con compasión cristiana.

—Para hacer lo correcto.

—Cumplir con su deber familiar.

—Cumplir con su deber familiar. —Había un nuevo azoramiento en la voz de la tía Ada—. ¿Y qué hombre se resistiría a sus argumentos? Yo misma me la quedaría si pudiese, de no ser por mi madre, los seis hijos y la falta de aposento. —Se levantó y la base del sofá suspiró aliviada—. ¿Otro trocito de tarta, reverendo?

Al final resultó que sí tenía un hermano, y el reverendo lo indujo a obrar de forma recta y así, sin mayores preámbulos, la vida de Vivien volvió a cambiar. Todo sucedió con una celeridad digna de mención. La tía Ada conocía a una mujer que conocía a un hombre cuya hermana se disponía a cruzar el océano para viajar a un lugar llamado Londres en busca de un empleo de institutriz, y esta mujer se llevaría a Vivien consigo. Se tomaron las decisiones oportunas y se perfilaron los detalles pertinentes en una sucesión de conversaciones entre adultos que parecían flotar siempre por encima de la cabeza de Vivien.

Se encontraron un par de zapatos casi nuevos, le recogieron pulcramente el pelo en trenzas y la ataviaron con un vestido de almidón con un lazo en la cintura. Su tío las llevó por la montaña a la estación de ferrocarril para tomar el tren de Brisbane. Aún llovía y hacía calor, y Vivien dibujó con el dedo en la ventana empañada.

La plaza frente al hotel Railway estaba abarrotada cuando llegaron, pero encontraron a la señorita Katy Ellis precisamente donde habían acordado, bajo el reloj del mostrador.

Ni por un segundo Vivien se había imaginado que había tanta gente en el mundo. Pululaban por todas partes, diferentes unos de otros, correteando como hormigas en la arena húmeda donde antes yacía un tronco podrido. Paraguas negros, grandes contenedores de madera, caballos de enormes ojos castaños que resoplaban.

La mujer se aclaró la garganta y Vivien comprendió que le habían dirigido la palabra. Hurgó en sus recuerdos para evocar qué le habían dicho. Caballos y paraguas, hormigas en la arena, gente que correteaba... Su nombre. La mujer le había preguntado si se llamaba Vivien.

Asintió con la cabeza.

—Ojo con tus modales —gruñó la tía Ada, que enderezó el cuello del vestido de Vivien—. Es lo que habrían deseado tu padre y tu madre. Di «Sí, señorita» cuando te hagan una pregunta.

—A menos que no estés de acuerdo, claro, en cuyo caso un «No, señorita» es perfectamente aceptable. —La mujer le ofreció una sonrisa impecable para mostrar que se trataba de una broma. Vivien observó ese par de rostros expectantes que la miraban. Las cejas de la tía Ada se iban acercando durante la espera.

—Sí, señorita —dijo Vivien.

—¿Y cómo te sientes esta mañana?

Mostrarse sumisa nunca se le había dado bien; antes, Vivien habría dicho lo que pensaba, habría gritado que se sentía muy mal, que no quería irse, que no era justo y que no podían obligarla... Pero no ahora. Había comprendido que era más sencillo limitarse a decir lo que la gente quería oír. Y, de todos modos, ¿qué diferencia había? Las palabras eran cosas torpes; no podía pensar en ninguna para describir el agujero negro sin fondo que se había abierto dentro de ella, el dolor que devoraba sus entrañas cada vez que creía oír los pasos de su padre por el pasillo, que olía la colonia de su madre o, peor aún, cuando veía algo que deseaba compartir con Pippin...

—Sí, señorita —dijo a esa mujer cordial y pelirroja, que llevaba una falda larga y recatada.

La tía Ada entregó la maleta de Vivien a un mozo, dio unas palmaditas en la cabeza de su sobrina y le dijo que se portase bien. Katy Ellis comprobó los billetes con atención y se preguntó si el vestido que había escogido para la entrevista de trabajo en Londres sería el indicado. Y, cuando el tren anunció su inminente partida, una niña pequeña con trenzas que calzaba los zapatos de otra persona subió por las escaleras de hierro. El humo se extendió por el andén, la gente se despedía y gritaba, un perro callejero corría ladrando entre la multitud. Nadie prestó atención cuando la niña cruzó ese umbral en penumbra; ni siquiera la tía Ada, aunque era de esperar que guiase a esa sobrina huérfana con ambas manos hacia su futuro incierto. Y así, cuando la esencia de luz y vida que había sido Vivien Longmeyer se contrajo y desapareció dentro de sí misma en busca de un refugio, el mundo siguió girando y nadie vio lo que había ocurrido.

23

Londres, marzo de 1941

Vivien se tropezó con aquel hombre porque no iba mirando por dónde iba. Caminaba, además, muy deprisa: demasiado deprisa, como de costumbre. Y así chocaron, en la esquina de las calles Fulham y Sydney, en un día frío y gris de marzo en Londres.

—Disculpe —dijo, cuando la sorpresa inicial se convirtió en consternación—. No lo he visto. —El hombre tenía una expresión aturdida y Vivien pensó en un principio que había sufrido una conmoción. Dijo, a modo de explicación—: Voy demasiado deprisa. Desde siempre. —«A la velocidad de la luz y tus piernas», solía decir su padre cuando ella era pequeña y se adentraba en la floresta. Vivien postergó el recuerdo.

—Es culpa mía —dijo el hombre con un gesto de la mano—. Es difícil verme…, a veces soy casi invisible. No se imagina lo molesto que resulta.

Su comentario la pilló desprevenida y Vivien sintió el atisbo de una sonrisa. Fue un error, pues el hombre ladeó la cabeza y la observó con atención, entrecerrando levemente los ojos.

—Nos conocemos.

—No. —Vivien borró la sonrisa de inmediato—. No creo.

—Sí, estoy seguro.

—Se equivoca. —Vivien asintió, con la esperanza de poner fin a la conversación, y dijo—: Que tenga buen día. —Entonces prosiguió su camino.

Pasaron unos momentos. Ya estaba casi en Cale Street cuando:

—La cantina del SVM en Kensington —dijo el hombre tras ella—. Vio una fotografía mía y me habló del hospital de su amigo.

Vivien se detuvo.

—El hospital para niños huérfanos, ¿verdad?

Las mejillas de Vivien se ruborizaron, se giró y se acercó deprisa al hombre.

—Basta —siseó, llevándose un dedo a los labios cuando llegó junto a él—. No siga hablando.

El hombre frunció el ceño, confundido, y Vivien miró atrás, por encima del hombro, antes de arrastrarlo al escaparate de una tienda destrozado por una bomba, lejos de miradas indiscretas.

—Estoy segura de haberle pedido bien claro que no repitiese lo que le dije…

—Entonces, lo recuerda.

—Por supuesto que lo recuerdo. ¿Es que parezco estúpida? —Echó un vistazo a la calle y esperó a que pasase una mujer que llevaba una cesta de la compra. Cuando la mujer se alejó, susurró—: Le dije que no mencionara el hospital a nadie.

El hombre la imitó y habló entre susurros:

—No pensé que eso la incluyese a usted.

La siguiente frase de Vivien se desvaneció antes de poder decirla. La expresión del hombre era seria, pero algo en su tono le hizo pensar que bromeaba. No se permitió seguirle la corriente; solo serviría para animarlo y eso era lo último que quería.

—Bueno, pues así era —dijo—. Sí, me incluía a mí.

—Ya veo. Bueno. Ahora ya está claro. Gracias por explicármelo. —Una leve sonrisa jugueteó en sus labios al decir—: Espero no haberlo estropeado todo revelándole su propio secreto.

Vivien se dio cuenta de que lo tenía agarrado por la muñeca y lo soltó como si quemase. Dio un paso atrás entre los escombros y se arregló un mechón de pelo que había caído sobre la frente. El broche de rubí que Henry le había regalado en su aniversario era precioso, pero no era tan fiable como una horquilla.

—Tengo que irme —dijo secamente y, sin más palabras, caminó a zancadas hacia la calle.

Lo había recordado al instante, por supuesto. En cuanto se tropezaron, se apartó y vio su cara, supo quién era, y reconocerlo fue como una descarga de electricidad. Aún no era capaz de explicarlo, ni siquiera a sí misma: el sueño que había tenido tras conocerlo esa noche en la cantina. Dios, aún se ruborizaba al recordarlo al día siguiente. No había sido sexual; había sido más embriagador aún, mucho más peligroso. El sueño la había colmado de una nostalgia, profunda e inexplicable, de un lugar y una época remotos, un deseo que Vivien creía haber dejado atrás hacía tiempo y cuya ausencia le dolió como la pérdida de un ser querido al despertarse a la mañana siguiente y comprender cuánto tiempo había vivido sin recordarlo. Lo intentó todo para sacárselo de la cabeza, ese sueño, esas sombras voraces que se negaban a diluirse; no fue capaz de mirar a los ojos a Henry durante el desayuno sin temer que descubriese lo que ocultaba…, ella, que había aprendido tan bien a ocultarle cosas.

—Espere un momento.

Oh, Dios, era él de nuevo; la perseguía. Vivien siguió caminando, ahora más rápido, el mentón un poco más levantado. No quería que la alcanzase; lo mejor para todos sería que no la alcanzase. Y sin embargo… Una parte de ella (la misma parte irreflexiva y curiosa que dominó su infancia y le generó tantos problemas, la parte que desesperó a la tía Ada y que su padre había cultivado, esa parte pequeña y escondida que se negaba a desaparecer a pesar de todo) deseaba saber qué quería decirle el hombre del sueño.

Vivien maldijo esa parte de sí misma. Cruzó la calle y aceleró el paso en la acera. Sus zapatos repiqueteaban con frialdad. Qué mujer tan insensata. La había visitado esa noche solo porque su cerebro había arrojado la imagen del hombre al barullo inconsciente donde nacen los sueños.

—Espere —dijo el hombre, ya más cerca—. Cielo santo, no bromeaba cuando decía que camina rápido. Debería pensar en los Juegos Olímpicos. Una campeona así subiría la moral del país, ¿no cree?

Vivien sintió que el brío de sus zancadas disminuía, pero no lo miró y se limitó a escuchar cuando el hombre añadió:

—Lamento que hayamos comenzado con mal pie. No pretendía burlarme, pero es que me ha alegrado verla.

Vivien le echó un vistazo.

—Ah, ¿sí? ¿Y por qué?

Él dejó de caminar y la seriedad de su expresión consiguió que ella también se detuviese. Vivien miró a ambos lados de la calle, con el fin de comprobar que nadie más la había seguido, cuando él dijo:

—No se preocupe, es que…, desde que nos conocimos, he pensado mucho en el hospital, en Nella…, la niña de esa foto.

—Ya sé quién es Nella —le interrumpió Vivien—. La he visto esta misma semana.

—Entonces, ¿sigue en el hospital?

—Sí.

Su brevedad, comprobó Vivien, lo crispó (bien), pero enseguida el hombre sonrió, probablemente para despertar su simpatía.

—Mire, me gustaría verla, eso es todo. No pretendo molestarla y prometo que no me interpondré en su camino. Si me lleva ahí un día, le estaré muy agradecido.

Vivien supo que debía negarse. Lo último que necesitaba (o deseaba) era un hombre como él detrás de ella cuando fuese al hospital del doctor Tomalin. Ya era bastante peligroso; Henry comenzaba a albergar sospechas. Pero la miraba con tal entusiasmo y, maldita sea, su rostro estaba tan lleno de luz y bondad, de esperanza, que esa sensación volvió, el reluciente anhelo del sueño.

—Por favor. —Alzó la mano hacia ella; en el sueño ella la sostuvo.

—Tendrá que mantener el paso —dijo bruscamente—. Y solo será esta vez.

—¿Qué? ¿Quiere decir ahora? ¿Es ahí adonde va?

—Sí. Y llego muy tarde. —No añadió: «Por su culpa», pero confió en que quedase claro—. Tengo… una cita ineludible.

—No voy a importunarla. Lo prometo.

Vivien no había pretendido animarlo, pero su sonrisa le mostró que lo había hecho.

—Lo voy a llevar hoy —dijo—, pero luego va a desaparecer.

—Ya sabe que en realidad no soy invisible, ¿verdad?

Vivien no sonrió.

—Va a volver al sitio de dondequiera que haya venido y va a olvidar todo lo que le dije esa noche en la cantina.

—Tiene mi palabra. —Le tendió la mano—. Me llamo…

—No. —Lo dijo enseguida y notó que se quedaba sorprendido—. Nada de nombres. Los amigos se dicen el nombre, nosotros no somos amigos.

El hombre pestañeó y luego asintió.

Vivien hablaba con frialdad. Eso la alegró; ya había sido bastante insensata.

—Una cosa más —dijo—. Una vez que lo lleve junto a Nella, confío en que no volvamos a vernos más.

Jimmy no bromeaba, no del todo: Vivien Jenkins caminaba como si le hubiesen colgado una diana en la espalda. O, más bien, como si tratase de permanecer dos pasos por delante del tipo al que había accedido a guiar, si bien a regañadientes, a la cita con su amante. Tuvo que correr un poco para seguir su ritmo mientras ella se apresuraba entre la maraña de calles, y le resultó imposible sostener una conversación al mismo tiempo. Menos mal: cuanto menos se hablasen, mejor. Como le había dicho, no eran amigos, ni lo iban a ser. Le alegraba que lo hubiese dejado tan claro: fue un recordatorio oportuno para Jimmy, quien tenía la costumbre de llevarse bien con casi todo el mundo, de que él no quería conocer a Vivien Jenkins más de lo que ella quería conocerlo a él.

Al final había accedido al plan de Dolly, en parte porque le había prometido que no haría daño a nadie. «¿Es que no ves lo sencillo que es? —le dijo, apretándole la mano en Lyons Corner House, cerca de Marble Arch—. Te encuentras con ella por casualidad (o eso parece) y, mientras habláis de esto y de lo otro, le dices que te gustaría visitar a la pequeña, la de la explosión, la huérfana».

—Nella —dijo él, que observaba cómo el sol no lograba que el borde de la mesa de metal brillase.

—Estará de acuerdo… ¿Quién no lo estaría? En especial cuando le cuentes cómo te conmovió la situación de la niña, lo cual es cierto, ¿o no, Jimmy? Tú mismo me dijiste que te gustaría ver cómo le iba.

Jimmy asintió, todavía sin mirarla a los ojos.

—Ve con ella, busca un modo de quedar de nuevo, y entonces yo aparezco y os saco una fotografía en la que estéis, ya sabes, muy cerca. Le enviamos una carta (anónima, por supuesto) para que sepa lo que tengo, y luego ella hará encantada todo lo posible para mantenerlo en secreto. —Con unos golpes violentos contra el cenicero, Dolly decapitó su cigarrillo—. ¿Lo ves? Es tan simple que es infalible.

Simple tal vez, infalible probablemente, pero aun así no estaba bien.

—Eso es extorsión, Doll —dijo suavemente y añadió, girando la cabeza para mirarla—: Es robar.

—No —Dolly era inflexible—, es justicia; es lo que se merece por lo que me hizo, a mí, a nosotros, Jimmy..., por no mencionar lo que le hace a su marido. Además, está forrada de dinero... Ni siquiera va a echar de menos la modesta cantidad que pedimos.

—Pero su marido, él...

—... No lo sabrá nunca. Eso es lo mejor, Jimmy: es todo de ella. La casa de Campden Grove, los ingresos... La abuela de Vivien se lo legó todo con la condición de que mantuviese el control incluso después de casarse. Deberías haber oído a lady Gwendolyn hablando de eso... Pensaba que era una payasada enorme.

Jimmy no había contestado y Dolly debió de percibir sus reticencias, pues comenzó a ser presa del pánico. Sus ojos, ya enormes, se abrieron suplicantes y entrelazó los dedos, como si fuese a rezar.

—¿Es que no lo ves? —dijo—. Ella apenas lo va a sentir, pero tú y yo vamos a poder vivir juntos, como marido y mujer. Felices para siempre, Jimmy.

Todavía no sabía qué contestar, así que no dijo nada y se limitó a juguetear con una cerilla mientras la tensión entre ellos seguía aumentando; como ocurría siempre que estaba disgustado, sus pensamientos se habían disipado, al igual que las formas caprichosas del humo, para alejarse del incendio. Se descubrió a sí mismo pensando en su padre. En esa habitación que compartían hasta encontrar algo mejor, y en cómo el anciano se sentaba junto a la ventana mirando la calle, preguntando en voz alta si la madre de Jimmy podría encontrarlos ahora, comentando que tal vez no había venido por eso, y todas las noches le rogaba a Jimmy que volviesen al apartamento de antes, por favor. A veces lloraba, y casi le rompía el corazón a Jimmy verlo sollozar contra la almohada y decir una y otra vez a nadie en concreto que solo deseaba que las cosas volviesen a ser como antes. Cuando tuviese hijos, Jimmy esperaba encontrar las palabras justas para serenarles cuando llorasen como si el mundo estuviese a punto de acabar, pero era más difícil cuando quien lloraba era su padre. ¡Cuánta gente ahogaba el llanto contra las almohadas últimamente…! Jimmy pensó en todas las almas perdidas que había fotografiado desde el comienzo de la guerra, los desposeídos y los desolados, los desesperados y los valientes, y miró a Doll, que encendía otro cigarrillo y fumaba con ansiedad, tan distinta a esa niña de mirada alegre en la costa, y pensó que probablemente mucha gente compartía el deseo de su padre de volver al pasado.

O de ir al futuro. La cerilla se partió entre sus dedos. Era imposible volver, no era más que una vana ilusión, pero había otra forma de escapar del presente: hacia delante. Recordó cómo se había sentido durante las semanas siguientes al rechazo de Dolly, el gran vacío que se extendió lúgubre ante él, la soledad que le impedía dormir por las noches, mientras escuchaba los sollozos de su padre y el desdichado e interminable latir de su propio corazón, y se preguntó al fin si la sugerencia de Doll era tan terrible.

Normalmente, Jimmy habría respondido que sí, que lo era: antaño sus ideas acerca del bien y el mal estaban muy claras; pero ahora, en esta guerra, en medio de un mundo hecho pedazos, bueno… (Jimmy sacudió la cabeza dubitativo), todo era diferente. Había momentos, comprendió, en que aferrarse a las viejas ideas era un riesgo.

Alineó los trozos de la cerilla rota y, al hacerlo, Jimmy oyó suspirar a Doll. La miró: se había derrumbado sobre el asiento de cuero y ocultaba el rostro entre las manos. Notó de nuevo los arañazos en los brazos, lo delgada que estaba.

—Lo siento, Jimmy —dijo entre los dedos—. Lo siento mucho. No debería habértelo pedido. Era solo una idea. Yo solo... Yo solo quería... —Su voz se iba apagando, como si no soportase oírse decir la horrible, la simple verdad—. Hizo que me sintiera como si yo no fuese nada, Jimmy.

A Dolly le encantaba fantasear, y nadie como ella desaparecía bajo la piel de un personaje imaginario, pero Jimmy la conocía bien y su sinceridad desgarrada lo hirió en lo más hondo. Vivien Jenkins había logrado que su hermosa Doll (tan inteligente y alegre, cuya risa le hacía sentirse más vivo, que tenía tanto que ofrecer al mundo) sintiese que no era nada. Jimmy no necesitó oír más.

—Deprisa. —Vivien Jenkins se había detenido y lo esperaba ante el umbral de un edificio de ladrillo que no se diferenciaba en nada de los colindantes salvo por una placa de bronce en la puerta: «Dr. M. Tomalin». Vivien miró el reloj de oro rosa que llevaba como un brazalete y su cabello oscuro reflejó la luz del sol cuando echó un vistazo a la calle, detrás de él—. Oiga, señor..., bueno, usted, no puedo entretenerme. —Respiró hondo al recordar su acuerdo—. Ya llego muy tarde.

Jimmy la siguió al interior y llegó a lo que en otro tiempo fue el vestíbulo de una casa grandiosa, pero que ahora servía de recepción. Una mujer cuyo pelo gris lucía el peinado decididamente patriótico de la victoria alzó la vista detrás del mostrador.

—Este señor desea ver a Nella Brown —dijo Vivien.

La mujer centró su atención en Jimmy y lo observó sin pestañar por encima de las gafas de media montura. Jimmy sonrió; la mujer no. Jimmy comprendió que necesitaba explicarse.

Se acercó al mostrador. De repente, se sintió como un personaje de Dickens, el chico de la fragua que se encuentra ante su gran oportunidad.

—Conozco a Nella —dijo—, más o menos. Es decir, la conocí la noche en que murió su familia. Soy fotógrafo. Para los periódicos. He venido a saludarla..., a ver qué tal le va. —Se obligó a dejar de hablar. Miró a Vivien, con la esperanza de que interviniera en su favor, pero no lo hizo.

Un reloj marcó la hora en algún lugar, un avión pasó volando y al fin la recepcionista lanzó un suspiro reflexivo.

—Ya veo —dijo, como si le pareciese una temeridad admitirlo—. Un fotógrafo. Para los periódicos. ¿Y cómo dijo que se llamaba?

—Jimmy —dijo, mirando una vez más a Vivien. Ella apartó la vista—. Jimmy Metcalfe. —Podría haber mentido (tal vez debería haber mentido), pero no se le ocurrió a tiempo. No tenía mucha práctica con semejantes ardides—. Solo quería ver qué tal le va a Nella.

La mujer lo contempló, los labios perfectamente sellados, y a continuación asintió brevemente.

—Muy bien, señor Metcalfe, sígame. Pero se lo advierto, no le permito que perturbe el hospital ni a mis pacientes. En cuanto atisbe un problema, le echo.

Jimmy sonrió agradecido. Y un poco asustado también.

La mujer metió la silla con esmero bajo el escritorio, enderezó el crucifijo de oro que pendía de un fino collar y entonces, sin mirar atrás, subió las escaleras con tal decisión que Jimmy se sintió obligado a seguirla. Y lo hizo. A mitad de camino notó que Vivien no los había acompañado. Se volvió y la vio junto a una puerta en la pared de enfrente, arreglándose el cabello ante un espejo ovalado.

—¿No viene? —preguntó. Pretendía ser un susurro, pero, debido a la forma de la sala y a su cúpula, retumbó de forma aterradora.

Ella negó con la cabeza.

—Tengo algo que hacer… Alguien me espera. —Se ruborizó—. ¡Váyase! No puedo seguir hablando, ya llego tarde.

Jimmy se quedó en el dormitorio cerca de una hora, viendo a la niña bailar claqué, y entonces sonó una campana y Nella dijo: «La hora de comer», y él pensó que había llegado el momento de despedirse. La niña caminó de su mano por el pasillo y, cuando llegaron a las escaleras, alzó la vista.

—¿Cuándo me vas a visitar otra vez? —preguntó.

Jimmy dudó (no lo había pensado), pero, al ver esa expresión sincera y confiada, lo asaltó un recuerdo súbito de la marcha de su madre, seguido de un fugaz destello de comprensión, demasiado breve para aprehenderlo, pero relacionado con la inocencia de los niños, la facilidad con que se entregaban y la sencillez con que ponían su pequeña manita en la de un adulto sin imaginar que podrían ser defraudados.

—¿Qué te parece dentro de un par de días? —dijo, y ella sonrió, se despidió con la mano y volvió bailando feliz por el pasillo hacia el comedor.

—Perfecto —dijo Doll esa misma noche, cuando Jimmy le contó lo sucedido. Había escuchado con avidez cada palabra, los ojos abiertos de par en par cuando mencionó el espejo junto a la consulta del doctor y cómo se sonrojó Vivien (remordimientos, estaban de acuerdo) cuando notó que Jimmy la había visto acicalarse («Te lo dije, Jimmy, ¿a que sí? Está viendo a ese doctor a escondidas de su marido»). Doll sonrió—. Oh, Jimmy, qué cerca estamos.

—No lo sé, Doll. —Jimmy no se sentía tan seguro. Encendió un cigarrillo—. Es complicado: le prometí a Vivien que no volvería al hospital…

—Sí, y le prometiste a Nella que volverías.

—Entonces, ya ves mi problema.

—¿Qué problema? No vas a incumplir la promesa dada a una niña, ¿verdad? Y encima huérfana.

No, por supuesto que no iba a hacerlo, pero era evidente que Doll no había comprendido lo mordaz que había sido Vivien.

—¿Jimmy? —insistió—. No irás a decepcionar a Nella, ¿verdad?

—No, no —agitó la mano que sostenía el cigarrillo—, voy a volver. Pero Vivien no se pondrá muy contenta. Me lo dejó muy claro.

—Ya le harás cambiar de idea. —Con ternura, Dolly tomó su cara entre las manos—. Creo que no te das cuenta, Jimmy, de cómo se encariña la gente contigo. —Acercó la cara a la de él, de modo que los labios rozaban su oído. Dijo en tono juguetón—: Mira qué cariñosa estoy yo ahora.

Jimmy sonrió, pero distraído, cuando ella lo besó. Estaba viendo la cara de reproche de Vivien Jenkins cuando lo viese de nuevo en el hospital, desobedeciendo su orden. Aún trataba de encontrar el modo de explicar su reaparición (¿bastaría con decir que Nella se lo había pedido?) cuando Dolly se sentó y dijo:

—De verdad, es lo mejor.

Jimmy asintió. Tenía razón; él lo sabía.

—Visita a Nella, crúzate con Vivien, di dónde y cuándo y yo me encargo del resto. —Inclinó la cabeza y le sonrió; parecía más joven cuando sonreía—. ¿Fácil?

Jimmy atinó a sonreír sin ganas.

—Fácil.

Y lo parecía, sin embargo Jimmy no se encontró con Vivien. Durante dos semanas, fue al hospital a la menor oportunidad que se le presentaba, haciendo hueco para las visitas a Nella entre sus responsabilidades laborales, su padre y Doll. Si bien vio a Vivien dos veces desde lejos, no se le presentó la ocasión de corregir la mala opinión que tendría de él y convencerla para quedar algún día. La primera vez ella salía del hospital al mismo tiempo que Jimmy doblaba la esquina en Highbury Street. Vivien se había detenido en la puerta y miraba en ambas direcciones mientras se ponía una bufanda que le ocultaba la cara para que nadie la reconociese. Jimmy aceleró el paso, pero llegó demasiado tarde y ella ya se había alejado en sentido contrario, con la cabeza gacha para evitar las miradas indiscretas.

La segunda vez Vivien no fue tan cuidadosa. Jimmy acababa de llegar a la recepción del hospital y se detuvo para decirle a Myra (la recepcionista de pelo cano: se habían hecho bastante amigos) que iba a subir a ver a Nella, cuando notó que la puerta situada detrás del mostrador estaba entreabierta. Al echar un vistazo al despacho del doctor Tomalin vislumbró a Vivien, que se reía sin hacer ruido con alguien oculto tras la puerta. Mientras observaba, la mano de un hombre se posó en el antebrazo desnudo de ella, y a Jimmy se le hizo un nudo en el estómago.

Deseó haber traído la cámara. Apenas veía al médico, pero a Vivien la veía con claridad: la mano del hombre en su brazo, la expresión de felicidad…

Y no tener la cámara precisamente ese día… No habrían necesitado más que eso. Jimmy aún se estaba fustigando cuando Myra apareció de la nada, cerró la puerta y le preguntó cómo le iba el día.

Por fin, a comienzos de la tercera semana, mientras Jimmy subía el tramo final de las escaleras y se dirigía por el pasillo al dormitorio de Nella, vio una figura familiar caminando delante de él. Jimmy se quedó donde estaba, prestando una atención desmedida al cartel de la pared, en el que salía un niño de pies torcidos con su azada y su pala, y escuchó esos pasos que se alejaban. Cuando Vivien dobló la esquina, salió corriendo tras ella, con el corazón en un puño, mientras observaba su avance desde la distancia. Vivien llegó a una puerta, una puerta diminuta en la cual Jimmy no había reparado antes, y la abrió. La siguió y se sorprendió al encontrarse ante una escalera estrecha que ascendía. Con premura, pero en silencio, subió hasta que un resquicio de luz reveló la puerta por la que había salido. Él hizo lo mismo y se encontró en una planta de la vieja casa con techos más bajos y menos aspecto de hospital. Oía sus pasos distantes pero no estaba seguro de por dónde había ido, hasta que miró a la izquierda y vio una sombra deslizarse por el papel de la pared, de un azul y dorado descoloridos. Se sonrió (el niño que llevaba dentro estaba disfrutando de la persecución) y fue tras ella.

Jimmy sospechaba que sabía adónde iba: se había escabullido para ver a escondidas al doctor Tomalin, en la buhardilla, íntima y tranquila, de la vieja casa, oculta donde nadie los buscaría. Nadie salvo Jimmy. Asomó la cabeza por la esquina y vio que Vivien se detenía. Esta vez sí llevaba la cámara. Era mucho mejor tomar una fotografía que la implicase de verdad que el enredo de crear una escena falsa que resultase comprometedora. De este modo, Vivien sería culpable de una indiscreción real, con lo cual todo sería mucho más sencillo para Jimmy. Aún quedaría el asunto espinoso de enviarle la carta (¿acaso no era chantaje?; las cosas, por su nombre); para Jimmy aún era una idea desagradable, pero se había vuelto más despiadado.

Vio cómo abría la puerta y, cuando entró, se deslizó tras ella, quitando la tapa de la cámara. Puso el pie en el umbral justo a tiempo para impedir que la cerrase. Y en ese momento Jimmy alzó la cámara.

Cuando miró por el visor, sin embargo, la bajó de inmediato.

24

Greenacres, 2011

Las hermanas Nicolson (menos Daphne, que se encontraba en Los Ángeles para grabar un nuevo anuncio, si bien había prometido volver a Londres «en cuanto puedan prescindir de mí») llevaron a Dorothy a casa, a Greenacres, el sábado por la mañana. Rose estaba preocupada porque no había sido capaz de ponerse en contacto con Gerry, pero Iris (quien se las daba de experta) declaró que había telefoneado a la universidad y le habían dicho que estaba de viaje por «asuntos muy importantes»; le habían prometido hacerle llegar su mensaje. Inconscientemente, Laurel buscó el teléfono mientras Iris soltaba su revelación y lo giró en la mano, preguntándose por qué aún no había oído ni una palabra acerca del doctor Rufus, pero contuvo sus ganas de llamar. Gerry trabajaba a su manera, a su ritmo, y sabía por experiencia que telefonear a su despacho no depararía nada bueno.

A la hora del almuerzo, Dorothy ya estaba en su dormitorio profundamente dormida, con su pelo blanco como un halo sobre la almohada burdeos. Las hermanas se miraron entre sí y llegaron a un acuerdo tácito para dejarla tranquila. El cielo se había despejado y hacía un calor poco habitual para la época, y salieron a sentarse en el columpio de jardín, bajo el árbol, a comer el pan que Iris insistió en hornear ella misma, mientras espantaban las moscas y disfrutaban de lo que seguramente sería el último sol del año.

El fin de semana pasó sin contratiempos. Se acomodaron alrededor de la cama de Dorothy, leyendo en silencio o charlando en voz baja, e incluso intentaron jugar al Scrabble (aunque no por mucho tiempo: Iris era incapaz de completar una ronda sin desesperarse debido a las muchísimas y extrañas palabras de dos letras que sabía Rose), pero la mayor parte del tiempo se limitaron a establecer turnos para sentarse en la silenciosa compañía de su madre dormida. Habían acertado, pensó Laurel, al traerla de vuelta a casa. Greenacres era el verdadero hogar de Dorothy, esta casa extraña y de enorme corazón que descubrió por casualidad y de la cual se quedó prendada de inmediato. «Siempre había soñado con una casa como esta —solía decirles, con una amplia sonrisa que se extendía por toda la cara, al entrar por el jardín—. Llegué a pensar que había perdido mi oportunidad, pero al final todo salió bien. En cuanto la vi, supe que iba a ser mía…».

Laurel se preguntó si su madre pensó en ese lejano día cuando la trajeron en coche; si se acordó del viejo granjero que les preparó té a ella y a papá cuando llamaron a su puerta en 1947, de esas aves que los observaron detrás de la chimenea, y de lo joven que era por aquel entonces, aferrada con ambas manos a su segunda oportunidad, con la mirada puesta en el futuro, decidida a escapar de lo que había hecho en el pasado. ¿O quizás Dorothy había pensado, al recorrer el camino, en los eventos de ese día de verano de 1961 y en la imposibilidad de escapar de verdad del pasado? ¿O Laurel estaba siendo demasiado sentimental, y esas lágrimas que derramó su madre en el asiento trasero del coche de Rose, esas lágrimas dulces y silenciosas, se debían solo a los efectos de la vejez?

En cualquier caso, el viaje desde el hospital la había agotado y durmió la mayor parte del fin de semana, durante el cual comió poco y habló aún menos. Laurel, cuando le llegó el turno de sentarse junto a la cabecera de la cama, deseó que su madre se moviese, que abriese los ojos cansados y reconociese a su hija mayor, que reanudaran la conversación del otro día. Necesitaba saber qué había tomado su madre de Vivien Jenkins… Era la clave del misterio. Henry tenía razón al insistir en que la muerte de su esposa no era lo que parecía, que fue víctima de unos estafadores siniestros. (Estafadores, en plural, observó Laurel: ¿se trataba de una mera expresión o su madre había actuado junto a otra persona? ¿Podría haber sido Jimmy, el hombre a quien amó y perdió? ¿Quizás ese fue el motivo del fin de su romance?). Tendría que esperar hasta el lunes, pues Dorothy no había abierto la boca. De hecho, a Laurel le pareció, al ver a la anciana dormir tan plácidamente, mientras las cortinas ondeaban por una brisa ligera, que su madre había atravesado un umbral invisible hacia un lugar donde los fantasmas del pasado ya no podían tocarla.

Solo una vez, a altas horas de la madrugada del lunes, la visitaron los terrores que la habían acechado durante las últimas semanas. Rose e Iris habían vuelto a sus casas a pasar la noche, así que fue Laurel quien se despertó en la oscuridad con un sobresalto y caminó a trompicones por el pasillo, tanteando la pared en busca del interruptor de la luz. Acudió a su mente el recuerdo de las muchas noches que su madre había hecho lo mismo por ella: despertarse por un grito en la oscuridad y apresurarse por el pasillo para espantar los monstruos de su hija, acariciarle el pelo y susurrarle al oído: «Tranquila, angelito… Ya pasó, tranquila». A pesar de los sentimientos encontrados de Laurel respecto a su madre, era un privilegio poder hacer lo mismo por ella, más aún en el caso de Laurel, que había salido de la casa de un modo tan tenso, que no había estado ahí cuando murió su padre, que durante toda la vida no se había entregado a nadie salvo a sí misma y su arte.

Laurel se metió en la cama junto a su madre y abrazó a la anciana con fuerza, pero con cuidado. El algodón del largo camisón blanco de Dorothy estaba húmedo por los sinsabores de la pesadilla y su delgado cuerpo tembló.

—Fue culpa mía, Laurel —decía—. Fue culpa mía.

—Tranquila, tranquila —la consoló Laurel—. Ya pasó, todo está bien.

—Fue culpa mía que ella muriese.

—Lo sé, lo sé. —De nuevo el nombre de Henry Jenkins acudió a la mente de Laurel, su insistencia en que Vivien había muerto por encontrarse en un lugar donde nunca habría ido por sí misma, embaucada por alguien en quien confiaba—. Vamos, vamos, mamá. Ya pasó.

La respiración de Dorothy se calmó, adquirió un ritmo estable y Laurel pensó en la naturaleza del amor. Que lo sintiese con semejante intensidad, a pesar de lo que estaba descubriendo acerca de su madre, era digno de mención. Al parecer, los actos innobles no bastaban para extinguir el amor; pero, oh, si Laurel lo permitiese, la decepción podría haberla aplastado. Era una palabra anodina, «decepción», pero la vergüenza y la impotencia que conllevaba eran abrumadoras. No se trataba de que Laurel esperase que su madre fuese perfecta. Ya no era una niña. Y no compartía la fe ciega de Gerry en que, solo porque Dorothy Nicolson era su madre, se demostraría su inocencia milagrosamente. No, de ningún modo. Laurel era una persona realista, comprendía que su madre era un ser humano y era natural que no se hubiese comportado siempre como una santa; había odiado y amado y cometido errores que nunca olvidaría, igual que la propia Laurel. Pero la imagen que Laurel comenzaba a componer de lo sucedido en el pasado de Dorothy, lo que había visto hacer a su madre…

—Él vino a buscarme.

Laurel estaba ensimismada en sus pensamientos y la voz de su madre la sobresaltó.

—¿Qué has dicho, mamá?

—Yo intenté ocultarme, pero me encontró.

Hablaba de Henry Jenkins, comprendió Laurel. Parecía que se acercaban cada vez más a lo sucedido ese día de 1961.

—Ya se ha ido, mamá, no va a regresar.

Un susurro:

—Yo lo maté, Laurel.

A Laurel se le cortó la respiración. Respondió con otro susurro:

—Lo sé.

—¿Podrás perdonarme, Laurel?

Era una pregunta que Laurel no se había formulado; no sabía qué contestar. Al planteársela en ese momento, en la silenciosa oscuridad de la habitación de su madre, solo pudo decir:

—Calla. Todo va a salir bien, mamá. Te quiero.

Unas horas más tarde, cuando el sol comenzaba a elevarse por encima de los árboles, Laurel entregó el relevo a Rose y se dirigió al Mini verde.

—¿Otra vez Londres? —preguntó Rose, que la acompañó hasta el jardín.

—Hoy, Oxford.

—Ah, Oxford. —Rose retorció las cuentas del collar—. ¿Otra investigación?

—Sí.

—¿Te acercas a lo que buscas?

—¿Sabes, Rosie? —dijo Laurel, al sentarse en el asiento del conductor, con la mano extendida para cerrar la puerta—, creo que sí. —Sonrió, se despidió y dio marcha atrás, alegre de escapar antes de que Rose pudiese preguntar algo que exigiese una farsa más elaborada.

El tipo que la atendió en el mostrador de la sala de lectura de la Biblioteca Británica pareció complacido por la solicitud de buscar «unas memorias desconocidas», más aún cuando Laurel caviló acerca de cómo descubrir el paradero de la correspondencia de Katy Ellis después de su muerte. Frunció el ceño con determinación ante la pantalla de su ordenador, con pausas frecuentes para apuntar cosas en su cuaderno, y las esperanzas de Laurel crecían y menguaban según el movimiento de sus cejas, hasta que al fin la atención absorta con que lo miraba incomodó al hombre, quien sugirió que tal vez tardase y que ella podría dedicarse a otra cosa mientras tanto. Laurel captó la indirecta y salió para fumar un pitillo rápido (bueno, tres) y caminar en círculos un tanto neuróticos, antes de volver a toda prisa a la sala de lectura para comprobar cómo le había ido.

Nada mal, resultó. Deslizó un pedazo de papel sobre el escritorio con la sonrisa de exhausta satisfacción de un corredor de maratón, y dijo:

—La he encontrado. O al menos sus documentos privados. —Se hallaban en los archivos de la biblioteca de New College, en Oxford; Katy Ellis estudió ahí durante su doctorado y sus trabajos fueron donados después de su muerte, en septiembre de 1983. También disponían de una copia de sus memorias, pero Laurel pensó que sería más probable encontrar lo que buscaba en los documentos privados.

Laurel aparcó el Mini verde en el aparcamiento disuasorio de Thornhill y fue en autobús hasta Oxford. El conductor le indicó que bajase en High Street, cosa que hizo, justo enfrente de Queen's College; pasó ante la biblioteca Bodleiana y por Holywell Street para llegar a la entrada principal de New College. Nunca se cansaba de la extraordinaria belleza de la universidad (las piedras y esas torrecillas que apuntaban al cielo, desgarradas por el peso del tiempo), pero hoy Laurel no tenía tiempo para admirarla; se metió las manos en los bolsillos del pantalón, se protegió del frío agachando la cabeza y se apresuró sobre la hierba de camino a la biblioteca.

Dentro la recibió un hombre joven de cabello negro enmarañado. Laurel explicó quién era, por qué había ido y mencionó que el bibliotecario de la Biblioteca Británica había llamado el viernes para concertar una cita.

—Sí, sí —dijo el joven (cuyo nombre, según supo más tarde, era Ben, y cumplía, con gran entusiasmo, había que decirlo, un año de prácticas en la biblioteca)—, yo mismo hablé con él. Ha venido a consultar una de nuestras colecciones de antiguos alumnos.

—Los documentos pertenecientes a Katy Ellis.

—Eso es. Le he traído el archivo de la torre de documentos.

—Genial. Muchas gracias.

—No es nada… Me subo a la torre a la menor excusa. —Sonrió y se acercó un poco, con aire de conspirador—. Es una escalera de caracol, ¿sabe?, a la que se accede mediante una puerta escondida en los paneles de la pared. Como en Hogwarts.

Laurel había leído *Harry Potter*, cómo no, y no era inmune a los encantos de los viejos edificios, pero las horas de apertura eran limitadas, las cartas de Katy Ellis estaban al alcance de la mano y, dada la combinación de ambos hechos, sintió pánico ante la idea de dedicar un minuto más a hablar de arquitectura o literatura con Ben. Ella sonrió fingiendo que no comprendía (¿Hogwarts?), él reaccionó con un gesto compasivo (Muggle), y ambos prosiguieron con su conversación.

—La colección se encuentra en la sala de lectura del archivo —dijo—. ¿La acompaño? Es como un laberinto si no ha estado antes.

Laurel lo siguió a lo largo de un pasillo de piedra. Ben no paró de hablar alegremente sobre la historia de New College, hasta que al fin llegaron, muchas vueltas más tarde, a una sala con mesas y ventanas con vistas a una magnífica muralla medieval cubierta de hiedra.

—Aquí lo tiene —dijo tras pararse ante una mesa con unas veinte cajas apiladas encima—. ¿Está cómoda aquí?

—Seguro que sí.

—Excelente. Hay guantes cerca de las cajas. Por favor, póngaselos al tocar el material. Yo estoy ahí si me necesita —indicó un montón de papeles sobre un escritorio en la esquina más alejada—, transcribiendo —añadió, a modo de explicación. Laurel no preguntó qué por temor a la respuesta, y así, tras despedirse con la cabeza, Ben se fue.

Laurel esperó un momento y, al cabo de un rato, silbó bajito sumida en el pedregoso silencio de la biblioteca. Al fin estaba a solas con las cartas de Katy Ellis. Se situó frente al escritorio e hizo que crujieran sus nudillos (no metafórica, sino literalmente; le pareció lo adecuado), se puso las gafas de lectura y los guantes blancos y comenzó a buscar respuestas.

Las cajas eran idénticas: de cartón marrón libre de ácido, del tamaño de una enciclopedia. Estaban numeradas con un código que Laurel no comprendía del todo, pero que parecía indicar un completo catálogo de numerosos artículos. Pensó en pedir una explicación a Ben, pero temió recibir una exaltada conferencia acerca de la historia de la gestión de los expedientes. Por lo que parecía, las cajas estaban ordenadas cronológicamente… Laurel decidió confiar en que todo tendría sentido a medida que avanzase.

Abrió la tapa de la caja número uno y se encontró con varios sobres. El primero contenía unas veinte cartas atadas con cinta blanca y sostenidas por un rígido trozo de cartón. Laurel contempló el enorme montón de cajas. Al parecer Katy Ellis fue una corresponsal prolífica, pero ¿a quién había escrito? Por lo visto, las cartas estaban organizadas por la fecha de entrega, pero debía existir un método más eficaz de encontrar lo que necesitaba que el simple ensayo y error.

Laurel tamborileó con los dedos, pensativa, y entonces miró por encima de las gafas a la mesa. Sonrió al ver lo que había echado en falta: el índice. Lo cogió enseguida y echó un vistazo para comprobar si contenía una lista de remitentes y destinatarios. Ahí estaba. Conteniendo el aliento, Laurel recorrió con el dedo la columna de los remitentes, dubitativa al principio, la J de Jenkins, la L de Longmeyer y, al fin, la V de Vivien.

Ninguna de las opciones aparecía.

Laurel miró una vez más, ahora con suma atención. Aun así, no encontró nada. En el índice no se hacía referencia alguna a las cartas de Vivien Longmeyer ni de Vivien Jenkins. Y, sin embargo, Katy Ellis mencionaba esas cartas en el fragmento de *Nacida para enseñar* citado en la biografía de Henry Jenkins. Laurel sacó la fotocopia que había tomado en la Biblioteca Británica. Ahí estaba, escrito con claridad meridiana: «En el transcurso de nuestro largo viaje por mar, fui capaz de ganarme la confianza de Vivien y entablamos una relación que persistió durante muchos años. Mantuvimos una correspondencia con afectuosa frecuencia hasta su trágica y prematura muerte en la Segunda Guerra Mundial...». Laurel apretó los dientes y comprobó la lista por última vez.

Nada.

No tenía sentido. Katy Ellis decía que esas cartas existían: toda una vida de cartas, «con afectuosa frecuencia». ¿Dónde estaban? Laurel miró la espalda encorvada de Ben y decidió que no quedaba otro remedio.

—Esas son todas las cartas que hemos recibido —dijo tras oír su explicación. Laurel señaló las líneas de la autobiografía y Ben arrugó la nariz y admitió que era extraño, pero entonces se le iluminó el gesto—. ¿Tal vez destruyó las cartas antes de morir? —No podía saber que estaba aplastando los sueños de Laurel como una hoja seca entre los dedos—. A veces ocurre —continuó—, en especial en el caso de las personas que tienen intención de donar su correspondencia. Se aseguran de que cualquier cosa que no desean que salga a la luz no forme parte de la colección. ¿Sabe si hay alguna razón para que hiciese algo así?

Laurel pensó en ello. Era posible, supuso. Las cartas de Vivien podrían haber contenido algo que Katy Ellis considerara íntimo o incriminatorio... Dios, todo era posible a estas alturas. El cerebro de Laurel ardía. Dijo:

—¿Cabe la posibilidad de que se encuentren en otro lugar? Ben negó con la cabeza.

—La biblioteca de New College fue la única beneficiaria de los expedientes de Katy Ellis. Todo lo que legó está aquí.

Laurel sintió la tentación de arrojar las ordenadas cajas de archivos por la sala, de montar un buen espectáculo para Ben. Haber llegado tan cerca solo para perder el rastro... Era desmoralizador. Ben sonrió compasivo y Laurel estaba a punto de desmoronarse ante el escritorio cuando se le ocurrió algo.

—Diarios —dijo rápidamente.

—¿Qué ha dicho?

—Diarios. Katy Ellis escribía un diario: lo menciona en sus memorias. ¿Sabe si forman parte de la colección?

—Sí lo sé, y sí, forman parte —dijo—. Los bajé para usted.

Señaló una pila de libros que había en el suelo, junto al escritorio, y Laurel tuvo ganas de besarlo. Se contuvo y se limitó a sentarse y coger el primer volumen, encuadernado en cuero. Databa de 1929, el año, según recordó Laurel, en que Katy Ellis acompañó a Vivien Longmeyer en el largo viaje por mar desde Australia a Inglaterra. La primera página contenía una fotografía en blanco y negro, insertada perfectamente con unos triángulos dorados, moteados ahora por el tiempo. Era el retrato de una joven ataviada con falda larga y blusa, su cabello (era difícil decirlo con certeza, pero Laurel sospechó que era rojizo) con raya a un lado y pulcros rizos. En su vestimenta todo era modesto, recatado e intelectual, pero en sus ojos relucía la determinación. Había alzado el mentón ante la cámara y, más que sonreír, parecía satisfecha consigo misma. Laurel decidió que le caía bien la señorita Katy Ellis, más aún cuando leyó la pequeña anotación a pie de página: «Un acto de vanidad pequeño e impúdico, pero la autora adjunta aquí esta fotografía, tomada en Hunter & Gould Studios, en Brisbane, como recuerdo de una joven a punto de lanzarse a su gran aventura en el año de nuestro Señor de mil novecientos veintinueve».

Laurel pasó a la primera página, de cuidada caligrafía, una entrada que databa del 18 de mayo de 1929, titulada «Primera semana: nuevos comienzos». Sonrió ante el estilo un tanto pomposo de Katy Ellis y respiró hondo al ver el nombre de Vivien. En medio de una somera descripción de la embarcación —los alojamientos, los otros pasajeros y (en lo que más se explayaba) las comidas—, Laurel leyó lo siguiente:

Mi compañera de viaje es una niña de ocho años de edad, llamada Vivien Longmeyer. Es una niña de lo más inusual, muy desconcertante. Muy agradable a la vista: pelo oscuro con raya en medio, recogido (por mí) en trenzas, enormes ojos castaños y labios carnosos de un rojo cereza que aprieta con una firmeza que da la impresión de petulancia o fuerza de voluntad; todavía no he averiguado cuál de las dos. Es orgullosa y tenaz, lo cual percibo por el modo en que esos ojos oscuros indagan en los míos, y, ciertamente, la tía me ha proporcionado toda clase de informes en cuanto a la mordacidad de la niña y su presteza en emplear los puños; sin embargo, hasta el momento no he visto evidencia alguna de sus rumoreados arrebatos, ni ha pronunciado más de cinco palabras, mordaces o no, en mi presencia. Desobediente es, ciertamente; maleducada, no cabe duda; y sin embargo, por uno de esos inexplicables rasgos de la personalidad humana, la niña resulta, por extraño que parezca, entrañable. Me embelesa, incluso cuando no hace más que sentarse en la cubierta a mirar el mar; no es la mera belleza física, aunque sus rasgos morenos son con certeza encantadores; es un aspecto de sí misma que surge de lo más profundo y se expresa aun sin proponérselo, de modo que uno no puede sino observar.

Debo añadir que posee un extraño sosiego. Cuando otros niños estarían correteando y husmeando por la cubierta, ella se decanta por esconderse y sentarse en una inmovilidad casi completa. Es una quietud poco natural, para la cual nada me había preparado.

Al parecer Vivien Longmeyer continuó fascinando a Katy Ellis, pues, junto con otros comentarios respecto al viaje y notas sobre materiales didácticos que tenía intención de emplear en Inglaterra, durante las siguientes semanas ofrecía descripciones similares. Katy Ellis observaba a Vivien desde la distancia, relacionándose con ella solo en la medida en que era necesario en ese viaje compartido, hasta que, finalmente, en una entrada fechada el 5 de julio de 1929 y titulada «Séptima semana», pareció producirse un avance.

Hacía calor esta mañana, y una leve brisa soplaba del norte. Estábamos sentadas juntas en la cubierta después de desayunar, cuando sucedió algo imprevisto. Le dije a Vivien que volviese al camarote en busca de su libro de ejercicios para practicar unas lecciones; había prometido a su tía que no descuidaría las lecciones de Vivien mientras estábamos en el mar (la mujer teme, creo, que si el intelecto de la niña es insatisfactorio para el tío inglés, la envíe de vuelta a Australia). Nuestras clases son una interesante farsa, siempre igual: yo sostengo y señalo el libro, explicando los distintos principios hasta que mi cerebro se queja por la eterna búsqueda de la explicación clara; y Vivien observa con aburrimiento inexpresivo los frutos de mi trabajo.

Aun así, hice una promesa, y por tanto persisto. Esta mañana, no por primera vez, Vivien no hizo lo que le pedí. Ni siquie-

ra se dignó a mirarme a los ojos, y me vi en la obligación de repetirme, no dos sino tres veces, y cada vez en un tono más severo. La niña siguió sin hacerme caso, hasta que al fin (casi con ganas de llorar) le rogué que me explicase por qué tan a menudo se comportaba como si no me oyese.

Tal vez mi pérdida de compostura conmovió a la niña, pues suspiró y me dijo el motivo. Me miró a los ojos y me explicó que, puesto que yo era simplemente una parte del sueño, una quimera de su imaginación, no veía la necesidad de escuchar, a menos que el tema de mi «parloteo» (palabra de ella) fuera de su interés.

De otro niño podría haber sospechado una broma y le habría tirado de las orejas por responder así, pero Vivien no es como los otros niños. Para empezar, nunca miente —su tía, a pesar del entusiasmo de sus críticas, admitió que nunca escucharía una falsedad de boca de la niña («Es franca hasta la grosería, esta niña»)—, de modo que me sentí intrigada. Intenté mantener un tono de voz sereno al inquirir con desenfado, como si le preguntase la hora, qué quería decir con que yo era parte de un sueño. Parpadeó con esos ojos enormes y dijo: «Me quedé dormida junto al arroyo, cerca de casa, y no me he despertado todavía». Todo lo que había sucedido desde entonces, me dijo (la noticia del accidente automovilístico de su familia, su traslado a Inglaterra como un objeto desechado, este largo viaje por mar con una maestra por toda compañía), no era más que una larga pesadilla.

Le pregunté por qué no despertaba, cómo era posible que alguien durmiese durante tantísimo tiempo, y ella respondió que era la magia de la floresta. Que se había dormido bajo unos helechos a orillas del arroyo encantado (el de las luces, dijo, y el túnel que lleva a una gran sala de máquinas, justo al otro lado del mundo)... Por eso no se despertaba como cabría esperar. Le pregunté, entonces, cómo sabría cuándo se había despertado, y ella inclinó la cabeza como si yo fuese un poco boba: «Cuando abra los ojos y vea que estoy de nuevo en casa». Por supuesto, añadió con su carita seria.

Laurel hojeó el diario hasta que, dos semanas más tarde, Katy Ellis retomó el tema:

He estado indagando (delicadamente) acerca de este mundo de ensueño de Vivien, pues me interesa sobremanera que una niña elija interpretar un acontecimiento traumático de esta manera. Por los detalles que me proporciona, deduzco que ha invocado un mundo fantasma a su alrededor, un lugar lúgubre en el cual ella debe aventurarse con el fin de volver a la Vivien dormida del «mundo real», a orillas de ese riachuelo en Australia. Me dijo que cree que a veces está a punto de despertar; si se sienta muy, muy quieta, dice, puede ver a través del velo; puede ver y oír a sus familiares, dedicados a sus quehaceres cotidianos, sin saber que ella se encuentra al otro lado, observándolos. Al menos ahora comprendo por qué la niña muestra esa profunda quietud.

La teoría de la niña de dormir despierta es una cosa. Puedo entender muy bien el instinto de retirarse a un mundo seguro e imaginario. Lo que me inquieta más es la aparente alegría de Vivien ante el castigo. O, si no alegría, pues no se trata de eso exactamente, su resignación, casi alivio, cuando se enfrenta a una reprimenda. Fui testigo de un pequeño incidente el otro día en el cual fue injustamente acusada de llevarse el sombrero de una anciana de la cubierta. Era inocente del delito, hecho del que no me cabía duda, pues había visto esa espantosa prenda caer por la borda, arrastrada por la brisa. Mientras yo miraba, sin embargo (tan aturdida por un momento que perdí el habla), Vivien se presentó para recibir el castigo, una feroz reprimenda verbal; cuando la amenazaron con el cinturón, parecía dispues-

ta a aceptarlo. La expresión de sus ojos al recibir la regañina era casi de alivio. Recuperé mi brío entonces, e intervine para detener la injusticia, al informarles, en un tono gélido, del destino del sombrero, antes de poner a Vivien a salvo. Pero la mirada que había visto en los ojos de la niña me inquietó mucho tiempo. ¿Por qué, me preguntaba, aceptaría una niña de buena gana un castigo por una falta que no había cometido?

Unas páginas más adelante, Laurel encontró lo siguiente:

Creo que he respondido a una de mis preguntas más apremiantes. A veces he oído a Vivien gritar en sueños; estos sucesos suelen ser de corta duración, pues terminan en cuanto la niña se da la vuelta, pero la otra noche la situación se agravó y salí corriendo de mi cama para tranquilizarla. Hablaba muy rápido al aferrarse a mis brazos (nunca la había visto tan efusiva) y pude deducir por lo que me dijo que estaba convencida de que la muerte de su familia era culpa de ella por algún motivo. Una idea ridícula, cuando recibe el escrutinio de la lógica adulta, pues, según tengo entendido, murieron en un accidente automovilístico mientras ella estaba a muchos kilómetros de distancia, pero la infancia no se rige por la lógica ni las unidades de medir y la idea (no puedo dejar de pensar que con la ayuda de la tía) ha echado raíces.

Laurel alzó la vista del diario de Katy Ellis. Ben hacía ruido recogiendo las cosas y ella miró, desconsolada, el reloj. Era la una menos diez... Maldita sea: le habían advertido de que la biblioteca cerraba una hora durante el almuerzo. Laurel se centraba en las referencias a Vivien, con la sensación de estar llegando a alguna parte, pero no tenía tiempo para leerlo todo. Hojeó el resto del viaje, hasta que al fin llegó a una entrada con caligrafía más vacilante que las anteriores, escrita, dedujo Laurel, cuando Katy Ellis tomó el tren a York, donde trabajaría como institutriz.

Se acerca el revisor, de modo que voy a anotar de forma breve, antes de que se me olvide, el extraño comportamiento de la niña al desembarcar ayer en Londres. En cuanto nos bajamos, mientras yo miraba a un lado y otro en mi intento de discernir adónde dirigirnos a continuación, la niña se puso a gatas (lástima de vestido, que yo misma había lavado a mano para que lo llevase al conocer a su tío) y posó la oreja en el suelo. No me avergüenzo con facilidad, así que no fue esa insignificante emoción lo que me hizo chillar al verla, más bien la preocupación por que la niña fuese pisoteada por las multitudes de transeúntes o los cascos de los caballos.

No pude evitarlo, grité alarmada: «¿Qué haces? ¡Levántate!».

A lo cual (no debería sorprenderme) no hubo respuesta alguna.

«¿Qué haces, niña?», pregunté.

Ella negó con la cabeza y dijo atropelladamente: «No puedo oírlo».

«¿Oír qué?», respondí.

«El sonido de las ruedas al girar».

Recordé entonces que me había hablado de una sala de máquinas en el centro de la tierra, el túnel que la llevaría a casa.

«Ya no puedo oírlas».

Comenzaba a percibir, por supuesto, la irrevocabilidad de su situación, pues, al igual que yo, no volverá a ver su patria durante muchos años, como mínimo, y ciertamente no esa versión a la cual sueña regresar. Si bien mi corazón se rompió por esa obstinada pequeñaja, no le ofrecí vanas palabras de aliento, pues es mejor, sin duda, que ella misma se escape a la sazón de sus fantasías. De hecho, parecía que yo no tenía nada que decir o hacer salvo tomar su mano amablemente y llevarla al lugar de encuentro que su tía había acordado con el tío inglés. La declaración de Vivien me atribulaba, sin embargo, ya que era consciente de la confusión que desgarraba a la niña por dentro, y sabía además que se acercaba el momento en que tendría que despedirme y dejarla sola.

Tal vez me sentiría menos inquieta si hubiese percibido más afecto por parte del tío. Por desgracia, no fue así. Su nuevo tutor es el director del colegio Nordstrom en Oxfordshire, y posiblemente fuese algún aspecto de orgullo profesional (¿masculino?) lo que alzase una barrera entre nosotros, pues parecía decidido a no reparar en mi presencia, y solo se detuvo para inspeccionar a la niña, antes de decirle que se acercara, que no tenían un segundo que perder.

No, no me dio la impresión de ser el tipo que abre su casa con el cariño y la comprensión que necesitaría una delicada niña cuya historia reciente está llena de tanta angustia.

He escrito a la tía australiana para expresar mis dudas, pero no tengo muchas esperanzas puestas en que acuda a socorrer a la niña y exija su inmediato regreso. Mientras tanto, he prometido escribir a menudo a Vivien a Oxfordshire, y tengo la intención de cumplirlo. Ojalá mis nuevas responsabilidades no me llevasen al otro lado del país... Con alegría resguardaría a la niña bajo mis alas para mantenerla a salvo. A pesar de mí misma, y en contra de las mejores teorías de mi carrera (observar, no absorber), he llegado a albergar un poderoso sentimiento hacia ella. Deseo ardientemente que el tiempo y las circunstancias (¿quizás el cultivo de una amistad cercana?) se confabulen para sanar la profunda herida que desgarra el interior de la niña causada por su sufrimiento reciente. Puede ser que esa fuerte emoción me lleve a exagerar y a dudar en demasía del futuro, que sea víctima de mis peores fantasías, pero temo lo contrario. Vivien corre el riesgo de desaparecer dentro de la seguridad del mun-

do de sueños que ha creado, reducida a una extraña en el mundo
real, convirtiéndose así en presa fácil, a medida que se aproxima
a la edad adulta, de aquellos que busquen beneficiarse de ella
con malas artes. Una se pregunta (con un exceso de sospecha, tal
vez) por las razones del tío para aceptar a esa niña como su pu-
pila. ¿Deber? Es posible. ¿Apego por los niños? Me temo que no.
Con la belleza que sin duda le aguarda, y la vasta riqueza que,
según he sabido, va a heredar en la edad adulta, me preocupa
que posea tanto de aquello a lo que otros aspiran.

Laurel se reclinó en el asiento y miró sin ver la muralla
medieval al otro lado de la ventana. Se mordió una uña mientras
las palabras daban vueltas y vueltas dentro de su cabeza: «Me
preocupa que posea tanto de aquello a lo que otros aspiran».
Vivien Jenkins recibió una herencia. Eso lo cambiaba todo. Era
una mujer adinerada con el tipo de personalidad, o eso temía su
confidente, que la convertía en la víctima perfecta para quienes
desearan aprovecharse de ella.

Laurel se quitó las gafas, cerró los ojos y se frotó las aletas
de la nariz. Dinero. Era uno de los motivos más antiguos, ¿no?
Suspiró. Era tan vil, tan predecible…, pero tenía que ser eso. Su
madre no parecía desear más de lo que tenía, menos aún parecía
ser capaz de hacer planes para arrebatárselo a otra persona, pero
eso era ahora. Décadas separaban a la Dorothy Nicolson que
Laurel conocía de la joven hambrienta que una vez fue; una muchacha de diecinueve años que había perdido a su familia en un
bombardeo y que tuvo que arreglárselas sola en el Londres de
la guerra.

Sin duda, los lamentos que su madre acababa de expresar,
sus palabras acerca de errores, segundas oportunidades y perdones encajaban con la teoría. Y ¿qué solía decir a Iris…? A nadie le cae bien una chiquilla que espera más que el resto. ¿Tal
vez era una lección que había aprendido en carne propia? Cuan-

to más pensaba Laurel al respecto, más inevitable resultaba la conclusión. Era dinero lo que su madre necesitaba, un dinero que había intentado tomar de Vivien Jenkins, pero todo salió mal. Se preguntó de nuevo si Jimmy participó, si el fracaso del plan representó el fin de su relación. Y se preguntó qué parte, exactamente, desempeñó el plan en la muerte de Vivien. Henry había culpado a Dorothy de la muerte de su mujer: huyó a una vida de expiación, pero el marido de Vivien se negó a abandonar su búsqueda, y al fin la encontró. Laurel vio lo que sucedió a continuación con sus propios ojos.

Ben ya estaba detrás de ella, haciendo pequeños ruidos al aclararse la garganta, y el minutero del reloj de la pared había pasado de la hora. Laurel fingió no oírle, preguntándose qué habría salido mal con el plan de su madre. ¿Habría comprendido Vivien lo que estaba ocurriendo y puso fin a esa situación o fue algo peor lo que tiró todo por tierra? Ojeó la pila de diarios, mirando los lomos en busca del año 1941.

—Yo dejaría que se quedase aquí, de verdad que sí —dijo Ben—, pero el director me colgaría de los dedos de los pies. —Tragó saliva—. O algo peor.

Oh, maldición. Diablos. A Laurel se le encogió el corazón, sentía un abismo en el fondo del estómago, y ahora iba a tener que enfriar sus ánimos durante cincuenta y siete minutos mientras el libro que tal vez contenía las respuestas que necesitaba languidecía aquí, en una habitación cerrada.

25

Londres, abril de 1941

Jimmy metió el pie en el resquicio de la puerta de la buhardilla del hospital y miró a Vivien por la rendija. Estaba perplejo. No era el escenario del encuentro extraconyugal que esperaba. Había niños por todas partes: jugaban con rompecabezas en el suelo, saltaban en círculos, uno hacía el pino. Estaba en una vieja guardería, comprendió Jimmy; estos niños eran, con toda probabilidad, los pacientes huérfanos del doctor Tomalin. Como si hubiesen llegado a un acuerdo tácito para centrar su atención colectiva, todos alzaron la vista para comprobar que Vivien estaba entre ellos. Mientras Jimmy observaba, todos se apresuraron hacia ella, con los brazos extendidos como aviones. Vivien estaba radiante, con una enorme sonrisa, y cayó de rodillas y abrió los brazos para atrapar a tantos niños como pudiese.

Todos empezaron a hablar entonces, atropelladamente y con inquietud, acerca de aviones, buques, cuerdas y hadas, y Jimmy supo que estaba escuchando una conversación comenzada mucho antes. No obstante, Vivien parecía saber qué querían decir, ya que asentía pensativa y no de esa forma fingida de los adultos cuando tratan a los niños: ella escuchaba y reflexionaba, y ese ceño levemente fruncido mostraba a las claras que estaba tratando de encontrar soluciones. Era diferente a cuando le habló en la calle; estaba más a gusto, no tan a la defensiva. Cuando todos dijeron lo que querían decir y el ruido cesó (como a veces ocurre, de repente), Vivien levantó las manos y habló:

—¿Por qué no empezamos y ya iremos solucionando los problemas a medida que surjan?

Estuvieron de acuerdo, o al menos eso imaginó Jimmy, ya que, sin otra palabra de queja, se dispersaron de nuevo y se pusieron manos a la obra: arrastraron sillas y otros objetos en apariencia aleatorios (mantas, cepillos, muñecos con parches en el ojo) al centro de la sala y comenzaron a organizarlos en una especie de estructura bien estudiada. Jimmy comprendió entonces, y se rio con un placer inesperado. Ante sus ojos estaba naciendo un barco: ahí estaba la proa, y el mástil, y un tablón sostenido a un lado por un escabel y al otro por un banco de madera. Mientras Jimmy observaba, se alzó una vela, una sábana plegada en forma de triángulo que se sostenía firme y orgullosa mediante unas finas cuerdas en cada esquina.

Vivien se había sentado en un cajón volteado y sacó un libro de algún lugar (el bolso, supuso Jimmy). Lo abrió, pasó los dedos por el medio para alisarlo y dijo:

—Vamos a empezar por el capitán Garfio y los niños perdidos... Vaya, ¿dónde está Wendy?

—Aquí estoy —dijo una niña de unos once años, con el brazo en cabestrillo.

—Bien —dijo Vivien—. Atenta a tu entrada en escena. No queda mucho.

Un muchacho, con un loro hecho a mano sobre el hombro y un garfio de cartón en el puño, comenzó a acercarse a Vivien con un paso que hizo reír a la mujer.

Estaban ensayando una obra, comprendió Jimmy: *Peter Pan*. Su madre le había llevado a verla de niño. Viajaron a Londres y después tomaron el té en Liberty's, un local muy lujoso, en el cual Jimmy se sentó en silencio, sintiéndose fuera de lugar, y escrutó a hurtadillas la expresión nostálgica de su madre, que miraba por encima del hombro hacia los percheros. Más tarde sus padres discutieron por el dinero (¿por qué si no?) y Jimmy escuchaba en su dormitorio cuando algo se rompió haciéndose pedazos contra el suelo. Cerró los ojos y recordó la obra, su momento favorito, cuando Peter extendió los brazos y se dirigió a los miembros del público que estuviesen soñando con el País de Nunca Jamás: «¿Creéis en las hadas, niñas y niños? —gritó—. Si creéis, batid las palmas; no dejéis que Campanilla muera». Y Jimmy se levantó del asiento, con un hormigueo en sus flacas piernecillas, y palmoteó las manos y gritó esperanzado: «¡Sí!», con la confianza ciega de que así traería a Campanilla de vuelta a la vida y salvaría todo lo que era mágico en el mundo.

—Nathan, ¿tienes la linterna?

Jimmy parpadeó, de regreso al presente.

—¿Nathan? —dijo Vivien—. Necesitamos la linterna ahora.

—Ya la he encendido —dijo un niño menudo de pelo rizado y con un aparato ortopédico en el pie. Estaba sentado en el suelo y apuntaba con la linterna a la vela.

—Ah, sí —dijo Vivien—. Ya veo. Bueno, está... bien.

—Pero casi no se ve —dijo otro niño, con las manos en las caderas. Se estiraba hacia la vela, con los ojos entrecerrados tras las gafas, para ver esa tenue luz.

—No sirve de nada si no podemos ver a Campanilla —dijo el chico que interpretaba al capitán Garfio—. Así no va a salir bien.

—Sí, va a salir bien —dijo Vivien con determinación—. Claro que sí. El poder de la sugestión es muy poderoso. Si decimos que podemos ver el hada, el público también la verá.

—Pero si nosotros no la vemos.

—Bueno, no, pero si decimos que sí...

—¿Quieres decir que mintamos?

Vivien miró hacia el techo, en busca de las palabras con las que explicarse, y los niños comenzaron a pelearse entre sí.

—Perdón —dijo Jimmy desde el umbral. Nadie pareció oírlo, así que lo dijo de nuevo, más alto—: ¿Perdón?

Todos se volvieron entonces. Vivien contuvo la respiración al verlo y torció el gesto. Jimmy admitió sentir cierto placer al fastidiarla, mostrándole que las cosas no siempre salían como ella quería.

—Me estaba preguntando algo —dijo—. ¿Y si utilizarais el *flash* de una cámara? Es similar a una linterna, pero mucho más intenso.

Los niños, como era de esperar, no reaccionaron con sospecha ni sorpresa al ver que un desconocido se había sumado a esa conversación tan peculiar en la guardería del ático. En su lugar, se sumieron en el silencio para sopesar la sugerencia, que discutieron entre ligeros susurros, tras lo cual:

—¡Sí! —gritó uno de los niños, que se levantó de un salto, preso del entusiasmo.

—¡Perfecto! —dijo otro.

—Pero no tenemos la luz de una cámara —dijo triste un niño con gafas.

—Yo podría conseguir una —dijo Jimmy—. Trabajo para un periódico; tenemos un estudio lleno.

Más vítores entusiastas de los niños.

—Pero ¿cómo vamos a hacer para que parezca un hada, que vuela y todo eso? —dijo el mismo chiquillo tristón, que se adelantó a los otros.

Jimmy dejó la puerta y entró en la habitación. Todos los niños se habían girado hacia él; Vivien, con *Peter Pan* cerrado en el regazo, tenía cara de pocos amigos. Jimmy no le hizo caso.

—Supongo que habrá que ponerla en un lugar alto. Sí, eso valdría, y, si siempre apuntase al escenario, el foco de luz sería más pequeño, en vez de un brillo general, y si hicieseis una especie de embudo...

—Pero ninguno de nosotros es lo bastante alto para manejarla. —Otra vez, el niño de las gafas—. No desde aquí. —Huérfano o no, a Jimmy empezaba a caerle mal.

Vivien había estado observando con expresión seria, a la espera de que Jimmy recordase lo que le había dicho y desapareciese, pero Jimmy no podía irse. Ya veía lo brillante que iba a quedar y se le ocurrían cientos de maneras para lograr que funcionase. Si pusiesen una escalera en un rincón, o atasen la luz a una escoba (que reforzarían de algún modo) y la sostuviesen como una caña de pescar, o bien...

—Yo lo hago —dijo de repente—. Yo me encargo de la luz.

—¡No! —dijo Vivien, de pie.

—¡Sí! —gritaron los niños.

—No es posible —dijo ella, fulminándolo con la mirada—. No lo va a hacer.

«¡Sí es posible!», «¡Sí lo va a hacer!», «¡Tiene que hacerlo!», gritaron los niños al unísono.

Jimmy vio entonces a Nella, sentada en el suelo; ella lo saludó y miró a su alrededor, a los demás, con un orgullo inconfundible en la mirada. ¿Cómo podría negarse? Jimmy levantó las manos ante Vivien, en un gesto de disculpa no del todo sincero, y sonrió a los niños.

—Entonces, decidido —dijo—. Estoy con vosotros. Habéis encontrado una nueva Campanilla.

Más tarde resultaba difícil de creer, pero, cuando Jimmy se ofreció a hacer de Campanilla en el hospital, no estaba pensando (ni remotamente) en el encuentro con Vivien Jenkins que debía amañar. Simplemente, se había dejado llevar por su visión de lo bien que representarían el hada con la luz de su cámara. En cualquier caso, a Dolly no le importó.

—Oh, Jimmy, qué listo eres —dijo, dando una calada entusiasta al cigarrillo—. Sabía que se te ocurriría algo.

Jimmy aceptó el elogio y le permitió pensar que todo era parte del plan. Qué feliz estaba Doll últimamente; era un alivio tenerla de vuelta.

—He estado pensando en la costa —decía algunas noches tras entrar a hurtadillas por la ventana de la despensa de la señora White y meterse en esa cama angosta suya, con el lavabo al lado—. ¿Te imaginas, Jimmy? Hacernos viejos juntos, rodeados de nuestros hijos, de los nietos algún día, que nos visitarán en sus coches voladores. Podríamos tener uno de esos columpios de jardín para dos, ¿qué te parece, cielo?

Jimmy dijo «sí, por favor». Y entonces la besó de nuevo en el cuello desnudo y la hizo reír y dio gracias a Dios por esta nueva intimidad y cariño que compartían. Sí, quería lo que ella describía; lo deseaba tanto que resultaba doloroso. Si le complacía pensar que él y Vivien trabajaban juntos y cada vez se llevaban mejor, era una ficción que no estaba dispuesto a contradecir.

La realidad, como sabía demasiado bien, era muy diferente. A lo largo de las dos semanas siguientes, en las que Jimmy se presentaba a todos los ensayos que podía, la hostilidad de Vivien lo dejó asombrado. Le costaba creer que fuese la misma persona que conoció en la cantina esa noche, que, al ver la fotografía de Nella, le habló de su trabajo en el hospital; ahora ni se dignaba a intercambiar unas pocas palabras con él. Jimmy estaba seguro de que no le habría hecho ningún caso si hubiera sido posible. Esperaba cierta frialdad (Doll le había advertido de lo cruel que podía ser Vivien Jenkins cuando la tomaba con alguien); lo que le resultó sorprendente fue que de ella emanara un odio tan personal. Apenas se conocían y, además, no podía sospechar su relación con Dolly.

Un día ambos se reían de algo gracioso que había hecho uno de los niños, y Jimmy la miró, pues era la única adulta presente, sin otra intención que compartir el momento. Vivien sintió la mirada y la sostuvo, pero, en cuanto vio que sonreía, su expresión alegre desapareció. La animadversión de Vivien ponía a Jimmy entre la espada y la pared. En algunos aspectos, le convenía que lo aborreciese (la idea de chantajearla no encajaba con Jimmy, pero se sentía más justificado cuando Vivien lo trataba como si fuera un trapo sucio); aun así, sin ganarse su confianza, ya que no su cariño, el plan no iba a funcionar.

Por tanto, Jimmy lo siguió intentando. Hizo caso omiso del resentimiento que le inspiraba la hostilidad de Vivien, su deslealtad respecto a Doll, el modo con que se desprendió de esa muchacha brillante y la hizo caer tan bajo, y se fijó, en cambio, en cómo trataba a los huérfanos del hospital. En cómo había creado un mundo en el que, al cruzar la puerta, podían desaparecer los problemas reales olvidados entre los cuartos de abajo y las salas del hospital. En cómo todos la observaban, boquiabiertos, cuando, acabado el ensayo, narraba cuentos sobre túneles que llegaban al centro de la tierra, y arroyos mágicos y oscuros que no tenían fondo, y unas lucecillas bajo el agua que pedían a los niños que se acercasen un poquito…

Y al final, a medida que continuaban los ensayos, Jimmy comenzó a sospechar que la antipatía de Vivien Jenkins disminuía; que ya no lo odiaba como al principio. Aún evitaba hablar con él y se limitaba a reconocer sus contribuciones con una leve inclinación de cabeza, pero a veces Jimmy la sorprendía mirándolo cuando creía que no prestaba atención, y le parecía que su expresión, en vez de enojada, era reflexiva, incluso curiosa. Quizás por eso cometió el error. Había empezado a percibir un creciente…, bueno, no era cariño, pero al menos un creciente deshielo, y un día, a mediados de abril, cuando los niños se habían ido a comer y él y Vivien se quedaron a recoger las cosas, le preguntó si tenía algún hijo.

No pretendía más que iniciar una conversación trivial, pero el cuerpo entero de Vivien pareció congelarse, y Jimmy supo al instante que había cometido un error (aun sin saber cuál) y que ya era demasiado tarde para evitarlo.

—No. —La palabra le cayó como una piedra en el zapato. Vivien se aclaró la garganta—. No puedo tener niños.

En ese momento, Jimmy deseó encontrar un túnel hasta el centro de la tierra en el que pudiese caer, caer y caer. Farfulló un «lo siento», que motivó una ligera inclinación de cabeza por parte de Vivien, quien terminó de recoger la vela y salió de la buhardilla con un portazo que sonó como un reproche.

Se sintió como un bufón insensible. No es que hubiese olvidado por qué estaba allí (el tipo de persona que era ella, lo que le había hecho a Doll), pero, en fin, a Jimmy no le gustaba herir a nadie. Al recordar lo tensa que se había puesto se estremecía, así que lo evocaba una y otra vez, fustigándose por ser tan torpe. Aquella noche, cuando salió a fotografiar los efectos del último bombardeo, al apuntar con la cámara a las almas que iban a sumarse a los desposeídos y despojados, la mitad de su cerebro seguía buscando formas de enmendarse.

Al día siguiente llegó temprano al hospital y la esperó al otro lado de la calle, fumando nervioso. Se habría sentado en la escalera de entrada, pero sospechaba que Vivien se daría la vuelta y se alejaría si lo viese ahí.

Cuando se acercó a zancadas por la calle, Jimmy tiró el cigarrillo y se dirigió a su encuentro. Le entregó una fotografía.

—¿Qué es esto? —preguntó Vivien.

—Nada —dijo, observando cómo le daba la vuelta—. La tomé para ti... anoche. Me recordó tu relato, ya sabes, el arroyo con esas luces al fondo, y la gente…, la familia al otro lado del velo.

Vivien miró la fotografía.

La había tomado al amanecer; la luz del sol iluminaba unos pedazos de vidrio entre los escombros y, más allá de la columna de humo, se vislumbraban las siluetas en sombra de una familia que acababa de salir del refugio Anderson, que les había salvado la vida. Jimmy no había dormido después de tomarla, sino que fue directamente a las oficinas del periódico a revelar la imagen para Vivien.

Ella no dijo nada, y su expresión hizo pensar a Jimmy que iba a llorar.

—Me siento muy mal —dijo Jimmy. Vivien lo miró—. Por lo que dije ayer. Te puso triste. Lo lamento.

—¿Cómo ibas a saberlo? —Con delicadeza, guardó la fotografía en el bolso.

—Aun así…

—¿Cómo ibas a saberlo? —Y casi sonrió, o al menos eso pensó Jimmy; era difícil saberlo con certeza, porque ella se volvió enseguida hacia la puerta y entró a paso vivo.

El ensayo de ese día pasó volando. Los niños entraron como una exhalación en la sala y la llenaron de luz y ruido, hasta que sonó la campana del almuerzo y desaparecieron con la misma celeridad con la que habían llegado; una parte de Jimmy sintió la tentación de ir con ellos, para evitar estar a solas con Vivien, pero habría detestado su debilidad, así que se quedó para ayudar a recoger el barco.

Sintió que lo miraba mientras apilaba las sillas, pero no se volvió; no sabía qué encontraría en ese rostro y no quería sentirse aún peor. Su voz, cuando habló, sonó diferente:

—¿Por qué estabas en la cantina esa noche, Jimmy Metcalfe?

Jimmy miró a un lado; ella había centrado la atención en el telón que estaba pintando con palmeras y arena para la obra.

Había una juguetona formalidad en el uso de su nombre completo y, por alguna razón, un escalofrío nada desagradable recorrió la espalda de Jimmy. No podía hablarle de Dolly, lo sabía, pero él no era un mentiroso. Dijo:

—Había quedado con alguien. —Vivien lo miró y la más leve de las sonrisas se esbozó en sus labios. Jimmy nunca sabía cuándo dejar de hablar—. Se suponía que íbamos a vernos en otro lugar —dijo—, pero fui a la cantina.

—¿Por qué?

—¿Por qué?

—¿Por qué no seguiste el plan original?

—No sé. Me pareció mejor así.

Vivien lo estudiaba todavía, sin ofrecer indicio alguno de lo que pensaba, y luego se volvió hacia la palmera que estaba dibujando.

—Me alegro —dijo, con un atisbo de nerviosismo en esa voz por lo demás tan clara—. Me alegro de que lo hicieses.

Las cosas cambiaron ese día. No por lo que dijo ella, aunque eso fuera muy agradable: era esa inexplicable sensación que se había apoderado de Jimmy cuando ella lo miraba, una impresión de cercanía que lo anegó cuando, más tarde, recordó las palabras que intercambiaron. Si bien nada de lo que habían dicho había sido especialmente relevante, en conjunto había significado algo. Jimmy lo supo entonces, y también más tarde, cuando Dolly le pidió el informe habitual con los avances del día y Jimmy no mencionó esa parte. Habría alegrado a Doll, lo sabía (lo habría visto como una evidencia de que se iba ganando la confianza de Vivien), pero Jimmy no dijo nada. La conversación con Vivien le pertenecía; representaba un progreso de cierto tipo, y no del que Dolly hubiera deseado. No quería compartirlo; no quería estropearlo.

Al día siguiente Jimmy se presentó en el hospital con paso animado. Sin embargo, cuando abrió la puerta y entregó el glorioso regalo de una naranja madura a Myra (era su cumpleaños), esta le dijo que Vivien no estaba.

—No se encuentra bien. Llamó esta mañana y dijo que tendría que guardar cama. Quería saber si podrías hacerte cargo del ensayo.

—Claro que sí —dijo Jimmy, que se preguntó, de repente, si la ausencia de Vivien tenía algo que ver con lo sucedido entre ellos; si tal vez lamentaba haber bajado la guardia. Bajó la vista al suelo con el gesto torcido y, a continuación, miró a Myra—. ¿Enferma, dices?

—No parecía estar muy bien, la pobre. Pero no te pongas así... Ya mejorará. Siempre mejora. —Myra levantó la naranja—. Le guardo la mitad, ¿vale? Dásela en el próximo ensayo.

Pero Vivien tampoco apareció en el siguiente ensayo.

—Aún en la cama —dijo Myra a Jimmy cuando este entró, esa misma semana—. Mejor así.

—¿Es grave?

—No creo. Parece que tiene mala suerte, la pobre, pero pronto estará de vuelta... No puede estar lejos de los niños demasiado tiempo.

—¿Ha ocurrido esto antes?

Myra sonrió, pero el gesto quedó contenido por algo más, un momento de comprensión, casi de preocupación fraternal.

—Todo el mundo se siente mal a veces, señor Metcalfe. La señora Jenkins ha sufrido sus reveses, pero ¿no nos pasa a todos? —Dudó, y al hablar de nuevo su voz era suave pero firme—: Escucha, Jimmy, cariño, veo que te preocupas por ella, y eso es muy amable de tu parte. Sabe Dios que ella es un ángel, con todo lo que hace por los niños aquí. Pero seguro que no hay motivos para preocuparse y que su marido estará cuidando bien de ella. —Sonrió una vez más, de forma maternal—. Deja de pensar en ella, ¿vale?

Jimmy dijo que así lo haría y subió las escaleras, pero el consejo de Myra le dio que pensar. Si Vivien estaba enferma, acordarse de ella sería lo natural; ¿por qué, entonces, Myra se había propuesto que Jimmy la apartase de su mente? Además, Myra había recalcado las palabras «su marido». Era lo que se diría a alguien como el doctor Tomalin, quien tenía los ojos puestos en una mujer casada.

No tenía un ejemplar de la obra, pero Jimmy hizo lo posible en el ensayo. Los niños no se lo pusieron difícil: repasaron sus partes, apenas discutieron y todo fue bien. Incluso comenzaba a sentirse un poco satisfecho consigo mismo, hasta que terminaron de recoger el escenario y se reunieron en torno al cajón volteado para rogarle que les contase un cuento. Jimmy les dijo que no se sabía ninguno y, cuando se negaron a creerlo, se lanzó a un intento fallido de recrear una de las historias de Vivien, antes de recordar (justo a tiempo para evitar una revuelta) La Estrella del Ruiseñor. Escucharon con los ojos abiertos y Jimmy comprendió, como nunca antes, cuánto tenía en común con los pacientes del hospital del doctor Tomalin.

Con tanta actividad, se le olvidaron los comentarios de Myra y, cuando se despidió de los niños y bajaba las escaleras, Jimmy comenzó a ponderar cómo asegurarle que se estaba imaginando lo que no era. Se situó frente al mostrador cuando llegó al vestíbulo, pero, antes de poder decir una palabra, tranquilizadora o no, Myra le dijo:

—Ya estás aquí, Jimmy. El doctor Tomalin quiere saludarte. —Le había hablado con el mismo respeto con el que habría anunciado que el rey en persona hubiera decidido venir por la tarde y hubiera mostrado interés por conocerlo. Myra estiró la mano para retirar una pelusa del cuello de la camisa de Jimmy.

Jimmy esperó, consciente de una creciente amargura en la garganta, el mismo sentimiento que lo embargaba de niño cuando imaginaba que se enfrentaba al hombre que les había robado a su madre. Los minutos se le hicieron eternos hasta que al fin se abrió una puerta cerca del mostrador y apareció un digno caballero. La hostilidad de Jimmy se disolvió, sustituida por una poderosa confusión. El hombre tenía pelo cano, pulcramente recortado, y unas gafas tan gruesas que sus pálidos ojos azules parecían abiertos como platos; tenía unos ochenta años por lo menos.

—Bueno. Usted es Jimmy Metcalfe —dijo el doctor, que estrechó la mano de Jimmy—. Confío en que esté a gusto aquí.

—Sí, gracias, señor. Muy a gusto. —balbuceó Jimmy, tratando de comprender el significado de todo. La edad del hombre no descartaba una aventura con Vivien Jenkins, no del todo, pero aun así...

—Lo tendrán bien controlado, imagino —prosiguió el doctor—, entre Myra y la señora Jenkins. Nieta de un viejo amigo mío, ¿sabe?, la joven Vivien.

—No lo sabía.

—¿No? Bueno. Ahora lo sabe.

Jimmy asintió y trató de sonreír.

—En cualquier caso, excelente trabajo el que está haciendo, el de ayudar así a los niños. Muy amable. Le estoy muy agradecido. —Y tras estas palabras asintió con formalidad y se retiró a su despacho, con una leve cojera en la pierna izquierda.

—Le caes bien —dijo Myra, con los ojos abiertos de par en par, cuando se cerró la puerta. Los pensamientos de Jimmy revoloteaban en círculos mientras trataba de separar las certezas de las sospechas.

—¿De verdad?

—Oh, sí.

—¿Cómo lo sabes?

—Ha reconocido tu existencia. No tiene tiempo para muchos adultos. Prefiere a los niños, desde siempre.

—¿Lo conoces desde hace mucho tiempo?

—He trabajado para él treinta años. —Se hinchó orgullosa y enderezó el crucifijo en el centro del escote—. De verdad —dijo, observando a Jimmy por encima de las gafas—, no tolera a muchos adultos en su hospital. Eres el único con el que le he visto hacer un esfuerzo.

—Excepto Vivien, por supuesto —tanteó Jimmy. Myra, sin duda, sería capaz de poner las cosas en su sitio—. La señora Jenkins, quiero decir.

—Sí, claro —Myra giró la mano—, por supuesto. Pero la conoce desde que era niña… No es lo mismo. Es como un abuelo para ella. De hecho, apostaría a que es a ella a quien tienes que dar las gracias por su atención. Seguro que le ha hablado bien de ti. —Myra se contuvo en ese momento—. En cualquier caso, le caes bien al doctor. Estupendo. Y ahora… ¿no tienes que tomar fotografías para mi periódico de mañana?

Jimmy le ofreció un jocoso saludo militar que hizo sonreír a Myra y se marchó.

La cabeza le daba vueltas al volver a casa.

Dolly se había equivocado: por muy convencida que estuviese, se había equivocado. El doctor Tomalin y Vivien no tenían una aventura; el anciano era como un «abuelo» para ella. Y ella (Jimmy sacudió la cabeza, horrorizado por las cosas que había pensado, por la forma en que la había juzgado) no era una adúltera, solo una mujer, una buena mujer que había renunciado a su tiempo libre para dar un poco de felicidad a unos huérfanos que lo habían perdido todo.

Tal vez fuera extraño si se tenía en cuenta que todo lo que había creído firmemente no era más que una mentira, pero Jimmy se sintió optimista. No podía esperar a decírselo a Doll; ya no hacía falta seguir con el plan… Vivien no era culpable de nada.

—Salvo de tratarme de un modo horrible —respondió Dolly tras escuchar a Jimmy—. Pero supongo que eso ya no importa, ahora que sois tan buenos amigos.

—Ya vale, Doll —dijo Jimmy—. Sabes que no es así. Mira… —Estiró el brazo sobre la mesa para tomar sus manos y adoptó ese tono ligero que sugería que todo no había sido más que una broma, pero que ya era hora de hablar en serio—. Sé que te ha tratado desconsideradamente, y no la tengo en mucho por ello. Pero este plan… no va a funcionar. Ella no es culpable… Leería la carta y se reiría si la envías. Hasta puede que se la enseñase al marido y se riesen juntos.

—No, de eso nada. —Dolly retiró las manos y cruzó los brazos. Era terca o quizás, simplemente, estaba desesperada: a veces era difícil notar la diferencia—. Ninguna mujer quiere que su marido sospeche que está teniendo una aventura con otro hombre. Nos dará el dinero.

Jimmy sacó un cigarrillo, lo encendió y observó a Doll tras la llama. Antaño se habría acercado para engatusarla; su adoración ciega le habría impedido ver sus defectos. Ahora, sin embargo, las cosas eran diferentes. Una grieta recorría el corazón de Jimmy, una fina línea que apareció la noche que Dolly lo rechazó y lo dejó solo en el suelo del restaurante. Desde entonces, la rotura se había recompuesto y la mayor parte del tiempo no se veía; pero, al igual que el jarrón que su madre arrojó al suelo el día que fueron a Liberty's y que su padre había reparado con pegamento, las líneas de la fractura se veían siempre bajo cierta luz. Jimmy amaba a Dolly, eso no cambiaría nunca (para Jimmy, ser leal era su forma de respirar), pero, al mirarla al otro lado de la mesa, pensó que no le gustaba demasiado en ese momento.

Vivien regresó. Había faltado poco menos de una semana y, cuando Jimmy giró por la esquina de la buhardilla, abrió la puerta y la vio en el centro de una horda de niños de lengua vivaz, algo inesperado ocurrió. Se alegró de verla. No solo se alegró: el mundo pareció más brillante que en el momento anterior.

Se detuvo en seco.

—Vivien Jenkins —dijo, y ella alzó la vista y lo miró a los ojos.

Le sonrió y Jimmy le devolvió la sonrisa, y él supo entonces que se había metido en un buen lío.

26

Biblioteca de New College (Universidad de Oxford), 2011

Laurel dedicó los siguientes cincuenta y siete minutos, todos ellos insoportables, a recorrer los jardines de New College. Cuando las puertas al fin se abrieron, debió de establecer un nuevo récord en la biblioteca y se comparó a sí misma con una compradora en el primer día de rebajas, pues se abrió paso a empujones en su prisa por volver al escritorio; ciertamente, Ben pareció impresionado.

—Estupendo —dijo, y bromeó—: No me he equivocado y la he dejado aquí dentro, ¿verdad?

Laurel le aseguró que no, y se puso manos a la obra con el primer diario de Katy de 1941, en busca de un indicio que explicase qué había chafado el plan de su madre. En los primeros meses del año apenas se mencionaba a Vivien, salvo alguna nota ocasional que aclaraba que Katy había escrito o recibido una carta, y discretas declaraciones del tipo «todo parece seguir igual para la señora Jenkins», pero el 5 de abril de 1941 las cosas se animaron.

Hoy el correo ha traído noticias de mi joven amiga Vivien. Era una larga carta para lo que ella acostumbra, y de inmediato me alertó un sutil cambio en su tono. Al principio me alegré, ya que tuve la impresión de que un atisbo de su antiguo ser había regresado, y me pregunté si había hallado una nueva paz en su vida. Pero, desgraciadamente, no fue así, pues la carta no describía un compromiso renovado con su hogar; más bien, se explayaba largo y tendido acerca de su trabajo como voluntaria en el hospital para niños huérfanos del doctor Tomalin, y me compelía, como siempre, a destruir su carta y a abstenerme de mencionar su trabajo en mi respuesta.

Por supuesto, voy a acceder a sus deseos, pero tengo intención de implorarle, en los términos más enérgicos posibles, que ponga fin a su participación en ese lugar, al menos hasta que encuentre una solución duradera a sus problemas. ¿Acaso no es suficiente su insistencia en hacer donaciones para cubrir los costes del hospital? ¿Es que no le importa nada su propia salud? No cejará en su empeño, lo sé; ya tiene veinte años, pero Vivien es aún esa niña obstinada que conocí en el barco, y se niega a escuchar mis consejos si no son de su agrado. Voy a escribirle de todos modos. Nunca me perdonaría a mí misma si lo peor llegara a suceder y no hubiese hecho todo lo posible por evitarlo.

Laurel frunció el ceño. ¿Lo peor? Era evidente que se había perdido algo: ¿por qué diablos Katy Ellis, maestra y amiga de pequeños traumatizados de todo el mundo, pensaba de forma tan tajante que Vivien debía dejar de cooperar con el hospital del doctor Tomalin para huérfanos de la guerra? A menos que el doctor Tomalin en persona fuese un peligro. ¿Era eso? ¿O tal vez el hospital estaba situado en una zona bombardeada a menudo por los alemanes? Laurel ponderó la cuestión durante un minuto antes de decidir que era imposible saber exactamente qué temía Katy sin enfrascarse en otra investigación que amenazaba con absorber el poco tiempo del que disponía. Era un enigma fascinante, pero sin mayor relevancia, sospechó, respecto al plan de su madre. Continuó leyendo:

El motivo del ánimo renacido de Vivien se me reveló en la se-
gunda página de su carta. Al parecer ha conocido a alguien, un
joven, y aunque se esfuerza por mencionarlo solo de la forma
más fortuita («Se ha unido a mi proyecto con los niños otro vo-
luntario, un hombre que parece saber tan poco acerca de los
límites personales como yo sobre convertir luces en hadas»),
conozco bien a mi joven amiga, y sospecho que su tono despreo-
cupado no es más que una actuación para ocultar algo más pro-
fundo. Qué, exactamente, no lo sé, pero es insólito que dedique
tantas líneas a hablar de una persona a quien acaba de conocer.
Estoy preocupada. Mi instinto nunca me defrauda, y voy a es-
cribirle de inmediato para rogarle prudencia.

Katy Ellis debió de cumplir su promesa, ya que su próxima entrada en el diario contenía una larga cita de una carta escrita por Vivien Jenkins, en respuesta a sus inquietudes.

Cómo te echo de menos, Katy, querida… Ya ha pasado más de
un año desde que nos vimos; diríase que han pasado diez. Al
leer tu carta deseé que estuviésemos sentadas bajo ese árbol en
Nordstrom, junto al lago, donde solíamos ir de picnic. ¿Recuerdas
esa noche que nos escabullimos de la gran casa y colgamos faro-
les de papel de los árboles del bosquecillo? Dijimos a mi tío que
debían de haber sido los gitanos y se pasó todo el día rastreando
la finca con la escopeta al hombro y con ese pobre perro artrítico
detrás… El viejo y querido Dewey. Qué sabueso tan fiel.
Más tarde me soltaste un sermón por causar molestias, pero
creo recordar, Katy, que fuiste tú quien describió con todo de-
talle durante el desayuno esos «temibles» ruidos que se oían por
la noche, cuando los gitanos bajaban a los terrenos sagrados de
Nordstrom. Ah, pero ¿no fue maravilloso nadar a la luz de esa
gran luna plateada? Cómo me gusta nadar… Es como lanzar-
se desde el borde del mundo, ¿verdad? Creo que jamás he de-

*jado de creer que descubriría el agujero al fondo del arroyo que
me llevaría de vuelta.*

*Ah, Katy... Me pregunto cuántos años he de cumplir para
dejar de preocuparte. Qué carga tengo que ser. ¿Crees que se-
guirás implorando que no me ensucie la falda y que me limpie
la nariz cuando sea una anciana tejiendo en la mecedora? Qué
bien me has cuidado a lo largo de los años, qué difícil te he
puesto la tarea en ocasiones y qué suerte tuve de que fueses tú
quien me esperaba ese día horrible en la estación de tren.*

*Como siempre tu consejo es sabio y, por favor, queridísima
amiga, queda tranquila al saber que yo soy igualmente sabia
en mis acciones. Ya no soy una niña y soy muy consciente de mis
responsabilidades. No te quedas tranquila, ¿verdad? Incluso
mientras lees estas palabras, sacudes la cabeza y piensas lo imprudente que soy. Para calmar tus temores, te prometo que apenas he hablado con el hombre en cuestión (se llama Jimmy, por
cierto; vamos a llamarlo por su nombre; «el hombre en cuestión»
suena un tanto siniestro); en realidad, siempre he hecho lo posible por desalentar cualquier contacto, incluso llegando, cuando era necesario, al ámbito de la grosería. Te pido disculpas,
querida Katy, ya sé que no te gustaría que tu joven pupila ad-
quiriese una reputación de maleducada y, por mi parte, detesto
hacer algo que pueda perjudicar tu buen nombre.*

Laurel sonrió. Le gustaba Vivien; su respuesta era jocosa
sin dejar de ser amable con Katy y su agotadora tendencia a
preocuparse. Incluso Katy escribió bajo el extracto: «Qué agradable es ver que mi descarada y joven amiga ha vuelto. La he
echado de menos estos años». A Laurel no le gustó tanto el
nombre del joven que cooperaba en el hospital junto a Vivien.
¿Era el mismo Jimmy del que se había enamorado su madre?
Sin duda. ¿Era una coincidencia que trabajase con Vivien en el
hospital del doctor Tomalin? Sin duda, no. Laurel sintió una

aprensión creciente a medida que el plan de los amantes comenzaba a tomar forma en su mente.

Era evidente que Vivien no tenía ni idea de la conexión entre el simpático joven del hospital y su amiga de antaño, Dorothy, lo cual no era sorprendente, supuso Laurel. Kitty Barker mencionó el cuidado con que su madre mantenía a su novio lejos de Campden Grove. También describió cómo las emociones se avivaban y las certezas morales se disolvían durante la guerra, lo que proporcionaba, se le ocurrió a Laurel, el entorno perfecto en el que un par de amantes desventurados podrían padecer una *folie à deux*.

Las entradas de la siguiente semana no mencionaban a Vivien Jenkins ni «al hombre en cuestión»; en su lugar, Katy Ellis trató sobre las preocupaciones inmediatas de las divisiones políticas y habló por la radio de la invasión. El 19 de abril anotó su ansiedad porque Vivien no había escrito, como esperaba, pero al día siguiente mencionó una llamada telefónica del doctor Tomalin, quien le dijo que Vivien estaba enferma. Era interesante: al parecer, los dos se conocían después de todo, y no era una objeción al carácter del médico lo que llevó a Katy a oponerse tan firmemente contra el hospital. Cuatro días más tarde, lo siguiente:

Hoy, una carta que me inquieta sobremanera. No sabría captar el tono al resumirla y no sabría por dónde empezar ni terminar al citar las partes que me preocupan. Por tanto, en contra de los deseos de mi querida (¡y desesperante!) joven amiga, solo por esta vez no voy a arrojar la carta al fuego esta noche.

Laurel nunca había pasado una página con semejante rapidez. Ahí estaba, en elegante papel blanco y con una caligrafía más bien confusa, escrita, al parecer, a toda prisa, la carta de Vivien Jenkins que Katy Ellis fechó el 23 de abril de 1941. Un mes antes de su muerte, notó Laurel con pesadumbre.

Te escribo en el restaurante de una estación, querida Katy, porque se apoderó de mí el temor de que, si no lo escribía sin demora, todo desaparecería y me despertaría mañana para descubrir que solo fue fruto de mi imaginación. Nada de lo que voy a escribir va a ser de tu agrado, pero eres la única persona a quien puedo contárselo, y tengo que contárselo a alguien. Perdóname, pues, querida Katy, y acepta mis más sinceras disculpas por la ansiedad que sé que sentirás tras leer esta confidencia. Si vas a pensar mal de mí, hazlo con afecto y recuerda que aún soy tu pequeña compañera de viaje.

Hoy ha sucedido algo. Salía del hospital del doctor Tomalin y me había detenido en la escalera para ponerme bien la bufanda... Te juro, Katy, y sabes que no miento, que no me entretuve a propósito; aun así, cuando oí la puerta abrirse detrás de mí, supe, antes de girarme, que se trataba del joven, de Jimmy (creo que lo he mencionado una o dos veces en mis cartas).

Katy Ellis había subrayado esta frase e hizo una anotación al margen, con una letra tan menuda y pulcra que Laurel podía imaginarse sin esfuerzo el mohín de disgusto de la autora: «¡Mencionado una o dos veces! Los delirios de las víctimas de Cupido nunca dejarán de sorprenderme». Víctimas de Cupido. A Laurel se le encogió el estómago, preocupada, mientras se concentraba de nuevo en la carta de Vivien. ¿Se había enamorado Vivien de Jimmy? ¿Fue eso lo que dio al traste con el «inofensivo» plan?

En efecto, era él; Jimmy se acercó a mí en la escalera e intercambiamos unas palabras respecto a un cómico incidente entre los niños. Me hizo reír (qué divertido es, Katy... Siento predilección por las personas divertidas, ¿acaso tú no? Mi padre era muy divertido, siempre nos reíamos con él) y me preguntó, como es natural, si podríamos caminar juntos a casa, puesto que

ambos íbamos en la misma dirección, a lo cual, contra toda pru-
dencia, respondí: «Sí».

Mientras niegas con la cabeza, Katy (puedo imaginarte
ante ese pequeño escritorio del que me hablaste, junto a la
ventana… ¿Tienes prímulas recién cortadas en un jarrón? Cla-
ro que sí, lo sé), déjame decirte por qué respondí así. Durante
semanas, he seguido tu consejo y he hecho caso omiso de él,
pero el otro día me dio algo, un regalo para disculparse, al ca-
bo de un pequeño malentendido del cual no hace falta hablar.
El regalo era una fotografía. No voy a describirla salvo para
decir que daba la impresión de haber mirado dentro de mi
alma, dentro de ese mundo que he mantenido oculto ahí des-
de pequeña.

Llevé la fotografía a casa y la guardé como un niño celoso,
y la sacaba a la menor oportunidad para observar hasta el más
pequeño detalle, antes de guardarla en la caja fuerte oculta tras
el retrato de mi abuela…, al igual que un niño ocultaría un
objeto precioso, sin otro motivo que el placer de ocultarlo, pues,
al ser solo para mí, su valor se magnificaba. Me ha oído contar
cuentos a los niños del hospital, claro, y no sugiero que haya
nada «mágico» en su elección de ese regalo, pero aun así me
emocionó.

La palabra «mágico» estaba subrayada y mereció otra nota de Katy Ellis:

Es precisamente lo que sugiere: conozco a Vivien y conozco la
fortaleza de su fe. Una de las cosas que he aprendido gracias a
mi trabajo es que nunca nos escapamos del todo del sistema de
creencias adquirido en la infancia; tal vez desaparezca por un
tiempo, pero siempre vuelve en épocas de necesidad para recla-
mar el alma que ha forjado.

Laurel pensó en su propia niñez y se preguntó si lo que decía Katy era cierto. Por encima de cualquier sistema teísta, sus padres habían predicado los valores de la familia; su madre, en particular, se ofrecía como ejemplo: ella se había dado cuenta demasiado tarde, decía, del valor de la familia. Laurel tuvo que reconocer que, aparte de las afables disputas, los Nicolson se apiñaban en épocas de necesidad, como les enseñaron de niños.

Tal vez, además, mi reciente indisposición me ha hecho más imprudente de lo normal: después de una semana en la oscuridad de mi dormitorio, bajo el estrépito de los aviones alemanes, con Henry sentado a la cabecera, mi mano entre las suyas, deseoso de mi pronta recuperación, me impresionó salir de nuevo, respirar el aire fresco de Londres en primavera. (Por cierto, ¿no te parece extraordinario, Katy, que el mundo se enzarce en esta locura llamada guerra y, al mismo tiempo, las flores, las abejas y las estaciones sigan su curso, sabias, sin cansarse de esperar a que la humanidad recapacite y recuerde lo bella que es la vida? Es extraño, pero mi amor y añoranza del mundo siempre se avivan cuando me ausento; es maravilloso, ¿no te parece?, que una persona oscile entre la desesperación y el hambre gozosa, y que incluso en estos días oscuros la felicidad se encuentre en las cosas más pequeñas).

De todos modos, sea cual sea la razón, me pidió que caminase con él y le dije que sí, de modo que caminamos, y me di permiso para reír. Me reía porque me contaba historias divertidas y era sencillo y agradable. Caí en la cuenta del mucho tiempo transcurrido desde que disfruté del más sencillo de los placeres: compañía y conversación en una tarde soleada. Estoy impaciente por experimentar esos placeres, Katy. Ya no soy una niña, soy una mujer, y quiero cosas, cosas que no voy a tener; pero es humano, ¿o acaso no lo es?, anhelar lo que nos está prohibido.

¿Qué cosas? ¿Qué tenía prohibido Vivien? No por primera vez, Laurel tuvo la sensación de que le faltaba una parte importante del rompecabezas. Hojeó la siguiente quincena hasta ver el nombre de Vivien una vez más, con la esperanza de que todo se aclarase.

Aún se ve con él… en el hospital, lo cual ya es bastante malo, pero también en otros lugares, cuando debería estar trabajando en la cantina o cumpliendo con sus deberes domésticos. Me dice que no me preocupe, que «se trata de un amigo y nada más». Como prueba menciona a la prometida del joven: «Se va a casar, Katy; están muy enamorados y tienen planes para mudarse al campo en cuanto la guerra termine; van a buscar una casa antigua y grande y la van a llenar de niños; ya ves, no corro peligro de romper mis votos matrimoniales, como parece ser que temes».

Laurel experimentó el vértigo de la comprensión. Vivien se refería a Dorothy…, a su madre. Esa intersección entre el pasado y el presente, entre la historia y la experiencia, fue por un momento abrumadora. Se quitó las gafas y se frotó la frente, concentrándose un instante en la pared de piedra que se veía por la ventana.

Y entonces permitió a Katy que continuase:

Sabe que no es lo único que temo; esta niña deliberadamente malinterpreta mis preocupaciones. Tampoco soy inocente; sé que el compromiso de este joven no es obstáculo para el corazón humano. No puedo saber qué siente, pero conozco bien a Vivien.

Más preocupaciones extravagantes por parte de Katy, pero Laurel seguía sin comprender el motivo: Vivien insinuaba que los temores de Katy se debían a sus rígidas opiniones acerca del comportamiento conyugal decoroso. ¿Solía Vivien ser desleal? No había mucho en lo que basarse, pero Laurel casi veía en las reflexiones floridas y románticas de Vivien el espíritu del amor libre..., casi.

Entonces Laurel encontró una entrada, fechada dos días más tarde, que le hizo preguntarse si Katy había intuido desde el principio que Jimmy era una amenaza para Vivien.

Horrible parte de guerra: Westminster Hall fue bombardeado anoche, y la Abadía y el Parlamento; ¡se llegó a creer que el Big Ben había sido destruido! En vez de leer el periódico o escuchar la radio, esta noche he decidido limpiar el armario del salón para dar cabida a mis nuevas notas escolares. Confieso ser una especie de pájaro coleccionista (rasgo que me avergüenza; preferiría tener la casa igual de ordenada que mis pensamientos), y encontré ahí una impresionante colección de bagatelas. Entre ellas, una carta que recibí hace tres años del tío de Vivien. Junto a la descripción de su «agradable docilidad» (esa línea me exasperó tanto esta noche como cuando la leí por primera vez... Qué poco conocía a la Vivien real), había incluido una fotografía, que aún se encontraba con la carta. Tenía diecisiete años cuando fue tomada, y era una belleza; recuerdo que pensé, al verla por aquel entonces, que parecía el personaje de un cuento de hadas, tal vez Caperucita Roja; los ojos muy abiertos y los labios de rosa, y aún preservaba la mirada directa e inocente de una niña. Recuerdo que deseé, asimismo, que no la aguardase un lobo allá en el bosque.

Que la carta y la fotografía apareciesen precisamente hoy me dio que pensar. No me equivoqué la última vez que tuve una de mis corazonadas. No actué entonces, para mi eterno pesar, pero esta vez no me voy a quedar de brazos cruzados y permitir que mi joven amiga cometa otro error con nefastas consecuencias. Habida cuenta de que no puedo expresar mi preocupación por escrito como desearía, voy a viajar a Londres a verla en persona.

Viaje que realizó (y sin demora), dado que la siguiente entrada del diario fue escrita cuatro días más tarde.

He estado en Londres y es peor de lo que me temía. Era obvio que mi querida Vivien se había enamorado del joven Jimmy. No lo admitió, por supuesto, es demasiado prudente para ello, pero la conozco desde niña y así lo noté en cada gesto, lo oí en cada palabra no pronunciada. Peor aún, al parecer ha abandonado toda precaución; ha visitado en repetidas ocasiones la casa del joven, donde vive con su padre enfermo. Insiste en que «todo es inocente», a lo cual respondí que no existe tal cosa, y que tales distinciones no le servirían de nada si hubiese de justificar esas visitas. Me dijo que no iba a «renunciar a él» (niña obstinada), ante lo cual hice acopio de todo mi valor y le dije: «Cariño, estás casada». Le recordé asimismo la promesa que hizo a su marido en la iglesia de Nordstrom, que lo amaría, honraría y obedecería hasta que la muerte les separase, etcétera. Ah, pero cómo voy a olvidar la mirada de ella en ese momento..., la decepción con que me dijo que no comprendía.

Comprendo muy bien qué es amar aquello que está prohibido, y así se lo dije, pero es joven, y los jóvenes creen que son los únicos capaces de sentir emociones poderosas. Lamento decir que nos separamos con malos modos... Hice un último intento para convencerla de que renunciara al trabajo en el hospital; ella se negó. Le recordé que debía pensar en su salud; ella desdeñó mis desvelos. Decepcionar un alma como la suya (ese rostro que parece surgido de los pinceles de un consumado artista) me hace sentirme tan culpable como si hubiera borrado la bondad del mundo. Aun así, no voy a darme por vencida... Aún tengo un as en la manga. Corro el riesgo de despertar su indignación

eterna, pero decidí, mientras el tren salía de Londres, escribir a
ese Jimmy Metcalfe para explicarle cuánto daño le está hacien-
do. Tal vez él, a diferencia de ella, obre con la debida cautela.

El sol había comenzado a ponerse y la sala de lectura se
volvía más oscura y fría por momentos; los ojos de Laurel estaban cansados de leer la pulcra pero diminuta letra de Katy Ellis
durante dos horas, sin descanso alguno. Se reclinó en el asiento
y cerró los ojos, con la voz de Katy dando vueltas en su cabeza.
¿Había escrito la carta a Jimmy?, se preguntó Laurel. ¿Fue eso
lo que truncó el plan de su madre? ¿Las razones de Katy, que
ella creía lo suficientemente persuasivas para que Jimmy renun-
ciase a una amistad de la que Vivien no estaba dispuesta a prescindir, bastaron para causar la ruptura entre su madre y Jimmy?
En un libro, pensó Laurel, eso es exactamente lo que sucedería.
Había cierta justicia poética en que un par de jóvenes amantes
se separasen por el acto mismo que iban a cometer con el fin de
comprar su felicidad. ¿En qué estaría pensando su madre cuando le dijo en el hospital que se casase por amor, que no esperase,
que nada más importaba? ¿Había esperado demasiado tiempo
Dorothy, y deseando demasiadas cosas, y por eso perdió a su
amante a causa de otra mujer?

Laurel había supuesto que algo intrínseco en el carácter
de Vivien Jenkins la convertía en el peor objetivo que Dorothy
y Jimmy podían haber escogido para su plan. ¿Era, sencillamente, porque Vivien era el tipo de mujer de la que Jimmy podría enamorarse? ¿O la intuición de Laurel se debía a algo diferente? Katy Ellis (al fin y al cabo, hija de un clérigo) estaba
obviamente preocupada por el matrimonio de Vivien, pero había otro factor, además. Laurel se preguntó si Vivien padecía
una enfermedad. Katy se preocupaba por todo, pero su inquietud por la salud de Vivien parecía causada más por una enferma
crónica que por una veinteañera llena de vida. Vivien se había

referido a sus «ausencias» del mundo exterior, cuando su marido Henry se sentaba junto a la cama y le acariciaba la mano mientras ella convalecía. ¿Padecía Vivien Jenkins un trastorno que la volvía vulnerable ante el mundo? ¿Había sufrido una crisis, emocional o física, por lo que era propensa a las recaídas?

¿O (Laurel se incorporó ante el escritorio como un resorte) había abortado varias veces tras su matrimonio con Henry? Ciertamente, eso explicaría la desvelada atención del marido; incluso, en cierta medida, las ganas de Vivien de salir de casa al recuperarse, de abandonar los confines domésticos de su infelicidad y hacer más de lo que en verdad era capaz. Explicaría incluso, tal vez, la desazón de Katy Ellis ante el trabajo de Vivien con los niños del hospital. ¿Se trataba de eso? ¿Le preocupaba a Katy que la tristeza de su amiga se avivase ahí, rodeada de recuerdos incesantes de su esterilidad? En su carta, Vivien había escrito que era propio de la naturaleza humana, y ciertamente de ella, desear lo que no se podía tener. Laurel estaba segura de haber descubierto algo… Incluso los constantes eufemismos de Katy eran característicos de *ese* tema en *esa* época.

Laurel deseó disponer de más lugares donde buscar respuestas. Se le ocurrió que la máquina del tiempo de Gerry sería de gran ayuda en estos momentos. Por desgracia, debía conformarse con los diarios de Katy. Durante unas cuantas páginas, la amistad de Vivien y Jimmy parecía afianzarse a pesar del constante recelo de Katy y, de repente, el 20 de mayo, una entrada informaba de una carta de Vivien en la que aseguraba que no volvería a ver a Jimmy, que era hora de que él comenzase una nueva vida, y que le había deseado lo mejor y le había dicho adiós.

Laurel respiró hondo y se preguntó si Katy había enviado la carta a Jimmy después de todo, y si sus palabras motivaron este abrupto cambio de parecer. En contra de lo que esperaba, compadecía a Vivien Jenkins: si bien Laurel sabía que su amistad con Jimmy no era lo que parecía a simple vista, no pudo evitar sentir lástima por esa joven que se contentaba con tan poco. Laurel supuso que se sentía así por conocer el destino aciago que aguardaba a Vivien; pero incluso Katy, quien tanto había deseado el fin de esa relación, ahora se mostraba ambivalente al respecto.

Estaba preocupada por Vivien y deseaba que su aventura con el joven tocase a su fin; ahora sufro la condena de que mi deseo haya sido otorgado. He recibido una carta que no abunda en detalles pero cuyo tono no es difícil de interpretar. Escribe resignada. Se limita a decir que yo tenía razón, que la amistad se ha acabado; y que no me preocupe, pues todo ha sido para mejor. Dolor o furia, podría aceptarlos. Este tono abatido es lo que me inquieta. No puedo evitar el temor de que no augura nada bueno. Voy a aguardar su siguiente carta con la esperanza de una mejoría, y me aferraré a la certeza de haber actuado con la mejor de las razones.

Pero no hubo más cartas. Vivien Jenkins murió tres días más tarde, lo que Katy Ellis anotó con el dolor que cabría esperar.

Treinta minutos más tarde, Laurel se apresuraba por el césped de New College, sumido en el atardecer, hacia la parada del autobús, reflexionando sobre lo que había descubierto, cuando su teléfono comenzó a vibrar en el bolsillo. No reconoció el número, pero respondió de todos modos.

—¿Lol? —dijo la voz.

—¿Gerry? —Laurel tuvo que esforzarse para oír, debido a las interferencias en la línea—. ¿Gerry? ¿Dónde estás?

—En Londres. En una cabina telefónica de Fleet Street.

—Vaya, ¿todavía hay cabinas que funcionan?

—Eso parece. A menos que me encuentre en otra dimensión, en cuyo caso estaría en serios problemas.

—¿Qué haces en Londres?

—Buscar al doctor Rufus.

—¿Sí? —Laurel se tapó la otra oreja con la mano para oír mejor—. ¿Y? ¿Has dado con él?

—Sí. O con su diario, al menos. El doctor murió de una infección al final de la guerra.

Laurel tenía el corazón desbocado; hizo caso omiso de la muerte prematura del médico. En esta búsqueda de respuestas al misterio, era necesario imponer ciertos límites a la compasión.

—¿Y? ¿Qué has averiguado?

—No sé por dónde empezar.

—Lo más importante. Y, por favor, deprisa.

—Espera. —Laurel oyó que depositaba otra moneda en el receptor—. ¿Sigues ahí?

—Sí, sí.

Laurel se detuvo bajo la luz brillante y anaranjada de una farola cuando Gerry dijo:

—Nunca fueron amigas, Lol. Mamá y esa tal Vivien Jenkins… Según el doctor Rufus, no fueron amigas.

—¿Qué? —Se imaginó que había oído mal.

—Casi ni se conocían.

—¿Mamá y Vivien Jenkins? ¿Qué dices? He visto el libro, la fotografía… Claro que eran amigas.

—Mamá quería ser su amiga… Por lo que he leído, más bien quería ser Vivien Jenkins. Se obsesionó con la idea de que eran inseparables…, «espíritus afines» fueron sus palabras exactas, pero eran solo imaginaciones suyas.

—Pero… Yo no…

—Y entonces ocurrió algo…, no quedó claro qué exactamente…, pero Vivien Jenkins hizo algo que dejó claro a mamá que no eran buenas amigas después de todo.

Laurel recordó la disputa de la que habló Kitty Barker, que había puesto a Dorothy de muy mal humor y despertó su deseo de venganza.

—¿Qué pasó, Gerry? —preguntó—. ¿Sabes qué hizo Vivien? —O qué tomó.

—Ella… Espera. Mierda, se me han acabado las monedas. —Llegó el sonido de unos bolsillos zarandeados con energía y de un receptor que se movía—. Se va a cortar, Lol…

—Llámame. Busca más monedas y vuelve a llamar.

—Demasiado tarde, no tengo. Hablamos pronto; voy a ir a Greena…

La señal de ocupado sonó inexpresiva y Gerry desapareció.

27

Londres, mayo de 1941

Jimmy se había sentido avergonzado la primera vez que llevó a Vivien a casa a visitar a su padre. Su pequeña habitación ya le parecía bastante destartalada, pero al verla a través de los ojos de Vivien comprendió que sus patéticos arreglos para volverla más acogedora no eran sino actos desesperados. ¿De verdad había pensado que un viejo paño sobre el arcón de madera bastaría para convertirlo en una mesa? Al parecer, sí. Vivien, por su parte, fingió a las mil maravillas que no había nada ni remotamente extraño en beber té negro con tazas que no hacían juego junto a un pájaro al pie de la cama de un anciano, y todo fue bastante bien.

Y eso que su padre insistió en llamar a Vivien «tu prometida» todo el tiempo y preguntó, con un tono de voz de lo más nítido, cuándo pensaban casarse. Jimmy había corregido al anciano por lo menos tres veces antes de encogerse de hombros para disculparse ante Vivien y tomárselo todo como una broma. ¿Qué otra cosa podría haber hecho? Se trataba solo del error de un anciano, que había visto a Doll una sola vez, allá en Coventry, antes de la guerra, y no hacía mal a nadie. A Vivien no pareció importarle y el padre de Jimmy fue feliz. Sumamente feliz. Se llevó de maravilla con Vivien. En ella, al parecer, había encontrado el público que había esperado toda su vida.

A veces, al mirarlos mientras reían juntos por alguna anécdota contada por su padre, o cuando trataban de enseñar un nuevo truco a Finchie o discutían de buen humor sobre la mejor manera de cebar un anzuelo, Jimmy creía que su corazón podría estallar de gratitud. Cuánto tiempo había pasado (años) desde que había visto a su padre sin esa línea que le surcaba el ceño al tratar de recordar quién era y dónde estaba.

En ocasiones, Jimmy se sorprendió a sí mismo tratando de imaginar a Doll en el lugar de Vivien, al servir una taza de té a su padre, removiendo la leche condensada como a él le gustaba, o al contar historias ante las que el anciano sacudía la cabeza de sorpresa y placer…, pero, por alguna razón, no lo logró. Se reprendió a sí mismo por intentarlo. Las comparaciones eran irrelevantes, lo sabía, e injustas para ambas mujeres. Doll habría venido de visita si hubiera podido. No era una dama ociosa; sus turnos en la fábrica de municiones eran largos y siempre acababa agotada, así que era natural que dedicase sus escasas tardes libres a ver a sus amigas.

Vivien, por otra parte, parecía disfrutar de verdad el tiempo que pasaba en su pequeña habitación. Una vez, Jimmy cometió el error de darle las gracias, como si le hubiese hecho un gran favor, pero lo miró como si hubiese perdido la cabeza y preguntó: «¿Por qué?». Se sintió tonto ante su perplejidad y cambió de tema gracias a una broma, pero se vio obligado a reflexionar más tarde que tal vez se equivocara y era al anciano a quien Vivien quería ver en verdad. Era una explicación tan plausible como cualquier otra.

A veces aún pensaba en ello y se preguntaba por qué había aceptado ese día en el hospital cuando le propuso caminar a su lado. No necesitaba preguntarse por qué se lo había propuesto: por tenerla de vuelta tras su enfermedad, por cómo se iluminó todo al abrir la puerta de la buhardilla y verla ahí, inesperadamente. Se apresuró a alcanzarla cuando se marchó y abrió la puerta de entrada tan rápido que aún estaba ahí, en las escaleras, poniéndose la bufanda. No había esperado que aceptase; solo sabía que había pensado en ello durante todo el ensayo. Quería pasar tiempo con ella, no porque Dolly se lo hubiese pedido, sino porque le gustaba su compañía, quería estar con Vivien.

—¿Tienes hijos, Jimmy? —le preguntó mientras caminaban. Vivien se movía más despacio de lo habitual, aún delicada tras la enfermedad que la había mantenido en casa. Jimmy había percibido cierta reticencia a lo largo del día… Se reía con los niños como de costumbre, pero en su mirada había una cautela o una reserva a la que no estaba acostumbrado. Jimmy se sintió triste por ella, si bien no sabía por qué exactamente.

—No —negó con la cabeza. Y notó que se ruborizaba al recordar cómo le había molestado a ella que le formulase esa misma pregunta.

Esta vez, sin embargo, era ella quien dirigía la conversación, e insistió:

—Pero quieres tenerlos algún día.

—Sí.

—¿Uno o dos?

—Para empezar. Luego los otros seis. —Vivien sonrió—. Fui hijo único —dijo, a modo de explicación—. Demasiada soledad.

—Nosotros éramos cuatro. Demasiado ruido.

Jimmy se rio, y aún sonreía cuando comprendió algo que no había entendido hasta ese momento.

—Esas historias que cuentas en el hospital —dijo, mientras doblaban la esquina, pensando en la fotografía que había tomado para ella—, con casas de madera sobre pilotes, el bosque encantado, la familia al otro lado del velo…, esa es tu familia, ¿verdad?

Vivien asintió.

Jimmy no sabía muy bien qué le motivó a hablar acerca de su padre ese día... Quizás el aspecto de ella al hacerlo sobre su propia familia, los cuentos que le había oído contar, llenos de magia y nostalgia, que detenían el paso del tiempo, la necesidad repentina de sentirse cerca de alguien... En cualquier caso, habló de él, y Vivien hizo preguntas y Jimmy se acordó del primer día que la vio con los niños, de la suma atención con que escuchaba. Cuando Vivien dijo que le gustaría conocerlo, Jimmy dio por hecho que era una de esas cosas que la gente decía mientras pensaban en el tren que tenían que coger y se preguntaban si llegarían a la estación a tiempo. Pero lo volvió a decir en el siguiente ensayo.

—Le he traído algo —añadió—. Algo que creo que le va a gustar.

Y era cierto. La semana siguiente, cuando Jimmy al fin accedió a llevarla a conocer a su padre, regaló al anciano un estupendo trozo de jibia: «Para Finchie». Lo había encontrado en la playa, dijo, mientras ella y Henry visitaban a la familia del editor de este.

—Es una preciosidad, Jim, muchacho —dijo el padre de Jimmy en voz alta—. Muy bonita... Como salida de un cuadro. Y amable. ¿Vas a esperar para celebrar tu boda a que vayamos a la costa?

—No lo sé, papá —dijo Jimmy, mirando a Vivien, que simulaba un interés desmedido por algunas de las fotografías colgadas en la pared—. Ya veremos, ¿eh?

—No esperes demasiado, Jimmy. Tu madre y yo somos cada día más viejos.

—Vale, papá. Tú serás el primero en saberlo, te lo prometo.

Más tarde, cuando acompañó a Vivien a la estación de metro, le explicó la constante confusión de su padre y le dijo que esperaba que no se hubiese sentido demasiado incómoda.

Ella pareció sorprendida.

—No pidas disculpas por tu padre, Jimmy.

—No, lo sé. Es que… no quería que te sintieses incómoda.

—Al contrario. No me había sentido tan cómoda en mucho tiempo.

Caminaron un poco más sin decir palabra, hasta que al fin Vivien preguntó:

—¿De verdad vas a vivir en la costa?

—Ese es el plan. —Jimmy se estremeció. *Plan*. Había dicho esa palabra sin pensarlo dos veces y se maldijo. Qué torpeza tan enorme mencionar ante Vivien ese mismo futuro que en su mente se entrelazaba con el ardid de Dolly.

—Y te vas a casar.

Jimmy asintió.

—Eso es maravilloso, Jimmy. Me alegro por ti. ¿Es una buena chica?… Sí, claro que lo es. Qué pregunta más tonta.

Jimmy sonrió ligeramente, con la esperanza de no hablar más del tema, pero Vivien dijo:

—¿Y bien?

—¿Y bien?

Vivien se rio.

—Háblame de ella.

—¿Qué quieres saber?

—No sé…, lo normal, supongo… ¿Cómo os conocisteis?

La mente de Jimmy regresó a esa cafetería de Coventry.

—Yo llevaba un saco de harina.

—Y ella fue incapaz de resistirse —bromeó Vivien con amabilidad—. Así que evidentemente siente debilidad por la harina. ¿Qué más cosas le gustan? ¿Cómo es?

—Juguetona —dijo Jimmy, a quien se le contrajo la garganta—. Llena de vida, de sueños. —No estaba disfrutando de la conversación en absoluto, pero se descubrió a sí mismo evocando a Doll: la muchacha que había sido, la mujer que era ahora—. Perdió a su familia en un bombardeo.

—Oh, Jimmy. —La expresión de Vivien se ensombreció—. Pobre. Estará destrozada.

Su compasión era profunda y sincera y Jimmy no lo soportó. Su vergüenza por engañarla, por la parte que ya había desempeñado; su repugnancia por esa doblez… Todo ello lo impulsó a ser sincero. Tal vez, en el fondo, esperaba que la verdad saboteara los planes de Dolly.

—En realidad, creo que tal vez la conoces.

—¿Qué? —Le echó un vistazo, alarmada, al parecer, por tal posibilidad—. ¿Cómo?

—Se llama Dolly. —Contuvo la respiración, consciente de lo mal que habían acabado las cosas entre ellas—. Dolly Smitham.

—No. —Vivien se mostró visiblemente aliviada—. No, no creo que conozca a nadie con ese nombre.

Jimmy se sintió confundido. Sabía que eran amigas…, es decir, que lo habían sido; Dolly se lo había contado todo.

—Trabajabais juntas en el SVM. Antes vivía cerca de ti, al otro lado de la calle, en Campden Grove. Era la dama de compañía de lady Gwendolyn.

—¡Ah! —Vivien al fin comprendió—. Oh, Jimmy —dijo, y se detuvo para agarrarlo del brazo, con esos ojos oscuros abiertos de par en par por el pánico—. ¿Sabe que trabajamos juntos en el hospital?

—No —mintió Jimmy, y se odió a sí mismo.

Su alivio fue palpable; una sonrisa trató de abrirse paso solo para acabar aplastada por una preocupación renovada. Suspiró apesadumbrada y se llevó los dedos a los labios.

—Dios, Jimmy, seguro que me odia. —Sus ojos indagaron en los de él—. Fue horrible… No sé si te lo habrá contado: una vez me hizo un gran favor, me devolvió un medallón que había perdido, pero yo… me temo que fui muy grosera con ella. Había tenido un mal día, había ocurrido algo inesperado; no me sentía bien y fui descortés. Fui a verla para pedirle disculpas, para explicarme; llamé a la puerta del número 7, pero nadie abrió. Luego la anciana murió y todos se fueron; todo sucedió muy rápido. —Los dedos de Vivien habían bajado al medallón mientras hablaba; lo retorcía, dándole vueltas en el hueco de la garganta—. ¿Se lo puedes decir, Jimmy? ¿Decirle que no pretendía tratarla tan mal?

Jimmy dijo que lo haría. La explicación de Vivien lo había complacido sobremanera. Confirmaba la versión de Dolly; pero al mismo tiempo demostraba que esa aparente frialdad de Vivien no había sido más que un gran malentendido.

Caminaron un poco más en silencio, ambos absortos en sus pensamientos, hasta que Vivien dijo:

—¿A qué esperas para casarte, Jimmy? Estáis enamorados, ¿no? Tú y Dolly.

Su alegría se disipó. Deseó, con todas sus fuerzas, que dejase de hablar del tema.

—Sí.

—Entonces, ¿por qué no os casáis ya?

Las únicas palabras que se le ocurrieron para enmascarar la mentira eran un lugar común:

—Queremos que sea perfecto.

Vivien asintió, pensativa, y dijo:

—¿Qué podría ser más perfecto que casarse con la persona que amas?

Quizás la vergüenza que sentía lo llevó a justificarse a sí mismo; quizás fueron los recuerdos latentes de su padre esperando en vano el regreso de su madre, pero Jimmy repitió la pregunta («¿Qué podría ser más perfecto que el amor?») y se rio amargamente.

—Saber que puedes ofrecerle lo bastante para hacerla feliz, para empezar. Que puedes mantener un techo sobre su cabeza, poner comida en la mesa, pagar la calefacción. No es poco para aquellos que no tenemos nada. No es tan romántico como tu idea, lo admito, pero así es la vida, ¿no?

Vivien había palidecido; Jimmy le había hecho daño, lo notó, pero ya estaba muy acalorado en ese momento y, aunque se sentía molesto consigo mismo y no con ella, no se disculpó.

—Tienes razón —dijo Vivien al fin—. Lo siento, Jimmy. He hablado sin pensar; he sido insensible. De todos modos, no es asunto mío. Es que dibujas una imagen tan vívida (la casa de labranza, la costa...), es todo tan maravilloso... Me he dejado llevar por tus planes.

Jimmy no respondió; la había estado mirando mientras hablaba, pero ahora se dio la vuelta. Al observarla el rostro de Vivien le había inspirado una imagen clarísima, en la cual los dos, él y ella, huían juntos a la costa, y deseó interrumpirla, ahí en la calle, tomar su rostro entre las manos y besarla apasionadamente. Dios. ¿Qué le estaba ocurriendo?

Jimmy encendió un cigarrillo y fumó mientras caminaba.

—¿Y a ti? —farfulló, avergonzado, en un intento de hacer las paces—. ¿Qué te espera en el futuro? ¿Con qué sueñas?

—Oh... —Vivien hizo un gesto con la mano—. No pienso mucho en el futuro.

Llegaron a la estación de metro y se despidieron con torpeza. Jimmy se sentía incómodo, por no decir culpable, sobre todo porque debía darse prisa para ir a ver a Dolly en Lyons, como habían acordado. Aun así...

—Déjame que te acompañe a Kensington —dijo antes de que Vivien se fuese—. Para asegurarme de que llegas bien a casa.

Vivien se volvió para mirarlo.

—¿Vas a detener la bomba que lleva escrito mi nombre?

—Saltaré tan alto como pueda.

—No —dijo Vivien—. No, gracias. Prefiero ir sola. —Entonces atisbó de nuevo a la Vivien de antes, la que caminaba por delante de él en la calle y se negaba incluso a sonreír.

Sentada a la mesa del restaurante, Dolly fumaba y miraba por la ventana en busca de Jimmy. De vez en cuando se apartaba del cristal y acariciaba la piel blanca de la manga del abrigo. En realidad, hacía demasiado calor para vestir pieles, pero Dolly prefería no quitárselo. Enfundada en ese abrigo, se sentía importante (incluso poderosa), una sensación que necesitaba ahora más que nunca. Últimamente había tenido la terrible sensación de que los hilos se le escapaban de los dedos y comenzaba a perder el control. El temor le revolvía el estómago… y lo peor de todo era esa incertidumbre creciente que la asaltaba por las noches.

Cuando lo concibió, el plan parecía infalible, una manera sencilla de darle una lección a Vivien Jenkins que al mismo tiempo arreglaría las cosas para ella y Jimmy, pero, a medida que pasaba el tiempo y Jimmy no quedaba con Vivien para sacar la fotografía, y notaba la distancia que crecía entre ellos, lo difícil que le resultaba mirarla a los ojos, Dolly comenzó a comprender que había cometido un gran error; que jamás debió pedirle a Jimmy que lo hiciese. En sus peores momentos, Dolly llegó a pensar que tal vez ya no la amaba como antes, que tal vez ya no creía que fuese excepcional. Y esa idea la aterrorizaba.

Habían tenido una discusión horrible la otra noche. Comenzó por una nadería, por un comentario acerca de su amiga, Caitlin, sobre su conducta al salir a bailar juntas, con Kitty y las otras. Había dicho cosas así cientos de veces antes, pero en esta ocasión se convirtió en una verdadera trifulca. Le sorprendió su tono áspero, las cosas que dijo (que escogiera mejores amigas si tanto le decepcionaban las que tenía, que la próxima vez fuese a visitarlos a él y a su padre en vez de salir con personas a las que apreciaba tan poco) y le pareció tan desmedido, tan cruel que se echó a llorar en plena calle. Cuando Dolly lloraba, Jimmy solía comprender lo dolida que se sentía y se acercaba para enmendar las cosas, pero esta vez no. Solo gritó «¡Dios!» y se alejó, con los puños apretados.

Dolly contuvo los sollozos, escuchando y esperando en la oscuridad, y durante un minuto no oyó nada. Pensó que se había quedado sola de verdad, que lo había presionado demasiado y que la había abandonado al fin.

Jimmy volvió, pero, en lugar de disculparse como Dolly esperaba, dijo, en una voz que ella casi no reconoció: «Deberías haberte casado conmigo, Doll. Maldita sea, debiste haberte casado conmigo cuando te lo pedí».

Dolly sintió un gemido doloroso que se escapaba de la garganta y se oyó a sí misma gritar: «No, Jimmy…, ¡tú deberías haberte declarado antes!».

Se reconciliaron más tarde en las escaleras de la pensión de la señora White. Se dieron un beso de buenas noches, cauteloso, amable, y estuvieron de acuerdo en que se habían dejado llevar por la emoción, eso era todo. Pero Dolly sabía que era más que eso. Se quedó despierta durante horas, reflexionando acerca de las últimas semanas, recordando las veces que lo había visto, lo que había dicho, la forma en que se comportaba, y así, mientras recreaba esas escenas en su mente, lo supo. Era el plan, eso que le había pedido hacer. En vez de arreglar las cosas como esperaba, su ingenioso plan corría el riesgo de malograrlo todo…

Ahora, en el restaurante, Dolly apagó el cigarrillo y sacó la carta del bolso. Abrió el sobre y la leyó de nuevo. Una oferta de trabajo en una pensión llamada Mar Azul. Fue Jimmy quien encontró el anuncio en el periódico y lo recortó para ella. «Suena de maravilla, Doll —dijo—. Un lugar precioso en la costa: gaviotas, sal marina, helados… Y puedo trabajar en…, bueno, ya encontraré algo». Dolly no fue capaz de imaginarse a sí misma barriendo la arena arrastrada por turistas paliduchos, pero Jimmy se quedó junto a ella hasta que escribió la carta, y en parte le gustaba verlo así, tan enérgico. Al final, pensó que por qué no. Jimmy se pondría contento y, si le ofrecían el trabajo, siempre podría enviar una carta discreta y rechazarlo. Dolly se dijo que no necesitaría un trabajo como ese, no cuando consiguiese la fotografía de Vivien…

La puerta del restaurante se abrió y Jimmy entró. Había venido corriendo, notó Dolly… Por las ganas de verla, esperaba. Dolly saludó y lo observó acercarse a la mesa; el cabello, moreno, caía sobre su rostro, lo que le otorgaba un aspecto atractivo y desaliñado, con cierto cariz peligroso.

—Hola, Doll —dijo, dándole un beso en la mejilla—. ¿No hace un poco de calor para ese abrigo?

Dolly sonrió y negó con la cabeza.

—Estoy bien. —Le hizo sitio en el reservado, pero Jimmy se sentó enfrente y alzó la mano para llamar a la camarera.

Dolly esperó hasta que pidieron el té y entonces ya no pudo aguantarse más. Respiró hondo y dijo:

—He tenido una idea. —El gesto de Jimmy se volvió tenso y Dolly sintió una punzada de remordimientos, al ver cómo recelaba de ella. Le acarició la mano con ternura—. Oh, Jimmy, no tiene nada que ver con… —Se interrumpió y se mordió el labio—. De hecho —bajó la voz—, he estado pensando en lo otro, en *el plan*.

Jimmy levantó el mentón, en un gesto defensivo, y Dolly se apresuró a continuar:

—He pensado que deberías olvidar todo eso…, lo de quedar con ella, y hacer la fotografía.

—¿De verdad?

Dolly asintió y, por el aspecto de la cara de Jimmy, supo que había tomado la decisión correcta.

—No debería habértelo pedido —sus palabras se atropellaban unas a otras—, no tenía la cabeza en su sitio. El asunto con lady Gwendolyn, mi familia…, todo eso me desquició un poco, Jimmy.

Jimmy fue a sentarse junto a ella y tomó su cara entre las manos. Sus ojos oscuros indagaron en los de ella.

—Claro que sí, mi pobre niña.

—No debería habértelo pedido —dijo de nuevo, y él la besó—. No era justo. Lo sien…

—Chisss —dijo, con tono aliviado—. Ya no importa. Es parte del pasado. Tú y yo tenemos que olvidar todo eso y mirar hacia delante.

—Me gustaría.

Se apartó para observarla, tras lo cual sacudió la cabeza y se rio con una mezcla de sorpresa y placer. Era un sonido precioso que despertó un cosquilleo en la espalda de Dolly.

—A mí también me gustaría —dijo—. Vamos a empezar por tu idea. ¿No ibas a decirme algo cuando llegué?

—Ah, sí —dijo Dolly con entusiasmo—. Esa obra que estás montando… Debería trabajar, pero he pensado en hacer novillos y acompañarte.

—¿De verdad?

—Pues claro. Me encantaría conocer a Nella y a los otros y, además, ¿qué otra oportunidad voy a tener de ver a mi chico haciendo de Campanilla?

La primera y última representación de *Peter Pan* por el joven elenco del hospital para huérfanos de la guerra del doctor Tomalin fue un éxito abrumador. Los niños volaron y lucharon e hicieron magia en esa buhardilla polvorienta con unas sábanas viejas; los que estaban demasiado enfermos para actuar aplaudían y animaban desde donde los habían colocado entre el público; y Campanilla, bajo las seguras manos de Jimmy, intervino de manera admirable. Al finalizar, los niños sorprendieron a Jimmy al bajar la bandera pirata y sustituirla por una en la que estaba escrito «*La Estrella del Ruiseñor*», tras lo cual interpretaron una versión del relato que les había contado, que habían practicado en secreto durante semanas. Después de que los actores salieran a saludar (otra vez), el doctor Tomalin pronunció un discurso y pidió a Vivien y Jimmy que saludasen también. Jimmy vio a Doll, que lo aplaudía entre el público; él sonrió y le guiñó un ojo.

Le había puesto nervioso su presencia, aunque ahora no sabía por qué. Supuso, cuando Dolly lo sugirió, que se sentía culpable por su intimidad con Vivien y que le ponía nervioso que las cosas acabasen mal entre ellas. En cuanto resultó evidente que no iba a ser capaz de disuadirla, Jimmy trató de minimizar los daños. No había confesado su amistad con Vivien; en su lugar, se había limitado a explicar cómo le pidió cuentas por tratar tan mal a Dolly cuando le devolvió el medallón.

—¿Le has hablado de mí?

—Claro —dijo Jimmy, que tomó su mano al salir del restaurante y adentrarse en la oscuridad del apagón—. Eres mi chica. ¿Cómo no iba a hablarle de ti?

—¿Qué dijo? ¿Lo admitió? ¿Te dijo lo horrible que fue su comportamiento?

—Sí. —Jimmy se detuvo mientras Doll encendía un cigarrillo—. Se sentía muy mal por ello. Dijo que había sufrido un enorme disgusto ese día, pero que eso no justificaba su conducta.

A la luz de la luna, Jimmy vio que el labio inferior de Dolly temblaba de emoción.

—Fue espantoso, Jimmy —dijo en un susurro—. Las cosas que dijo. Lo que me hizo sentir.

Jimmy pasó a Dolly el cabello por detrás de la oreja.

—Quería pedirte disculpas; al parecer, lo intentó, pero cuando fue a la casa de lady Gwendolyn no había nadie.

—¿Vino a verme a mí?

Jimmy asintió, y notó que el gesto de Dolly se dulcificaba. Así, sin más, toda la amargura desapareció. Fue una transformación sobrecogedora y, sin embargo, no debería haberle sorprendido. Las emociones de Doll eran cometas de largos hilos: en cuanto una bajaba, otra de colores brillantes se alzaba en la brisa.

Fueron a bailar y por primera vez en varias semanas, sin ese maldito plan pendiendo sobre sus cabezas, Jimmy y Dolly se divirtieron juntos, igual que antes. Bromearon y se rieron y, cuando se despidió con un beso y salió a hurtadillas por la ventana de la señora White, Jimmy pensaba que quizás no era tan mala idea llevar a Doll a la obra.

Estaba en lo cierto. Tras un inicio titubeante, el día salió mejor de lo que había soñado. Vivien estaba arreglando la vela del barco cuando llegaron. Vio un gesto de sorpresa en su rostro cuando se dio la vuelta y lo vio junto a Doll, una sonrisa que comenzó a borrarse antes de recuperar la compostura, y Jimmy sintió cierto recelo. Vivien se bajó con cuidado mientras Jimmy colgaba el abrigo blanco de Doll y, cuando las dos mujeres se saludaron, Jimmy contuvo el aliento. Pero fue un saludo cordial. Se sintió orgulloso por la actitud de Dolly. Se esforzó por olvidar el pasado y ser amable con Vivien. Notó que Vivien estaba aliviada, si bien más callada de lo habitual, y quizás menos afectuosa. Cuando Jimmy le preguntó si Henry iba a venir a ver la obra, lo miró como si acabara de insultarla, antes de recordarle que su marido tenía un trabajo muy importante en el ministerio.

Menos mal que estaba Dolly, con su don de subir los ánimos.

—Vamos, Jimmy —dijo, pasando el brazo por el de Vivien cuando los niños empezaron a llegar—. Sácanos una fotografía, ¿vale? Un recuerdo de este día.

Vivien comenzó a poner reparos, ya que no le gustaba, dijo, que la fotografiasen, pero Doll estaba esforzándose y Jimmy no quería que fuese en vano.

—Te prometo que no duele —dijo con una sonrisa, y al final Vivien mostró un leve asentimiento…

Los aplausos por fin acabaron y el doctor Tomalin dijo a los niños que Jimmy tenía algo para todos ellos. El anuncio recibió otra ronda de vítores y aplausos. Jimmy los saludó y comenzó a repartir copias de una fotografía. La había tomado durante la ausencia de Vivien por enfermedad: mostraba al elenco con sus trajes, juntos en el barco.

Jimmy también había imprimido una para Vivien. La divisó en un rincón de la buhardilla, recogiendo los disfraces en una cesta de mimbre. El doctor Tomalin y Myra hablaban con Dolly, así que se acercó a dársela.

—Bueno —dijo al llegar a su lado.

—Bueno.

—Críticas entusiastas en el periódico de mañana, seguro. —Vivien se rio.

—Sin duda.

Le dio la fotografía.

—Esto es para ti.

Vivien la cogió y sonrió al ver las caras de los niños. Se agachó para dejar el cesto y, al hacerlo, su blusa se abrió ligeramente y Jimmy vislumbró un moratón que se extendía desde el hombro al pecho.

—No es nada —dijo, al notar su mirada, y los dedos se movieron con presteza para ajustar la tela—. Me caí, en un apagón, al ir al refugio. Un buzón se puso en mi camino… Y eso que su pintura se ve en la oscuridad.

—¿Estás segura? Tiene mal aspecto.

—Me salen moratones con facilidad. —Sus miradas se cruzaron y, durante una fracción de segundo, Jimmy pensó que veía algo en sus ojos, pero ella sonrió—. Por no mencionar que camino demasiado rápido. Siempre me estoy tropezando con cosas… y a veces con gente también.

Jimmy le devolvió la sonrisa, recordando el día que se conocieron; pero, cuando uno de los niños tomó la mano de Vivien y se la llevó lejos, sus pensamientos se centraron en esas enfermedades recurrentes, en que no tuviese hijos y en lo que sabía acerca de las personas a quienes les salen moratones con facilidad, y Jimmy sintió que la preocupación le encogía el estómago.

28

Vivien se sentó a un lado de la cama y cogió la fotografía que le había regalado Jimmy, la que tomó tras un bombardeo, con el humo y los cristales relucientes y la familia al fondo. Sonrió al mirarla y se tumbó, con los ojos cerrados, deseosa de que su mente cayese por el borde, a la tierra de sombras. El velo, las luces al fondo del túnel, y más allá su familia, que la esperaba en casa.

Se quedó ahí, y trató de verlos, y lo intentó de nuevo.

Fue en vano. Abrió los ojos. Últimamente, al cerrar los ojos, lo único que veía Vivien era a Jimmy Metcalfe. Ese mechón de pelo oscuro que caía sobre la frente, esa contracción de los labios cuando iba a decir algo gracioso, las cejas que se enarcaban al hablar de su padre…

Se levantó de repente y se acercó a la ventana, dejando la fotografía sobre la sábana. Ya había pasado una semana desde la obra y Vivien estaba inquieta. Echaba de menos los ensayos con los niños, y a Jimmy, y no soportaba esos días interminables que se dividían entre la cantina y esta casa enorme y silenciosa. Era silenciosa, sin duda: espantosamente silenciosa. Debería haber niños corriendo por las escaleras, deslizándose por las barandillas, pisoteando la buhardilla. Incluso Sarah, la doncella, se había ido… Henry insistió en despedirla después de lo ocurrido, pero a Vivien no le habría importado que Sarah se hubiese quedado. No se había dado cuenta de lo mucho que se había acostumbrado al ruido de la aspiradora contra los rodapiés, el crujido de los suelos avejentados, la certeza intangible de que alguien más respiraba y se movía en el mismo espacio que ella.

Un hombre montando en una vieja bicicleta se tambaleaba por la calle, la cesta del manillar llena de herramientas de jardinería sucias, y Vivien dejó que la fina cortina cayese sobre los cristales. Se sentó en el borde del sillón e intentó de nuevo poner en orden sus pensamientos. Durante días había escrito cartas a Katy en su mente; Vivien percibía una distancia desde la reciente visita a Londres de su amiga, y estaba dispuesta a enmendar las cosas. No a ceder (Vivien jamás se disculpaba si se sabía en lo cierto), pero sí a explicar.

Quería que Katy comprendiese, a diferencia de cuando se vieron, que su amistad con Jimmy era buena y verdadera; sobre todo, que era inocente. Que no tenía intención de abandonar a su marido, poner en peligro su salud o cualquiera de esas terribles posibilidades contra las cuales le advertía Katy. Quería hablarle del viejo señor Metcalfe y cómo la hacía reír, acerca de lo grato que era hablar con Jimmy o mirar sus fotografías, cómo Jimmy pensaba siempre lo mejor de las personas y cómo le inspiraba la confianza de que nunca sería cruel. Quería convencer a Katy de que sus sentimientos por Jimmy eran sencillamente los de una amiga.

Aunque no fuera del todo cierto.

Vivien sabía en qué momento comprendió que se había enamorado de Jimmy Metcalfe. Sentada a la mesa del desayuno, mientras Henry hablaba de un trabajo que hacía en el ministerio, Vivien asentía al mismo tiempo que recordaba una anécdota del hospital, algo gracioso que Jimmy había hecho para animar a un paciente nuevo, y se había reído sin poderlo evitar, lo cual, gracias a Dios, coincidió con una escena del relato que Henry consideraba divertida, ya que le sonrió, se acercó a besarla y dijo: «Sabía que pensarías lo mismo, cariño».

Vivien también sabía que sus sentimientos no eran compartidos y que nunca los revelaría. Incluso si él sintiese lo mismo, no había futuro alguno para Jimmy y Vivien. No podía ofrecérselo. El destino de Vivien estaba sellado. Esa condición no la angustiaba ni molestaba, ya no; había aceptado desde hacía tiempo la vida que la aguardaba y, desde luego, no necesitaba confesiones ilícitas entre susurros o muestras físicas de cariño para sentirse plena.

Todo lo contrario. Vivien había aprendido bien pronto, de niña, en una ajetreada estación de ferrocarril, a punto de embarcar hacia un país desconocido, que lo único que podía controlar era su vida interior. Cuando estaba en la casa de Campden Grove, cuando oía a Henry silbar en el cuarto de baño, recortarse el bigote y admirar su perfil, le bastaba saber que lo que llevaba dentro solo le pertenecía a ella.

Aun así, ver a Jimmy y a Dolly Smitham juntos en la obra había sido turbador. Había hablado una o dos veces acerca de su prometida, pero Jimmy siempre se había mostrado esquivo y Vivien dejó de preguntar. Se había acostumbrado a pensar que no tenía vida más allá del hospital, ni más familia que su padre. Al verlo con Dolly, sin embargo (con qué ternura la tomaba de la mano, cómo la miraba sin quitarle los ojos de encima), Vivien se vio obligada a enfrentarse a la verdad. Tal vez Vivien amase a Jimmy, pero Jimmy quería a Dolly. Además, Vivien comprendía por qué. Dolly era guapa y divertida, y poseía un entusiasmo y un valor que atraían a la gente. Jimmy la había descrito como brillante, y Vivien entendió a lo que se refería. Por supuesto que la amaba; no era de extrañar que se empeñase en proporcionar el mástil a esa vela gloriosa y ondulante… Era el tipo de mujer que inspiraría devoción a un hombre como Jimmy.

Y eso era exactamente lo que Vivien pensaba decir a Katy: que Jimmy estaba prometido, que su novia era una mujer encantadora y que no había motivo para que él y Vivien no siguiesen siendo…

El teléfono sonó en la mesilla de al lado y Vivien lo miró, sorprendida. De día, nadie llamaba al 25 de Campden Grove; los colegas de Henry lo telefoneaban al trabajo, y Vivien apenas tenía amigos, no de los que hacían llamadas telefónicas. Descolgó el receptor con incertidumbre.

Oyó una voz masculina desconocida. No comprendió el nombre: lo dijo demasiado rápido.

—¿Hola? —repitió—. ¿Cómo ha dicho que se llamaba?

—Doctor Lionel Rufus.

Vivien no recordaba a nadie con ese nombre y se preguntó si tal vez sería socio del doctor Tomalin.

—¿En qué puedo ayudarle, doctor Rufus? —A veces le sorprendía a Vivien que su voz fuera como la de su madre, ahora, aquí, en esta otra vida; la voz de su madre que les leía cuentos, penetrante, perfecta, lejana, tan distinta a su voz cotidiana.

—¿Hablo con la señora Vivien Jenkins?

—¿Sí?

—Señora Jenkins, me pregunto si me permitiría hablar con usted sobre un asunto delicado. Se trata de una joven a quien creo que ha visto una o dos veces. Vivió al otro lado de su calle durante un tiempo, donde trabajaba como señorita de compañía de lady Gwendolyn.

—¿Se refiere a Dolly Smitham?

—Sí. Bueno, lo que tengo que decirle no es algo de lo que normalmente hablaría, por cuestiones de confidencialidad; sin embargo, en este caso creo que le conviene saberlo. Es posible que desee sentarse, señora Jenkins.

Vivien ya estaba sentada, así que hizo un pequeño sonido para asentir, y escuchó con suma atención cómo un médico que no conocía le contaba una historia que no se podía creer.

Escuchó y habló muy poco y, cuando el doctor Rufus finalmente colgó, Vivien se sentó con el auricular en la mano durante mucho tiempo. Repasó sus palabras, intentando entrelazar los hilos para que tuviesen sentido. Habló de Dolly («Buena chica, que a veces se deja llevar por su gran imaginación») y su joven novio («Jimmy, creo… No lo conozco en persona»); y le habló de su deseo de estar juntos, de la necesidad que sentían de disponer de dinero para comenzar de nuevo. Y entonces detalló el plan que se les había ocurrido, la parte que le correspondía y, cuando Vivien se preguntó por qué la habían elegido a ella, él le explicó la desesperación de Dolly al ser repudiada por alguien a quien admiraba tanto.

Al principio, la conversación dejó a Vivien anonadada…, gracias al cielo, pues habría sido abrumador el dolor de descubrir que tantas cosas que creía buenas y verdaderas no eran más que una mentira. Se dijo que el hombre estaba equivocado, que era una broma cruel o un error…, pero entonces recordó la amargura que había visto en la cara de Jimmy cuando le preguntó por qué él y Dolly no se casaban ya; cómo la reprendió, asegurando que los ideales románticos eran un lujo solo para quienes pudiesen pagarlos; y entonces lo supo.

Se sentó, inmóvil, mientras sus esperanzas se disolvían en torno a ella. A Vivien se le daba muy bien desaparecer tras la tempestad de sus emociones (tenía mucha experiencia), pero esto era diferente; el dolor atenazaba una parte de ella que había ocultado hacía tiempo en un lugar seguro. Vivien vio con claridad, como no lo había visto antes, que no deseaba solo la compañía de Jimmy, sino lo que representaba. Una vida diferente; la libertad y el futuro que se había impedido imaginar, un futuro que se extendiese ante ella sin impedimentos. También, de un modo extraño, el pasado, y no el pasado de sus pesadillas, sino la oportunidad de reconciliarse con los sucesos de antaño…

Hasta que oyó el reloj del vestíbulo, Vivien no recordó dónde estaba. En la habitación hacía más frío y tenía las mejillas húmedas por las lágrimas que había derramado sin notarlo. Una ráfaga de aire entró por algún sitio y la fotografía de Jimmy cayó de la cama al suelo. Vivien la observó, preguntándose si incluso ese regalo tan especial formaba parte del plan, un ardid para ganarse su confianza y poder llevar a cabo el resto de la estafa: la fotografía, la carta… Vivien se enderezó. Tenía un nudo en el estómago. De pronto comprendió que había más en juego que su propia decepción. Mucho más. Un tren terrible estaba a punto de ponerse en marcha y ella era la única persona que podía detenerlo. Dejó el auricular en su sitio y miró el reloj. Las dos en punto. Lo que significaba que disponía de tres horas antes de tener que volver a casa a prepararse para el compromiso de la cena de Henry.

No tenía tiempo para lamentar sus pérdidas; Vivien se acercó al escritorio e hizo lo que tenía que hacer. Titubeó al dirigirse a la puerta, único gesto que delató su tormento interior, su temor creciente, y luego fue rápidamente a recoger el libro. Escribió el mensaje en el frontispicio, tapó la pluma y, sin otro instante de vacilación, se apresuró escaleras abajo y salió.

La señora Hamblin, la mujer que venía a hacer compañía al señor Metcalfe mientras Jimmy trabajaba, abrió la puerta. Sonrió al ver a Vivien y dijo:

—Ah, qué bien, eres tú, querida. Voy un momentito a la tienda, si no te importa, ahora que estás aquí para cuidarlo. —Se pasó una bolsa por el brazo y se sonó la nariz mientras salía a toda prisa—. He oído decir que hay plátanos en el mercado negro para quien sepa pedirlos con amabilidad.

Vivien se había encariñado muchísimo con el padre de Jimmy. A veces pensaba que su padre podría haber sido como él, de haber tenido la oportunidad de alcanzar esa edad. El señor Metcalfe había crecido en una granja, entre un montón de hermanos, y Vivien podía identificarse con muchas de las anécdotas que relataba; ciertamente, habían influido en las ideas de Jimmy respecto a su futuro. Hoy, sin embargo, no era un buen día para el anciano.

—La boda —dijo, agarrándola del brazo, alarmado—. No nos hemos perdido la boda, ¿verdad?

—Claro que no —dijo con amabilidad—. ¿Una boda sin usted? ¿Cómo se le ocurre? Es imposible que eso ocurra. —El corazón de Vivien se desbordó por él. Estaba viejo, confundido, asustado; Vivien deseó que hubiese algo más que pudiese hacer para ayudarlo—. ¿Una tacita de té? —preguntó.

—Sí —dijo él—. Oh, sí, por favor. —Con la misma gratitud que si le hubiese concedido su mayor deseo—. Sería estupendo.

Mientras Vivien removía la leche condensada, como a él le gustaba, sonó una llave en la cerradura. Jimmy entró y, si se sorprendió al verla ahí, no lo demostró. Sonrió afectuosamente y Vivien le devolvió la sonrisa, consciente del aro de acero que le apretaba el pecho.

Se quedó un rato, hablando con ambos hombres, y alargó la visita todo lo que pudo. Por fin, sin embargo, tuvo que irse; Henry la esperaba.

Como siempre, Jimmy la acompañó a la estación, pero esta vez, al llegar al metro, Vivien no entró de inmediato, como era habitual.

—Tengo algo para ti —dijo, buscando en el bolso. Sacó su ejemplar de *Peter Pan* y se lo dio.

—¿Quieres que me lo quede?

Ella asintió con la cabeza. Jimmy estaba emocionado, pero también, comprendió ella, confundido.

—He escrito una dedicatoria —añadió.

Jimmy abrió el libro y leyó en voz alta lo que había escrito.

—«Una amistad verdadera es una luz entre las tinieblas».
—Sonrió mirando el libro y luego, bajo ese mechón rebelde, a
ella—. Vivien Jenkins, este es el mejor regalo que jamás he recibido.

—Qué bien. —El pecho le dolía—. Entonces, estamos en
paz. —Dudó, pues sabía que lo que estaba a punto de hacer iba
a cambiarlo todo. Entonces, se recordó a sí misma que ya había
cambiado: la llamada telefónica del doctor Rufus se había encargado de ello; aquella voz desapasionada aún retumbaba en su
cabeza, y las cosas que había dicho con tanta claridad—. Tengo
algo más para ti.

—No es mi cumpleaños. Lo sabes, ¿verdad?

Le entregó un trozo de papel.

Jimmy le dio la vuelta, lo leyó y, a continuación, la miró,
consternado.

—¿Qué es esto?

—Creo que no necesita explicación.

Jimmy echó un vistazo por encima del hombro; bajó la
voz:

—Quiero decir, ¿para qué es?

—Es un pago. Por tu magnífico trabajo en el hospital.
—Jimmy le devolvió el cheque como si fuera veneno—. No pedí que me pagaran, solo quería ayudar. No quiero tu dinero.

Por una fracción de segundo, la duda se convirtió en un
estallido de esperanza en su pecho; pero lo conocía bien y vio
cómo sus ojos se apartaban de los de ella. Vivien no se sintió
justificada por su vergüenza; solo le inspiró más tristeza—. Sé
que querías ayudar, Jimmy, y sé que nunca has pedido que te
paguen. Pero quiero que te lo quedes. Estoy segura de que sa-
brás qué hacer con ello. Úsalo para ayudar a tu padre —dijo—.
O a tu preciosa Dolly... Si lo prefieres, piensa que es mi manera

de agradecerle la gran bondad que tuvo de devolverme el meda-llón. Cásate, haz que todo sea perfecto, como los dos queréis, id a la costa y comenzad de nuevo…, la costa, los niños, el futuro que sueñas.

Jimmy habló con una voz inexpresiva:

—Creo que dijiste que no pensabas en el futuro.

—En el mío, no.

—¿Por qué haces esto?

—Porque me gustas. —Vivien tomó sus manos y las es-trechó con firmeza. Eran manos cálidas, esbeltas, amables—. Creo que eres un buen hombre, Jimmy, uno de los mejores que he conocido, y quiero que seas feliz.

—Eso suena demasiado a una despedida.

—¿De verdad?

Jimmy asintió.

—Supongo que lo es. —Vivien se acercó y, tras una brevi-sima vacilación, lo besó, ahí mismo, en plena calle; fue un beso tierno, apenas un roce, y entonces agarró su camisa y apoyó la frente en su pecho, para guardar ese espléndido momento en su memoria—. Adiós, Jimmy Metcalfe —dijo al fin—. Y esta vez…, esta vez, de verdad, no nos volveremos a ver.

Jimmy se quedó mucho tiempo sentado en la estación, con la mirada clavada en el cheque. Se sentía traicionado, enfadado, aun sabiendo que era injusto con ella. Pero… ¿por qué le habría dado tal cosa? Y ¿por qué ahora que el plan de Doll había caído en el olvido y se estaban haciendo amigos de verdad? ¿Tendría algo que ver con su misteriosa enfermedad? Había hablado con un tono terminante; Jimmy estaba preocupado.

Día tras día, mientras esquivaba las preguntas de su padre, quien quería saber cuándo volvería su chica, Jimmy miraba el cheque y se preguntaba qué iba a hacer. Por una parte, quería desgarrar ese papel odioso en cien pedazos diminutos; pero no lo hizo. No era estúpido; sabía que era la respuesta a todas sus oraciones, a pesar de que ardía de vergüenza y frustración y le causaba un dolor extraño e innombrable.

La tarde que quedó con Dolly en Lyons, dudó si debía llevar o no el cheque. Dio vueltas y más vueltas al asunto: lo guardó dentro de *Peter Pan*, lo metió en el bolsillo y, al final, lo volvió a poner en el libro para no tener que ver ese maldito papel. Miró el reloj. Y, a continuación, lo hizo de nuevo, una y otra vez. Iba a llegar tarde. Sabía que Dolly lo estaría esperando; lo había llamado al periódico para decirle que tenía algo importante que mostrarle. Dolly estaría mirando fijamente a la puerta, los ojos abiertos y brillantes, y Jimmy nunca sabría cómo explicarle que acababa de perder algo extraño y precioso.

Con la impresión de que todas las sombras del mundo lo acechaban, Jimmy se guardó *Peter Pan* en un bolsillo y salió.

Dolly estaba sentada en el mismo asiento donde le había propuesto el plan. La vio al instante porque llevaba puesto ese horrible abrigo blanco; ya no hacía mucho frío, pero Dolly se negaba a quitárselo. Para Jimmy, ese abrigo guardaba una relación tan estrecha con ese plan espantoso que le bastaba verlo para que un estremecimiento enfermizo recorriese su cuerpo.

—Siento llegar tarde, Doll. Yo…

—Jimmy. —Los ojos de Dolly resplandecían—. Lo he hecho.

—¿Has hecho qué?

—Toma. —Sostenía un sobre entre los dedos de ambas manos y sacó un pedazo cuadrado de papel fotográfico—. Yo misma la he revelado. —Deslizó la fotografía hasta el otro lado de la mesa.

Jimmy la cogió y durante un breve instante, antes de poder contenerse, sintió un arrebato de ternura. Era una fotografía tomada en el hospital, el mismo día de la obra. Se veía con claridad a Vivien, y también a Jimmy, cerca de ella, con la mano tendida para tocarle el brazo. Estaban mirándose; Jimmy recordó el momento, cuando le vio ese moratón… Y entonces comprendió qué era lo que estaba mirando.

—Doll…

—Es perfecto, ¿a que sí? —Sonreía, orgullosa, como si le hubiera hecho un enorme favor…, casi como si esperase que le diera las gracias.

En voz más alta de lo que pretendía, Jimmy dijo:

—Pero habíamos decidido no hacerlo…, dijiste que era un error, que no deberías habérmelo pedido.

—A ti, Jimmy. No debería habértelo pedido a ti.

Jimmy contempló una vez más la fotografía, tras lo cual miró a Doll. Su mirada era una luz implacable que mostraba todas las grietas de un precioso jarrón. Ella no había mentido; fue él quien comprendió mal. Nunca le habían interesado los niños, la obra, ni hacer las paces con Vivien. Simplemente, había visto su oportunidad.

—Debería haber… —Su rostro se descompuso—. Pero ¿por qué me miras así? Creía que te alegrarías. No has cambiado de opinión, ¿verdad? Escribí la carta con mucho tacto, Jimmy, sin ser desconsiderada en absoluto, y ella va a ser la única que vea la fot…

—No. —Jimmy recuperó la voz—: No, no la va a ver.

—¿Jimmy?

—De eso quería hablarte. —Guardó la fotografía en el sobre y lo alejó de sí, devolviéndosela—. Tírala, Doll. No hace falta, ya no.

—¿Qué quieres decir? —Los ojos de Dolly se entrecerraron, llenos de sospecha.

Jimmy sacó *Peter Pan* del bolsillo, cogió el cheque y lo deslizó sobre la mesa. Dolly le dio la vuelta con cautela.

Sus mejillas se ruborizaron.

—¿Para qué es?

—Me lo dio… Nos lo dio. Por ayudar en el hospital, y para agradecerte que le devolvieras el medallón.

—¿De verdad? —Las lágrimas bañaron los ojos de Dolly; no eran lágrimas de tristeza, sino de alivio—. Pero, Jimmy…, son diez mil libras.

—Sí. —Encendió un cigarrillo mientras ella observaba el cheque, anonadada.

—Mucho más de lo que habría pedido.

—Sí.

Dolly se levantó de un salto para besarlo, y Jimmy no sintió nada.

Deambuló por Londres casi toda la tarde. Doll tenía su libro de *Peter Pan*… Había sido reacio a desprenderse de él, pero Dolly se lo arrebató y le rogó que le permitiese llevarlo a casa y ¿cómo podría haberle explicado su reticencia? Sí se había quedado el cheque, que era un peso muerto en el bolsillo mientras vagaba por una calle tras otra cubiertas de escombros. Sin su cámara no veía los pequeños detalles poéticos de la guerra, no veía más que una destrucción aterradora. Una cosa sabía a ciencia cierta: sería incapaz de usar un solo penique de ese dinero y creía que no podría mirar a Doll a los ojos si ella lo hacía.

Estaba llorando cuando regresó a su habitación, lágrimas ardientes, furiosas, que se limpió con el dorso de la mano, porque todo había salido mal y no sabía cómo arreglarlo. Su padre percibió que estaba molesto, y le preguntó si algún niño del barrio le trataba mal en la escuela… ¿Quería que su papá fuese a darles una lección? El corazón de Jimmy dio un vuelco ante el imposible anhelo de regresar, de ser un niño otra vez. Dio a su padre un beso en la cabeza y le dijo que estaba bien y, al hacerlo, vio la carta sobre la mesa, dirigida en letra pequeña y clara al señor J. Metcalfe.

El remitente era una mujer llamada Katy Ellis, y su motivo para escribir a Jimmy, según decía, era la señora Vivien Jenkins. Mientras leía, el corazón de Jimmy comenzó a latir con ira, amor y, finalmente, determinación. Katy Ellis ofrecía razones de peso para que Jimmy permaneciese lejos de Vivien, pero Jimmy solo sintió una necesidad desesperada de encontrarla. Por fin entendía todo lo que le había parecido tan confuso.

En cuanto a la carta que Dolly Smitham escribió a Vivien Jenkins y la fotografía que contenía el sobre, quedaron olvidadas. Dolly ya no tenía necesidad de ellas, por lo que no buscó el sobre y no echó de menos su desaparición. Pero desapareció. Arrastrado por la gruesa manga de su abrigo blanco al agarrar el cheque e inclinarse extasiada para besar a Jimmy, el sobre se detuvo al borde de la mesa, osciló unos segundos antes de vencerse, al fin, y cayó en esa fina rendija entre el asiento y la pared.

El sobre quedó oculto a simple vista y tal vez así hubiese permanecido, acumulando polvo, carcomido por las cucarachas, desintegrado al fin en el continuo flujo y reflujo de las estaciones, hasta mucho después de que esos nombres que contenía no fuesen más que ecos de vidas lejanas. Pero el destino es juguetón y no fue eso lo que ocurrió.

Esa misma noche, mientras Dolly dormía, acurrucada en su angosta cama en Rillington Place, donde soñaba con la cara que puso la señora White cuando anunció que se iba de la pensión, un Heinkel 111 de la Luftwaffe, ya de regreso a Berlín, soltó una bomba de relojería que cayó en silencio por el cálido cielo nocturno. El piloto habría preferido alcanzar Marble Arch, pero estaba cansado y su puntería se resintió, de modo que la bomba cayó donde estaba la verja de hierro, justo enfrente de Lyons Corner House. Detonó a las cuatro de la mañana siguiente, precisamente cuando Dolly, que se despertó temprano, demasiado excitada para seguir durmiendo, se sentaba en la cama, hojeando el ejemplar de *Peter Pan* que había traído del restaurante, y copió su nombre (Dorothy), con gran esmero, encima de la dedicatoria. Qué amable Vivien al regalárselo… Dolly se entristeció al pensar lo mal que la había juzgado, en especial cuando la fotografía de Jimmy, con las dos juntas en la obra, cayó de entre las páginas. Se alegraba de que ahora fuesen amigas. La bomba se llevó el restaurante y la mitad de la casa de al lado. Hubo víctimas, pero no tantas como era de esperar, y la ambulancia de la Estación 39 respondió con prontitud, tras lo cual se rastrearon las ruinas en busca de supervivientes. Una amable agente llamada Sue, cuyo marido había regresado de Dunkerque con neurosis de guerra y cuyo único hijo había sido evacuado a un lugar de Gales cuyo nombre era incapaz de pronunciar, estaba llegando al final de su turno cuando vio algo entre los escombros.

Sue se frotó los ojos y bostezó, pensó en dejarlo, pero decidió agacharse para recogerlo. Se trataba de una carta, con destinatario y sellos, pero que no había sido enviada. Por supuesto, no la leyó, pero el sobre no estaba cerrado y una fotografía se deslizó en la palma de su mano. Ahora que el amanecer reinaba brillante sobre un Londres devastado, Sue lo vio con claridad: era una fotografía de un hombre y una mujer, amantes, como dedujo con una sola mirada. Cómo clavaba el hombre los ojos en esa bella joven; no podía dejar de mirarla. Él no sonreía como ella, pero todo en ese gesto transmitió a Sue que el hombre de la fotografía amaba a esa mujer con todo su corazón.

Se sonrió, un poco triste, recordando cómo ella y Don solían mirarse el uno al otro, y cerró la carta y se la metió en el bolsillo. Se subió de un salto en su viejo Daimler junto a su compañera de turno, Vera, y condujeron de vuelta al centro. Sue creía en el optimismo y en ayudar a los demás; enviar esa nota de los dos amantes sería su primera buena acción en ese día naciente. Echó el sobre en un buzón de camino a casa y, el resto de su vida, casi siempre feliz, de vez en cuando recordaba a esos amantes y deseaba que todo les hubiera salido bien.

Un día más de ese veranillo otoñal, y una calima dorada se cernía sobre los campos. Tras pasar la mañana junto a su madre, Laurel entregó el testigo a Rose y dejó a ambas con el ventilador, que giraba despacio sobre el tocador, y se aventuró a salir. Tenía intención de dar un paseo junto el arroyo para estirar las piernas, pero la casa del árbol acaparó su atención, y se decidió a subir la escalera. Iba a ser la primera vez en cincuenta años.

Cielos, la puerta era mucho más baja de lo que recordaba. Laurel trepó, con el trasero inclinado en un ángulo desafortunado, tras lo cual se sentó con las piernas cruzadas, a contemplar la habitación. Sonrió cuando vio el espejo de Daphne, que todavía estaba en la viga transversal. El tiempo había resquebrajado el azogue, de modo que, cuando Laurel miró su reflejo, la imagen parecía moteada, como si se viera a través del agua. Era extraño encontrarse en este lugar lleno de recuerdos de la infancia y ver su cara avejentada frente a ella. Como Alicia al caer por la madriguera del conejo; o, más bien, al caer de nuevo, cincuenta años más tarde, y descubrir que solo ella había cambiado.

Laurel dejó el espejo en su sitio y fue a mirar por la ventana, tal como había hecho ese día; casi podía oír ladrar a Barnaby, ver la gallina de un ala trazando círculos en el polvo, sentir el resplandor del verano reflejado en las piedras del camino. Estaba casi convencida de que, si volvía la vista hacia la casa, vería el aro de juguete de Iris meciéndose contra el poste bajo el roce de la brisa cálida. Y, por tanto, no miró. A veces la distancia de los años, todo eso que acababa entre sus pliegues de acordeón, se convertía en un dolor físico. Laurel se apartó de la ventana.

Había traído la fotografía de Dorothy y Vivien a la casa del árbol, la que Rose había encontrado dentro de *Peter Pan,* y la sacó del bolsillo. Junto con la obra, la llevaba consigo a todas partes desde que regresó de Oxford; se había convertido en una especie de talismán, el punto de partida de este misterio que trataba de desentrañar y (por Dios, eso esperaba), con un poco de suerte, la clave para solventarlo. No habían sido amigas, había dicho Gerry, pero, en ese caso, ¿cómo explicar esta fotografía?

Decidida a encontrar una pista, Laurel contempló a ambas mujeres, quienes, cogidas del brazo, sonreían al fotógrafo. ¿Dónde se hicieron la fotografía?, se preguntó. En una habitación, eso era evidente; una habitación de techo inclinado…, ¿una buhardilla, tal vez? No aparecía nadie más en la foto, pero detrás de las mujeres había una pequeña mancha oscura que podría ser una persona que avanzaba muy deprisa… Laurel miró más de cerca…, una persona menuda, a menos que la perspectiva fuese engañosa. ¿Un niño? Tal vez. Aunque eso no era de gran ayuda, pues hay niños por todas partes. (¿O no, en ese Londres en tiempos de guerra? Muchos fueron evacuados, en especial durante los primeros años, cuando Londres sufría constantes bombardeos).

Laurel suspiró, frustrada. Era inútil; a pesar de todos sus esfuerzos, seguía siendo un juego de adivinanzas: una opción era tan plausible como la siguiente y nada de lo que había descubierto hasta el momento explicaba las circunstancias de este retrato. Salvo, quizás, el libro donde se había ocultado durante todas estas décadas. ¿Significaba algo? ¿Guardaban relación esos dos objetos? ¿Su madre y Vivien habían actuado en una obra juntas? ¿O se trataba, simplemente, de otra coincidencia exasperante?

Centró su atención en Dorothy, para lo cual se ajustó las gafas e inclinó la fotografía bajo la luz procedente de la ventana abierta, para ver mejor cada detalle. Reparó en un rasgo extraño en el rostro de su madre; era un gesto forzado, como si el excelente humor que mostraba al fotógrafo no fuese del todo genuino. No era antipatía, ciertamente no; no se percibía que no le gustase la persona que sostenía la cámara... Más bien parecía que esa felicidad era en parte una actuación. Que la motivaba otra emoción que no era pura alegría.

—¡Eh!

Laurel se sobresaltó y lanzó un graznido similar al de un búho. Miró a la entrada de la casa del árbol. Gerry se encontraba al pie de la escalera, riéndose.

—Oh, Lol —dijo, sacudiendo la cabeza—. Deberías haberte visto la cara.

—Sí. Muy divertido, seguro.

—De verdad que sí.

El corazón de Laurel aún latía con fuerza.

—Para un niño, tal vez. —Miró el camino vacío—. ¿Cómo has venido? No he oído ningún coche.

—Hemos estado trabajando en la teleportación..., ya sabes, disolver la materia y luego transmitirla. Va bastante bien por ahora, aunque creo que me he dejado la mitad del cerebro en Cambridge.

Laurel sonrió con una paciencia exagerada. Si bien se sentía encantada de ver a su hermano, no estaba de humor para bromas.

—¿No? Ah, vale. Cogí un autobús y caminé desde la aldea. —Se subió y se sentó a su lado. Parecía un gigante greñudo y desgarbado que estiraba el cuello para contemplar la casa del árbol desde todos los ángulos—. Dios, cuánto tiempo desde la última vez que subí aquí. Me gusta mucho cómo lo tienes decorado.

—Gerry.

—Es decir, también me gusta tu apartamento de Londres, pero esto es menos pretencioso, ¿no crees? Más natural.

—¿Ya has acabado? —Laurel lo reprendió con la mirada.

Gerry fingió reflexionar, dándose golpecitos en la barbilla con un dedo, y se echó atrás el pelo enmarañado.

—¿Sabes? Creo que sí.

—Qué bien. Ahora, ¿tendrías la amabilidad de decirme qué descubriste en Londres? No pretendo ser maleducada, pero estoy intentando resolver un importante misterio familiar.

—Bueno, vale. Si te pones así… —Llevaba una cartera de lona verde y se pasó la correa por encima de la cabeza; sus dedos largos hurgaron dentro para sacar un pequeño cuaderno. Laurel se sintió consternada al verlo, pero se mordió la lengua y no comentó lo desvencijado que estaba: trozos de papel que sobresalían por todas partes, Post-it arrugados arriba y abajo, una mancha de café en la portada. Su hermano tenía un doctorado y mucho más: era de suponer que sabía tomar bien notas, era de esperar que fuese capaz de encontrarlas.

—Mientras estás ocupado —dijo con decidida alegría—. He estado pensando en lo que dijiste por teléfono el otro día.

—¿Hum? —Gerry continuó rebuscando entre ese montón de papeles.

—Dijiste que Dorothy y Vivien no eran amigas, que casi no se conocían.

—Eso es.

—Es que… Lo siento, pero no entiendo cómo es posible. ¿No crees que a lo mejor te equivocaste? Me refiero a que… —levantó la fotografía de las dos jóvenes cogidas del brazo, sonrientes— ¿qué dices de esto?

474

Gerry tomó la fotografía.

—Digo que son dos jóvenes muy bonitas. La calidad del revelado ha mejorado una barbaridad desde entonces. El blanco y negro proporciona un acabado mucho más sugerente que el...

—Gerry —advirtió Laurel.

—Y —le devolvió el retrato— digo que lo único que esta foto me dice es que en cierto momento, hace setenta años, nuestra madre cogió del brazo a una mujer y sonrió a la cámara.

Maldita lógica científica. Laurel torció el gesto.

—¿Y esto? —Sacó la vieja copia de *Peter Pan* y la abrió—. Lleva una dedicatoria —dijo, señalando con el dedo las líneas escritas a mano—. Mira.

Gerry dejó sus papeles sobre el regazo y tomó el libro. Leyó el mensaje.

—«Para Dorothy. Una amistad verdadera es una luz entre las tinieblas. Vivien».

Fue un tanto mezquino por su parte, lo sabía, pero Laurel se sintió un poquito triunfante.

—Eso es un poco más difícil de contradecir, ¿o no?

Se llevó el pulgar al hoyuelo de la barbilla y frunció el ceño, sin quitar la vista de la página.

—Esto, lo reconozco, es un poco más complicado. —Se acercó el libro, arqueó las cejas como si tratara de concentrarse, y se inclinó hacia la luz. Mientras Laurel observaba, una sonrisa iluminó la cara de su hermano.

—¿Qué? —preguntó—. ¿Qué pasa?

—Bueno, no me extraña que no lo hayas notado... Vosotros los de letras no os fijáis mucho en los detalles.

—¿De qué hablas, Gerry?

Gerry le devolvió el libro.

—Mira bien. Me parece que la dedicatoria está escrita con una pluma diferente al nombre que lo encabeza.

Laurel se situó bajo la ventana de la casa del árbol para que la luz del sol iluminase la página. Se ajustó las gafas de leer y miró con suma atención la dedicatoria.

Vaya, qué detective estaba hecha. Laurel no podía creer que no lo hubiese notado antes. El mensaje acerca de la amistad estaba escrito con una pluma y las palabras «Para Dorothy», en lo alto, también en tinta negra, con otra, un poco más fina. Era posible que Vivien hubiese comenzado a escribir con una y continuase con otra (quizás se le acabó la tinta), pero era poco probable.

Laurel sintió el desaliento de buscar una aguja en un pajar, especialmente cuando, al seguir mirando, comenzó a percibir diferencias entre las dos letras. Habló en voz baja, desanimada:

—Lo que sugieres es que mamá añadió su nombre, ¿no? Para que pareciese un regalo de Vivien.

—No sugiero nada. Solo digo que se trata de dos plumas diferentes. Pero sí, es una clara posibilidad, sobre todo a la luz de las observaciones del doctor Rufus.

—Sí —dijo Laurel, que cerró el libro—. El doctor Rufus... Cuéntame todo lo que averiguaste, Gerry. Todo lo que escribió acerca de ese —movió los dedos— trastorno obsesivo de mamá.

—En primer lugar, no era un trastorno obsesivo, era solo una obsesión de las de andar por casa.

—¿Es que hay diferencias?

—Bueno, sí. Una es una definición clínica, la otra es una característica común. Sin duda, el doctor Rufus pensaba que tenía ciertos problemas (ahora hablamos de eso), pero nunca fue su paciente. El doctor Rufus la conocía desde niña..., su hija era amiga de mamá en Coventry. Le caía bien, supongo, y se interesó por su vida.

Laurel echó un vistazo a la fotografía que sostenía en la mano, a su madre, joven y hermosa.

—Se interesó, claro.

—Quedaban a menudo para comer y…

—… Y a él le daba por escribir casi todo lo que le contaba. Vaya amigo.

—Y menos mal, por lo que a nosotros se refiere. —Laurel tuvo que concederle la razón.

Gerry cerró el cuaderno y miró la nota que había pegado en la cubierta.

—Según Lionel Rufus, siempre fue una chica extravertida, juguetona, divertida y muy imaginativa…, como ya sabemos que es mamá. Sus orígenes eran bastante humildes, pero se moría de ganas de vivir una vida fabulosa. Se interesó por ella porque llevaba a cabo una investigación sobre el narcisismo…

—¿Narcisismo?

—… En concreto el papel de la fantasía como mecanismo de defensa. Percibió que algunas cosas que mamá hacía o decía de adolescente concordaban con la lista de rasgos que investigaba. Nada exagerado, solo cierto nivel de ensimismamiento, una necesidad de ser admirada, una tendencia a considerarse excepcional, a soñar con ser exitosa y popular…

—Como todos los adolescentes que he conocido.

—Exactamente, y todo forma parte de una escala. Algunos rasgos narcisistas son comunes y normales, otras personas se valen de esos rasgos de tal forma que la sociedad los recompensa con generosidad.

—¿Por ejemplo?

—Oh, no sé… Actores… —Sonrió con picardía—. Pero, en serio, a pesar de lo que Caravaggio nos quiera hacer creer, no se trata de pasarse el día ante un espejo.

—Eso espero. Daphne estaría en un lío si así fuera.

—Pero la gente con personalidad con tendencia al narcisismo es susceptible de tener ideas y fantasías obsesivas.

—¿Como amistades imaginarias con personas a las que admiran?

—Sí, exactamente. Muchas veces se trata de una inofensiva ilusión que acaba por desvanecerse, sin que afecte al objeto de ese arrebato; en otras ocasiones, sin embargo, si la persona se ve obligada a confrontar el hecho de que su fantasía no es real (si ocurre algo que resquebraja el espejo, por así decirlo), bueno, digamos que suelen sentir los rechazos muy vivamente.

—¿Y suelen buscar venganza?

—Eso creo. Aunque es más probable que piensen que buscan justicia y no venganza.

Laurel encendió un cigarrillo.

—Las notas de Rufus no se explayan demasiado, pero parece que a comienzos de los años cuarenta, cuando mamá tenía unos diecinueve años, tuvo dos grandes fantasías: la primera con respecto a su señora…, estaba convencida de que la vieja aristócrata la consideraba como si fuera su hija y le iba a dejar la mayor parte de sus bienes…

—¿Y no lo hizo?

Gerry inclinó la cabeza y esperó pacientemente a que Laurel dijese:

—No, por supuesto que no. Continúa…

—La segunda fue su amistad imaginaria con Vivien. Se conocían, pero no tanto como mamá creía.

—¿Y entonces ocurrió algo que estropeó la fantasía?

Gerry asintió.

—No encontré muchos detalles, pero Rufus escribió que mamá sufrió una «afrenta» de Vivien Jenkins; las circunstancias no están claras, pero tengo entendido que Vivien declaró abiertamente que no la conocía. Mamá se sintió herida y humillada, enfadada también, pero bien, o eso pensaba él, hasta que más o menos un mes más tarde supo que tenía una especie de plan para «arreglar las cosas».

—¿Eso le dijo mamá?

—No, no creo… —Gerry recorrió la nota con la vista—. No especificó cómo lo supo, pero me dio la impresión, por su forma de expresarse, de que esa información no provino directamente de mamá.

Laurel torció la boca, pensativa. Las palabras «arreglar las cosas» le recordó la visita a Kitty Barker, en concreto la descripción que hizo la anciana de esa noche que salió a bailar con mamá. El extraño comportamiento de Dolly, ese «plan» del que hablaba sin parar, la amiga que la acompañaba, una muchacha con quien había crecido en Coventry. Laurel fumó ensimismada. La hija del doctor Rufus, tenía que ser ella, quien más tarde contaría a su padre lo que había oído.

Laurel sintió lástima por su madre: despreciada por una amiga, delatada por otra. Recordaba muy bien la ardiente intensidad de sus fantasías de adolescente; fue un alivio convertirse en actriz y ser capaz de expresarlas en sus creaciones artísticas. Dorothy, sin embargo, no había tenido esa oportunidad…

—Entonces, ¿qué sucedió, Gerry? —dijo—. ¿Mamá olvidó sus fantasías y se convirtió en sí misma? —Laurel recordó el cuento del cocodrilo que inventó su madre. Ese tipo de cambio era exactamente lo que sugería en el relato, ¿o no? La transición de la joven Dolly de los recuerdos londinenses de Kitty Barker a la Dorothy Nicolson de Greenacres.

—Sí.

—¿Es posible algo así?

Gerry se encogió de hombros.

—Puede ocurrir, puesto que ha ocurrido. Mamá es la prueba.

Laurel movió la cabeza, maravillada.

—Vosotros los científicos os creéis todo lo que las pruebas os dicen.

—Pues claro. Por eso se llaman pruebas.

—Pero, Gerry, ¿cómo…? —Laurel necesitaba algo más—. ¿Cómo se libró de esos… rasgos?

—Bueno, si consultamos las teorías de nuestro buen amigo Lionel Rufus, parece que, aunque algunas personas llegan a padecer un auténtico trastorno de la personalidad, muchas otras superan esos rasgos narcisistas de la adolescencia al llegar a la edad adulta. De mayor importancia para el caso de mamá, sin embargo, es su teoría de que un acontecimiento traumático (ya sabes, una fuerte impresión, una pérdida, un desengaño), algo que no pertenece al ámbito propio de la persona narcisista, puede, en algunos casos, «curarlas».

—¿Devolverlas a la realidad, quieres decir? ¿Y que miren hacia fuera en lugar de hacia dentro?

—Exactamente.

Era lo que se habían planteado esa noche en Cambridge: que su madre había participado en algo que salió muy mal y por ello se convirtió en mejor persona.

—Supongo que es así con todos nosotros… —dijo Gerry—. Crecemos y cambiamos según nos trate la vida.

Laurel asintió absorta y se terminó el cigarrillo. Gerry estaba guardando el cuaderno y parecía que habían llegado al final del camino, pero entonces se le ocurrió algo.

—Has dicho que el doctor Rufus estudiaba la fantasía como mecanismo de defensa. ¿Defensa contra qué, Gerry?

—Un montón de cosas, aunque el doctor Rufus creía que los niños que se sentían inadaptados en sus familias (ya sabes, que sus padres los mantenían a distancia o se sentían raros o diferentes) eran susceptibles de desarrollar rasgos narcisistas como una forma de autoprotección.

Laurel caviló sobre la reticencia de su madre a hablar acerca de su pasado en Coventry, de su familia. Siempre lo había aceptado, pensando que la afectaba sobremanera el dolor de su pérdida; ahora, sin embargo, se preguntó si su silencio no respondía en parte a otro motivo. «Yo solía meterme en líos cuando era joven. —Laurel recordó las palabras de su madre (que solía decir cuando Laurel se portaba mal)—; siempre me sentí diferente a mis padres... Creo que no sabían muy bien qué hacer conmigo». ¿Y si la joven Dorothy Smitham nunca fue feliz en su hogar? ¿Y si se sintió un ser marginal toda su vida y su soledad la impulsó a crear esas fantasías grandiosas en un desesperado intento por saciar su hambre interior? ¿Y si todo hubiera salido terriblemente mal y sus sueños se desmoronasen, y tuviese que convivir con ese hecho hasta que al fin se le concedió una segunda oportunidad, la ocasión de superar el pasado y comenzar de nuevo, para convertirse, esta vez sí, en la persona que siempre quiso ser, rodeada de una familia que la adoraba?

No era de extrañar que la hubiese conmocionado de tal modo ver a Henry Jenkins, después de tanto tiempo, llegando por el camino. Debió de ver al causante del fracaso de su gran sueño y su aparición representaría una colisión del pasado y del presente propia de una pesadilla. Tal vez fuese la impresión lo que la llevó a hundir el cuchillo. La impresión y el temor a perder la familia que había formado y que adoraba. Laurel no se sentía menos desgarrada por lo que había visto, pero sin duda, en cierta medida, ayudaba a explicarlo.

Pero ¿cuál fue ese «acontecimiento traumático» que tanto la cambió? Tenía que ver con Vivien, con ese plan; Laurel habría apostado un brazo. Pero ¿qué, exactamente? ¿Existía alguna manera de averiguarlo? ¿Un lugar donde buscar?

Laurel pensó en el baúl cerrado de la buhardilla, el lugar donde su madre había escondido el libro y la fotografía. Contenía muy pocas cosas: solo el viejo abrigo blanco, el Mr. Punch de su madre y la tarjeta de agradecimiento. El abrigo formaba parte de la historia (con certeza, ese billete que databa de 1941 debía de ser el que mamá compró al huir de Londres), si bien era imposible saber la procedencia de la figurilla... Pero ¿y la tarjeta y el sobre con el sello de la coronación? Al encontrar la tarjeta Laurel experimentó un efímero *déjà-vu...* Se preguntó si merecería la pena echarle otro vistazo.

Esa noche, cuando el calor del día comenzaba a batirse en retirada y caía la noche, Laurel dejó a sus hermanas mirando viejas fotografías y desapareció en la buhardilla. Había cogido la llave en la mesilla de su madre sin siquiera una pizca de remordimientos. Tal vez, como sabía exactamente qué contenía el baúl, curiosear ya no era tan grave. Eso o sus principios morales yacían casi moribundos. En cualquier caso, no se entretuvo: tomó lo que buscaba y enseguida volvió abajo.

Cuando Laurel devolvió la llave, Dorothy aún dormía, con la sábana extendida sobre el cuerpo y el rostro pálido sobre la almohada. La enfermera se había ido hacía una hora y Laurel ayudó a bañar a su madre. Mientras bajaba el camisón de franela por los brazos de la anciana, pensó: «Estos son los brazos que me criaron»; al sostener la mano, vieja, vieja, se descubrió a sí misma tratando de recordar la sensación opuesta, sus dedos pequeñitos cubiertos por la mano segura de su madre. Incluso el clima, ese calor tan impropio de la estación, las ráfagas de aire cálido que llegaban de la chimenea, hizo que Laurel sintiera una nostalgia inexplicable. «No hay nada inexplicable en ello —dijo una voz dentro de su cabeza—. Tu madre se muere..., claro que sientes nostalgia». A Laurel no le gustó esa voz y la espantó.

Rose asomó la cabeza por la puerta de su habitación y dijo, en voz baja:

—Acaba de llamar Daphne. Su avión aterriza en Heathrow mañana al mediodía.

Laurel asintió. Menos mal. Antes de irse, la enfermera les había dicho, con una delicadeza que Laurel agradeció, que era hora de llamar al resto de la familia. «No le queda mucho camino por recorrer —dijo la enfermera—. Su largo viaje toca a su fin». Y era un largo viaje, sin duda: Dorothy había vivido toda una vida antes del nacimiento de Laurel, una vida que Laurel apenas comenzaba a vislumbrar.

—¿Quieres algo? —dijo Rose, que ladeó la cabeza. Unas ondas de pelo plateado cayeron sobre un hombro—. ¿Una taza de té?

—No, gracias —dijo Laurel, y Rose se fue. Abajo, en la cocina, los sonidos delataron sus movimientos: el zumbido de la tetera, las tazas que se posaban en la mesa, el ruido de la cubertería en el cajón. Eran los sonidos reconfortantes de la vida en familia y Laurel se alegró de que su madre estuviese en casa para oírlos. Se acercó a la cama y se sentó en una silla. Acarició la mejilla de Dorothy, levemente, con la yema de los dedos.

Era relajante ver el suave ascenso y descenso del pecho de su madre. Laurel se preguntó si, aun dormida, oía lo que sucedía a su alrededor; si estaría pensando: «Mis hijos están aquí, mis hijos ya crecidos, felices y sanos, que disfrutan al estar juntos». Era difícil de saber. Sin duda, el sueño de su madre era ahora más reposado; no había vuelto a tener pesadillas desde esa noche y, si bien sus momentos de lucidez eran escasos, cuando llegaban eran radiantes. Parecía haberse librado de la inquietud (de la culpa, supuso Laurel) que la había dominado durante las últimas semanas, y se alejaba del lugar donde reinaba la contrición.

Laurel se alegraba por ella; a pesar de lo ocurrido en el pasado, era insoportable pensar que su madre, cuya vida estaba llena de bondad y amor (¿de arrepentimiento, quizás?) se viese engullida por la culpa al final del camino. Sin embargo, una parte egoísta de Laurel quería saber más, necesitaba hablar con su madre antes del fin. Era abrumador pensar que Dorothy Nicolson podía morir sin haber hablado con ella acerca de lo ocurrido ese día de 1961, y de lo que sucedió mucho antes, en 1941, ese «suceso traumático» que lo cambió todo. A estas alturas, era evidente que Laurel solo iba a encontrar las respuestas que necesitaba si formulaba las preguntas a su madre. «Vuelve a preguntarme algún día, cuando seas mayor», respondió su madre cuando Laurel quiso saber cómo ese cocodrilo se había transformado en persona; y Laurel tenía intención de preguntarlo ya. Por sí misma, pero sobre todo para ofrecer a su madre la paz y el perdón verdadero que sin duda ansiaba.

—Háblame de tu amiga, mamá —dijo Laurel con voz queda en la habitación silenciosa y en penumbra.

Dorothy se movió y Laurel lo dijo de nuevo, un poco más fuerte:

—Háblame de Vivien.

No esperaba respuesta (la enfermera le había administrado morfina antes de irse) y no recibió ninguna. Laurel se recostó en la silla y sacó la vieja tarjeta del sobre.

El mensaje no había cambiado; aún decía «Gracias», nada más. No habían aparecido nuevas palabras, ni pistas acerca de la identidad del remitente, ni respuestas al enigma que pretendía resolver.

Laurel dio vueltas y más vueltas a la tarjeta, preguntándose si la consideraba importante solo porque carecía de otras opciones. Al guardarla de nuevo en el sobre, el sello le llamó la atención.

Al igual que la última vez, sintió el roce de un recuerdo.

Algo se le escapaba, algo relacionado con ese sello.

Laurel lo miró más de cerca, y estudió la cara de la joven reina, el vestido de su coronación… Era difícil de creer que habían pasado casi sesenta años. Hizo sonar el sobre, pensativa. Quizás intuía que la tarjeta era importante no tanto en relación con el misterio de su madre como con un evento que dominó imponente la imaginación de la Laurel niña. Aún recordaba verlo en la televisión que sus padres habían tomado prestada especialmente para la ocasión; todos se reunieron a su alrededor y...

—¿Laurel? —La vieja voz era tan leve como una voluta de humo.

Laurel apartó la tarjeta y apoyó los codos en el colchón mientras tomaba la mano de su madre.

—Estoy aquí, mamá.

Dorothy sonrió débilmente. Sus ojos se empañaron al mirar a su hija mayor.

—Estás aquí —repitió—. Creía que había oído... Creía que habías dicho...

«Vuelve a preguntarme algún día, cuando seas mayor». Laurel se sintió al borde de un precipicio; siempre había creído en los momentos cruciales, que se abrían como una encrucijada: este, lo sabía, era uno de ellos.

—Te preguntaba por tu amiga, mamá —dijo—. En Londres, en los años de la guerra.

—Jimmy. —El nombre surgió de súbito, acompañado por una mirada de pánico, desvalida—. Él... Yo no...

La cara de mamá era una máscara de angustia y Laurel se apresuró a calmarla.

—Jimmy no, mamá... Hablaba de Vivien.

Dorothy no dijo ni una palabra. Laurel vio que su mandíbula temblaba con frases no pronunciadas.

—Mamá, por favor.

Y tal vez Dorothy percibió la desesperación en la voz de su hija mayor, pues suspiró con un dolor antiguo, sus párpados se estremecieron y dijo:

—Vivien... era débil. Una víctima.

A Laurel se le puso la piel de gallina. Vivien era una víctima, fue la víctima de Dorothy..., era casi una confesión.

—¿Qué le ocurrió a Vivien, mamá?

—Henry era una mala bestia…

—¿Henry Jenkins?

—Un hombre despiadado…, le pegaba… —La anciana mano de Dorothy agarró la de Laurel, con dedos temblorosos.

La cara de Laurel se acaloró al comprender. Pensó en los interrogantes que se había planteado al leer los diarios de Katy Ellis. Vivien no estaba enferma ni era estéril: estaba casada con un hombre violento. Una bestia encantadora que maltrataba a su esposa a puerta cerrada y se mostraba sonriente ante el mundo; quien la sometía a palizas que la mantenían en cama durante días al mismo tiempo que guardaba vigilia a su lado.

—Era un secreto. Nadie lo sabía…

Eso no era del todo cierto. Katy Ellis lo supo: las eufemísticas referencias a la salud y el bienestar de Vivien; la excesiva preocupación por la amistad de Vivien con Jimmy; la carta que tenía la intención de escribir, para explicarle por qué debía alejarse de ella. Katy se desesperaba intentando que Vivien no hiciese nada que despertase la ira de su marido. ¿Por eso aconsejó a su joven amiga que no acudiese al hospital del doctor Tomalin? ¿Estaba Henry celoso del lugar que ocupaba ese hombre en el afecto de su esposa?

—Henry… Yo tenía miedo…

Laurel miró la cara pálida de su madre. Katy había sido la amiga y la confidente de Vivien: era comprensible que conociese ese lúgubre secreto conyugal; pero ¿cómo sabía mamá tal cosa? ¿La violencia de Henry no se limitó a los confines del hogar? ¿Por eso fracasó el plan de los jóvenes amantes?

Y entonces a Laurel se le ocurrió una idea repentina y terrible. Henry había matado a Jimmy. Descubrió la amistad de Jimmy con Vivien y lo mató. Por eso mamá no se había casado con el hombre al que amaba. Las respuestas caían como fichas de dominó: por eso sabía el secreto de la violencia de Henry, por eso estaba asustada.

—Por eso —dijo Laurel atropelladamente—. Mataste a Henry por lo que le hizo a Jimmy.

La respuesta llegó con tal ligereza que podría haber sido el movimiento de las alas de la polilla que entró por la ventana abierta y volaba hacia la luz. Pero Laurel la oyó.

—Sí.

Una sola palabra, pero fue música para los oídos de Laurel. Esas dos sencillas letras encerraban la respuesta a la pregunta de toda una vida.

—Te asustaste cuando vino aquí, a Greenacres, por si había venido a hacerte daño, porque todo salió mal y Vivien murió.

—Sí.

—Pensaste que también iba a hacer daño a Gerry.

—Él dijo… —Los ojos de mamá se abrieron de par en par; agarró la mano de Laurel con más fuerza—. Dijo que iba a destruir todo lo que yo amaba…

—Oh, mamá.

—Igual que yo…, igual que yo había hecho con él.

Cuando su madre la soltó, extenuada, Laurel podría haber llorado; la abrumó una sensación de alivio casi opresiva. Al fin, después de semanas de indagaciones y de años de conjeturas, todo quedó explicado: lo que había visto, la amenaza que sintió al ver al hombre de sombrero negro avanzando por el camino, la reserva que más adelante no lograba comprender.

Dorothy Nicolson mató a Henry Jenkins cuando vino a Greenacres en 1961 porque era un monstruo violento que solía maltratar a su esposa; había matado al amante de Dorothy y pasó dos décadas buscándola. Cuando la encontró, amenazó con destruir a la familia que ella tanto quería.

—Laurel…

—¿Sí, mamá?

Pero Dorothy no dijo nada más. Sus labios se movieron en silencio al mismo tiempo que rastreaba los polvorientos rincones de su mente, aferrándose a hilos perdidos que era incapaz de agarrar.

—Tranquila, mamá. —Laurel acarició la frente de su madre—. Todo va bien. Todo va bien ahora.

Laurel extendió las sábanas y se quedó un tiempo observando la cara de su madre, ya sosegada, dormida. Durante todo este tiempo, comprendió, esta búsqueda había sido motivada por el anhelo de saber que su familia feliz, su infancia entera, esas miradas llenas de amor entre su madre y su padre, no eran mentira. Y ahora lo sabía.

Le dolía el pecho, sumido en una compleja mezcla de ardiente amor, de sobrecogimiento y, sí, por fin, de aceptación.

—Te quiero, mamá —susurró, cerca del oído de Dorothy, y se sintió ante el final de su búsqueda—. Y te perdono, también.

Como de costumbre, la voz de Iris sonaba cada vez más acalorada en la cocina y Laurel, de repente, deseó ir junto a sus hermanos. Subió las mantas de mamá con delicadeza y le dio un beso en la frente.

La tarjeta de agradecimiento reposaba en la silla, detrás de ella, y Laurel la cogió, con la intención de guardarla en el dormitorio. Su mente ya estaba abajo, preparando una taza de té, debido a lo cual más tarde no sabría decir por qué notó esas pequeñas manchas negras en el sobre.

Pero las notó. A mitad de camino, en la habitación de mamá, sus pasos vacilaron y se detuvieron. Se acercó a donde había más luz, se puso las gafas de leer y acercó el sobre a los ojos. Y, entonces, sonrió, lentamente, asombrada.

Había prestado tanta atención al sello que casi se perdió la pista verdadera. Era una carta franqueada. El matasellos, de hacía décadas, no era fácil de leer, pero era lo bastante claro para distinguir la fecha en que enviaron la tarjeta (el 3 de junio de 1953) y, mejor aún, de dónde la habían enviado: Kensington (Londres).

Laurel miró atrás, a la figura dormida de su madre. Era el mismo lugar donde mamá había vivido durante la guerra, en una casa de Campden Grove. Pero ¿quién le había mandado una tarjeta de agradecimiento más de una década después, y por qué?

30

Londres, 23 de mayo de 1941

Vivien miró el reloj, la puerta de la cafetería y, finalmente, la calle. Jimmy había dicho que a las dos, pero ya eran casi las dos y media y no había ni rastro de él. Quizás hubiese tenido un problema en el trabajo, o quizás con su padre, pero Vivien no lo creía. Su mensaje había sido urgente (necesitaba verla) y lo había entregado mediante un método un tanto críptico; Vivien no podía creer que se hubiese entretenido. Se mordió el labio y volvió a mirar el reloj. Sus ojos recorrieron la taza de té que se había servido hacía quince minutos, la muesca en el borde del platillo, el té ya seco en la cuchara. Echó otro vistazo por la ventana, no vio a nadie que conociese e inclinó el sombrero para ocultarse la cara.

Su mensaje había sido una sorpresa, una sorpresa maravillosa, terrible, turbadora. Cuando le dio el cheque, Vivien creyó que no volvería a verlo. No había sido un truco, un ardid para embaucarlo; Vivien valoraba la vida de Jimmy, si no la propia, demasiado para ello. Su intención había sido la opuesta. Después de oír la historia del doctor Rufus, tras darse cuenta de las posibles repercusiones (para todos ellos) si Henry descubriese su amistad con Jimmy y su trabajo en el hospital del doctor Tomalin, no vio otra alternativa. Y, de hecho, era la alternativa perfecta. Proporcionaba dinero a Dolly y era el tipo de afrenta que más ofendería a un hombre como Jimmy, un hombre de honor, amable y, por tanto, debería ser suficiente para mantenerlo alejado (a salvo) para siempre. Vivien había sido imprudente al permitirle acercarse tanto, debería haberlo sabido; ella misma había provocado esta situación.

De alguna manera, dar el cheque a Jimmy proporcionó a Vivien lo que más quería. Sonrió, solo un poco, al pensarlo. Su amor por Jimmy era generoso: no porque ella fuese buena persona, sino porque debía serlo. Henry nunca permitiría que estuviesen juntos, así que el amor de Vivien adquirió otra forma, la de desearle la mejor vida posible, incluso si ella no podía formar parte de ese futuro. Jimmy y Dolly ahora tenían la libertad de cumplir sus sueños: irse de Londres, casarse, vivir felices para siempre. Y al regalar ese dinero que Henry tan celosamente guardaba, Vivien lo golpeaba de la única manera que podía. Lo descubriría, por supuesto. No era fácil soslayar las estrictas reglas de su herencia, pero a Vivien no le interesaba el dinero ni lo que podía comprar: firmaba lo que Henry le pedía y ella apenas necesitaba cosas. No obstante, Henry se encargaba de saber con precisión qué gastaba y dónde; Vivien iba a pagar un alto precio, al igual que cuando hizo la donación al hospital del doctor Tomalin, pero valía la pena. Oh, sí, le complacía saber que el dinero que tanto deseaba acabaría en manos de otro.

Lo cual no significaba que despedirse de Jimmy no fuese uno de los actos más angustiosos de la vida de Vivien, pues lo había sido. Ahora que esperaba verlo, la alegría palpitaba bajo su piel al imaginar que entraba por esa puerta, con el mechón de pelo moreno sobre los ojos, esa sonrisa que sugería cosas secretas, ante la cual se sentía comprendida y admirada antes de que él dijese una sola palabra: no se podía creer que hubiese encontrado la fuerza para haber venido.

Ahora, en el café, alzó la vista cuando una de las camareras se acercó a su mesa y le preguntó si deseaba algo de comer. Vivien le dijo que no, que por el momento solo quería té. Se le ocurrió que Jimmy quizás hubiese venido y se hubiese ido ya, que no había llegado a tiempo (Henry estaba inusualmente tenso estos días, no había sido fácil escabullirse), pero, cuando le preguntó, la camarera negó con la cabeza.

—Sé quién dice —afirmó—. Un hombre guapo que siempre lleva una cámara. —Vivien asintió—. Llevo un par de días sin verlo, lo siento.

La camarera se fue y Vivien se giró y miró por la ventana de nuevo, a ambos lados de la calle, por si veía a Jimmy o a alguien que estuviese al acecho. Las palabras del doctor Rufus la dejaron conmocionada al principio, pero, de camino a casa de Jimmy, Vivien creyó comprender: la desolación de Dolly al imaginarse rechazada, su sed de venganza, su ardiente deseo de reinventarse y comenzar de nuevo. Había personas, pensó, para quienes un ardid de este tipo sería inconcebible, pero Vivien no era una de ellas. No le resultaba difícil creer que una persona podría llegar a tales extremos si pensaba que así podría escapar; en especial, alguien como Dolly, a la deriva tras la muerte de su familia.

La parte de la historia del doctor Rufus que cortaba como un cuchillo era que Jimmy estuviese involucrado. Vivien se negaba a creer que todo lo que habían compartido había sido una mentira. Sabía que no lo había sido. No importaban los motivos por los cuales Jimmy se acercó a ella ese día en la calle: lo que ambos sentían era real. Su corazón se lo decía, y el corazón de Vivien nunca se equivocaba. Lo supo esa misma noche, en la cantina, cuando vio la fotografía de Nella y exclamó, y Jimmy alzó la vista y sus ojos se encontraron. Lo sabía, también, porque él no se había alejado. Le había dado el cheque (todo lo que Dolly ansiaba y más), pero no se había ido. Jimmy se negaba a dejarla marchar.

Jimmy envió un mensaje mediante una mujer a la que Vivien no conocía, bajita y simpática, que llamó a la puerta del 25 de Campden Grove con una lata en la mano para pedir donaciones al Hospital de Soldados. Vivien estaba a punto de coger el bolso cuando la mujer sacudió la cabeza y susurró que Jimmy necesitaba verla, que la esperaría en el café de la estación el viernes a las dos. Y la mujer desapareció y Vivien sintió el renacer de la esperanza antes de saber cómo contenerla.

Pero (Vivien miró el reloj) ya eran casi las tres; no iba a venir. Lo sabía. Lo había sabido durante la última media hora.

Henry llegaría a casa dentro de una hora y tenía que ocuparse de ciertas cosas antes de que apareciese, esas cosas que él daba por hechas. Vivien se levantó y metió la silla debajo de la mesa. Su decepción era ahora cien veces más desoladora que la última vez que lo vio. Pero no podía esperar más tiempo; ya se había quedado más de lo que era sensato. Vivien pagó la taza de té y, tras recorrer el café con una última mirada, se caló el sombrero y se apresuró hacia Campden Grove.

—¿Has salido de paseo?

Vivien se puso rígida en el vestíbulo de entrada; miró por encima del hombro, al otro lado la puerta abierta. Henry se encontraba en el sillón, con las piernas cruzadas, los zapatos negros relucientes, y la observaba por encima de un voluminoso informe del ministerio.

—Yo… —Sus pensamientos se estancaron. Había llegado temprano. Debía darle la bienvenida en la puerta cuando llegaba a casa, ofrecerle un whisky y preguntarle si había tenido un buen día—. Hace un día precioso. No me pude resistir.

—¿Has ido al parque?

—Sí. —Sonrió, tratando de inmovilizar el conejo que saltaba en su pecho—. Los tulipanes están en flor.

—¿De verdad?

—Sí.

Alzó de nuevo el informe, que le cubrió la cara, y Vivien se permitió respirar una vez más. Se quedó donde estaba, pero solo un segundo, para estar segura. Con cuidado de no moverse demasiado rápido, dejó el sombrero en el perchero, se quitó la bufanda y caminó en silencio, lejos.

—¿Has visto a algún amigo mientras estabas fuera? —La voz de Henry la detuvo al pie de las escaleras.

Vivien se dio la vuelta, lentamente; Henry se apoyaba, indiferente, contra la jamba del salón, mesándose el bigote. Había estado bebiendo; lo denotaban sus modales, esa laxitud que Vivien reconocía, que le encogió el estómago con temor. Otras mujeres, lo sabía, pensaban que Henry era atractivo, por esa expresión oscura, casi burlona, por la forma en que sus ojos se clavaban en los de ellas; pero no Vivien. No lo pensó jamás. Desde la noche en que se conocieron, cuando creía estar sola junto al lago, en Nordstrom, y alzó la vista para encontrarlo apoyado contra una pared, observándola mientras fumaba. Había algo en esos ojos al mirarla; lujuria, por supuesto, pero algo más. Se le puso la piel de gallina. Lo vio en sus ojos ahora, una vez más.

—Vaya, Henry, no —dijo, con el tono más ligero que pudo—, claro que no. Ya sabes que no tengo tiempo para ver a mis amigos, no con el trabajo en la cantina.

En la casa reinaba el silencio: abajo la cocinera no estiraba la masa para el pastel de la cena, la doncella no forcejeaba con el cable de la aspiradora. Vivien echaba de menos a Sarah; la pobre chica había llorado, avergonzada y humillada, cuando Vivien los sorprendió juntos esa tarde. Henry se puso furioso, el placer malogrado y la dignidad maltrecha. Para castigar la docilidad de Sarah, la despidió; para castigar a la inoportuna Vivien, la obligó a quedarse.

Y aquí estaban ambos, a solas. Henry y Vivien Jenkins, un hombre y su esposa. «Henry fue uno de mis mejores estudiantes —le dijo su tío al anunciarle lo que los dos hombres habían acordado en su estudio, lleno de humo—. Es un distinguido caballero. Tienes mucha suerte de que se haya interesado por ti».

—Creo que voy a subir a acostarme —dijo, tras una pausa que había parecido interminable.

—¿Cansada, cariño?

—Sí. —Vivien trató de sonreír—. Los bombardeos. Todo Londres está cansado, supongo.

—Sí —Henry se acercó, con labios que sonreían y ojos que no—. Supongo que sí.

El puño de Henry alcanzó su oreja izquierda y el zumbido fue ensordecedor. La fuerza del golpe lanzó su rostro contra la pared de la entrada y cayó al suelo. En el acto, Henry estaba encima de ella, agarrando el vestido, sacudiéndola, mientras ese rostro bello se descomponía por la ira y la golpeaba. Gritaba, le salían hilillos de saliva por la boca que caían en la cara de Vivien, en el cuello, y los ojos se le encendían al decirle una y otra vez que ella le pertenecía y siempre le pertenecería, que era su trofeo, que nunca consentiría que otro hombre la tocase, que prefería verla muerta antes que dejarla marchar.

Vivien cerró los ojos; sabía que se volvía loco de furia cuando se negaba a mirarlo. En efecto, la sacudió con más fuerza, la agarró por la garganta, gritó cerca de su oreja.

Al fondo de su mente, Vivien buscó el arroyo, las luces brillantes...

Nunca ofrecía resistencia, ni siquiera cuando sus puños se le hundían en los costados, y esa parte de sí misma, acurrucada en su interior, la esencia de Vivien Longmeyer que había escondido hacía tanto tiempo, forcejeó para liberarse. Su tío habría alcanzado un acuerdo en su estudio lleno de humo, pero Vivien tenía sus motivos para ser tan dócil. Katy había hecho lo posible para que cambiase de opinión, pero Vivien siempre fue terca. Esta era su penitencia, era lo que merecía. Sus puños fueron el motivo por el que la castigaron, el motivo por el que se quedó en casa, el motivo por el que su familia volvió a toda prisa del picnic y se extravió.

Su mente era ya líquida; estaba en el túnel, buceando cada vez más hondo, con brazos y piernas fuertes, que la impulsaban a través del agua hacia casa...

A Vivien no le importaba ser castigada; solo se preguntaba cuándo acabaría. Cuándo acabaría Henry con ella. Porque algún día lo haría, no le cabía duda. Vivien contuvo el aliento, con la esperanza de que fuese ahora. Pues, cada vez que se despertaba y se encontraba aquí, todavía, en la casa de Campden Grove, dentro de ella el abismo de la desesperación se volvía más profundo.

El agua estaba más cálida ahora; estaba cada vez más cerca. A lo lejos, las primeras luces centelleantes. Vivien nadó hacia ellas...

¿Qué sucedería, se preguntó, cuando la matase? Conociendo a Henry, sabía que se aseguraría de que alguien cargase con la culpa. O haría que pareciese un accidente: una caída desafortunada, mala suerte en los ataques aéreos. El lugar equivocado en el momento equivocado, diría la gente, con un movimiento de la cabeza, y Henry sería para siempre el marido devoto y desolado. Quizás escribiría un libro acerca de ello, acerca de una Vivien imaginaria, al igual que el otro, *La musa rebelde*, sobre esa niña horrible y maleable que ella no reconocía, quien adoraba a su marido escritor y soñaba con vestidos y fiestas.

Las luces ya eran brillantes, estaban más cerca, y Vivien distinguía sus formas relucientes. Sin embargo, miró más allá de ellas; lo que había más allá era lo que buscaba...

La habitación se ladeó. Henry había acabado. La levantó en brazos y Vivien sintió su cuerpo vencido como un muñeco de trapo, inerte en sus brazos. *Debería hacerlo ella misma.* Coger unas rocas o ladrillos, algo pesado, y guardarlos en los bolsillos; caminar hacia el Serpentine, paso a paso, hasta ver las luces.

Henry besaba su rostro, bañándolo con labios húmedos. La respiración desacompasada, el olor a brillantina y alcohol convertido en sudor.

—Tranquila —dijo—. Te quiero, ya sabes que te quiero, pero cómo me enfureces… No deberías enfadarme de ese modo.

Luces diminutas, muchísimas luces y, al otro lado, Pippin. Se volvió hacia ella y, por primera vez, pareció que podía verla…

Henry la llevó escaleras arriba, como un espeluznante recién casado, y la depositó con delicadeza sobre la cama. *Podía hacerlo ella misma.* Lo veía con tanta claridad ahora. Ella, Vivien, era la última cosa que podía arrebatarle. Henry le quitó los zapatos y le arregló el pelo, para que cayese uniforme sobre los hombros.

—Tu cara —dijo con tristeza—, tu preciosa cara. —Besó la palma de su mano y la bajó—. Descansa —dijo—. Te sentirás mejor cuando despiertes. —Se agachó y llevó los labios cerca de su oído—. Y no te preocupes por Jimmy Metcalfe. Ya me he encargado de él; está muerto, pudriéndose en el fondo del Támesis. No va a interferir más entre nosotros. —Unos pasos pesados; una puerta que se cerró; una llave que giró en la cerradura.

Pippin levantó la mano, y en parte fue un saludo, en parte un gesto para que se acercase, y Vivien fue hacia él…

Se despertó una hora más tarde, en el dormitorio del 25 de Campden Grove, con el sol de la tarde bañándole el rostro. Vivien cerró los ojos de inmediato. El dolor de cabeza palpitaba contra las sienes, bajo las cuencas de los ojos, en la base del cuello. Toda su cabeza parecía una ciruela madura caída al suelo desde las alturas. Yacía inmóvil como una tabla, tratando de recordar qué había ocurrido, por qué le dolía el cuerpo de ese modo espantoso.

Lo recordó a ráfagas, el episodio entero, mezclado, como siempre, con las impresiones de la salvación de su mente bajo el agua. Esos eran siempre los recuerdos más dolorosos: esa lúgubre sensación de bienestar, de nostalgia infinita, más febriles que los recuerdos reales y, aun así, mucho más poderosos.

Vivien hizo una mueca de dolor al mover despacio cada parte de su cuerpo, en un intento de comprobar los daños. Era parte del proceso; Henry esperaba que estuviese «repuesta» cuando llegase a casa; no le gustaba que tardase demasiado en recuperarse. Sus piernas parecían intactas: eso estaba bien, pues las cojeras daban lugar a preguntas incómodas; sus brazos estaban cubiertos de moratones pero no estaban rotos. Un dolor lacerante le recorría la mandíbula, el oído aún zumbaba y un lado de la cara ardía. Eso era inusual. Henry no solía tocarle la cara; tenía cuidado de golpear siempre por debajo del cuello. Ella era su trofeo, nada debía marcarla salvo él, y no le gustaba tener que hacer frente a la evidencia; le recordaba cómo lo había enfurecido, qué decepcionante podía ser. Le gustaba que sus heridas quedasen ocultas bajo la ropa, donde solo ella podía verlas, para recordarle cuánto la amaba…, nunca pegaría a una mujer que no le importase.

Vivien apartó a Henry de sus pensamientos. Algo más trataba de salir a la superficie, algo importante; lo oía como a un mosquito solitario en plena noche, que zumba cerca antes de alejarse, pero no podía atraparlo. Se quedó muy quieta mientras el ruido se acercaba y entonces… Vivien se quedó sin aliento; recordó y se estremeció. Su propio sufrimiento se volvió insignificante. «Y no te preocupes por Jimmy Metcalfe. Ya me he encargado de él; está muerto, pudriéndose en el fondo del Támesis. No va a interferir más entre nosotros».

No lograba respirar. Jimmy... no había ido a la cita de hoy. Lo había esperado, pero no apareció. Jimmy no habría hecho algo así; habría venido de haber podido.

Henry sabía su nombre. Lo había descubierto de alguna manera, se había «encargado» de él. Hubo otros antes, personas que osaron interponerse entre Henry y sus deseos. Nunca lo hacía él mismo, no habría resultado decoroso: Vivien era la única persona que sabía de la crueldad de los puños de Henry. Pero Henry contaba con sus hombres, y Jimmy no había venido.

Un ruido atormentado llenó el aire, el sonido espantoso de un animal herido, y Vivien comprendió que era ella. Se acurrucó sobre un costado y se llevó las manos a la cabeza para aliviar el dolor, y creyó que nunca volvería a moverse.

Cuando se despertó, el sol ya no era tan intenso y la habitación había adquirido el tono azulado del comienzo de la noche. Los ojos de Vivien escocían. Había estado llorando mientras dormía, pero ya no sollozaba. Estaba vacía por dentro, desolada. Había desaparecido todo lo bueno del mundo, Henry se había encargado de ello.

¿Cómo lo había averiguado? Tenía sus espías, lo sabía, pero Vivien había tenido cuidado. Había acudido al hospital del doctor Tomalin durante cinco meses sin incidente alguno; había roto el contacto con Jimmy precisamente para que esto no ocurriese; en cuanto el doctor Rufus le habló de las intenciones de Dolly, enseguida supo...

Dolly.

Por supuesto, fue Dolly. Vivien se obligó a recordar los detalles de la conversación con el doctor Rufus; le dijo que Dolly planeaba enviar una fotografía de Vivien y Jimmy junto a una carta que revelase al marido de Vivien su «aventura», a menos que Vivien pagase por su silencio.

Vivien creyó que el cheque sería suficiente, pero no, Dolly debió de enviar la carta al fin y al cabo, en la cual, junto con la fotografía, mencionaría a Jimmy. Qué insensata, qué insensata muchacha. Se creía la autora de un plan ingenioso; el doctor Rufus le dijo que ella pensaba que era inofensivo, que estaba convencida de que no haría daño a nadie; pero no sabía con quién estaba tratando. Henry, quien se ponía celoso si Vivien se paraba a decir buenos días al viejo que vendía periódicos en la esquina; Henry, quien no le permitía hacer amigos ni tener hijos por miedo a que la apartasen de él; Henry, quien tenía contactos en el ministerio y podía averiguar lo que fuese de quien fuese; quien había utilizado el dinero de ella para «encargarse» de otros en el pasado.

Vivien se incorporó con cautela: el dolor palpitaba detrás de los globos oculares, dentro del oído, en lo alto de la cabeza. Respiró hondo y se obligó a ponerse en pie, aliviada al descubrir que aún podía caminar. Vio su rostro en el espejo y se quedó mirando: había sangre seca a un lado y un ojo había comenzado a hincharse. Giró la cabeza, despacio, hacia el otro lado, y todo le dolió al moverse. Los puntos sensibles todavía no estaban amoratados; mañana tendría peor aspecto.

Cuanto más tiempo pasase en pie, mejor soportaría el dolor. La puerta del dormitorio estaba cerrada, pero Vivien tenía una llave secreta. Se acercó con lentitud al escondrijo detrás del retrato de su abuela, dudó un momento antes de recordar la combinación y, a continuación, giró el dial. Tuvo un recuerdo borroso de un día en el que su tío la llevó a Londres, unas semanas antes de la boda, para visitar a los abogados de la familia y, posteriormente, la casa. La casera la llevó a un lado cuando se quedaron a solas en la habitación y señaló el retrato, la caja fuerte que se ocultaba detrás. «Una dama necesita un lugar para sus secretos», susurró y, aunque a Vivien no le gustó la mirada taimada de la anciana, siempre había deseado tener un lugar solo para ella, y recordó el consejo.

La puerta de la caja de seguridad se abrió de golpe y recuperó la llave que había duplicado la última vez. También tomó la fotografía que Jimmy le había regalado; era extraño, pero se sentía mejor al tenerla cerca. Con sumo cuidado, Vivien cerró la puerta y enderezó el cuadro.

Encontró el sobre en el escritorio de Henry. Ni siquiera se había tomado la molestia de ocultarlo. Vivien era la destinataria, fue sellado dos días antes y estaba abierto. Henry siempre abría sus cartas... y ahí residía el error fatal del grandioso plan de Dolly.

Vivien sabía qué diría la carta, pero aun así la leyó con el corazón desbocado. Era lo que esperaba; la carta mostraba un tono casi amable; Vivien dio gracias a Dios al ver que esa niña tonta no había firmado con su nombre, que se había limitado a escribir «Una amiga» al pie de la carta.

Las lágrimas se asomaron a sus ojos al ver la fotografía, pero Vivien las contuvo. Y cuando su memoria le arrojó esos tentadores ecos de los preciosos momentos vividos en la buhardilla del doctor Tomalin, de Jimmy, de cómo a su lado sintió que existía un futuro que le ilusionaba, Vivien los aplastó. Sabía mejor que nadie que no era posible regresar.

Vivien giró el sobre y casi lloró de desesperación. Ahí, Dolly había escrito: «Una amiga, 24 Rillington Place, Notting Hill».

Vivien trató de correr, pero la cabeza le dio vueltas, sus pensamientos flotaron a la deriva y tuvo que detenerse en cada farola para no caer, mientras se abría paso por las calles sumidas en la oscuridad de camino a Notting Hill. En Campden Grove se quedó solo el tiempo necesario para aclararse la cara, ocultar la fotografía incriminatoria y garabatear una carta apresurada. La echó en el primer buzón que vio y prosiguió su camino. Solo le quedaba una cosa por hacer, el acto final de su penitencia, antes de que todo se arreglase.

Una vez que comprendió eso, todo lo demás adquirió una luz gloriosa. Vivien se desprendió de la desolación como de un abrigo viejo y se dirigió hacia las luces brillantes. Qué sencillo era todo, en realidad. Había causado la muerte de su familia, había causado la muerte de Jimmy, pero iba a hacer todo lo posible por salvar a Dolly Smitham. Entonces, y solo entonces, iría al Serpentine con los bolsillos llenos de piedras. Vivien podía ver el final y era un final hermoso.

«A la velocidad de la luz y de tus piernas», solía decir su padre y, aunque un dolor punzante le taladraba la cabeza, aunque a veces tenía que agarrarse a las verjas para no caerse, Vivien era una buena corredora, y se negó a detenerse. Imaginó que era un ualabí que rastreaba el monte, un dingo que avanzaba furtivo en las sombras, un lagarto que se arrastraba en la oscuridad…

Había aviones a lo lejos; Vivien miraba al cielo negro de vez en cuando y se tropezaba al hacerlo. Una parte de ella deseaba que se acercasen, que dejasen caer su carga si se atrevían; pero todavía no, todavía no, todavía tenía cosas que hacer.

Había caído la noche cuando llegó a Rillington Place, y Vivien no había traído una linterna. Mientras se esforzaba en encontrar el número correcto, una puerta se cerró detrás de ella; vislumbró una figura que bajaba las escaleras de la casa vecina.

—¿Disculpe? —dijo Vivien.

—¿Sí? —Una voz de mujer.

—Por favor, ¿me podría ayudar? Estoy buscando el número 24.

—Tiene suerte. Está justo aquí. Ahora mismo no hay habitaciones libres, me temo, pero pronto habrá. —La mujer prendió una cerilla y la acercó al cigarrillo, de modo que Vivien pudo verle la cara.

No se podía creer su suerte y pensó al principio que sería una imaginación suya.

—¿Dolly? —dijo, acercándose deprisa a esa bonita mujer del abrigo blanco—. Eres tú, gracias a Dios. Soy yo, Dolly. Soy…

—¿Vivien? —La voz de Dolly reflejó su sorpresa.

—Pensé que no iba a encontrarte, que había llegado demasiado tarde.

De inmediato Dolly sospechó algo.

—¿Demasiado tarde para qué? ¿Qué pasa?

—Nada. —Vivien se rio de repente. Le daba vueltas la cabeza y vaciló—. Es decir, todo.

Dolly dio una calada al cigarrillo.

—¿Has estado bebiendo?

Algo se movió en la oscuridad; sonaron unos pasos. Vivien susurró:

—Tenemos que hablar… rápido.

—No puedo. Estaba a punto de…

—Dolly, por favor. —Vivien echó un vistazo por encima del hombro, con miedo de ver a uno de los hombres de Henry—. Es importante.

La otra mujer no respondió en el acto, temerosa tal vez ante esta visita inesperada. Al fin, a regañadientes, tomó el brazo de Vivien y dijo:

—Vamos. Vamos adentro.

Vivien dejó escapar un pequeño suspiro de alivio cuando la puerta se cerró detrás de ellas; hizo caso omiso de la mirada entrometida de una anciana con gafas, y siguió a Dolly por las escaleras, a lo largo de un pasillo que olía a comida rancia. En la habitación, pequeña y oscura, faltaba aire.

Una vez dentro, Dolly pulsó el interruptor de la luz y una bombilla solitaria se encendió sobre ellas.

—Lamento que haga tanto calor aquí dentro —dijo, quitándose el abrigo blanco. Lo colgó en un gancho que había en la puerta—. No hay ventanas, qué pena. Los apagones son más fáciles de sobrellevar así, pero no viene muy bien para ventilar la habitación. Tampoco hay sillas, me temo. —Se dio la vuelta y vio la cara de Vivien a la tenue luz de la bombilla—. Dios mío, ¿qué te ha pasado?

—Nada. —Vivien había olvidado que debía de tener un aspecto horrible—. Un accidente por el camino. Me tropecé con una farola. Qué estúpida, corriendo como de costumbre.

Dolly no parecía muy convencida, pero, en vez de insistir, indicó a Vivien que se sentase en la cama. Era angosta, baja, y la colcha estaba cubierta con las manchas indefinidas del paso del tiempo y el uso excesivo. Vivien no era quisquillosa; sentarse fue un agradable respiro. Se desplomó sobre el colchón fino al mismo tiempo que las sirenas comenzaban a aullar.

—No hagas caso —dijo rápidamente cuando Dolly hizo ademán de irse—. Quédate. Esto es más importante.

Dolly dio una calada nerviosa al cigarrillo y cruzó los brazos, a la defensiva, sobre el pecho. Su voz sonó tensa:

—¿Es por el dinero? ¿Necesitas que te lo devuelva?

—No, no, olvida el dinero. —Los pensamientos de Vivien vagaban dispersos y se esforzó en poner orden, en recuperar la claridad que necesitaba; todo parecía muy claro antes, pero ahora la cabeza le pesaba, sus sienes eran una agonía y la sirena no dejaba de tronar.

—Jimmy y yo... —dijo Dolly.

—Sí —dijo enseguida y su mente se despejó de inmediato—. Sí, Jimmy. —Se detuvo entonces para encontrar las palabras necesarias para decir esa terrible verdad en voz alta. Dolly, que la observaba de cerca, comenzó a negar con la cabeza, casi como si hubiera adivinado lo que Vivien pretendía decirle. El gesto animó a Vivien, que dijo—: Jimmy. Dolly —justo en el instante en que la sirena cesó su lamento—, se ha ido. —Las palabras retumbaron en el silencio recién nacido de la habitación.

Se ha ido.

Unos golpes frenéticos a la puerta, y un grito:

—Doll, ¿estás ahí? Vamos al refugio.

Dolly no respondió; sus ojos sondearon los de Vivien; se llevó el cigarrillo a la boca y fumó febrilmente, con dedos temblorosos. Aquella persona llamó de nuevo, pero, como no hubo respuesta, recorrió el pasillo y bajó las escaleras corriendo.

Una sonrisa vaciló, esperanzada, incierta, en los labios de Dolly al sentarse junto a Vivien.

—Te equivocas. Lo vi ayer y hemos quedado esta noche. Nos vamos juntos, no se habría ido sin mí…

No había comprendido y Vivien no dijo nada más de momento, silenciada por el abismo de intensa compasión que se había abierto dentro de ella. Por supuesto, Dolly no comprendía; las palabras eran témpanos de hielo que se derretían ante su ardiente incredulidad. Vivien sabía demasiado bien qué era recibir noticias tan terribles, descubrir, sin previo aviso, que un ser amado había muerto.

Pero entonces un avión resopló en lo alto, un bombardero, y Vivien supo que no había tiempo que perder en penas, que tenía que explicarse, para que Dolly viera que decía la verdad, para que comprendiera que debía irse ahora si quería salvarse.

—Henry —comenzó Vivien—, mi marido…, sé que tal vez no lo parece, pero es un hombre celoso, un hombre violento. Por eso tuve que echarte ese día, Dolly, cuando me devolviste el medallón; no me permite tener amigos… —Hubo una tremenda explosión en algún lugar cercano y un sonido agudísimo cruzó el aire por encima de ellas. Vivien hizo una breve pausa, con todos los músculos del cuerpo en tensión, doloridos, y prosiguió, ahora más rápido, más decidida, limitándose a lo esencial—. Recibió la carta y la fotografía y se sintió humillado. Le hiciste creerse un cornudo, Dolly, así que envió a sus hombres a que arreglaran las cosas... Así lo ve: envió a sus hombres a castigaros a ti y a Jimmy.

La cara de Dolly se volvió blanca como la tiza. Estaba conmocionada, era evidente, pero Vivien sabía que estaba escuchando, ya que las lágrimas comenzaban a correr por sus mejillas. Vivien continuó:

—Hoy iba a ver a Jimmy en un café, pero no vino. Ya conoces a Jimmy, Dolly, no habría faltado a una cita, no cuando aseguró que iba a ir..., de modo que fui a casa y Henry estaba ahí, y estaba enfadado, Dolly, muy enfadado. —Su mano se posó, distraída, en la mandíbula dolorida—. Me contó lo que había sucedido, que sus hombres habían matado a Jimmy por acercarse a mí. Yo no sabía cómo se había enterado, pero luego encontré tu carta. La había abierto (él siempre abre mis cartas) y nos vio juntos en la fotografía. Todo salió mal, ¿lo ves?, tu plan salió terriblemente mal.

Cuando Vivien mencionó el plan, Dolly le agarró el brazo; tenía una mirada alocada y su voz fue un susurro.

—Pero... yo no sé cómo..., la fotografía..., habíamos decidido que no, que no era necesario, ya no. —Miró a Vivien a los ojos y negó con la cabeza, frenéticamente—. Nada de esto tenía que haber ocurrido, y ahora Jimmy...

Con un gesto, Vivien indicó que no necesitaba explicarse. Que Dolly tuviese intención o no de enviar la fotografía era irrelevante, por lo que a ella respectaba; no había venido aquí a restregarle a Dolly su error. No había tiempo para echar culpas; Dios mediante, Dolly dispondría de tiempo de sobra para reprocharse en el futuro.

—Escúchame —dijo—. Es muy importante que me escuches. Saben dónde vives y van a venir a buscarte.

Las lágrimas caían por la cara de Dolly.

—Es culpa mía —decía—. Todo es culpa mía.

Vivien agarró las manos delgadas de la mujer. El dolor de Dolly era natural, era descarnado, pero no ayudaba.

—Dolly, por favor. La culpa es tan mía como tuya. —Alzó la voz para hacerse oír sobre los bombarderos—. De todos modos, ahora nada de eso importa. Van a venir. Quizás ya estén de camino. Por eso estoy aquí.

—Pero yo…

—Tienes que irte de Londres, tienes que irte ahora, y no debes volver. No van a dejar de buscarte, nunca. —Hubo una explosión y el edificio entero se estremeció; las bombas cada vez caían más cerca y, aunque no había ventanas, un fantasmagórico destello anegó la habitación a través de los poros diminutos de la piel del edificio. Los ojos de Dolly estaban abiertos de par en par, atemorizados. El ruido era incesante; el silbido de las bombas que caían, la explosión al llegar a tierra, los disparos de los cañones antiaéreos. Vivien tuvo que gritar para hacerse oír al preguntar acerca de la familia de Dolly, los amigos, si podía ir a un lugar a salvo. Pero Dolly no respondió. Negó con la cabeza y siguió llorando, desolada, el rostro cubierto por las manos. Vivien recordó entonces lo que Jimmy le había contado acerca de la familia de Dolly; por aquel entonces, despertó su simpatía, al saber que también ella había sufrido esa pérdida devastadora.

La casa vibró y tembló, el tapón casi se desprendió de ese lavabo repugnante y Vivien sintió que el pánico renacía.

—Piensa, Dolly —rogó, al mismo tiempo que el ruido ensordecedor de una explosión—. Tienes que pensar.

Había más aviones, cazas, no solo bombarderos, y los cañones traqueteaban furiosos. La cabeza de Vivien palpitaba con el ruido, y se imaginó los aviones que pasaban por encima del techo de la casa; a pesar del techo y la buhardilla, casi veía esos vientres de ballena.

—¿Dolly? —gritó.

Los ojos de Dolly estaban cerrados. A pesar del clamor de las bombas y los cañones, del rugido de los aviones, por un momento su rostro se iluminó, y pareció casi en paz, y entonces levantó la cabeza de golpe y dijo:

—Envié una solicitud de trabajo hace unas semanas. Fue Jimmy quien lo encontró. —Tomó una hoja de papel de la mesilla que había al lado de la cama y se lo entregó a Vivien.

Vivien echó un vistazo a la carta, una oferta de trabajo para la señorita Dorothy Smitham en una pensión llamada Mar Azul.

—Sí —dijo—, perfecto. Ahí es adonde tienes que ir.

—No quiero ir sola. Nosotros…

—Dolly…

—Íbamos a ir juntos. No tenía que ocurrir así, él me iba a esperar…

Dolly comenzó a llorar de nuevo. Durante un instante fugaz, Vivien se permitió hundirse en el dolor de la mujer; qué tentador era derrumbarse, renunciar y darse por perdida, sumergirse… Pero no haría bien a nadie, sabía que debía ser valiente; Jimmy ya estaba muerto, Dolly lo estaría pronto si no comenzaba a escuchar. Henry no perdería demasiado tiempo. Sus secuaces ya estarían de camino. Atenazada por la urgencia, abofeteó la mejilla de la mujer, no con saña, pero con fuerza. Funcionó, pues Dolly se tragó su apremiante sollozo, con el rostro entre las manos.

—Dorothy Smitham —dijo Vivien con severidad—, tienes que salir de Londres y tienes que irte ya.

Dolly negaba con la cabeza.

—No creo que pueda.

—Yo sé que puedes. Eres una superviviente.

—Pero Jimmy…

—Ya basta. —Agarró a Dolly por la barbilla y la obligó a mirarla—. Querías a Jimmy, lo sé —«yo también lo quería»—; y él te quería… Dios mío, claro que lo sé. Pero tienes que escucharme.

Dolly tragó saliva y asintió entre lágrimas.

—Esta noche ve a la estación de ferrocarril y cómprate un billete. Tienes que ir… —La luz de la bombilla osciló cuando otra bomba cayó cerca con una estruendosa explosión; los ojos de Dolly se dilataron, pero Vivien permaneció tranquila, decidida a no dejarla marchar—. Sube al tren y no te bajes hasta el final del trayecto. No mires atrás. Acepta el trabajo, sal adelante, vive una buena vida.

La mirada de Dolly había cambiado mientras Vivien hablaba; se había centrado, y Vivien notó que ahora escuchaba, que oía cada palabra y, más aún, comenzaba a comprender.

—Tienes que irte. Aprovecha esta segunda oportunidad, Dolly; piensa que es una oportunidad. Después de todo lo que has pasado, después de todo lo que has perdido.

—Lo haré —dijo Dolly rápidamente—. Lo haré. —Se levantó y sacó una pequeña maleta de debajo de la cama, que comenzó a llenar con ropa.

Vivien se sentía muy cansada; sus ojos estaban empañados de puro agotamiento. Se encontraba preparada para que todo llegase a su fin. Había estado preparada desde hacía mucho, mucho tiempo. Fuera, los aviones surcaban el cielo por todas partes; la artillería antiaérea disparaba y los proyectores rajaban el firmamento. Las bombas caían y la tierra temblaba, y lo sentían a través de los cimientos, bajo los pies.

—¿Y tú? —dijo Dolly, que cerró la maleta y se puso en pie. Extendió la mano para recuperar la carta de la pensión.

Vivien sonrió; le dolía la cara y estaba exhausta; se sintió hundirse bajo el agua, hacia las luces.

—No te preocupes por mí. Voy a estar bien. Voy a ir a casa.

Al mismo tiempo que decía esas palabras, sonó una enorme explosión y la luz lo inundó todo. El mundo pareció detenerse. La cara de Dolly se iluminó, sus rasgos congelados por la conmoción; Vivien miró hacia arriba. Cuando la bomba cayó a través del tejado del 24 de Rillington Place, y el tejado se hundió junto al techo, y la bombilla del cuarto de Dolly se despedazó en un millón de fragmentos diminutos, Vivien cerró los ojos y se deleitó. Sus oraciones al fin habían sido respondidas. No habría ninguna necesidad de ir al Serpentine esta noche. Vio las luces centelleantes en la oscuridad, el fondo del arroyo, el túnel al centro del mundo. Y ella buceaba, cada vez más hondo, y el velo se encontraba delante de ella, y Pippin estaba ahí, saludando con la mano, y pudo verlos a todos. Ellos también podían verla, y Vivien Longmeyer sonrió. Después de tantísimo tiempo, había llegado al final. Había hecho lo que tenía que hacer. Por fin iba a volver a casa.

PARTE

4

DOROTHY

31

Laurel fue a Campden Grove en cuanto pudo; no sabía exactamente por qué, pero tenía la convicción de que debía hacerlo. En lo más hondo, supuso que esperaba llamar a la puerta y encontrarse con la persona que envió a su madre la tarjeta de agradecimiento. Le había parecido lógico entonces; pero ahora, frente a la entrada del número 7 (convertido en un bloque de apartamentos para turistas), que olía a ambientador de limón y a viajeros cansados, se sintió un tanto ridícula. La mujer que trabajaba en la recepción, una zona pequeña y abarrotada, alzó la vista tras un teléfono para preguntar si se sentía bien y Laurel le aseguró que sí. Volvió a fijarse en la moqueta sucia y reanudó sus pensamientos.

Laurel no se sentía bien; de hecho, estaba sumamente desanimada. Se entusiasmó la noche anterior, cuando mamá le habló de Henry Jenkins, del tipo de hombre que había sido. Todo tenía sentido y creyó haber llegado al final, que por fin había comprendido lo ocurrido ese día. Entonces vio el matasellos del sobre y su corazón dio un vuelco; sabía que era importante; más aún, que era un descubrimiento personal, como si ella, Laurel, fuera la única persona capaz de deshacer este último nudo. Pero aquí estaba, en un alojamiento de tres estrellas, tras una persecución estéril, sin otro lugar al que ir, nada que encontrar y nadie con quien hablar que hubiese vivido aquí durante la guerra. ¿Qué significaba esa tarjeta? ¿Quién la había enviado? ¿Tenía alguna importancia? Laurel comenzaba a pensar que no.

Se despidió de la recepcionista, que movió los labios para decir «adiós» en silencio, con el auricular en la mano, y Laurel salió. Encendió un cigarrillo y fumó, irascible. Iba a recoger a Daphne a Heathrow más tarde; por lo menos el desplazamiento no sería una completa pérdida de tiempo. Miró el reloj. Aún tenía un par de horas por delante. Hacía un día precioso, acogedor, de cielo azul y claro, cruzado solo por la perfecta estela de los aviones cuyos viajeros sí iban a llegar a un lugar... Laurel pensó que lo mejor sería comprar un sándwich y dar un paseo por el parque, junto al Serpentine. Mientras daba una calada recordó la última vez que había venido a Campden Grove. Ese día que vio al niño enfrente del número 25.

Laurel echó un vistazo a la casa. La casa de Vivien y Henry: el lugar de sus maltratos secretos; donde Vivien sufrió. De un modo extraño, gracias a los diarios de Katy Ellis, Laurel sabía más acerca de la vida en esa casa que de la del número 7. Se acabó el cigarrillo, pensativa, y se agachó para tirar la colilla en el cenicero que había junto a la entrada. Antes de enderezarse, Laurel ya había tomado una decisión.

Llamó a la puerta del 25 de Campden Grove y esperó. Ya no había decoraciones de Halloween en la ventana y en su lugar se encontraban unas manos de niños pintadas, de al menos cuatro tamaños diferentes. Era bonito. Era bonito que una familia viviese ahí ahora. Los desagradables recuerdos del pasado estaban siendo desplazados por otros nuevos. Podía oír ruidos en el interior (sin duda, había alguien en casa), pero no abrió nadie, así que llamó de nuevo. Se dio la vuelta en las baldosas del rellano y miró hacia el número 7, tratando de imaginar a su madre de joven, con su trabajo de doncella, al subir las escaleras.

La puerta se abrió detrás de ella y la bonita mujer que Laurel había visto la última vez estaba ahí, de pie, con un bebé en brazos.

—Oh, Dios mío —dijo, con esos ojos azules abiertos de par en par—. Es… usted.

Laurel estaba acostumbrada a que la reconociesen, pero había algo diferente en el tono de esta mujer. Sonrió y la mujer se sonrojó, se limpió la mano en los vaqueros azules y se la tendió a Laurel.

—Lo siento —dijo—. ¿Dónde están mis modales? Yo soy Karen y este es Humphrey —dio una palmadita en el trasero del niño y un mechón rubio y rizado ondeó ligeramente sobre su hombro, mientras sus ojos azul cielo contemplaban a Laurel con timidez—, y, por supuesto, ya sé quién es usted. Es un gran honor conocerla, señora Nicolson.

—Llámame Laurel.

—Laurel. —Karen se mordió levemente el labio inferior, un gesto nervioso y satisfecho, y sacudió la cabeza, incrédula—. Julian mencionó que la había visto, pero pensé… A veces él… —Sonrió—. No importa… Aquí está. Mi marido se va a volver loco cuando la vea.

«Eres la señora de papá». Laurel tuvo la fuerte sospecha de que no entendía bien lo que ocurría.

—¿Sabe? Ni siquiera me dijo que iba a venir.

Laurel no explicó que no había llamado de antemano; aún no sabía cómo explicar por qué había venido. Se conformó con sonreír.

—Entre, por favor. Voy a decirle a Marty que baje de la buhardilla.

Laurel siguió a Karen por un vestíbulo atestado, junto al cochecito con aspecto de módulo lunar, entre un mar de pelotas, cometas y pequeños zapatos que no coincidían, y entraron en una sala de estar cálida y luminosa. Había unas estanterías blancas que llegaban al techo, con libros apilados de cualquier modo, y en la pared dibujos de niños junto a fotografías de familia de personas sonrientes y felices. Laurel casi se tropezó con un cuerpo menudo en el suelo: era el niño de la otra vez, que yacía boca arriba con las rodillas dobladas. Con un brazo en alto daba vida a un avión de Lego y hacía ruidos graves, de motor, ensimismado por completo en la simulación del vuelo de su avión.

—Julian —dijo su madre—, Juju, sube, cariño, y dile a papá que tenemos visita.

El niño alzó la vista, parpadeando de vuelta a la realidad; vio a Laurel y sus ojos se iluminaron al reconocerla. Sin decir palabra, sin ni siquiera una vacilante pausa en el ruido del motor, dirigió su avión a un nuevo rumbo, se puso en pie y lo siguió por las escaleras de moqueta.

Karen insistió en poner la tetera a hervir, así que Laurel se sentó en un cómodo sofá con marcas de lápiz sobre la funda a cuadros rojos y blancos y sonrió al bebé, que se encontraba sentado en la alfombra, dando patadas a un sonajero con su piececito regordete.

Se oyeron unos crujidos apresurados provenientes de las escaleras y un hombre alto, guapo a su estilo desastrado, de cabello castaño y gafas de montura negra, apareció en la puerta del salón. Su hijo piloto lo siguió. El hombre extendió una mano enorme y sonrió al ver a Laurel, sacudiendo la cabeza, asombrado, como si una aparición acabase de materializarse en su casa.

—Cielos —dijo al tocarla y demostrarse que era un ser de carne y hueso—. Creía que Julian me tomaba el pelo, pero aquí está.

—Aquí estoy.

—Soy Martin —dijo—. Llámeme Marty. Y disculpe mi incredulidad, pero... Doy clases de interpretación en Queen Mary College, ¿sabe?, e hice mi tesis doctoral sobre usted.

—¿De verdad? —«Eres la señora de papá». Bueno, eso lo explicaba.

—*Interpretaciones contemporáneas de las tragedias de Shakespeare.* Mucho menos árido de lo que suena.

—Ya me imagino.

—Y ahora... aquí está. —El hombre sonrió, frunció el ceño ligeramente y sonrió de nuevo. Se rio y su risa era un sonido precioso—. Lo siento. Es una coincidencia extraordinaria.

—¿Le has hablado a la señora Nicolson..., a Laurel —Karen se ruborizó al entrar en el salón—, del abuelo? —Dejó una bandeja de té sobre la mesa de centro, abriéndose paso entre un bosque de materiales de manualidades para niños, y se sentó al lado de su esposo en el sofá. Sin desviar la vista, la mujer entregó una galleta a una niña de tirabuzones castaños que había detectado la llegada de los dulces y surgió de la nada.

—Mi abuelo —explicó Marty—. Él es quien despertó mi interés por su obra. Yo soy un admirador, pero él era un creyente. No se perdió ni una sola de sus representaciones.

Laurel sonrió complacida, aunque intentó no parecerlo; le encantaban esta familia y su casa acogedora y desordenada.

—Alguna se perdería.

—Jamás.

—Háblale a Laurel de su pie —dijo Karen, que frotó con ternura el brazo de su marido.

Marty se rio.

—Un año se rompió el pie y obligó a los del hospital a que le diesen el alta antes de tiempo para verla en *Como gustéis.* Solía llevarme con él incluso cuando era tan pequeño que necesitaba tres cojines para que la butaca de delante no me tapase la vista.

—Parece un hombre de un gusto exquisito. —Laurel estaba coqueteando, y no solo con Marty, sino con todos ellos; se sentía muy querida. Menos mal que Iris no estaba ahí para presenciarlo.

—Lo fue —dijo Marty con una sonrisa—. Yo lo quería muchísimo. Lo perdimos hace diez años, pero no pasa un día sin que lo eche de menos. —Se subió las gafas de montura negra por el puente de la nariz y dijo—: Pero ya hemos hablado bastante de nosotros. Disculpe, verla ha sido tan sorprendente que ni siquiera le hemos preguntado por qué ha venido a vernos. Es de suponer que no ha sido para que le hablemos del abuelo.

—Se trata de una larga historia, en realidad —dijo Laurel, que tomó la taza de té que le ofrecía y añadió un poco de leche—. He estado investigando la historia de mi familia, en particular la de mi madre, y resulta que hace mucho tiempo —Laurel dudó— se relacionó con la gente que vivía en esta casa.

—¿Cuándo fue eso?, ¿lo sabe?

—A finales de los años treinta y al principio de la guerra.

La ceja de Marty se movió con un tic nervioso.

—Qué extraordinario.

—¿Cómo se llamaba la amiga de su madre? —preguntó Karen.

—Vivien —dijo Laurel—. Vivien Jenkins.

Marty y Karen intercambiaron una mirada y Laurel observó a ambos.

—¿He dicho algo extraño? —dijo.

—No, extraño no, es que… —Marty sonrió mirándose las manos mientras pensaba cómo expresarse— aquí conocemos muy bien ese nombre.

—¿De verdad? —El corazón de Laurel comenzó a latir ruidosamente. Eran los descendientes de Vivien, claro. Un niño del que Laurel no sabía nada, un sobrino…

—Es una historia un tanto peculiar, en realidad, de las que entran en las leyendas de las familias.

Laurel asintió con impaciencia, deseando que continuara, y tomó un sorbo de té.

—Mi bisabuelo Bertie heredó esta casa durante la Segunda Guerra Mundial. Estaba enfermo, según cuenta la historia, y era muy pobre: había trabajado toda su vida pero corrían tiempos difíciles (estaban en guerra, al fin y al cabo) y vivía en un diminuto apartamento cerca de Stepney, donde lo cuidaba una vieja vecina, cuando un día, sin previo aviso, recibió la visita de un elegante abogado, quien le dijo que había heredado esta casa.

—No comprendo —dijo Laurel.

—Él tampoco lo comprendía —dijo Marty—. Pero el abogado fue contundente al respecto. Una mujer llamada Vivien Jenkins, de quien mi bisabuelo nunca había oído hablar, lo había nombrado su heredero universal.

—¿No la conocía?

—Ni había oído hablar de ella.

—Pero qué extraño.

—Estoy de acuerdo. Y al principio no quería mudarse. Sufría demencia; no le gustaban los cambios; puede imaginarse cuánto lo trastornó…, así que se quedó donde estaba y la casa siguió vacía, hasta que su hijo, mi abuelo, volvió de la guerra y fue capaz de convencer al anciano de que no había gato encerrado.

—¿Su abuelo conoció a Vivien, entonces?

—Sí, pero nunca habló de ella. Era muy abierto, mi abuelo, pero había un par de temas sobre los que nunca hablaba. Ella era uno; el otro era la guerra.

—Creo que eso no es infrecuente —dijo Laurel—. ¡Los horrores que vieron, los pobres!

—Sí. —Su rostro se entristeció—. Pero, en el caso del abuelo, era más que eso.

—¡Oh!

—Fue reclutado en la cárcel.

—Ah, entiendo.

—No se explayó con los detalles, pero hice unas pesquisas. —Marty parecía un poco avergonzado y bajó la voz al continuar—: Encontré los informes policiales y descubrí que una noche del año 1941 a mi abuelo lo recogieron en el Támesis, tras haber recibido una paliza brutal.

—¿Quién lo hizo?

—No estoy seguro, pero cuando estaba en el hospital se presentó la policía. Se les había metido en la cabeza que había estado involucrado en un intento de chantaje y se lo llevaron para interrogarlo. Un malentendido, juró siempre mi abuelo, y, si hubiese conocido a mi abuelo, sabría que nunca mentía, pero la poli no le creyó. Según el informe llevaba un cheque por una suma considerable cuando lo encontraron, pero él no explicó por qué lo tenía. Lo mandaron a la cárcel; no se podía permitir un abogado, claro, y, al final, la policía no tenía suficientes pruebas contra él, así que lo alistaron. Es curioso, pero solía decir que le salvaron la vida.

—¿Que le salvaron la vida? ¿Cómo?

—No lo sé, nunca lo entendí. Quizás era una broma…, era un bromista, mi abuelo. Lo enviaron a Francia en 1942.

—¿No había estado en el ejército antes?

—No, pero sí había estado en el frente (estuvo en Dunkerque, de hecho), aunque no llevaba armas. Llevaba una cámara. Era fotógrafo. Venga a ver algunas de sus fotografías.

—Dios mío —dijo Laurel, que comprendió, al estudiar las fotografías en blanco y negro que cubrían la pared—, su abuelo era James Metcalfe.

Marty sonrió orgulloso.

—En persona. —Enderezó el marco de una fotografía.

—Las reconozco. Las vi en una exposición en el Museo de Victoria y Alberto hace unos diez años.

—Eso fue poco después de su muerte.

—Su obra es increíble. ¿Sabe?, mi madre tenía una copia de una foto suya en la pared cuando yo era niña, una pequeña… Todavía la tiene, de hecho. Solía decir que le ayudaba a recordar a su familia, lo que les sucedió. Murieron en un bombardeo en Coventry.

—Lo lamento —dijo Marty—. Terrible. Imposible imaginarlo.

—En cierta medida, las fotografías de su abuelo ayudan a intentarlo. —Laurel miró las fotografías, de una en una. Eran excepcionales: personas que habían perdido sus casas en los bombardeos, soldados en el campo de batalla. En una de ellas, salía una niña pequeña, ataviada con una indumentaria extraña, zapatos de claqué y unos bombachos enormes—. Esta me gusta —dijo.

—Es mi tía Nella —dijo Marty, sonriendo—. Bueno, así es como la llamamos, aunque no era de la familia. Era una huérfana de la guerra. Esa foto la tomó la noche que murió su familia. Mi abuelo siguió en contacto con ella y, cuando regresó de la guerra, buscó a su familia de acogida. Fueron amigos el resto de su vida.

—Qué bonito.

—Él era así, muy leal. ¿Sabe?, antes de casarse con mi abuela, fue a buscar a un antiguo amor solo para asegurarse de que le iba bien. Nada le habría impedido casarse con mi abuela, por supuesto (se querían muchísimo), pero dijo que era algo que debía hacer. Tuvieron que separarse durante la guerra y solo la vio una vez después de regresar, y de lejos. Ella estaba en la playa con su nuevo marido y él no quiso molestarlos.

Laurel escuchaba y asentía, cuando de repente las piezas del rompecabezas encajaron: Vivien Jenkins había dejado la casa a la familia de James Metcalfe. James Metcalfe, con su padre viejo y enfermo…, vaya, tenía que ser Jimmy, ¿no? Tenía que serlo. El Jimmy de su madre, y el hombre de quien Vivien se había enamorado, contra el que le advirtió Katy, temerosa de lo que haría Henry si se enterase. Lo cual significaba que mamá era la mujer a la que Jimmy había buscado antes de casarse. Laurel pensó que se iba a desmayar, y no solo porque era su madre de quien hablaba Marty; había algo que se abría paso entre sus propios recuerdos.

—¿Qué pasa? —preguntó Karen, preocupada—. Parece que ha visto un fantasma.

—Yo…, yo… —balbuceó Laurel—, yo… tengo una idea de lo que pudo haberle ocurrido a su abuelo, Marty. Creo que sé por qué le dieron una paliza, quién lo dio por muerto.

—¿De verdad?

Laurel asintió, preguntándose por dónde empezar. Había muchísimo que contar.

—Volvamos a la sala de estar —dijo Karen—. Voy a preparar otro té. —Tembló, entusiasmada—. Oh, qué tonta soy, lo sé, pero ¿no es maravilloso resolver un misterio?

Estaban dándose la vuelta para salir de la habitación cuando Laurel vio una fotografía que le cortó la respiración.

—Es hermosa, ¿verdad? —dijo Marty, que sonrió al percibir la dirección de su mirada.

Laurel asintió y tenía en la punta de la lengua decir «Esa es mi madre», cuando Marty dijo:

—Es ella, esa es Vivien Jenkins. La mujer que legó esta casa a Bertie.

32

Al final del trayecto, mayo de 1941

Vivien hizo andando la última parte del viaje. El tren estaba abarrotado de soldados y londinenses de gesto cansado; le tocó ir de pie, pero alguien le cedió un asiento. Conllevaba ciertas ventajas, comprendió, tener el aspecto de haber sido rescatada de entre los escombros de un bombardeo. Un niño iba sentado en el asiento de enfrente, con una maleta en el regazo y una jarra que agarraba con fuerza en una mano. Contenía, qué curioso, un pececito rojo y, cada vez que el tren frenaba, aceleraba o paraba con una sacudida en una vía muerta a la espera de que pase una alerta, el agua se lanzaba contra el cristal y el niño levantaba la jarra para comprobar que el pez no sufría un ataque de pánico. ¿Los peces sufrían ataques de pánico? Vivien estaba segura de que no, aunque la idea de estar atrapada en una jarra de cristal la agobió de tal modo que le resultó difícil respirar.

Cuando no miraba al pez, el niño observaba a Vivien con unos ojos azules enormes y tristes que recorrían sus heridas y ese abrigo blanco, a pesar de que la primavera tocaba a su fin. Vivien sonrió levemente cuando sus miradas se cruzaron, una hora después de comenzar el viaje, y el niño hizo lo mismo, pero fue una sonrisa breve. Entre los otros pensamientos que inundaban su mente y luchaban por su atención, figuraba la cuestión de quién era el muchacho y por qué viajaba solo en plena guerra, pero no se lo preguntó: estaba demasiado nerviosa para hablar y temía delatarse.

Un autobús salía hacia el pueblo cada media hora (al acercarse a la estación escuchó a un par de ancianas maravilladas de su sorprendente puntualidad), pero Vivien decidió caminar. No lograba quitarse de encima la sensación de que solo estaría a salvo si no dejaba de moverse.

Un automóvil aminoró la marcha detrás de ella y todos los nervios del cuerpo de Vivien se encresparon. Se preguntó si alguna vez dejaría de tener miedo. No hasta que muriese Henry, pensó, pues solo entonces sería libre. El conductor del coche era un hombre de uniforme a quien no reconoció. Se imaginó qué pensaría al verla: una mujer enfundada en un abrigo de invierno, con una cara triste y amoratada y una pequeña maleta, que caminaba sola hacia el pueblo.

—Buenas tardes —dijo el hombre.

Sin girar la cabeza, Vivien asintió a modo de respuesta. Habían pasado casi veinticuatro horas desde que había hablado en voz alta por última vez. Era una convicción absurda, pero no podía librarse de la sensación de que, en cuanto abriese la boca, el juego se acabaría, que Henry la oiría de alguna manera, o quizás uno de sus compinches, y vendría en su busca.

—¿Va al pueblo? —preguntó el conductor.

Vivien asintió de nuevo, pero sabía que, tarde o temprano, iba a tener que responder, aunque solo fuese para demostrarle que no era una espía alemana. Solo le faltaba que la arrastrase a la comisaría un voluntario entusiasta de la Defensa Civil obsesionado con descubrir invasores.

—Puedo llevarla, si quiere —dijo—. Me llamo Richard Hardgreaves.

—No. —Su voz sonó hosca por la falta de uso—. Gracias, pero me gusta caminar.

Fue el hombre quien asintió ahora. Echó un vistazo al camino por el parabrisas antes de girarse hacia Vivien.

—¿Va a visitar a alguien?

—Voy a empezar un nuevo trabajo —dijo—. En la pensión Mar Azul.

—¡Ah! El local de la señora Nicolson. Bueno, entonces nos veremos por el pueblo, señorita…

—Smitham —dijo—. Dorothy Smitham.

—Señorita Smitham —repitió el hombre con una sonrisa—. Estupendo. —Y entonces se despidió con la mano y prosiguió su viaje.

Dorothy siguió el coche con la mirada hasta que desapareció tras la cima de la colina y, a continuación, lloró aliviada. Había hablado y nada terrible había sucedido. Una conversación entera con un desconocido, la mención de un nuevo nombre y el cielo no había caído sobre ella ni la tierra se la había tragado. Tras respirar hondo, cautelosamente, abrió el más leve resquicio a la esperanza: quizás todo iba a salir bien. Quizás le iban a conceder esta segunda oportunidad. El aire olía a sal y a mar, y una bandada de gaviotas trazaba círculos en el cielo lejano. Dorothy Smitham cogió la maleta y siguió avanzando.

Al final, fue esa anciana miope de Rillington Place quien le dio la idea. Cuando Vivien abrió los ojos en medio del polvo y los escombros y comprendió que aún estaba, incomprensiblemente, viva, se echó a llorar. Sonaban las sirenas y las voces de unos hombres y mujeres valientes que acudían a apagar el incendio, a atender a los heridos y a llevarse a los muertos. ¿Por qué, se preguntó, no podía ser uno de estos?, ¿por qué la vida no la había dejado marchar?

Ni siquiera estaba malherida: Vivien tenía experiencia en evaluar la gravedad de sus heridas. Algo había caído sobre ella, una puerta, pensó, pero había una brecha y logró zafarse. Se sentó, mareada, en la oscuridad. Hacía frío, un frío que helaba, y Vivien tiritó. No conocía bien la habitación, pero sintió algo peludo bajo la mano (¡el abrigo!) y tiró para desprenderlo de la puerta. Encontró una linterna en el bolsillo y cuando apuntó con esa tenue luz vio que Dolly estaba muerta. Más que muerta: la habían aplastado los ladrillos, el techo de yeso y un enorme baúl de metal que había caído de la buhardilla de arriba.

Vivien se mareó, conmocionada, dolorida y decepcionada por haber fracasado en su intento; se puso en pie. El techo había desaparecido y veía las estrellas en el cielo; las estaba mirando, tambaleándose, mientras se preguntaba cuánto tardaría Henry en encontrarla, cuando oyó a la anciana decir:

—¡La señorita Smitham, la señorita Smitham está viva!

Vivien se volvió hacia la voz, desconcertada, pues sabía que Dolly, sin duda alguna, no estaba viva. Estaba a punto de decirlo, de señalar con el brazo, desorientada, hacia donde estaba Dolly, pero no encontró palabra alguna dentro de la garganta, solo un sonido ronco, prolongado, y la anciana seguía gritando que la señorita Smitham estaba viva, y señalaba a Vivien, quien entonces comprendió el error de la casera.

Era una oportunidad. La cabeza de Vivien era un dolor punzante y sus pensamientos una bruma desordenada, pero vio en el acto que le habían concedido una oportunidad. De hecho, en los desconcertantes momentos que siguieron a la explosión, todo pareció de una sencillez sorprendente. La nueva identidad, la nueva vida, eran tan fáciles de adquirir como el abrigo que se puso en la oscuridad. No haría daño a nadie; no quedaba nadie a quien pudiera hacer daño: Jimmy se había ido, había hecho todo lo que estaba en sus manos por el señor Metcalfe, Dolly Smitham no tenía familia y no quedaba nadie que llorase a Vivien, así que aprovechó la ocasión. Se quitó la alianza de matrimonio y se agazapó en la oscuridad para ponerla en el dedo de

Dolly. El ruido se extendía por todas partes, la gente gritaba, las ambulancias iban y venían, los escombros aún rechinaban y se asentaban en la oscuridad humeante, pero Vivien solo oía su propio corazón, que latía sin miedo, decidido. La otra mano de Dolly aún empuñaba la oferta de empleo y Vivien templó los nervios, cogió la carta de la señora Nicolson y se la guardó en un bolsillo del abrigo blanco. Ya había otras cosas ahí: un objeto pequeño y duro y un libro, lo notó al rozarlo con los dedos, pero no miró cuál era.

—¿Señorita Smitham? —Un hombre con casco había apoyado una escalera contra el borde del suelo resquebrajado y subió, de modo que su rostro estaba a la misma altura que ella—. No se preocupe, señorita, vamos a sacarla de aquí. Todo va a salir bien.

Vivien lo miró y se preguntó si por una vez sería cierto.

—Mi amiga —dijo con una voz ronca, utilizando la linterna para indicar el cadáver que yacía en el suelo—. ¿Está…?

El hombre echó un vistazo a Dolly, a esa cabeza aplastada bajo el baúl de metal, a esas extremidades que se extendían en direcciones que no tenían sentido alguno.

—Maldita sea —dijo—, creo que sí. ¿Me podría decir su nombre? ¿Hay alguien a quien debamos llamar?

Vivien asintió.

—Se llama Vivien. Vivien Jenkins y tiene un marido que debería saber que no va a volver a casa.

Dorothy Smitham pasó el resto de los años de la guerra haciendo camas y limpiando tras los huéspedes de la pensión de la señora Nicolson. Mantuvo la cabeza gacha, intentó no hacer nada que atrajese una atención indebida, nunca aceptó invitaciones a los bailes. Lavaba, planchaba y barría y, por la noche, cuando cerraba los ojos para dormir, intentaba no ver los ojos de Henry, mirándola en la oscuridad.

De día, mantenía los ojos muy abiertos. Al principio lo veía por todas partes: un hombre que se pavoneaba de un modo familiar al bajar por el embarcadero, unos rasgos maduros y brutales en un desconocido que pasaba, una voz en la multitud que le puso los pelos de punta. Con el tiempo, fue viéndolo menos, lo cual le alegró, si bien nunca bajó la guardia, pues Dorothy sabía que algún día la encontraría (era solo cuestión de tiempo) y tenía la intención de estar preparada.

Solo envió una postal. Tras haber pasado unos seis meses en la pensión Mar Azul, se hizo con la fotografía más bonita que encontró (un gran buque de pasajeros, de los que iban de una parte del mundo a la otra) y escribió al dorso: «Aquí hace un tiempo glorioso. Todo el mundo bien. Por favor, quémalo al recibirlo», y la envió a su querida amiga (su única amiga), Katy Ellis, a Yorkshire.

La vida adquirió un ritmo. La señora Nicolson era muy estricta, lo cual convenía a Dorothy: era profundamente terapéutico someterse a la disciplina militar de un servicio de limpieza exigente, y se libró de sus lúgubres recuerdos gracias a la necesidad apremiante de pulir con tanto aceite como fuese posible («pero sin desperdiciarlo, Dorothy: estamos en guerra, ¿no lo sabías?») los pasamanos de las escaleras.

Y entonces, un día de julio de 1944, más o menos un mes después del desembarco de Normandía, Vivien volvió de la tienda para encontrarse con un hombre de uniforme sentado a la mesa de la cocina. Era mayor, por supuesto, y tenía peor aspecto, pero lo reconoció en el acto gracias a esa seria fotografía de juventud que su madre atesoraba en la repisa del comedor. Dorothy había pulido ese cristal muchas veces, y conocía tan bien esa mirada seria, los ángulos de los pómulos y el hoyuelo de la barbilla que se sonrojó al verlo ahí sentado, como si lo hubiese espiado a través de una cerradura durante todos esos años.

—Usted es Stephen —dijo Vivien.

—Lo soy. —Se levantó de un salto para ayudarla con la bolsa de papel.

—Yo soy Dorothy Smitham. Trabajo para su madre. ¿Sabe ella que está aquí?

—No —dijo él—. La puerta lateral estaba abierta, así que he entrado sin llamar.

—Está arriba; voy a ir a...

—No —dijo con rapidez, y su cara se contrajo en una sonrisa avergonzada—. Es decir, es muy amable de su parte, señorita Smitham, y no quiero darle una impresión equivocada. Quiero a mi madre, le debo la vida, pero, si no es molestia para usted, voy a quedarme aquí sentado un ratito a disfrutar de esta tranquilidad, antes de que dé comienzo mi verdadero servicio militar.

Dorothy se rio y eso la tomó por sorpresa. Se dio cuenta de que era la primera vez que reía desde que había venido de Londres. Muchos años más tarde, cuando sus hijos les pedían que contaran la historia (¡otra vez!) de cómo se enamoraron, Stephen y Dorothy Nicolson hablaban de esa noche que se escabulleron para bailar al final del embarcadero. Stephen llevó consigo su viejo gramófono y esquivaron los agujeros de los tablones al compás de *By the Light of the Silvery Moon*. Más tarde, Dorothy se resbaló y se cayó cuando trataba de hacer equilibrios a lo largo de la barandilla (pausa para una advertencia paternal: «Nunca intentéis hacer equilibrios encima de una barandilla, cielos»), y Stephen, que ni siquiera se quitó los zapatos, se zambulló y la rescató («Y así pesqué a vuestra madre», decía Stephen, y los niños siempre se reían al imaginar a mamá colgada del anzuelo de una caña de pescar), y la pareja se sentó sobre la arena después de aquello, porque era verano y era una noche cálida, y comieron berberechos de un cucurucho de papel y hablaron durante horas, hasta que un sol rosado salió por el horizonte y volvieron paseando a Mar Azul y supieron, sin decirse nada más, que estaban enamorados. Era una de las historias favoritas de los niños, con esa imagen de sus padres caminando por el embarcadero, empapados, su madre, un espíritu libre, su padre, un héroe; pero en el fondo Dorothy sabía que era, en parte, una ficción. Ella quería a su esposo desde mucho antes. Se enamoró de él el primer día, en esa cocina, cuando le hizo reír.

La lista de virtudes de Stephen, si alguna vez le hubiesen pedido escribirla, habría sido larga. Era valiente y protector, y gracioso; se mostraba paciente con su madre, si bien ella era de esas mujeres cuya charla más amable contenía ácido suficiente para arrancar la pintura de las paredes. Tenía manos fuertes y sabía usarlas: podía arreglar casi cualquier cosa, y sabía dibujar (aunque no tan bien como le habría gustado). Era guapo, y tenía una manera de mirarla que la encendía de deseo; era un soñador, pero no tanto como para perderse dentro de sus fantasías. Le encantaba la música y tocaba el clarinete, canciones de jazz que Dorothy adoraba e irritaban a su madre. A veces, mientras Dorothy se sentaba con las piernas cruzadas junto a la ventana de su habitación, para ver cómo tocaba, la señora Nicolson cogía el palo de la escoba abajo y aporreaba el techo, lo que llevaba a Stephen a tocar más fuerte y a Dorothy a reírse tanto que tenía que taparse la boca con ambas manos. Él le hacía sentirse segura.

Lo que encabezaría la lista, sin embargo, lo que valoraba más que nada, era la fortaleza de su carácter. Stephen Nicolson tenía el valor de sus convicciones: nunca consentiría que su amante le doblegase la voluntad, y a Dorothy le gustaba eso; era peligroso, pensaba, ese amor que motivaba a la gente a volverse en contra de sí mismos.

También sabía respetar un secreto.

—No hablas mucho acerca de tu pasado —le dijo una noche, sentados juntos en la arena.

—No.

El silencio se extendió entre ellos con la forma de un signo de interrogación, pero ella no dijo nada más.

—¿Por qué no?

Dorothy suspiró, pero la brisa nocturna del mar atrapó el suspiro y se lo llevó en silencio. Sabía que su madre había estado cuchicheando al oído de Stephen mentiras horribles acerca de su pasado, para convencerlo de que esperase un poco, conociera a otras mujeres, pensara en sentar la cabeza con una bonita muchacha del pueblo, alguien que no tuviese «modales de Londres». Sabía que Stephen le había dicho a su madre que le gustaban los misterios, que la vida sería muy aburrida si supiéramos todo lo que había que saber acerca de una persona antes de cruzar la calle para saludarla. Dorothy dijo:

—Por la misma razón, sospecho, por la que tú no hablas mucho acerca de la guerra.

Él tomó su mano y la besó.

—Lo comprendo.

Sabía que algún día se lo contaría todo, pero debía ir con tiento. Stephen era capaz de ir directo a Londres en busca de Henry. Y Dorothy no estaba dispuesta a perder a otro ser querido a manos de Henry Jenkins.

—Eres un buen hombre, Stephen Nicolson.

Él negaba con la cabeza; Dorothy sintió el movimiento de su frente contra la de ella.

—No —insistió—. Solo un hombre.

Dorothy no discutió, pero tomó su mano y, en medio de la oscuridad, con ternura, apoyó la mejilla sobre su hombro. Había conocido a otros hombres, buenos y malos, y Stephen Nicolson era un hombre bueno. El mejor de todos. Le recordaba a alguien a quien había conocido.

Dorothy pensaba en Jimmy, por supuesto, de la misma manera que seguía pensando en sus hermanos y su hermana, en su madre y su padre. Se había ido a vivir con ellos en esa casa de madera cerca del trópico, bien acogido por los Longmeyer que habitaban su mente. No era difícil imaginarlo ahí, más allá del velo; siempre le había recordado a los hombres de su familia. Su amistad había sido una luz entre las tinieblas, había renovado sus esperanzas y tal vez, si hubieran tenido la oportunidad de conocerse mejor, esa amistad se habría transformado en el tipo de amor del que se habla en los libros, ese tipo de amor que había encontrado gracias a Stephen. Pero Jimmy pertenecía a Vivien, y Vivien estaba muerta.

Una vez creyó verlo. Fue unos pocos días después de su boda, cuando ella y Stephen caminaban de la mano a lo largo de la orilla y él se inclinó para besarla en el cuello. Dorothy se rio y se deshizo de su abrazo, dando un salto adelante antes de mirar por encima del hombro para bromear con él. Y entonces notó la presencia de una figura en la playa, muy lejos, observándolos. Se le cortó el aliento al reconocerlo cuando Stephen la alcanzó y la alzó en brazos. Pero había sido solo una jugarreta de su mente, pues cuando se dio la vuelta para mirar de nuevo no había nadie.

33

Greenacres, 2011

Su madre había pedido la canción y quería escucharla en la sala de estar. Laurel se ofreció a traer un reproductor de música a la habitación para que no tuviera que moverse, pero la sugerencia fue descartada en el acto y Laurel sabía que discutir no era una buena idea. No con mamá, no esta mañana, que tenía esa mirada de otro mundo. Llevaba así desde hacía dos días, desde que Laurel volvió de Campden Grove y le dijo a su madre lo que había descubierto.

El trayecto desde Londres, largo y lento, incluso con Daphne hablando de Daphne todo el tiempo, no disminuyó un ápice el júbilo de Laurel, y fue a sentarse junto a su madre en cuanto se quedaron a solas. Hablaron, por fin, de todo lo que había sucedido, de Jimmy, de Dolly, de Vivien, y también de la familia Longmeyer en Australia; su madre le contó a Laurel lo culpable que se había sentido siempre por haber ido a ver a Dolly la noche del bombardeo y rogarle que hablasen en casa. «No habría muerto ahí de no ser por mí. Iba al refugio cuando yo llegué». Laurel le recordó que había intentado salvar la vida a Dolly, que fue a prevenirla y que no podía culparse por una bomba alemana que había caído al azar.

Mamá le pidió a Laurel que trajese la fotografía de Jimmy (que no era una copia, sino la original), uno de los pocos vestigios de su pasado que no había encerrado bajo llave. Ahí, sentada junto a su madre, Laurel la había mirado de nuevo, como si fuese la primera vez: la luz del alba después del ataque aéreo, los cristales rotos en primer plano, brillantes como luces diminutas, la personas que salían del refugio, al fondo, en medio del humo.

—Fue un regalo —dijo mamá en voz baja—. Significó mucho para mí cuando me la dio. Fui incapaz de deshacerme de ella.

Ambas lloraron al hablar y Laurel se preguntó en ocasiones, a medida que su madre encontraba nuevas reservas de energía y conversaba, de manera vacilante pero decidida, acerca de lo que había visto y sentido, si esa sucesión de viejos recuerdos, algunos de ellos dolorosos en grado sumo, sería demasiado para su madre; pero, ya fuese por la alegría de oír las noticias sobre Jimmy y su familia o por el alivio de compartir al fin sus secretos, Dorothy pareció revivir. La enfermera les advirtió que no sería duradero, que no se dejasen engañar, y que, cuando llegase, el declive sería súbito; pero también sonrió y les dijo que disfrutasen de la compañía de su madre mientras pudiesen. Y lo hicieron; la rodearon con amor y ruido, y el barullo cascarrabias y feliz de esa vida familiar que Dorothy Nicolson siempre había adorado.

Ahora, mientras Gerry llevaba a mamá al sofá, Laurel recorrió con el dedo los discos del estante, en busca del álbum adecuado. Fue un repaso rápido, pero se detuvo un momento al llegar al de Chris Barber's Jazz Band y una sonrisa se extendió por su rostro. Era un disco de su padre; Laurel aún recordaba el día que lo trajo a casa. Sacó su clarinete y tocó al compás del solo de Monty Sunshine durante horas, de pie, ahí en medio de la alfombra, deteniéndose de vez en cuando para sacudir la cabeza, maravillado ante el virtuosismo de Monty. Esa noche, durante la cena, su padre se encerró en sí mismo, ajeno al ruido de sus hijas, sentado a la cabecera de la mesa con una sonrisa de plena satisfacción que le iluminaba la cara.

Emocionada por ese recuerdo encantador, Laurel apartó a Monty Sunshine y siguió hurgando entre los discos hasta encontrar el que buscaba, *By the Light of the Silvery Moon*, de Ray Noble y Snooky Lanson. Miró atrás, al lugar donde Gerry acomodaba a su madre, tirando de la manta con delicadeza para cubrir ese cuerpecillo frágil, y Laurel esperó, pensando que había sido una bendición tenerlo aquí en Greenacres estos últimos días. Fue al único a quien confió la verdad de su pasado. La noche anterior, sentados juntos en la casa del árbol mientras bebían vino tinto y escuchaban una cadena de radio londinense de rockabilly que Gerry había descubierto en internet, charlaron de tonterías, del primer amor y de la vejez y de todo lo que había entre medias.

Cuando hablaron del secreto de su madre, Gerry dijo que no veía razón alguna para decírselo a las otras.

—Nosotros estábamos allí ese día, Lol; es parte de nuestra historia. Rose, Daphne e Iris… —Se encogió de hombros y bebió un sorbo de vino—. Bueno, les podría molestar, ¿y para qué? —Laurel no estaba tan segura. Desde luego, había historias más sencillas de contar; sería arduo de asimilar, especialmente para alguien como Rose. Pero, al mismo tiempo, últimamente Laurel había pensado mucho sobre los secretos, sobre lo difícil que es guardar un secreto, y su tendencia a acechar en silencio bajo la superficie antes de surgir sin previo aviso por una grieta en la voluntad de su dueño. Supuso que tendría que esperar un tiempo y ver cómo iban las cosas.

Gerry, que alzó la vista para mirarla, sonrió y asintió desde donde estaba sentado, cerca de la cabeza de mamá, para indicar que pusiese la canción. Laurel sacó el disco de la funda de papel y lo colocó en el reproductor, tras lo cual situó la aguja en el borde. La apertura del piano llenó los rincones de la habitación silenciosa y Laurel se recostó al otro lado del sofá, con la mano sobre los pies de su madre, y cerró los ojos.

De repente, volvió a tener nueve años. Era una noche de verano de 1954. Laurel llevaba un camisón de manga corta, y la ventana situada por encima de la cama estaba abierta, con la vana esperanza de atraer la fresca brisa nocturna. Con la cabeza sobre la almohada, su pelo largo y liso se extendía tras de ella como un ventilador, y los pies reposaban en el alféizar de la ventana. Mamá y papá habían invitado a unos amigos a cenar y Laurel había permanecido así, tumbada en la oscuridad, durante horas, escuchando las suaves ráfagas de conversación y risas que a veces llegaban entre los suspiros de sus hermanas dormidas. De vez en cuando el olor del humo de tabaco subía por las escaleras y pasaba por la puerta abierta; los cristales entrechocaban en el comedor y Laurel se regodeaba pensando que el mundo de los adultos era cálido y luminoso y aún seguía en movimiento más allá de las paredes de su cuarto.

Al cabo de un tiempo oyó el sonido de las sillas al ser colocadas debajo de la mesa y de pasos en la entrada, y Laurel se imaginó a los hombres estrechándose las manos y a las mujeres besándose en las mejillas mientras decían «Adiós» y «¡Oh! Qué noche tan maravillosa», y prometían repetir la experiencia. Las puertas de los coches se cerraron, los motores ronronearon por el camino a la luz de la luna y, por fin, el silencio y la quietud regresaron a Greenacres.

Laurel esperó a oír los pasos de sus padres en las escaleras al ir a la cama, pero no llegaban y vaciló al borde del sueño, incapaz de abandonarse y dejarse caer en sus redes. Y entonces, a través de los tablones de madera, llegó la risa de una mujer, fresca y placentera, como un trago de agua cuando se tiene sed, y Laurel se desveló. Se incorporó y escuchó más risas, esta vez de papá, seguidas por el sonido de algo pesado al ser movido. Laurel no debería estar levantada tan tarde, a menos que estuviese enferma, necesitase usar el baño o la hubiese despertado una pesadilla, pero no podía cerrar los ojos e ir a dormir, no ahora. Algo ocurría abajo y necesitaba saber qué. Tal vez la curiosidad mató al gato, pero las niñas pequeñas solían ser más afortunadas.

Salió de la cama y caminó de puntillas sobre la alfombra del pasillo, con el camisón rozándole las rodillas. Silenciosa como un ratón, bajó las escaleras a hurtadillas y se detuvo en el rellano cuando oyó la música, tenues compases que provenían del otro lado de la puerta del salón. Laurel bajó el resto de las escaleras deprisa y, tras arrodillarse con sumo cuidado, apretó primero una mano y luego un ojo contra la puerta. Parpadeó contra el ojo de la cerradura y respiró. Habían apartado el sillón de papá a un rincón, de modo que había un amplio espacio libre en el centro del salón, y él y mamá estaban juntos sobre la alfombra, los cuerpos fundidos en un abrazo. La mano de papá era grande y firme en la espalda de mamá y su mejilla descansaba contra la de ella mientras se mecían al compás de la música. Tenía los ojos cerrados y su gesto encendió las mejillas de Laurel, que tragó saliva. Parecía casi que su padre estuviese dolorido y, sin embargo, al mismo tiempo, también exactamente lo contrario. Era papá y no lo era y verlo de ese modo sumió a Laurel en la incertidumbre e incluso se sintió un poco celosa, lo cual fue incapaz de comprender.

La música se animó con un ritmo más vívido y los cuerpos de sus padres se apartaron mientras Laurel observaba. Estaban bailando, bailando de verdad, como en una película, con las manos entrelazadas, y los zapatos se deslizaban y mamá daba vueltas y vueltas bajo el brazo de papá. Las mejillas de mamá estaban sonrosadas y sus rizos parecían más sueltos de lo normal, el tirante del vestido color perla había resbalado un poco por un hombro, y Laurel, a sus nueve años, supo que nunca volvería a ver a nadie tan hermoso aunque viviese cien años.

—Lol.

Laurel abrió los ojos. La canción había terminado y el disco seguía girando. Gerry estaba junto a su madre, quien se había quedado dormida, y le acariciaba el pelo con ternura.

—Lol —dijo de nuevo, y algo en esa voz, el tono acuciante, atrajo su atención.

—¿Qué pasa?

Gerry miraba la cara de mamá fijamente y Laurel siguió la dirección de sus ojos. Entonces lo supo. Dorothy no dormía; se había ido.

Laurel estaba sentada en el columpio del jardín, bajo el árbol, meciéndose lentamente con un pie. Los Nicolson dedicaron casi toda la mañana a hablar del funeral con el pastor del pueblo, y ahora Laurel pulía el medallón que su madre llevaba siempre. Habían decidido (de manera unánime) enterrarlo con mamá; ella nunca se había interesado por los bienes materiales, pero ese medallón era muy importante para ella y se negaba a quitárselo. «Contiene mis tesoros más preciados», solía decir siempre que surgía el tema, y lo abría para mostrar las fotografías de sus hijos. De niña, a Laurel le encantaba cómo funcionaban esas pequeñas bisagras y el placentero clic del broche al cerrarse.

Lo abrió y lo cerró, observando los rostros jóvenes y sonrientes de sus hermanas, de su hermano y de ella misma, fotografías que había visto cientos de veces; y, en ese momento, notó que una de las piezas ovaladas de cristal tenía una pequeña muesca. Laurel frunció el ceño y pasó el pulgar por ese defecto. El borde de la uña lo enganchó y el cristal (estaba más suelto de lo que pensaba) se soltó y cayó sobre el regazo de Laurel. Sin el cierre, el fino papel fotográfico perdió la tirantez, se curvó en el centro y Laurel pudo ver lo que había debajo. Miró más de cerca, deslizó el dedo por debajo y sacó la fotografía.

Era lo que había pensado. Dentro había otra fotografía, de otros niños, niños de un tiempo remoto. Comprobó el otro lado también, ya impaciente, y apartó el cristal y sacó el retrato de Iris y Rose. Otra foto antigua: otros dos niños. Laurel miró a los cuatro juntos y se le cortó la respiración: la ropa de época, la sugerencia de un inmenso calor en la forma de entrecerrar los ojos ante la cámara, esa particular impaciencia tan obstinada en la cara de la niña más pequeña… Laurel supo quiénes eran estos niños. Eran los Longmeyer de Mount Tamborine, los hermanos y la hermana de mamá, antes del terrible accidente y de que ella se viera en un barco rumbo a Inglaterra, bajo las alas protectoras de Katy Ellis.

Laurel estaba tan abstraída por su hallazgo, preguntándose cómo podría hallar más información acerca de esta familia lejana que acababa de descubrir, que no oyó el coche en el camino hasta que casi llegó a la verja. Habían tenido visitas durante todo el día, que aparecían para darles el pésame, siempre con una anécdota de Dorothy que les hacía sonreír y ante las cuales Rose lloraba aún más, empapando todos esos pañuelos de papel que tuvieron que comprarle. Sin embargo, al observar el coche que se acercaba, Laurel vio que se trataba del cartero.

Se acercó a saludarlo; se había enterado, por supuesto, y le dio el pésame. Laurel se lo agradeció y sonrió cuando el hombre le contó una historia acerca de las sorprendentes habilidades de Dorothy Nicolson con un martillo.

—Era increíble —dijo— cómo clavaba las estacas de la cerca una bella dama como ella, pero sabía muy bien lo que hacía. —Laurel movió la cabeza para acompañar el gesto maravillado del cartero, pero pensaba en esos leñadores de antaño de Mount Tamborine cuando llevó el correo al columpio.

Había una factura de la luz, un panfleto sobre las elecciones locales, además de un sobre de considerable tamaño. Laurel alzó las cejas cuando vio que estaba dirigido a ella. No podía imaginar quién sabría que se encontraba en Greenacres, salvo Claire, que nunca le enviaría una carta mientras existiesen los teléfonos. Dio la vuelta al sobre y vio el remitente: Martin Metcalfe, 25 Campden Grove.

Intrigada, Laurel lo abrió y sacó lo que contenía. Era un folleto, la guía oficial del museo para la exposición de James Metcalfe en el Victoria y Alberto, de hacía diez años. «Pensé que te gustaría. Saludos, Marty», decía la nota pegada en la portada. «P. D.: ¿Por qué no vienes a vernos la próxima vez que pases por Londres?». Laurel pensó que sería una buena idea: le caían bien Karen, Marty y sus hijos, el niño del avión de Lego y de mirada absorta; de una manera extraña, confusa, eran como de la familia, unidos todos ellos por aquellos sucesos fatídicos de 1941.

Hojeó el folleto y admiró una vez más el glorioso talento de James Metcalfe, que había logrado captar más que simples imágenes con la cámara y sabía transmitir un relato con los elementos dispersos de un momento único. Y qué relatos tan importantes: estas fotografías eran el testimonio de una experiencia histórica que casi sería imposible de concebir sin ellas. Se preguntó si Jimmy lo supo; si, al captar esos pequeños ejemplos de sufrimientos y pérdidas, comprendió qué magnífico recuerdo iba a legar al futuro.

Laurel sonrió cuando vio la fotografía de Nella y se detuvo ante una foto suelta, pegada en la parte de atrás, una copia de la que había visto en Campden Grove, el retrato de mamá. Laurel la desprendió, la sostuvo de cerca y contempló cada rasgo de la belleza de su madre. Iba a devolverla a su sitio cuando reparó en la última fotografía del folleto, un autorretrato de James Metcalfe, que databa de 1954.

Experimentó una sensación extraña ante esa imagen, que atribuyó, en un principio, a la importancia crucial que tuvo Jimmy en la vida de su madre, a las cosas que mamá le había dicho acerca de su bondad, acerca de cómo la hizo feliz en esa época tan sombría de su vida. Pero entonces, a medida que miraba, Laurel adquirió la certeza de que se sentía así por otro motivo, un motivo más poderoso, más personal.

Y entonces, de repente, lo recordó.

Laurel se desplomó sobre el asiento y miró al cielo, con una sonrisa amplia e incrédula. Todo se iluminó. Supo por qué el nombre de Vivien la impresionó tanto cuando Rose lo dijo en el hospital; supo cómo había averiguado Jimmy que debía enviar esa tarjeta de agradecimiento para Vivien a nombre de Dorothy Nicolson, a la granja Greenacres; supo por qué sentía esos fugaces *déjà vu* cuando miraba el sello de la coronación.

Cielo santo (Laurel no pudo evitar reírse), incluso comprendió el enigma del hombre ante la entrada de artistas. Esa misteriosa cita, tan familiar y, aun así, imposible de ubicar. No pertenecía a obra alguna; por eso le había dado tantos quebraderos de cabeza: había rastreado una parte equivocada de su memoria. La cita procedía de un día lejano, de una conversación que había olvidado por completo hasta hoy…

34

Greenacres, 1953

Lo mejor de tener ocho años era que Laurel ya podía dar volteretas de verdad. Las había estado practicando durante todo el verano, y, de momento, su mejor marca eran trescientas veintiséis seguidas, desde lo alto del camino hasta el viejo tractor de papá. Esta mañana, sin embargo, se había impuesto un nuevo reto: iba a contar cuántas volteretas hacían falta para dar la vuelta alrededor de la casa, y, por si fuera poco, lo iba a hacer lo más rápido posible.

El problema era la puerta lateral. Cada vez que llegaba (tras cuarenta y siete volteretas, a veces cuarenta y ocho), hacía una marca en la arena, donde las gallinas habían picoteado la hierba, corría a abrir y volvía al mismo sitio. Pero, cuando levantaba las manos, preparada para impulsarse, la puerta ya se había cerrado con un chirrido. Pensó en poner algo para mantenerla abierta, pero las gallinas eran muy pícaras y probablemente aletearían hasta la huerta a la menor oportunidad.

No obstante, no se le ocurría otro modo de completar la vuelta. Se aclaró la garganta, al igual que su maestra, la señorita Plimpton, cada vez que debía hacer un anuncio importante, y dijo: «Escuchad, vosotras —apuntó con el dedo para realzar sus palabras—, voy a dejar esta puerta abierta, pero solo un minuto.

Si alguna de vosotras tiene la brillante idea de entrar a escondidas cuando me dé la vuelta, sobre todo a la huerta de papá, os advierto que mamá va a cocinar pollo esta tarde y a lo mejor busca voluntarias».

A mamá ni se le habría ocurrido echar a la olla a una de sus pequeñas (las gallinas con la buena fortuna de haber nacido en la granja Nicolson tenían asegurada la muerte por vejez), pero Laurel no vio motivo alguno para decirles eso.

Cogió las botas de trabajo de papá, al lado de la puerta principal, y las dejó, una junto a la otra, contra la puerta abierta. Constable, el gato, que había observado los acontecimientos desde el umbral de la entrada, maulló para expresar sus reservas respecto al plan, pero Laurel fingió no haberlo oído. Convencida de que la puerta no se cerraría esta vez, reiteró su advertencia a las gallinas y, con una última mirada al reloj, esperó a que el segundero llegara a las doce, gritó «¡Ya!» y comenzó a dar volteretas.

El plan funcionó a las mil maravillas. Iba dando vueltas y más vueltas, con las trenzas arrastrándose por el polvo y luego atizando la espalda como la cola de un caballo: a lo largo del cercado, por la puerta abierta (¡hurra!) y de vuelta al comienzo. Ochenta y nueve volteretas, tres minutos y cuatro segundos exactamente.

Laurel se sintió exultante…, hasta que notó que esas pícaras gallinas habían hecho precisamente lo que les había pedido que no hiciesen. Corrían alborotadas por la huerta de su padre, tiraban el maíz al suelo y lo picoteaban como si no hubiesen comido en todo el día.

—¡Eh! —gritó Laurel—. Vosotras, al corral.

No le hicieron caso, y Laurel caminó decidida, mientras movía los brazos y pisoteaba el suelo, pero se topó con un desdén imperturbable.

Laurel no vio al hombre al principio. No hasta que él dijo: «Hola», y miró hacia arriba y lo vio ahí, cerca de donde papá solía aparcar el viejo Morris.

—Hola —dijo Laurel.

—Pareces un poco enfadada.

—Es que estoy enfadada. Estas se han escapado y se están comiendo todo el maíz de mi papá y me van a echar la culpa.

—Cielos —dijo el hombre—. Parece serio.

—Es que lo es. —El labio inferior amenazó con temblar, pero Laurel no lo consintió.

—Vaya, es un hecho poco conocido, pero yo hablo gallino bastante bien. ¿Por qué no vemos qué podemos hacer para que vuelvan?

Laurel estuvo de acuerdo, y juntos persiguieron las gallinas por toda la huerta, mientras el hombre cloqueaba y Laurel lo miraba por encima del hombro, asombrada. Cuando la última gallina entró en el corral, a salvo tras la puerta cerrada, el hombre incluso ayudó a eliminar las pruebas de las plantas rotas de papá.

—¿Has venido a ver a mis padres? —dijo Laurel, que de repente cayó en la cuenta de que el hombre tendría otro objetivo aparte de ayudarla.

—Eso es —dijo—. Yo conocí a tu madre hace mucho tiempo. Éramos amigos. —El hombre sonrió, y esa sonrisa hizo pensar a Laurel que le caía bien, y no solo por lo de las gallinas.

Al reparar en ello se volvió un poco tímida y dijo:

—Puedes esperar dentro, si quieres. Yo debería estar ordenando.

—Vale. —El hombre la siguió a la casa y se quitó el sombrero al cruzar el umbral. Echó un vistazo al salón y notó, a Laurel no le cupo duda, que papá acababa de pintar las paredes—. ¿Tus padres no están en casa?

—Papá está en el campo y mamá ha ido a pedir prestado un televisor para ver la coronación.

—Ah. Por supuesto. Bueno, seguro que estoy bien aquí, si necesitas seguir ordenando.

Laurel asintió, pero no se movió.

—Voy a ser actriz, ¿sabes? —Sintió la repentina necesidad de contarle a aquel hombre todo acerca de sí misma.

—¿De verdad?

Laurel asintió de nuevo.

—Vaya, entonces tendré que estar pendiente de ti. ¿Crees que vas a actuar en los teatros de Londres?

—¡Oh, sí! —dijo Laurel, que frunció los labios, pensativa, como veía hacer a los adultos—. Creo que muy probablemente.

El hombre había estado sonriendo, pero su expresión cambió entonces, y al principio Laurel pensó que sería por algo que había dicho o hecho. Sin embargo comprendió que ya no la estaba mirando, que tenía la mirada clavada más allá de ella, en la fotografía de la boda de mamá y papá, la que estaba en la mesilla del vestíbulo.

—¿Te gusta? —preguntó.

El hombre no respondió. Se había acercado a la mesilla y sostenía el marco, que miraba como si fuese incapaz de creer lo que veía.

—Vivien —dijo en voz baja, tocando la cara de mamá.

Laurel frunció el ceño, preguntándose qué querría decir.

—Esa es mi mamá —dijo—. Se llama Dorothy.

El hombre miró a Laurel y su boca se abrió como si fuese a decir algo, pero no lo hizo. La cerró de nuevo y una sonrisa apareció en sus labios, una sonrisa divertida, como si acabase de encontrar la respuesta a un rompecabezas y el descubrimiento le entristeciera y alegrara al mismo tiempo. Se puso de nuevo el sombrero y Laurel comprendió que iba a marcharse.

—Mamá no va a tardar —dijo, confundida—. Solo ha ido al pueblo de al lado.

Aun así, el hombre no cambió de opinión y caminó de vuelta a la puerta y salió a la brillante luz del sol, al cenador bajo la glicina. Tendió la mano y le dijo a Laurel:

—Bueno, compañera pastora de gallinas, ha sido un placer conocerte. Que disfrutes de la coronación, ¿vale?

—Vale.

—Por cierto, me llamo Jimmy y voy a buscarte por los escenarios de Londres.

—Yo soy Laurel —dijo ella, y le estrechó la mano—. Nos veremos en los teatros.

El hombre se rio.

—No me cabe duda. Me parece que eres de esas personas que saben escuchar con los oídos, los ojos y el corazón, todos al unísono.

Laurel asintió, dándose importancia.

El hombre había comenzado a marcharse cuando se detuvo de repente y se dio la vuelta por última vez.

—Antes de irme, Laurel, ¿me podrías decir…? Tu papá y tu mamá… ¿son felices?

Laurel arrugó la nariz, sin saber muy bien qué quería decir.

El hombre se explicó:

—¿Hacen bromas juntos y se ríen y bailan y juegan?

Laurel puso los ojos en blanco.

—Ah, sí —dijo—, todo el tiempo.

—¿Y tu papá es amable?

Laurel se rascó la cabeza y asintió.

—Y divertido. La hace reír, y siempre prepara el té, y ¿sabías que una vez le salvó la vida? Así es como se enamoraron: mamá se cayó por un acantilado enorme y estaba muy asustada y sola y supongo que su vida corría peligro, hasta que mi papá se tiró al agua, aunque había tiburones y cocodrilos y creo que hasta piratas, y la rescató.

—¿De verdad?

—Sí. Y después comieron berberechos.

—Vaya, entonces, Laurel —dijo el hombre, Jimmy—, creo que tu papá parece el tipo de hombre que tu mamá se merece.

Y entonces se miró las botas, de esa manera triste y feliz tan suya, y se despidió. Laurel lo observó al marcharse, pero solo un rato, y enseguida comenzó a preguntarse cuántas volteretas harían falta para llegar hasta el arroyo. Y, cuando su madre llegó a casa, y sus hermanas también (con la televisión metida en una caja en el maletero), ya se había olvidado de ese hombre amable que vino un día y la ayudó con las gallinas.

Agradecimientos

He de dar las gracias al inestimable trío de mis primeros lectores, Julia Kretschmer, Davin Patterson y Catherine Milne; mi brillante e inagotable equipo editorial, incluyendo a mi editora, Maria Rejt, Sophie Orme, Liz Cowen y Ali Blackburn en Pan Macmillan, de Gran Bretaña; Christa Munns y Clara Finlay en Allen & Unwin, de Australia; la editora Lisa Keim, Kim Goldstein e Isolda Sauer en Atria, de Estados Unidos; la correctora por excelencia, Lisa Patterson; y a mi editora y gran amiga, Annette Barlow, quien alegremente se alejó de los límites de la razón conmigo.

Estoy enormemente agradecida a mis editores en todo el mundo por su constante apoyo, y a todas las personas de talento que ayudan a convertir mis historias en libros y a sacarlos a la luz. Gracias a todos los libreros, bibliotecarios y lectores que siguen manteniendo la fe; a Wenona Byrne por la infinidad de cosas que hace; a Ruth Hayden, artista e inspiración; y a mi familia y amigos por dejarme desaparecer dentro de mi mundo imaginario y volver a ellos más tarde como si nada hubiera sucedido. Gracias especiales, como siempre, a mi agente, Selwa Anthony, mis preciosos chicos, Oliver y Louis, y, sobre todo, por todo y más, a mi esposo, Davin.

He consultado muchas fuentes mientras investigaba y escribía *El cumpleaños secreto*. Entre las que me han sido de más ayuda estaban: el archivo virtual de la BBC, *WW2 People's War* y el Museo Imperial de la Guerra, en Londres; el Museo y Archivo Postal Británico; *Black Diamonds: The Rise and Fall of an English Dynasty*, de Catherine Bailey; *Nella Last's War: The Second World War Diaries of Housewife, 49*, editado por Richard Broad y Suzie Fleming; *Debs at War 1939-1945: How Wartime Changed Their Lives*, de Anne de Courcy; *Wartime Britain 1939-1945*, de Juliet Gardiner; *The Thirties: An Intimate History*, de Juliet Gardiner; *Walking the London Blitz*, de Clive Harris; *Having it so Good: Britain in the Fifties*, de Peter Hennessy; *Few Eggs and No Oranges: The Diaries of Vere Hodgson 1940-45*; *How We Lived Then: A History of Everyday Life during the Second World War*, de Norman Longmate; *Never Had It So Good: 1956-63*, de Dominic Sandbrook; *The Fortnight in September*, de R. C. Sheriff; *Our Longest Days: A People's History of the Second World War*, por los escritores de Mass Observation, editado por Sandra Koa Wing; *London at War 1939-1945*, de Philip Ziegler.

Gracias también a Penny McMahon, en el Museo y Archivo Postal Británico, por responder a mis preguntas acerca de los matasellos; a la buena gente de Transportes de Londres, que me permitieron entrever cómo era una estación de metro en 1940; a John Welham por compartir su notable conocimiento respecto a tantos temas históricos; a Isobel Long por suministrarme información sobre el fascinante mundo de la gestión de archivos y registros; a Clive Harris, quien continúa proporcionando perspicaces respuestas a todas mis consultas sobre la guerra y cuyo recorrido a pie por el Londres de los bombardeos fue la primera inspiración de esta historia; y a Herbert y Rita, de quienes heredé mi amor por el teatro.